S.F.
V.

Jane Smiley

Tausend Morgen

Roman

Aus dem Amerikanischen von
Hannah Harders

S. Fischer

4. Auflage: 35.–39. Tausend
Die amerikanische Originalausgabe erschien 1991
unter dem Titel »A Thousand Acres«
im Verlag Alfred A. Knopf, New York

Umschlaggestaltung: Buchholz / Hinsch / Walch
Gesamtherstellung: Clausen & Bosse, Leck
Printed in Germany 1992
ISBN 3-10-074414-4

Für Steve, einfach so

Der Körper wiederholt die Landschaft. Sie sind eines die Quelle des anderen, und sie erschaffen einander. Wir sind vom jahreszeitlichen Körper der Erde gezeichnet, von den schrecklichen Wanderungen der Völker, von der geschwinden Wende eines Jahrhunderts, die an einen Wandel grenzen, wie er nie zuvor auf diesem grünenden Planeten erfahren wurde.

Meridel Le Sueur
»The Ancient People and the Newly Come«

Buch 1

1

Mit sechzig Meilen in der Stunde konnte man in einer Minute an unserer Farm vorbeifahren, und zwar auf der County Road 686, die genau nach Norden bis zur Kreuzung Cabot Street Road verlief. Cabot Street Road war eigentlich nichts weiter als eine gewöhnliche asphaltierte Landstraße, nur daß sie nach fünf Meilen westwärts in die Stadt Cabot hinein- und wieder hinausführte. Am Westrand von Cabot ging sie in den Zebulon County Scenic Highway über und folgte drei Meilen lang der Biegung des Zebulon River, bis der Fluß sich nach Süden wandte und der Scenic Highway weiter nach Westen bis Pike führte. Die Kreuzung CR 686 lag auf einer kleinen Anhöhe, einer Anhöhe, die man nur so ganz eben wahrnehmen konnte, wie den Buckel in der Mitte eines billigen Tellers.

Von diesem Buckel aus war die Erde unzweifelhaft flach, der Himmel unzweifelhaft gewölbt, und als Kind kam es mir so vor, als hätten die antiken Völker recht gehabt, auch wenn der Lehrer in der Schule von Kolumbus etwas anderes erzählte. Kein Globus und keine Landkarte konnten mich restlos davon überzeugen, daß Zebulon nicht der Mittelpunkt des Universums war. Bestimmt war Zebulon, wo die Erde wirklich flach war, der eine Punkt, an dem ein kugelförmiger Körper (ein Samenkorn, ein Gummiball, ein Kugellager) zu vollkommener Ruhe kommen mußte. Und war er erst einmal zur Ruhe gelangt, schickte er sicher eine Pfahlwurzel durch die zehn Fuß dicke Ackerkrume nach unten.

Weil die Kreuzung auf dieser winzigen Anhöhe lag, konnte man unsere Gebäude in einer Meile Entfernung am südlichen Rand der Farm sehen. Eine Meile ostwärts konnte man drei Silos sehen, die die nordöstliche Ecke markierten, und wenn man seinen Blick von den Silos zu dem Haus und der Scheune schweifen ließ und dann wieder zurück, konnte man das unermeßliche Land in sich aufnehmen, das mein Vater besaß, sechshundertundvierzig Morgen, ganz bezahlt, keine Belastungen, so flach und fruchtbar, schwarz, locker und so offen daliegend, wie ein Stück Land auf dem Antlitz dieser Erde es nur sein kann.

Wenn man von der Kreuzung aus nach Westen sah, gab es weit und breit nichts, das auch nur im entferntesten landschaftlich beeindruckend war. Das lag daran, daß der Zebulon River Ackerboden und Kalkstein durchschnitten und seinen hübschen Verlauf in ein Tal verlegt hatte, tiefer als das umliegende Farmland. Auch war, außer in der Nacht, nichts von Cabot zu sehen. Das einzige, was man sah, waren zwei Gruppen von Farmgebäuden, umgeben von Feldern. In der Gruppe weiter vorne wohnten die Ericsons, die Töchter im Alter von meiner Schwester Rose und mir selbst hatten, und in der Gruppe weiter hinten wohnten die Clarks, deren Söhne, Loren und Jess, noch in die Grundschule gingen, als wir gerade in die High School kamen. Harold Clark war der beste Freund meines Vaters. Er hatte fünfhundert Morgen und keine Hypothek. Die Ericsons hatten dreihundertundzwanzig Morgen und eine Hypothek.

Land und Finanzierung waren in Zebulon ebenso elementare Tatsachen wie Name und Geschlecht. Harold Clark pflegte mit meinem Vater an unserem Küchentisch darüber zu debattieren, wer das Land der Ericsons kriegen würde, wenn die schließlich ihre Hypothek nicht mehr bezahlen könnten. Ich dachte daran, jedesmal, wenn ich mit Ruthie Ericson spielte, jedesmal, wenn meine Mutter, meine Schwester Rose und ich hinübergingen, um beim Einmachen von Obst und Gemüse aus dem Garten zu helfen, jedesmal, wenn Mrs. Ericson Pies oder Donuts herüberbrachte, jedesmal, wenn mein Vater Mr. Ericson ein Werkzeug auslieh, jedesmal, wenn es in der Küche der Ericsons ein Sonntagsessen gab. Ich sah ein, daß Harold Clark mit seiner Meinung, daß das Land der Ericsons auf seiner Straßenseite lag, recht hatte, aber trotzdem fand ich, es sollte unser sein. Erstens hatte Dinah Ericsons

Schlafzimmer im begehbaren Wandschrank einen Fenstersitz, den ich haben wollte. Zweitens fand ich es angemessen und wünschenswert, daß der große Kreis der flachen Erde, der sich von der Kreuzung County Road 686 und Cabot Street Road aus erstreckte, unser sein sollte. Tausend Morgen. So einfach war das.

Wir schrieben 1953, und ich war acht, als ich die Farm und die Zukunft in diesem Licht sah. Es war das Jahr, in dem mein Vater sein erstes Auto kaufte, einen Buick Sedan mit kribbligen grauen Samtsitzen, die an den Kanten so abgerundet und so glatt waren, daß man bei einem Huckel oder einer scharfen Kurve leicht vom Rücksitz auf den Fußboden rutschen konnte. Es war auch das Jahr, in dem meine Schwester Caroline geboren wurde, zweifellos der Grund, weshalb mein Vater das Auto kaufte. Die Ericson-Kinder und die Clark-Kinder fuhren weiterhin hinten auf dem Pickup, der zur Farm gehörte, aber die Cook-Kinder stießen mit den Füßen gegen einen Vordersitz und sahen gebannt aus den hinteren Fenstern, schön geschützt vor Staub. Das Auto war der Ausdruck von sechshundertvierzig Morgen im Verhältnis zu dreihundert oder fünfhundert.

Trotz der Benzinkosten unternahmen wir in jenem Jahr viele Autofahrten, was Farmer selten tun und mein Vater auch nie wieder tat, nachdem Caroline auf der Welt war. Ich hatte daran ein Vergnügen wie an einem geheimen Hort Münzen – wenn Rose, die ich sehr liebte, an mich gelehnt in dem heißen, muffigen Samtluxus des Autoinneren saß, wenn man den Kies unten gegen das Fahrgestell knistern hörte und das Gefühl hatte, als schwömme das Auto in dem gefurchten Weg, wenn jede Minute eine Farm vorüberzog und unsere Geschwindigkeit sie von ungeheurer Größe zu unbedeutender Winzigkeit schrumpfen ließ; wenn einen dieses ungewohnte Gefühl von Müßiggang überkam; wenn, was am allerwichtigsten war, ich den beruhigenden Ton der Stimmen meines Vaters und meiner Mutter hörte, die das, was sie sahen, kommentierten – er den Fortschritt der jährlichen Arbeit und den Zustand der Tiere auf den Weiden, sie Aussehen und Größe der Häuser und Gärten, der Farben der Gebäude. Der Ton ihrer Stimmen war ohne Hast und voller Selbstsicherheit, drückte er doch das Wissen aus, daß die Arbeiten bei uns weiter, unsere Gebäude größer und besser gepflegt waren. Wenn ich heute an sie zurückdenke, weiß ich, daß sie wahrscheinlich kaum viel mehr von der Welt gesehen hatten als ich zu der Zeit. Aber als ich damals ihrem Duett und den Vergleichen lauschte, war es, als könnte ich mich in die Sicherheit dieses Lebensweges nesteln – unsere Farm und unser Leben schienen unerschütterlich und gut.

2

Jess Clark war dreizehn Jahre fort. Er ging aus einem alltäglichen Grund – er wurde zum Militär einberufen –, aber innerhalb weniger Monate, nachdem Harold seinen Sohn zum Busbahnhof in Zebulon Zentrum begleitet hatte, rutschte Jess und alles, was mit ihm zu tun hatte, in die Kategorie des Unaussprechlichen, und niemand erwähnte ihn mehr bis zum Frühling 1979, als ich Loren Clark zufällig in der Bank von Pike traf und er mir erzählte, daß Harold zur Feier von Jess' Rückkehr ein Spanferkel rösten würde, ob wir alle kämen, mitzubringen bräuchten wir nichts. Ich legte Loren meine Hand auf den Arm, so daß er sich nicht umwenden konnte und mir in die Augen sehen mußte. Ich sagte: »Nun sag mal, wo ist er denn gewesen?«

»Ich schätze, das werden wir dann hören.«

»Ich dachte, er hätte keine Verbindung zu euch gehabt.«

»Hatte er auch nicht, bis Samstag abend.«

»Das ist alles?«

»Das ist alles.« Er sah mich lange an und lächelte langsam, dann sagte er: »Mir fällt auf, er hat abgewartet, bis wir mit der Aussaat fertig waren, bevor er seine Auferstehung inszeniert hat.«

Wir hatten wirklich hart gearbeitet, der Frühling war kalt und naß gewesen, und niemand hatte früher als Mitte März aufs Feld gekonnt. Dann war in weniger als zwei Wochen fast der ganze Mais im County gesät worden. Loren lächelte. Was auch immer er sagte, ich wußte, er kam sich ein bißchen wie ein Held vor, genau wie die Männer bei uns zu Hause.

Mir fiel etwas ein. »Weiß er das mit deiner Mutter?«

»Dad hat's ihm gesagt.«

»Bringt er 'ne Familie mit?«

»Keine Frau, keine Kinder. Keine Pläne, dahin zurückzugehen, wo er herkommt. Na ja, wir werden sehen.« Loren Clark war ein großer, gutmütiger Kerl. Wenn er von Jess sprach, dann mit einem zwanglosen amüsierten Unterton, so wie er über alles sprach. Ihn zu treffen, war immer ein Vergnügen, wie ein Glas Wasser zu trinken. Harold machte wunderbare Spanferkel-Essen – während das Ferkel röstete, spritzte er ihm Zitronen- und Paprikasaft unter die Haut. Dennoch erstaunte es mich, daß Harold für einen Tag mit der Bohnensaat aussetzen wollte. Loren zuckte die Schultern. »Das kann warten«, sagte er. »Das Wetter hält sich jetzt. Du kennst Harold. Er schwimmt immer gerne gegen den Strom.«
Worauf ich mich aber wirklich freute, war, Jess Clark durch die Oberfläche all dessen hindurchbrechen zu sehen, was die ganzen Jahre nicht über ihn gesagt worden war. Ich spürte mein Interesse wachsen, eine kleine Neugierde, die mir wie ein glückliches Omen vorkam. Als ich eine Weile später den Scenic Highway entlang nach Cabot fuhr, dachte ich, wie hübsch der Fluß aussah – Weiden und Silberahorn standen in vollem Laub, das Schilfrohr war grün und saftig, die wilden Lilien standen in lila Büscheln, und ich hielt an und machte einen schönen kleinen Spaziergang am Ufer entlang.
Am Valentinstag hatte meine Schwester Rose ihre Diagnose, Brustkrebs, bekommen. Sie war vierunddreißig. Die Operation und die darauf folgende Chemotherapie hatten sie schwach und nervös gemacht. Es war der trübsinnigste März und April seit Jahren, und ich kochte die ganze Zeit für drei Haushalte – für meinen Vater, der darauf bestand, alleine in unserem alten Haus zu leben, für Rose und ihren Mann Pete in ihrem Haus gegenüber von Daddy, und dazu für meinen Mann Tyler und mich. Wir wohnten nun wirklich da, wo früher die Ericsons gewohnt hatten. Es war mir gelungen, das Mittagessen zusammenzulegen, und manchmal auch das Abendessen, je nachdem, wie Rose sich fühlte, das Frühstück aber mußte ich in jeder der drei Küchen einzeln machen. Meine Arbeit am Herd begann vor fünf und endete nicht vor halb neun abends.
Es machte die Sache nicht besser, daß die Männer herumsaßen und sich über das Wetter beklagten und sich sorgten, es könne kein

Traktordiesel fürs Pflanzen geben. Jimmy Carter sollte dieses tun, Jimmy Carter wird ganz bestimmt jenes tun, den ganzen Frühling hindurch.

Und es machte die Sache nicht besser, daß Rose sich im vergangenen Herbst plötzlich entschlossen hatte, Pammy und Linda, ihre Töchter, auf ein Internat zu schicken. Pammy war in der siebten Klasse, Linda in der sechsten. Sie wollten absolut nicht weg, kämpften dagegen an, indem sie mich und ihren Vater gegen Rose zu ihren Verbündeten machten, aber sie nähte Namensschilder in ihre Kleider, packte ihre Koffer und fuhr sie runter in die Quäkerschule von West Branch. Sie legte eine unbeugsame Entschlossenheit an den Tag, selbst angesichts des Widerspruchs unseres Vaters; sie war wie eine Naturkraft.

Die Abreise der Mädchen war unerträglich für mich, waren sie doch beinahe meine eigenen Töchter, und als Rose die Nachricht von ihrem Arzt erhielt, war das erste, was ich sagte: »Laß uns Pammy und Linda für 'ne Weile nach Haus kommen lassen. Das ist jetzt eine gute Zeit. Sie können das Schuljahr hier zu Ende machen, danach eventuell wieder zurückgehen.«

Sie sagte: »Niemals.«

Linda war gerade geboren, als ich meine erste Fehlgeburt hatte, und für längere Zeit, sechs Monate vielleicht, war der Anblick dieser beiden Babies, die ich mit wahrer Anteilnahme und tiefer Erfüllung geliebt und umsorgt hatte, Gift für mich. Es schmerzte mich bis in alle Fasern, wenn ich sie sah, wenn ich Rose mit ihnen sah, als trügen meine Adern Säure bis in die äußersten Bereiche meines Körpers. Ich war so eifersüchtig und jedesmal, wenn ich sie sah, so erneut eifersüchtig, daß ich kaum sprechen konnte, und ich war nicht besonders nett zu Rose, weil irgend etwas in mir ihr die Schuld dafür gab, daß sie das hatte, was ich wollte, und dafür, daß sie es so leicht bekommen hatte (ich hatte drei Jahre gebraucht, um überhaupt schwanger zu werden – sie war es schon zwei Monate nach ihrer Hochzeit). Natürlich hatte Schuld nichts damit zu tun, und ich überwand schließlich meine Eifersucht, indem ich mir immer wieder, wie eine heruntergebetete Litanei, die

zentrale Tatsache meines Lebens in Erinnerung rief – kein Tag meines erinnerten Lebens war ohne Rose. Verglichen mit unserer schwesterlichen Beziehung war jede andere durch irgendeine Form der Abwesenheit gekennzeichnet – vor Caroline, nach unserer Mutter, vor unseren Männern, Schwangerschaften, ihren Kindern, vor und nach Freunden und Nachbarn. In Zebulon hat es immer Familien gegeben, die jahrelang miteinander lebten, ohne ein Wort zu wechseln, für die ein alter Zwist um Land oder Geld so heiß brannte, daß er jedes andere Thema verschlang, jeden anderen Berührungspunkt der Freundschaft oder Zuneigung. So etwas wollte ich nicht, das wollte ich am allerwenigsten, deshalb überwand ich meine Eifersucht und machte meine Beziehung zu Rose besser als je zuvor. Und dennoch erinnerte mich ihre Weigerung, sie aus dem Internat nach Hause kommen zu lassen, in eindeutiger Weise daran, daß sie immer ihre Kinder sein würden, niemals meine.
Ja, ich fühlte es, und ich schob es beiseite. Ich warf mich ganz darauf, ihr Essen zu machen, ihr Haus zu putzen, ihre Wäsche zu waschen, sie zur Behandlung nach Zebulon reinzufahren, sie zu baden, ihr zu helfen, eine Prothese zu finden, sie in ihren Übungen zu ermutigen. Ich sprach von den Mädchen, las die Briefe, die sie nach Hause schickten, schickte ihnen Bananenkuchen und Ingwerplätzchen. Aber nachdem die Mädchen weggeschickt worden waren, hatte ich wieder, zum ersten Mal seit Lindas Geburt, eine Ahnung davon, wie es in diesen Familien war, wie ganze Generationen des Schweigens aus einer einzigen Entscheidung erwachsen konnten.
Jess Clarks Rückkehr: Etwas, das unmöglich erschienen war, erwies sich als möglich. Es war jetzt Ende Mai, und Rose ging es ganz gut. Noch eine Möglichkeit, die sich verwirklicht hatte. Und sie sah auch besser aus, seit sie wieder ein bißchen Farbe bekam. Und es würde warm werden, sagten sie im Fernsehen. Mein Spaziergang am Flußufer führte mich zu der Stelle, wo der Fluß sich zu einem kleinen Sumpfgebiet ausweitet, oder wo, wie man auch sagen könnte, die Oberfläche der Erde unter die Oberfläche des

Meeres, das in ihr ist, tauchte. Blaues Wasser funkelte im noch klaren Sonnenlicht des Frühlings. Und hier war ein Schwarm Pelikane, vielleicht fünfundzwanzig Vögel, wolkenweiß gegen den Schimmer des Wassers. Vor neunzig Jahren, als meine Großeltern sich in Zebulon niederließen und die ganze Gegend feucht war, sumpfig, und so wie jetzt schimmerte, nisteten Hunderttausende von Pelikanen im Schilf, aber ich hatte seit den frühen Sechzigern keinen einzigen mehr gesehen. Ich beobachtete sie. Diese schöne Aussicht am Scenic Highway, dachte ich, hatte mich gelehrt, daß es unterhalb des Sichtbaren noch etwas gab.

Die Clark-Brüder sahen beide gut aus, nur daß man bei Loren einen Augenblick genauer hinsehen mußte, um die schön geschnittenen Augen und die fein geschwungenen Lippen zu entdecken. Seine vergnügte Veranlagung verlieh ihm etwas Einfältiges, das, was die meisten Menschen wahrscheinlich meinen, wenn sie das Wort »Hinterwäldler« benutzen. Und vielleicht war er auch ein bißchen dick um die Mitte herum geworden, wie man es eben wird, wenn man immer viel Fleisch und Kartoffeln bekommt. Es war mir nicht einmal aufgefallen, bis ich Jess das erste Mal beim Spanferkel-Essen sah. Er war wie eine Kontrastausgabe von Loren. Ich glaube, Jess war ungefähr ein Jahr älter als Loren, aber in jenen dreizehn Jahren waren sie wie diese getrennt aufwachsenden Zwillinge geworden, von denen sie im Fernsehen berichten. Sie neigten ihre Köpfe in derselben Weise, sie lachten über dieselben Witze. Bloß daß die Jahre nicht in derselben Weise ihren Tribut von Jess gefordert hatten wie von Loren: seine Taille wuchs gerade aus seinem Gürtel auf; seine Oberschenkel waren ein wenig nach außen gewölbt, so daß man die Muskeln in seinen Jeans ahnen konnte. Auch von hinten sah er anders aus als die anderen beim Spanferkel-Essen. Sein Kreuz wurde bis zu seinem Gürtel hin schmaler, und dann kam nur eine leichte Wölbung, die von der Naht und den Taschen schön betont wurde. Er ging auch nicht wie ein Farmer, das war noch etwas, was einem von hinten auffiel. Die meisten Männer gehen aus den Hüftgelenken, werfen einfach die Beine abwechselnd vor, aber Jess Clark bewegte sich aus dem Kreuz heraus vorwärts, so als wäre er jederzeit bereit, ein paarmal Handstandüberschlag zu machen.

Auch Rose fiel er auf, zugleich mit mir. Wir stellten unsere Kasserollen auf den Tisch mit den Holzböcken, ich sah Jess an, der mit Marlene Stanley gesprochen hatte und sich gerade umwandte, und Rose sagte: »Heh. Sieh mal an!«

Sein Gesicht aber war nicht so glatt wie Lorens. Im Gesicht war er gealtert. Von seinen Augenwinkeln breiteten sich Falten wie Fächer aus, umrahmten sein Lächeln, zogen die Aufmerksamkeit auf seine Nase, die lang war und scharf geschnitten, nicht weich geworden durch Fleisch oder jahrelange leichte, harmlose Gedanken. Er hatte Lorens blaue Augen, aber es lag nichts Süßliches in ihnen, und Lorens dunkelbraune Locken, aber sie waren kurz geschnitten. Schön geschnitten. Er trug teure Turnschuhe und ein hellblaues Hemd mit aufgekrempelten Ärmeln. Er sah in der Tat gut aus, aber nicht auf eine Weise, welche das Mißtrauen der Nachbarschaft schnell zerstreut hätte. Trotzdem waren natürlich alle freundlich zu ihm. Die Leute in Zebulon betrachteten Freundlichkeit als moralische Tugend.

Er umarmte mich, dann Rose, und sagte: »Heh, da sind ja die großen Mädchen.«

Rose sagte: »Heh, da ist ja das kleine Ekel.«

»So schlimm war ich damals gar nicht. Ich war einfach bloß interessiert.«

»Das Wort Nervensäge trifft es bestens, Jess«, sagte Rose.

»Zu Caroline war ich nett. Caroline war verrückt nach mir. Ist sie hier?«

Ich sagte: »Caroline lebt jetzt unten in Des Moines. Sie heiratet im Juli.« Ich klang so ernsthaft und langweilig.

»So früh?«

Rose neigte den Kopf zur Seite und schob ihr Haar nach hinten. »Sie ist achtundzwanzig, Jess«, sagte sie. »Daddy sagt, es ist beinahe zu spät für die Zucht. Frag ihn. Er wird dir alles mögliche über Sauen und junge Kühe erzählen und über Sachen, die austrocknen und leere Kammern. Er hat da ein ganzes theoretisches System.«

Jess lachte. »Das weiß ich noch. Euer Vater hatte immer 'ne Menge Ideen. Er und Harold konnten am Küchentisch sitzen und eine ganze Torte aufessen, ein Stück nach dem anderen, und zwei oder drei Kannen Kaffee trinken und versuchen, sich gegenseitig zu übertrumpfen.«

»Das machen die immer noch«, sagte Rose. »Denk ja nicht, irgendwas hätte sich verändert, bloß weil du dreizehn Jahre nicht dabeigewesen bist.«

Jess sah sie an. Ich sagte: »Ich hoffe, du erinnerst dich, daß Rose ständig ihre ungehobelte Meinung äußert. Das hat sich auch nicht verändert.« Er lächelte mich an. Rose, die nichts in Verlegenheit bringen kann, sagte: »Ich hab mich auch an etwas erinnert. Ich hab mich erinnert, daß Jess früher so gerne das Schweizer Steak mochte, das seine Mutter gemacht hat. Deshalb hab ich genau das mitgebracht.« Sie hob den Deckel von ihrer Kasserolle, und Jess zog die Augenbrauen hoch. Er sagte: »Ich hab seit sieben Jahren kein Fleisch mehr gegessen.«

»Na dann wirst du hier wahrscheinlich verhungern. Da ist Eileen Dahl, Ginny. Sie hat mir Blumen ins Krankenhaus geschickt. Ich geh mal mit ihr reden.« Sie ging hinüber. Jess sah ihr nicht nach. Statt dessen hob er den Deckel von meiner Kasserolle. Ich hatte Käse-Enchiladas gemacht. Ich sagte: »Und wo hast du nun gelebt?«

»Seattle, in der letzten Zeit. Vor der Amnestie war ich in Vancouver.«

»Wir wußten überhaupt nicht, daß du in Kanada warst.«

»Kann ich mir denken. Ich bin da direkt nach der Infanterieausbildung hingegangen, bei meinem ersten Urlaub.«

»Wußte dein Dad davon?«

»Vielleicht. Ich weiß nie, wieviel er weiß.«

»Zebulon County muß dir ziemlich gewöhnlich vorkommen, danach, nach den Bergen und allem.«

»Es ist schön dort. Ich weiß nicht...« Sein Blick huschte über

meine Schulter, dann wieder zurück zu meinem Gesicht. Er lächelte mich direkt an. »Wir reden mal drüber. Ich hab gehört, ihr seid jetzt unsere nächsten Nachbarn.«
»Ja, ich denk schon, nach Osten.«
Ich sah, daß das Auto meines Vaters vorfuhr. Pete und Ty waren bei ihm, das wußte ich. Aber Caroline war auch da. Das kam unerwartet. Ich winkte, als sie aus dem Auto stieg, und Jess drehte sich um und sah in ihre Richtung. Ich sagte: »Da ist sie. Das ist mein Mann, Ty. Du erinnerst dich bestimmt an ihn, und Pete, Roses Mann. Kennst du ihn?«
Jess sagte: »Keine Kinder?«
»Keine Kinder.« Ich gab dieser Bemerkung meinen üblichen heiteren Ton und ergänzte dann schnell: »Aber Rose hat zwei, Pammy und Linda. Ich bin ihnen sehr nahe. Momentan sind sie im Internat. Unten in West Branch.«
»Ganz schön anspruchsvoll für 'ne Familienfarm.«
Ich zuckte die Schultern. Mittlerweile hatten Ty und Caroline ihren Weg durch die vielen Menschen zu uns gefunden, nachdem sie Daddy bei der Gruppe Farmer abgeliefert hatten, die um Harold und Pete bei dem Faß mit dem eisgekühlten Bier standen. Ty kniff mich leicht in die Taille und küßte mich auf die Wange.
Ty und ich heirateten, als ich neunzehn war, und noch immer war es so, daß ich mich selbst nach siebzehn Ehejahren jedesmal freute, wenn er erschien.
Ich war nicht die erste in meiner Highschool-Klasse, die heiratete, und auch nicht die letzte. Ty war vierundzwanzig. Er war bereits seit sechs Jahren Farmer, und seine Farm ging gut. Hundertundsechzig Morgen, keine Hypothek. Ihre Größe war meinem Vater recht, und sie hatte die richtige Geschichte – Tys Dad, der zweite Smith-Junge, hatte die Extrafarm geerbt, nicht das eigentliche Land. An das hatte man nicht gerührt, es ging an Tys Onkel und belief sich auf ungefähr vierhundert Morgen, keine Hypothek. Tys Dad hatte darüber hinaus Verstand bewiesen, indem er eine einfache Frau geheiratet und nur ein Kind hervorgebracht hatte, die obere Grenze, wie mein Vater oft sagte, für hundertsechzig Mor-

gen. Als Ty zweiundzwanzig war und lange genug Farmer, um zu wissen, was er tat, starb sein Vater an einem Herzanfall, der ihn im Schweinestall traf. Meinem Vater erschien das als der reinste Ausdruck der richtigen Abfolge der Dinge, und deshalb war er, als Ty uns im darauffolgenden Jahr zu besuchen begann, voll und ganz einverstanden.

Ty konnte sich ausdrücken, er war umgänglich, und ganz von sich aus zog er mich Rose vor. Er hatte gute Manieren, eine der Eigenschaften bei Männern, dachte ich oft, die immer bleiben. Jedesmal, wenn er hereinkam, lächelte er und sagte: »Hallo, Ginny«, und wenn er ging, sagte er mir, wann er zurück sein würde, und er legte Wert darauf, auf Wiedersehen zu sagen. Er bedankte sich bei mir fürs Essen und benutzte gewohnheitsmäßig das Wort »bitte«. Gute Manieren kamen ihm auch im Umgang mit meinem Vater zustatten, da sie gemeinsam Daddys Farm bewirtschafteten und Tys hundertsechzig verpachteten. Daddy kam mit Pete nicht so gut zurecht, und Ty verbrachte ziemlich viel Zeit damit, die Dinge zwischen den beiden zu glätten. Im Laufe der Jahre wurde deutlich, daß Tyler und ich gut zusammenpaßten, besonders wenn man uns mit Rose und Pete verglich, bei denen es im allgemeinen viel mehr Aufregung und Unzufriedenheit gab.

Ty begrüßte Jess mit seiner typischen Freundlichkeit, und es war seltsam, zwischen beiden hin und her zu blicken. Als ich Jess das letzte Mal gesehen hatte, war er mir so jung vorgekommen und Ty so reif. Jetzt erschienen sie mir beide eher gleichaltrig, wobei Jess genaugenommen eine Idee weltläufiger und selbstbewußter war.

Caroline gab Jess auf ihre energische Juristenart die Hand – was Rose immer ihr »Nimm-mich-ernst-oder-ich-verklag-dich«-Auftreten nannte. Sie mochte, wie Daddy glaubte, alt für die Zucht sein, aber sie war jung für die Juristerei. Ich gab mir ihr zuliebe wirklich Mühe, mich nicht über sie zu amüsieren, aber in dem Augenblick konnte ich sehen, daß Jess Clark sich auch ein bißchen amüsierte. Sie teilte uns mit, daß sie vorhatte, die Nacht zu bleiben, dann mit uns in die Kirche zu gehen und zum Abendessen wieder zurück in Des Moines zu sein. Nichts auch nur im geringsten Ungewöhnliches. Ja, ich habe über jeden Moment dieser Party immer und immer wieder nachgegrübelt und dabei Hinweise, Signale ausfindig zu machen versucht, ich habe nach Möglichkeiten gesucht, wie man alles hätte anders machen können. Aber es gab keine Anhaltspunkte.

3

Die Eltern meiner Großmutter, Sam und Arabella Davis, kamen aus dem Westen Englands – hügeliges Land, nicht gut für die Landwirtschaft. Als sie im Frühjahr 1890 nach Zebulon kamen und sahen, daß die Hälfte des Landes, das sie unbesehen gekauft hatten, einen Teil des Jahres zwei Fuß unter Wasser stand und ein anderes Viertel sumpfig war, gingen sie zurück nach Mason City und blieben dort den Sommer und Winter über. Sam war einundzwanzig und Arabella zweiundzwanzig. In Mason City trafen sie einen Engländer, John Cook, der, da er aus Norfolk kam, keine Angst vor stehendem Wasser hatte. Cook war nur ein einfacher Verkäufer in einem Textilgeschäft, aber er las viel, interessierte sich für die neuesten landwirtschaftlichen und industriellen Errungenschaften, und er überredete meine Großeltern dazu, das ihnen noch verbliebene Geld für die Trockenlegung eines Teils ihres Landes zu benutzen. Er war sechzehn Jahre alt. Er verkaufte meinem Urgroßvater zwei Forken, einige Spaten, einen Nivellierschlauch, Drainagerohre, die ganz in der Nähe hergestellt wurden, und ein Paar hohe Stiefel. Als das Wetter wärmer wurde, hörte John auf, in dem Textilgeschäft zu arbeiten, und er und Sam gingen raus unter die Moskitos und fingen an zu graben. Auf dem trockeneren Stück Land baute mein Großvater zwanzig Morgen Flachs und zehn Morgen Hafer an, genau das, was jeder, der sich mit der Bodengewinnung abrackerte, im ersten Jahr anbaute. Beides gedieh recht gut, verglichen mit dem, was sie zu Hause in England gehabt hätten. In Mason City wurde meine Großmutter Edith geboren. John und Sam gruben, nivellierten und legten Rohrleitungen, bis der Boden zu hart gefroren war, als daß sie mit ihren Forken noch etwas hätten ausrichten können, dann gingen sie nach Mason City zurück, wo beide Bekanntschaft mit Edith machten und beide für die Mason City Stein- und Rohrwerke arbeiteten.

Ein Jahr später, direkt nach der Ernte, bauten John, Arabella und Sam an der südlichsten Ecke der Farm ein flaches Haus mit zwei Schlafzimmern. Drei Männer aus der Stadt und ein Farmer namens Hawkins halfen. Sie brauchten drei Wochen, und am 10. November zogen sie ein. Im ersten Winter wohnte John im ersten Schlafzimmer, Sam und Arabella im zweiten. Edith schlief in einem Einbauschrank. Zwei Jahre später erwarb John Cook, wieder zu einem guten Preis, achtzig weitere Morgen sumpfigen Bodens, der an das Land der Davises angrenzte. Er lebte weiterhin mit ihnen zusammen, bis 1899, dann baute er sich ein eigenes Haus.

Von außen konnte man dem Land unter meinen Kinderfüßen nicht ansehen, daß es nicht die Urerde war, über die ich in der Schule gelesen hatte. Sie war neu, erschaffen durch magische Leitungen aus Tonrohren, über die mein Vater mit Freude und Ehrfurcht sprach. Ton »zog« Wasser und erwärmte die Erde, so daß sie sich leicht bearbeiten ließ und er mit seinen Maschinen bereits vierundzwanzig Stunden nach dem schwersten Unwetter wieder auf die Felder konnte. Vor allem aber produzierten die Tonrohre wie durch Zauberei Wohlstand – mehr Bushel pro Morgen einer besseren Ernte, Jahr für Jahr, trocken oder naß. Ich wußte, wie Tonrohre aussahen (als ich klein war, lagen immer fünf oder zwölf Zoll lange Rohre aus echtem Ton überall auf der Farm herum, für Reparaturen oder Verlängerungen der Leitungen; als ich älter wurde, wurde der »Ton« zu langen Schlangen aus Plastik), aber über Jahre hin stellte ich mir einen Fußboden unter der oberen Erdschicht vor, blaugrün und gelb kariert, wie der Fußboden auf der Mädchentoilette in der Grundschule, ein harter glänzender Boden, in den man nicht einsinken konnte, besser als ein Treuhandvermögen, verläßlicher als eine Ernteversicherung, eines Farmers bestes Gut. John und Sam und schließlich mein Vater brauchten eine Generation, fünfundzwanzig Jahre, um die Tonrohre zu verlegen und die Entwässerungsschächte und die Zisternen zu graben. Ich in meinem Sonntagskleid und -hut, in dem Buick unterwegs zur Kirche, war eine Nutznießerin dieser gewaltigen Anstrengung, jemand, der immer Boden unter den Füßen haben würde. Wie sehr diese Morgen Land auch wie ein Geschenk der Natur aussahen oder ein Geschenk Gottes, sie waren es nicht. Wir gingen in die Kirche, um unsere respektvolle Aufwartung zu machen, nicht um zu danken.

Es war nur allzu klar, daß John Cook sich mit viel Schweiß einen Wert, einen Gewinnanteil erworben hatte, und als Edith sechzehn wurde, heiratete John sie – er war mittlerweile dreiunddreißig. Sie lebten weiter in Johns Haus, aber Sam und Arabella bestellten bei Sears ein Haus, das »Chelsea« hieß, eins, das weit größer und prächtiger war als das alte. Sie nahmen das Chelsea (vier Schlafzimmer, Wohnzimmer, Eßzimmer und Diele, mit Innentoilette und Schiebetüren zwischen Wohn- und Eßzimmer, 1129 Dollar) in Cabot am Güterbahnhof in Empfang. Das fertig abgepackte Hauszubehör enthielt jedes einzelne Brett, jeden Balken, Nagel, Fensterrahmen und jede Tür, die sie brauchen würden, und dazu sechsundsiebzig Seiten Anleitung. Das war das Haus, in dem wir aufwuchsen und in dem mein Vater lebte. Das alte Haus wurde in den Dreißigern abgerissen, das Holz für einen Hühnerstall verwendet.

Ich war mir, so glaube ich, immer des Wassers in der Erde bewußt: wie es sich von einem Teilchen zum nächsten fortbewegt, dabei Moleküle haftenbleiben, zusammenwachsen, verdunsten, sich erhitzen, abkühlen, erstarren, an die Oberfläche steigen und die kühle Luft neblig machen, oder wie es nach unten sinkt, diesen oder jenen Nährstoff auflöst, wie es flink ist in allem, was es tut, endlos arbeitend und fließend, manchmal ein Fluß, manchmal ein See. Als ich sehr klein war, stellte ich mir vor, es könnte jederzeit hochsteigen und wieder die Erde bedecken, wenn nicht die langen Reihen Tonrohre wären. Die ersten Siedler hatten die Prärie immer als See oder Ozean aus Gras gesehen, vielleicht weil die meisten unlängst den Atlantik überquert hatten. Die

Davises aber fanden tatsächlich eine schimmernde weite Fläche vor, durchsetzt von Schilfrohr und Kalmus. Das Gras ist jetzt nicht mehr da und die Sümpfe auch nicht, »die weite feuchte Prärie«, aber das Meer ist immer noch unter unseren Füßen, und wir gehen darauf.

4

Harolds Farm sah der unseren sehr ähnlich, flacher als flach, aber das Haus war viktorianischer im Stil, hatte strahlenförmige Giebelbalken und eine große Schaukel auf der Veranda. Harold besaß nicht so viel Land wie mein Vater, aber er bewirtschaftete es gut und hatte genau wie mein Vater und über ebensoviele Jahre seinen Wohlstand vermehrt. Zur Zeit des Spanferkel-Essens wurmte es meinen Vater noch immer, daß Harold plötzlich im März, ohne meinem Vater vorher davon erzählt zu haben, einen brandneuen, geschlossenen, vollklimatisierten International Harvester-Traktor gekauft hatte, mit Kassettenspieler, um während der Arbeit auf den Feldern alte Bob Wills-Aufnahmen spielen zu können, und nicht nur den Traktor, sondern noch dazu eine neue Sämaschine. Mein Vater hatte sich angewöhnt, Harold jedesmal, wenn sie sich trafen, mit einem Bob Wills-Falsett »Ah-hanh!« zu begrüßen, aber der wahre Zankapfel war nicht der Traktor und daß Harold meinen Vater im Maschinenwettstreit übertrumpft hatte, sondern daß er nicht verriet, wie er ihn finanziert hatte, ob kalt, also aus Erspartem oder dem Gewinn des letzten Jahres (in diesem Fall stand er sich besser, als mein Vater dachte, und besser als mein Vater), oder ob er zur Bank gegangen war. Es war durchaus möglich, daß Loren, der auf dem College Kurse über Farm-Management belegt hatte, Harold schließlich doch davon überzeugt hatte, daß eine gewisse Verschuldung für ein Unternehmen wünschenswert war. Mein Vater wußte es nicht, und das ärgerte ihn. Harold seinerseits ließ keine Gelegenheit aus, seinen neuen Traktor zu loben, sich kopfschüttelnd zu fragen, warum er so viele Jahre Staub geschluckt hatte, die Anzahl der Gänge (zwölf) zu verkünden, das leuchtende Rot der Lackierung zu bewundern, das sich so schön gegen ein grünes Feld, einen blauen Himmel abhob. Beim Spanferkel-Essen waren Jess Clark und die neuen Maschinen Harolds Zwillings-Ausstellungsstücke, und die Gäste aus der gesamten Umgebung konnten der Art nicht widerstehen, hatten keinen Grund, ihr zu widerstehen, mit der er sie zwischen den beiden hin- und hertrieb und dabei mit der schamlosen Unschuld, für die er bekannt war, Bewunderung von ihnen forderte und auch bekam.

Die anderen Farmer gaben ihrem Neid auf den neuen Traktor offen Ausdruck. Bob Stanley stand mitten in der Gruppe, die sich um den Tisch versammelt hatte, wo Loren das Fleisch aufschnitt, und sagte: »Wir werden uns demnächst alle diese Dinger kaufen. Wir alle haben große Felder, die tagelange Arbeit erfordern, wir alle haben keine Lust, weiter wie bisher Staub zu schlucken. Aber verdammt noch mal, wir glauben, wir hätten im Augenblick Dieselprobleme! Wartet mal ab, bis wir 'nen Haufen von diesen Monstern haben, die dann auf die Felder kommen.« Er wippte mit zufriedener Miene auf den Absätzen. Daddy hörte zu, sagte aber nichts. Er lobte das Fleisch, sah Jess von oben bis unten mit einem mißtrauischen Blick an und aß eine Menge Obstsalat. Alle wußten, daß Daddy und Bob Stanley, der ungefähr in Tys Alter war, nicht die besten Freunde waren. Pete sagte manchmal: »Larry weiß, daß Bob an seinen Baum pinkeln will. Bob weiß das auch.« Bob redete mehr – er war ein geselliger Mensch –, aber es stimmte auch, daß die anderen Farmer, wenn Bob irgendeine Erklärung abgab, Daddy immer so ansahen, als erwarteten sie das letzte Wort von ihm, und Daddy liebte es, Skepsis auszustrahlen, und er konnte das mit einer ganzen Reihe von aufstöhnenden und grunzenden Lauten ausdrücken, die Bob geschwätzig und flach erscheinen ließen.

Als es zu dämmern begann, ging ich herum und sammelte Pappteller ein, und mir fiel eine kleine Gruppe auf, bei der sich Rose und Caroline und auch Ty und Pete befanden. Sie hatten sich auf Harolds hinterer Veranda zusammengefunden, und mein Vater redete ernsthaft in ihrer Mitte. Ich erinnere mich, daß Rose sich umwandte und mich über den Garten hinweg ansah, und ich erinnere mich an ein kurzes inneres Klirren, eine instinktive Gewißheit, daß ich vorsichtig sein mußte, aber dann sah Caroline auf und lächelte und winkte mich herüber. Ich ging hinüber und stellte mich auf die unterste Treppenstufe der Veranda, Teller und Plastikgabeln in beiden Händen. Mein Vater sagte: »Das ist der Plan.«

Ich sagte: »Was ist der Plan, Daddy?«

Er blickte mich an, dann Caroline, und indem er sie die ganze Zeit ansah, sagte er: »Wir werden 'ne Gesellschaft bilden, Ginny, und ihr Mädchen werdet alle euren Anteil bekommen, dann werden wir diesen neuen Güllebehälter, diesen Slurrystore, bauen und vielleicht auch ein Silo, und wir werden die Schweinemast vergrößern.« Er sah mich an. »Ihr Mädchen und Ty und Pete und Frank, ihr werdet den ganzen Laden schmeißen. Ihr kriegt jeder ein Drittel von der Gesellschaft. Was hältst du davon?«

Ich leckte mir die Lippen und stieg die beiden Stufen der Veranda hoch. Jetzt konnte ich Harold durch das Fliegengitterfenster der Küche sehen, er stand in dem dunklen Türrahmen und grinste. Ich wußte, daß er glaubte, mein Vater habe zu viel getrunken – genau das dachte ich auch. Ich sah auf die Pappteller in meinen Händen hinunter, die das Zwielicht blau machte. Ty sah zu mir, und ich konnte in seinem Blick eine verdeckte und sehr beherrschte Freude erkennen – er wollte schon seit Jahren die Schweinemast ausbauen. Ich erinnere mich, was ich dachte. Ich dachte: Okay. Greif zu. Er bietet es dir an, und alles, was du zu tun hast, ist zugreifen. Daddy sagte: »Teufel noch mal, ich bin zu alt für das alles. Ihr würdet mich nie dabei erwischen, wie ich mir in meinem Alter einen neuen Traktor kauf. Wenn ich 'nem Sänger zuhören will, tu ich das in meinem eigenen Haus. Abgesehen davon, wenn ich morgen sterb, müßt ihr sieben- oder achthunderttausend Dollar Erbschaftssteuer zahlen. Die Leute tun immer so, als lebten sie ewig, wenn die Bodenpreise gut sind«, (hier warf er Harold einen Blick zu), »aber wenn sie 'nen Infarkt bekommen oder 'nen Schlaganfall oder sonst was, dann müssen sie verkaufen, um den Staat zu bezahlen.«

Trotz dieses inneren Klirrens gab ich mir Mühe, freudige Zustimmung auszudrücken. »Die Idee ist gut.«

Rose sagte: »Die Idee ist hervorragend.«

Caroline sagte: »Ich weiß nicht.«

Als ich in die erste Klasse ging und die anderen Kinder sagten, ihre Väter seien Farmer, glaubte ich ihnen einfach nicht. Ich stimmte aus Höflichkeit zu, aber in meinem Herzen wußte ich, daß diese Männer Hochstapler waren, als Farmer und auch als Väter. In meiner Vorstellung war nur Laurence Cook Farmer und Vater. Im Ernst zu glauben, daß neben ihm auch andere so etwas sein konnten, hieß gegen das Erste Gebot verstoßen.

Meine ersten Erinnerungen an ihn sind, daß ich Angst hatte, ihm in die Augen zu sehen, überhaupt, ihn anzusehen. Er war zu groß, und seine Stimme war zu tief. Wenn ich mit ihm sprechen mußte, redete ich seine Overalls, sein Hemd, seine Stiefel an. Wenn er mich nahe an sein Gesicht hob, wich ich vor ihm zurück. Wenn er mich küßte, hielt ich es aus, bot ihm als Gegenleistung eine knappe Umarmung dar. Gleichzeitig war eben dieses furchteinflößende Wesen auch eine Beruhigung, wenn ich an Räuber oder Ungeheuer dachte, und wir lebten, das konnte jeder sehen, auf der besten und der bestgeführten Farm. Die größte Farm und der größte Farmer. Das paßte zu meinem Gefühl, oder formte es vielleicht, von der richtigen Ordnung der Dinge.

Vielleicht gibt es eine Distanz, die die optimale Entfernung darstellt, aus der man seinen Vater sehen sollte, weiter als über den Abendbrottisch hinweg oder quer über den Raum, irgendwo in mittlerer Distanz: Bäume oder die geschwungene Linie eines Hügels machen ihn klein, aber seine typischen Merkmale sind noch sichtbar, seine Körpersprache ist noch deutlich. Nun, das ist eine Distanz, die ich nie gefunden habe. Die Landschaft hat ihn nie klein gemacht – die Felder, die Gebäude, der Windschutz aus Kiefern, sie waren genauso er, als wären sie aus ihm gewachsen und wie eine Hülse von ihm abgefallen.

Der Versuch, meinen Vater zu verstehen, hatte sich für mich immer ein bißchen so angefühlt, wie Woche für Woche in die Kirche zu gehen und unserem Pfarrer, Dr. Fremont, dabei zuzuhören, wie er Beweise für Gottes Güte oder Allwissenheit oder was immer zusammentrug. Er ging die neuesten Ereignisse durch, Geschehnisse der Bibel, Momente seines eigenen Lebens, Dinge, die andere Menschen ihm erzählt hatten, und er entwarf ein Bild, das für die wenigen Augenblicke feste Gestalt annahm, bevor andere Ereignisse, die nicht in das Bild paßten, die Chance hatten, einem in den Kopf zu kommen. Am Ende aber gab der Pfarrer dann zu, ja er frohlockte sogar an dieser Stelle, daß die Dinge sich letztlich nicht zusammenreimen ließen, daß die Wirklichkeit unbegreiflich war und unsere Unfähigkeit zu verstehen der allergrößte Beweis nicht von Güte oder Allwissenheit oder was immer das Thema des Tages war, sondern von Macht. Und wenn Dr. Fremont von Macht sprach, wurde seine Stimme tiefer, seine Gesten wurden ausholender, und seine Augen leuchteten.

Mein Vater hatte keinen Pfarrer, niemanden, der ihm auch nur vorübergehend für uns zu einer festen Gestalt verhalf. Meine Mutter starb, bevor sie ihn uns als nur einen Menschen mit Gewohnheiten und Marotten und Vorlieben vorstellen konnte, bevor sie ihn in unseren Augen verkleinern konnte, damit wir ihn verstanden. Ich wünschte, wir hätten ihn verstanden. Das, sehe ich jetzt, war unsere einzige Hoffnung.

Als mein Vater den Kopf wandte, um Caroline anzusehen, war seine Bewegung langsam und aufgeschreckt, eine große Bewegung des ganzen Körpers, die mich daran erinnerte, wie massig er war – deutlich über einen Meter achtzig und mehr als einhundert Kilo schwer. Wenn sie es gewagt hätte, so hätte sie sagen können, sie wolle nicht auf der Farm leben, sie sei ausgebildete Anwältin und wolle einen Anwalt heiraten, aber das war ein heikles Thema. Sie rückte auf ihrem Stuhl herum und ließ ihren Blick über den sich verdunkelnden Horizont schweifen. Harold schaltete das Verandalicht an. Caroline mochte der Plan meines Vaters wie eine Falltür erschienen sein, die sie in eine Rutsche stürzen ließ und direkt wieder auf der Farm absetzte. Mein Vater starrte sie an. Weil es plötzlich so hell auf der Veranda geworden war, konnte ich ihr unmöglich ein Zeichen geben, den Mund zu halten, halt einfach nur den Mund, er hat zu viel getrunken! Er sagte: »Du willst nicht, mein Kind, also bist du raus. So einfach ist das.« Dann schob er sich aus seinem Stuhl hoch, polterte an mir vorbei hinaus in die Dunkelheit.

Caroline sah erschrocken aus, aber niemand sonst. Ich sagte: »Das ist lächerlich. Er ist betrunken.« Aber danach standen alle auf und zogen sich schweigend von der Veranda zurück, alle wußten, daß etwas Wichtiges passiert war, und auch, was es war. Mein Vater war in seinem Stolz, der immer leicht zu verletzen war, tief getroffen. Es würde nichts nützen, ihn daran zu erinnern, daß sie nur gesagt hatte, sie wisse nicht, sie habe ihn ja nicht zurückgewiesen, nur einen vollkommen vernünftigen Zweifel angemeldet, vielleicht sogar einen Zweifel, den ein Anwalt einfach anmelden muß, den sein eigener Anwalt anmelden würde, wenn mein Vater ihm dieses Projekt unterbreitete. Ich sah, daß Caroline vielleicht falsch verstanden hatte, worüber gesprochen worden war, und als Anwältin statt als Tochter gesprochen hatte. Auf der anderen Seite, vielleicht hatte sie überhaupt nichts falsch verstanden und einfach als Frau statt als Tochter gesprochen. Das war etwas, wurde mir blitzartig klar, das Rose und ich mit ziemlicher Vorsicht vermieden.

Ich ging in die Küche der Clarks und warf Teller und Gabeln in den Abfalleimer. Als ich mich zur Hintertür wandte, stand Jess Clark direkt neben mir, und im Verandalicht konnte ich seinen neugierig fragenden Blick sehen. Sein Gesicht war vertraut und fremd zugleich, freundlich und interessiert, aber fremd, ein Wissen versprechend, das keiner meiner Nachbarn haben konnte. In meiner Wendung zur Tür stieß ich gegen ihn, und er ergriff meinen Arm, damit ich mein Gleichgewicht wiederfand. Ich sagte: »Wo kommst du denn her?«

»Hast du nicht gehört, wie die Tür zugeschlagen ist?« Seine Hand blieb kurz auf meinem Arm liegen, dann ließ er mich los. »Ich wollte nach ein paar mehr Abfalltüten gucken. Weißt du, ich hab die ganze Zeit gedacht, in dieser Küche fehlt etwas, und jetzt merk ich, was es ist. Es ist der Behälter mit dem Bullensamen. Ich hab früher beim Essen immer einen Fuß darauf gehabt.«

Ich reagierte mit einem zerstreuten »Ach ja?« Er sah mir ins Gesicht. Er sagte: »Was ist los, Ginny? Ich wollte dich nicht erschrekken. Ich war mir sicher, daß du mich gehört hattest.«

»Ich dachte gerade, daß mein Vater sich verrückt aufführt. Ich mein, ich hab's nicht wirklich gedacht, es war mehr ein panisches Gefühl.«

»Du meinst, diese Sache mit der Gesellschaft? Wahrscheinlich ist es tatsächlich 'ne gute Idee.«

»Aber er ist nicht der Typ für gute Ideen. Das war nicht er, der gesprochen hat, das war irgendein Banker. Oder aber, wenn er es war, der gesprochen hat, dann hat er noch von was anderem gesprochen, außer daß er seine Sterblichkeit akzeptiert und Erbschaftssteuern vermeiden will. Das wär enorm weitsichtig und vernünftig von ihm.«

»Na ja, wart's erst mal ab. Vielleicht wacht er morgen auf und hat die ganze Sache vergessen.« Jess' Stimme klang überzeugt und flach, ohne Resonanz, so als wäre alles, was er sagte, nichts als die schlichte Wahrheit.

»Aber es ist bereits ein Durcheinander. Es ist bereits ein heilloses Durcheinander, und es ist erst fünf Minuten her.«

»Aber wieso denn? Du selber hast gesagt, daß du ein Gefühl von Panik hattest...« Er fuhr fort: »Jedenfalls, ich finde immer, daß die Dinge so passieren müssen, wie sie passieren, daß so viele innere und äußere Kräfte bei jedem Ereignis zusammenkommen, daß eine Art Schicksal daraus wird. Ich habe vom Buddhismus gelernt, daß Schönheit und bestimmt auch eine Menge Frieden darin liegt, wenn man das akzeptiert.« Ich blies durch die Nase. Ein Lächeln lief etwas unsicher über sein Gesicht. »Schon gut, schon gut«, sagte er. »Wie ist es hiermit? Wer vor etwas Angst hat, zieht es an.«

»Meine Mutter hat das immer über Tornados gesagt.«

»Siehst du? Die Weisheit der Prärie. Tu so, als wär nichts passiert.«
»Das tun wir immer.«
Ich empfand plötzlich eine Scheu, so offen mit jemandem zu sprechen, den ich seit dreizehn Jahren nicht mehr gesehen hatte. Ich sagte: »Laß uns meine Zweifel für uns behalten, okay?« Bei dem Gedanken, daß Harold das hier in der ganzen Gegend ausposaunte, so wie er es gerne tat, bekam ich eine Gänsehaut. Jess fing meinen Blick auf und hielt ihn. Er sagte: »Ich klatsch nicht mit Harold, Ginny. Mach dir keine Sorgen.« Ich glaubte ihm. Ich glaubte ihm alles und war beruhigt.
Eins war richtig: wenn mein Vater tot umfallen sollte, müßten wir einen Teil der Farm verkaufen, um die Erbschaftssteuern bezahlen zu können. Sam und Arabella hatten zweiundfünfzig Dollar pro Morgen bezahlt, der Preis war so niedrig, weil das Land sumpfig war, und Sam und Arabella hatten mit ihrer Vermutung recht, daß einige ihrer Nachbarn in Mason City sich auf ihre Kosten amüsierten: Man stelle sich vor, sie haben unbesehen ein Stück Land gekauft, ein Stück Malariasumpf, man stelle sich das nur vor, wo sie doch solche Nachzügler waren und so unerfahren und so jung.
In den Dreißigern, als mein Vater und Großvater zwei Stücke Land dazukauften, bezahlten sie noch immer weniger als neunzig Dollar pro Morgen, und das für schon trockengelegtes Land. Die Familie, der er das Land abkaufte, zog zuerst nach Minneapolis, dann nach Kalifornien, aber in den Fünfzigern, als ich Kind war, sprach Bob Stanleys Vater, Newt, noch immer nicht mit meinem Vater, weil er die Stanley-Brüder bei dem Handel ausgestochen hatte – Newt und die Frau der Familie, die wegzog, waren Cousins. Die Depression war für unsere Familie eine Zeit umsichtiger Konsolidierung durch harte Arbeit, Glück und kluge Bestellung. Natürlich sah das in Zebulon nicht jeder so, aber mein Vater sagte dann immer: »Neid macht Lästermäuler.« Jedenfalls war das sumpfige Land wie Kompost, reine Fruchtbarkeit, und 1979 betrug der Marktwert des Landes 3200 Dollar pro Morgen, der Spitzenpreis für Land in Zebulon und im ganzen Staat. Seine tausend

schuldenfreien Morgen machten ihn also zum mehr als dreifachen Millionär.

»Marv Carson hat ihm diesen Floh ins Ohr gesetzt«, sagte Ty zu mir, als wir uns an dem Abend fürs Bett fertigmachten.

Ich sagte: »Harolds Traktor hat ihm den letzten Anstoß gegeben.«

»Der Traktor war auch Marvs Idee. Loren hat mir heute abend erzählt, daß Marv Harold seit Weihnachten bearbeitet. Harold möchte gerne, daß dein Vater denkt, er habe ihn ganz bezahlt, hat er aber nicht. Loren wollte mir allerdings nicht sagen, wieviel sie angezahlt haben. Er hat gesagt: ›Ach was, Ty, die paar Dollar Schulden spielen doch beim Wert unseres Landes gar keine Rolle.‹«

»Diese Traktoren kosten vierzigtausend Dollar.«

»Na und, sein Land ist eineinhalb Millionen wert. Die Farm meines Vaters ist beinahe 'ne halbe Million wert. Ich hab daran gedacht, sie zu verkaufen und mit dem Geld die Schweinemast zu erweitern.« Er sah mich an und zuckte die Schultern. »Mann«, sagte er, »ich hab auch mit Marv gesprochen.«

»Mir wird ganz schwindlig, wenn du mit so hohen Zahlen um dich wirfst. Außerdem, wer würde bei diesen Preisen kaufen? Und alle jammern über die Zinsen.«

»Aber die Zinsen steigen immer, und vielleicht steigen die Preise ja mit.«

»Hm.« Ich setzte mich in den Fenstersitz und blickte die Straße hinunter zu Roses Haus. Alle Lichter waren aus. Ich sagte: »Rose sah erschlagen aus, als wir gingen.«

Ty sagte: »Diese Slurrystores sind toll. Sie fassen 300000 Liter Schweine-Düngermischung. Sobald alles kalt geworden ist, kann man es sofort aufs Feld bringen. Davon hätte ich gerne einen. Und einen neuen Schweinestall. Voll klimatisiert. Und wie wär's mit zwei Ebern, Meisterklasse, so reinrassig, daß sie mit einem am Tisch sitzen können und nichts auf die Tischdecke kleckern.« Er legte sich auf dem Bett zurück. »Süße rosa Jungs, Rockefeller und Vanderbilt.«

Es kam selten vor, daß Ty von seinen Wünschen sprach, deshalb hörte ich zu, ohne ihn zu unterbrechen. Er sagte: »Man bringt eine eigene gute Zuchtlinie in Gang und gibt die Babies zur Adoption frei. Jeder will eins. Man kann dann sagen: ›Ja, Jake, aber du mußt ihn mit deinem eigenen Löffel füttern und ihn auf deiner Seite des Bettes schlafen lassen‹, und sie sagen dann: ›Klar, Ty, was immer du sagst. Ich spar schon für sein College.‹« Er rollte sich auf den Bauch und lächelte mich an. »Oder für ihrs. Sauen mit einer solchen Aussteuer kriegen natürlich auch nur das beste.«

»Das gefällt mir bei Schweinen. Sie dürfen groß werden. Ich hab's immer gehaßt, wenn die Ericsons ihre Kälbchen schlachteten.«

»Ich wußte gar nicht, daß sie Milchwirtschaft betrieben haben.«

»Cal liebte Kühe. Er trug Fotos von seinen Lieblingskühen in seiner Brieftasche, neben denen von seinen Kindern. Ich glaub schon, daß er nicht aufgeben mußte, aber als die Kühe nicht mehr da waren, war ihm alles nicht mehr so wichtig.«

»Holsteiner?«

»Oh, ja klar. Aber er hatte auch eine kleine Jersey, die er für die Familie gemolken hat. Sie haben immer köstliches Eis gemacht. Sie hieß Violet.«

»Wer?«

»Die Jersey-Kuh. Die Kinder hatten schlichte Allerweltsnamen, Dinah und Ruth, aber die Kühe hatten alle Blumennamen wie Primrose und Lobelia.«

»Hmm«, sagte Ty, und seine Augen schlossen sich. Seine gute Laune ließ alles möglich erscheinen. Zweifellos deutete jeder von uns die Ankündigung meines Vaters als die Antwort auf irgendeinen Wunsch oder eine Angst in sich selber. Ty sah sie sicherlich als die lange zurückgehaltene Anerkennung seiner guten Arbeit mit den Schweinen. Ich sah sie als eine Art verdeckter Belohnung für Jahre schwerer Hausarbeit und artiger Höflichkeit. Pete, der kein Land geerbt hatte, mußte sich in dem Augenblick von seinem Status als Pächter in den eines Landbesitzers aufsteigen gesehen haben. Rose hätte sicherlich auch das Wort »Belohnung« gebraucht, aber eine verdiente, eine gerechte, in welcher sich die richtige Abfolge der Dinge ausdrückte, so wie damals, als Tys Vater im Schweinestall gestorben war und ihm die Farm hinterlassen hatte.

Mir schien, daß Ty es auf jeden Fall verdient hatte, einige seiner Wünsche zu verwirklichen. Ich sagte: »Aber was ist mit dieser Sache mit Caroline? Sie schläft tatsächlich bei Rose. Das wird ihn noch wütender machen.«

»Er kriegt seine Wutanfälle, und dann läßt er sich durch gutes Zureden auch wieder beruhigen. Allerdings hätte sie sich auch nicht so aufs hohe Roß setzen müssen.«

»Sie hat nur gesagt, sie weiß nicht.«

»Und sie hat das gesagt, als wüßte sie es genau, so wie sie's immer macht.« Der Ton seiner Stimme klang milde, schläfrig, er nahm dieser Bemerkung jede Schärfe. Ty hatte Caroline immer gern gemocht und sie geneckt. Damals, als sie vierzehn war und Daddy wollte, daß sie Traktor fahren lernte, hatte Ty ihm das ausgeredet, weil er sich im Gegensatz zu vielen anderen Farmern der Gefahr von Unfällen bewußt war. Aber ich wußte auch, daß er sich buchstäblich nicht vorstellen konnte, warum sie etwas getan hatte, das er niemals würde tun können: wegzugehen aufs College und eigentlich nie wiederzukehren. Er gab ein leises, stotterndes Schnarchen von sich.

Viele Frauen, die ich kannte, klagten darüber, daß ihre Männer kaum mit ihnen sprachen. In ländlichen Städtchen gibt es immer eine Menge Clubs, wo die Frauen gute Werke tun, aber die guten Werke treiben auf einem gewaltigen Redefluß dahin, und darauf kam es meiner Meinung nach im Grunde an. Ty indessen erzählte mir immer alles, alles über seinen Tag mit meinem Vater und Pete, alles über das Vieh und die Ernte und was er auf den Feldern sah und wen er in der Stadt traf. Reden fiel ihm so leicht, daß andere neben ihm irgendwie erstickt wirkten. Und im Gespräch war er immer optimistisch und guter Laune. Selbst als Pete und mein Vater einander drohten, sie würden sich gegenseitig umbringen, was ungefähr alle zwei Jahre einmal vorkam, sagte Ty: »Ach, sie spucken nur große Töne. Aber dein Dad braucht das, daß Pete ihn reizt, um jung zu bleiben. Er weiß das.« Als ich meine Fehlgeburten hatte, brachten Tys Worte mich durch, bestimmt würde es mit dem nächsten klappen, bestimmt sollte dieses einfach nicht sein, bestimmt würde es mir bald besser gehen, er liebe mich, egal was.

Ich deckte ihn mit einem alten Quilt zu, und er drehte sich darunter um, und als er sich ins Kissen kuschelte, murmelte er halb im Schlaf ein Dankeschön. Ty glaubte, wir hätten drei Fehlgeburten gehabt. Alle nahmen an, wir würden es nicht mehr versuchen. In Wirklichkeit hatte ich fünf gehabt, die letzte am Erntedankfest. Nach der dritten, im Sommer 76, sagte Ty, er bringe es nicht mehr fertig, mit mir zu schlafen, nicht ohne Verhütung. Er sagte mir nicht, warum, aber ich wußte, daß er keine weitere Fehlgeburt mehr ertragen konnte. Ein Jahr lang fand ich mich pflichtbewußt damit ab, daß wir es nicht einmal mehr versuchten, und dann kam mir eines Abends im Badezimmer der Gedanke, daß ich einfach nur so zu tun brauchte, als setzte ich das Pessar ein, daß Schwangerschaft zu meinem privaten Projekt werden könnte. Ich stellte mir vor, wie ich das Kind ohne ein Wort austragen würde, darauf wartend, wann Ty oder Rose anfangen würden, mich anzustarren, wie sie zögerten, mich zu fragen, ob ich nicht zuviel zunähme. Wenn ich das Geheimnis bei mir behielte, dachte ich, könnte ich auch das Kind halten. Bloß daß ich dann, als ich tatsächlich schwanger wurde, so aufgeregt war, daß ich es Rose erzählte, und deshalb mußte ich danach, als ich das Baby verlor, an einem Tag, als Ty mit meinem Vater übers Wochenende zur Landwirtschaftsausstellung gefahren war, Rose auch das erzählen. Damals habe ich ihr versprechen müssen, es nie mehr zu versuchen. Sie sagte, ich würde langsam besessen davon und verrückt. Deshalb erzählte ich ihr beim nächsten Mal nichts, und als ich es am Tag nach dem Erntedankfest verlor, wußte niemand davon. Ich hatte wieder Glück – Ty war früh aufgestanden, um Pete bei der letzten Bohnenernte zu helfen –, und ich stopfte einfach das Nachthemd und die

Laken und die Bettunterlage in eine Papiertüte und vergrub sie im alten Kuhstall, wo der Boden noch nicht gefroren war. Ich wollte sie dann irgendwann wieder ausgraben und zur Müllhalde bringen, aber das hatte ich noch nicht getan. Wenn ich sie ausgrub, würde ich es wieder versuchen wollen, und so weit war ich noch nicht. Ich war aber auch nicht so weit, daß ich es aufgeben wollte. Mit sechsunddreißig blieben mir noch fünf Jahre, vielleicht zwei oder drei Chancen, eines Morgens aus dem Schlafzimmer zu kommen und zu sagen: »Hier, Ty, hier ist unser Baby.«

Einer der vielen Vorteile dieses privaten Projekts, so dachte ich damals, lag darin, daß es mir eine ganze geheime Welt eröffnete, ich hatte zwei Leben, war zwei Ichs. Ich fühlte mich größer und vielfältiger als seit Jahren, voller unbekannter und voller ungenutzter Möglichkeiten. Ja, im Grunde war ich auch nach den beiden letzten Fehlgeburten hoffnungsvoller als damals nach der ersten.

Jenseits von Roses Haus waren auch die Fenster meines Vaters dunkel. Mir fiel ein, daß ich nicht daran gedacht hatte zu fragen, ob ich morgen zu ihm hinübergehen und sein Frühstück machen sollte. Darüber einigte ich mich normalerweise mit Rose jeden Abend. Wenn Caroline hier war, machte sie es gerne, aber sie war mit zu Rose gegangen, nachdem mein Vater die Party verlassen hatte. Ich öffnete das Fenster und blinzelte durch das Fliegengitter. Ich war mir sicher, daß ich seinen Truck neben der Scheune parken sehen konnte, Petes Truck neben ihrer Veranda, das Dach unseres Trucks dahinter, in einem perlengleichen Frieden funkelnd. Die Sommerlaute der Ochsenfrösche und Zikaden waren noch nicht zu hören, aber durch die Kiefern nördlich des Hauses stöhnte eine Brise, die Schweine im Stall klirrten an ihrer Fütterungsanlage. Es war dieselbe ruhige und sichere Aussicht, die mir jede Nacht gehörte – die zu verlassen, wie ich mir zuweilen selber eingestand, ich Angst gehabt hatte, als die High School zu Ende gegangen war und die Frage auftauchte, was ich als nächstes tun würde. Sie paßte zu mir, und es war leicht, mich jede Nacht von ihr ergreifen zu lassen, aber ich hatte auch Wünsche, heimliche, leidenschaftliche Wünsche, und während ich dort saß und die schwere feuchte Brise genoß, überließ ich mich dem Gedanken, vielleicht ist es dies, vielleicht ist es dies, was alle Strömungen verändert und das geliebte Kind ans Ufer trägt.

5

Als ich mich um sieben Uhr auf Zehenspitzen die Treppe hinaufschlich, um nachzusehen, warum mein Vater meine Rufe, das Frühstück sei fertig, nicht beantwortet hatte, sah ich, daß er nicht da war. Das Bett sah eher so aus, als habe er darauf geschlafen und nicht darin, und mein Vater war in Schuhen hinausgegangen – weil seine Stiefel an der Hintertür standen, hatte ich angenommen, er sei noch im Bett. Der Truck neben dem Stall war kalt, und ich wollte gerade hinübergehen und nachsehen, ob er vielleicht bei Rose und Caroline war, als ein großer kastanienbrauner Pontiac vorfuhr. Mein Vater stieg auf der Beifahrerseite aus, und Marv Carson stieg auf der Fahrerseite aus. Marv sah wackelig auf den Beinen aus, aber eifrig, bereits ausstaffiert in Anzug und Schlips. Er hastete hinter meinem Vater her, als sie auf die Veranda zukamen. Mein Vater sagte: »Ginny, Marv ißt mit. Marv, du kannst dich waschen gehen.« Marv sah sich um, während er durch die Tür kam, wahrscheinlich nach einem Waschbecken. Ich sagte: »Du bist bestimmt sauber genug zum Essen, Marv. Geh rein und setz dich.«

Ich brachte Wurst, gebratene Eier, Bratkartoffeln, Cornflakes, Englische Muffins und Toast, Kaffee und Orangensaft auf den Tisch. Mein Vater zog sich den Stuhl, auf dem er immer saß, heran und setzte sich, dann schaufelte er sich mit dem ihm eigenen Appetit den Teller voll. Als ich herauszufinden versuchte, ob er die Sachen von gestern anhatte, sah er mich an und sagte gereizt: »Hast du schon gegessen? Was siehst du mich so an?«

»Ich hab mit Ty gefrühstückt, Daddy.«

»Na dann setz dich entweder hin oder geh raus. Du machst mich nervös, wenn du da so rumstehst.«

Ich goß mir eine Tasse Kaffee ein und setzte mich.
Er sagte zu Marv: »Stimmt irgendwas nicht mit dem Essen?«
»Schmeckt vorzüglich.«
»Warum ißt du dann so komisch?«
Marv verfärbte sich rosa, lächelte aber tapfer. »Die Leute wissen nicht, daß es nicht darauf ankommt, was man ißt, sondern auf die Reihenfolge, in der man es ißt.«
»Ankommt für was?«
»Verdaulichkeit, effizienter Verbrauch von Nährstoffen, Entschlackung.«
»Du bist nicht dick.«
Das war er wirklich nicht. Er sagte: »Eigentlich denk ich über Fett überhaupt nicht mehr nach. Jahrelang war ich wie besessen davon, aber das ist eine sehr niedrige Stufe von Körperbewußtheit. Über Fett und Kalorien nachdenken ist im Grunde ein Symptom des Problems und nicht ein Weg, eine Lösung zu finden.«
»Was ist die Lösung?«
»Meine Hauptanstrengung ist jetzt, daß ich mir der Giftstoffe bewußt bin und versuche, sie so regelmäßig wie möglich abzustoßen. Ich uriniere jetzt zwölf- bis zwanzigmal am Tag. Ich schwitze tüchtig. Ich achte auf meine Darmbewegungen.« Er sagte dies völlig ungeniert. »Weil ich weiß, daß das alles regelt. Zum Beispiel früher, als ich Sport als Aerobicübung oder Muskeltraining angesehen hab, ist es mir sehr schwer gefallen, mich dafür zu motivieren. Jetzt sehe ich Sport als eine Übung an, die meine Körperflüssigkeiten in Bewegung bringt, meine Zellen reinigt, und ich *will* Sport machen. Wenn ich keinen Sport mache, merk ich, wie ich von den Giftstoffen in meinem Gehirn ein bißchen verrückt werde.«
Ich sagte: »Wie merkst du das?«
»Och, weißt du, negative Gedanken. Sorgen über Sachen in der Bank. Pessimismus. Solche Sachen. Ich hatte das früher alles. Ich kann dir aus einer Meile Entfernung sagen, wenn sich jemand im Stadium der Giftstoffüberlastung befindet.«
Ich sagte: »Welche Nahrungsmittel sind die mit den Giftstoffen?«

»Meine Güte, Ginny, alles enthält Giftstoffe. Das ist es ja gerade. Man kann sie nicht vermeiden. Wenn du denkst, du könntest es, dann ist das nur ein weiteres Symptom für das Stadium der Giftstoffüberlastung. Jahrelang hab ich mich damit verrückt gemacht, nur ja das Richtige zu essen. Rindfleisch hab ich nie gegessen, Schokolade, Kaffee. Es wurde immer schlimmer. Jeden Monat hab ich was Neues weggelassen, so verzweifelt hab ich nach der richtigen Zusammenstellung gesucht. Ich war verrückt. Ich wurde immer dünner, aber dann lagern sich die Giftstoffe nur in den Muskeln und Organen ab, und das ist im Grunde schlimmer.«

»Wann war das?« fragte ich. »Ich wußte überhaupt nichts davon.«

Daddy starrte Marv jetzt nicht mehr an, sondern aß, was eine Erleichterung war.

»Niemand wußte was davon.« Er aß seine Eier auf und begann mit seiner Wurst. »Es war eine sehr einsame Zeit für mich. Jetzt sprech ich darüber, wann immer es sich ergibt. Ich fühl mich viel besser. Man atmet Giftstoffe auch durch die Lungen aus.«

»Hmmp«, sagte mein Vater. Marv verstummte, und Daddy sah ihm zu, wie er sein Muffin aß. Er sagte: »Hast du irgendeine scharfe Soße? Tabasco ist am besten.«

»Wofür?« fragte mein Vater.

»Um ordentlich ins Schwitzen zu kommen.« Er schenkte uns ein unschuldiges Lächeln. Ich lächelte zurück und schüttelte den Kopf. »Wir essen nicht besonders scharf gewürzt.« Marv wischte sich den Mund und sagte: »Schon in Ordnung. Das mach ich dann später.«

Daddy schien mehr oder weniger der Alte zu sein. Er trank jeden Abend und war jeden Morgen ruppig. Das war seine Art, an die wir uns mittlerweile gewöhnt hatten und die auf ihre Weise beruhigend war. Ich hatte mich entschlossen, ihn geradewegs zu fragen, ob er das mit der Gesellschaft ernst gemeint hatte und ob Ty und Pete bei der Bewirtschaftung der Farm mehr zu sagen haben sollten. Tatsache war, daß die beiden und auch Rose nur Augenblicke gebraucht hatten, um geistig von der Farm Besitz zu ergreifen, und daß Caroline nur Augenblicke gebraucht hatte, um sich zu distanzieren. Ungläubigkeit oder auch nur Erstaunen hatten sich auf Harolds Veranda mit wunderbarer Plötzlichkeit in Absichten und Pläne verwandelt. Meine Unterhaltung mit Ty hatte mich beruhigt, aber als ich dann wach wurde, machte ich mir Sorgen um Pete. In Petes normaler Verfassung wechselten ständig freudige Gewißheit und wütende Enttäuschung ab. Ich hatte ein bißchen Angst vor ihm.

Am Abend vor ihrer Hochzeit saß Rose am Fußende meines Bettes, und während sie sich die Haare aufdrehte, sang und jubelte sie, so erstaunt war sie, daß sie ihn tatsächlich so weit gekriegt hatte, sie zu heiraten. Insgeheim war ich auch erstaunt, und vielleicht ein bißchen eifersüchtig, so gutaussehend, wie Pete war, James Dean wie aus dem Gesicht geschnitten, aber lächelnd und übermütig, nie rebellisch oder verdrossen. Und er war ein richtiges musikalisches Talent – er spielte vier oder fünf Instrumente, gut genug, um sich während der Collegezeit selbst durchzubringen, indem er in drei verschiedenen Ensembles mitspielte – dem Unistreichquartett (erste Geige), einer Country-Band (Fiedel, Mandoline und Banjo) und einer Jazzgruppe (Klavier, manchmal Baß). Er verdiente mehr Geld und ging zu mehr Festlichkeiten – Hochzeiten und Parties, Konzerten, Jam Sessions, Dorftanzfesten, Beerdigungen, Proben, Auftritten in Bars –, als einer alleine verkraften zu können schien. Er spielte in allen größeren Orten des Staates, und Ty und ich sahen ihn in all seinen Inkarnationen – Flanellhemden und Stiefeln, Smoking, blauem Anzug, schwarzer Lederjacke. Seine Energie und seine Lust, Musik zu machen, schienen unerschöpflich.

Ich habe nie verstanden, was er in Rose sah; nicht, daß es da nichts zu sehen gegeben hätte – ich habe Rose immer geliebt –, bloß daß da nichts in ihr war, das dem in ihm irgendwie glich. Sie war hübsch, aber nicht schön, intelligent, aber auch sarkastisch, nie schick, nie ehrgeizig, immer darauf aus, ein paar Jahre in der Grundschule zu unterrichten, dann zu heiraten und zwei Kinder

zu bekommen und wieder auf einer Farm zu leben, wenn auch nicht unbedingt auf unserer Farm – eine Pferdefarm in Kentucky war eins ihrer frühen Ziele. Als sie anfing, sich mit Pete zu treffen, schien seine Karriere gerade erst anzufangen, sie brachte ihn in Städte wie Chicago, Kansas City, Minneapolis und weiter. Ich machte mir Sorgen, Rose könne verletzt werden, könne zu sehr auf jemanden zählen, der sie würde zurücklassen müssen.
Dann verkündete er, er sei das Herumziehen müde und sogar die Musik, er wolle sich niederlassen und Farmer werden, und sie heirateten, und er brachte dieselbe Begeisterung mit in dieses neue Abenteuer. Aber mit Daddy schien er sich einfach nie gut stellen zu können. Ich bezweifle, ob Rose und Pete überhaupt vorhatten, länger auf unserer Farm zu bleiben – sie waren ehrgeiziger. Pete stand früh auf und ging spät zu Bett, schäumte über vor Ideen, fieberte nur so vor Ideen. Pete wollte einen Volltreffer landen, und eine ausgebrütete Idee war für ihn schon ein gelandeter konkreter Volltreffer, an dem er festhielt. Zweifel, besonders der Zweifel meines Vaters, stellte viel mehr als eine Herausforderung dar, er war eher wie das plötzliche Verschwinden von etwas, das er schon fast in Händen gehalten hatte. Ich brauchte Jahre, bis ich verstand, wie tief Pete jedesmal enttäuscht war, wenn seine Begeisterung auf die unvermeidliche Skepsis meines Vaters traf. Er unterdrückte seine Wut und blieb ruhig, innerlich aber wurde er zerfressen, und später brach es dann irgendwann aus ihm heraus, gegen Ty oder Rose, sogar gegen mich oder seine Töchter. Seine Wutausbrüche waren wild, bösartig eloquent, Beleidigungen und Drohungen steigerten sich, bis sie am Ende so verrückt wurden, daß man seinen Ohren nicht mehr traute. Mir jagte das Angst ein, nicht aber Rose. Sie stand, die Arme über der Brust gekreuzt, da, schüttelte langsam den Kopf und sagte: »Du solltest dich hören, du solltest dich wirklich hören.« Kühl, abweisend, um Strafe geradezu bettelnd. Die Strafe kam, später, nicht oft, aber oft genug. Dann brach er ihr eines Abends den Arm, und danach, das war vier Jahre her, faßte er sie nie wieder an, ging wieder durch eine Wandlung, beruhigte sich in verbitterter,

ständiger Verzweiflung. Er trank. Mein Vater trank. Darin zumindest waren sie sich einig.

Ihr Hochzeitsbild stand auf dem Klavier in ihrem Wohnzimmer, und obwohl Pete über die Jahre weniger zunahm als jeder von uns, sah er seinem jugendlichen Selbst weniger ähnlich als jeder von uns – sein Gesicht hatte scharfe Linien und Falten von der Sonne bekommen, sein Haar war ausgebleicht, sein Körper wirkte verknotet und steif vor Anspannung. Der lachende, musikalische Junge, der unmögliche fröhliche James Dean, war irgendwo verlorengegangen.

Mit einem Anteil an der Farm ermutigte mein Vater Pete zum allerersten Mal, erlaubte ihm zum ersten Mal, einen Traum zu verwirklichen, behandelte er ihn zum ersten Mal nicht mehr wie eine bezahlte Hilfskraft oder einen Stadtjungen. Zuneigung trieb meine Sorge um Ty an. Meine Sorge um Pete war von Furcht getrieben.

Das Problem, dachte ich, würde sein, meinen Vater dazu zu bringen, den Plan wirklich umzusetzen. Ich wälzte diesen Gedanken hin und her, während ich von den rosigen Pfirsichbäckchen Marv Carsons zu der mürrischen Miene meines Vaters blickte, als Marv alles für mich löste. Er sagte: »Früher hab ich 'ne Fünftagewoche gehabt. Jetzt hab ich 'ne Siebentagewoche. Aber das ist es ja gerade. Es gibt keinen Unterschied zwischen Arbeit und Spiel. Es ist ein ständiges Fließen, wie mit allem. Wie auch immer, ich hab einige Papiere im Auto, und ich hab gestern abend mit Ken LaSalle geredet. Wir können uns nach der Kirche hier treffen, noch 'n bißchen darüber reden und unterzeichnen. Wie wär das?«

»Kann mir gar nicht früh genug sein«, sagte mein Vater. »Ginny, du holst die anderen her, und wir machen's vorm Essen.« Er wandte sich an Marv. »Bleibst du zum Essen?«

»Danke nein.«

»Na ja, immerhin etwas.« Er ging zur Tür und stieg in seine Stiefel, dann sagte er zu Marv: »Komm mit. Laß uns nachsehen, was die Felder machen.«

6

Die Mühelosigkeit, mit der sich meine Frühstücksaufgabe gelöst hatte, machte mir Hoffnung für meine Kirchenaufgabe, die mir in dem Moment wichtig, aber nicht wirklich bedrohlich erschien. Mein Vater war leicht beleidigt, aber normalerweise ließ er sich auch leicht wieder beschwichtigen, wenn man seine vorgeschriebene Rolle mit dem angemessenen Ausdruck von Reue spielte. Das war ein Ritual, das mich kaum berührte, so sehr war ich daran gewöhnt. Obwohl Rose immer ihre Bemerkungen machen und mit den Augen rollen mußte, konnte sie auch ihre Rolle spielen, und sobald das erledigt war, meinen Vater sogar über manche Dinge zum Lachen bringen. Caroline aber spielte ständig die Unschuldige, oder sie war dickköpfig, oder vielleicht einfach nur blöd. Sie suchte ständig in jedem Streit nach richtig und falsch, versuchte zu ermitteln, wer sich wofür entschuldigen sollte, wer den ersten Schritt tun sollte, wie genau die Entschuldigung formuliert sein sollte. Das war eine ihrer Eigenschaften, die man ihrem Beruf als Anwältin zuschreiben konnte, nur daß sie schon immer so gewesen war und ihr Anwaltsberuf es bloß in feste Formen gebracht und ihr, wie ich annehme, bewiesen hatte, daß Schuld tatsächlich teilbar war.

Henry Dodge, unser Pfarrer, hielt seine jährlich wiederkehrende Predigt darüber, daß alle weltlichen Reichtümer ihren Quell in der Ackerbestellung hätten, was unfehlbar sowohl an die Selbstachtung der Farmer appellierte als auch an ihr Gefühl, von seiten der übrigen Gesellschaft ungerecht behandelt zu werden, und deshalb nahm ich an, daß Daddy, der mit Marv in der letzten Bank saß, vielleicht in guter Stimmung sein würde.

Nach dem Gottesdienst sagte ich zu Caroline: »Komm mit, bleib noch ein bißchen, geh zu ihm und gib ihm einen Kuß auf die Wange und drück ihn und sag einfach: ›Tut mir leid, Daddy.‹ Das kannst du tun. Das ist eigentlich noch nicht mal 'ne Entschuldigung.«

»Aber ich hab heut nacht bei Rose geschlafen.«

»Vergiß es.«

»Er wird es nicht vergessen. Das ist für ihn 'ne Beleidigung, die zum vermeintlichen Unrecht hinzukommt.«

»Wenn er das erwähnt, sagst du: ›Ich hatte Angst, du wärst auf mich wütend, Daddy.‹«

Ihre Lippen wurden schmal. »Ich hasse diese Kleine-Mädchen-Nummer.«

»Aber hattest du denn keine Angst, daß er wütend auf dich sein könnte?«

»Nein. Ich war fuchsteufelswild! Alles, was ich gemacht hab, war einen kleinen...«

»Er ist empfindlich. Er war betrunken. Kannst du nicht einfach berücksichtigen...«

»Ginny! Es wird Zeit, daß wir damit aufhören, immer zu berücksichtigen...« Ihre Stimme war lauter geworden, und ich sah, daß Rose und Pete und Henry Dodge in unsere Richtung blickten. Ich trat zwischen Caroline und die Kirche und schob sie sozusagen rückwärts auf Roses Auto zu. Ich gab mir alle Mühe, leise und ernst zu sprechen. »Morgen hören wir mit dem Berücksichtigen auf. Das hier ist wichtig. Er übergibt uns sein ganzes Leben, verstehst du das nicht? Wir müssen es im richtigen Geiste annehmen. Und Rose und Pete und selbst Ty sind bereit, es anzunehmen. Tu es nur dies eine Mal. Zum letzten Mal, ich versprech es.«

»Das ist es doch gerade. Ich bin nicht bereit, es anzunehmen. Ich finde, es ist 'ne schlechte Idee für ihn, und bestimmt ist es eine schlechte Idee für mich. Frank war entsetzt, als ich ihm davon erzählt hab. Ehrlich gesagt, er hat Ken LaSalle gestern abend zuhause angerufen, und Ken hat ihm gesagt, er hat Daddy unmißverständlich davon abgeraten, diesen Schritt zu tun. Wenn er in schlechter gesundheitlicher Verfassung wär, das wär was anderes, aber er braucht sich nicht plötzlich in diesem Moment den Kopf über Erbschaftssteuern zu zerbrechen. Weißt du, wann Daddy diese Idee gekommen ist? Mittwoch! Mittwoch hat er sich entschlossen, sein ganzes Leben zu ändern! Das ist objektiv absurd. Er weiß es, und er weiß, daß ich es weiß, und deshalb ist er so sauer auf mich. Wenn ich jetzt in diesem Quatsch klein beigeb, werd ich mir das nie verzeihen.«

»Glaubst du, du hältst ihn auf? Nein! Du wirst ihn nur weiter reizen!« Ich versuchte es anders. »Er wird dich einfach enterben! Das wär's dann. Wenn du ihn nicht beruhigst, wird es so sein, als wärst du nie geboren. Macht dir das keine Angst? Mir macht das Angst! Das ist ganz genau dasselbe wie mit den Stanley-Brüdern da drüben nördlich der Stadt. Als Newt Stanley starb, waren seine letzten Worte zu Bob: ›Der verdammte Larry Cook. Du mußt diese Farm von ihm zurückkriegen, und wenn's das letzte ist, was du tust.‹«

»Du machst Witze.«

»Eileen Dahl hat gesagt, daß sie das von Bob Stanley persönlich hat.«

»Unglaublich!«

»Das ist nicht unglaublich! Das County ist voll von solchen alten Streitereien. Wenn du das jetzt zuläßt, werden die Leute die nächsten fünfzig Jahre darüber reden. Länger.« Ich zwang mich dazu, sie anzuflehen: »Nur noch dies eine Mal.« Jetzt standen wir auf der Straße. Ich blickte zu Boden und sah, daß meine Füße weit auseinander standen, ich hing irgendwie über Caroline. Ich warf einen Blick in Richtung Kirche. Ich konnte Rose nicht entdecken, aber Henry Dodge bemühte sich, oder bemühte sich nicht, nicht zu uns herüberzusehen. Ich lächelte und versuchte, heiter zu wirken. Caroline sah die Straße hinunter in Richtung Grundschule und Spielplatz. Man merkte ihr an, daß die vor Neugier platzenden Seelen am Kircheingang ihr noch nicht einmal in den Sinn kamen. Ich war verärgert, das muß ich zugeben. Ich sagte ungeduldig: »Du denkst darüber nach, was richtig und was falsch ist, nicht? Das hier ist keine Frage von Richtig und Falsch, es ist eine Frage davon, was er tun will.«

»Das seh ich nicht, Ginny, aber ich werd drüber nachdenken, okay? Ich komm mit und bleib noch ein bißchen, und dann werden wir sehen, okay? Sei nicht böse auf mich.«

»Warum kannst du das zu mir sagen, aber nicht zu Daddy?«

Sie sah mich fragend an, lachte dann und sagte: »Süße, du hast es verdient, daß man dich beschwichtigt, er nicht, glaub ich.«

Verdienst war ein im Hinblick auf meinen Vater interessantes Konzept. Sein eigenes Motto war: Was du kriegen kannst, ist das, was du verdienst.

Caroline stieg in Roses und Petes Chevy. Ich drehte mich um und ging die Dodge Street hinunter zu unserem GM-Pickup, wobei ich mir wie immer den gepolsterten Rücken eines Kindersitzes vorstellte, mitten im Rückfenster. Strolees waren die besten, hatte ich gehört. Selbst ein fünfjähriges Kind paßte noch gut in einen Strolee. Wenn es irgendwas gab, das ich haßte, dann war es ein Kleinkind in einem Pickup, stehend, schwankend zwischen Vater und Mutter, das Unheil geradezu herausfordernd. Ich öffnete die Beifahrertür und setzte mich auf die Bank, so wie man das in einem Pickup macht, und von allen Seiten rahmte mich das frische Frühlingslicht ein. Ich war ziemlich zufrieden mit meiner Arbeit an diesem Morgen und letztlich doch geneigt, denen zu glauben, die den Impuls meines Vaters für richtig hielten, wenn nicht für ihn, dann für uns.

7

Wir hielten vorher bei uns, wo ich meinen Hut ablegte und das Kleid wechselte. Ty zog Arbeitskleidung an – nach dem Essen gab es jede Menge Arbeit. Als ich bei Dad ankam, war Jess Clark der einzige im ganzen Haus. Er machte gerade Kaffee, und alle anderen waren draußen auf den Feldern, um nach dem Rechten zu sehen. Ty nahm den Pickup und fuhr sie suchen. Jess goß mir eine Tasse Kaffee ein und sagte: »Die Dinge entwickeln sich ganz schön schnell, eh?« Er setzte sich mir gegenüber an den Tisch.

»Tja, ich hab meinen Vater vorher nie als einen Mann schneller Entschlüsse gesehen. Heute bin ich aber schon optimistischer. Ich glaub sowieso nicht, daß sich viel ändern wird.«

»Neue Stallungen? Mehr Schweine? Eine Schwarznußplantage? Zehn Morgen Gladiolen? Das sind Veränderungen.«

»Zehn Morgen Gladiolen?«

»Ja, dein Schwager Pete hat gerade davon gesprochen, bevor du gekommen bist. Achtzigtausend Knollen pro Morgen.«

»Achthunderttausend Gladiolen?«

»Er sagt, er kann in Minneapolis für fünf Stück einen Dollar kriegen. Das macht hundertsechzigtausend Dollar.«

»Oh, Pete!«

»Ich war beeindruckt. Ich hab mich fünfzehn Minuten mit ihm unterhalten, und er muß mit fünf oder sechs gut überlegten Ideen rausgekommen sein. Loren und mein Vater bei uns zuhause haben überhaupt keine Ideen. Immer nur Mais und Bohnen, Bohnen und Mais. Als ich Kind war, hatten sie wenigstens ein paar Schweine und Kühe und Schafe. Und Moms Garten. Sie probierte immer neue Sorten aus oder kaufte ein paar Okrasamen, weil sie sehen wollte, ob sie so weit nördlich wachsen würden. Jetzt kämen ihnen schon Schweine als was Radikales vor.«

»Die Märkte sind heutzutage anders. Aber egal, ich bin diese Gespräche über Land und Vieh so leid. Das ist das einzige, worüber sie hier reden. Erzähl mir, was du in Seattle gemacht hast.«

»Ich soll aus meinem Privatleben plaudern, was?« Er sah mich so lange an, bis ich spürte, wie ich rot wurde, dann lächelte er und sagte: »Ich werd's dir erzählen. Ehrlich gesagt schmeichelt mir dein Interesse. Harold tut so, als wär ich im Gefängnis oder sonstwo gewesen; er hat mich noch nicht mal gefragt, was ich gemacht hab, und Loren hat nur eins gesagt: ›Irgendwelches Land da drüben gekauft?‹, und als ich nein gesagt hab, sagte er: ›Oh. Schade.‹«

»Was hast du gemacht?«

»Ich hab 'ne Lebensmittel-Kooperative geleitet. So im allgemeinen haben wir Bioprodukte verkauft, Fleisch von freilaufenden Hühnern, ungebleichten Käse, so was. In Vancouver war ich auch für die Gemeinschaftsgärten verantwortlich, hab im Krisenzentrum mitgearbeitet, solche Sachen. Ich war Barkeeper für 'ne Zeit, hab in einem guten Restaurant gearbeitet.«

»Hört sich nicht gerade sehr seßhaft an.«

»War's auch nicht. Immer, wenn's fast soweit war, hab ich aufgehört und was Neues angefangen.«

»Hast du die Sicherheit nicht vermißt?«

»Für meine Sicherheit habe ich inneren Frieden kultiviert.«

Ich dachte, er mache einen Witz, und lachte.

Er sah mir in die Augen, ernsthaft, ernsthafter als ich ihm zugetraut hätte. Er sagte: »Im Fernen Osten gibt's 'ne Menge Menschen, die ein Gewand und eine Schüssel besitzen. Das ist alles. Sie stürzen sich in die Fluten dieser Welt, und sie wissen, sie werden getragen. Sie sind sicherer als du oder ich. Ich weiß inzwischen, daß ich so nicht sein kann. Ich bin zu amerikanisch. Aber ich weiß, daß es möglich ist. Das gibt mir ein Gefühl von Sicherheit.« Dann zwinkerten seine Augen, und er sagte: »Erzähl Harold nichts davon. Er denkt, ich rede von Kommunisten.«

»Du hast ihm das erzählt?«
»Ich hab damit angefangen, als er mich fragte, wann ich mich für die Kirche fertigmachen wollte.«
»Du warst beim Gottesdienst.«
»Weil ich die Zeichen an der Wand gesehen hab.« Er grinste. »Da stand: Halt den Mund!«
Ein Auto fuhr knirschend auf dem Kies vor. Ich sprang auf und sah aus dem Fenster. Es war Marv Carson, und Ken LaSalle war bei ihm. Und ich konnte Tys Pickup von den Feldern her kommen sehen mit Harold, Pete und Loren hinten drauf. Jess stand auf und stellte sich hinter mich, und ich muß mich angespannt haben, denn er legte mir die Hand auf den Nacken und sagte: »Der Kaffee ist fertig. Alles wird bestens laufen. Das Leben ist gut. Veränderung ist gut.«
Sie kamen nacheinander von hinten ins Haus, sprachen schnell und laut, als wären sie noch draußen, über den keimenden Mais, stiegen aus ihren Stiefeln und stellten sich für eine Tasse Kaffee an. Überall war Hoffnung. Ich ging ins Wohnzimmer und blickte über die Straße. Pammy und Linda hatten die Köpfe zusammengesteckt und beugten sich vor und sahen auf irgend etwas im Graben. Rose hielt die hintere Fliegengittertür mit der rechten Hand, sah ins Haus und rief etwas, das ich nicht hören konnte. Mit der linken Hand balancierte sie einen Teller mit Teekuchen. Kurz darauf trat Pete, der wegen irgend etwas über die Straße gelaufen sein mußte, heraus, und zusammen kamen sie ihre Auffahrt herunter. Sie gingen über die Straße, wie man es auf dem Land tut, wenn man dieselbe Straße hundertmal am Tag überquert, ohne nach Autos zu sehen. Dann sagte Pete etwas, und Rose warf den Kopf zurück und lachte. In genau dem Augenblick öffnete ich das Fenster, einfach nur, um sie zu hören. Sie sahen alle glücklich aus. Rose grinste immer noch, als sie an Daddys Haustür ankamen.
Sie drückte mir den Teekuchen in die Hand, und ich trug ihn auf die Küchenablage, und die Männer standen bald alle drumherum. Auf dem dunklen Eßzimmertisch lagen Stapel von Papieren, ordentlich aufgefächert, mit kleinen roten Kreuzchen überall.

Sie erinnerten mich an Pilze, die plötzlich nach einer nassen Nacht aus dem Boden schießen, unheimlich weiß und voll ausgebildet, wie ein Wunder, aber Unheil verkündend. Ty wurde viel auf die Schulter geklopft, und immer und immer wieder hörte ich das Wort »Schweinemast«, wie eine Beschwörungsformel. Ich ordnete einige Haufen *Reader's Digest.* Daddy hatte nicht daran gedacht, für dieses Treffen aufzuräumen, wahrscheinlich weil es hier seit fünfundzwanzig Jahren keine Zusammenkunft mehr gegeben hatte.

Ganz deutlich war Daddy nicht wie sonst, außer daß er sich wie immer Harold gegenüber aufspielte. Offenbar hatte er etwas über den Kredit für den Traktor herausgefunden, denn er sagte immer wieder: »Tja, ich werd hier sitzen und zusehen, wie andere für mich arbeiten, während du draußen mit deinem Traktor rumfährst und zusehen mußt, wie du ihn abbezahlst. Ich wette, du kannst bei dem Motorenlärm noch nicht einmal dieses Radiodings hören.«

Harold nickte reumütig, grinste aber wie ein Irrer, grinste genauso wie die anderen, alle außer Ken LaSalle, aber den hatte seine Frau Weihnachten verlassen; sie war nach den Twin Cities* gegangen, um sich da einen Job zu suchen. Seine düstere Miene hatte also nichts zu bedeuten.

Und ich? Ich war auch glücklich. Ich lächelte auch. Denn ich war immer erleichtert, wenn mein Vater guter Laune war, und er lachte und umarmte Ty. Vielleicht war er im Augenblick in seiner besten Laune überhaupt. Er sagte immer wieder: »Okay, Kenny, komm, wir machen uns ran. Es ist soweit.«

Ken sagte: »Laß uns noch ein klein wenig warten, Larry.« Und er sah aus der Vordertür, und ich auch, und da kam Caroline aus Roses Haus über die Straße und die Verandastufen hoch. Als ich das sah, gab ich meine letzten Vorbehalte auf, spürte die Kraft wirklicher Zuversicht. Deshalb öffnete ich ihr die Tür, als sie mit der festen Absicht, sich versöhnlich zu zeigen – ich konnte das

* St. Paul und Minneapolis. A.d.Ü.

sehen –, die Stufen heraufkam. Aber mein Vater ging um mich herum und nahm die Tür und schlug sie ihr vor dem Gesicht zu, und dann zog er Ken mit einer Hand am Arm herum und sagte: »Jetzt.« Wir gingen ins Eßzimmer. Als ich alles unterschrieben hatte, stahl ich mich auf die Veranda und sah hinüber zu Roses Haus. Carolines Honda war nirgends zu sehen.

Buch 2

8

Mein Vater hatte Cal Ericson gemocht, aber er mißbilligte fast alles, was er tat, und ich bin oft erstaunt, wenn ich zurückdenke und mir bewußt wird, wie unsere Nachbarschaft zu den Ericsons all meine Meinungen und Erwartungen gefärbt hat. Die Ericsons fingen spät mit der Landwirtschaft an, als sie schon verheiratet waren. Cal war in West Point gewesen, hatte eine Ausbildung als Bauingenieur gemacht und war gleich zu Beginn des Zweiten Weltkriegs verwundet worden. Nach einem Jahr im Krankenhaus war er zu etwas Geld gekommen – vielleicht irgendeine Entschädigung oder eine Erbschaft –, und er hatte die Farm von einem älteren Cousin erworben, bevor sie auf den Markt kam. Mrs. Ericson, die Elizabeth hieß, kam aus einem Vorort von Chicago. Ihre Familie hatte Pferde besessen, sie war eine leidenschaftliche Reiterin gewesen und fühlte sich deshalb, nehme ich an, für das Leben auf einer Farm vorbereitet.

Die Farm der Ericsons war eher so etwas wie ein Kinderzoo – sie hatten das Übliche, Schweine und Milchkühe und Rinder zum Schlachten und Schafe. Aber sie hatten auch Ponies und Hunde und Hühner und Gänse und Truthähne und Ziegen und Springmäuse und Meerschweinchen und natürlich Katzen, die ins Haus durften, und zwei Sittiche und einen Papagei. Alle Ericsons hingen an diesen Tieren, und Mr. Ericson zeigte uns immer, was er den Hunden beigebracht hatte (ein Schottischer Collie, ein Deutscher Schäferhund und ein Yorkshire Terrier). Sie beherrschten alle gewöhnlichen Dressuren und ein paar ungewöhnliche – der Schäferhund konnte eine Zigarettenschachtel auf seiner Nase balancieren, sie dann in die Luft werfen und mit dem Maul wieder auffangen, und der Yorky konnte Rolle rückwärts, und der Collie konnte bestimmte Kleidungsstücke (einen Socken, einen Hut) aus den verschiedenen Schlafzimmern apportieren und sie dann auf Befehl einzelnen Familienmitgliedern hintragen. Der Collie nahm auch Sachen vom Boden auf und trug sie zum Abfalleimer, wenn man ihm sagte »durchkämm die Gegend«. Am beeindrukkendsten aber war es, wenn die drei Hunde gemeinsam eine Art Drill vorführten, nämlich auf Befehl gleichzeitig losliefen, sich hinlegten, aufsetzten, sich wieder hinlegten und eine Seitenrolle machten.

Der Umgang mit Tieren war Mr. Ericsons Talent, und ihnen gehörte seine ganze Liebe. Maschinen bedeuteten ihm nichts. Mein Vater, der nicht aufs College gegangen war, sah darin die Bestätigung seiner Überzeugung, daß das College, sogar West Point, reine Zeitverschwendung sei, denn »dieser sogenannte Ingenieur kann noch nicht mal seinen eigenen Traktor reparieren.« Cal Ericson war wirklich hoffnungslos, was Maschinen anging, deshalb trafen er, Harold Clark und mein Vater ein Abkommen, daß Harold und mein Vater gegen frische Milch, Sahne und Eis, das Mrs. Ericson gerne machte und das mein Vater und Harold gerne aßen, die Maschinen der Ericsons warteten.

Mein Vater und Harold mißbilligten auch Cals Methode, sein Land zu bestellen. Er sah nie auf den Markt, sagten sie, nur auf seine eigenen Wünsche und konzentrierte sich nicht auf das Wesentliche. Es war schwierig, in Zebulon eine Milchfarm zu führen – es gab keine Molkerei in der Nähe, und andere Produkte waren profitabler –, aber man konnte eine haben, wenn man es ernsthaft wollte, das heißt, einen praktischen Stall mit Melkanlage baute und hundert Kühe molk, damit es sich lohnte, daß täglich ein Milchwagen herauskam, oder man konnte zum Beispiel nur Jerseys melken, oder nur Guernseys, und nur die Sahne verkaufen – in Mason City gab es eine Eisfirma, die sie vielleicht ganz abgenommen hätte, wenn Cal ihnen die Idee schmackhaft gemacht hätte. Cal aber hatte zwanzig Holsteiner und eine Jersey für die

Familie, die er und Mrs. Ericson mit der Hand molken, und in der Hauptsache schienen sie die Kühe zu halten, sagte mein Vater und lachte dabei, »weil sie sie gern haben«. Es gab vieles mehr, über das sich die anderen beklagten – Hühner und Gänse auf der Straße, Truthähne, die ein Gewitter in panische Angst versetzte, die Heuernte, bei der jeder rausmußte, um den Ericsons zu helfen, weil sie das Heu zur Tierfütterung brauchten, wo doch sonst jeder entweder seine Tiere abgeschafft hatte oder aber mit Silofutter aus kostspieligen, aber praktischen neuen Silos fütterte, die sich die Ericsons nicht leisten konnten. Und ganz gewiß mißbilligte mein Vater Cal Ericsons Lebensziel, das in nichts weiter zu bestehen schien, als bloß zurechtzukommen, die Hypothek abzubezahlen und das Leben so weit wie möglich zu genießen.

Im Gegensatz dazu war es leicht zu verstehen, was mein Vater als eine annehmbarere Art zu leben ansah – eine Art allumfassende Sparsamkeit, die selten, dann aber in großem Stil, in den Erwerb von mehr Land oder in Verbesserung des bereits vorhandenen Landes umschlug. Seine konservative Haltung bezog sich nur auf das Geld. Dicht daneben lag seine große Lust, jede neue Methode zu erproben, welche den Ertrag zu erhöhen versprach. 1957 stand in *Wallace's Farmer* ein Artikel mit der Überschrift: »Wird die wichtigste Maschine des Farmers bald das Flugzeug sein?« Die Bilder zeigten unsere Farm, die gegen den Europäischen Maiszünsler aus der Luft besprüht wurde, und mein Vater wurde darin zitiert: »Die alten Methoden funktionieren heute nicht mehr. Farmer, die sich die neuen Methoden zu eigen machen, werden Erfolg haben, diejenigen aber, die das nicht tun, krebsen heute schon herum.« Ohne Zweifel hatte er dabei über die Straße zu den Ericsons hinübergesehen.

Wir hätten durchaus einen Katechismus haben können:

Was ist ein Farmer?

Ein Farmer ist ein Mann, der die Welt ernährt.

Was ist die erste Pflicht eines Farmers?

Mehr aus dem Land herauszuholen.

Was ist die zweite Pflicht eines Farmers?
Mehr Land zu kaufen.
Was sind die Kennzeichen einer guten Farm?
Saubere Felder, ordentlich gestrichene Gebäude, Frühstück um sechs, keine Schulden, kein stehendes Wasser.
Woran kann man einen guten Farmer erkennen?
Er bittet niemanden um einen Gefallen.
Das Entwässerungssystem der Farm meines Vaters legte Felder trocken, die fast so eben waren wie ein Tisch. Auf einem Land so neu und sumpfig wie dem in Zebulon verbreitet sich das Wasser überall gleichmäßig und sucht nach der geringsten Vertiefung, wobei es sich häufig langsamer über die Bodenoberfläche bewegt als durch die Erdschicht hindurch. Die alten Wasserläufe hatte man, so wie sie waren, aufgefüllt und umgepflügt, und deshalb leiteten die Tonrohre das Wasser in Entwässerungsschächte. Diese Schächte, die bis zu einhundert Meter tief waren, gibt es noch heute im ganzen Gebiet, und an den Rändern unserer Farm lagen sechs von ihnen. Ein guter Farmer war ein Mann, der seine Arbeit so organisierte, daß die Becken am Boden seiner Schächte jedes Frühjahr gereinigt und die Gitter alle zwei Jahre schwarz gestrichen wurden.
Meine Mutter hatte eine etwas andere Einstellung zu den Ericsons. Sie und Mrs. Ericson machten in der Küche der Ericsons oft zusammen ein oder buken Erdnußkekse, während Ruthie und ich auf dem Boden saßen und Puppenkleider nähten und Dinah und Rose draußen auf der Veranda, nur in Shorts, Wasser in verschiedenen Gefäßen hin- und herkippten. Meine Mutter lief gerne zu den Ericsons hinüber und war zumindest jeden Morgen zum Kaffeetrinken da. Mrs. Ericson hatte eine herzliche einladende Art, die meine Mutter sehr schätzte, selber aber nicht zustandebrachte. Sie sagte immer: »Wenn ich zu Hause bin, hab ich immer irgendwas zu erledigen, selbst wenn Besuch da ist. Elizabeth kann sich in ihrem eigenen Haus entspannen.« Und dann schüttelte sie immer den Kopf, so als hätte Elizabeth außerordentliche Kräfte.

Im Innersten wußten wir, daß das unweigerliche Scheitern der Ericsons die notwendige Folge ihrer Lebensart war, ihrer Nachgiebigkeit den eigenen Launen gegenüber. Meiner Mutter war es ebenfalls klar, wenn auch mit Bedauern. Die Farm der Ericsons repräsentierte weder Geschichte noch Disziplin, und während sie damit beschäftigt waren, Hunde zu dressieren und Eis zu machen, waren wir damit beschäftigt, langsam und zäh einen Hang zu erklimmen, der zu einem höheren Ziel führte. Mein Vater hätte nie von sich gesagt, er wolle reich sein oder auch nur die größte Farm der Gegend haben oder die runde, beeindruckende Zahl von tausend Morgen besitzen. Er hätte nicht die Namen seiner Kinder angeführt oder den Wunsch, uns ein Vermögen zu hinterlassen. Wahrscheinlich hätte er überhaupt nichts genannt, außer, daß er seine Arbeit tun, eine gute Ernte einfahren und einen guten Eindruck auf seine Nachbarn machen wolle. Aber von dem Land, das seine Großeltern gefunden hatten, sprach er immer voller Ekel – diese gigantischen Moskitos, Schlangen, Blutegel, Salamander, Malaria, im Winter eine Eisfläche, auf der man 1889 von Cabot quer über unser Land den ganzen Weg bis nach Columbus, zehn Meilen weiter, auf Schlittschuhen fahren konnte. Obwohl ich mir meine Urgroßeltern gern auf ihrer Suche nach dem Versprechen Amerikas vorstellte, das aus nichts als Möglichkeiten besteht, und auch den Familienwitz liebte, daß mein Großvater Cook Möglichkeiten fand, wo andere Betrug sahen, war mir unwohl bei der Erkenntnis, daß mein Vater immer Unmögliches suchte und, indem er die Ericsons als Beispiel nahm, uns lehrte, es ihm gleichzutun – die Farm und uns selber einer Disziplin zu unterwerfen, die fast alles andere überragte, besonders aber bloße Launen.

Ich liebte es geradezu, die Ericsons zu besuchen, und Ruthie war meine beste Freundin. Eine meiner frühesten Erinnerungen ist Ruthie in einem rosa Hemd, wahrscheinlich noch nicht drei, und ich in einer rotgrün karierten Schürze, was bedeuten muß, daß ich ungefähr drei war, wie wir auf einem dieser Abdeckungsgitter über einem Entwässerungsschacht hocken und Steinchen und Stöcke durch das Gitter werfen. Das Geräusch des in der Schwärze tröpfelnden Wassers muß uns magisch angezogen haben, und auch heute noch habe ich ein unheimliches Gefühl, wenn ich daran zurückdenke, nicht wegen der Gefahren, die uns drohten. Woran ich denke, ist unsere frühe Kindheit, die gedankenlos auf dem hauchdünnsten Netz der modernen Welt thronte, über Schichten von Fels, Wisconsiner Moränenschutt, Mississippi-Karbonat, Devon-Kalkstein, Schichten dunkler Epochen, und wir scheinen nicht so sehr in Gefahr zu sein, hineinzustürzen (mein Vater überprüfte die Gitter oft) als dahinzufliegen, als flögen unsere Leben einfach vorüber und als wäre diese Erinnerung das einzige Foto zweier namenloser und unbekannter Kinder, die gelebt haben mögen und gestorben sein mögen, aber auf jeden Fall im schwarzen Brunnen der Zeit verschwunden sind.

Natürlich erinnere ich mich so deutlich daran, weil wir streng bestraft wurden, wenn wir zu zweit wegliefen, die Straße überquerten, auf das Gitter kletterten. Allerdings erinnere ich mich nicht mehr an die Strafe, bloß an das plötzliche Erscheinen meiner Mutter, an ihre Schürze und einen gelben Mexikanerhut, der darauf gestickt war. Vielleicht erinnere ich mich an alles nur, weil ich wußte, daß wir bestraft werden würden, an Ruthies aufmerksam gespanntes Gesicht und ihre Finger, die irgend etwas durch die Zwischenräume des Gitters fallenließen, und die Liebe, die ich für sie empfand.

Zu den Ericsons hinübergehen, über die Hunde lachen, das Eis oder ein Stück Kuchen essen, auf den Ponies reiten, zu lange in Dinahs Fenstersitz hocken hieß einerseits, mit Gefahr zu liebäugeln, und andererseits, einen Schritt nach unten oder zurück zu machen. Ruthie mit zu mir nach Hause nehmen, egal, was wir dann spielten, hieß, ihrer Charakterentwicklung einen Gefallen zu tun, den man aber nicht erwähnen durfte, weil das unhöflich war.

Ich hielt es in jedem Fall für richtig, das Problem mit Caroline nicht unsere alltägliche Routine stören zu lassen, deshalb machte ich am Dienstagabend nach der Übertragung des Besitzes, als ich an der Reihe war, für Daddy zu kochen, dasselbe, was ich immer für ihn machte – Schweineschnitzel mit gebackenen Tomaten (mein drittletztes Glas vom vorigen Jahr), Bratkartoffeln, einen Salat und zwei oder drei verschiedene Pickles. Ein Rest von einem süßen Kartoffelpie war noch von einigen Abenden vorher übrig.

Daddy aß dienstags bei uns, freitags bei Rose. Selbst das machte ihn ungeduldig. Er erwartete, wenn er um fünf kam, daß er sich sofort zu Tisch setzen konnte. Wenn er fertig war, trank er eine Tasse Kaffee und ging nach Hause. Vielleicht zweimal im Jahr überredeten wir ihn, sich mit uns etwas im Fernsehen anzugucken, aber wenn es nicht sofort nach dem Essen anfing, lief er im Haus auf und ab, als könnte er keinen Platz zum Hinsetzen finden. Er hatte sich nie Carolines Wohnung in Des Moines angesehen, war nie zum Vergnügen woanders hingefahren als zur Landwirtschaftsausstellung, und dann fuhr er lieber zweimal hin und zurück, als daß er die Nacht im Hotel verbrachte. In meiner Erinnerung hat es nie einen Besuch in einem anderen Restaurant als dem Café in der Stadt gegeben, und dort ging er nie später als zur Mittagszeit hin. Er hatte nichts gegen ein Picknick oder ein Spanferkel-Essen, wenn jemand anders es veranstaltete, aber sein Abendessen wollte er in seinem eigenen Haus haben, am Küchentisch, bei laufendem Radio. Ty sagte, er sei weniger selbstgenügsam, als es den Anschein habe, aber diese Ansicht gründete eher auf der Annahme, daß niemand so selbstgenügsam sein konnte, wie Daddy erschien, als daß ihr irgendein Beweis zugrunde lag. Er widersetzte sich jedem Versuch, seine Gewohnheiten zu ändern. Hähnchen am Dienstag oder ein Stück Kuchen anstelle von Pie oder keine Pickles, das bedeutete Unzufriedenheit und sogar Verärgerung.

Rose sagte, unsere Mutter habe ihn so werden lassen, weil sie seinen Launen und starren Ansprüchen nachgegeben und ihn hofiert habe, aber eigentlich konnten wir uns nicht erinnern,

wußten es nicht. In meinen Erinnerungen hatte Daddys Gegenwart den Effekt, alles andere einzutrüben, und ich hatte sowieso nicht viele Erinnerungen an unser Leben vor Moms Tod.
Beim Abendessen sprach Ty begeistert von der Erweiterung der Schweinemast. Er sagte, er habe schon eine Baufirma wegen des neuen Stalls angerufen, eine in Kansas. Sie wollten Prospekte schicken, die schon morgen oder übermorgen ankommen könnten.
Daddy nahm sich Brot und Pickles.
Ty sagte: »Sie haben jetzt Spaltenböden mit Schwemmentmistung. Man kann den Stall mühelos sauber halten.«
Daddy sagte nichts.
»Tausend Ferkel bewältigen wär kein Problem. Marv Carson sagt, Schweine werden in den Achtzigern den Unterschied machen, ob man einen guten Gewinn erwirtschaftet oder gerade so zurechtkommt.«
Daddy kaute an seinem Fleisch.
Ich sagte: »Rose möchte die Vorhänge oben waschen. Das ist seit zwei Jahren nicht mehr gemacht worden. Sagt sie. Ich erinner mich nicht.« Daddy mochte das Durcheinander nicht, das damit verbunden war. »Guck mal die hier. Ich hab ein paar von unseren selbstgemachten Brokkoli- und Blumenkohl-Pickles auf den Tisch gestellt. Sie haben dir das letzte Mal gut geschmeckt.«
Daddy aß seine Kartoffeln.
Ich sagte zu Ty: »Hast du in der letzten Zeit mal mit Marv Carson gegessen? Alles muß in einer bestimmten Reihenfolge gegessen werden, mit Tabasco-Soße am Schluß. Er sagt, so stößt er die Giftstoffe ab.«
Ty rollte die Augen. »Wohl eher Gehirnzellen. Irgendeinen Tick hat er immer.«
Daddy sagte: »Besitzt uns jetzt.«
Ich sagte: »Was?«
»Marv Carson ist jetzt dein Vermieter, Mädchen. Sei lieber respektvoll.«
Ty sagte: »Unter uns gesagt, Marv Carson ist ein Dummkopf. Ich

mag ihn ganz gern, und er kommt hier aus der Gegend und behandelt die Farmer hier ziemlich fair, aber man kann schon verstehen, warum keine den Kerl heiraten will.«

»Und er hat Geld in seiner Bank«, sagte Daddy. »Nicht alle haben das. Wir werden sehen.« Er wischte sich den Mund und sah sich um. Ich nahm seinen Teller weg, und er holte sich von der Ablage ein Stück Pie.

Ty sagte: »Ich könnte morgen an Mel's Corner Bohnen säen.«

Daddy sagte: »Mach, was du willst.«

Ty und ich wechselten einen Blick. Ty sagte: »Der Vergaser am Traktor spielt allerdings verrückt. Ich will damit jetzt keine Zeit vergeuden, aber es macht mich ein bißchen nervös.«

»Mach, was du willst, hab ich gesagt.«

Ich leckte mir die Lippen. Ty schob mir seinen Teller hin. Ich stand auf, brachte ihn in die Spüle und stellte ein Stück Pie vor ihn. Ich machte die Platte unter dem Kaffee aus, der zu kochen angefangen hatte, und goß Daddy eine Tasse ein.

Ty sagte zu Daddy: »Okay. Okay. Ich schätz, ich werd's riskieren und säen.«

Ich sagte: »Willst du noch bleiben und ein bißchen fernsehen, Daddy?«

»Nee.«

»Vielleicht gibt's ja was Gutes.«

»Nee. Ich hab noch was zu tun.« Es war immer dasselbe. Ich blickte zu Ty hinüber, und er zuckte leicht die Achseln.

Wir saßen schweigend da, während Daddy seinen Kaffee trank, dann seinen Stuhl zurückschob und aufstand. Ich begleitete ihn zur Tür. Ich sagte: »Ruf mich an, wenn du irgendwas brauchst. Wär schön, wenn du bleiben würdest.« Ich sagte das immer, und er gab eigentlich nie eine Antwort, aber er ließ mich in dem Glauben, er würde vielleicht das nächste Mal bleiben. Ich sah zu, wie er in seinen Truck stieg, zurücksetzte und zu seinem Haus hinüberfuhr. Hinter mir sagte Ty: »Na ja, das war so ziemlich wie immer.«

»Find ich auch.«

»Er hat das früher schon gesagt, daß ich machen soll, was ich will. Nicht sehr oft, aber hin und wieder.«
»Wahrscheinlich ist er froh, 'n bißchen Ferien zu haben, nach der Hetzerei mit der Maissaat.«
»Ja, bestimmt.«
Am nächsten Tag setzte ich Tomaten ein, hundert Pflanzen, zum größten Teil Better Boys, Gurney Girls und Romas, die Rose in ihrem Frühbeet vorgezogen hatte. Ich hatte eine besondere Begabung für Tomaten, die ich fast zu einem Ritual entwickelt hatte. Ich pflanzte sie tief in eine Mischung aus Torf, Knochenmehl und Luzernemehl, dann kam um jede Pflanze eine alte Blechdose, um Wasser zu speichern und die Erdraupen abzuhalten. Darum dann Zeitungspapier vom Des Moines *Register*, dann darüber Haufen von halbverrottetem Gras. Jedes Jahr sagten wir, wir würden die Tomaten nach Fort Dodge und Ames bringen und dort auf dem Markt verkaufen, aber jedes Jahr verarbeiteten wir sie statt dessen – manchmal fünfhundert Liter Tomatensaft, den wir den ganzen Winter über wie Orangensaft tranken.
Ich strich mir die Haare zurück, wischte mir die Nase am Ärmel ab und stand auf, und da entdeckte ich Jess Clark, der mir gegenüber an der Gartenecke saß und lächelte. Er trug Shorts und diese teuren Turnschuhe, deren Sohlen wie umgedrehte Suppenteller aussehen. Ich erinnere mich, wie er mir automatisch als junger Mann erschien, irgendwie ziemlich unfertig, und das gab mir eine gewisse Leichtigkeit im Umgang mit ihm, die ich nicht oft in der Gegenwart von fremden Männern spüre. Ich sagte: »Also, erzähl mir mehr« genau so, als wäre, seit wir am Sonntag miteinander gesprochen hatten, keine Zeit vergangen. Er sah mich eingehend an, dachte ich, und ich fügte hinzu: »Loren sagt ständig: ›Was, keine Frau oder Kinder? Ich hab gehört, da draußen im Westen soll's hübsche Mädchen geben. Hübsche Mädchen.‹«
Wir lachten.
Jess sah mir einen Augenblick zu und sagte dann: »Ich hatte eine Verlobte. Sie ist bei einem Autounfall gestorben.«

»Wann war das?«
»Vor sechs Jahren. Sie war dreiundzwanzig und hieß Alison.«
»Das ist schrecklich. Tut mir leid.«
»Ja, ich hab die nächsten zwei Jahre wie ein Verrückter gesoffen. Wenn man in Kanada trinken will, findet man jede Menge Gesellschaft.«
»Das ist überall so.«
»In Kanada gibt's diese unterschwellige Scham nicht. Man trinkt einfach.«
»Beim Spanferkel-Essen ist mir aufgefallen, daß du überhaupt nichts getrunken hast.«
»Am zweiten Jahrestag von Alisons Unfall hab ich zwei Flaschen Whiskey getrunken und wär beinahe an Alkoholvergiftung gestorben, seitdem hab ich nichts mehr angerührt, nicht mal Bier.«
»Oh, Jess.« Er tat mir wirklich leid. Alles, was er über sich sagte, enthüllte die Art Leben, vor der ich mich immer gefürchtet hatte.
Ich nahm die zweite Kiste mit Tomatenpflanzen und rückte in der Reihe weiter. Ich hob ein großes Loch aus und schüttete die Knochenmehlmischung hinein, streifte dann die unteren Blätter der Tomatenpflanze ab und setzte sie vorsichtig in das Loch – bei Tomaten wachsen überall Wurzeln, wo der Stiel in der Erde ist, deshalb kann eine ausgewachsene Pflanze eine Menge Wasser vertragen. Als ich aufblickte und Jess' ernsten und konzentrierten Blick sah, sagte ich: »Ich würd gern noch mehr hören.«
Er sagte: »Weißt du, Alison hatte ein ziemlich dunkles Weltbild. Ihre Eltern lebten in Manitoba, und sie waren extrem religiös. Als sie nach Vancouver zog, verstießen sie sie, echt im biblischen Sinne. Die Überzeugung, daß sie wirklich glaubten, sie wäre verdammt, hat sie mit der Zeit immer mehr belastet. In Wahrheit war sie ein sehr freundlicher Mensch, großzügig und süß, und sie nahm große Rücksicht auf die Gefühle anderer. Eigentlich haben wir nie wirklich rausgekriegt, ob der Unfall ein Unfall war. Sie scherte auf die Gegenfahrbahn eines zweispurigen Highways aus,

direkt in einen entgegenkommenden Sattelschlepper. Sie hatte Depressionen gehabt, deswegen sah es nach Selbstmord aus. Aber sie gefährdete andere. Das sah ihr überhaupt nicht ähnlich.«

Ich setzte mich auf die Fersen und sah ihn an, aber er lächelte und sagte: »Bitte, pflanz weiter ein. Das macht mir das Reden leichter.« Ich grub das nächste Loch. Er sagte: »Ich hab öfter ihre Eltern von Bars aus angerufen und ihnen gedroht, ich würde nach Manitoba kommen und sie umbringen. Sie haben mir immer zugehört. Manchmal hörte einer der beiden am Nebenanschluß mit. Während ich tobte, beteten sie für mich. Ich glaub nicht, daß sie jemals Reue empfanden. Ich hörte damit auf, als ich mit dem Trinken aufhörte.«

Ich sah auf. Sein Lächeln war breiter geworden, und er sagte: »Jetzt bin ich ganz anders: heiter und zufrieden. Lebensbejahend.«

»Ich glaub an so was.« Ich grub das nächste Loch, riskierte dann die Bemerkung: »Du siehst in vielem jünger aus als Loren, aber dein Gesicht sieht älter aus. Härter. Oder vielleicht einfach wissender.«

»Wirklich?«

»Ich finde ja.«

»Ich finde, du siehst auch jünger als Rose aus.«

Darauf fiel mir keine Antwort ein, denn ein wenig machte mir der Gedanke Angst, daß er mich überhaupt ansah. Ich sagte: »Wie sah deine – Alison aus?«

»Die meisten fanden sie wahrscheinlich ziemlich unauffällig. Stämmig und kompakt, eher längliches Gesicht. Die Liebe verwandelte sie.«

Ich sah ihn scharf an, weil ich mir nicht sicher war, ob er Spaß gemacht hatte, und er verstand meinen Blick. Er sagte: »Ich mach keinen Spaß. Sie hatte wunderschöne Augen und schöne Zähne. Wenn wir uns liebten und auch sonst, wenn sie besonders glücklich und aufgeregt war, verwandelte der Ausdruck ihr Gesicht und machte es schön. Sie konnte auch sehr anmutig sein,

wenn sie nicht an ihren Körper dachte oder sich seiner bewußt war.«
»Beeindruckt mich, daß dir das aufgefallen ist.«
»Wir haben zusammen in dem Krisenzentrum gearbeitet. Ich hab sie lange vorher beobachtet, bevor ich mich in sie verliebte. Ich hatte genug Zeit, um es zu sehen.«
»Davon träumt jede nicht so schöne Frau, weißt du. Daß jemand Schönheit da sieht, wo andere niemals was gesehen haben.«
»Ich weiß.«
Ich pflanzte drei oder vier weitere Tomaten, bevor wir wieder sprachen. Dann sagte ich: »Rose sieht normalerweise besser aus, aber die Operation hat ihr ganz schön zugesetzt.«
»Was für eine Operation?«
»Haben dir Loren und Harold nichts erzählt?«
»Daß Rose eine Operation hatte? Nein.«
»Wie merkwürdig.«
»Wieso?«
»Weil man glauben könnte, sie fänden es nicht wert, daß man darüber spricht. Sie hatte Brustkrebs. Die Operation war gerade im Februar.«
»Ich bezweifle, daß Harold oder selbst Loren jemals das Wort Brustkrebs in den Mund nehmen würden.« Er lächelte.
Ich sah tief in das Loch, das ich gerade grub. »Hm ja, was haben sie dir über deine Mutter erzählt?«
»Sie haben bloß Krebs gesagt.«
»Na ja, es fing an als Brustkrebs. Später war's nur einfach Krebs. Lymphdrüsen.«
»Jetzt bist du an der Reihe, mir was zu erzählen.«
»Was zum Beispiel?«
»Von meiner Mutter.«
Daß Jess Clark während der ganzen Zeit, als Verna krank gewesen war, nie gekommen war, hatte die gesamte Nachbarschaft empört, deshalb klang meine Stimme ein wenig beklommen, als ich sagte: »Bist du dir sicher, daß du es wissen willst?«
»Nein.«

»Hm, überleg's dir.«
»War so schlimm, was?«
»Der Lymphdrüsenkrebs war eigentlich nicht so schlimm, für Krebs. Sie fühlte sich einen oder zwei Monate irgendwie nicht wohl, aber sie *wollte* einfach nicht zum Arzt gehen, dann hat Loren sie sozusagen gekidnappt und hingeschleppt, und der hat dann die Diagnose gestellt. Sie ist innerhalb von zwei Wochen gestorben. Es ging schnell, und bis zur Diagnose war sie noch ganz schön aktiv.«
»Was sollte daran so schwer für mich sein?«
Ich schmeckte den Staub auf meinen Lippen. »Alles, worüber sie gesprochen hat, warst du. Loren sagt, sie war überzeugt, du würdest im letzten Moment kommen oder anrufen.«
»Niemand hat mir Bescheid gesagt.«
»Sie ließ das nicht zu. Sie vertraute auf eine Art psychische Kommunikation. Sie sagte, daß du als kleiner Junge immer gekommen bist, bevor sie dich gerufen hat, genau in dem Augenblick, als sie dich rufen wollte, und daß du ein liebevoller kleiner Junge warst. Sie verließ sich darauf. Ich dachte, daß Harold oder Loren dich vielleicht anrufen und der psychischen Kommunikation ein wenig nachhelfen sollten, aber sie sagten, sie hätten keine Ahnung, wo du warst. Einmal hat Loren einen Jessie Clark in Vancouver angerufen, aber der war eine Frau.«
»Wie, äh, wie war das Ende?«
»Wie glaubst du wohl? Schrecklich natürlich. Sie war sehr traurig.«
Er sagte ein paar Minuten gar nichts, und ich pflanzte weiter. Ich sah an der Sonne, daß es später Morgen sein mußte, und ich hatte noch fünfundzwanzig Tomatenpflanzen vor mir. Ich schob sie weiter in den Schatten und sprenkelte ein wenig Wasser über die Erdballen. Ich war vielleicht ein bißchen hart mit ihm gewesen. Andererseits war meine eigene Mutter gestorben, als ich vierzehn war. Rose und ich hatten sie zwei Monate lang im Wohnzimmer gepflegt. Ich verpaßte morgens zwei Stunden Schule; Rose verpaßte nachmittags zwei Stunden. Wenn es irgend etwas gibt, das

schwieriger oder wirklicher als der Tod der eigenen Mutter ist, dann weiß ich nicht, was das sein könnte. Wir alle fanden, daß Jess Clark hätte kommen sollen, egal, was für ein Gefängnisurteil ihn erwartete, wenn er die Grenze überschritt. Das war etwas, das Harold die ganze Zeit gesagt hatte, und ich fand noch immer, daß er recht hatte. Ich leckte mir die Lippen, die die plötzliche Hitze meiner wütenden Gedanken ausgetrocknet hatte. Nach einer Weile sagte ich: »Keine psychische Kommunikation, was?«

»Sie starb im November 71?«

»Zwei Tage nach Erntedankfest.«

»Nichts, gar nichts. Ich hab in dem Winter auf einer ziemlich einsamen Insel gelebt. Ich hatte noch nicht mal Telefon.«

Er sprach mit nüchterner Stimme, aber auf seinem Gesicht lag ein fürchterlicher Ausdruck, voller Schmerz und Zorn. Schließlich sagte er: »Das ist das Dumme an Telepathie, weißt du. Meistens sind die Leitungen zusammengebrochen.« Er lachte mit einer Art traurigem Bellen. Er atmete schwer, keuchte fast und legte den Kopf zurück. Ich starrte ihn an. Sein Gesicht war auf wunderbare Weise ausdrucksvoll, ausdrucksvoller als jedes Männergesicht, das ich kannte. Die Falten um Nase und Augen wurden tiefer, und die Mundwinkel zogen sich langsam nach unten. Seine Augen schienen dunkler zu werden und unter den Brauen zu verschwinden. Er murmelte: »Oh Gott.«

Ich sagte: »Jess? Bist du okay? Es ist beinahe acht Jahre her.«

Er rief aus: »Ich war so wütend auf sie. Ich hab ihr zweimal geschrieben, weißt du, damals im ersten Jahr. Ich sagte ihr, ich glaubte nicht an Krieg, und ich wußte, sie auch nicht. Ich wollte nur einen einzigen Brief von ihr, oder eine Postkarte, daß sie mir mitteilte, daß sie verstand, oder wenigstens, daß sie an mich dachte. In Vancouver gab es alle Arten Kriegsdienstverweigerer und Deserteure, und viele Familien behandelten sie wie Helden, oder sie akzeptierten zumindest, was sie getan hatten, und schickten Briefe und Geschenke. Von Harold hab ich nichts erwartet – ich wußte, wie er darüber dachte, aber ich glaubte, sie würde mir was schicken, etwas von sich alleine, irgendwas. Ich war verfluchte achtzehn! Ich seh mir die Jungs heute an, und ich kann's nicht fassen, wie jung ich war! Ich hatte noch ein bis zwei Zentimeter zu wachsen und zwanzig Pfund zuzunehmen! Ich war noch nicht mal ausgewachsen! Sie wußte, wo ich 1971 war, oder sie hätte es herausfinden können, wenn sie die Adressen auf meinen Briefen angerufen hätte. Sie war dreiundvierzig, du meine Güte!«

Er stand auf, kam dann näher zu mir in die Reihe, wo ich gerade arbeitete, und hockte sich direkt neben mich. Ich begann, seine Mutter zu verteidigen – immerhin kämpfte sie gegen Brustkrebs –, aber er unterbrach mich mit einem Blick, der mich verlegen machte. Er sagte leise, so als teilte er mir ein Geheimnis mit: »Kannst du begreifen, wie sie uns kaputtgemacht haben, Ginny? Lebend und sterbend! Ich war ihr Kind! Welchem Ideal hat sie mich geopfert? Patriotismus? Weil sie bei den Nachbarn den Schein wahren wollte? Dem Frieden mit Harold zuliebe? Mag sein, daß es dir so vorkam, als wär ich einfach verschwunden, aber ich war da draußen, ich, ein unwissender Junge vom Land! Ich hatte noch nie in meinem Leben ein Scheiß-Scheckheft gesehen, noch nie irgendwas unter meinem eigenen Namen besessen, noch nie einen Herd berührt oder meine eigenen Klamotten gewaschen! Ich hab Jungs in der Grundausbildung getroffen! Einer von ihnen hatte auf dem Übungsgelände einen Herzanfall. In der letzten Nacht in diesem Camp, da war dieser Junge, der hat unserem Sergeant klar zu machen versucht, daß er rasende Kopfschmerzen hätte. Er stolperte irgendwie den Gang zwischen den Betten entlang und schaffte es bis auf die Toilette und brach zusammen. Der Sergeant brüllte ihn an, er würde simulieren, und der Typ ächzte und stöhnte. Ein paar Mann von uns krochen aus den Betten und sahen zu. Jedenfalls, der Sergeant versuchte, ihn ein bißchen zu treten, damit er wieder aufstand, und er warf sich einfach nach hinten und begann, den Kopf gegen die Wand zu schlagen, so hart er konnte. Er muß so sechsmal gegen die Kacheln geschlagen haben. Der Sergeant war wie vom Blitz getroffen, wir auch. Dann

waren wir bei ihm und hielten ihn fest, und kurz darauf kamen sie mit 'ner Bahre und trugen ihn weg, und alles, woran ich denken konnte, war, daß er nicht mit uns nach Vietnam mußte. Ich war sicher, daß er es deswegen getan hatte. Er hatte noch nicht mal ein Scheißhaar auf der Brust!« Er legte mir die Hände auf die Schultern und redete wieder leiser. »Begreifst du nicht, daß sie uns auf Schritt und Tritt kaputtgemacht haben? Na klar war sie traurig, natürlich war sie traurig! Aber warum hat sie mir nicht eine Scheißchance gegeben?« Er senkte das Gesicht in die Hände.
Nach einer Minute brachte ich genügend Mut auf, um zu sagen: »Ich weiß nicht, Jess«, aber ich war zittrig und hatte Angst. Als ich die nächste Tomatenpflanze aus dem Kasten nahm, zitterten meine Hände so sehr, daß ich den Stiel knickte. Jess hatte sich aufgerichtet und ging schwer atmend auf und ab. Schließlich zog er sein T-Shirt aus, das die Aufschrift »Cascades 10K Run June 4, 1978« trug, und wischte sich Gesicht und Hals damit ab. Er sagte: »Ich sollte lieber nach Hause gehen.«
»Du hast mich nicht verletzt. Außerdem find ich nicht, daß du jetzt in dieser Verfassung Harold treffen solltest.«
»Ich mein zurück nach Seattle. Ach Scheiße.« Er setzte sich wieder, holte ein paarmal tief Atem und brachte ein Lächeln zustande. »Ginny, nichts von dem allen ist neu. Es ist alles sehr alt, ich bin daran gewöhnt, und meistens schaff ich's besser, innerlich ruhig zu bleiben. Ich hatte ganz aufgehört, wütend zu sein, als ich mit dem Trinken aufgehört hab. Zu der Zeit hab ich auch begriffen, daß Alison und ich vielleicht gar nicht zusammengeblieben wären. Ich hab sie geliebt, wirklich, aber was ich am allermeisten geliebt habe, war, ihretwegen auf ihre Eltern wütend zu sein. Auf ihrer Seite zu sein, wo das niemand sonst war, soweit ich sehen konnte. Ich kann's kaum glauben, daß ich mich jetzt noch so aufreg.«
Eine Minute später sagte ich: »Glaubst du nicht, daß es sein mußte, egal wann du das über deine Mutter erfuhrst? Jetzt ist es gewesen. Wie soll ich daran glauben, daß das Leben gut ist und daß Veränderung gut ist, wenn du's selber nicht tust?«

»Ich glaub das wirklich.«
Wir lächelten uns an. Ich konnte nicht fassen, daß ich sein Lächeln jemals einfach nur charmant gefunden hatte. Eine weitere Lektion in diesem lebenslänglichen Studienkurs über die Tricks der Erscheinung.

9

Es waren mehr als drei Monate seit Roses Operation vergangen, und allem Anschein nach erholte sie sich gut. Die Chemotherapie war vorbei, und sie hatte diesen großäugigen, erstaunten-abernicht-überraschten Blick an sich, den ich seitdem auch an anderen Krebspatienten gesehen habe. Sie hatten ihr die rechte Brust, die Muskeln auf ihrer rechten Brustseite und die Lymphknoten unter ihrem rechten Arm weggenommen, eine traditionelle radikale Brustamputation. Ich kochte noch immer ziemlich häufig für sie und sah sie natürlich jeden Tag, aber jedesmal, wenn ich ihre Gesundheit erwähnte, reagierte sie gereizt, so daß ich es ließ, aber ich achtete genau auf Anzeichen von Müdigkeit oder Schwäche oder Schmerz. An dem Tag nach meinem Gespräch mit Jess Clark fuhr ich sie zu ihrer Nachuntersuchung nach Mason City. Wir sprachen kaum auf dem Weg dorthin. Sie regte sich über Kleinigkeiten auf – ihren Jackengürtel, der in der Wagentür eingeklemmt war, daß wir zum Tanken anhalten mußten, daß wir ungefähr zehn Blocks vor dem Krankenhaus in den Verkehr gerieten und fünf oder sechs Minuten zu spät zu ihrem Termin ankamen. Wir hatten vor, nach dem Krankenhaus ein wenig einkaufen zu gehen und dann in der »Brown Bottle« zu Mittag zu essen, aber unausgesprochen waren wir uns einig, daß alles von dem ärztlichen Ergebnis abhing. War die Nachricht schlecht, war alles offen, was wir tun würden – die Zukunft würde wie ein Nichts vor uns liegen, und auf irgendeine Weise würden wir das respektieren.

Es lief dann aber alles wunderbar. Sobald wir zur Tür hereinkamen, begrüßten die Schwestern sie mit fröhlicher Wärme, und es fiel schwer, sich nicht allein davon beruhigt zu fühlen, so als wüßten sie bereits die gute Nachricht und hätten nichts anderes zu tun, als sie uns mitzuteilen. Der Arzt fand absolut nichts Verdächtiges und gratulierte Rose dazu, wieviel Bewegungsfähigkeit und Kraft sie »in so kurzer Zeit« in ihrem Arm zurückgewonnen habe. Rose lächelte über seine Formulierung, und ich auch, aber allein ihn das sagen zu hören, hellte irgendwie jene langen, schweren Monate auf, die schlimmsten Monate des Jahres in unserer Gegend, wenn der Himmel wie Eisen ist, Tag für Tag, und der Wind nicht aufhören will, eisig und feindlich selbst an Tagen, wenn schwaches Sonnenlicht durch die Wolken dringt. Es war leicht, während er uns die gute Nachricht mitteilte, sich darüber zu wundern, wie deprimiert wir gewesen waren, fast ohne es zu wissen, leicht, sein rundes, rosafarbenes Gesicht mit Zuneigung zu betrachten, leicht, sich wie verwandelt zu fühlen, als wir aus dem Krankenhaus in die schöne Mailuft traten, welche die blühenden Holzapfelbäume und Tulpen- und Lilienrabatten, die wir beim Hineingehen noch nicht einmal bemerkt hatten, zu beiden Seiten des Eingangs versüßten und färbten. »Was für ein schöner Tag!« rief Rose aus, wobei sie tief einatmete, und dieses Mal fuhr ihre linke Hand nicht zu den verlorenen Muskeln unter dem Arm. Das war zu ihrer Gewohnheit geworden, und es schmerzte mich, wenn ich diese Geste sah, bloß eine leichte Berührung, ihre Finger fragten, waren wie Federn, entdeckten von neuem. Ihre Hand berührte niemals eine andere Stelle – es war, als wär das andere, die Brust, die Brustmuskeln, okay, na ja, verloren, ein annehmbares Opfer, aber dies auch? Sie sagte: »Komm, laß uns Fleisch essen!«

»In der ›Brown Bottle‹ gibt's Fleisch.«

»Nein, ich mein, irgendwas Teures, wie der ›Starlight Supper Club‹. Weißt du noch, als wir da an deinem zehnten Hochzeitstag waren? Sie hatten drei Sorten Hering an der Salatbar und irgendwelchen Knoblauchtoast, der langsam in Butter gebacken war, bis er hart wie Einmachdeckel war, außer daß er sich zerteilte und auflöste, sobald man ihn auf der Zunge hatte?«

»Ich kann's nicht glauben, daß du dich so deutlich an das Essen erinnerst. Das war vor sechs Jahren.«

»Ich hab seitdem auch nicht dran gedacht, ehrlich. Kommt bloß daher, daß ich ihm wirklich glaube, verstehst du? Ich glaub ihm wirklich alles, was er gesagt hat, und jetzt will ich alles in mich aufsaugen, alles, was ich beinahe versäumt hätte, was ich schon so ziemlich aus meinen Gedanken verbannt hatte.«

Wir kamen an die Ecke, warteten auf Grün und gingen über die Straße. Ich hatte keine Ahnung, wo wir hinwollten. Ich sagte: »Ich hab nicht gewußt, daß du so deprimiert warst.«

»Ich war deprimiert, aber das war Nebensache. Für mich war's mehr so wie ein Geschäft aufgeben, oder sagen wir, wie einen großen Ausverkauf veranstalten, wo du dir alles, was du in deinem Leben gekauft hast, ansiehst, und du erinnerst dich, wieviel es dir bedeutet hat, und jetzt hängst du ihm ein Preisschild an, ganz billig, und du siehst zu, wie sie alles wegtragen, und es ist dir gleichgültig. Das ist eher so, wie es war.«

Ich sah sie an, ohne zu antworten. Für mich war es so gewesen wie in einem Auto zu fahren, das außer Kontrolle gerät. Drei Monate lang waren wir hin- und hergeschleudert, waren Pfeilern und entgegenkommenden Fahrzeugen im letzten Augenblick ausgewichen. Jetzt hatten wir das Auto wieder unter Kontrolle, die Katastrophe war ausgeblieben.

Sie blieb stehen, als wir an der gegenüberliegenden Ecke angekommen waren, und fuhr sich mit der Hand durch die Haare. Sie sagte: »Auf jeden Fall, Ginny, ich weiß, daß dies bloß die Dreimonats-Nachuntersuchung war. Dann kommt die Sechsmonats-Nachuntersuchung und die Jahresnachuntersuchung und fünf weitere Jahresnachuntersuchungen, und dann bin ich erst vierzig. Ich hab das nicht vergessen, aber trotzdem will ich was Besonderes machen. Etwas, das ein Skandal für Daddy wär. Bloß zur Feier des Tages.«

»Ich glaub nicht, daß es in Mason City männliche Stripper gibt.«

»Hast du das bei Phil Donahue gesehen?« grinste Rose.

»Letzten Mittwoch? Als sie so ungefähr drei Quadratzentimeter Unterhosen anhatten, blau und glänzend?«

»Der eine Typ war in Schwarz.«

»Der Blonde.«
»Ich wußte gar nicht, daß du dir so was ansiehst. Mir war's irgendwie peinlich, daß ich das laufen hatte.«
»Ich hab das Bild dunkel gemacht und nur den Ton gehört, so als wenn's im Radio gekommen wär.«
»Hast du nicht!«
»Stimmt«, sagte ich. »Ich hab mir jede Minute angesehen, selbst dann noch, als sie schon längst wieder ganz angezogen waren.«
Rose lachte ausgelassen und rief dann aus: »In Mason City gibt's einen Puff, hast du das gewußt? Pete hat's mir erzählt. Neben dem ›Golden Corral‹. Auf der einen Seite ist das USDA*-Büro und auf der anderen der Puff.«
»Woher weiß Pete das?«
»Von diesen Jungs, die er sich geholt hat, die ihm beim Anstreichen der Scheune geholfen haben.«
Wir blieben vor Lundberg stehen und guckten uns die Kleider an. Rose sagte: »Aber so weit müssen wir nicht gehen. Daddy hält es auch schon für einen Skandal, wenn wir einkaufen gehen.«
»Was für eine Erleichterung.«
Wir gingen rein. Es war mir nicht entgangen, daß Rose sich seit der Diagnose nichts zum Anziehen gekauft hatte, wahrscheinlich seitdem nie richtig vor einem Spiegel gestanden hatte. Ich konzentrierte mich auf den Blusenständer und versuchte, diese ständige Wachsamkeit abzulegen, die sich mir immer wieder aufdrängte – ich paßte auf, welche Größen sie sich ansah, welche Art Schnitt sie bevorzugte; welches Kleid auch immer sie zuerst anprobieren würde, ich wollte, daß es ihr schmeichelte. Als sie vier, so viele wie erlaubt waren, mit in die Umkleidekabine nahm, hielt ich mich davor auf und sah mir zerstreut einige Pullover an. Sie blieb lange drin, und dann sagte sie ruhig: »Ich seh deine Füße«, und ich mußte ein Stück weggehen. Als sie herauskam, war sie wieder niedergedrückt. Sie reichte der Verkäuferin mit einem Lächeln die Kleider und ging Richtung Tür. Ich tat so, als wühlte ich zwischen

* United States Department of Agriculture. A.d.Ü.

ein paar Gürteln, aber als sie auf die Straße hinausging, folgte ich ihr.
Wir sahen in das nächste Schaufenster, einen Schuhladen, und das nächste, ein billiges Kaufhaus. Sie starrte eine lange Zeit auf Luftbefeuchter.
Ich sagte: »Was von Caroline gehört?«
»Nein.«
»Wer, glaubst du, tut den ersten Schritt?«
Sie wandte sich mir zu und sah mich an, wobei sie ihre Hand hob, um ihre Augen vor dem Sonnenlicht zu schützen. »Hat Daddy jemals den ersten Schritt getan? Ich mein, wenn's um Versöhnung ging?«
»Hm, nein. Aber dies hat mit uns zu tun. Dies hat mit Caroline zu tun.«
»Wenn Wasser bergauf fließt, dann wird er den ersten Schritt tun.«
»Man sollte denken, sie wär vorsichtiger.«
Rose ging jetzt wieder weiter. »Sie braucht nicht vorsichtig zu sein. Sie verdient. Seine Tochter sein ist ziemlich abstrakt für sie, und ich bin sicher, sie möchte es auch dabei belassen. Du wirst es sehen. Sie und Frank werden heiraten und einen Sohn bekommen, und es wird deswegen noch 'ne Menge Theater geben. Sie tut immer das, was sie tun muß.«
»Das hört sich an, als wärst du böse auf sie. Sie kam die Stufen rauf. Daddy war derjenige, der die Tür zugeknallt hat.«
»Aber es hätte überhaupt kein Theater geben brauchen, keinen Bruch, keine Versöhnung, kein Drama. Sie kann es einfach nicht ertragen, eine von uns zu sein, das ist das ganze Geheimnis. Ist dir das noch nie aufgefallen? Wenn wir mitziehen, macht sie Schwierigkeiten. Wenn wir uns sperren, schnurrt sie wie 'ne Katze.«
»Kann sein.«
»Mist! Ich erinnere mich, als sie so ungefähr fünf war – jedenfalls bevor Mommy starb. Ich saß am Küchentisch und machte meine Hausaufgaben, und Mommy kochte gerade das Essen, und Caroline malte ein Heft aus, und sie sah uns beide an und sagte gerade-

heraus: ›Wenn ich groß bin, werd ich nicht Farmersfrau.‹ Und Mommy lachte und fragte sie, was sie denn werden wollte, und sie sagte: ›Farmer‹.«

Ich lachte. Wir gingen weiter und einigten uns ohne Worte, das Thema Caroline zu vermeiden. Mein Magen knurrte. Ich sagte: »Rosie, laß uns im ›Golden Corral‹ essen, und vielleicht können wir dann sehen, was die Prostituierten zur Arbeit anhaben.«

»Ich glaub, ich fahr lieber nach Hause. Ich hab zu Hause Essen.«

»Bist du müde?«

»Jaa.«

Ich erhob keine Einwände. Habe ich Rose gegenüber nie gemacht. Als wir im Auto saßen, sagte sie: »Weißt du, als wir aus dem Krankenhaus kamen und diese Blumenbeete gesehen haben, die wir beim Reingehen nicht gesehen haben? Das kam so unerwartet. Ich glaub, es hat mich irgendwie in eine Art von Delirium versetzt. Und es kam mir so vor, daß wenn wir nur alle Zwänge von uns werfen und zügellos reden und zügellos essen und zügellos einkaufen würden, daß das Delirium davon größer und vielleicht sogar besser werden könnte, oder irgendwie konstant. Aber ich hab vergessen, ich bin noch nicht so weit, daß ich mich in einer Umkleidekabine ausziehen kann.« Sie seufzte. Ich fuhr aus der Parklücke. Einige Minuten später sagte sie: »Was fällt dir am schwersten?«

»Hm, ich weiß nicht. Wahrscheinlich mich wohlfühlen mit Leuten, die nicht zur Familie gehören.«

»Was meinst du damit?«

»Oh, du weißt doch. Entweder bin ich zu schüchtern, oder aber ich möchte so sehr, daß jemand mein Freund ist, daß ich mich wie ein Idiot benehm. Ich glaub nie wirklich, daß Marlene Stanley oder sonst jemand mich richtig gerne mag, obwohl ich vermutlich weiß, daß sie mich mögen.«

»Gott oh Gott! Genau so hast du geredet, als du in die High School kamst.«

Ich versteifte mich ein wenig. »Wieviel Übung hab ich seitdem gehabt? Wie dem auch sei, als ich in die High School kam, hast du immer gesagt: ›Hättest du nicht gerne Soundso zur Freundin? Komm, wir nehmen ein paar Kekse mit und bieten Soundso einen an, dann wird sie vielleicht unsere Freundin.‹«

Rose lachte ein volles herzliches Lachen. »Normalerweise hat das auch funktioniert.«

Wir fuhren einige Minuten schweigend.

Schließlich sagte sie: »Weißt du was? Mir fällt am schwersten, die Finger von den Sachen zu lassen. Eine meiner deutlichsten Erinnerungen an meine Kindheit ist die, daß Mommy mir auf die Finger gehauen und gesagt hat, ich soll nicht alles anpatschen. Was noch schlimmer ist, ich hab diesen immer wiederkehrenden Alptraum, daß ich Sachen anfaß, die mir weh tun, wie zum Beispiel das Rasiermesser, das Daddy früher hatte, oder ein Glas mit irgendeinem Gift, das mir über die Hände läuft. Ich weiß, ich sollte die Finger davon lassen und aufpassen, aber ich kann einfach nicht widerstehen.«

»Ich träum davon, daß ich nackt in der Schlange fürs Mittagessen stehe. Es ist immer die Schlange in der neunten Klasse.«

»Nackttträume sind was sehr Häufiges.«

»Ich glaub auch.«

Wir fuhren die restliche Strecke schweigend. Ein grellweißer Dunstschleier lag über den Feldern zu beiden Seiten der Straße, und die Reihen der frischen Maisschößlinge verloren sich fächerförmig in der Weite wie Nähte winziger heller Stiche auf einem dunklen Wollstoff. Als ich Rose an ihrem Haus absetzte, gab sie mir einen Kuß auf die Wange. Es war eine Tatsache, daß wir uns unser ganzes Leben lang kannten, aber einander nie müde geworden waren. Unsere Bindung hatte eine seltsame Fruchtbarkeit, und ich war klug genug, sie zu schätzen – auch im Schweigen. Rose hätte Sentimentalität nicht mitgemacht.

10

Caroline war sechs, als unsere Mutter starb, und zuerst war die Rede davon, daß sie bei der Cousine meiner Mutter in Rochester, Minnesota, leben sollte. Cousine Emma arbeitete in der Verwaltung der Mayo-Klinik, war unverheiratet und ohne Kinder, und ich glaube, diese »Lösung« des »Problems« Caroline wurde schon in der Zeit diskutiert, als meine Mutter krank war, und ich glaube, daß ein paar Damen von der Kirche, die sich in der Literatur über das Waisendasein gut auskannten, dies als einen wünschenswerten, wenn nicht sogar romantischen Gang der Dinge betrachteten. Cousine Emma verfügte dank ihres Berufes über reichlich Geld, so daß für gute Kleidung plus Grundschule und High School in der Stadt gesorgt sein würde. Mein Vater aber erklärte kurzerhand, daß Rose und ich alt genug wären, uns um unsere Schwester zu kümmern, und dabei blieb es.

Sie war kein schwieriges Kind, nicht schwer zu versorgen. Sie spielte mit ihren Puppen, die früher unsere Puppen gewesen waren, aß, was man ihr hinstellte, hörte, wenn man ihr auftrug, die Puppenkleider wegzuräumen oder ihr eigenes Kleid sauber zu halten. Sie hatte kein Interesse an den Maschinen, die zur Farm gehörten – Hänger voller Korn, Erdbohrer, Traktoren, Maispflücker, Trucks. Sie hielt sich von den Schweinen fern, sogar von den Hunden und Katzen, die vorübergehend bei uns lebten. Sie ging nie auf die Straße oder entfernte sich außer Sichtweite vom Haus. Sie ging nie, soweit ich weiß, in die Nähe des Gitters über einem Entwässerungsschacht. Wir hatten Glück und konnten uns dem Teil der Kindererziehung zuwenden, den wir am besten kannten – Kleider für uns und die Puppen nähen, Kekse backen, aus Büchern vorlesen, Regeln durchsetzen, die hießen: wasch dich gründlich, iß, wie es sich gehört, geh zu einer bestimmten Zeit schlafen, sag »Ma'am« zu Damen und »Sir« zu Daddy und anderen Männern, mach deine Hausaufgaben. Wir hatten nur die Prinzipien, die für uns gegolten hatten, aber es stimmte, wie Daddy häufig sagte, daß sie braver war, als wir es gewesen waren, weder eigensinnig oder verschlossen wie ich, noch rebellisch und frech wie Rose. Er lobte ihre Zärtlichkeit, sie war ein »liebes Kind«, das seine Puppen küßte und auch ihn küßte, wenn er einen Kuß haben wollte. Wenn er »Cary, gib mir einen Kuß« sagte, so wie er es immer sagte, ohne Vorwarnung, halb als Befehl, halb als Bitte, sprang sie auf seinen Schoß und legte ihm die Ärmchen um den Hals und gab ihm einen Schmatz auf den Mund. Wenn ich das sah, hatte ich immer ein komisches Gefühl, so als wälze sich in mir ein schwerer Stein herum, jener Stein des Eigensinns und des Widerwillens, der dafür gesorgt hatte, daß er mich nicht mehr fragte.

Unsere Prinzipien wurden ernsthafter, als Carolines erstes High School-Jahr bevorstand. Wir waren uns einig, daß sie ein normales High School-Leben haben sollte, mit Verabredungen und Tanzen und Freizeit nach der Schule. Sie sollte nicht an den Schulbus gekettet sein. Sie sollte Freunde haben, und sie sollte bei ihnen in der Stadt übernachten dürfen, wenn sie sie einluden. Rose, die zu der Zeit arbeitete, zahlte für ihre Kleidung. Ich gab ihr eine Art Taschengeld. Wenn sie zu einer Geburtstagsparty eingeladen war, gaben wir ihr Geld für ein schönes Geschenk. Das waren unsere Prinzipien, und sie standen im Gegensatz zu Daddys erklärter Ansicht, zu Hause sei es am besten, hausgemacht sei gut genug, und wenn wir schon für den Schulbus bezahlen müßten, dann, zum Donnerwetter, sollte sie ihn auch benutzen. Wir waren ihre Verbündeten. Wir deckten sie und besänftigten Daddy, wenn er seine Wutanfälle hatte. In den beiden letzten High School-Jahren bekam ich Daddy sogar so weit, daß sie mit einem Jungen zum Tanz gehen durfte. Rose kaufte ihr ein Abonnement für *Glamour* und entwickelte sich zu einer wahren Meisterin im Kopieren der einfacheren Kleiderschnitte, die trotzdem in Zebulon County nicht zu kriegen waren.

Wir kamen gut mit ihr zurecht. Sie blieb liebenswert, wie sie als Kind gewesen war. Sie bekam gute Noten, war ehrgeizig und ging schließlich fort, wie wir es geplant hatten – keine Farmersfrau, auch kein Farmer, sondern etwas Aufgeweckteres und Klügeres und Vielversprechenderes. Manchmal sah sie uns in gedankenlosem Staunen an und sagte: »Mein Gott! Warum ist nie eine von euch beiden gegangen? Ich kann nicht glauben, daß ihr nie irgendwelche anderen Pläne gehabt habt!« Solche Bemerkungen verärgerten Rose maßlos, aber mir gefielen sie. Zeigten sie doch, wie gut und nahtlos wir unsere Prinzipien befolgt hatten.

Ich entschloß mich, sie anzurufen, sobald ich Rose zu Hause abgesetzt hatte, aber als ich bei Daddy vorbeifuhr, stand sein Pickup auf der Auffahrt, und ich konnte ihn durch das große Fenster vorne sehen, kerzengrade aufrecht in seinem La-z-boy-Sessel sitzend und nach draußen starrend. Irgend etwas war an diesem Bild, das alle anderen Gedanken aus meinem Kopf vertrieb. Ich war zu feige, sofort umzudrehen und nachzusehen, und als ich eine oder zwei Minuten später bei uns war, brachte ich es einfach nicht über mich, aus dem Auto zu steigen. Ich konnte die Überschrift in der *Pike Weekly News* sehen – »Farmer in seinem Wohnzimmer zusammengebrochen.« Wenn Rose mich gefragt hätte, nicht was mir am schwersten falle, sondern was meine schlimmste Gewohnheit sei, hätte ich ihr geantwortet, daß ich im Grunde immer Katastrophen erwartete.

Ich stieg aus und schloß die Tür, öffnete sie wieder und stieg ein und fuhr die Straße hinunter. Durch das Fenster konnte ich sehen, daß er immer noch kerzengrade in seinem Sessel saß, aber ich konnte mir nicht helfen, ich glaubte, nur die Arme hielten ihn. Dann sah ich, wie er die Hand zum Kinn hob. Ich bog erleichtert, überrascht, in die Auffahrt, wieder einmal ein abgewendetes Unglück. Als ich zur Tür hereinkam, sagte er: »Was ist los?«

»Nichts.«

»Du bist vorbeigefahren, und dann bist du wegen irgendwas zurückgekommen.«

»Ich bin zurückgekommen, weil ich gucken wollte, was du machst.«
»Ich hab 'ne Zeitschrift gelesen.«
In der Nähe seines Sessels waren keine Zeitschriften, und auch nicht auf dem Tisch neben ihm.
»Ich hab aus dem Fenster gesehen.«
»Schön.«
»Und ob das schön ist.«
»Brauchst du irgendwas?«
»Ich hab was gegessen. Ich hab's in der Mikrowelle aufgewärmt.«
»Gut.«
»Es wird schneller kalt, wenn man's so aufwärmt. Mein Essen war eiskalt, bevor ich's aufhatte.«
»Das hab ich noch nie gehört.«
»Ja, ist aber so.«
»Ich hab Rose heute zum Arzt gefahren.«
Er rückte in seinem Stuhl. Ich folgte seinem Blick und sah Ty, der weit hinten im Westen das Feld bestellte. In der Stille konnte ich nur das Dröhnen des John Deere hören, von der Entfernung auf ein dumpfes Brummen reduziert. Mein Vater sagte: »Alles okay mit ihr?«
»Ja. Der Arzt war mit allem zufrieden.«
»Wenn ihr was passiert, sind ihre Kinder in der Klemme.«
Mein Vater hatte diese Art, unbeantwortbare Bemerkungen zu machen. Wollte er damit seine Mißachtung Pete gegenüber ausdrücken? Oder mir gegenüber? Wollte er sagen, daß ich nicht fähig sei, einzuspringen und sie großzuziehen? Oder dachte er über unsere Geschichte seit dem Tod meiner Mutter nach? Über das, was seiner Meinung nach Roses erste und wichtigste Pflicht war? Oder war dies eine Art allgemeine Überlegung zu unserer Familie?
Ty würde wahrscheinlich sagen, er habe damit wohl gemeint, er wäre in der Klemme, wir wären in der Klemme, wage das aber nicht auszusprechen. Manchmal dachte ich, wir seien naiv, meinem

Vater weichere Gefühle zuzuschreiben. Ich sagte: »Ihr geht's gut. Wir brauchen uns keine Sorgen zu machen.«
»Wir brauchen uns darüber keine Sorgen zu machen. Es gibt viel, worüber wir uns Sorgen machen müssen.«
»Hm, ja, natürlich.«
Ich sah mich um, ob es irgendeine Kleinigkeit zu tun gab, damit mein Zurückkommen so routinemäßig wie möglich aussah. Eine Sache an meiner Gewohnheit, das Schlimmste zu erwarten, war, daß sie mich in peinliche Verlegenheit brachte; die Leute durften natürlich nicht merken, daß ich mir ihren Tod vorgestellt hatte. Aber abgesehen von Kochen, Waschen und größerem Hausputz benötigte mein Vater wenig Hilfe in seiner häuslichen Alltagsroutine. Das Geschirr von seinem Essen war bereits gespült und stand zum Abtropfen auf der Ablage. Die Arbeitsfläche war gewischt und der Boden gefegt. Wirklich, er war immer ein lebendes Beispiel der Maxime »Mach hinter dir sauber« gewesen. Es gab nichts zu tun. Ich ließ meinen Blick zu seinem Gesicht zurückwandern. Er starrte aus dem Fenster. Ich sagte: »Okay. Hm, ich hab einen Erdbeer-Rhabarber-Pie gemacht. Ich bring dir was davon zum Abendessen rüber. Ich hab schon ein paar Erdbeeren, hab ich dir das erzählt?«
»Warum bestellt er das Feld? Sind sie mit dem Bohnensäen fertig?«
»Ich weiß nicht. Fast, glaub ich.«
Er starrte schweigend auf den Traktor, der von der linken Seite des großen Fensters auf die rechte kroch.
»Daddy? Du kannst zu uns zum Abendessen kommen, wenn du möchtest. Du könntest ihn dann fragen.«
Sein Gesicht rötete sich, er starrte hinaus.
»Daddy?«
Er sah mich weder an, noch antwortete er, noch nicht einmal, um mich wegzuschicken. Es machte mich nervös, ihn anzusehen, ich wurde unruhig und wollte so schnell wie möglich gehen, als wäre hier irgend etwas, vor dem ich fliehen müßte. »Daddy? Möchtest du noch irgendwas, bevor ich geh? Ich geh jetzt.« Ich blieb an der

Küchentür stehen und betrachtete für einige Sekunden seinen unbeugsamen Hinterkopf. Als ich erneut vorne am Haus vorüberfuhr, hatte er sich kein bißchen bewegt. Ich konnte das Gefühl nicht loswerden, daß seine Wachsamkeit Ty bedrohte, den arglosen Bodenbesteller, der sich in aller Unschuld darauf konzentrierte, nur ja niemals von den Reihen abzukommen, die sich vor ihm erstreckten. Der grüne Traktor kroch Zentimeter um Zentimeter voran, und der Blick meines Vaters folgte ihm wie der Lauf eines Gewehrs.

Ungefähr eineinhalb Stunden später rief Rose an und sagte: »Warum sitzt Daddy am vorderen Fenster und starrt über euer Südfeld?«

»Sitzt er da immer noch?«

»Er saß da, als ich nach Cabot reingefahren bin, um Brot zu holen, und er saß da, als ich zurückgekommen bin. Ich hab mitten auf der Straße angehalten und ihn beobachtet. Nicht einen Muskel hat er bewegt.«

»Wo ist Pete?«

»Schweißt irgendwas an der Sämaschine. Er ist da schon dran, seit wir aus Mason City zurück sind.«

»Ist Ty immer noch auf dem Feld zugange? Ich kann den hinteren Teil des Feldes von hier aus nicht sehen.«

»Als ich vorbeikam, fing er gerade die Reihe am Zaun neben der Straße an.«

»Ich bin mir sicher, Daddy beobachtet ihn. Ich bin mir sicher, da ist irgendein Streit im Gange. Er war auf irgendwas wütend und hat überhaupt keine Notiz von mir genommen, als ich bei ihm war.«

»Hm, gut für dich. Da hast du nichts für ihn tun müssen.«

»Findest du das nicht komisch?«

»Also, was hast du denn gedacht? Genau das wird's sein, worin sein Rentnerdasein bestehen wird, Pete und Ty nicht aus den Augen zu lassen, was immer sie machen, alles immer besser zu wissen als sie. Du hast doch wohl nicht geglaubt, er würde angeln gehen, hm? Oder nach Florida ziehen?«

»So weit hab ich nicht vorausgedacht.«

»Diesen totenstarren Blick perfektionieren wird von jetzt an sein Lebenswerk sein, deshalb sollten wir uns lieber gleich daran gewöhnen.«

Sie legte auf.

Ich mußte bei dem Gedanken lächeln, daß sie angehalten und ihn beobachtet hatte. Sie hatte bestimmt da unten am Fuße des Hügels gestanden, die Hände in die Hüften gestemmt und ihren Blick zu seinem hinaufgejagt. Sicher hatte keiner von beiden auch nur mit dem Kopf genickt. Sie waren vom gleichen Stamm, das stand fest.

Ich drückte den Telefonknopf herunter und ließ ihn wieder hochschnellen, bereit, Carolines Nummer im Büro zu wählen, nur daß mich plötzlich eine Schüchternheit überkam, so als gäbe es zwischen uns eine Kluft, die ich überwinden mußte. Heute war Donnerstag, und ich hätte sie Sonntagabend anrufen sollen, das war mir plötzlich klar. Rose hätte ich Sonntagnachmittag angerufen, hätte es so lange versucht, bis sie zu Hause war, aber Caroline hatte ich beinahe vergessen, an Caroline hatte ich kaum noch gedacht im Wirbel all der Dinge um Daddy und Rose und, ja, ehrlich gesagt, der Gedanken an Jess Clark. Es stimmte, daß Caroline und ich keine enge Beziehung hatten, daß wir nicht viel redeten, keinen Klatsch austauschten. Ihre Besuche jedes dritte Wochenende, wenn sie bei Daddy blieb und für ihn kochte, waren im allgemeinen die einzige Gelegenheit für mich, mit ihr zu sprechen. Zum einen waren die Leute auf dem Land, auch 1979 noch, Ferngesprächen gegenüber mißtrauischer und es einfach nicht gewohnt, viel am Telefon zu reden – wir hatten bis 1973 eine Gemeinschaftsleitung gehabt, und deshalb wurden Gespräche über private Dinge am Telefon immer noch als riskant angesehen. Zum anderen war es für mich und Rose zu einer so alten Gewohnheit geworden, uns über Daddy und Caroline zu beraten, daß es mir eine Spur unvertraut, fast ein wenig erschreckend schien, mit ihr darüber zu sprechen. Neugierig. Als mischte ich mich in etwas ein, das mich nichts anging. Und dann sahen sie persönliche Anrufe in ihrem Büro nicht gerne. Die Telefongespräche wurden registriert, weil sie ihren Kunden Telefonberatungen in Rechnung stellten. Ich drückte den Telefonknopf wieder herunter und legte dann den Hörer auf. Sonntag setzte ich mir als letzte Frist. Wenn ich bis Sonntag nichts von ihr hören sollte, würde ich sie wirklich anrufen.

11

Ich merkte, daß ich nach Jess Clark ausschaute. Läufer liebten die Routine, soviel wußte ich, und ich paßte in der Kühle des Morgens auf, ob er auf seiner Runde an unserem Haus vorbeilief. Nur daß ich nicht wußte, wo er seine Runde machte. Konnte aber auch sein, daß Harold darauf bestand, daß Jess ein wenig bei der Arbeit auf der Farm mithalf oder daß Jess selber gerne mithelfen wollte. Laufen und sich unterhalten konnten sich als Stadtgewohnheiten entpuppen, die Jess schleunigst ablegte. Ganz sicher waren unsere Unterhaltungen, besonders die letzte, in meiner Erfahrung einzigartig, und vielleicht lag es daran, daß ich immer wieder an sie dachte.

Wenn ich im Garten arbeitete, meine Tomaten begoß, oder auch nur feststellte, daß es die Tageszeit unseres Gesprächs war, kehrte Jess' Schmerz zu mir zurück, und ich spürte etwas Physisches, eine Art Ziehen im Magen. Mir wurde bewußt, daß die schlimmsten Dinge, die ich gefürchtet und mir vorgestellt hatte, ihm tatsächlich passiert waren – der plötzliche Tod seiner Verlobten, aber auch der Tod seiner Mutter, während er keine Verbindung zu ihr hatte. Und war er nicht von seinem Vater verdammt und zurückgewiesen worden, schlimmer als verlassen – ausgestoßen –, gleich zu Beginn seines Erwachsenenlebens? Wahrscheinlich sah es oberflächlich so aus, daß wir außer unserer Kindheit auf der Farm nichts gemeinsam hatten, aber ich vermutete, daß es Dinge gab, die er kannte und die ich mein ganzes Leben lang hatte lernen wollen. Trotzdem wartete ich nicht eigentlich ungeduldig darauf, ihn zu sehen. Es war eher so, daß ich wußte, ich hatte etwas Wichtiges, auf das ich wartete, etwas außer der nächsten Schwangerschaft. Genaugenommen kam mir der Gedanke, die nächste

Schwangerschaft wäre vielleicht das Endstadium, der Höhepunkt oder die Belohnung für mich, wenn ich das, was Jess Clark mir beizubringen hatte, gelernt haben würde, eine natürliche Folge einer Art richtiger Einstellung, die ich noch nicht zuwege gebracht hatte.

Eines Tages, als Ty zum Abendessen hereinkam, war Jess hinter ihm. Er trug Jeans und ein hellblaues T-Shirt, und seine Hände und Arme waren schmutzig bis zu den Ellenbogen. Ty sagte: »Heh Ginny. Ich hab diesen Typ hier zur Abwechslung mal zu ehrlicher Arbeit rangekriegt, aber jetzt will er essen.« Er gab mir einen Kuß auf die Stirn und ging hinunter in den Keller, um seine Sachen neben die Waschmaschine zu legen und sich umzuziehen. Ich sagte zu Jess: »Was haben sie dich machen lassen, den Schweinestall mit bloßen Händen ausmisten?«

»Wir haben das Getriebe an dem alten Traktor repariert.«

»Dem Farmall? Wofür brauchen sie den denn?«

»Man hat mir aufgetragen, hinter dem Haus deines Dads Dünger zu streuen.«

»Wie schön für dich.«

»Macht mir nichts aus. Jedenfalls ist Dünger streuen etwas, an das ich glaub, und der Größe des Misthaufens nach zu urteilen und dem Zustand des Streuers ist hier in den letzten Jahren nicht allzuviel Mist gefahren worden. Sagen wir vierzig.«

»Wir haben gute Erträge«, rief Ty. »Und darauf kommt's heutzutage an. Wie auch immer, wartet, bis ich diesen Slurrystore hab.« Die Kellerstufen knackten unter seinem schweren Schritt. »Dann fliegt der Mist hier nur so rum. Willst du mit diesen Händen essen?«

Ich reichte Jess ein Handtuch, und er ging zu der Spüle hinten und drehte das Wasser an.

Ty murmelte: »Ist genug Essen da?«

Ich flüsterte: »Ist er nicht Vegetarier? Alles, was ich hab, ist Nudelauflauf und ein paar grüne Bohnen und Salat.«

»Daran hab ich nicht gedacht.« Er öffnete den Kühlschrank. Als Jess zurückkam, reichte er ihm ein Bier, aber Jess stellte es zurück

und nahm sich eine Cola. Sie setzten sich an den Küchentisch. Jess sagte: »Mann, ihr Farmer denkt immer, 'ne neue Maschine ist die Lösung.« Ich sah zu ihm rüber. Sein Gesichtsausdruck war aggressiv, aber fröhlich, und Ty nahm das als Scherz. Er sagte: »Nee. Zwei neue Maschinen. Das ist die Lösung.«
Ich stellte das Essen auf den Tisch und dazu eine Schüssel Cottage Cheese und sagte dann: »Jedenfalls werden wir ja sehen, was die Lösung ist. Wir haben 'ne Menge neuer Sachen bestellt.«
»Mmmm«, sagte Ty mit dramatischem Behagen.
»Ich hatte vergessen, was für eine schöne Küche das hier ist«, sagte Jess. »Hatten die Ericsons nicht irgendeinen Vogel hier drin?«
»Sie hatten einen Papagei. Aber ich glaub, er war immer im Wohnzimmer. Wißt ihr noch, wie er die Hunde rumkommandiert hat?« Ich sagte zu Ty: »Der Papagei hatte mitgekriegt, wie Cal die Hunde dressierte, und wenn einer der Hunde ins Wohnzimmer lief, hat der Papagei Befehle gerufen, und die Hunde haben ihm gehorcht. Einmal sind wir von draußen reingekommen, und wir haben den Papagei krächzen und rufen gehört ›Sitz!‹, ›Rolle!‹ und wir sind ins Wohnzimmer gegangen, und da war der Collie und hechelte und machte all diese Kunststücke. Mrs. Ericson mußte ein Tuch über den Papageienkäfig decken.«
»Wann haben sie die Farm aufgegeben?« fragte Jess.
»Oh, sie sind bestimmt eher als du weggewesen. Ich war vierzehn, als Daddy die Farm hier gekauft hat.«
»Harold gestohlen hat, meinst du.« Jess sah mich lange an, wieder mit diesem übermütigen Zwinkern.
»Oh richtig. Hab ich vergessen.«
Was ich vergessen hatte, war, wieviel Spaß es machte, einen Gast zum Essen zu haben, jemanden, der kein Verwandter war, der Umgangsformen von weit her mitbrachte. Während wir uns die Teller füllten, sagte Ty: »Was denken sie drüben im Westen über diese Ölknappheit?«
»Das ist ein Scheinmanöver der Ölkonzerne.«
»Sie haben Carter im Sack.« Ty warf mir einen Blick zu, weil er

wußte, daß ich Carter mochte, oder zumindest Rosalyn und Miss Lillian. Ich rollte die Augen.
»Die Sache ist die«, sagte Jess. »Er ist Realist. Er sieht sich alles von allen Seiten an. Er macht sich viele Gedanken darüber, was er tun sollte. Man sollte nie einen Realisten im Weißen Haus haben. Präsident sein ist zu erschreckend für einen Realisten.« Ich lachte.
Ty sagte: »Ginny mag ihn. Ich hab ihm meine Stimme gegeben, muß ich sagen, auch wenn ich keine Ahnung hab, wie man Erdnüsse anbaut. Aber jedesmal, wenn irgendwas passiert, ringt er nur die Hände.«
»Nee«, sagte Jess. »Er sagt: ›Was *sollte* ich tun?‹ Ein Präsident muß sagen: ›Was *will* ich tun?‹ Er ist wie ein Farmer, versteht ihr, bloß daß die Maschinen, zu denen er Zugang hat, Waffen sind, das ist der Unterschied.«
Ty lächelte. Als wir mit dem Essen fertig waren, wollte ich nicht, daß Jess ging. Ty auch nicht. Es gab einen Moment, nachdem ich die Teller abgeräumt hatte, da sahen wir alle auf den Tisch. Dann stand Ty auf und öffnete wieder den Kühlschrank und sagte: »Wie wär's mit noch 'nem Bier?«
Ich war so glatt wie eine professionelle Gastgeberin. Ich sagte: »Hier drin ist es so heiß. Warum gehen wir nicht raus auf die Veranda?«
Sobald Jess es sich auf der Verandaschaukel bequem gemacht hatte und Ty auf der obersten Treppenstufe, spürte ich in mir eine seltene Gefühlsaufwallung überschwenglicher Freude. Der Abend lag vor mir, und alles, was ich zu tun hatte, war, ihn in mich aufzunehmen.
Jess tat zwei oder drei tiefe Atemzüge. Die Schaukelketten klirrten und rieben sich aneinander. Die Lilien waren verblüht, aber ich hatte am Morgen das Gras ums Haus herum gemäht, und der süße Duft von Kamille schwebte über dem schärferen der nassen Tomatenpflanzen, die ich vor dem Essen gegossen hatte. Es gab noch keine Leuchtkäfer, aber ich konnte den einen oder anderen Kohlweißling sehen, blaß und verschwommen gegen das dunkle Grün

um die Veranda. »Das hier ist schön«, sagte Jess. »Das hier ist genau, was ich gesucht habe.«
»Hast du vor, in der Gegend zu bleiben?« Ty zögerte nie, direkt zu fragen, wo andere höchstens andeuten würden.
»Mal sehen. Sind erst, wieviel, zehn Tage. Kommt mir noch wie Urlaub vor, obwohl Harold mich so langsam in einen Achtstundentag reinmanövriert.«
Ich platzte heraus: »Du wirst dich doch nicht für immer bei Harold und Loren niederlassen? Nachdem du zwölf oder vierzehn Jahre lang dein eigenes Zuhause und dein eigenes Leben gehabt hast?«
»Sie führen wirklich ein etwas merkwürdiges Leben, oder? Ich hab Loren gefragt, ob er ein Mädchen hat, und er hat bloß die Schultern gezuckt, so als wollte er nicht darüber sprechen.«
Ty sagte: »Mir hat er gesagt: ›Die Mädchen haben keine Lust, auf 'ner Farm zu leben. Sie treffen sich mit einem und kommen, um sich Sachen aus dem Garten mitzunehmen, aber das ist alles.‹«
Jess lachte. »Ich glaub gern, daß er nicht gerade der dynamischste Freier auf der Welt ist. Ich glaub, seine Vorstellung von einer Liebeserklärung aus tiefstem Herzen ist: ›Wir könnten, weißt du, heiraten oder so was.‹«
Ty sagte: »Als er auf der High School war, hat er sich ab und zu mit Candy Dahl getroffen.«
»Sie war süß, nicht? Aber sie hatte keine Lust, auf der Farm zu bleiben. Marlene hat mir vor langer Zeit erzählt, es geht ihr wirklich gut in Chicago. Ich glaub, sie ist da die Wetterdame bei irgendeiner Fernsehstation.«
»Tja, das ist die Art Mädchen, für die er schwärmt. Viel Ehrgeiz. Gut angezogen.«
Ich sagte: »Ich erinner mich an ein Mädchen, das er vom College mitgebracht hat. Sie war genauso. Irgendwie ist es traurig.«
»Mir ist aufgefallen, daß er Harold unheimlich ähnlich geworden ist. Manchmal kommen sie mir wie Zwillings-Roboter vor. Zeit zum Pflügen! Zeit zum Säen! Zeit zum Sprühen! Zeit zum Ern-

ten! Zeit zum Pflügen! Jeden Morgen essen sie haargenau dasselbe zum Frühstück.«

»Erzähl mal«, sagte ich.

»Drei Würstchen, zwei Spiegeleier, ein tiefgefrorenes Pizzabrot mit Pepperonis und extra Käse und drei Tassen schwarzen Kaffee.«

Ty lachte in sich hinein.

Ich sagte: »Du mußt gerade lachen. Du ißt immer den übriggebliebenen Salat vom letzten Abend. Jess, du hast meine Frage nicht beantwortet, du hast sie nur noch interessanter gemacht. Ich kann nicht glauben, daß du so leben willst. Und Loren hat mit den Mädchen übrigens gar nicht so unrecht.«

»Ich weiß nicht. Alles hängt in der Luft. Ich hab meinen Mietvertrag in Seattle gekündigt und meine Möbel untergestellt. Ich bin dreiunddreißig. Ich hatte das Gefühl, ich müßte mir darüber klar werden, was für 'ne Art Leben ich wollte, und ich dachte, ich sollte mir das hier erst mal ansehen, bevor ich mich entscheide.« Er lehnte sich zurück, streckte die Beine und ließ die Schaukel vorwärts schnellen, dann fuhr er fort: »Ich bin wie eine von diesen Cartoonfiguren gewesen, die den Ast, auf dem sie sitzen, absägen und für eine Sekunde in der freien Luft hängen, bis der Ast fällt. Aber die eine Sekunde hat fast fünfzehn Jahre gedauert. Ich glaub, ich hab das Gefühl, wenn ich den Ast wieder festmachen kann, werd ich die Ruhelosigkeit los, die mich jedesmal überfallen hat, wenn sich die Gelegenheit bot, mich irgendwo niederzulassen.«

Ty sagte: »Aber willst du wirklich Farmer werden? Dafür brauchst du doch nicht bei Harold zu wohnen – du könntest im nächsten Jahr mein Land pachten. Ich hab südlich von hier ein Stück, auf halbem Weg zu Henry Grove. Ein Typ da unten bestellt es im Augenblick, aber du könntest damit erst mal anfangen.«

Jess wippte mit den Absätzen und ließ die Schaukel vor- und zurückschwingen. Ty sah mich an, und ich lächelte. Er hatte recht. Es war etwas wert, Jess in der Nachbarschaft zu haben.

Jess sagte: »Ich weiß nicht. Wann müßtest du das wissen?«

»Ich muß dem jetzigen Pächter vor dem ersten September schriftlich Bescheid geben.«
Jess wippte mit den Absätzen, ließ die Schaukel hin- und zurückschwingen und sagte dann: »Genau das ist es. Genau das macht mich verrückt. Jaa, natürlich will ich. Aber die Vorstellung, daß ich mir meinen ganzen Kram schicken lassen muß und hier reinbringen und dann hier bin und sage: Ja, das hier werd ich machen, ich werd das in die Tat umsetzen, was ich gelernt hab, als ich diese Gärten beaufsichtigt habe, und ich werde wirklich organischen Anbau machen, meine Überzeugungen umsetzen. Es ist nicht die Arbeit. Die Arbeit könnte ich tun. Es ist dieser Schritt, zu sagen: Das hier ist es.«
Ty sagte: »Organischer Anbau?«
Jess brach in schallendes Gelächter aus. »Heh. Das klingt bei dir so, als wollte ich deinen Hund erschießen! Stell's dir einfach vor wie Mist aufs Feld fahren, nur im größeren Rahmen, okay?«
Ich sagte: »Wie auch immer, das ist ja nicht der Punkt.«
Jess sagte: »Manchmal denk ich, ich sollte heiraten, damit ich gezwungen bin, mich zu entscheiden.«
Wir alle schwiegen daraufhin. Donnergrollen kam vom Südwesten, und Ty sagte: »Ein paar Zentimeter Regen wär schön, nicht?«
Ich sagte: »Ich sollte mich mal um den Abwasch kümmern.«
Jess sagte: »Glaubst du, der Traktor läuft morgen?«
Ty stand auf. »Das ist eine Frage, die ich mir nie vorm Schlafengehen stelle.«
Wir lachten alle.
Jetzt gab es ein langes Schweigen. Die Dunkelheit war richtige Nacht geworden – Zeit, zu Bett zu gehen –, aber Jess und ich saßen da und kippelten und knarrten, zögerten. Ty sagte: »Wißt ihr, ich komm einfach nicht über diese Familie weg. Diese Leute in Dubuque. Ich hab die ganzen letzten zwei Tage immer an sie denken müssen.«
Ich sagte: »Du meinst, wo das Mädchen umgebracht wurde.« Es war ein entsetzlicher Mord gewesen, besonders anschaulich,

selbst für unsere Zeitung, die sowieso nur zu gerne Mord in allen Details schilderte. Ein Mann hatte versucht, ins Haus seiner Exfreundin einzubrechen. Als Vater und Bruder ihn rausjagten, ließen sie die Haustür offen, so daß er hineinkam, nachdem er sich von ihnen losgemacht hatte. Er lief ins Haus, das Mädchen hatte sich in einem Schlafzimmer versteckt. Dann kam sie heraus, offensichtlich in der Hoffnung, ihn zur Ruhe bringen zu können, und er packte sie und zerrte sie in ein anderes Schlafzimmer und schlug die Tür zu. Als es der Familie und der Polizei gelungen war, diese Tür zu öffnen (eine Frage von Sekunden), sahen sie, wie er mit einem langen Messer auf sie einstach. Die Polizei schoß ihm in den Kopf.

Ich sagte: »Die Zeitung hat's wirklich genau genommen.«

Ty sagte: »Ja, aber da sind einfach so viele Dinge passiert, die nicht nötig waren. Ich schreib die Geschichte ständig im Kopf um. Wenn sie zum Beispiel die Tür hinter sich abgeschlossen hätten.«

»In der Stadt«, sagte Jess, »wär die Tür automatisch hinter ihnen zugefallen.«

Ty sagte: »Jeder könnte dieser Vater sein. Jeder könnte so reagieren und den Typ jagen, weil man denkt, man schafft es. Wenn man so rast vor Wut.«

Ich sagte: »Es war wie im Kino, wo jemand sich mit übernatürlicher Kraft von all seinen Feinden befreit. Gibt es nicht irgendeine Droge, die einem diese Art Kraft verleiht?«

Jess sagte: »Ja, Adrenalin.«

Ty lehnte sich gegen das Geländer. »Ich konnte den ganzen Tag gestern die Bilder einfach nicht loswerden. Heute auch nicht. Was müssen die gesehen haben, als sie die Schlafzimmertür geöffnet haben.«

Wir dachten schweigend darüber nach. Einmal sah ich Jess an und fragte mich, ob wir ihm mit unserem Interesse an so etwas wie einem Mord nicht naiv erschienen. In der Stadt passierten andauernd Morde. Ich sagte: »Ich frag mich, was sie sich dabei gedacht hat, zu ihm rauszugehen.«

Jess stand auf und streckte die Arme. Ich konnte seine Schultern knacken hören. Er sagte: »Sie dachte bestimmt, er könnte ihr nicht wirklich weh tun wollen.«

Ich stand auf. »Was für ein Ende für einen so schönen Abend.« Ty sah ein bißchen verlegen aus, und Jess lächelte. Er sagte: »Die Sachen ergeben sich eben so.«

Nachdem wir Gute Nacht gesagt hatten, ging ich ins Haus, und es stimmte, nichtssagendes Abschiednehmen hatte seinen Vorteil – wir würden morgen oder übermorgen unsere Unterhaltung wieder aufnehmen. Als Ty von seinem allabendlichen Kontrollgang ins Haus zurückkam, sagte er, was ich dachte: »Eigentlich würde es mehr Spaß bringen, wenn Jess näher bei uns wär als auf meiner alten Farm.«

»Wenn er tatsächlich auf der Farm arbeitet, wird er kaum noch Zeit oder Energie für solche Abende haben.«

»Wir werden sehen.«

12

Am nächsten Abend tauchte Jess wieder bei uns auf, diesmal alleine, nach dem Essen, dann rief Rose an und sagte, sie würde für Daddy Frühstück machen, weil sie sowieso früh losmüßte, um Linda und Pammy aus West Branch abzuholen, was eine ungefähr vierstündige Autofahrt bedeutete. Ich fragte sie nicht, ob sie sich wohl genug für eine so lange Strecke fühlte, denn sie hätte mir nicht die Wahrheit gesagt und sich geärgert. Ich schlug vor, daß sie mit Pete herüberkommen sollte. Wir redeten davon, Karten zu spielen, vielleicht Poker oder Bridge, einer konnte immer aussetzen, aber dann hatte Rose eine Idee und tauchte mit einem alten Monopolyspiel auf, und damit fing das Turnier an, die Eine-Million-Dollar-Monopoly-Weltmeisterschaft, die ungefähr zwei Wochen dauerte und der sich keiner entziehen konnte, trotz der vielen Arbeit, die getan werden mußte. Wir trafen uns jeden Abend und spielten wenigstens ein bißchen. Eines Abends schlief Ty sogar am Tisch ein, aber als er aufwachte, kam er noch ein- oder zweimal dran und kaufte die Pacific Avenue, bevor er nach oben ins Bett ging.

Ich frage mich, ob es irgend jemanden gibt, der angesichts eines Monopolybretts nicht in Schwung kommt, all die Farben, all die vielen Teilchen, all die Möglichkeiten. Jess war das Rennauto, Rose war der Schuh, Ty war der Hund, und ich war der Fingerhut. Pete war hin- und hergerissen zwischen der Schubkarre, mit der er zweimal gewonnen hatte, und dem Reiter, der zwar mehr Schmiß hatte, mit dem er dafür aber zweimal verloren hatte. Pete wollte unbedingt gewinnen. Im Grunde war Pete derjenige, der vorschlug, wir sollten eine Liste führen und Extrapunkte für bestimmte Strategien und Glückstreffer draufgeben und auf eine

Million Dollar Monopoly-Geld abzielen. Es sollte auch einen Preis geben, Geld, wenn wir alle zwanzig Dollar in den Topf taten, oder ein Wochenende in Minneapolis (wie wär's mit L. A.?) oder zwei Tage Farmarbeit Mitte Januar. Beim Spielen waren Jess und Pete sich ähnlich – wie Stadtjungen, hätte mein Vater gesagt, die in einer Situation nur den Gewinn im Auge hatten und den möglichen Verlust ignorierten. Rose und Ty und ich spielten wie Farmer, achteten auf die Fallen, Löcher, herumliegendes Zeug, irgend etwas Kleines, das den Traktor umkippen läßt, ihn kaputt macht, deine Zeit frißt, deine Ernte, den Gewinn, der bereits in deinem Kopf existiert, nicht nur als Ergebnis von Ernteplänen und langfristigen Überlegungen, sondern auch als ein Ideal, das noch nie erreicht wurde – aber vielleicht dieses Jahr!

Die Diskussionen um das Monopolybrett herum waren lebhaft. Jess hatte eine Menge Abenteuer zu berichten, aber Pete auch. Er erzählte davon, wie er 1967, direkt nach seinem High School-Abschluß, durch die Gegend getrampt war. Er wollte es bis nach San Francisco schaffen, wo er mit Jefferson Airplane spielen wollte, oder wenigstens mit den Grateful Dead. Bis Rawlins, Wyoming, ereignete sich nichts Besonderes. Er war reich (siebenunddreißig Dollar in der Tasche) und hatte eine neue Gitarre (Gibson J-2000, dunkle Maserung, 195 Dollar, ein Geschenk zum Schulabschluß). Ein Rancher nahm ihn eines späten Nachmittags mit und bot ihm einen Platz zum Übernachten an, dann am Morgen die Weiterfahrt nach Salt Lake. Der Rancher hatte zwei Brüder und eine Frau. Sie gaben ihm ein Steak zum Abendessen und weckten ihn dann mitten in der Nacht auf und rasierten ihm Kopf und Bart. Die beiden Brüder hielten ihn fest, die Frau hielt die Taschenlampe. »Wißt ihr«, sagte er, »ich hab nie rausgekriegt, warum sie nicht das Licht angemacht haben. Da war niemand weit und breit.« Am Morgen gaben sie ihm noch mehr Steak und zwei Spiegeleier und fuhren ihn zur nächsten Straße. Als er bemerkte, daß er seine Gitarre vergessen hatte, versuchte er, zu Fuß zur Ranch zurückzugehen und verirrte sich. Am gleichen Nachmittag fand ihn einer der beiden Brüder, wie er sich den Weg entlangschleppte, reichte ihm die Gitarre und fuhr ihn zurück zu der Straße. Es war beinahe dunkel, und das einzige Auto, das vorüberkam, fuhr Richtung Osten, also hielt er es an, und der Mann nahm ihn die ganze Strecke bis nach Des Moines mit. »Als ich aus dem Auto stieg«, sagte Pete, »faßte mich der Typ am Arm und sagte leise, er hoffe, meine Chemotherapie wär erfolgreich.«

»Ha!« rief Rose aus. Wir lachten, so wie wir unter uns, ohne Jess, nie lachten.

»Hört mal zu«, sagte Jess, und er erzählte, wie er in Vancouver in einer Kneipe einer Amerikanerin anvertraut hatte, daß er in Kanada war, um nicht dienen zu müssen. Sie bat ihn, ihr noch einen Drink zu bestellen, und als er den Arm hob, um die Bedienung heranzuwinken, spürte er, wie sie ihn mit etwas in die Seite stieß. Sie murmelte, sie habe eine geladene Kanone, ihr Freund sei in Vietnam gefallen und »wenn ich nicht das magische Wort sagte, würde sie abdrücken, also winkte ich der Bedienung ab und dachte eine Weile nach und sagte dann: ›Scheiße.‹ Sie sagte: ›Das ist das magische Wort.‹ Sie nahm, was auch immer in meine Rippen stieß, weg und sah mich dann mit einem Lächeln an und sagte: ›Warum trink ich keine Margarita?‹ Ich bestellte ihr eine Margarita, und ich bezahlte sie ihr auch noch.«

Als er sechzehn war, sagte Pete, und regelmäßig zwischen Davenport und Muscatine hin- und hertrampte, um mit seiner Gruppe zu proben, hatte ihn mal ein Paar aus New York in einem VW-Bus mitgenommen, die einen Afghanen und zwei Katzen dabeihatten. Sie waren seit achtzehn Monaten unterwegs und lebten in dem Bus. Sie fragten ihn, ob er schon jemals vorher Juden gesehen habe, »weil wir für ungefähr fünfundsiebzig Prozent aller Leute, die wir getroffen haben, die ersten waren.« Der Mann schrieb Stücke über ihre Reisen für die Straßentheatergruppe, die sie gründen wollten, sobald sie wieder in New York waren, und eines der Stücke hieß »Die Ersten Juden«. Er fragte Pete, ob er nicht von der High School abgehen und als Theatermitglied ihrer Gruppe mit ihnen zurück nach New York kommen wollte. Sie hielten am Straßenrand an und rauchten mit ihm einen Joint, dann übernahm der Mann das Fahren, und die Frau nahm ihn mit nach hinten, wo Hund und Katzen schliefen, und verführte ihn. Rose lächelte während dieser ganzen Geschichte, so als ginge die Atmosphäre der Sorglosigkeit, die sie ausstrahlte, ebenso von ihr wie von Pete aus.

Pete war ein aggressiver Monopolystratege, baute, wann immer er konnte, Häuser und Hotels und ließ sein flüssiges Kapital auf einen gefährlich niedrigen Stand fallen. Er brachte es auch fertig, dreimal richtig vorherzusagen, er würde rechtzeitig auf dem Boardwalk landen, um ihn zu kaufen, und zweimal war es der Boardwalk mit einem Hotel, der seinem jeweils gefährlichsten Gegner das Genick brach, einmal Jess und einmal mir selber. Pete rechnete eindeutig damit zu gewinnen. Aber indem sie langsam und stetig ihr Geld vermehrte, nur einen gewissen Prozentsatz zum Kaufen benutzte und den Rest hortete, schaffte Rose es, sich fast bis an eine Million Dollar heranzuarbeiten, ohne eigentlich je ein Spiel zu gewinnen. Eine Sache, die mir während dieser Monopolyabende auffiel, war, daß sich meine Gefühle für Pete veränderten. Schon lange nicht mehr hatte ich erlebt, wieviel Spaß es mit ihm machte (als ich das Rose gegenüber erwähnte, sagte sie, er habe tatsächlich schon lange keinen Spaß mehr gehabt, noch hätten andere Spaß mit ihm gehabt), aber es war noch mehr, die Erkenntnis, wie stark er auf andere Menschen wirken konnte. Während dieser Abende war er sehr lustig, zog mich auf, er schäkerte mit seinen Töchtern herum, bezog sie in das Spiel ein, ließ sie sogar für sich strategische Entscheidungen treffen, wenn sein Spiel in einer Krise steckte; er überbot Jess mit seinen Geschichten und in gewisser Weise auch mit der Art, sie zu erzählen; er sang Lieder, sowohl bekannte als auch unbekannte, die unterhaltsam waren, aber, was noch besser war, genau zur jeweiligen Situation paßten. Man hatte dadurch das Gefühl, daß alles, was im Moment passierte, auf wundersame Weise zu harmonisieren schien – es wäre albern gewesen, das auszusprechen, aber ich empfand es so, und es zeigte mir eine Intelligenz, die ich ihm bisher nicht zugebilligt hatte.

Eines Abends erzählte uns Jess, Harold habe für die Juliflaute der Farmarbeit ein Umbauprojekt vor. Wir grinsten schon, als Pete sagte: »Das muß ich hören.«
»Na ja, er hat vor, das Linoleum und den Holzboden der Küche rauszureißen. Ihr müßt wissen, die Küche ist nicht unterkellert, sie hat nur diesen ganz niedrigen Gang darunter. Deshalb will er einen neuen Betonboden in der Küche gießen, grüngetönten Beton, der zu einem Abfluß hin abfällt, damit er ihn einfach mit dem Schlauch abspritzen kann, wenn er schmutzig ist.«
»Du machst 'nen Witz«, sagte Rose.
»Nee. Er sagt, wenn das so funktioniert, wie er sich das vorstellt, will er es auch unten im Badezimmer versuchen.«
Wir lachten.
Ty sagte: »Will er den Schlauch von draußen benutzen?«
Pete sagte: »Er könnte sich ja ganz leicht einen Leitungshahn für den Schlauch anbringen.«
Wir lachten wieder.
Ich sagte: »Was sagt Loren dazu?«
»Ihm ist das egal. Er hat gesagt: ›Das ist sein Haus, soll er doch damit machen, was er will.‹«
Ich würfelte, landete auf St. Charles Place und zahlte Rose ihre Miete. Sie teilte sie auf zwischen ihrem Ausgebehaufen und ihrem Sparhaufen, und ich sagte: »Unter diesen Umständen wird er nie 'ne Frau kriegen. Niemand will in einer Betonküche kochen, die zu einem Ausguß hin abfällt.«
»Harold denkt, er könnte die Idee patentieren lassen. Er kann einfach nicht begreifen, wieso das noch niemand gemacht hat.«
Pete sagte: »Ich kann's kaum abwarten, bis er Larry das erzählt. Larry dreht durch.«
»Oder er will auch so einen Betonboden«, sagte Rose. »Oder er will Harold Konkurrenz machen und gießt unten alles in Beton, mit Vinylverkleidung an den Wänden, damit er die auch gleich mit abspritzen kann.«
Wir lachten, aber am nächsten Tag sah ich einen Lieferwagen aus Pike an unserem Haus vorbeifahren und bei meinem Vater einbie-

gen. Ich sah zu, wie der Fahrer nach Daddy rief, und als er ihn nicht finden konnte, lief ich hinüber, um nachzusehen, was los war. Es waren eine Küchenanrichte, eine Spüle, vier Unterschränke, zwei Wandschränke und zweieinhalb Meter Arbeitsplatte, babyblau beschichtet, das Ausstellungsstück der Küchenabteilung des Bauhandels, das mein Vater für tausend Dollar gekauft hatte, sagte der Fahrer (2500 Dollar wert, so das Schild an der Spüle). Weder das Holz noch das Muster der Schranktüren paßten zu dem, was mein Vater bereits besaß – gelb angestrichene Schränke, die zum Haus gehörten, und mit Linoleum bedeckte Arbeitsplatten, in Metall eingefaßt –, aber das Ganze war auch nicht groß genug, um das, was schon da war, zu ersetzen. Ich rief im ganzen Haus und suchte in der Scheune nach Daddy, aber obwohl sein Truck da stand, war er nicht da. Der Fahrer und sein Gehilfe luden alles in der Einfahrt ab, und als ich sagte, ich hätte mein Scheckheft nicht dabei, sagte er, die Schränke seien schon bezahlt und fuhr ab. Ich mußte lachen, als ich mich daran erinnerte, wie wir am Abend zuvor so was prophezeit hatten, ging dann nach Hause und vergaß die Geschichte, bis Ty zum Essen kam und mir erzählte, er habe Daddy seine Hilfe angeboten, die neuen Schränke ins Haus zu tragen, und Daddy habe gesagt, er habe sich noch nicht entschieden, wo er sie haben wollte, deshalb wolle er sie erst mal da stehen lassen. Pete bekam beim Abendessen dieselbe Antwort.

Wir waren ein wenig perplex, nahmen die Küchenschrankgeschichte aber in der Hauptsache eher als Witz auf, bis wir zwei Tage später beim Aufstehen sahen, daß es bald regnen würde, wahrscheinlich schon vor Mittag. Ty aß schnell, ging dann mit mir die Straße hinunter, um Daddy dabei zu helfen, die Schränke unterzustellen, zumindest in der Scheune, während ich das Frühstück machte. Daddy saß am Tisch und trank Kaffee. Ich sagte: »Sieht nach Regen aus. Im Radio haben sie gesagt, es kann bis morgen abend regnen.«

»Für den Mais wär's letzte Woche besser gewesen. Der Mais ist zurück.«

Ich sagte: »Ja?«

Ty sagte: »So weit nun auch nicht. Jedenfalls, wenn wir die Schränke im Haus haben, wird Ginny wahrscheinlich gerade mit dem Frühstück fertig sein.«

Daddy sagte: »Du ißt mit?«

»Nein, ich hab schon.«

»Dann machst du dich mal besser an die Bohnen da unten an Mel's Corner, weil's da ziemlich tief ist, und du wirst den Deere diese Woche nicht mehr auf das Feld kriegen, wenn du's nicht vor dem Regen packst.«

»Hatte ich vor. Der Traktor steht schon da unten.«

»Du hast den Traktor da unten stehenlassen?«

Ich warf Ty einen Blick zu. Es war nichts Ungewöhnliches, den Traktor draußen stehen zu lassen, wenn Arbeit in Mel's Corner anstand, denn es war das Feld, das am weitesten von der Scheune entfernt war, und man brauchte mit dem Traktor über die Straße länger als zu Fuß über die Felder. Er verstand meinen Blick und zuckte leicht die Achseln, sagte dann: »Was ist mit diesen Küchenschränken? Ich werd später keine Zeit haben, dir dabei zu helfen, und Pete muß heut morgen nach Zebulon, ein paar Papiere einreichen.«

Daddy sagte: »Laßt mich mit dem Küchenzeug in Ruhe. Ich hol's rein, wenn ich soweit bin.«

»Daddy, du willst doch nicht, daß sie sich im Regen verziehen und ganz schief und krumm werden, oder? Sie sind massiv Eiche. Sie sind gutes Holz.«

Er trank seinen Kaffee aus und sagte: »Hör auf, mir vorzuschreiben, was ich zu tun hab.« Er starrte uns an, bis Ty sich schließlich umdrehte und ging. Ich wünschte, Rose wäre da, denn sie hätte die richtige Antwort gewußt, aber dann sagte ich: »Was soll das, willst du sie draußen im Regen stehenlassen? Willst du's Harold zeigen?« Ich versuchte, meinen Worten einen munteren Ton zu geben, der so wenig wie möglich verletzte.

Er sagte: »Kümmer dich um deinen Kram!«

Ich machte ihm Frühstück, sagte keinen Ton mehr, aber er schien es nicht zu bemerken. Danach stieg er in seinen Truck und fuhr weg, und ich ging nach Hause. Ich beobachtete den Himmel, und als es zu regnen anfing, ein gleichmäßiger Dauerregen, zog ich meinen Regenmantel an und lief zu ihm hinüber. Die Schränke standen traurig auf der Kieseinfahrt, und das Wasser floß in Rinnsalen an ihnen herunter. Mir war das alles ein Rätsel.

Am Abend machte Rose Witze darüber wie ein 4. Juli-Feuerwerk. Ihre Lieblingsidee war es, daß Daddy vorhatte, in den drehbaren Schrankregalen Kaninchen und in den Wandschränken Hühner zu halten. Ich merkte, daß sie wütend war, denn sie war von dem Thema einfach nicht abzubringen. Pete war auch verärgert, und er ermutigte sie, immer weiterzumachen. Schließlich sagte Ty auf seine milde Art: »Larry hat früher auch schon alberne Sachen gemacht.«

Rose sagte: »Tausend Dollar! Direkt zum Fenster hinaus. Er hat sie einfach nur gekauft, um Harold zu übertrumpfen, und dann ist er zu faul, sie ins Haus zu bringen.«

Jess sagte: »Vielleicht hat er nie vorgehabt, sie ins Haus zu bringen.«

»Wozu sollte er denn so schöne Schränke in die Werkstatt stellen? Die meisten Leute stellen die alten in die Werkstatt und die neuen ins Haus.«

Das Spiel um das Monopolybrett herum glich sich dem beschleunigten Rhythmus der Unterhaltung an, und es fiel mir schwer zu behalten, wer mir was schuldete. Wenn Rose dran war, warf sie die Würfel so, daß sie vom Tisch fielen, und mit ihrem winzigen Metallschuh schoß sie nur so über die Felder. Ich spürte, wie angespannt ich war.

»Nein«, sagte Jess, »ich mein, vielleicht ist es nur eine Geste, die alles, was Harold tut, runtermachen soll.«

»So was wie ›Das hier ist meine Meinung von Küchen‹«, sagte Ty.

»Er ist verrückt«, sagte Rose. »Wie dem auch sei, Ginny, dir geht das Geld aus, und du hast noch all die teuren Mieten vor dir, bis du über Los kommst. Willst du deine beiden Bahnhöfe verkaufen?«

»Verkauf sie ihr nicht«, sagte Pete, die Schärfe in seiner Stimme nicht ganz spielerisch.
»Er *ist* verrückt«, sagte Rose. »Er steigt jeden Morgen in seinen Truck und fährt weg, ohne irgend jemandem zu sagen, wohin. Er hat auch ein Sofa gekauft. Hat er euch das erzählt? Es ist noch nicht geliefert, weil er es irgendwo unten in Marshalltown gekauft hat und sie noch keine Zeit hatten, einen Wagen hieraufzuschikken. Marshalltown muß zwei Stunden von hier sein, also kutschiert er nicht nur auf den kleineren Straßen herum. Mir gefällt das nicht, daß er da runterfährt.«
»Wieviel hat er dafür ausgegeben?« fragte Ty.
»Er hat gesagt, das geht mich nichts an. Ich weiß das mit dem Sofa nur, weil ich die Karte des Verkäufers auf dem Küchentisch liegen gesehen und ihn danach gefragt hab. Er war stolz auf sich!«
»Wir glauben, es war irgendwann letzte Woche«, sagte Pete, »so um dieselbe Zeit, als er die Schränke gekauft hat.«
Ich landete auf Park Place und schob Rose meinen Nordbahnhof und Südbahnhof hinüber. Sie gab mir dreitausend Dollar. Es war klar, daß ich dieses eine Spiel verlor, und ich überlegte, ob ich lieber aufhören sollte, solange ich noch etwas Geld hatte, das meiner Gesamtpunktzahl zugezählt werden konnte, aber die Unterhaltung regte mich auf. Eintausend Dollar und mehr waren eine Menge Geld, aber Rose schien mir zu wütend, selbst für diese Summe. Ty auf der anderen Seite tat so, als begriffe er nicht, daß diese Art, Geld auszugeben, eine neue Seite an Daddy war, nicht die übliche »Albernheit«.
Pammy stellte sich neben mich an den Tisch, und ich legte ihr den Arm um die Taille. Sie sagte: »Kann ich Popcorn machen?«
»Klar.«
»Hilfst du mir?« Sie kannte eine der großen Familienwahrheiten, daß Tanten immer helfen, während Mütter immer denken, es tue einem gut, wenn man es alleine macht. Wie auch immer, ich war froh, von den anderen wegzukönnen.
In der Küche sagte sie: »Ist Grandpa verrückt?«
Ich sagte: »Was meinst du mit verrückt?«

»Brüllen und Schreien und sich komisch benehmen. Und ins Krankenhaus kommen.«

»Deine Mom übertreibt bloß. Grandpa hat ein paar Dinge gemacht, die wir nicht verstehen.«

Sie bewegte den Topf vorsichtig hin und her, denn sie war wie immer darauf aus, es gut zu machen. Sie sagte: »Mom läßt uns nicht mehr rübergehen. Und sie hat gesagt, wir sollten ihm nicht die Tür aufmachen, wenn er rüberkommt und sie nicht da ist.«

»Na, das kommt mir ein wenig übertrieben vor, aber sie wird ihre Gründe haben.« Das Popcorn sprang nicht mehr im Topf herum, und ich hielt ihr die Schüssel hin. Pammy nahm den Deckel ab und legte ihn auf eine kalte Platte, kippte dann das Popcorn in die Schüssel. Sie war schon immer ganz Roses Tochter gewesen, mit ihrer Genauigkeit und ihrer Entschlossenheit, die Dinge richtig zu machen, aber es gab einen Unterschied: Rose machte die Dinge richtig, um sich damit selbst zu bestätigen, Pammy machte die Dinge richtig, damit sie nicht in Schwierigkeiten geriet. Linda, ein Jahr jünger, war sorgloser. Ich liebte Pammy und fühlte mich ihr nah. Linda, die sehr hübsch und anmutig war, bewunderte ich, und ich erfreute mich an ihr, aber mit ein wenig Distanz. »Butter?«

Pammy nickte.

»Hast du Angst vor Grandpa?«

»Ein bißchen.«

»Du hättest mal sehen sollen, wie es war, als wir Kinder waren. Wir hatten alle möglichen Verstecke, aber wenn er unsere Namen rief, mußten wir innerhalb von zehn Sekunden antworten. So ist er nun mal. Und deine Mom hat nicht eine Sekunde lang Angst vor ihm, also verläßt du dich einfach auf sie, okay?«

Pammy nickte, und wir nahmen das Popcorn mit ins Wohnzimmer.

Rose sagte gerade: »Vielleicht hat er Alzheimer.«

Jess sagte: »Ist er vergeßlich? Das ist das erste Symptom für Alzheimer.«

»Genau das Gegenteil«, sagte Pete. »Er erinnert sich haargenau an alles, was man sagt, an jeden schiefen Blick, an jeden Zweifel, den man anmeldet, wenn er seine Anweisungen gibt. Ist das ’ne Krankheit?«

»Er könnte sich in unsere Arbeit einmischen«, sagte Ty. »Davor hatte ich eigentlich Angst, aber er hält sich da raus, oder er fragt, ob es irgendwas gibt, das er tun könnte. Wenn ich ja sage, dann tut er’s auch.«

»Aber das hält ihn nicht davon ab, an allem rumzumeckern«, sagte Pete. »Er meckert ständig an allem rum, was wir tun.«

»Na ja«, sagte Ty, »mir ist das lieber, als wenn er sich einmischt. Ich hör die halbe Zeit schon gar nicht mehr hin.«

Rose sagte: »Tausend Dollar! Was für ’ne Verschwendung, ich kann’s noch immer nicht fassen. Und es macht mich einfach krank, wenn ich sie da draußen stehen sehe. Ich mein, jemand hat sie gebaut! Es ist wirklich traurig.«

Ich sagte: »Das hab ich auch gedacht.«

»Er ist außer Rand und Band«, sagte Rose.

Ich war versucht, ihr zuzustimmen.

13

Der nächste Tag war erst der 15. Juni, aber es war heiß, fünfunddreißig Grad und windig. Pammy und Linda kamen gegen zehn zu meinem Haus herunter – Rose hatte sie schon nach draußen geschickt, denn sie haßte Nörgelei. Sie war in ihrer kurz angebundenen, energischen Art, in der sie mit ihnen umging, unserer Mutter ziemlich ähnlich. Ich fand das nicht immer richtig; ich vermutete, mich würden sie leichter kleinkriegen. Wenigstens wußten Pammy und Linda, wo sie hingehen konnten, wenn sie eine Gefälligkeit von jemandem wollten. Ich bot ihnen an, sie am Nachmittag zum Schwimmen nach Pike zu fahren, wenn sie sich bis zum Mittagessen selbst beschäftigten.

Als wir Kinder waren, gingen Rose und ich immer in dem Teich an Mel's Corner schwimmen. Mel, der den Teich angelegt hatte, war der ursprüngliche Besitzer einer Farm gewesen, die Daddy und Großvater John in den Dreißigern gekauft hatten. Es war ein schöner Teich, er erschien uns sehr groß, mit einer Reifenschaukel über dem tiefen Ende. Kurz vor dem Tod unserer Mutter legte Daddy den Teich trocken, fällte und rodete die Bäume drumherum, damit er das Feld besser bearbeiten konnte.

Für die Mädchen war es das erste Mal in diesem Jahr, daß sie schwimmen gingen, und sie hätten sich eigentlich darauf freuen sollen, aber nachdem wir unsere Badeanzüge gepackt hatten und im Auto nach Pike unterwegs waren, wurden sie still. Ich sagte: »Wärt ihr lieber mit eurer Mom gefahren?«

Pammy schüttelte den Kopf.

»Es wird bestimmt schön. Auf jeden Fall ist es zu heiß, um zu Hause zu bleiben.«

Linda rückte vor und legte den Kopf auf die Rückenlehne des

Sitzes. Sie sagte: »Tante Ginny, wir haben da keine Freunde mehr.«
»Aber natürlich. All die Kinder werden froh sein, wenn sie euch sehen. Ihr seid jetzt die Neuen.«
»Ich versteh nicht, warum wir aufs Internat gehen müssen. Niemand von den anderen geht dahin.«
»Eure Mom hat gute Gründe. Außerdem hab ich gedacht, es gefällt euch da.«
Pammy sagte: »Es ist nicht schlecht. Die Lehrer sind nett.«
»Aber die Kinder kommen aus der Stadt. Sie sind alle reich.«
»Ich glaub nicht, daß *alle* reich sind.«
»Sie tun aber so«, sagte Linda. »Wir haben Spitznamen.«
Ich spürte einen winzigen Schmerz in der Kehle, wie der Druck einer Messerspitze. Ich sagte: »Ja, welche denn?«
Pammy antwortete zögernd, und ich vermutete, daß die Spitznamen etwas waren, das sie vor uns geheimhalten wollte. Sie sagte: »Hm, zu mir sagen sie Lämmchen, weil ich im Unterricht mal was über Lämmerzucht erzählt hab, und Linda heißt Mac, für ›Old MacDonald hat 'ne Farm‹.«
»Wir wollten, daß sie uns einfach Pam und Linda nennen.«
»Haben andere Kinder auch Spitznamen?«
»Manche.«
Jetzt kam die schwerste Frage. »Nur die, die sie nicht so mögen?«
Pammy schwieg, und Linda setzte sich zurück. Nach einer Weile sagte sie: »Nein, eigentlich nicht. Aber meistens sind's die Jungen, die Spitznamen haben. Nicht viele Mädchen.«
»Ja, hm«, sagte ich, »Spitznamen sind ein Zeichen dafür, daß man jemanden gerne hat.«
Linda sah mich an. »Nicht bei Kindern, Tante Ginny.«
Pammy sagte: »Auf jeden Fall ist kein einziges Kind von denen hier. Wir haben hier keine Freunde mehr.«
»Hat euch jemand geschrieben?«
Linda beugte sich vor und sagte mit altkluger Herablassung: »Tante Ginny, Kinder schreiben nicht!«

Ich mußte lachen.
Nachdem wir Cabot hinter uns hatten, sagte ich: »Ich glaub nicht, daß es lange dauert, bis ihr neue Freunde findet. Ihr werdet euch für eine kurze Zeit ein wenig unwohl fühlen, aber das wird auch schon alles sein, worüber ihr euch Sorgen machen müßt. Wenn ihr nett seid, sind die auch nett zu euch.«
Es hörte sich gut an, aber in Wirklichkeit glaubte ich selber nicht daran. In gewisser Weise konnte man mein Leben als einen einzigen immerwährenden Kampf um Freunde sehen, und die Sorgen der Mädchen waren ein Widerhall meiner eigenen Sorgen, die in Wellen kamen, mich manchmal quälten und reizten, bis ich nichts anderes mehr denken konnte, als daß überall in der Gegend Parties stattfanden, zu denen ich nicht eingeladen wurde, und ich wäre am liebsten von einer Farm zur anderen gefahren, um all unsere Freunde zu besuchen und endlich zu sehen, ob das so war. Wenn ich mich als Teenager, nachdem meine Mutter tot war, darüber beklagte, sagte Daddy immer: »Du solltest sowieso zu Hause bleiben. Die Menschen sollten zu Hause bleiben.« Ich beklagte mich nicht häufig. Es waren nicht die Jungen, nach deren Gesellschaft ich mich sehnte, es waren die Mädchen. Ich hätte jede Tanzveranstaltung für eine Schlummerparty unter Mädchen eingetauscht. Es machte nichts, daß Rose und ich niemals zu Schlummerparties hätten gehen dürfen. Ich wollte einfach nur eingeladen werden.
Rose ging trotzdem aus. Sie gab sich noch nicht einmal die Mühe, aus ihrem Fenster auf die Vorderveranda zu klettern, was sie hätte tun können. Sie spazierte einfach aus der Haustür und stieg ins Auto desjenigen, der sie gerade abholte. Sie brauchte sich auch nicht zu revanchieren, um eingeladen zu werden. Sie machte nichts, brachte niemanden zu uns, gab keine Party, lud niemanden ein, nichts. Sie war gesucht, und ihre wiederholten Fluchteskapaden wurden Teil ihrer Legende. Wenn Daddy sie zur Rede stellte, wußte sie sich zu wehren, wie immer. Er stellte sie nicht so oft zur Rede, wie sie heimlich wegging, aber es gab ein paar stürmische Schlachten, die ich ängstlich ignorierte.

Die Badeanstalt in Pike, kurz hinter der Stadt westlich von Pike's Creek, war so gut wie neu, und der rote Ahorn und die Rotbuchen, die sie drumherum gepflanzt hatten, waren erst drei Meter hoch und schmal wie Baseballschläger. Der gleißendweiße Kiesparkplatz stand voller großer Personenwagen und Pickups. Es war so windig, daß man die Augen mit der Hand vor den kleinen Steinchen schützen mußte. Flaches Land erstreckte sich zu allen Seiten, die einzige Unterbrechung war der blaugestrichene Betonblock der Badeanstalt. Es existierten Pläne, das Land am Bach in einen Park zu verwandeln, dessen Zentrum dann die Badeanstalt sein sollte, aber die Badeanstalt-Einnahmen hatten die Mittel dafür noch nicht erbracht, deshalb wurde das Land noch bewirtschaftet, dieses Jahr hatten sie Bohnen gepflanzt.

Selbst noch zu der Zeit, als mein Vater ein junger Mann war, gab es in Zebulon so viele Seen und Teiche, daß der Gedanke, eine Badeanstalt zu bauen, absurd gewesen wäre, aber jetzt hatte jede Stadt, egal wie groß, entweder bereits eine gebaut oder plante eine, und die Lokalzeitung schilderte sie und die drei Golfplätze, flach wie ein Tisch, neun Löcher, als Beispiele für »einige der zahlreichen Erholungsmöglichkeiten in Zebulon County«.

Wir zogen uns um, gingen durch die Duschen und breiteten unsere Handtücher mit befangener Sorgfalt aus, ungefähr in Höhe des ersten Drittels hinter dem flachen Ende. Pammy öffnete ihre Schwimmtasche, holte eine schwarzweiß gepunktete Sonnenbrille heraus und setzte sie auf. Linda sagte: »Wo hast du die denn her?«

»Als wir in Iowa City waren. Ich hab sie von meinem eigenen Geld gekauft.«

»Kann ich sie mal aufsetzen?«

Ich sagte: »*Darf* ich sie mal aufsetzen?«

»*Darf* ich sie mal aufsetzen?«

»Nein.« Die Sonnenbrille sah mich an. »Na ja, vielleicht. Mal sehen.« Pammy lehnte sich zurück, machte es sich auf den Ellbogen bequem und ließ den Blick über die Leute schweifen. In diesem Moment glaubte man ihr ihre zwölf, fast dreizehn Jahre gerne, auch wenn ihre Figur noch knochig und dünn war. Linda griff in ihre Tasche und zog ein *Teen*-Magazin heraus, das sie auf ihrem Handtuch aufschlug und konzentriert durchging. Ich spähte hinüber. Der Artikel, den sie gerade las, trug den Titel: »Wieviel Make-Up ist zu viel?« und begann: »Jeden Morgen vor der Schule wendet die Schülerin Tina Smith fünfundvierzig Minuten für ihr Gesicht auf.«

Ich lächelte in mich hinein und blickte mich um. Ich sah zwei Frauen, die ich kannte, beide mit ihren Enkelkindern, beide im Alter meines Vaters. Eine der beiden, Mary Livingstone, winkte mir zu. Sie war eine Freundin meiner Mutter gewesen, und sie hatten in irgendeinem Kirchenausschuß zusammengearbeitet. Ich holte meine *Family Circle* hervor. Wenn man sich flach legte und die Zeitschrift gut an den Seiten festhielt, war der Wind nicht so störend.

Pammy sagte: »Da drüben ist Doreen Patrick.« Sie schob ihre schwarzweißen Punkte ein Stück den Nasenrücken hoch. »Sie hat einen süßen Badeanzug an.« Sie wandte sich zu mir und sagte: »Wenn sie zu uns rüberkommt, Tante Ginny, darf ich mich dann zu ihnen legen?«

»Klar. Aber du brauchst nicht zu warten, bis sie zu uns rüberkommt. Du kannst einfach hingehen und hallo sagen.«

»Ich kenn die andern nicht. Ist auch egal.«

Ich beobachtete sie, wie sie die anderen beobachtete. Einige Minuten später gingen Doreen Patrick und ein anderes Mädchen an uns vorbei zur Imbißbude. Doreen warf Pammy einen Blick zu, sagte aber nichts. Ich sagte: »Pam, mit dieser Sonnenbrille kann dich kein Mensch erkennen.« Sie erwiderte nichts.

Mary Livingstone kam mit ihren beiden Enkelsöhnen herüber, die ungefähr vier und fünf sein mußten. »Hallo, Ginny!« sagte sie, »Wie geht's deinem Vater?« Sie ließ sich auf der Ecke meines Handtuchs nieder, keine leichte Aufgabe. »Erinnerst du dich an Todd und Toby? Margarets Jungs? Das hier müssen Pammy und Linda sein. Wart ihr Mädchen dieses Jahr nicht woanders in der Schule?«

Linda murmelte: »Ja, Ma'am.«
»Hat's euch gefallen?«
Wieder: »Ja, Ma'am.«
»Na dann, Linda, nimm mal die Jungs und geh mit ihnen spielen. Sie haben da drüben bei der Leiter ein paar Spielsachen.« Linda stand auf. »Geht mit Linda, Jungs. Sie spielt was Schönes mit euch. Granny ist müde.« Mary glaubte wie mein Vater, daß Kinder vor allem dazu da waren, den Erwachsenen zu dienen, und daß ihr Dienst eher angeordnet werden müsse, als daß man sie darum bat. Ich sah zu Pammy hinüber. Sie schien sich ein wenig in sich selbst zurückgezogen zu haben. Mary gab ein langes »Huuuuhaah« von sich, dann nagelte sie mich mit ihrem Blick fest. »Du weißt, daß wir die Farm verkaufen, nicht, Ginny?«
»Nein, wußte ich nicht.«
»Verkaufen sie an die Stanleys, den Jungen und die beiden Neffen. Wir werden die Ernte über noch da bleiben, aber sie haben auch die Ernte auf den Feldern mitgekauft.«
»Das Haus?«
»Haus und alles. Wir haben unten in Bradenton einen Wohnwagen stehen, wollen im Winter nach Florida, und dann, im nächsten Frühling, kauft Dad uns was in der Nähe von Hayward, Wisconsin, zum Fischen. Ein schönes kleines Zweizimmerhäuschen an einem See oder so was ähnliches. Sie haben da was mit zwei oder drei kleinen Cottages, damit die Kinder uns besuchen können.« Sie streckte die Beine aus und starrte sie einen Moment lang an. »Nichts Großes oder Ausgefallenes. Nur für uns beide.«
»Wir werden euch vermissen.«
»Mir werden ein paar Leute fehlen.«
Einer der Livingstone-Söhne war in Vietnam gefallen, der andere war bei einem Autounfall zwischen Pike und Zebulon Center ums Leben gekommen. Ich fragte mich, warum keine der Töchter die Farm wollte, jetzt, wo die Bodenpreise so gestiegen waren, aber das war vielleicht ein heikles Thema, deshalb sagte ich nichts. Mary sah mich an. »Marv Carson war's, der uns erzählt hat, was für eine gute Zeit das jetzt zum Verkaufen ist. Wir haben jetzt mehr als 'ne

Million Dollar. Ist das nicht unglaublich? Ich hätte nie gedacht, daß ich das mal erleben würde. Wir haben einen Teil für was Neues zum Wohnen und für ’n neues Auto genommen, aber den Rest haben wir in diesen Schatzbriefen angelegt.« Mein Blick folgte dem ihren hinüber zu Linda und den Jungen. Linda lachte und die Jungen auch.

Mary sagte: »Wir hatten früher nie Ersparnisse. Einmal, in der Depression, war alles, was wir hatten, ein Dollar, der für eine Woche reichen mußte. Das war direkt, nachdem wir geheiratet hatten, bevor Annabeth geboren wurde. Weißt du, daß Annabeths Mädchen jetzt das Grinnell-College besucht? Kluges Mädchen.«

»Hört sich so an, als hättest du ’ne Menge gute Nachrichten, Mary.«

»Och, ich weiß nicht. Wir werden sehen, ob sie gut sind. Wie geht’s deinem Dad?« Sie durchbohrte mich mit ihrem Blick, und ich fragte mich, ob sie ihn eventuell auf einem seiner Ausflüge gesehen hatte. Ich sagte, es gehe ihm gut.

»Was ist mit Rose? Ich hab gehört, Rose hat Krebs.« Aus den Augenwinkeln sah ich Pammy zusammenzucken. Ich sagte: »Ihr geht’s gut. Sie hat sich wirklich gut erholt.« Pammy nahm ihre Sonnenbrille ab, legte sie zusammen, wickelte sie in ihr Handtuch und steckte sie in ihre Schwimmtasche. Dann sagte sie mit ruhiger Stimme: »Tante Ginny, ich geh schwimmen.« Sie ging am Bekkenrand entlang zu einer Stelle, ungefähr drei Meter von Doreen Patrick und ihrer Clique entfernt, und sprang hinein. Mary sagte: »Die Mädchen wissen, daß Rose Krebs hat, oder? Ich wollte nicht…«

»Natürlich wissen sie’s, aber Rose behält’s mehr oder weniger für sich. Sie möchte, daß sie’s wissen, aber sie sollen nicht immer daran denken.«

»Ich hab immer geglaubt – ich hab immer geglaubt, Kinder, die auf einer Farm aufwachsen, sollten von klein auf daran gewöhnt werden, den Tatsachen ins Gesicht zu sehen. Das ist ihre einzige Hoffnung, scheint mir.«

Wir sahen den Menschen zu, die schwammen oder sich sonnten, und ich dachte darüber nach. Hatte ich allen Tatsachen ins Gesicht gesehen? Es schien so gewesen zu sein, aber eigentlich kann man, so aus der Erinnerung, nie wissen, wieviele Tatsachen es gegeben hatte, denen man ins Gesicht hätte sehen müssen. Das eigene Maß an Leiden war vielleicht nur eine Fiktion, die einem die anderen, die wirklich den Tatsachen ins Auge sahen, ermöglichten. Bei dem Gedanken wurde mir unheimlich zumute, und ich fröstelte in dem heißen Wind.
Mary sagte: »Vielleicht sehen wir dich vor unserer Abreise gar nicht mehr. Dad ist nicht so dafür, überall rumzugehen und Auf Wiedersehen zu sagen, und ich auch nicht.«
»Es ist noch Monate hin. Bestimmt...«
»Na ja, ich will dir was sagen.«
»Oh.«
»Diese Sache mit Rose erinnert mich. Ihr Mädchen wart ungefähr in diesem Alter, als eure Mom krank war und eure Mom mich immer angerufen hat. Sie hatte Angst, sie würde sterben, so große Angst.«
Ich wußte nicht, was ich sagen sollte. Es war eine Bemerkung, die mich eigentlich nicht hätte treffen dürfen – haben wir nicht alle Angst vor dem Sterben? – aber sie traf mich, denn ich erinnerte mich an ihren Tod als etwas sehr Nüchternes, Gedämpftes. Wenn Rose und ich weinten, dann unter den Kissen in ihrem oder meinem Bett, mit den Kissenzipfeln in den Mund gestopft. Am meisten weinten wir während ihrer Krankheit, aber wir sagten uns gegenseitig immer, daß unsere Mutter uns nicht weinen sehen dürfte, weil sie dann Angst bekommen würde.
»Ich sagte, ich würde helfen.«
»Wie bitte?«
»Sie hatte so große Angst um euch Mädchen, und ich sagte, ich würde helfen. Ich sagte, ich würde euch eine echte Freundin sein.«
»Niemand kann jemandem helfen, der im Sterben liegt...«
Sie blickte mich an. Nach einer Weile sagte sie: »Ginny, eure Mut-

ter hatte keine Angst um sich selbst. Sie hatte nie Angst um sich. Sie hatte wahren Glauben. Sie hatte Angst um euch. Um das Leben, das ihr nach ihrem Tod haben würdet.«

Während des langen Schweigens danach kamen Linda und die Jungen aus dem Wasser zu uns gelaufen. Am Seil sprach Pammy schließlich doch mit Doreen Patrick. Während ich sie beobachtete, lächelte Doreen über etwas, das Pammy sagte, und Pammy lächelte ebenfalls, gut gelaunt, aber auch erleichtert. Ihre Ängste hatten sich nicht bewahrheitet. Als Linda bei uns angekommen war, gab ich ihr zwei Dollar und sagte: »In der Snackbar gibt's Eis am Stiel. Wollt ihr Jungs ein Eis? Nimm sie und kauf ihnen ein Eis, Süße, und dann überlegen wir, was wir danach machen. Und vergiß nicht, ihr müßt mit dem Eis an der Snackbar bleiben.«

Als sie so weit weg waren, daß sie uns nicht mehr hören konnten, redete Mary weiter: »Sie wußte, wie dein Vater war, auch wenn ich glaube, daß sie ihn geliebt hat.« Ihr Blick wanderte über mein Gesicht. Nach einer Weile fuhr sie fort: »Eine Sache war die, daß sie wollte, daß ihr mehr Möglichkeiten haben solltet. Ich weiß, sie wollte, daß ihr aufs College geht. Sie wollte nicht, daß ihr so jung heiratet, bevor ihr was anderes gesehen und was anderes ausprobiert hättet. Sie sagte immer: ›Die Twin Cities sind auch nicht so 'ne große Sache. Die Twin Cities sind nicht das Neue Jerusalem!‹ Dann warf sie den Kopf zurück und lachte. Sie konnte herzlich lachen, wenn sie wollte.« Mary sah mich an, und ich bin sicher, sie konnte die Tränen in meinen Augen sehen. Sie sagte: »Mein Gott, Ginny, ich hätte nicht davon anfangen sollen, aber ich hab versprochen, euch eine Freundin zu sein und zu versuchen, für ein paar von den Dingen zu sorgen, die eure Mom für euch wollte, aber dann hatte Jimmy diesen Unfall, und ich konnte mich kaum von der Stelle bewegen, ich war so, hah, so, na ja, es hat mich beinah umgebracht. So hab ich's laufen lassen. Ich muß dir das sagen, bevor ich weggeh, auch wenn es dir weh tun muß. Ich hab jeden Tag Jahre und Jahre daran denken müssen.«

Ich sagte: »Ist schon gut, Mary. Ich hab mich nur gerade gefragt, welche Tatsachen es da gegeben hat, denen ich nicht ins Gesicht gesehen hab. Wie dem auch sei, ich glaub nicht, daß mein Leben anders verlaufen wär, wenn Mom gelebt hätte. Daddy hat mich nicht gezwungen, Ty zu heiraten. Ich wollte das. Und er ist sehr nett.«

»Ja, sein Vater war jedenfalls ein netter Mann, Ty hab ich nie richtig kennengelernt. Da war noch eine andere Sache...« Sie beobachtete mich. Ich sagte: »Was noch?« Wir sahen uns fest in die Augen. Schließlich sagte sie: »Oh, ich weiß nicht. Eigentlich nichts.«

Ich merkte, daß ich leicht verwirrt war, deshalb sagte ich: »Rose ist aufs College gegangen. Sie hatte die Wahl, die Mom für uns wollte, und sie hat die Farm gewählt. Caroline hat die Stadt gewählt, und sie ist jetzt schon überall gewesen, New York, Washington. Und so hat Mom in gewisser Weise wirklich das bekommen, was sie wollte.«

Mary lächelte. »Mag sein, Liebes. Am meisten hat sie sich um dich Sorgen gemacht. Sie hat immer gesagt: ›Ginny wird sich gegen ihn nicht behaupten können‹, aber wenn du glücklich und zufrieden bist, dann ist ja alles gut. Ich will nur noch eins sagen, und zwar, daß du ein guter Mensch bist und selbstlos und daß du dafür belohnt werden wirst. Daran glaub ich.«

»Danke, Mary.« Ich nahm Pammys Handtuch und rieb mir das Gesicht damit ab. Linda kam mit den Jungen zurück, beide völlig verschmiert von ihrem Eis, das ihnen in roten Streifen übers Kinn lief. Mary erhob sich und sagte: »Her mit euch beiden. Ihr müßt jetzt erst mal untergetaucht werden.« Dann lächelte sie Linda an, ein ehrlich anerkennendes Lächeln, und sagte: »Du bist ein süßes Kind, Linda. Bestell das deiner Mom von Mary.« Sie ging.

»Toby ist niedlich«, sagte Linda beinahe bedauernd.

Ich sagte: »War nett von dir, daß du auf sie aufgepaßt hast.«

»Schon in Ordnung. Ich wünschte, Mom würd mich babysitten lassen, aber niemand in der Nähe hat Babies, und sie hat gesagt, wenn sie mich fahren müßte, würde sie Kilometergeld von mir nehmen.«

»Das klingt mir eher nach 'nem Witz.«
Sie rollte die Augen. »Vielleicht. Bei Mom kann man nie wissen. Auf jeden Fall denkt sie, ich bin zu jung.«
Ich bemerkte, daß ich fast keuchte, und ich kontrollierte bewußt meinen Atem. Linda ließ ihren Blick über das Schwimmbecken gleiten, dann wandte sie sich wieder ihrem *Teen*-Magazin zu.
Ich sagte: »Ich spring mal kurz ins Wasser.« Sie nickte, ohne aufzusehen.
Das Wasser war kühl und erfrischend, aber der Gedanke an meine Mutter und ihre Angst war wie ein zunehmender Druck um mich herum. Meine Mutter war gestorben, bevor ich sie kennenlernen konnte, bevor ich sie mögen konnte, bevor sie im Umgang mit mir sie selbst sein konnte. Als Mutter war ihre Art sachlich und nüchtern. Ich sah ihr immer zu, wenn sie Caroline fütterte und die Windeln wechselte, sie aufhob und tröstete, wenn sie weinte. Sie machte alles schnell und war nie besonders zärtlich oder liebevoll. Sie hatte Humor und alberte mit Caroline herum, obwohl sie viel zu klein war, um etwas zu verstehen. Sie nährte Caroline mit der Flasche, und ich bin sicher, sie hat auch uns mit der Flasche großgezogen, obwohl Farmersfrauen eigentlich nie bereitwillig Extra-Arbeit auf sich nehmen, und ihr ganzes Benehmen während des Fütterns war eher unpersönlich, wie ich mich später erinnerte. Ein Verschmelzen mit dem Kind in fleischlicher Wärme hat es nie gegeben. Ihre Kleider, selbst ihre Hauskleider, waren immer ordentlich und sahen nach Öffentlichkeit aus, mit Biesen und Abnähern, dekorativen Knöpfen und Applizierarbeiten. Die Spanne ihrer Mutterschaft war kurz, nicht viel länger als zehn Jahre, eigentlich nur ein Augenblick, zu kurz für eine Entwicklung. Mir ist aufgefallen, daß eine Mutter, die durch Tod ewig jung bleibt, einem ebenso weit entrückt erscheint wie das eigene junge Selbst. Es ist ebenso leicht, ihre Irrtümer und Fehler zu verurteilen, wie die eigenen, und in eine Art Mißachtung zu verfallen, als müßten all ihre Gefühle ebenso flach und unreif gewesen sein, wie man die eigenen einschätzt.
Daß diese junge Frau mein Leben so deutlich vorausgesehen

hatte, traf mich tief, es war, als wäre etwas sehr Privates mit einem Mal bloßgestellt und von Menschen diskutiert worden, die ich kaum kannte. Gleichzeitig begriff ich ihre Hoffnungslosigkeit und Angst, und ich hatte Mitleid mit ihr. Das ist ein anderes Vermächtnis, das einem ein früh verstorbenes Elternteil hinterläßt, ein zunehmend kindliches und ohnmächtiges Bild im Vergleich zum eigenen fortschreitenden Alter.

Ich hatte nicht wirklich die Parallele zwischen Roses Situation und der meiner Mutter gezogen, zweifellos deshalb nicht, weil meine Hauptgedanken während Roses Behandlung selbstsüchtiger Natur gewesen waren – die Gefährtin meines Lebens, die kleine Rose, immer vier, während ich sechs war, wie sie es war, als ich mir zum ersten Mal ihrer wirklich bewußt wurde (als ich mir meiner selbst zum ersten Mal wirklich bewußt wurde). Aber natürlich war Rose, wenn man es sich richtig überlegte, in vielem wie meine Mutter – ihre Art, ihr Aussehen, teilweise sogar der Name (Ann Rose Amundson – während ich schwamm, formte ich mit den Lippen den Mädchennamen meiner Mutter). Virginia – das war für unsere Familie ein hochgestochener Name, aus einem Buch, wie auch Caroline.

Aber wenn ich auch ihre Gegenwart spürte, so spürte ich ebenso wie immer die Fruchtlosigkeit der Gedanken an sie. Die Bilder, teilweise Erinnerungen an sie, teilweise Erinnerungen an Fotos, die ich von ihr gesehen hatte, führten zu keinen neuen Antworten auf alte Geheimnisse. Für einen Augenblick spielte ich mit einer magischen Lösung – daß Rose, in ihrem Selbst, in ihrer Reinkarnation, die Antworten unserer Mutter aussprechen oder ausleben würde. Alles, was ich zu tun hatte, war, diese Parallele im Kopf zu behalten und die Antworten zu sammeln, das scheinbar abgeerntete Feld nach übersehenen Ähren abzusuchen. Aber nein. Ich könnte Nachforschungen anstellen – ich könnte die Leute besuchen, die wir kannten oder die sie gekannt hatten, und sie nach ihr fragen. Ich könnte vielleicht ihren Bruder in Arizona oder New Mexiko anrufen, wenn er noch am Leben war, wenn jemand sich dunkel an die Stadt erinnern könnte, in der er lebte. Ich könnte

meinen Vater nach ihr fragen. Ich könnte zu ihrer Biographin werden, mich in ihr Leben ziehen lassen, in Entschuldigungen für sie oder in Vorwürfe gegen sie, aber das schien mir ein rein theoretischer, mühseliger und zum Scheitern verurteilter Ersatz für das zu sein, was ich in den letzten dreiundzwanzig Jahren nicht gehabt hatte. Ich war letzten Endes doch die Tochter meines Vaters, und ich glaubte automatisch an die ungebrochene Oberfläche des Ungesagten. Nach sieben Bahnen kletterte ich aus dem Wasser und setzte mich in den heißen Wind. Ich sah, daß Pammy nicht mehr bei Doreen Patricks Clique war und sich wieder zu Linda gesetzt hatte. Ihre gepunktete Sonnenbrille saß fest an Ort und Stelle.
Es gab keinen Grund, nach Hause zu fahren. Das Wetter war unbarmherzig, und ich freute mich nicht gerade auf die kommende heiße Nacht. Unser Haus hatte ein paar Bäume, die Schatten spendeten, aber das Haus meines Vaters stand stolz auf einer kleinen Anhöhe, nur ein paar Meter, aber die einzige Anhöhe in der Gegend, bewachsen von ebenso stolzen Büschen zierenden Immergrüns, das schön aussah, aber nichts gegen die Hitze ausrichtete. Man konnte sein Dach, strahlendes Stahlblech, von weitem sehen, aber wenn es die Hitze abhielt, dann spürte ich davon nichts.
Trotzdem, hier am Schwimmbeckenrand zu sitzen fühlte sich an wie eine Art Buße. Pammy sagte nichts über Doreen Patrick, auch nichts über die anderen, sie suchte die Gegend unaufhörlich mit ihrem Blick ab, hielt ein paar Sekunden inne und starrte vor sich hin, fing dann von neuem an. Ein- oder zweimal nahm sie ihr Buch, aber sie blieb nicht dabei. Linda war mit ihrem Magazin durch und ging ins Wasser. Ich konnte bei dem grellen Licht nicht lesen, deshalb blieb ich eine Weile am Rand des flachen Endes sitzen und ließ die Füße ins Wasser baumeln. Was Rose und ich früher in unserem Teich gemacht hatten, einfach stundenlang auf dem Rücken treiben und dabei die Kühle des Wassers in sich aufsaugen und im Blau des Himmels leben, war hier unmöglich. Hier waren zu viele durcheinander wirbelnde Körper. Es war nicht möglich, sich in sich selber zu versenken und seinen Gedanken

nachzuhängen, eine der Freuden des Sommers. Die Energie, die wir mitgebracht hatten, die Erwartung, uns zu vergnügen, versickerte allmählich und machte einem trägen Widerwillen Platz, nach Hause zu fahren.

Es war beinahe sechs, als wir wieder ins Auto stiegen. Im Schwimmbad war immer noch viel los; Pike war verlassen, Klimaanlagen summten, Vorhänge waren zugezogen. Gelegentlich entsandte ein Grill von einer Veranda eine nach Osten zeigende Rauchfahne. Ich fühlte mich wie unter Schock und stumpf. Das Abendessen, Daddy, Rose, die sich fragte, wann die Kinder nach Hause kämen, Tys Geduld, alles schien ganz weit weg. Die Mädchen saßen still da, beide hinten. Pammys Sonnenbrille war vorsichtig in ihr Etui gelegt worden, und das hielt sie in der Hand. Ich wußte, daß alle Kinder bestimmte kostbare Habseligkeiten besaßen, sonderbare Dinge, die ihnen Glück bedeuteten, aber die Art und Weise, wie sie dieses Etui liebevoll in der Hand hielt, war quälend für mich, symbolisch für irgendeinen Mangel, den sie zwar fühlen, aber nicht benennen oder sich eingestehen konnte. Ich muß geseufzt haben, denn Linda setzte sich vor und sagte: »Hat Spaß gemacht, Tante Ginny. Jedenfalls ruf ich das nächste Mal jemanden an und frag, ob wir uns da treffen können.«

14

Als wir zu Hause ankamen, waren Ty und Pete damit beschäftigt, eine Klimaanlage in einem der Nordfenster in unserem Wohnzimmer einzubauen. Sie brachten sie gerade auf der Plattform an, die sie draußen an der Fensterbank angenagelt hatten, hoben sie ächzend und einander kurze Anweisungen gebend hoch. Ich trieb die Mädchen in die Küche, wo Rose dabei war, die letzten grünen Salatblätter der Saison trockenzuschütteln. Sie sagte: »Jess kommt um sieben rüber. Ich hab Daddy was zu essen gemacht. Er war nicht davon abzubringen, Punkt fünf zu essen, obwohl ich ihm gesagt habe, er soll rüberkommen und mit uns allen zusammen essen.«

»Du warst heut abend mit Essen bei dir dran.«

»Ja, und das hier hab ich für unsere Familie heute abend entschieden. Weißt du, es ist ganz schön verrückt, jeden Freitag dasselbe tun zu müssen, Woche für Woche, gleiches Essen, gleiche Zeit. Es wär gut für ihn gewesen...«

Sie sah mich an. Irgend etwas muß an meinem Blick gewesen sein, denn sie sagte: »Er ist nur deshalb so starr, weil wir ihn lassen.« Dann sagte sie: »Er hat was zu essen gekriegt, okay?«

Ich nickte.

Sie redete weiter. »Und ich hab Hamburger gemacht. Sie sind im Kühlschrank. Der Grill ist soweit, wir können sie also jederzeit drauflegen.« Die Mädchen drängten sich an sie, und sie gab ihnen einen Kuß auf den Kopf.

Ich sagte: »Neue Klimaanlage?«

»Fast neu. Da war 'ne Annonce in der Zeitung. Ty ist nach Zebulon reingefahren und hat sie geholt. Er hat euch im Schwimmbad gesehen und gewinkt, aber ihr habt ihn nicht gesehen.«

Ich muß zweifelnd geguckt haben, denn sie sagte: »Sag jetzt nichts von Nebenhöhlen oder daß man sich an die Hitze gewöhnt, so wie Daddy. Man sollte nicht so schwitzen. Es ist schlecht für einen, und es ist gefährlich.« Pammy nahm sich ein bißchen von dem Salat. Rose ließ sie eine kleine Tomate essen, dann scheuchte sie sie weg: »Geh raus und wasch dir die Haare draußen unter dem Schlauch. Mit Shampoo. Ich kann das Chlor riechen.« Pammy schlurfte hinaus. Sie sah aus, wie ich mich fühlte, müde, aber gestärkt durch die ungewohnte Anstrengung, in Gedanken bereits im Bett. Ich sagte: »Sie waren lieb. Mary Livingstone kam zu mir und sagte Linda...«, als das Telefon klingelte. Rose machte den Kühlschrank auf und holte eine Platte mit dicken Fleischballen heraus, und ich nahm den Hörer ab. Es war Caroline.

Der Sonntag, an dem ich mir geschworen hatte, sie anzurufen, war verstrichen, ohne daß ich sie angerufen hatte. Einerseits hatte ich meine Hemmung nicht überwinden können, sie im Büro anzurufen. Und dann hatten die Abende ganz im Zeichen der Monopolyspiele gestanden. Und schließlich hatte ich mir selbst eingeredet, sie würde mich schon anrufen, wenn ihr danach war. Dreimal hatte ich mir, wenn ich irgendwohin gefahren war, fest vorgenommen, sie, sobald ich zu Hause sein würde, anzurufen, aber dann hatte meine Hand nie den Telefonhörer ergriffen. All diese Ausreden packten mich, sobald ich ihre Stimme hörte. Aber ihr »Hallo« klang normal und sogar glücklich. Ich sagte: »Oh, hallo, Caroline. Ich hab versucht, dich anzurufen.« Aus den Augenwinkeln sah ich, wie Rose sich gespannt aufrichtete.

Caroline sagte: »Ist Daddy okay?«

»Tja, natürlich. Rose war gerade bei ihm und hat ihm sein Essen gemacht. Wie geht's euch?«

»Uns geht's gut. Weißt du, wo Daddy gestern war?«

»Hm, nein. Ich überwach ihn nicht...«

»Also, ich war zwei Tage in New York, und als ich heute abend zurückkam, lag eine Nachricht auf meinem Schreibtisch: ›Ihr Vater war um 11:00 hier.‹«

»Hast du versucht, ihn anzurufen, und gefragt?«

Jetzt kam vom anderen Ende der Leitung ein langes Schweigen. Rose, die nach draußen gegangen war, um die Hamburger auf den Grill zu legen, kam herein und ließ die Fliegengittertür zuknallen, und ich hob die Augenbrauen. Ihr Mund formte die Worte: »Was ist los?« und in genau dem Augenblick sagte Caroline: »Ja, hab ich. Ich hab's zweimal versucht, und beidemal hat er nicht mit mir sprechen wollen. Einmal hat er mir ein paar Minuten zugehört, aber kein Wort gesagt, und das zweite Mal hat er aufgelegt, sobald er meine Stimme gehört hat. Dann ist er nicht mehr ans Telefon gegangen, obwohl ich's bestimmt dreißig Mal hab klingeln lassen.« Sie klang verlegen.

Ich sagte: »So was Blödes. Aber sind sie sicher, daß es Daddy war?«

»Nehm ich an, aber ich kann vor Montag niemanden fragen.«

»Augenblick mal.« Ich legte die Hand auf die Muschel und erzählte Rose die Geschichte. Sie schürzte die Lippen und zuckte die Achseln, aber dann ging sie mit dem Grillbesteck hinaus, ohne etwas zu sagen. Ty stieß die Tür zum Wohnzimmer auf und rief: »Alles fertig! Wo ist das Bier?« Ich sagte zu Caroline: »Was?«

Sie sagte: »Hast du und Rose die Papiere unterschrieben?«

Einen Moment lang war ich durcheinander und sagte: »Welche Papiere?«

»Die Gesellschaftspapiere und die Überschreibungen.«

»Oh.« Ich war von ihrem kühlen Ton getroffen.

Sie sagte nichts.

Ich sagte: »Na ja, klar haben wir das. Natürlich. Wir hatten keine Wahl.«

Wieder Schweigen, dann sagte sie ruhig: »Ich denke doch.«

Jess Clark kam zur Hintertür herein, ließ sie hinter sich zuschlagen, und Pammy rief nach einem Handtuch. Ich konnte hören, wie Caroline darauf wartete, daß ich etwas sagte, aber ein zähes Gefühl der Müdigkeit machte mich unfähig, jetzt so zu reagieren, wie sie es vielleicht von mir erwarten mochte. Schließlich sagte ich: »Caroline, das hier ist ein Irrenhaus. Ich ruf dich morgen an.

Oder ruf du mich an und sag mir, was sie dir über Daddys Besuch erzählt haben.«
Sie sagte: »Okay«, sehr kühl.
Ich sagte: »Ich mein's wirklich. Vergiß es nicht.« Aber sie hatte schon aufgelegt.
Jess ging ins Wohnzimmer, und fast sofort öffnete sich die Hintertür. Es war Rose, sie fragte naserümpfend: »Was hatte *sie* zu sagen?«
»Hast du Streit mit Caroline?«
»Das solltest du sie fragen.«
»Also, ich frag dich jetzt.« Hin und wieder kehrte ich die ältere Schwester raus.
»Hatte ich eigentlich nicht angenommen.«
»Bis?«
»Na ja, es ist jetzt zwei Wochen her seit meiner Dreimonatsuntersuchung, und ich hab nicht ein Wort von ihr gehört. Sie hat mich nicht ein Mal angerufen und gefragt, wie's mir geht. Ehrlich gesagt, hab ich ihr Verhalten von Anfang an als ziemlich gleichgültig empfunden.«
»Sie hat dir Blumen geschickt und dich besucht.«
»Einmal, als sie sowieso für's Wochenende raufkam. Drei oder vier Frauen, die nicht zur Familie gehören, haben sich mehr gekümmert als sie.«
»Sie hat viel zu tun.«
Rose machte ein langes, skeptisches Gesicht. »Sagt sie.«
»Sie hat gesagt, Daddy war gestern bei ihr im Büro.« Ich dachte, das würde sie ablenken.
»Weshalb?«
»Sie weiß es nicht. Sie war in New York.«
Rose machte mich nach. »*Sie* war in New York.«
»Rose!«
»Na ja, sie ist immer irgendwo, oder? Sie ist diejenige, die weggekommen ist, oder?«
»Ich dachte, wir wären froh darüber. Sie hat kein Interesse an Farmarbeit.«

Rose lehnte sich an die Küchenablage und sah mich an. Ich ließ sie. Nach einer Weile machte ihre Hand die flattrige Bewegung zu der leeren Seite ihrer Brust. Dann stützte sie sich wieder auf die Küchenablage und nahm schließlich die Salatschüssel in beide Hände. Sie sagte: »Wenn wir brave Kinder sind und alles hinnehmen, wie es ist, sind wir froh darüber.« Sie ging Richtung Eßzimmertür und stieß sie halb auf, sagte dann: »Wenn wir böse Kinder sind, macht es uns verrückt.«

Ich ging hinaus und sah nach den Hamburgern. Sie waren reichlich durch, eigentlich ein wenig zu sehr, und ich nahm sie vom Grill. Der Wind und die hohe Junisonne waren unbarmherzig. Der einen halben Meter hohe Mais, der sich auf der anderen Seite hinter dem Haus wie ein Fächer in die Weite erstreckte, war vom grellen Licht wie ausgebleicht, und der Boden zwischen den Pflanzen war staubig, obwohl wir dieses Jahr genug Regen gehabt hatten. Ich war wie gelähmt durch all den Zorn, der in den letzten zehn Minuten um mich herum aufgekommen war. Ich konnte mir alles so leicht vorstellen: Daddy, wie er bei Hooker, Williams und Crockett in Stiefeln und Overall reinstapfte und für Aufregung sorgte, dann Caroline, wie sie von Furcht gepackt wurde, als sie davon hörte; Rose, wie sie schweigend darauf wartete, daß Caroline einer Pflicht nachkam, die alle, nur sie nicht, vergessen hatten; Caroline, wie sie ihren Wunsch, wir sollten die Überschreibungspapiere nicht unterschreiben, solange ausbrütete, bis er sich in Überzeugung verwandelte. Sie war Anwältin, deshalb konnte ich mir leicht vorstellen, wie sie mich ins Kreuzverhör nahm und ich mich verteidigte:

Er wollte es, und warum sollten wir es nicht tun?

Du hättest die Tür aufmachen und reinkommen können, selbst nachdem Daddy sie zugemacht (zugeknallt?) hatte.

Ich wollte die Farm nicht, aber andere ja, und außerdem war es Daddys Idee.

Und wir können ihn auch nicht jede Minute kontrollieren. Er hat einen Führerschein und zwei Fahrzeuge.

Er muß sich an sein neues Leben erst gewöhnen.

Wir sollten alle zusammenhalten, statt uns gegenseitig mißtrauisch zu beobachten.
»Hast du vor, die Hamburger reinzubringen? Man fragt sich so langsam, wo du bleibst.«
Ich schreckte auf. Es war Jess Clark, der mich aus der offenen Küchentür anlächelte.
»Ich hab über alles Mögliche nachgedacht, bloß nicht über Hamburger.«
»Los, komm ins Wohnzimmer. Du wirst erstaunt sein.«
»Kühl?«
»Zur Abwechslung.«
Er ergriff meinen Arm und zog mich herein. Ich sagte: »Merk dir diesen Tag. Dies ist der Tag, an dem sich schließlich alles, wovor ich Angst hatte, ereignet hat.«
»Wirklich?«
Ich konnte seinem Gesicht ansehen, daß er nicht wußte, wovon ich sprach. Ich sagte: »Es ist zu kompliziert, dir das näher zu erklären. Denk einfach nur daran, daß ich alles vorausgesehen hab.«
»Wenn du's sagst.«
Ich drängte mich durch die Tür in die halbdunkle Kühle des Eßzimmers. Lauter lächelnde Gesichter um mich herum, und ich hielt die Platte mit den Hamburgern vor mir ausgestreckt. In der erfrischenden Kühle aßen wir mit großem Appetit und witzelten beim Essen herum, wie wir es sonst nie taten. Pete lachte und machte große Sprüche, Jess schien ihn dazu zu animieren. Ty entwickelte sich zu einem etwas verwirrten, aber großzügigen Gastgeber, der jedem zum zweiten Mal den Teller füllte und Pammy und Linda neckte, die alles, was ihnen vorgesetzt wurde, ohne Murren aufaßen. Rose aß von allem dreimal – sie redete zuviel, um zu bemerken, was ich ihr auf den Teller legte, und was immer sie da vorfand, aß sie auf. Keine verärgerten Blicke, keine betonte Zurückweisung meiner Besorgnis. Es war eine großartige Tarnung, dieses gesellige Zusammensein beim Essen, und es dauerte und dauerte. Wir saßen noch um zehn Uhr am Tisch und unterhielten uns. Ich mußte immer wieder zu Jess hinübersehen, der am Kopf-

ende des Tisches saß. Er sah gut aus und war sehr lebhaft – mir war klar, daß die gute Stimmung von ihm ausging und daß er sie mit sich nehmen würde, wenn er ging, zurück zur Westküste.

Als wir uns am Sonntag nach der Kirche zu unserem jährlichen Vatertagsessen bei Daddy trafen, wurde der Kontrast deutlich. Daddy saß am Kopfende des Tisches, und er war keineswegs guter Stimmung. Der Schweinerückenbraten, den Shorty Humboldt drüben am Gefrierhaus für mich tranchiert hatte, stand massig auf der weißen Tischdecke, umgeben von Pickles und Bratkartoffeln und einer großen Schüssel Erbsen aus dem Garten. Linda und Pammy stießen sich mißgelaunt unter dem Tisch, und Pete war in der Küche und holte Bier – ich hörte, wie sich die Kühlschranktür öffnete und schloß. Rose sagte: »Soll ich's schneiden, Daddy? Du mußt einfach nur zwischen den Knochen durch.«

»Ich weiß das.«

»Ich weiß, daß du das weißt.«

»Na also, dann sag mir nicht, was ich tun soll.«

»Ich wollte dir nicht...« Aber sie sah zufällig zu mir hinüber und hielt den Mund, als hätte ich ihr einen mahnenden Blick zugeworfen. Ty sagte: »Diese Kartoffeln sehen ja toll aus.«

Linda sagte: »Was sind die kleinen Stöckchen dadran?«

Ich sagte: »Das ist Rosmarin. Schmeckt gut. Ist ein Gewürz.«

Ty sagte: »Ginny hat mal wieder Zeitung gelesen.«

Rose sagte: »Mommy hat Rosmarin an Kartoffeln getan. Ich erinnere mich daran, weil mir der Name immer aufgefallen ist. Es ist auch gut an Fleisch.«

Es war anstrengend, sich einfach nur am Tisch zu halten, wir waren Magnete, die einander abstießen. Es war eine spürbare Erleichterung, wenn man aufgab und sich vom Tisch abfallen ließ und in der Küche landete, um irgend etwas zu holen, oder im Badezimmer Wasser laufen ließ und es sich ins Gesicht spritzte.

Das Komische an der Sache war, daß diese Art Unbehagen nicht neu war, aber ich entdeckte sie neu. Normalerweise hätte ich sie der Hitze zugeschrieben oder der Arbeit, die es kostete, um ein

Uhr ein großes Essen auf den Tisch zu bringen, oder irgendeiner Streitigkeit zwischen Pete und Daddy oder der schlechten Laune meiner Schwester Rose. Ich hätte sie als unvermeidlich hingenommen und wäre froh gewesen, wieder nach Hause zu kommen. Ty hätte gesagt: »War gar nicht so schlimm. Das Essen war gut. Und darauf kommt's an.« Normalerweise hätte ich wie ein typischer Farmer reagiert – immer versuchen, auf Gefahren und Fallen gefaßt zu sein, und Mißgeschick, wenn es kam, stoisch hinzunehmen. Wir machten diese Art Essen nur dreimal im Jahr (Ostern gingen wir zu dem Kirchenessen).

Aber jetzt erkannte ich mit erneuter Überzeugung, daß wir es waren, wir alle, die versagten, und daß sich unser Versagen in der Art und Weise kundtat, wie wir aßen, mit gesenkten Köpfen, gierig, schnell, weil es sonst am Tisch nichts zu tun gab.

Daddy sagte etwas. »Der Sturm unten in Story County hat den Mais total ruiniert.«

Es war ein plötzlicher Wirbelsturm gewesen, am späten Nachmittag, mit golfballgroßen Hagelkörnern. Er war über das Gebiet hinweggegangen, hatte dann gedreht und war ungefähr vier Stunden später aus Nordosten wiedergekommen. An uns war er südlich vorübergezogen, wir hatten nur die Blitze in der Ferne gesehen. Mittwoch. Rose und mir kam der Gedanke gleichzeitig, und wir sahen uns an.

Ty sagte: »Man gibt wirklich nicht gern das Geld für die Hagelversicherung aus, aber da unten werden sich jetzt ein paar Typen schwarz ärgern.«

Pete sagte: »Auf einen solchen Sturm kann man nicht vorbereitet sein. In der Zeitung stand, so 'nen Sturm gibt es alle Jubeljahre mal.«

Daddy legte seinen Schweineknochen hin und wischte sich die Finger an der Serviette. Er sagte: »Auf einen solchen Sturm braucht man sich auch nicht vorbereiten. Ein normales Unwetter macht schon genug kaputt, wenn Hagel dabei ist.«

Offensichtlich.

Pete wurde rot.

Rose sagte: »Was hast du da unten in Story County gemacht, Daddy?«
Daddy füllte sich Kartoffeln auf und legte sich einen ordentlichen Löffel Pickles daneben. Er nahm sich eine Scheibe Fleisch von der Platte.
Ich sagte: »Wann war das, Donnerstag? War der Sturm nicht Mittwoch nachmittag?«
Daddy sagte: »Es wird ja wohl nicht verboten sein, wenn man ab und zu ein bißchen rumfährt.«
Rose sagte: »Bei dieser Benzinknappheit könnte es bald soweit sein.«
»Aber jetzt nicht.« Das war scharf und deutlich. Sie starrten einander an.
Pete sagte: »Wir sollten unser Benzin sparen. Bald ist der Monat zu Ende, und Jimmy Carter guckt bei dem Fernfahrerstreik nur zu. Wenn wir mit Alkohol fahren würden, bräuchten wir uns keine Sorgen zu machen.«
Daddy sagte: »Wir werden aber nicht mit Alkohol fahren.« Er meinte das deutlich als letztes Wort zu diesem Thema.
Ich sagte: »Daddy, bist du die ganze Strecke bis nach Des Moines gefahren?«
»Was, wenn ja?«
Jetzt galt sein starrender Blick mir. Er traf mich wie ein heißer Sonnenstrahl. Mir fiel dazu nichts ein. Was, wenn ja? Was, wenn ja?
Rose sagte: »Caroline wußte nicht genau, das ist alles.«
»Ihr Mädchen redet ziemlich viel. Das sind Ferngespräche.«
Er mochte es nicht, daß wir uns über ihn unterhielten, wahrscheinlich weil er wußte, daß wir das immer machten, nicht anders konnten, nicht damit aufhören konnten. Ich sagte: »Sie hat sich Sorgen gemacht, das ist alles.«
»Ich hab nichts davon gesagt, daß ich in Des Moines war, oder?«
Ich sagte: »Nein.«
»Na also.« Er nahm sich Erbsen.

Als wir zu Bett gingen, sagte Ty: »Ihr Frauen versteht euren Vater überhaupt nicht.«
Ich hatte an dem Tag die Laken gewaschen und machte gerade das Bett. Ich sagte: »Schlag mal die Ecke um die Matratze, ja?« Er zog den Spannbezug um die Ecke und strich dann die Kniffe glatt. Er war bis auf die Unterwäsche ausgezogen, fertig fürs Bett. Seine Schultern waren breit und muskulös. Seine Oberarme waren kräftig, in der Mitte durch eine scharfe Querlinie geteilt, weiß und goldrot. Seine Handgelenke waren genauso breit wie seine Unterarme, die mit von der Sonne gebleichten Härchen bedeckt waren. Er lächelte.
Ich sagte: »Dann haben wir ja etwas mit ihm gemeinsam, denn er versteht sich eindeutig selber nicht.«
»Er versteht sich sehr wohl. Er ist bloß geheimnistuerisch, das ist alles.«
»Und worin bestehen seine Geheimnisse?«
»Also, ich glaub, eins besteht darin, daß er vor seinen Töchtern Angst hat.«
»Das ist ein guter Witz.« Ich faltete die Decke am Bettende. Ich bezweifelte, daß wir sie brauchen würden. Ty schlüpfte unter das Laken. »Wovor sollte er Angst haben? Er hat doch hier jeden unter seiner Fuchtel.«
»Nicht mehr.«
»Du meinst wegen der Überschreibung? Wir wissen alle, daß das eine legale Fiktion ist. Er ist die Farm. Rose und ich rennen jedesmal wie aufgescheuchte Hühner durch die Gegend, sobald er nur 'ne Augenbraue hebt. Er braucht nur auf geheimnisvolle Weise in Carolines Büro aufzutauchen, und schon ist sie am Telefon und stellt Fragen. Die meiste Zeit vergesse ich sogar, daß die Überschreibung überhaupt stattgefunden hat.«
»Er nicht.«
»Na, dann sollte er's rückgängig machen. Mir ist das egal.« Ich stieg aus meinen Shorts. Tys Blick fing und hielt mich. Er drückte Anteilnahme aus, aber auch das Eingeständnis, daß es meine Entscheidung war. Sechzehn Jahre unausgesprochenen Wissens, daß

er sich hochgeheiratet hatte und gezwungen war, den Beweis zu erbringen, daß seine Fähigkeiten nicht nur für hundertsechzig Morgen reichten, sondern tausend Morgen entsprachen, lasteten auf diesem Blick. Er sagte: »Ich finde trotzdem, daß die Überschreibung ein richtiger Schritt war, steuerlich und auch sonst. Marv Carson hält sie für wirklich klug.« Seine Stimme war behutsam. Ich legte meine Shorts auf die Kommode und zog mir das Hemd über den Kopf. Ty sagte: »Aber ihr Frauen könntet besser damit umgehen. Ihr könntet besser mit ihm umgehen. Ihr braucht euch nicht immer auf jede Auseinandersetzung einlassen. Ihr solltet vieles einfach laufen lassen.«

Ich dachte darüber nach. »Du hast recht. Ich versteh ihn nicht. Aber ich denke, vieles von dem, was du ›sich auf eine Auseinandersetzung einlassen‹ nennst, ist einfach nichts anderes als der Versuch, ihn besser zu verstehen. Ich hab die ganze Zeit das Gefühl von tückischen Unterströmungen. Ich glaub, ich steh auf festem Grund, aber dann entdecke ich, daß sich etwas darunter hin- und herbewegt, von einer Stelle zur anderen. Es bleibt immer etwas Geheimnisvolles zurück. Er sagt nicht, was er meint.«

»Er sagt, was er meint. Ihr zwei legt ständig was hinein, was auch immer. Rose noch mehr als du.«

Ich zog ein kurzes Baumwollnachthemd über und machte einen der Knöpfe zu. Ty stützte sich auf den Ellenbogen und schlug das Laken für mich zurück. Es war beruhigend und besänftigend, sich in seinen Bereich zu begeben, den Kreis von Kraft, den seine Schultern und Arme ausstrahlten. Das war etwas, was wir immer ziemlich gut gemacht hatten – verschiedener Meinung sein, ohne zu streiten. Wir machten das besser als Sex.

Ty legte sich zurück und zog meinen Kopf in die Mulde seiner Schulter. Einige Augenblicke lang spürte ich, daß wir gemeinsam zur Decke hinaufstarrten. Er sagte: »Er ist sehr reizbar. Er mag es nicht, wenn man ihn zur Rede stellt oder tadelt. Aber er ist ein guter Farmer. Jeder respektiert ihn und sieht zu ihm auf. Wenn er seine Meinung sagt, hören die Leute zu. Glück und Pech prallen einfach von ihm ab. Das findet man selten.« Tys Stimme war ruhig, verriet echte Bewunderung. Wir sahen weiterhin zur Decke hinauf, brav und einträchtig nebeneinander, von Kopf bis Fuß. In wenigen Augenblicken war er eingeschlafen.

Hellwach, versuchte ich mich an meinen Vater zu erinnern. Tys Sicht der Dinge war mir nicht neu. Wenn er, was selten vorkam, wütend auf meinen Vater war, wiederholte ich ihm vieles von dem, was er gesagt hatte, um ihn daran zu erinnern, wieviel er zum Beispiel von meinem Vater gelernt hatte. Auf der anderen Seite, dachte ich, war ich mit meinem Vater so konstant und so lange zusammen gewesen, daß ich mit jedem Jahr, das vorüberging, immer weniger über ihn wußte. Jedes bedeutungsvolle Bild vermischte sich mit den zahllosen Momenten unseres täglichen Lebens und vereitelte meine Bemühungen, eine Perspektive zu gewinnen. Am einfachsten war es, mich an Ereignisse zu erinnern, von denen ich nur gehört hatte: Als mein Vater siebzehn war, zum Beispiel, und das Licht auf der Farm von einem benzingetriebenen Generator kam, stand mein Vater im Keller und suchte irgend etwas und wurde von den Dämpfen betäubt. Er schaffte es, bis zur Treppe zu torkeln und weit genug nach oben hin zu fallen, daß seine Hand über der Schwelle zur Küche hing. Großvater Cook kam wenige Minuten später herein und zog ihn nach draußen an die frische Luft.

Oder einmal, als er zehn war, jagten ihn ein paar Jungen in der Schule mit Weidenruten. Er lief ein Stück vor ihnen weg, drehte sich dann um, nahm einen Stein vom Boden auf und schleuderte ihn dem Anführer genau an die Stirn, so daß der bewußtlos zusammenbrach. Der Lehrer ergriff Partei für Daddy, wie auch der Rest der Bande, sie waren beeindruckt von seiner Zielsicherheit, und der verletzte Junge wurde für zwei Wochen von der Schule suspendiert.

Als Mommy, die in Mason City eine Schulfreundin besuchte, bei einer Kirchenfeierlichkeit nicht mit ihm tanzen wollte, brachte Daddy den Geschäftsführer eines Herrenausstatters am Ort, jemanden, den er lediglich vom Namen her kannte, dazu, daß er die Tanzveranstaltung mit ihm verließ und ihn völlig neu einkleidete, ihm Unterwäsche, Socken, Schuhe und Hut verkaufte. Er sah in seinen neuen Sachen so schick aus, sagte Mommy, daß sie für den Rest des Abends mit keinem anderen mehr tanzen wollte.

Er sah gut aus. Daran konnte ich mich erinnern.

Wenn er mit Harold oder einem anderen Farmer lächelte oder lachte, fühlte man sich zu ihm hingezogen.

Plötzlich erinnerte ich mich ganz deutlich an den Unfall, den Harold Clark mit seinem Truck gehabt hatte. Es war eine frühe Erinnerung; ich war zu der Zeit wohl sechs oder sieben. Ich hatte bestimmt seit Jahren nicht mehr daran gedacht, denn es war so vorübergegangen, wie Erwachsenendinge eben vorübergehen, wenn man Kind ist – traumgleiche Phänomene, die ohne Warnung geschehen und ohne Erklärung wieder verschwinden. Ich war alleine in unserem Truck und spielte mit meinen Puppen. Kann sein, daß Daddy nicht wußte, daß ich da war. Jedenfalls rannte er vom Haus zum Truck. Mommy war hinter ihm, an der Tür, hielt sie auf und rief irgend etwas, und dann schwankten wir über die Felder, und ich wurde runtergedrückt und schlug gegen die Ecke des Wageninneren. Da stand Harolds Truck, marineblau, abgerundete Kanten, ein weißes Kühlergitter wie große Zähne, und dann waren wir da, und Harold lag auf dem Boden unter seinem Truck, und das Hinterrad war auf ihm, als schneide es ihn an den Hüften entzwei. Es war ein schrecklicher Anblick, und ich schrie, aber dieses eine Mal schimpfte Daddy nicht mit mir. Er nahm hinten aus Harolds Truck ein Brett, und er legte es auf den sumpfigen Boden, dann stellte er mich auf das eine Ende, drückte mir eine Flasche Whiskey in die Hand und sagte: »Du gehst jetzt vorsichtig rüber zu Harold, und du gibst ihm was zu trinken, weil er das braucht, und du läßt ihm die Flasche da, und dann kommst du vorsichtig zurück.« Es war ein merkwürdiger Unfall, dem Harold mit nichts weiter als Schürfwunden entkam: Er hatte ein paar Tonrohre aus seinem Truck geladen und neben einen Graben gelegt. Der Graben war voll von dickem wässrigem Schlamm, und der Truck war zurückgerollt, hatte Harold umgeworfen und dann in den Schlamm gedrückt. Daddy und ein paar andere Farmer, die kurz darauf erschienen, mußten Harolds Truck von ihm wegziehen. Danach wurde viel gelacht, aber ich hatte das Gefühl, daß der eigentliche Moment mir gehört hatte, als ich mit meiner lebensrettenden Last das zehn Zentimeter breite Brett entlanggetippelt war und gesehen hatte, wie sich mit meinem Näherkommen in Harolds Gesicht Erleichterung ausgedrückt hatte, und wie ich Daddy sagen hörte: »Das ist ein Mädchen. Nur noch ein Stückchen weiter. Gutes Kind. Du bist ein gutes Kind.«

Ich schloß die Augen und spürte, wie Tränen unter den Augenlidern hervorquollen. Jetzt, da ich mich an jenes kleine Mädchen und jenen jungen rennenden Mann erinnerte, konnte ich mir nicht vorstellen, was mit ihnen geschehen war.

15

Harold Clark selbst war der energischste Förderer seines örtlichen Rufes, ein gedankenloser Schwätzer zu sein. Während viele, wenn nicht die meisten Farmer, die ich kannte, lakonisch und klaglos dahinlebten, sprach Harold oft von sich, und immer so, als wäre er fast, aber nicht ganz, zwei Personen – die eine, die eine Menge »große Ideen« hatte (Harold setzte die Worte selbst in Anführungszeichen, wenn er sie aussprach), und die zweifelnde, diejenige, die wußte, daß keine dieser Ideen jemals zu verwirklichen war. Der eine Teil in ihm lockte den anderen immer mit irgendeinem windigen Unternehmen, und ein Teil in ihm erzählte immer auf Kosten des anderen irgendwelche Geschichten. Zusammengenommen hieß das, daß die Dinge auf der Clark-Farm, nach Harold, sich ständig am Rande des Zusammenbruchs bewegten, wohingegen die öffentliche Meinung dahinging, daß Harold in Wirklichkeit ein besserer Geschäftsmann und wohlhabender war als jeder andere. Mein Vater drückte das knapper aus. Er sagte: »Die Karosserie von Harolds Truck ist vielleicht voller Matsch, aber der Motor ist blitzsauber. Er will aber nicht, daß man das weiß.«

Der eigentlich nicht zu ihm passenden Prahlerei mit dem neuen Traktor während des Spanferkel-Essens folgten schnell Klagen, die Jess uns getreulich berichtete. Sie verbrachten drei Tage damit, den Leerlauf richtig einzustellen, und weitere drei Tage bastelten sie an der Elektrik herum. Harold gefiel die Stelle nicht, an der das Radio angebracht war – oben links. Er wollte es oben rechts haben. Seine letzte Klage, »eine lebenslängliche Klage«, wie Jess sie nannte, war, daß ihm das Getriebe nicht gefiel. Ty sagte: »Er hat recht. Diese IH-Getriebe sind wirklich veraltet.

Wenn er jemand anders außer dem IH-Händler gefragt hätte, dann hätte er rausgefunden, daß die Schaltung in einem Deere heutzutage seidenweich ist. Wenn man diese Harvesters schalten will, braucht man drei Männer und einen dicken Jungen.« Er streckte die Hand aus, und Rose, die gerade auf North Carolina, zwei Häuser, gelandet war, zahlte ihm seine Miete aus.
»Darauf kommt's aber nicht an«, sagte Jess, knetete die Würfel zwischen den Handflächen und warf sie dann. »Im Grunde genommen kommt ihm das wie gerufen. Er kann jetzt die nächsten zwanzig Jahre betonen, was für ein Dummkopf er war, daß er diesen Traktor gekauft hat.«
»Daddy wird ihm dabei helfen«, sagte Rose.
»Harold wird es geradezu lieben«, sagte Jess. »Ihr wißt, was bei ihren Unterhaltungen immer rauskommt, nicht?« Er raste mit seinem Rennwagen über Los, und Ty gab ihm zweihundert Dollar. Er kaufte ein Haus für die New York Avenue und stellte es behutsam auf den orangefarbenen Streifen. »Sie einigen sich am Schluß immer darauf, daß Harold was Verrücktes gemacht hat oder daß Larry von Anfang an recht gehabt hat. Und dann läßt Harold ein paar Andeutungen fallen, über Geld oder Ertrag pro Morgen, die beweisen, daß er trotz seiner Verrücktheit alle übertrumpft hat. Daß er ein so guter Farmer ist, daß er 'ne ganze Menge mehr Spielraum hat als der Durchschnittsfarmer.«
Ich sagte: »So hab ich das noch nie gesehen.«
»Weil er dich auch ausgetrickst hat, deshalb«, sagte Jess. »Jetzt, wo ich zurück bin, nach all den Jahren, die ich weg war, bin ich wirklich erstaunt, wie gut Harold darin ist, die Meinung der Leute über sich zu manipulieren.«
»Aber was hat er davon?« sagte Pete. »Er bekommt nicht die Art Respekt wie die anderen Farmer. Die Leute lachen über ihn. Wenn du drüben beim Futterhandel bist und jemand sieht seinen Truck kommen, heißt es nur, oh, da kommt Harold Clark. Und schon grinsen alle.«
»Und er kommt mit 'ner Geschichte an, stimmt's? Er hat irgendwas Verrücktes oder auch Häßliches vor, wie Heuballen um das

ganze Haus legen, von der Erde bis zum Dach, und dann mit Latten Plastikplatten drübernageln.«

»Oder er gießt die ganze Farm mit Zement aus, vom Haus bis zur Scheune. Das hat er letztes Jahr gesagt.« Pete grinste, und ich landete auf der Zusatzsteuer. Pammy las eine alte Nancy Drew, die ich auf dem Speicher gefunden hatte. Sie spürte, daß ich sie beobachtete und sah auf, lächelte und nickte. Es war *The Ghost of Blackwood Hall*, früher mein Lieblingsbuch. Linda war mit ihrer Häkelei in den Händen eingeschlafen. Seit einer Woche häkelte sie fleißig an einem Puppenpullover.

»Nein«, sagte Jess. »Das Lachen ist es ja gerade. Wenn sie ihn respektierten, hätte er weniger Privatleben. Dieses ganze verrückte Gehabe ist wie eine Tarnung. Die Leute lassen ihre Wachsamkeit fallen. Sie sind außerdem großzügig mit ihm, weil sie sich ein wenig überlegen vorkommen. Ich meine, die Frauen der Nachbarschaft bringen Harold und Loren ein- oder zweimal die Woche was Warmes zu essen. Und ich will damit nicht sagen, daß er sich über die Leute hinter ihrem Rücken lustig macht oder sich schadenfroh die Hände reibt, wenn er sie übertölpelt hat. Das will ich damit nicht sagen. Es ist einfach nur so, daß er schlauer ist, als er sich anmerken läßt, und in der Lücke zwischen dem, wie er sich gibt, und dem, was er ist, liegt 'ne Menge Freiheit.«

»Klingt gut«, sagte Rose, »aber inzwischen gehört mir Park Place, und es sieht ganz so aus, als schuldest du mir einiges.«

»Ich schulde dir alles, Rose.« Er grinste sie anzüglich an.

»Sei vorsichtig.« Sie lachte.

Ich mußte immer wieder zu Jess hinübersehen, denn ich war ein wenig überrascht, wie er Harold analysiert hatte. Vielleicht war es nicht die Wahrheit, aber die Wahrheit zog mich auch gar nicht an. Es war die Plausibilität eines solchen Plans, die Perfektion, mit der ein solcher Plan die Neugier der Nachbarn in die falsche Richtung lenken konnte. Es war ein so schönes Wort, dies letzte Wort, »Freiheit«, ein Wort, das mich schon immer aufgeschreckt und erfrischt hatte, wenn ich es hörte. Ich fand nicht, daß es mit meinem Leben viel zu tun hatte, oder mit dem Leben von irgend jemandem, den ich kannte – und dennoch besaß vielleicht Harold ein wenig davon, oder empfand etwas davon.

»Also«, sagte Pete. »Ich war gestern beim Futterhandel, als Harold mit einer neuen schlauen Idee reinkam.«

Wir fingen bereits an zu grinsen.

»Welcher?« sagte Ty.

»Er sagte, er denkt daran, sein Testament zu ändern.«

Es gab ein ganz, ganz kurzes Schweigen, das kürzeste, aber tiefste, und dann sagte Jess: »Oha«, und lachte. Wir wußten alle, was jeder von uns dachte, nämlich daß Harold sein Testament zugunsten von Jess ändern würde (denn wir nahmen an, daß sein jetziges Testament Loren begünstigte, was Harold natürlich niemals tatsächlich ausgesprochen hatte, aber was als das galt, was die Leute »wußten«), aber Jess sagte: »Wahrscheinlich wird er die Farm der *Nature Conservancy* vermachen, damit sie sie wieder in ein Feuchtgebiet zurückverwandeln können.«

Ty sagte: »Was ist das, *Nature Conservancy*?«

»Sie kaufen Land und schützen es.« Jess sah Ty mit diesem fröhlichen, aber aggressiven Blick an. »Nehmen es aus der Bewirtschaftung raus, weißt du.«

»Um Gottes willen«, sagte Ty.

Wir sprachen nicht weiter über Harolds Testament, aber spät am Abend, nachdem Rose und Pete mit Pammy und Linda nach Hause gegangen waren, blieb Jess stehen, bevor er von der Veranda trat. Er sagte zu Ty: »Weißt du, das Land, das du da unten bei Henry Grove hast? Was hat der Mann da angebaut?«

»Immer nur Mais die letzten vier Jahre. Davor hatte er ein paar Bohnen.«

»Wann gepflügt, Herbst oder Frühjahr?«

»Herbst. Und es ist ohne Haus. Ich hab ihn vor sieben Jahren das Haus abreißen und den Brunnen auffüllen lassen. Du könntest aber in der Stadt leben. Henry Grove ist nur ein paar Meilen entfernt.«

»Dann hat er das Land überstrapaziert.«

Ty sah lange in den matten Schein von Cabot am westlichen Horizont und fuhr sich mit dem Zeigefinger um den Mundwinkel. Ich sah ihm an, daß er getroffen war. Schließlich sagte er: »Es ist gutes Land. Marcus Whitman hat nichts gemacht, was ich nicht auch gemacht hätte. Er mag saubere Felder, das ist alles.«

Jess lächelte, er hatte begriffen, daß Ty getroffen war, und sagte: »Ich will nicht kritisieren. Wenn ich Farmer wär, würde ich einiges ausprobieren. Vieles würde wahrscheinlich nichts werden. Ich würd dich wahrscheinlich die ganze Zeit um Rat fragen. Ich würd wahrscheinlich hauptsächlich nach Vorschrift arbeiten. Das war immer Harolds schlimmste Beleidigung, wenn er sagte: ›Der Mann arbeitet nach Vorschrift.‹ Aber für mich wär es wirklich nicht der Mühe wert, wenn ich nicht ein paar von den Sachen ausprobieren könnte, die ich im Westen gelernt hab.«

»Na ja, vielleicht.« Ty lächelte.

Beim Frühstück war Ty milde, aber beharrlich. Er sagte immer wieder: »Die Leute begreifen nicht, daß man es sich nicht mehr leisten kann, etwas auszuprobieren, das vielleicht nichts wird. Ich meine, wenn mein Einkommen einzig und allein aus der Farm kommt und ich entscheiden muß, wie ich das Benzin einsetze und wann es an der Zeit ist, noch einmal durch die Bohnen zu gehen oder vielleicht dreiundvierzig Bushel pro Morgen anstelle von siebenundvierzig rauszuholen. Es ist alles schön und gut, von einer zehn Morgen großen Schwarznußplantage zu reden und sie dann dreißig Jahre später abzuholzen und Furnierholz daraus zu machen, für zehntausend Dollar pro Baum, aber was ist mit der verlorenen Produktion in den dreißig Jahren? Es ist komplizierter, als die Leute glauben, die bloß Bücher lesen.«

Ich sagte: »Redest du mit dir selber oder mit mir?«

Er sah von seinem Teller auf und lächelte mich an. »Verdammt Ginny, heut morgen halt ich direkt 'ne Volksrede.«

»Er hat dich nicht kritisiert. Du brauchst dich nicht kritisiert zu fühlen.«

»Ja und nein. Er *meint* es nicht so, und er möchte unser Freund sein, aber er würde die Dinge nicht auf unsere Art machen, und wenn er entscheiden könnte, würde er *uns* die Dinge wahrscheinlich auch nicht auf unsere Art machen lassen, um die Wahrheit zu sagen.«

»Vielleicht, aber es ist doch Platz für viele Arten, oder?«

Er setzte sich zurück und wischte sich den Mund, schob dann den Stuhl zurück und stand auf. Draußen begann es hell zu werden. Er sagte: »Ja, na klar, im Prinzip. Allerdings frag ich mich manchmal, wie dieses Prinzip in der Wirklichkeit funktioniert. Jedenfalls, ich *werde* jetzt noch mal durch die Bohnen gehen, weil da jede Menge Kletten drin sind.« Er drückte leicht meinen Arm und ging hinaus.

16

Nachdem Ty gegangen war, brauchte ich eine halbe Stunde, bis ich bei meinem Vater war. Tausend Kleinigkeiten mußten weggeräumt werden, und, ehrlich gesagt, unsere späten Abende fingen an, sich morgens bei mir bemerkbar zu machen. Ich wußte, Daddy würde verärgert sein, weil er auf sein Frühstück warten mußte. Jetzt, da ich nicht mehr für Rose kochte, wollte er es Punkt sechs auf dem Tisch haben, auch wenn es keine Felder mehr gab, auf die er schleunigst hinausmußte. Ich trödelte. Ich hing dem Gedanken nach, daß er, wenn er länger schliefe und später frühstückte, während des Tages nicht so viel Zeit hätte, die gefüllt werden mußte. Ich gab meiner Verärgerung über ihn nach, aber in Wirklichkeit schob ich den Gang zu ihm auf. Mit der Erinnerung an Carolines Anruf, den ich Montag hatte erwidern sollen, was ich aber nicht getan hatte, war ich plötzlich hellwach gewesen, noch bevor Ty, der Frühaufsteher, sich aus dem Bett gerollt hatte, um nach den Schweinen zu sehen.

Eines stand fest, Daddy konnte so nicht weiter durchs ganze County und sogar durch den ganzen Staat fahren und das Schicksal geradezu herausfordern. Für Farmer im Ruhestand gehörte es sich, daß sie ihre Zeit im Stadtcafé zubrachten und Gratisratschläge verteilten, oder daß sie Lilien oder Rosen oder Jersey-Kühe oder sonst was züchteten. Sie sollten bei Wahlen die Stimmabgabe überwachen oder angeln gehen oder eine Teilzeitarbeit im Eisenwarenladen übernehmen. Nur daß der Gedanke, Daddy könnte einer dieser geselligen, trivialen oder, man könnte auch sagen, angenehmen Beschäftigungen nachgehen, absurd war. Er selber hatte sich immer über Farmer im Ruhestand lustig gemacht und mit Respekt, ja sogar Neid von Tys Vater gesprochen, der an einem Herzinfarkt im Schweinestall gestorben war. An all dem zeigte sich immer wieder, daß die Übertragung der Farm ein Fehler gewesen war. Er hatte sich aus einem Impuls heraus selbst betrogen. Das ärgerte mich auch. Ich schleuderte meine Pantoffeln von mir und zog meine Keds an, als wollte ich es ihm diesmal wirklich zeigen.

Als ich die Straße hinunterging, sah ich, wie Pete seinen silbernen Ford Pickup auf der Einfahrt zurücksetzte und Richtung Süden davonfuhr. Ich winkte, und sein Arm schoß aus dem Fahrerfenster und grüßte mit weiter Bewegung zurück. Meistens, wenn man auf der Straße an Farmern vorüberkommt, geben sie einem mit dem zartesten Wink zu verstehen, daß sie einen gesehen haben – mit einem vom Steuerrad gehobenen Finger oder sogar nur einer gehobenen Augenbraue. Pete war ein begeisterter Zuwinker. Dadurch erschien er ein wenig zu eifrig in seinem Bemühen zu gefallen, so wie sein silberner Pickup ihn ein wenig zu ausgefallen erscheinen ließ. Ich hatte allerdings in der letzten Zeit diese Dinge an Pete zu schätzen gelernt. Statt ihn auf die alte gewohnte Art und Weise zu sehen, weniger kompetent und weniger verläßlich als Ty, zu flatterhaft und sogar ein wenig albern, sah ich jetzt, daß er sein Bestes gab, um sich anzupassen und seine Arbeit zu tun, und auch, daß sein Scheitern, beides ganz zu erreichen, mehr in seinem besonderen Stil lag als in sonst etwas. Wenn er hier aus der Gegend gekommen, wenn sein Vater Farmer gewesen wäre und er die Farm seines Vaters geerbt hätte, dann wäre sein schwungvolles Auftreten und sein musikalisches Talent etwas gewesen, auf das die Nachbarn ein wenig stolz gewesen wären, hätte es doch das Genie eines der Ihren bewiesen statt das verdächtige Anderssein eines Fremden.

Seit meiner Unterhaltung mit Jess an dem Tag, als ich die Tomaten gepflanzt hatte, hatte sich meine Sicht der Männer, die ich kannte, fast unmerklich verschoben. Ich war weniger automatisch kritisch – ja, sie alle machten Fehler, scheiterten auch, aber jetzt sah ich, daß man auch sagen konnte, daß sie Rückschläge erlitten hatten, sie erlitten und gelitten hatten, Punkt. Das war der Schlüssel. Ich hätte gesagt, daß natürlich Rose und ich auch gelitten hatten, und Caroline und Mary Livingstone und all die Frauen, die ich kannte, aber der Art, wie die Männer litten, schien etwas Wortloses, etwas Unwissendes anzuhaften, als wäre es ihnen, wie den Tieren, nicht möglich, eine Perspektive auf ihr Leiden zu entwickeln. Sie hatten in ihrem Leiden uns, Rose und mich, aber sie schienen nicht das zu haben, was wir miteinander hatten, eine Art Fortsetzungsroman und begleitenden Kommentar zu dem, was passierte, der sich aus unseren Unterhaltungen, unserem Augenrollen, unseren Seufzern und Witzen und verärgerten Bemerkungen zusammensetzte. Das Ergebnis war, daß wir uns mehr oder minder vorbereitet fanden auf die Schläge, die uns trafen – wir konnten zumindest diese seltsam beruhigende Bemerkung machen wie: »Ich wußte die ganze Zeit über, daß so was einfach passieren mußte.« Die Männer, und Pete besonders, schienen immer ein wenig überrascht und deswegen ein wenig mehr getroffen und ein wenig mehr mitgenommen von den Dingen, die passierten – der Tod preisgekrönter Tiere, Unfälle, die Wutausbrüche und verächtlichen Bemerkungen meines Vaters, Einbrüche auf dem Markt, durch die Geld verlorenging, sogar – was Ty betraf – meine Fehlgeburten. Natürlich weigerte er sich, es weiter zu versuchen. Er hatte sich auf jede einzelne Schwangerschaft verlassen, als gäbe es da keine Vorgeschichte.

Dann war ich bei meinem Vater. Als ich von der Straße in den Vorgarten seines Hauses ging, spürte ich, wie er auf mich hinuntersah, aber ich blickte nicht auf, ich ging einfach geradewegs zur Hintertür. Seine Küchenschränke standen noch immer auf der Einfahrt, und ich hatte nichts davon gehört, daß ein Sofa geliefert werden sollte. Ich dachte darüber nach, als ich die Tür öffnete, daß Spekulationen über meinen Vater niemals müßig oder unterhaltsam waren, sondern immer etwas, vor dem man zurückschreckte. Gewiß hatte er gelitten, aber ich floh vor den Gedanken an ihn und flüchtete mich zu denen an Ty, Pete und Jess. Er kam mir an der Hintertür entgegen. »Es ist heller Tag.« Sein Ton war anklagend. Er bedeutete, ich habe Hunger, du hast mich warten lassen, und außerdem, du bist pflichtvergessen, spät, langsam. Ich sagte: »Ich hatte einiges zu tun.«

»Um sechs Uhr morgens?«

»Ich hab 'n bißchen im Haus aufgeräumt.«

»Hmm.«

»Tut mir leid.«

Er trat von der Tür zurück, und ich ging in die Waschküche und band die Schürze um, die da an einem Haken hing. Er sagte: »Keiner hat übers Wochenende eingekauft. Keine Eier da.«

»Oh, verdammt. Ich wollte sie mitbringen. Ich hab gestern welche für dich gekauft, aber ich hab sie vergessen.« Ich sah ihm ins Gesicht. Ich hatte die Wahl: entweder ließ ich ihn warten, oder ich machte ihm keine Eier. Sein Blick war stumpf, kalt, abwartend. Nicht nur würde er mir nicht bei meiner Entscheidung helfen, meine Entscheidung würde ein Test sein. Ich konnte einfach an ihm vorbeigehen, ihm Toast und Cornflakes und Schinken machen, ein Frühstück ohne Schwerpunkt, oder ich konnte nach Hause laufen und die Eier holen. Meine Wahl würde ihm etwas über mich zeigen, entweder, daß ich selbstsüchtig und rücksichtslos war (keine Eier) oder inkompetent (ein hastiges Hin und Her, wo organisiertes Vorgehen sein sollte). Ich tat es. Ich lächelte dümmlich, sagte, ich wär sofort wieder zurück, und lief aus der Tür und die Straße runter. Während des ganzen Weges war ich mir meines Körpers bewußt – ohne Anmut und in Eile, untrainiert, keuchend, lächerlich in seiner Weiblichkeit. Es kam mir vor, als brauche mein Vater bloß aus seinem großen Vorderfenster zu gucken, und er könne mich nackt sehen, mit bebender Brust, Brüste, Hüften und Oberschenkel wabbelnd, meine Würde unwiederbringlich dahin. Später, nachdem ich das Frühstück gemacht und er es gegessen hatte, fragte ich mich, warum ich nicht einfach über die Straße gegangen war und ein paar Eier von Rose geholt hatte. Er hatte einen Test mit mir veranstaltet, und ich hatte mich nicht dagegen gewehrt.

Während ich den Schinken und die Eier briet und ihn verstohlen beobachtete, wie er aus dem Wohnzimmerfenster auf unser Südfeld starrte, erschien mir mein Plan, ihn diesmal wirklich zur Rede zu stellen, nur noch albern. Ich konnte keine Stimme finden, mit der ich zu ihm hätte sagen können: »Warst du am Freitag unten in Des Moines oder nicht?« oder »Caroline meint, du hast aufgelegt, als sie dich angerufen hat.« Das ist etwas, was ich häufig tue, dieses in Gedanken Formulieren und wieder Umformulieren von Sätzen, diese vorsichtige Dosierung von Behauptungen und direkten Fragen, damit sie nicht beleidigen, sondern wie nebenbei ins Bewußtsein meines Gegenübers rutschen.

An den Monopolyabenden über die Dinge, die Daddy und Harold taten, zu lachen oder zu klagen war eine Sache, eine andere war es, dem Monolithen, der er zu sein schien, gegenüberzutreten. Tys Einstellung drängte sich mir auf, beruhigte mich, riet mir, die Dinge wie Wasser oder etwas ähnlich Harmloses, aber Mächtiges über mich gleiten zu lassen. Deshalb tischte ich ihm schweigend sein Essen auf, und ich sagte mir, daß er nicht senil war – es wäre beleidigend, ihn wie ein Kind zu behandeln und Rechenschaft über seine Zeit und sein Geld zu fordern. Meine Aufgabe blieb dieselbe wie immer – ihm das zu geben, was er forderte, und wenn er Unzufriedenheit zeigte, herauszufinden, woran das lag, und es zu ändern. In dem Augenblick, als ich mit über der Brust gekreuzten Armen am Herd stand und darauf wartete, ihm Kaffee nachgießen zu können, erschien mir das als eine leichte und beinahe angenehme Aufgabe.

Ich muß sagen, daß Caroline, als ich sie um neun anrief, die Dinge ganz anders sah. Ja, Daddy war tatsächlich in ihrem Büro gewesen (hatte es wirklich einen Zweifel gegeben?), und die Empfangsdame, die ihn gesehen hatte, sagte, er habe sich komisch aufgeführt. Zugegeben, sie war erst neunzehn, und sie konnte nicht genau benennen, was er getan hatte, das komisch gewesen war. Anscheinend habe er die ganze Zeit herumgeguckt, jeden angestarrt, mehr noch, seinen Kopf herumgeworfen wie ein Tier, wenn es Angst oder Schmerzen hat. Ich sagte zu Caroline: »Also, wir haben ihn Sonntag beim Essen gefragt, ob er da unten war, und er wollte es uns nicht sagen. Er ist genauso halsstarrig und ver-

schwiegen wie immer. Was eure Empfangsdame sagt, paßt einfach nicht zu ihm, scheint mir.« Dann, weil ihr Schweigen Skepsis zu bedeuten schien: »Natürlich hat er getrunken. Er ist wahrscheinlich in einer Bar gewesen, und dann, in der ungewohnten Umgebung...«
»Er hat getrunken und ist gefahren?«
»Hm, ja, ich denk schon. Ich mein, ich weiß nicht mit Bestimmtheit, daß er getrunken hat, aber es klang so, als ob...«
»Das kannst du nicht zulassen.«
»Was soll ich deiner Meinung nach dagegen unternehmen?«
»Rede mit ihm. Nimm ihm die Schlüssel weg, wenn nötig.«
Ich lachte.
»Also, das ist nicht lustig.«
»Der Gedanke, wir könnten ihm seine Schlüssel wegnehmen, ist lustig. Er ist ein erwachsener Mann. Außerdem, was soll er deiner Meinung nach den ganzen Tag lang tun? Er fährt nun mal gerne in der Gegend rum.«
»Du hast gesagt, er hat getrunken.«
»Ich hab gesagt, vielleicht hat er was getrunken. Es klang so...«
»Warum arbeitet er nicht?«
»Ty und Pete...«
»Ich wußte, diese ganze Sache würde danebengehen. Sobald die beiden anfangen würden, die Farm zu führen...«
Diesmal unterbrach ich sie. »Sie *hindern* ihn doch nicht daran zu arbeiten. Er will nichts tun. Er geht nie raus zur Scheune, nicht mal, um bloß rumzustehen. Sie machen jetzt alles, und das ist auch nicht einfach.«
Caroline schwieg eine Weile, nahm einen vernehmlichen Schluck von etwas, zweifellos Kaffee. Schließlich sagte sie mit geduldiger, bedauernder Stimme: »Mir war klar, daß diese ganze Überschreibung eine heikle Angelegenheit war. Das mußte schiefgehen, wenn man es nicht genau durchdachte. Sie müssen ihm zu verstehen gegeben haben, daß seine Hilfe nicht erwünscht ist. Zuallermindest hättest du sicherstellen müssen...«
»Was sicherstellen? Er *will* nicht helfen. Er hat keine Lust mehr

zur Farmarbeit. Er macht die einzige Art Ferien, die er kennt.« Das klang gut. Ich dachte, versuch's damit. »Wenn du meinst, du kommst besser mit ihm zurecht, lad ihn für 'ne Weile zu dir ein. Das wären echte Ferien für ihn und ein Tapetenwechsel.«
»Du weißt, daß das lächerlich ist.«
»Alles an dieser Sache ist lächerlich.« Ich gab meiner Stimme einen sanfteren Ton, so als wollte ich ihr nahelegen, Daddy ernstzunehmen. »Es ist wirklich eine gute Idee, daß er zu dir zu Besuch kommt. Er könnte dann Frank ebenso kennenlernen, wie er Pete und Ty kennt.« Diese Bemerkung war ungewöhnlich hinterhältig von mir, aber ich ließ sie so stehen, als wüßten wir beide nicht, was sie zu bedeuten hatte.
Wieder ein langes Schweigen. Schließlich sagte Caroline mit deutlicher Verärgerung: »Ehrlich, ich versteh nicht, was hier vor sich geht. Vor zwei Monaten hat Daddy noch glücklich und zufrieden sein Land bestellt. Jetzt hat er alles verloren, was er besaß, und er irrt ziellos in der Gegend herum und weiß nicht, was er mit sich anfangen soll. Ihr alle habt eine große Schau gemacht, so als könntet ihr nur widerstrebend annehmen, aber es ist ganz deutlich, wer Vorteil daraus gezogen hat und wer nicht. Dieses ganze Gerede –« ihre Stimme wurde im Spott eine Oktave höher – »Marv Carson hat ihn dazu gebracht. Das Ganze war Marv Carsons Idee. Also, Marv Carson hat hier nichts zu gewinnen. Ich bin mir sicher...«
Sie hielt inne, wahrscheinlich weil sie Angst hatte vor dem, was sie sagen wollte.
»Sag's schon. Jetzt kannst du genausogut alles sagen.«
»Ich bin mir sicher, wenn Frank und ich dagewesen wären, hätten die Dinge sich ein wenig anders entwickelt, das ist alles.«
»Was du nicht sagst.«
»Ich weiß nicht, ob Daddys Interessen hier an erster Stelle gestanden haben.«
»Er hat getan, was er wollte. Ich war diejenige, die dich bekniet hat, nicht beleidigt zu sein, sondern mitzumachen und teilzunehmen. Du hättest dich einfach nur bei ihm entschuldigen müssen! Du warst wütend auf ihn!«

»Eine kleine Meinungsverschiedenheit wird nicht einfach zu etwas so Großem, wenn nicht noch was anderes vor sich geht. Alles, was ich weiß, ist, Daddy hat alles verloren, er benimmt sich verrückt, und euch ist das so gleichgültig, daß ihr nichts dagegen unternehmt.« Das letzte sagte sie laut und nachdrücklich. Ich sagte: »Caroline...«, aber sie hatte schon aufgelegt.

Ich muß sagen, daß Rose und ich immer das Gefühl hatten, daß Carolines Haltung unserem Vater gegenüber ein seltsames Wechselbad aus Loyalität und Intrigantentum war. Wenn sie jedes dritte Wochenende kam, um für ihn zu sorgen, war sie umsichtig und geduldig. Sie beschwatzte ihn, mit ihr fernzusehen oder etwas Neues zum Essen auszuprobieren, das sie aus Des Moines mitgebracht hatte, oder sogar mit ihr spazieren zu gehen. Sie brachte ihm Zeitschriften wie *Psychology Today* und *The Atlantic* mit, die Artikel enthielten, die ihr gefielen. Sie fragte uns, wie sie ihn dazu kriegen konnte, die verschiedensten Dinge zu tun – zum Essen auszugehen, ins Kino zu gehen, was Neues zum Anziehen zu kaufen.

Als sie zum College ging und eine Zeitlang Psychologie als Hauptfach hatte, steckte sie voller plausibler Theorien, warum er trank, wie seine Persönlichkeitsstruktur aussah, daß wir den Lüscher Farbentest anwenden sollten oder was wir tun konnten, um »die Barrieren seiner gesamten oralen Struktur aufzuheben« (er konnte nicht weinen, und deshalb keinen Schmerz ausdrücken, weil er in Wirklichkeit nicht zubeißen konnte, weil er ohne Zweifel die Brust bekommen hatte und es ihm verboten worden war, wahrscheinlich sehr streng, in die Brustwarze zu beißen), oder er war zu früh auf den Topf gesetzt worden, so daß er alles festhalten mußte. So ging das endlos weiter. Es brachte allerdings wenig, weil eine grundsätzliche Änderung seines Charakters natürlich seine Mithilfe erforderte, und das war unmöglich. Einmal schaffte sie es tatsächlich, ihn dazu zu bewegen, daß er eine menschliche Figur zeichnete, und dann sagte sie uns, das Ergebnis sei »eindeutig und klar eine Kopie seiner Sicht von sich selber«, aber nachdem er die Zeichnung gemacht hatte, war nichts weiter damit anzufangen, und außerdem, als er herausfand, daß sie Psychologie als Hauptfach belegt hatte, weigerte er sich prompt, die Studiengebühren zu bezahlen.

Rose sagte meist nur: »Er ist Farmer, Caroline. Das ist eine Persönlichkeitsstruktur, die jeden Kindheitseinfluß überdeckt.«

Genau das hätte mein Vater auch gesagt.

Sie lebte nun schon fast zehn Jahre fern von ihm, lange genug, um seine Probleme als nur seine Probleme, ihre Lösungen als offensichtlich und die Folgen einer anderen Art, mit ihm »umzugehen«, als leicht erträglich anzusehen. Rose und ich hatten uns angewöhnt, Carolines Sicht der Dinge zu ignorieren.

Aber sie hatte sich nie so ausgedrückt wie in diesem Telefongespräch. Ich war sehr wohl in der Lage, mir das zu erklären – sie machte sich Sorgen, sie war, was Daddy betraf, sowieso irgendwie verrückt, sie war nicht da.

Trotzdem zitterte ich, als ich den Hörer auflegte, zitterte von Kopf bis Fuß, als stünde ich in einem eiskalten Wind. Es fühlte sich an wie Zorn, aber auch wie Panik, als wäre ihre Kritik gleichzeitig ungerecht und gerecht, als wäre die Abfolge der Ereignisse, an die ich mich ganz genau erinnerte, nichts weiter als eine Theorie, ein Fall, den ich zu meiner eigenen Verteidigung ersonnen hatte und dem ein Gericht Glauben schenken könnte oder auch nicht. Es würde nichts nützen, wenn ich ernsthaft beteuerte, daß sich alles tatsächlich so ereignet hatte. Die Schuldigen machten das immer so. Rose! dachte ich, ich werde es Rose erzählen, und wir werden zusammen den Kopf darüber schütteln, oder Ty. Aber es war keine gute Idee, dies jemandem anzuvertrauen. Der Streit mit Caroline, der vielleicht gar keiner war, würde in den Köpfen der anderen feste Form annehmen. Es war im Moment besser, wenn ich dieses Gespräch für mich behielt.

17

Ich verbrachte den Morgen damit, die Teppiche im Wohnzimmer und im Eßzimmer mit Teppichschaum zu reinigen. Auf einer Farm dringt der Schmutz überall hin, egal wie sehr man darauf achtet, daß niemand Stiefel und Arbeitskleidung ins Haus bringt. Schmutz ist noch das wenigste. Öl und Blut und Kot gibt es auch. Ich habe Frauen gekannt, die in jedem Zimmer Linoleum hatten und stolz darauf waren, weil es »genau wie Parkett« aussah. Harolds Idee mit dem getönten Betonboden war letzten Endes nur einen Schritt davon entfernt. Aber in der Regel sind Farmersfrauen stolz auf die Tatsache, daß sie das Haus in einem Zustand halten, als bliebe die Farm draußen, daß die Vorhänge weiß und strahlend und gestärkt sind, daß der Teppich sauber ist und die Fensterbänke abgestaubt sind und die Möbel gut aussehen oder zumindest ordentliche Schonüberzüge haben. Ebenso wie Farmer gegenseitig ihre Gebäude mit abschätzenden Blicken beurteilen, ihren baulichen Zustand und das Alter des Anstrichs, unterlassen es ihre Frauen nie, das Haus gründlich auf Staubflocken, Spinnweben, schmutzige Fensterscheiben hin zu inspizieren. Und ebenso wie Farmer neue leistungsfähigere Maschinen lieben, sind Farmersfrauen wahre Kenner auf dem Gebiet der Haushaltsgeräte: ein ganzes Staubsaugersystem, fest in den Wänden installiert, Mikrowellenherde und elektrische Kochtöpfe, Tiefkühlfächer, Eismacher in Kühlschränken, Hochleistungswaschmaschinen und -trockner, Töpfe schrubbende Spülmaschinen und elektrische Fritteusen. Keine von uns hatte alles, was wir uns wünschten. Rose zum Beispiel wollte schon immer eine Handmangel, weil sie es gerne hatte, wenn die Wäsche, auch Geschirrtücher und Bettlaken, ordentlich gebügelt war.

Jedenfalls hatte ich den *Rug Doctor* aus dem Supervalu in Cabot gemietet und mich bis Mittag in Schweiß gearbeitet, trotz der neuen Klimaanlage. Die Vorhänge waren zugezogen, und das summende Geräusch der Maschine war wie eine Höhle, in die ich mich verkriechen konnte, sicher vor den Extratouren meines Vaters, den Zornesausbrüchen Carolines und Roses Wachsamkeit. Und ich war nicht immun gegen die wachsende Fläche der sauberen, farbenprächtigen Streifen vor dem Reinigungskopf. Es war wie ein Feld abernten, nur daß dabei das, was man hinter sich ließ, tiefer und fruchtbarer aussah als vorher und nicht andersherum. Ich arbeitete ohne Pause, und als ich die Maschine ausstellte, hatte ich mich in einen schwebenden inneren Zustand hineingearbeitet und spürte ein ständiges Summen ferner Geräusche, war wie betäubt vor Anstrengung und Schweiß. Ich richtete mich auf, streckte den Rücken und stieß die Tür zur Küche auf, den Behälter mit dem Schmutzwasser in der Hand. Jess Clark stand mitten im Raum und lächelte mich an. Ich zuckte zusammen, und Wasser schwappte über. »Wie ist es«, sagte er, »hast du Lust auf 'nen Spaziergang?«

»Wie lange bist du schon hier?«

»Ungefähr 'ne Minute. Ich hab dich vor fünfzehn Minuten angerufen, aber du hast offenbar das Telefon nicht gehört. Lust auf 'nen Spaziergang?«

»Ich bin erledigt, und ich hab außerdem Hunger. Du tauchst immer etwas plötzlich auf. Das ist mir an dir aufgefallen.«

»Du bist mit deinen Gedanken immer woanders. Das ist mir an dir aufgefallen.«

Das irritierte mich. Ich sagte: »Oh.« Ich trat aus der Hintertür und trug das Schmutzwasser hinüber zu den Schweineställen. Als ich zurückkam, war Jess noch da. Ich sagte: »Ich hab viel zu tun, und es ist außerdem heiß. Vielleicht ein andermal.«

»Eine halbe Stunde. Ich muß mit jemandem reden.«

Ich sah mich zufällig im Fenster. Haare in alle Richtungen, schwarze Flecken auf Wange und Kinn. Die Gereiztheit, die in meinen Worten gelegten hatte, schmolz unter dem Einfluß des

Summgeräusches und des sauberen Teppichs dahin. Er sagte: »Ich hab Ty in Pike beim Maschinenhändler gesehen. Sie machen da ein Werbebarbecue, gesponsort von John Deere. Viele Leute waren da, und er hat mir gesagt, ich soll dir ausrichten, du brauchst dich nicht ums Essen zu kümmern. Das wollte ich dir eigentlich sagen, als ich dich vor fünfzehn Minuten angerufen hab.«

»Rose macht Daddys Essen.«

»Na siehst du.«

»Die Leute gehen hier nicht in der Mittagssonne spazieren.«

»Ich weiß 'ne schattige Stelle.«

»Das soll wohl ein Witz sein.« Ich strich mir die Haare zurück und spritzte mir Wasser ins Gesicht. Daß er sagte, er müsse mit jemandem reden, verfehlte seine Wirkung auf mich nicht, hieß es doch, daß er nicht zuerst zu Rose gegangen war.

Er wußte tatsächlich eine schattige Stelle, wie sich herausstellte. Es war die kleine Müllkippe am Ende der Farm, in einem Einschnitt hinter einem wilden Rosengestrüpp, den wir und Harold früher für unseren Müll benutzt hatten. Die »Schattenbäume« waren mehrere Espen und Akazien, und letztere trugen dicke Dornen, die acht oder zehn Zentimeter lang waren und den Stamm vom Boden an panzerten. Ich war schon lange nicht mehr hier gewesen. Wir zahlten eine monatliche Gebühr dafür, daß wir die große Halde nördlich von Pike benutzen durften, wo Land aufgeschüttet werden sollte. Als ich sah, wo wir hingingen, verlangsamte ich meinen Schritt, aber Jess zog mich weiter. Er sagte: »Magst du die Müllkippe nicht? Ich hab als Kind hier draußen ganze Tage verbracht. Das ist jetzt das dritte Mal, daß ich da hingeh, seit ich wieder zurück bin. Es ist immer noch die interessanteste Stelle auf der ganzen Farm.«

»Das ist nicht dein Ernst.«

»Es macht Spaß, ich versprech's dir. Ich zeig dir all die einheimischen Pflanzen, die ich identifiziert habe. Und außerdem blühen da noch ein paar Rosen. Sie duften wie nicht von dieser Welt.«

Das größere Mobiliar der Müllkippe bestand aus einer durchgerosteten Autokarosserie, ein paar Stahlfässern, einem alten Eisenbett, einem durchgerosteten Lastwagengehäuse mit einem durchhängenden Vinylautositz, einer Rolle rötlichbraunem Stacheldraht und einem zersprungenen weißen Keramiktoilettenbecken. Angeblich waren wir die einzigen, die sie je benutzt hatten, aber ich erkannte nicht alles wieder. Auf dem Land hat Abfall die Eigenart, weiteren Abfall anzuziehen. Einmal fand Rose einen alten Garderobenständer, Eiche, mit, nachdem wir ihn sauber gemacht hatten, Messingverzierungen. Sie verkaufte ihn für vierzig Dollar an einen Antikladen in Mason City, und das brachte uns natürlich dazu, die Kippe noch zwei- oder dreimal nach weiteren gewinnbringenden Sachen zu durchkämmen, aber wir fanden nichts mehr. Ich sagte: »Ich frag mich immer, ob andere Leute sich hierherschleichen, um Sachen loszuwerden. Ich erkenn hier nichts wieder.«

»Ich erkenn vielleicht den Autositz da. Er erinnert mich an Harolds alten 62er Plymouth Valiant. Weißt du noch, als er den bekam? Das erste neue Auto, das er gekauft hat.«

»Ich erinner mich tatsächlich an den. Er hatte einen blauen Seitenstreifen, der an der Flosse nach oben ging.«

»Genau der.«

»Tja, er fährt ihn erst seit letztem Jahr nicht mehr.«

Jess, der am Boden hockte und mit einem Stock unter dem Bettgestell herumstocherte, sah zu mir auf.

Ich lachte. »Reingefallen. In Wirklichkeit sind's zehn Jahre her. War nur 'n Scherz.« Er lächelte.

Ich sah mich um. Die Rosenbüsche waren fast so hoch wie ich und verbargen die Müllkippe, so daß man sie von unserem Haus aus nicht sehen konnte. Harolds Haus und Scheune waren durch die Bäume zu sehen. An den unteren Zweigen der Rosenbüsche streckten einfache weiße Blüten ihre fünf Blütenblätter wie eine kleine Hand aus. Ich kniete nieder und roch an ihnen. Ihr Duft war stark und wie parfümiert. Jess sagte: »Geht ihr hier manchmal her und sammelt im Herbst die Hagebutten? Sie müssen so groß wie Kirschen sein.«

»Ich hab davon gehört, daß man das machen kann.«
»Gute natürliche Quelle von Vitamin C. Oder man kann Rosenblütenmarmelade draus machen. Ich riech die so gern.«
»Wonach stocherst du da?«
»Schlange.«
»Was?«
»Schlange. Keine Klapperschlange oder so. Ich glaub, es ist eine östliche Hakennatter, auch wenn sie eigentlich nicht in diese Gegend gehören. Ich hab das letzte Mal, als ich hier war, eine gesehen. Das sind witzige Schlangen.« Er stand auf. »Kein Glück.«
»Inwiefern sind die witzig?«
»Sie haben eine Art Kapuze, wie Kobras, und wenn sie einen sonst nicht verjagen können, rollen sie sich zusammen und stellen sich tot, sie lassen sogar die Zunge raushängen.«
Ich lachte.
»Sie gehören zu meinen Lieblingsschlangen.«
»Ich hab noch nie daran gedacht, daß man Lieblingsschlangen haben kann.«
»Oh, hier gibt's jede Menge netter Schlangen. Milchschlangen sind wunderschön, und Rennschlangen. Rattenschlangen klettern auf Maisspeicher und Bäume.«
»Daddy hat die immer erschlagen.«
»Das glaub ich.«
»Daddy hat nicht viel für ungezähmte Natur übrig. Weißt du, er hat Todesangst vor Wespen und Hornissen. Er hat da 'ne richtige Phobie. Er wird ganz weiß, und sein Gesicht fängt an zu zukken.«
»Hah.«
Durch das Metallgitter des Bettgestells wuchsen ein paar dünne Grashalme. Ich brach einen ab und nahm ihn zwischen die Zähne. Jess machte das gleiche und sagte: »Bartgras. Als die Pioniere hier ankamen, war das zwei Meter hoch.«
»Als die Pioniere hier ankamen, stand das hier alles unter Wasser.«
»Ja, ich weiß. Ich meinte das mehr allgemein.« Er grinste mich an.

»Wollte die Romantik heraufbeschwören. Jedenfalls ist hier eine kleine Prärie, jetzt wo's ausgetrocknet ist. Hier gibt's auch ein bißchen Hirse, und den ganzen Rand der Grube entlang wächst Wiesen-Lieschgras. Kennst du die hier?«
Ich beugte mich hinunter und befühlte die weißen Blütenblätter.
»Die Blüten sehen aus wie Erbsenblüten, aber sie sind an Stengeln.«
»Falscher Indigo. Auch giftig.«
»Was sind das für welche?«
Jetzt war Jess an der Reihe, sich einige niedrige, lila-rosa Blumen anzusehen. Er sagte: »Die kenn ich.«
»Na?«
»Narrenkraut?«
»Jap.«
»Und du wolltest mir weismachen, du kennst keine.«
»Ich kenn Götterblumen und wilde Möhren und natürlich Winden und Sudangras und Mohrenhirse und all die anderen schädlichen Pflanzen, die Farmer töten, töten, töten müssen. Hast du nicht Tys Trophäen gesehen? Riesige Kletten und Weltklasse-Malven?« Jetzt grinste ich auch, obwohl unsere Munterkeit nicht ganz zu unserem Gespräch zu passen schien. Ich hatte sehr stark das Gefühl, daß wir in eine Art gewagte Vertrautheit gestolpert waren und daß die Abgeschiedenheit des Ortes, an dem wir standen, sie erlaubte, aber nicht hervorbrachte. Es war ebenso verwegen, hier draußen zu stehen, in dieser Kippe herumzustochern, wie zusammen nach Minneapolis zu fahren und zu wissen, man kann nicht vor dem nächsten Morgen zurückkommen. Wir hingen mit unseren Blicken wie gebannt aneinander, und wir konnten nicht anders, wir mußten diesen Bann auf die Probe stellen, indem wir uns bewegten, umdrehten, hinunterbeugten. Der Bann hielt, bis ich in das Führerhaus des Lastwagens kletterte, mich auf den speckigen Autositz setzte und über die Rosen hinweg zum grünen First meines Hauses sah. Jess begann wieder, mit seinem Stock herumzustochern. Ich hörte ein rhythmisches »Tschock Tschock«, das das

leichte Geräusch der Brise brach. Der Wind in Zebulon ist ewig, und es ist eine Ausnahme, wenn man ihn wahrnimmt, eine Ausnahme, die etwas bedeutet. Ich nahm ihn wahr. Ich nahm auch wahr, daß in der Akazie ein Nest war, aber die Vögel waren weg, und das Nest war möglicherweise alt. Aus weiter Ferne, vermischt mit dem Windgeräusch, kam das Keuchen eines startenden Traktors.

Jess sagte: »Wer ist der Liebling deines Vaters?«

Ich wandte mich um und sah ihn an. Er blinzelte mir zu, die Hände in den Hüften. Seine geschmeidige Gestalt stand weich und rund gegen die Linie der Espen. Ich sagte: »Das ist immer Caroline gewesen, bestimmt.«

»Wie kommst du darauf?«

»Du meinst, jetzt, wo er sie enterbt hat?«

»Na ja. Aber auch vorher? Ich mein, was ist an ihr, daß sie das Zeug zum Lieblingskind hat?«

»Also, sie ist die Jüngste. Wahrscheinlich die Hübscheste. Die Erfolgreichste.« Ich hatte eigentlich keine Lust, darüber zu sprechen.

»Vielleicht ist das nur ein Ergebnis davon, daß sie das Lieblingskind war.«

Ich stützte das Kinn in die Hand, ließ meinen Blick auf dem alten Bettgestell ruhen und dachte eine Minute nach. »Sie hat nie Angst vor ihm gehabt. Wenn sie etwas von ihm wollte, marschierte sie direkt auf ihn zu und fragte ihn danach. Er schätzte das, besonders nach mir und Rose. Ich hatte als Kind schreckliche Angst vor ihm, und Rose konnte sich ihm gegenüber behaupten, wenn es sein mußte, aber meistens ging sie ihm aus dem Weg. Bei Caroline war es, als wüßte sie nicht, daß es da etwas gab, vor dem man Angst haben mußte. Einmal, als sie ungefähr drei war, wurde er wütend auf sie und brüllte sie an, und sie hat einfach nur gelacht, als ob er ein Spiel spielte.« Ich schwitzte.

»Macht es dir was aus, daß Caroline sein Liebling ist?«

»Hat ihr in letzter Zeit nicht viel genützt, oder?«

»Nein.« Er lächelte wieder. »Aber im Ernst.«

»Macht es einem tatsächlich was aus, wenn man erwachsen ist? Ich glaube, ich denk nicht weiter drüber nach.« Ich lächelte, wie man lächelt, wenn man möchte, daß jemand einer Angelegenheit nicht weiter auf den Grund geht, aber nicht möchte, daß er das merkt. Ich sagte so dahin: »Wer ist Harolds Liebling?«
»Ich.«
»Auch jetzt noch?«
»Auch jetzt noch.«
»Aber er und Loren sind wie Zwillinge. Sie sind sich in allem absolut einig.«
»Oh, ich weiß nicht. Jedesmal, wenn Loren etwas vorschlägt oder selbst wenn er etwas tut, das er schon immer alleine getan hat, wie zum Beispiel entscheiden, wo gespritzt oder gesät werden soll, beschuldigt Harold ihn, er versuche, alles in die Hand zu bekommen. Es wird immer schlimmer. Loren wird immer ängstlicher. Jetzt bittet er praktisch um Erlaubnis, sich den Arsch abwischen zu dürfen, aber in Harolds Kopf spukt diese Verschwörungsidee herum, und Lorens Verhalten ist für ihn nichts weiter als eine Tarnung, unter der er in Wirklichkeit auf das düstere Ziel zustrebt. Vor zwei Wochen hat Harold noch Sachen gesagt wie: ›Wer hat gesagt, du sollst die Bohnen spritzen?‹ Jetzt heißt es: ›Du legst mich nicht rein! Ich weiß, was du vorhast.‹«
»Gespenstisch.«
»Na ja, so gespenstisch ist das gar nicht.«
»Warum nicht?«
»Na ja, einmal seid ihr da.« Er brach noch einen Halm Bartgras ab und begann, seine Handfläche mit der Spitze zu streicheln. »Ich weiß, daß ihr die Überschreibung nicht selbst in die Wege geleitet habt, und ich denke, daß selbst Harold das weiß, aber die Leute werden mißtrauisch und fragen sich, wie du und Rose Larry dazu gekriegt habt, euch die Farm zu geben, wo ihn doch offensichtlich die ganze Geschichte verrückt macht.«
»Es war eine vollkommene Überraschung für uns!«
»Und sehr untypisch für euren Dad. Deshalb glauben die Leute auch nicht, was an der Oberfläche erscheint.«

Ich stieg aus dem Führerhaus und stellte mich direkt vor Jess. »Was sagen die Leute?«
»Einfach solche Sachen wie: ›*Da* steckt mehr dahinter.‹«
»Scheiße! Aber Harold war da! Er war in genau dem Augenblick da, als Daddy uns gesagt hat, was er vorhatte. Es war auf eurer Party, und Harold hat gelacht! Ich *weiß*, daß er gedacht hat, was für ein Narr Daddy war.«
»Mag sein. Jedenfalls, das Gerede wird sich legen. Tut es immer. Ich würd mir deshalb keine Sorgen machen. Das ist nicht Harolds eigentliches Problem.«
»Was denn?«
»Daß ich hier bin. Er will mich hier halten, und ich glaub, er denkt, das einzige, was er hat, was mich hier halten könnte, ist die Farm.«
»Und ist das wahr?« Mein Herz schlug ein wenig schneller bei dieser Frage.
Jess sagte: »Die Sache ist die, Harold kann nicht verstehen, wie es ist, wenn man in einem Zustand des Fließens ist. Ich meine, er versteht Ungewißheit. Jeder Farmer versteht die, aber das ist etwas, das von außen kommt, vom Getreidepreis oder dem Wetter, nicht von innen. Ich wär überrascht, wenn Harold jemals ruhelos gewesen ist...« Er wandte sich ab, warf den Grashalm weg und nahm ein paar kleine Steine auf, die er über die wilden Rosenbüsche zu werfen begann. Schließlich sagte er: »Die Sache ist die, ich bin mir nicht sicher, ob so wie Loren sein eine Krankheit ist, die ich jetzt nicht mehr kriegen kann, weil ich zu alt dafür bin.«
Ich lachte.
»Nein, im Ernst. Als ich zur Armee ging, war es überhaupt keine Frage, daß ich wieder auf die Farm zurückkommen würde. Ich hatte Talent zum Farmen. Erinnerst du dich an den Ochsen, den ich großgezogen hab? Ich hab ihn im ganzen Staat zu den Tierschauen geschleppt. Bob. Bob Beef hab ich ihn immer genannt. Ich mochte ihn, ich mochte es, ihn großzuziehen, und ich mochte das Geld, das ich verdiente, als er geschlachtet wurde. Ich war der perfekte zukünftige Farmer, psychologisch gesehen, mein ich.

Meine Sorge um Bob war absolut real, aber sie ging nur so weit. Von dem Augenblick an, als Harold mir sagte, er gehöre mir, war Bob totes Fleisch.«

»Und jetzt?«

»Ich hab meine Meinung über Fleisch geändert, über die Art und Weise, wie Fleisch in diesem Land produziert wird, über das, was es dem eigenen Körper antut. Ich meine, ich nehm an, Bob hatte ein ganz gutes Leben. Ich überschüttete ihn mit Aufmerksamkeit. Aber er ist die Ausnahme. Er hatte einen Namen. Weißt du, daß diese neuen Hühnersorten so schnell Fett ansetzen, daß sie sich schon nicht mehr auf den Beinen halten können? Ich meine, da sie ja doch alle in Käfigen sitzen, brauchen sie das auch eigentlich nicht, und ich nehm an, sie wollen auch gar nicht da raus, wenn sie so schwache Beine haben. Aber es widert mich an. Ich will's nicht essen, ich will's nicht.«

Ich ging zu ihm und sagte: »Aber, Jess, du brauchst doch kein Farmer zu sein, und wenn, dann brauchst du keine Tiere zu halten. Du bist vom Thema abgekommen. Zuerst redest du von Harold, und jetzt redest du davon, warum du Vegetarier bist.«

Er sah mich nachdenklich an, rieb mit der Hand übers Kinn, als hätte er einen Bart. »Okay, okay. Die Sache ist die, Harold liebt mich. Er liebt mich wie ein Liebhaber. Ich war so lange weg, daß er nicht mehr an mich gewöhnt ist, und er will mich gewinnen, und er denkt, er kann mich mit der Farm gewinnen, obwohl er nach den Dingen, die ich gesagt hab, wissen muß, daß ich nicht wie er Farmer wäre, daß ich das Land für was anderes nutzen würde. Und ich bin mir auch nicht sicher, ob ich mich festlegen möchte. Harold will mich auf Zebulon festlegen.«

Seine Stimme klang merklich erschrocken. Ich sagte: »Du hörst dich an, als wolle er dich kastrieren, wie Bob Beef.«

Er lachte. »Tja, vielleicht käm das aufs Gleiche raus. Ich weiß nicht. Aber wenn ich mir mich selber in zehn Jahren vorstell, frag ich mich, ob Loren und ich, die Clark-Brüder, in ihrem Betonhaus wohnen werden, sich über ihre Teller beugen, grunzen und es mit einem großen Löffel reinschaufeln, dreimal täglich.«

»Wir sind ja auch noch da.«
»Ja, ihr seid auch noch da. Ihr habt eure Familien und euer Leben gefunden, ihr habt das.« Er klang so abgrundtief, so unbewußt neidvoll, wie ich nie jemanden zuvor gehört hatte. Ich fühlte mich, als hätte mir jemand einen Schlag versetzt und mich im Innersten getroffen. Wir schwiegen einen langen, windigen Moment. Schließlich sagte ich: »Wie auch immer, woher weißt du, daß Harold dir die Farm geben will? Hält er sie dir vor die Nase?«
»Andeutungen. Bloß Andeutungen. Nachdem Pete damals gesagt hat, Harold habe in der Kooperative davon geredet, er wolle sein Testament ändern, bin ich aufmerksam geworden. Jede Menge Anspielungen.«
»Na ja, wart mal ab, bis er etwas Konkretes unternimmt.«
»Das ist das, was ihr gemacht habt, und du siehst ja, was passiert ist.«
»Uns hat er kalt erwischt, was?«
Jess lachte, und ich lachte, und für einen Augenblick schien alles weit weg und nicht sehr wichtig. Ich fragte mich, ob das wirklich die richtige Art war, die Dinge zu sehen, auf der Müllkippe stehen, die wilden Rosen riechen und alles so distanziert betrachten.
Jess sagte: »Ich fühl mich besser. Je mehr ich darüber rede, um so unwichtiger kommt mir alles vor. Irgendwas wird sich tun. Danke.« Er lächelte mich liebevoll an, umfaßte meinen Arm, zog mich an sich und küßte mich. Es war ein sonderbares Gefühl, ein unbeholfen stolperndes Fallen wurde aufgefangen, die weite sonnenbeschienene Welt verengte sich auf den dunklen Brennpunkt seiner weichen Lippen auf meinen. Es erschreckte mich zu Tode, aber ich entdeckte auch, wie sehr ich darauf gewartet hatte.

Buch 3

18

Draußen im Westen, schon in Nebraska und Süd Dakota, gab es Farmen, neben denen die meines Vaters zwergenhaft war, Tausende von Morgen Weizen oder Weideland, die sich bis zum Horizont dehnten, alles im Besitz nur eines Mannes. In Kalifornien gab es meilenweit ungebrochene Reihen Tomaten oder Karotten oder Brokkoli, die von Agrarfirmen bewirtschaftet wurden. In Zebulon aber machten die tausend Morgen meinen Vater zu einem der größten Landbesitzer. Nicht daß die Farmer um uns herum nicht ehrgeizig gewesen wären. Vielleicht gab es solche, die davon träumten, ganze Townships* oder sogar das gesamte County zu besitzen, aber eigentlich war die Geschichte Zebulons nicht die Geschichte kluger Investoren, sondern die armer Leute, die Glück gehabt hatten, denen von Spekulanten etwas verkauft worden war, und die entdeckten, daß ihnen Reichtümer geschenkt worden waren, die selbst die wildesten Lügen der Spekulanten weit hinter sich ließen, Land, dessen Fruchtbarkeit alle Wunschträume übertraf.

Jahrtausende lag Wasser auf dem Land. Ungezählte Generationen von Wasserpflanzen, Vögeln, Tieren, Insekten, lebten, warfen Teile von sich ab, starben. Früher hatte ich mir immer gerne vorgestellt, wie sich alles gemächlich nach unten hin in dem warmen suppigen Wasser absetzte – Blätter, Samen, Federn, Schuppen, Fleisch, Knochen, Blütenblätter, Pollen –, sich dann mit der gesättigten Erde darunter vermischte und selber zur Erde wurde. Ich hatte mir die Millionen Vögel vorgestellt, die den Sonnenuntergang verdunkelten, sich für die Nacht im Sumpf niederließen, oder

* Sechs Quadratmeilen großes Gebiet. A.d.Ü.

die Zeit der Brut, den Aufruhr ihrer Schreie und Rufe, das rauschende *Huuschschhh* von Millionen von Flügelpaaren, das Sirren ihrer Stöckchenbeine oder paddelnden Füße im Wasser, kaum hörbare Geräusche, bis sie von Millionen verstärkt werden. Und das Wasser wimmelte nur so von Fischen: Glanzfische, Karpfen, Sonnenbarsche, Elritzen, nichts Besonderes, nur Millionen oder Milliarden davon. Ich hatte sie mir gerne vorgestellt, weil sie die Erde waren, und die Erde war der Schatz, dicker, reicher, praller angefüllt mit vergangenem und zukünftigem Überfluß an Leben als jede andere Erde.
War sie dann erst einmal mit Hilfe dieser kostbaren Tonrohre freigelegt, brachte diese Erde auch einen Schatz an Intrigen und Verschwörungen hervor. Jeder Morgen Land stellte etwas dar, das heiß begehrt wurde, etwas, das schwer zu bekommen war, von dem nie genug zu bekommen war. Jedes Feld und jede Farm war die Verkörperung irgendeiner historischen Leidenschaft. Auf dem Weg nach Cabot oder Pike oder Henry Grove erzählte uns mein Vater immer, wer welches nicht zu unterscheidende flache schwarze Stück Land besaß, wie es in seinen Besitz gekommen war, was er damit gemacht hatte und was er hätte machen sollen, wer es nach ihm bekommen hatte und mit welchen Tricks und Gaunereien. Jede Geschichte offenbarte uns Kindern eine Lektion – »arbeite hart« (die Pioniere hatten keine Maschinen, mit denen sie ihre Entwässerungsgräben ausheben oder ihr Getreide säen konnten), oder »ehre das Alter« (ein alter Mann hatte keine Erben, und er überließ die Farm dem Nachbarssohn, der fröhlich und gehorsam für ihn gearbeitet hatte), oder »red mit deinen Nachbarn nicht über deine Angelegenheiten«, oder »Glück hat nur der Tüchtige«. Die Geschichte, wie es dazu kam, daß mein Vater und sein Vater tausend Morgen an einem Stück besaßen, lehrte uns all diese Lektionen, und auch wenn wir sie nicht oft hörten, so blieb sie uns doch ganz genau im Gedächtnis. Sie war schnell erzählt – Sam und John und später mein Vater hatten ihr Geld gespart und die Augen offen gehalten, und als ihre Nachbarn kein Geld hatten, hatten sie welches und kauften damit das, was

ihre Nachbarn nicht mehr halten konnten. Unser Besitz verbreitete sich langsam über die Landschaft, aber er verbreitete sich so zwangsläufig wie Tinte über die Fäden einer Leinenserviette, so zwangsläufig und, wie uns gelehrt wurde, so unwiderruflich. Es war eine befriedigende Geschichte.

Es gab natürlich Details, über die wir nachdachten, ohne darüber zu reden. Eines davon war meine Großmutter Edith, Tochter von Sam, die John heiratete, als sie sechzehn und er dreiunddreißig war. Die Heirat vereinte Sams hundertsechzig Morgen mit Johns achtzig. Mein Vater wurde geboren, als Edith achtzehn war, und nach ihm kamen noch zwei Mädchen, Martha und Virginia, die 1917 während einer Grippeepidemie starben. Edith war als schweigsame Frau bekannt, die 1938 im Alter von dreiundvierzig starb. Mein Großvater, der zu der Zeit ein rüstiger Neunundfünfziger war, überlebte sie um acht Jahre. Ich habe mich immer gefragt, was sie wohl über ihn gedacht hat und ob ihre angebliche Schweigsamkeit gar nichts mit ihrem Temperament, sondern mit Angst zu tun gehabt hatte. Sie war von Männern umgeben, die sie ihr ganzes Leben lang gekannt hatte, von dem weiten tellerflachen Land, das sie so innig liebten. Sie fuhr nicht Auto. Vermutlich hatte sie kein eigenes Geld. Solche Details offenbarten die Geschichten nicht.

Um die Zeit, als sie starb, wurde weiteres Land hinzugekauft. Genaugenommen wurde zweimal Land gekauft, einmal die hundert Morgen in der südwestlichen Ecke, dann, einige Monate später, aber ebenfalls 1938, die zweihundertzwanzig Morgen östlich davon. Mein Vater sagte immer, Sparsamkeit sei der Schlüssel – seinem Vater war es gelungen, an Maschinen Geld zu sparen, und als das Land auf den Markt kam, konnten sie es sich leisten, einen Dollar pro Morgen mehr dafür zu zahlen. Einige Zeit später fand ich heraus, daß das so nur auf die ersten hundert Morgen zutraf. Die Geschichte des zweiten Abschnitts war komplizierter, kündete weniger deutlich von einer dieser simplen Lehren. Der Farmer war Mel Scott, ein angeheirateter Cousin der Stanleys. Es war bekannt, daß er kein sehr tüchtiger Farmer war, aber er besaß gutes

Land, und für jene Zeiten ein ansehnliches Stück. Das Problem war, daß er sich weigerte, seine Cousins um Hilfe oder Rat zu bitten, denn er wollte nicht, daß sie merkten, wie schlecht es ihm ging. Er verbot seiner Frau, irgend etwas davon bei ihrer Familie verlauten zu lassen, was schließlich bedeutete, daß sie sie nicht mehr sah, denn ihre Kleider und die Kleidung der Kinder waren nicht mehr vorzeigbar. Kein Kirchgang, keine Einladungen, keine Besuche. Scott suchte Rat bei meinem Großvater und bat meinen Vater um Geld. Sie waren seine Nachbarn, und das war schlimm genug, aber nichts im Vergleich zu der Demütigung, vor Newt Stanley oder den anderen wohlhabenden, mächtigen und unverblümt daherredenden Cousins seiner Frau stehen zu müssen, die zwar der Heirat keinen Widerstand entgegengesetzt, sich aber ein wenig darüber lustig gemacht hatten. Er borgte sich nicht viel Geld von meinem Vater; es gab nicht viel zu borgen.

Dann mußten die Steuern bezahlt werden, und Mel Scott kam eines Novemberabends spät zu uns herüber und klopfte an die Vordertür mit dem facettierten Glasfenster.

Ich stelle mir einen jener klaren und schwarzen Winterabende auf dem flachen Land vor, wenn das All selber den Boden mit seiner Kälte zu berühren scheint und ein Farmer, der eine halbe Meile über die Felder gegangen ist, verzweifelt, aber auch voller Angst und voller Zweifel am dunklen Haus seines Nachbarn ankommt. Er klopft leicht an die Tür, zuerst beinahe so, als wollte er gar nicht gehört werden, dann noch einmal, mit ein wenig mehr Stolz (es ist keine Sünde, kämpfen zu müssen – alle müssen kämpfen). Niemand antwortet, kein Licht, nur das Geklapper der Futtertröge in den Ställen. Also dreht er sich um und geht bis zur Kante der Veranda und denkt vielleicht daran, wieder nach Hause zu gehen. Aber es ist so kalt, wird immer kälter, und die halbe Meile dehnt sich auf eine wunderbare Länge aus. Bestimmt wird er sterben, bevor er sie noch einmal zu Fuß zurücklegt. Also klopft er wieder, lauter, und ruft, und mein Vater, der in einem der vorderen Zimmer schläft, erwacht aus dem Schlummer harter Arbeit und kommt herunter. Mein Großvater steht auf. Licht wird gemacht, eine Vereinbarung getroffen. Mein Großvater wird die Steuern bezahlen, wenn Mel Scott ihm sein Land überschreibt. Er kann es dann pachten, bewirtschaften und zurückkaufen, wenn die Getreidepreise wieder besser sind. Die Steuern sind nicht viel Geld. Zwanzig Jahre früher hätte ein Mann sie zahlen können, ohne darüber nachzudenken. Diese Zeiten werden bestimmt wiederkommen.

Sie schütteln sich die Hände, und ein wenig warm geworden von den letzten Kohlen im Küchenherd, macht Mel sich auf den Nachhauseweg. Er ist gerettet, hoffnungsvoll – er hat bekommen, was er will. Aber weil er bekommen hat, was er will, hebt sich der Schleier der Panik, unter dem er die letzten Jahre immer einen Schritt zur Zeit vorwärtsgestolpert ist, und enthüllt ihm, daß er nicht mehr will, was er bisher gewollt hat, was er glaubte, immer gewollt zu haben. Zeit, denkt Mel, auszusteigen, nach den Twin Cities zu ziehen und sich einen Job zu besorgen. Sie würden es sowieso kaum schaffen, durch den Winter zu kommen. Als er nach Hause kommt, ist er berauscht von der Kälte, der kristallklaren Luft, dem Hochdruck, der über der ganzen schutzlosen Brust des Kontinents liegt, und auch berauscht von einer Hoffnung, die Scheitern in Erfolg verwandelt, von Plänen für eine Reise, ein neues Leben, die Stadt. Am nächsten Tag überschrieb er die Farm meinem Vater und Großvater, und er lieh sich noch ein wenig mehr Geld, um den Umzug bezahlen zu können. Mein Vater und Großvater übernahmen das Land und das wenige Getreide, das noch auf den Feldern stand. Sie rissen die Gebäude ab, als ich Teenager war, und danach gab es nur noch ein paar Spuren, die schattenhafte Andeutung des Teichs in den Feldern und den leicht vertieften Kreis des alten, nun aufgefüllten Brunnens, die darauf verwiesen, daß hier einmal eine Familie gelebt hatte.

Die Stanley-Brüder waren außer sich vor Wut. Sie behaupteten, mein Vater hätte das alles gedeichselt, um für die Steuern eine ganze Farm zu bekommen und etwas obendrauf, eine Gebühr sozusagen, für die Beseitigung der hinderlichen Familie. Es war ein Geschäft, über das mein Vater nie sprach, das Wissen darum erreichte mich dreißig Jahre später nur durch Klatsch. Wann immer ich die Geschichte im Geiste durchging, konnte ich nicht erkennen, inwiefern es meinem Vater oder Großvater besonders zur Unehre gereichte. Ein Landverkauf war ein Landverkauf, und wenige gingen in gut nachbarlichem Einvernehmen vor sich. Aber ich frage mich jetzt, ob in Daddys Weigerung, jemals darüber zu sprechen, ein Element der Scham lag. Ich frage mich, ob es ihm tatsächlich in den Schoß gefallen war oder ob es Augenblicke des Planens gegeben hatte, der Manipulation, ob die Inkompetenz und Armut eines Mannes gegen ihn verwendet wurde und so das ganze Geschäft einen bitteren Beigeschmack bekam. Auf der anderen Seite war eine der Lieblingsbemerkungen meines Vaters über Dinge im allgemeinen: »Je weniger darüber gesprochen wird, desto besser.«

Der Tod meiner Mutter fiel mit dem Fortzug der Ericsons und unserem Kauf ihrer Farm zusammen. Tatsächlich erinnere ich mich, daß ich nach der Beerdigung meiner Mutter, nach dem Gottesdienst und dem Begräbnis und dem Buffett, das Mary Livingstone und Elizabeth Ericson in unserem Haus für die Trauergäste gemacht hatten, Mrs. Ericson über die Straße begleitete, um irgendwelche leeren Schüsseln hinüberzubringen, und daß ich, nachdem ich sie neben der Spüle abgestellt hatte, in das Wohnzimmer ging. Der Papageienkäfig war zugedeckt, und die Hunde waren draußen. Der Rest der Familie war noch in unserem Haus, und das Haus der Ericsons, das Haus, das ich später mein eigenes nannte, war dasjenige, das totenstill war. Ich schob einige Bücher und Zeitungen zur Seite und setzte mich auf das Sofa. Der Papagei war nicht ganz still unter seiner Decke. Ich konnte ihn mit seinen Krallen an der Stange kratzen und mit sich selber brabbeln hören. Eine Katze spazierte durch den Raum und markierte zwei Stühle, indem sie ihren runden Rücken an ihnen rieb. Mir gefiel die Stille und das Gefühl von Gesellschaft, das mir die Tiere gaben, und ich erfuhr zum ersten Mal bewußt die friedliche Selbstbetrachtung früher Trauer, wenn die Tatsache, daß man noch lebt und Dinge erledigt, dem vorangegangenen Leben so merkwürdig ähnlich ist, daß man glaubt, es ginge einem ganz gut. In genau dieser geistigen Verfassung befinden sich die Leute, wenn man sie auf Beerdigungen trifft und nachfragt, wie es ihnen geht. Sie sagen: »Mir geht's ganz gut. Nicht schlecht, wirklich«, und sie meinen im Grunde, ich bin mir selber nicht fremd. Wie auch immer. Mitten in diese private tröstliche Stille trat Mrs. Ericson, sie kam in den Raum, sah mich von oben bis unten an und setzte sich dann neben mich. Sie trug eine Schürze, an die ein rot-weiß kariertes Küchentuch genäht war, und sie wischte sich die Hände an dem Tuch ab, als sie sich setzte. Sie sagte immer direkt, was sie dachte, und sie sagte: »Ginny, meine Liebe, ich hab noch mehr schlechte Nachrichten für dich. Cal und ich haben die Farm an deinen Vater verkauft, und wir ziehen zurück nach Chicago. Wir schaffen's hier einfach nicht. Wir verstehen nicht genug von der Landwirtschaft.«

Ich sah sie an, und sie sah mich an, und rückblickend glaube ich, daß ich spürte, wie alles Sanfte, Lustige und Glückliche um mich herum versank. Ich glaube, daß ich trotz meiner vierzehn Jahre und trotz der Tatsache, daß ich es nicht gewohnt war, mein Leben oder meinen Vater zu beurteilen oder mehr von unserer Welt zu fordern, als sie uns von sich aus anbot, genau wußte, was kommen würde, wie unerbittlich es werden würde, die Arbeit im Kreislauf der Jahreszeiten, die Isolation, die Verantwortung für Caroline, die erst sechs war. Ich habe in dem Augenblick nicht geweint. Ich hatte den ganzen Morgen geweint und war am Ende mit meinen Tränen. Ich sagte: »Ich wünschte, ihr könntet mich mitnehmen«, und Mrs. Ericson sagte: »Ich wünschte, wir könnten das«, und dann weinte sie, und dann kamen Leute durch die Hintertür herein und brachten noch mehr Teller, und sie stand vom Sofa auf. Ich sagte: »Kannst du den Papagei aufdecken?« Sie nickte. Als sie aus dem Raum ging, saß ich da und starrte auf den grünen Rücken des Papageis und seinen übernatürlich biegsamen Hals. Sein Kopf ging rauf und runter und drehte sich herum wie eine geölte Maschine, dann schließlich wandte er sich vorsichtig auf seiner Stange um, wobei er den Schnabel zu Hilfe

nahm, legte den Kopf schief, um mich anzusehen. Ich sagte: »Hallo, Magellan.« Er sagte: »Sitz! Faß!« Und ich lachte.
Drei Wochen später waren die Ericsons fort, und mein Vater vernagelte ihr Haus sorgfältig mit Brettern gegen Wind und Staub. Fünf Jahre später, als er die Bretter wieder abnahm und Ty und ich einzogen, hatte ich damit aufgehört, über die Vergangenheit nachzudenken – meine Mutter, die Ericsons, meine Kindheit. Ich liebte das Haus, so wie man jedes neue Haus liebt, weil es bewohnt wird von der eigenen Zukunft, der Familie und den Kindern, die es mit Lärm und Chaos und befriedigendem Leben füllen.
Nichts am Tode meiner Mutter hielt für meinen Vater die Zeit an, hinderte ihn daran, Soll und Haben zu berechnen und sich weiter über das Land auszubreiten. Kein Teil seiner Pläne geriet ins Wanken, wurde aufgeschoben, in Frage gestellt. Wieviele tausend Mal hatte ich ihn in den Feldern gesehen, wie er den Traktor oder Mähdrescher fuhr, immer stetig, mit Bestimmtheit, von einem Ende des Feldes zum anderen. Wieviele tausend Mal hatte dieser Anblick in mir eine vage amüsierte Zuneigung zu meinem Vater erweckt, ein Gefühl von Vergebung, ohne daß ich bewußt Groll gegen ihn gehegt hatte? In solchen Momenten ist es verlockend, sich dem Gefühl hinzugeben, daß das, was ist, ist und auch gut ist. In solchen Momenten wird man ruhig, und diese Ruhe scheint durch Willen erreichbar.
Aber wenn ich weiter zurückblicke, vorbei an der in der Ferne brummenden Maschine, die in monotonem Hin und Her die verkrustete Erde aufbricht, auf das Feld selbst und die Felder drumherum, fällt mir wieder ein, daß die scheinbar unveränderlichen Felder in ständigem Fluß sind, hin zu einem Farmer und weg von einem anderen. Die Lektion, die vielleicht nach Meinung meines Vaters in ihnen liegt, ist die, daß ein Mann das bekommt, was er verdient, indem er sein eigenes Glück schafft.

19

Das Monopolyspiel endete mit der Neuigkeit, daß Caroline und Frank standesamtlich in Des Moines geheiratet hatten. Die Anzeige im *Pike Journal Weekly* vom 22. Juni lautete: »Miss Caroline Cook, Tochter von Laurence Cook, Route 2, Cabot, und der verstorbenen Ann Rose Amundson Cook, ehelichte Donnerstag, den 14. Juni, Francis Rasmussen aus Des Moines. Die Feier fand im Renwick Hotel in New York City, New York, statt. Mr. Rasmussens Eltern sind Roger und Jane Rasmussen aus St. Cloud, Minnesota. Herzlichen Glückwunsch! Die Braut, Anwältin in Des Moines, wird ihren Mädchennamen beibehalten – immer mehr Mädchen tun das heutzutage!«

Wir hätten sie vielleicht noch nicht einmal gesehen, wäre Rose nicht mit den Mädchen nach Pike gefahren, um ihnen bei Roberta neue Turnschuhe zu kaufen, und hätte sie da nicht das neue *Journal Weekly* von einem Stapel an der Kasse mitgenommen. Dorothy, das Mädchen an der Kasse, sagte beim Eintippen: »Ich hab gelesen, deine Schwester hat geheiratet«, und Rose, für die diese Nachricht das Allerneueste war, sagte: »Ja, es war eine ganz kleine Feier.«

Dorothy sagte: »Die sind auch schön!«

Rose folgte den Mädchen zum Auto, hielt die Zeitung fest in der Hand und las den Artikel immer und immer wieder. Im Auto sagte Linda: »Warum hat Tante Caroline uns nicht zu ihrer Hochzeit eingeladen?«

Rose sagte: »Ich weiß nicht. Vielleicht ist sie uns böse.«

Rose war jenseits von böse und tief im Bereich des Außer-sich-Seins, als sie in meine Küche polterte und die Zeitung, aufgeschlagen auf der Seite mit dem Artikel, vor mich auf die Ablage knallte.

Ich pellte gerade Kartoffeln für einen Kartoffelsalat. Ich las den Artikel.
Rose sagte: »Am Freitag, als du mit ihr gesprochen hast, hat sie kein Wort davon gesagt, oder?«
»Nein.«
»Oder Dienstag?«
»Hm, nein. Sie hatte anderes im...«
»Sag das jetzt nicht! Komm mir nicht mit einer Entschuldigung! Sieh dir das da einfach an und gib zu, was das heißt!«
»Ich versteh nicht ganz. Ich mein, diese Hochzeit hat bereits stattgefunden?« Ich starrte auf das Erscheinungsdatum, heute, dann wieder auf den Artikel. »Glaubst du nicht, daß da ein Fehler ist?«
»Willst du Mary Lou Humboldt anrufen und fragen? Dann kann sie nächste Woche einen kleinen Passus darüber reinbringen, daß die Cook-Schwestern nicht zu wissen scheinen, was mit Caroline los ist.«
»Vielleicht sollten wir Caroline anrufen?«
»Wozu? Das hier ist für uns. Das hier ist ihre Art, uns zu benachrichtigen.«
Dann erzählte sie mir, was sie zu Dorothy im Supermarkt gesagt hatte. »Wir sollten's ganz locker nehmen, noch nicht mal überrascht sein. Und ich werd ihr ein Geschenk schicken! Ein teures Geschenk, mit 'ner kleinen Karte: ›Von Rose und Pete und den Mädchen, wir denken an Euch‹.«
Ich lachte, aber als Rose gegangen war, merkte ich, daß ich die Kränkung körperlich spürte, eine innere Verletzung. Sie erinnerte mich daran, daß sie auch sonst nie Geburtstagskarten verschickte, nie einfach mal nur so anrief, um sich mit einem zu unterhalten, daß sie, wenn sie kam, um sich um Daddy zu kümmern, es nie für nötig hielt, die Straße herunterzukommen, um »Hallo« zu sagen, es sei denn, sie brauchte irgend etwas. Dies alles erinnerte mich an die Art, wie sie sich benahm, die Rose ärgerlich fand und die ich gewöhnlich zu akzeptieren versuchte. Es erinnerte mich daran, daß wir ihr ein besseres Benehmen hätten beibringen können, hät-

ten wir selber nur gewußt, daß gutes Benehmen mehr war als ja, nein, bitte, danke und gern geschehen.

Die Männer fanden nicht, daß Caroline irgend etwas besonders Kränkendes getan hatte. Die Hochzeit, die Eheschließung, das war ihre und Franks Angelegenheit, und sie wollten wahrscheinlich keine große Sache daraus machen. Besonders Ty tat das Ganze auf eine irritierende Weise als unerheblich ab. Pete sagte immer wieder: »Los, laßt uns spielen. Rose, mach, du bist dran. Ich hab für den Rest meines Lebens genug von dieser gottverdammten Hochzeit gehört.« Er war dabei zu gewinnen. Er besaß alle grünen Straßen und den Boardwalk plus alle Bahnhöfe. Die Würfel arbeiteten für ihn, und wir landeten immer wieder auf seinen Straßen. Jedesmal, wenn er mit seiner gierigen Ausgelassenheit lachte, wurde ich ein wenig gereizter. Ty machte mich auch wahnsinnig. Er murmelte die ganze Zeit: »Ginny, beruhig dich.« Ich blitzte ihn ein paarmal an, aber er kümmerte sich nicht weiter darum. Rose und ich warfen uns gerade einen bedeutungsvollen Blick zu, als Pete und Ty gleichzeitig anfingen zu reden. Pete sagte: »Ich bin dran, geh über Los, zieh 200 Dollar ein! Jaah!« und Ty sagte: »Ich finde, wenn wir uns aufs Spiel konzentrieren würden, hätten wir alle mehr Spaß.« Rose sagte: »Macht's dir keinen Spaß, Ty?« in einem süßlichen und zutiefst sarkastischen Ton, und Ty, der sie ernst nahm, fing an: »Ja, nicht wirklich...«, und die bloße Tatsache, daß er ihren Tonfall nicht verstand, brachte bei mir das Faß zum Überlaufen, und ich sagte mit hörbarer Gereiztheit: »Mein Gott!«

Ich beobachtete Jess. Ich hatte Jess den ganzen Abend lang beobachtet. Während ich alles andere sonst beobachtete, hatte ich ein drittes Auge nur für Jess, eine teleskopische Linse, die jede Regung aufspürte, die über sein Gesicht ging. Als er meine schrille, zornige Stimme hörte, ja, ich gebe zu, sie war beides, lief ein verwirrter Ausdruck über sein Gesicht, so plötzlich, aber flüchtig, daß er selber vielleicht das Aufflackern dieser Regung sofort wieder vergaß. Aber ich konnte das nicht. Seinen Gesichtsausdruck zu sehen und zu verstehen war niederschmetternd, wie mit dem Kopf zuerst

gegen eine Backsteinmauer zu laufen. Ty sagte: »Beruhig dich, Ginny.«
Pete sagte: »Du bist dran, Jess. Du stehst direkt vorm Boardwalk, Brüderchen.«
Rose sagte: »Ich hab keine Lust mehr zu diesem Spiel«, und sie hob den Tisch an den Beinen hoch und ließ das Brett und alles, was darauf war, in Petes Schoß rutschen.
Danach kam ein langes Schweigen. Petes Gesicht rötete sich, und er biß sich auf die Lippe. Die Mädchen auf dem Sofa sahen auf und starrten. Ty sah mich an, als wäre dies das Ergebnis meiner Unfähigkeit, mich zu beruhigen, und Jess bückte sich, um seine Karten aufzunehmen. Er sagte: »Hemmungsloser Kapitalismus endet immer in Krieg. Ich glaub, Rosa Luxemburg hat das gesagt. Sollen wir unsere Punkte zusammenzählen?«
Ich sah zu Pete. Er war fuchsteufelswild. Meine eigene schlechte Laune verflog, und ich spürte eine beklemmende Angst in meiner Brust aufsteigen und meine Kehle zuschnüren. Tatsache war, daß Rose sich seit vier Jahren nicht mehr über Schläge von ihm beklagt hatte – er *hatte* sich gebessert, nachdem er ihr den Arm gebrochen hatte, und es gab keinen Grund, warum er heute abend eher losschlagen sollte als an den anderen Abenden während der letzten vier Jahre, wenn Rose sich provozierend benommen hatte. Trotzdem war ich sofort in Panik, viel mehr als Rose, die nach ihrer Tat eher übermütig geworden zu sein schien. Ich muß sagen, daß Rose oft den Eindruck machte, als kenne sie weder Angst noch Vorsicht. In Petes schlimmsten Jahren schien es ihr niemals in den Sinn zu kommen, ihr Verhalten zu zügeln, die Auseinandersetzungen zu verringern, sich versöhnlicher zu geben. Meist weigerte sie sich sogar, nach dieser elementaren Faustregel für Ehefrauen zu leben: »Was er nicht weiß, macht ihn nicht heiß.« Er sollte wissen und sollte zustimmen oder wenigstens akzeptieren. Sie sagte immer: »Das ist mein wahres Ich, mein Kampf-Ich. Er muß sich daran gewöhnen. Wenn ich zulasse, daß er mich mit seinen Schlägen unterkriegt, was für 'ne Art Leben hätte ich dann?«
»Was für 'ne Art Leben hast du jetzt?« fragte ich sie dann.

Und sie antwortete darauf: »Wenigstens eins mit Selbstachtung.«
Als er ihr den Arm brach, weil er sie im Badezimmer umgeworfen oder umgestoßen hatte (ich konnte es mir nie richtig vorstellen, wenn sie es mir erzählte), und sie auf dem Kachelboden auf das Handgelenk gefallen war, reagierte sie hart und schonungslos. Sie trug acht Wochen lang einen Gips, und sie machte sich dafür einen Ärmel, auf den sie mit Filzbuchstaben die Worte »Pete hat das gemacht« klebte. Jedesmal, sobald er die Hand oder auch nur die Stimme erhob, drohte sie, den Ärmel zu tragen. Sie trug ihn tatsächlich einmal, um zu zeigen, daß sie keine Angst hatte und meinte, was sie sagte. Pete, nehme ich an, war bei dem Gedanken an die Witze, die er beim Futterhandel und in der ganzen Stadt über sich würde ergehen lassen müssen, ziemlich eingeschüchtert und änderte sich danach. Sein Verhalten allen anderen gegenüber wurde gereizter, und seine Schlachten mit meinem Vater nahmen an Schärfe zu, aber das war ein geringer Preis. Als die Ärzte entdeckten, daß Rose Krebs hatte, war einer ihrer ersten Sätze: »Ich will nicht gerade in dem Augenblick sterben, wo Pete und ich endlich miteinander klarkommen.«
Ihrer Meinung nach existierte so etwas wie Provokation nicht, egal, was sie tat, Pete hatte sie einfach nicht zu schlagen. Deshalb war er total im Unrecht, wenn er sie trotzdem schlug, und deshalb konnte sie tun und lassen, was sie wollte. Die Folge war, daß ich in ständiger Furcht um sie lebte. Einmal sagte sie: »Wenn du geschlagen würdest, hättest du auch keine Angst. Du wärst wütend, unter Garantie.«
Jetzt sagte sie: »Pete, warum gehst du nicht raus, eine rauchen? Ich mach 'nen Kaffee.«
Die Mädchen kehrten zu dem zurück, was sie vorher gemacht hatten, und ich sagte: »Werdet ihr Mädchen nicht langsam müde? Ihr könnt nach oben gehen, wenn ihr wollt.« Sie schüttelten die Köpfe, ohne mich anzusehen.
Jess hatte den Tisch wieder aufgestellt und alle Teile des Spiels zusammengesucht. Jetzt machte er sich daran, sie wieder zurück

in den Kasten zu legen. Ty zählte Punkte zusammen. Er sagte: »Was ist mit unseren hundert Dollar?«
Jess sagte: »Wir haben sie nie eingesammelt. Wir haben nie einen Preis bestimmt.«
»Wir sollten ihn lieber jetzt bestimmen, bevor wir rausfinden, wer gewonnen hat.«
Ich schielte zu der Liste hinüber. Einige Reihen waren entschieden länger als andere, aber ich konnte die hingekritzelten Anfangsbuchstaben über den einzelnen Reihen nicht entziffern. Ich sagte: »Wir haben gespielt. Das war der...«, und Rose kam mit der Kaffeekanne aus der Küche, und Pete öffnete die Vordertür und trat herein, während er seinen Zigarettenstummel hinter sich zurückschnipste, und das Telefon klingelte, und Rose sagte, ich werde es nie vergessen, »Was ist das?«, als hätte sie noch nie in ihrem Leben ein Telefon klingeln hören.
Ty ging ran und hörte zu und sagte: »Okay. Okay. Danke. Danke. Wir sind sofort da.« Mein Gefühl von Panik, das sich gelegt hatte, senkte sich wieder über mich. Ty legte den Hörer auf und sagte: »Euer alter Herr hat seinen Truck zu Schrott gefahren. Er liegt auf der Notaufnahme in Mason City, aber es sieht nicht so aus, als müßte er dableiben, deshalb sollen wir kommen und ihn holen. Der Truck liegt drüben beim Staatspark im Graben. Sie wollen ihn morgen früh mit einem von diesen Parkfahrzeugen rausziehen und sicherstellen, bis die Ergebnisse seiner Blutprobe zurück sind.«
Rose sagte: »War er betrunken?«
»Sie wissen das offiziell erst in zehn Tagen oder so.«
»Haben sie ihn eingesperrt?«
»Noch nicht.«
Rose sagte: »Wär an der Zeit.«
Ich sagte: »Ist er verletzt?«
»Etwas mitgenommen. Er hat sich die Wange am Steuerrad aufgeschlagen. Sie glauben, das ist alles.«
»Wir fahren dann besser mal, was?« Ty nickte und nahm seine Autoschlüssel vom Haken unten an der Treppe. Als wir um das Haus zum Auto gingen, sah ich durch die Fenster, daß Jess drin-

nen aufräumte. Er machte den Eindruck, als fühle er sich vollkommen zu Hause.

Ich hatte damals einen acht Jahre alten Chevy; wenn ich Rose nach Mason City fuhr, nahm ich ihr Auto, einen 78er Dodge, der fast neu war. Ich finde, es war schon irgendwie komisch, daß Ty und ich nie zusammen in dem Chevy fuhren. Wenn wir ins Kino oder irgendwohin zum Essen gingen, nahmen wir den Pickup, aber jetzt ging er direkt auf den Chevy zu und stieg auf der Fahrerseite ein. Der Sicherheitsgurt auf der Beifahrerseite war total verdreht und steif, weil er so gut wie nie benutzt worden war. Ich gab ihn auf, und die ganze Fahrt nach Mason City konnte ich das Gefühl von Gefahr nicht loswerden, von drohendem Unheil. Ty fuhr gekonnt und schweigend. Das Auto füllte den Kiesweg ganz aus, schien wie ein Pflug durch die Felder und Gräben zu beiden Seiten zu ziehen. Ich schüttelte den Kopf, um diese Vorstellung loszuwerden, konnte es aber nicht. Sie kam daher, daß wir so tief saßen. Ty kurbelte sein Fenster ein Stückchen runter, und der Wind blies mir die Angst direkt ins Gesicht. Ich spürte, wie sich alles in mir auf diese Empfindungen verengte und konzentrierte – das Auto, das sich in die Erde bohrte, der Wind, der mir Angst ins Gesicht klatschte –, und Ty sagte: »Ginny, du und Rose, ihr geht das alles ganz falsch an.«

»Inwiefern?«

»Ihr solltet es einfach hinnehmen. Ihr solltet die Brücken überqueren, wenn ihr zu ihnen kommt.«

»Als wenn die Dinge nicht immer schlimmer würden.«

»Ich bin mir nicht sicher, ob sie immer schlimmer werden.«

»Dann bist du blind.«

»Und was, wenn sie tatsächlich immer schlimmer werden? Mit dieser Einstellung werden sie auch nicht besser.«

»Welcher Einstellung?«

»Der von Rose zum Beispiel. Aus allem, was er tut, 'ne große Sache zu machen.«

»Ich finde, in einen Graben fahren und wegen Trunkenheit am Steuer mitgenommen werden ist 'ne große Sache.«

»Na ja, das schon. Das ja. Aber dieser ganze andere Kram…« Ty sah mich an, rieb sich mit Zeigefinger und Daumen die Mundwinkel, fuhr dann langsamer und hielt. Er sah mich lange an. Er sagte: »Ginny, ich weiß nicht genau, was wir tun sollen, aber ich hab immer gefunden, daß man am besten mit deinem Vater zurechtkommt, wenn man sich sozusagen hinsetzt und es über sich weggehen läßt. Zum einen Ohr rein, zum anderen raus. Wasser den Bach runter. Irgendwie so.«
Ich starrte ihn ebenfalls lange an. Ich starrte ihn aus großer Entfernung an, sah seine flachen Wangen und sein quadratisches Gesicht, die eingegrabenen Fächer um seine Augenwinkel, den Schirm seiner Kappe, das einfache, hoffnungsvolle Gesicht eines einfachen Mannes. Das andere Gesicht, das von Jess, ging mir nie aus dem Kopf, hagerer und mehr wie ein Falke, mehr Mißtrauen, weniger Milde. Das eine Gesicht wandte sich einem irgendwie zu, sah einen an, war das unerforschliche und fast schlichte Gesicht der Unschuld. Das andere entschlüpfte einem, je länger man es ansah. Seine Züge schienen nicht zu fassen zu sein, schienen eine Bedeutung zu versprechen, oder sogar eine Wahrheit, die komplexer und interessanter war, als alles, was man sich vorher hatte vorstellen können. Ich starrte Ty immer noch an. Weiß Gott, was er dachte. Aber ich fragte mich, wessen Gesicht das wahrere war. Er lächelte. Seine Oberlippe wurde lang wie der Bogen eines Bogenschützen, Tys großes Lächeln, das ihn schön und verschmitzt aussehen ließ. Ich lächelte auch. Ich sagte: »Du hast recht.« Er startete das Auto und fuhr zurück auf den Asphalt.
Das war leicht gesagt. Und es stimmte auch, ich wollte nicht so wütend werden wie Rose. Ty mochte das nicht, und auch Jess hatte für den einen Moment am Spieltisch abgestoßen reagiert, ganz von innen heraus, und das hatte mir Angst eingejagt. Aber Roses Wut! Einige meiner klarsten Erinnerungen galten ihr, wie ich einfach nicht wegsehen konnte von ihr, die vor Wut funkelte. Ganz gleich, wie gut man sich davor zu schützen gelernt hatte, man konnte dem nicht die ganze Zeit ausweichen.
Es waren fast vierzig Meilen bis Mason City. Wir fuhren sie in

einer Art gesunden Schweigens, trugen unsere ganze lange Ehe mit uns, all die Hoffnung und Kameradschaft, die sie darstellte. Es war wie in der Sonntagsschule sitzen und »Jesus liebt mich« singen, auf den kleinen Stühlchen sitzend, umgeben von Sonnenlicht und freundlichen, hellen Bildern, und diese ersten dunklen Ahnungen von Zweifel haben, außer daß Zweifel sich einfach als ein Mehr an Wissen äußerte, etwas im Augenblick Neues, das man neben das, was man bereits kannte, setzte. Als könnte sich nichts widersprechen und als könnte alles gleichzeitig geglaubt werden. Meine Liebe zu Ty, die ich nie in Frage gestellt hatte, war etwas so Einfaches für mich wie der Glaube. Aber ich glaubte, ich würde mit Jess Clark mit einer ebenso vollen Gewißheit schlafen.

20

Mein Vater saß aufrecht an einem Ende einer Bank, zurückgelehnt gegen die Wand, die Augen weit offen. Auf seiner Wange klebte über einem Stück weißer Gaze ein Pflaster, das bis in den Haaransatz reichte. Instinktiv folgte ich seinem Blick, weil ich, bevor ich ihn aufschreckte, erst einmal sehen wollte, worüber er nachdachte. Aber Ty ging direkt auf ihn zu und sagte: »Dad? Larry? Alles klar?« Er stand auf und ging auf die Tür der Notaufnahmestation zu, ohne uns oder der Schwester hinter ihrem Pult etwas zu sagen, die rief: »Mr. Cook? Mr. Cook?« Sie sah zu mir herüber. Ich sagte, daß ich die Tochter sei.

»Oh«, sagte sie, offensichtlich noch immer verwirrt. »Oh. Also, er hat ein paar Percodan gegen die Schmerzen, nur zwei. Wenn er mehr braucht, muß er sich von seinem Hausarzt ein Rezept ausstellen lassen.« Dann, aus irgendeinem Grunde entschuldigend: »Er hat nicht das Bewußtsein verloren. Er war die ganze Zeit, die er hier war, hellwach. Wir haben ihn zwei Stunden lang beobachtet.« Sie streichelte mir den Arm. »Er wird sich schnell erholen.«

»Wie hat er sich benommen?«

Sie lächelte und sah mich zum ersten Mal richtig an. Sie sagte: »Er ist nicht besonders gesprächig, oder? Als die Ärzte sich am Anfang um ihn gekümmert haben? Na ja, einer hat gesagt: ›Weißt du, ich glaub, er kann reden. Er will einfach nicht.‹ Das ist schon irgendwie ungewöhnlich.« Sie redete mit aufmunterndem Lächeln.

Ich sagte: »Nicht für ihn, in der letzten Zeit. Ist das alles? Wir können jetzt also gehen?«

Sie senkte die Stimme. »Das können Sie. Aber ich glaub, die Polizei wird sich mit Ihnen in Verbindung setzen. Mit der Blutprobe wird es allerdings zehn Tage dauern.«

»Sie meinen den Alkoholspiegel?«
»Aber Sie können dankbar sein, daß er sich nicht ernstlich verletzt hat. Es geht ihm gut, wirklich.« Sie ging wieder an ihren Platz hinter dem Pult.
Er saß auf dem Rücksitz, auf der Beifahrerseite. Nachdem ich eingestiegen war und mich zurechtgesetzt hatte, drehte Ty sich um und sagte: »Können wir losfahren, Dad?«, aber es kam keine Antwort. Wir fuhren vom Krankenhausparkplatz herunter auf die leere Straße, die wir gerade verlassen hatten. Jedes Haus, groß und dicht neben dem Nachbarhaus, erhob sich wie eine kräftige, einzeln stehende Blüte aus seinem gepflegten Rasen und dichtem, schützendem Gebüsch. Es war fast Mitternacht. Jedes Fenster dieser langen, abgeschirmten Häuserzeile war dunkel.
Mein Vater blieb so still, daß man annehmen konnte, er habe seine Lektion gelernt, eine Diskussion über Schlüssel oder Trinken oder die ganze Situation, in der wir uns jetzt befanden, schien nicht nötig zu sein. Man konnte annehmen, daß er still blieb, weil er geläutert, ja verlegen war. Ty war ebenfalls still. Vielleicht hatten sie bereits miteinander geredet, waren zu irgendeiner Einigung gelangt, die Ty mir mitteilen würde, sobald wir zu Hause angekommen waren. Ich sagte: »Daddy, hast du die Tabletten, die die Schwester dir gegeben hat?«
Die Frage blieb unbeantwortet, so unbeantwortet, daß sie zu einer Frage wurde, auf die niemand je eine Antwort erwartet hatte. Ob er die Tabletten hatte oder nicht, war zu etwas geworden, das mich nichts anging. Das war die Antwort.
In dem Schweigen konnte ich meine Gedanken schweifen lassen, und sie kehrten zurück zu Ty und Jess und meiner Zukunft, über die ich vor kurzer Zeit – einer halben Stunde – nachgedacht hatte. Mit meinem Vater im Auto nahmen solche Gedanken eine neue Färbung an. Was müßig und angenehm erschienen war, ja sogar unschuldig (schließlich nichts weiter als Gedanken), erschien jetzt real und erschreckend. Selbst das Wohlgefühl, das ich neben Ty gespürt hatte, während wir durch die Dunkelheit gefahren waren, schien nun flüchtig, luxuriös. Ich sah mir im Vorbeifahren wieder

die Häuser an, hier nicht mehr so wohlhabend wie die um das Krankenhaus, und ich entdeckte eine neue Bedeutung in ihnen, in den nicht zu übersehenden Gegensätzen zwischen ihnen – hier Müll auf einer Veranda, dort zwei schöne Autos in einer offenen Garage, auf der anderen Straßenseite eine bemalte Schaukel und ein selbstgemachter Sandkasten. Die Familien, die hier wohnten, hatten nur die allerspärlichsten Verbindungen untereinander. Jede lebte ihren unverwechselbaren Stil mit weit auseinanderlaufenden Absichten. Das war es, was zu beneiden war, nicht, wie ich als Kind geglaubt hatte, die Nähe oder der soziale Austausch, sondern die Einzigartigkeit des Schicksals jeder einzelnen Familie, die Freiheit jeder einzelnen Familie, jedes einzelnen Paares, etwas zu schaffen oder zu finden, das anders als das war, was die anderen hatten.

Mein Vater stöhnte. Ich erstarrte und sah weiter geradeaus. Ty sagte: »Hast du Schmerzen, Larry? Bist du sicher, daß du das Krankenhaus verlassen möchtest? Wir können sofort wieder umdrehen.« Darauf kam ebenfalls keine Antwort. Wir durften annehmen, daß das, was wir taten, ihn nach Hause fahren, das war, was er wollte. Wir fuhren weiter. Der vordere Teil des Autos schien höher zu liegen. Ich merkte, daß ich auf den Motor hörte, als zögen wir einen Wohnwagen, als strapazierte diese Fahrt mehr als nur meinen inneren Frieden.

Ty und ich tauschten ein paar heimliche augenverdrehende Blicke, und er lächelte mich an. Sein Lächeln sagte mir, was ich tun sollte – sei geduldig, halt aus, gib die Hoffnung nicht auf –, und ich fragte mich, woher er diesen endlosen Stoizismus hatte. Dieser Stoizismus war so schwer und dumm und gut! So verrückt passiv! Wann würden wir nicht mehr hinnehmen, sondern auch mal was fordern? Vielleicht war es schon soweit. Vielleicht, wenn wir in der Vergangenheit anders gelebt hätten, nicht so angepaßt, nicht so gefügig – wie kam es, daß alle das Land verlassen hatten und wir zurückgeblieben waren? Wie kam es, daß ich noch nicht einmal ans College gedacht hatte, oder daran, irgendwas anderes auszuprobieren, nach Des Moines zu ziehen oder sogar nach Mason

City? Dann kam das Bild, zu dem alles immer wieder zurückkehrte, jene fünf Fehlgeburten. Ich hatte immer geglaubt, daß ein Kind zu mir kommen und bei mir bleiben würde, wenn ich mich auf bestimmte Art verhielte. Die Haltungen, die ich ausprobiert hatte, waren offensichtlich – erst empfangend, dann beschützend. Jetzt allerdings erkannte ich meinen Irrtum. Wer wollte bei einer Mutter bleiben, die immer nur wartete? Die alles so träge akzeptierte, die so leicht sagen konnte, etwas wird geschehen, wir werden noch eine Chance bekommen. Nein! Es war an der Zeit aufzustehen, die Hand auszustrecken, auszuwählen und abzulehnen. Tys solide Stetigkeit brachte uns, brachte mich nicht weiter. Ich rutschte auf meinem Sitz hin und her und merkte, daß wir in die Cabot Street Road einbogen. Fast zu Hause. Ich warf mich herum und sagte: »Daddy!«

Seine Augen waren geschlossen gewesen, aber jetzt riß er sie plötzlich auf. Er richtete sich grunzend auf seinem Sitz auf. Tys Kopf wandte sich mir zu.

»Ich weiß, du bist verletzt, und es tut mir leid, daß du einen Unfall hattest, aber wir müssen jetzt darüber sprechen. Du wirst ziemlich bald mit der Polizei Schwierigkeiten bekommen. Du mußt dir das einfach zu Herzen nehmen. Du kannst nicht wild in der Gegend rumfahren, und du kannst das erst recht nicht, wenn du getrunken hast. Das geht nicht. Du könntest jemanden umbringen. Oder dich selber umbringen, was das betrifft.«

Er sah mich an.

»Sie werden dir wahrscheinlich den Führerschein abnehmen, aber selbst wenn sie's nicht tun, werd ich es tun, falls du noch mal so was machst. Ich werd dir die Schlüssel von deinem Truck wegnehmen, und wenn du's danach noch mal tust, werd ich ihn verkaufen. Als ich klein war, hast du immer gesagt, eine Warnung ist genug. Also, das ist meine Warnung, und ich erwarte, daß du sie ernst nimmst. Und noch was, du bist sehr wohl in der Lage, bei der Farmarbeit mitzuhelfen, und ich seh dir an, daß du dich ohne Arbeit langweilst. Rose oder ich werden dir von jetzt an zur festgesetzten Zeit dein Frühstück machen, und danach kannst du sehr gut rausgehen und arbeiten. Wir werden es nicht zulassen, daß du rumsitzt. Du bist Arbeit gewöhnt, und es gibt keinen Grund, warum du nicht weiter arbeiten solltest. Ty und Pete können nicht plötzlich alles alleine machen.«

Es erregte mich geradezu, mit meinem Vater zu reden, als wäre er mein Kind, es war mehr als erregend, ihn als mein Kind zu sehen. Ihm zu sagen, was er zu tun hatte, war wundervoll. Es schuf in mir eine ganze geordnete Zukunft, ich sah gutorganisierte Tage an mir vorüberziehen, sah mich selber im Vordergrund, groß und zielbewußt. Ich war nicht daran gewöhnt, so zu reden – wahrscheinlich hatte ich nie zuvor so geredet –, aber ich wußte, daß ich mich im Handumdrehen daran gewöhnen konnte, daß ich hier auf ein Vorrecht von Elternschaft gestoßen war, an das ich vorher nicht gedacht hatte (ich hatte nur daran gedacht, daß ich sanft und zärtlich und geduldig und belehrend sein würde). Ich sah den alten Mann an. Ich sagte: »Ich mein das mit dem Fahren ernst, und Rose wird genau derselben Meinung sein.«

Er hielt meinem Blick stand und sagte wie zu sich selbst: »Ich hab nichts.«

Ich glaubte, er versuchte nur, meine Sympathie zu gewinnen. Ich sagte: »Es ist genug für jeden da, das ist das eine.« Zum anderen, dachte ich, hast du es freiwillig abgegeben. Aber ich wagte nicht, das zu sagen. Es machte mich zu wütend.

Bevor Ty ihn nach oben ins Bett brachte, sagte ich noch: »Frühstück um sieben, Daddy. Ty wartet auf dich bei uns, und ihr könnt euch was überlegen, was du morgen tun willst.«

Bei uns zu Hause sagte Ty: »Vielleicht sollte er morgen nicht arbeiten. Wir wissen nicht, was für Nachwirkungen der Unfall hat.«

»Gib ihm was Leichtes für ein paar Stunden. Seinem Leben fehlt jede Struktur. Genau da liegt das Problem. Jetzt, wo er sich über sich selber schämt, ist es an der Zeit, etwas dagegen zu unternehmen.«

Ty stieg aus seinen Hosen und setzte sich, um sich die Socken auszuziehen. Ich ging unruhig im Zimmer hin und her, hob

Sachen auf und legte sie weg. Ich spürte Kraft durch meine Adern pulsieren. Ich lief durch das Badezimmer, die beiden anderen Schlafzimmer, eins für Gäste, die niemals kamen, eins für alte Möbel. Ich sah aus den Fenstern in alle Richtungen. Es war eine milde Sommernacht, windig und dunstig. Zurück in unser Zimmer. Ty lag auf dem Rücken ausgestreckt, die Hände hinter dem Kopf. Ich sagte: »Ich hab heut abend etwas gelernt.«

»Die Dinge in die Hand zu nehmen?«

»Ja, aber mehr als das. Es war was Physisches, nicht nur was in meinen Gedanken. Nicht nur eine Lektion.«

»Hmm.«

»Glaubst du mir?«

»Oh, ja, ich glaub dir.«

»Also was?«

»Ginny, es ist nach Mitternacht. Du hast gesagt, du willst um sieben das Frühstück bei deinem Vater auf dem Tisch haben. Laß uns einfach abwarten, ob das, was du heut abend gelernt hast, morgen noch stimmt, okay?«

»In Ordnung.«

Er schloß die Augen. Ich marschierte über den Flur zu dem Schlafzimmer, das nach Westen ging, und sah zur Clark-Farm hinüber, starrte und starrte, bis ich die Atemzüge meines Mannes tiefer und langsamer werden hörte.

Am nächsten Morgen gab es reichlich Geächze und Gestöhne. Ich war immun dagegen. Ich machte meinem Vater Frühstück – Arme Ritter, Schinken, eine aufgeschnittene Banane und ein paar Erdbeeren, eine Kanne Kaffee – und stellte es vor ihm hin. Ich reichte ihm den Sirup und die Butter und den Zucker für seinen Kaffee, und ich räumte die Küche selber auf. Ich bediente ihn gut, aber ich zeigte nicht das geringste Mitgefühl. Auf der anderen Seite bat er auch nicht darum. Er aß auf, schob seinen Teller beiseite und stand auf. Ich ging ans Fenster, nachdem er laut und vernehmlich aus der Tür gepoltert war, und sah hinter ihm her, wie er die Straße zu unserem Haus hinaufstapfte, wo Ty in der Scheune wartete. Normalerweise wäre er in seinen Truck gestiegen und die Viertelmeile gefahren, deshalb ging er jetzt, als hätte er die Orientierung verloren, als überraschte ihn die bloße Tatsache, daß er zu Fuß ging. Er war steif. Er ging krumm und seine Beine schlenkerten. Das war auch etwas, was er brauchte, mehr Bewegung. Er sah sich nicht um, aber Rose wartete, bis er ein Punkt auf der Straße geworden war, ehe sie herüberkam.

Ich wischte gerade den Herd mit dem Spüllappen. Die Fliegengittertür schlug, und Rose sagte: »Er ist also okay?«

»Er muß heute zu Doktor Henry in Pike und sich vielleicht ein paar Schmerztabletten verschreiben lassen. Sie haben ihm zwei Percodan gegeben, aber ich weiß nicht, ob er sie genommen hat. Ich werd ihn heute nachmittag da hinfahren. Die Polizei wird sich in den nächsten zehn Tagen nicht melden, nicht bevor die Blutprobe aus dem Labor zurück ist.«

»Sie sollten ihn einsperren. Ich kann's einfach nicht glauben, wie nachsichtig sie sind.«

»Es ist niemand verletzt worden, Rose. Es wär was anderes ...«

»Das ist reines Glück.«

»Das Gesetz rechnet dir dieses Glück als Verdienst an, genauso wie du, wenn du Pech hast und jemand verletzt wird ...«

Rose baute sich mitten im Türrahmen zum Wohnzimmer auf und stemmte die Hände in die Hüften. »Meine Güte, Ginny, hast du nicht endlich genug davon, immer nur seine Seite zu sehen? Bist du nicht ganz wild darauf, einen Schritt zurückzutreten und einmal die Wahrheit über ihn auszusprechen? Er ist gefährlich! Er ist impulsiv und jähzornig, und er ist mit anderen nicht so milde wie sie mit ihm!«

»Ich weiß. Gestern abend hab ich ihm wirklich die Leviten gelesen ...«

»Manchmal hasse ich ihn. Manchmal überkommen mich einfach Anwandlungen von Haß, und ich will, daß er tot ist und zur Hölle fährt und immer da bleibt und schmort!«

»Rose!«

»Warum sagst du so schockiert ›Rose!‹? Weil man niemandem etwas Böses wünschen darf, oder weil du ihn nicht haßt?«

»Ich hasse ihn nicht. Wirklich nicht. Er ist ein Brummbär, aber...«

»Er ist kein Brummbär. Er ist nicht unschuldig wie...«

Ich hob die Stimme und übertönte sie. »Gestern abend hab ich ihm in unmißverständlicher Weise zu verstehen gegeben, daß, wenn er wieder betrunken fährt, ich ihm seine Truckschlüssel abnehme. Und er hat mich verstanden. Er hat mir direkt ins Gesicht gesehen. Ty gibt ihm Arbeit. Ich denke, es wird alles besser werden. Es ist nicht einfach, mit ihm auszukommen...«

Rose machte auf dem Absatz kehrt und stapfte ins Wohnzimmer. Ich folgte ihr. Sie stand neben einem kleinen Bücherregal. Ungefähr zwanzig Nummern der Zeitschrift *Successful Farming* standen dort, Prospekte für Farmgeräte und -maschinen, einige *National Geographic*, eine Bibel, zwei *Reader's Digest* und ein Buch mit amerikanischen Volksliedern. Nichts Persönliches, nichts mit Erinnerungswert. Sie starrte auf die *Reader's Digest* und schnipste mit dem Fingernagel gegen das obenauf liegende. Sie sagte: »Manchmal hasse ich dich auch.«

Ich wartete. Ich dachte sofort an Linda und Pammy, wie sie sich manchmal mir statt ihrer Mutter anvertrauten, daß es mir Spaß machte, ihnen etwas zu schenken oder ihnen Dinge zu zeigen, die Rose, hätte sie von ihnen gewußt, sicherlich abgelehnt hätte. Jahrelang waren sie ein Streitpunkt zwischen uns gewesen, der nie erwähnt wurde, und ich fühlte mich sofort schuldig, bedauerte es, daß sie sich mit einigem Recht darüber beklagen konnte, daß ich ihre Autorität untergrub, weil ich mir manchmal so sehr wünschte, daß die Kinder mir gehörten, daß ich nicht anders konnte, als mir vorzustellen, wie es wäre, wenn sie mir gehörten.

»Ich hasse dich, weil du die Verbindung zwischen mir und ihm bist.«

»Wem?«

Sie warf vor Verzweiflung die Hände in die Luft. »Daddy natürlich. Stell dich nicht so dumm an. Du bist eine so gute Tochter, so geduldig, du versuchst, so gerecht zu sein, daß es mir schon wie Dummheit erscheint. Es macht mich wahnsinnig.«

Ich lächelte. »Erst gestern abend hab ich genau das gleiche über Ty gedacht...«
Sie hörte mir gar nicht zu. »Jedesmal, wenn ich mich entschlossen hab, etwas zu unternehmen – von hier weggehen, Pete verlassen, wieder an die Schule gehen, um Geld zu verdienen –, hältst du mich auf. Als ich klein war, ich meine, wirklich klein, drei oder vier, warst du wie eine Wand zwischen mir und ihm, aber jetzt bist du der Weg, du hältst ihn nicht draußen, du zeigst ihm, wie er reinkommt, jedesmal bist du vernünftig, jedesmal bist du geduldig und siehst die Dinge aus seiner Sicht. Jedesmal stoppst du und denkst nach! Ich will nicht stoppen und nachdenken!«
Ich starrte sie an. Sie schob mit der Hand ihre Haare zurück, stemmte dann die Faust trotzig in die Hüfte. Nur daß auf dem Weg dahin ihre Finger über die verschwundene Brust flatterten, die verschwundenen Muskeln. Sie starrte mich auch an, warf dann den Kopf zurück und sah aus dem Fenster. Ich sagte: »Ich bin nicht wie er. Ich sympathisiere keineswegs immer mit ihm. Aber ich kann nicht sagen, daß ich daran glaube, daß er uns auf halbem Weg entgegenkommen wird. Ich finde, es ist sinnvoller, ihn manchmal einfach zu umgehen.«
Komischerweise war ich gar nicht böse über ihr wütendes Gerede, ich fand es ganz in Ordnung und sogar ein bißchen so etwas wie eine Erleichterung für sie, daß sie davon sprach, mich manchmal zu hassen, aber in einem gewissen Ton, einem Ton, der Verlegenheit ausdrückte. Ich hatte immer gedacht, daß Roses negative Gefühle mehr Wucht haben würden. Ihre Verlegenheit war so etwas wie ein Aufschub. Ich machte einen Schritt auf sie zu, beflügelt von dem Gefühl, das ich am Abend zuvor gehabt hatte, daß wir die Rollen mit unserem Vater tauschen könnten, daß er in die Hand genommen und kontrolliert werden könnte: wir brauchten uns bloß in unserem Plan einig zu sein und uns streng daran zu halten. Sie wirkte skeptisch. Ich sagte: »Wie auch immer, Tatsache ist, ja, du hast recht, ich hab ihn mit vielem durchkommen lassen. Wir alle haben das. Aber wir können Regeln aufstellen, und ich denke, die Regeln können ziemlich einfach sein.«

Rose ging zum Vorderfenster und stand mit dem Rücken zu mir und starrte nach Westen über die Felder. In diesen Tagen boten sie ein Bild aus einfarbigem Grün. Der Mais, der mit mechanischer Gleichförmigkeit wächst, die einem ein bißchen surreal erscheinen kann, wenn man länger darüber nachdenkt, hatte sechs oder acht Blätter entwickelt, die wie Wimpel in glatten, unverbundenen, geschwungenen Paaren zu beiden Seiten des Stiels standen und groß genug waren, um jetzt den größten Teil der schwarzen Erde des Feldes zu verdecken. Maispflanzen sind auf seltsame Weise menschenähnlich – die Blätter haben mich immer an Schultern erinnert, die Narbenfäden an Köpfe. Ich stand neben ihr und sah in ihr Gesicht. Nach einigen Augenblicken sah sie mich auch an. Sie sagte: »Ginny, sag mir, was du in Wirklichkeit, in Wirklichkeit von Daddy denkst.«
»Tja, ich weiß nicht.« Nur, daß ich es doch wußte. Alle möglichen Gedanken waren mir die ganze Nacht über kristallklar gewesen, aber jetzt, wo sie mich danach fragte, schossen sie mir alle gleichzeitig durch den Kopf, so daß es mir unmöglich war, einen dem anderen vorzuziehen und als den Hauptgedanken über Daddy auszuwählen. Ich leckte mir die Lippen. Rose biß sich auf die ihren, und damals dachte ich, daß sie es tat, weil sie nichts sagen wollte, das mich beeinflussen könnte. Ich ging verschiedene Gedanken durch, denn ich wußte, sie brauchte eine Antwort. Gleichzeitig war ich mir der klaren morgendlichen Farben dessen bewußt, was wir draußen ansahen, den Schatten direkt vor uns, das grüne Feld und dahinter den sonnigen blauen Himmel. Ich sagte: »Ich liebe Daddy. Aber er ist so daran gewöhnt, Befehle zu geben, keine Widerrede. Du weißt schon.«
Sie sah mich an.
»Ich mein, er trinkt und alles. Ich weiß nicht, was das bedeutet.«
Sie sah mich weiter an.
»Ich geb zu, daß er schon lange trinkt, wahrscheinlich seit wir ihn kennen. Ich hab nie wirklich darüber nachgedacht, aber ich bin sicher, wenn wir uns hinsetzen und das alles mal besprechen...«

Sie sah mich immer noch an. Ich sagte: »Rose, du machst mich nervös. Was willst du hören? Ich mein, worüber soll ich was sagen?«
Sie sah mich an, dann aus dem Fenster. Ich sagte: »Ich mein, Mommy war nicht mehr da und konnte uns nicht mehr sagen, was wir von Daddy halten sollten. Ich frag mich, ob sie glücklich zusammen waren. Ob sie ihn gerne mochte. Oder ob er sie gerne mochte. Obwohl ja jeder Mommy gerne mochte. Ich denke Verschiedenes.«
Sie räusperte sich, und ich nahm das sozusagen als mein Stichwort, still zu sein. Sie sagte: »Scheiße, Ginny.«
Ich lachte. Vielleicht hatte ich erwartet, ihr Mund würde sich öffnen und eine andere Stimme, eine orakelhafte Stimme würde erklingen, tief und hallend. Sie schürzte die Lippen und verwandelte sich schnell wieder in die Rose, die ich kannte und auf die ich zählte. Sie rollte die Augen, schien einen Witz auf Daddys Kosten machen zu wollen, oder auf meine. Das wäre auch in Ordnung gewesen. Sie sagte: »Ich hasse dich nicht, Ginny. Ich weiß, was ich gesagt hab, aber ich weiß nicht, was es genau bedeutet. Oder wie ich dir sagen soll, was es bedeutet. Oder was anderes. Laß uns mal annehmen, es ist so, wie du meinst. Wenn er uns auf die Nerven geht, kriegt er mehr Arbeit. Vielleicht schaffen wir's mit Regeln. Wir können's versuchen.«
»Ich kann nicht beschreiben, was für 'n Gefühl das war, ihm einfach zu sagen, okay, du wirst jetzt dies tun und das wirst du lassen. Ich mein, es ist so einfach.«
»Berühmte letzte Worte.« Sie legte die Arme um mich und drückte mich kräftig an sich, kräftiger als zuvor. Ich sagte: »Hab dich lieb, Schwesterherz«, mit gespielt rauher Stimme.
Sie sagte: »Ich dich auch. Vereinte Front, ja?«
»Ja.«

21

Ty und ich nahmen unsere Unterhaltung nicht wieder auf, wir versuchten nicht herauszubekommen, was es war, das ich gelernt hatte, oder was es bedeutete. Ich wurde entschlossener und stellte Regeln auf. Ich spürte, daß Ty das nicht gut fand, aber es war ein heikles Thema, und ich traute mich nicht, darüber zu reden, weil ich Reibungen zwischen Ty und mir haßte. Außerdem war es auch leicht, sein unausgesprochenes Mißfallen zu übergehen. Schließlich war sein Dad so angenehm früh gestorben, gerade als der Sohn alt genug war, das Wissen des Vaters neu zu schätzen, während beide noch in bestem Einvernehmen zusammenarbeiteten, bevor das Alter den Vater unzuverlässig und zänkisch machen konnte. Ty liebte seinen Vater, der ein freundlicher Mann gewesen war, nicht sonderlich ehrgeizig, und es war immer leicht für ihn gewesen, diese Liebe einfach auf meinen Vater zu übertragen. Als ich darüber nachdachte, wurden mir neue Dinge klar, über Ty und meinen Vater und uns alle. Unter anderem, daß die Stürme zwischen Daddy und Pete einem ruhigen, stetigen Arbeiter wie Ty eine Menge Macht verliehen, denn nicht nur verfolgte er friedlich seine Ziele, während sie tobten, oft suchte auch jeder der beiden seine Unterstützung. Er konnte dann eine Lösung vorschlagen, seine Lösung. Ein Grund, sein Mißfallen zu übergehen, war, ging mir auf, die Art, mit der er all die Jahre sein Eigeninteresse verfolgt hatte. Alles unter dem Deckmantel von Vermittlung und Frieden. Es machte mich geradezu wütend, um die Wahrheit zu sagen.

Und dann war da dieses sehr gewollte positive Denken, diese selbstgemachte Illusion, alles werde am Ende gut, obwohl wir alle möglichen Beweise hatten, die dagegen sprachen. Wenn ich mich über mich selber ärgerte, weil ich wie betäubt alles akzeptiert hatte, was mit mir geschehen war, so ärgerte ich mich auch über Ty, weil jede Furcht, die ich gehabt hatte, etwas Neues auszuprobieren, Widerstand zu leisten, Konflikte zu schaffen, eine Furcht war, die er ermutigt hatte. Für mich hing das mit seinem Vater, mit den Jahrzehnten seiner Familie auf der Farm zusammen, nie auch nur einen Zoll Bodens verlierend, aber auch nie etwas dazu gewinnend. Es war vielleicht unmöglich, jemanden, der so zaudernd wie ich war, als ausgelassen oder impulsiv zu sehen, aber in unserem Haus sorgte ich für Schwung – den Anflug des Unvorhersagbaren, selbst wenn es nichts weiter war als ein chinesisches Rezept aus der Rubrik »Modernes Leben« im *Des Moines Register*. Ich sagte mir, daß es nicht die Dinge waren, die Rose und ich mit Daddy ausprobieren wollten, gegen die Ty etwas hatte, sondern die Tatsache, daß wir überhaupt etwas ausprobierten.

Ich wußte, daß ich nicht wütend auf Ty sein sollte, nur deshalb, weil er das war, was er immer gewesen war, geduldig, verständnisvoll, behutsam, bereit, als Bollwerk gegen meinen Vater zu fungieren, aber ich war wütend auf ihn.

Jess Clark fand, daß Rose und ich genau den richtigen Weg einschlugen.

Tatsache ist, daß ein- und dieselbe Aufeinanderfolge von Tagen in einer Anzahl ganz unterschiedlicher Geschichten untergebracht werden kann. Einerseits hatten wir die Geschichte meines Vaters – die Ereignisse waren die Beweise seines zunehmend unberechenbaren Verhaltens, und dessen Verkörperungen standen hier und da herum – die Küchenschränke, die auf der Einfahrt aufquollen und sich verzogen, sein sichergestellter Truck, wo immer auch die Verkehrspolizei solche Fahrzeuge aufbewahrte, dessen vorderer rechter Kotflügel, wie sich später herausstellte, platt gegen den Reifen gedrückt war, dessen Scheinwerfer zersplittert waren, dessen Stoßstange nach oben bis unter den rechten Kotflügel hochgeknickt war, Gras und Unkraut aus dem Graben steckte noch in den Ritzen. Und da war das Sofa, das schließlich ankam, weißer Brokat, ungefähr das für ein Farm-Wohnzimmer ungeeig-

netste Sofa, das man sich vorstellen konnte. Dann war da eine ganze Reihe von Anhaltspunkten für unsere Auseinandersetzungen mit Caroline über ihn – ein Hagel an Telefonaten, nach dem jene Nummer nie wieder auf unserer Rechnung erschien, die Anzeige in der Zeitung, die harmlos aussah, aber demütigen sollte und es auch tat, dann die hohe Rechnung, über hundert Dollar, für die Küchenmaschine, die Rose bei Younkers bestellt und mit einer gleichermaßen demütigenden Karte abgeschickt hatte: »Schön, von der guten Neuigkeit zu lesen, Rose Lewis und Familie.« Es war eine Geschichte, die einen in ihren Bann zog, erschreckend und spannungsgeladen, voller Bedeutung, wenn auch nur für unsere Familie, und auch voller Geheimnisse, da Daddy nur handelte und niemals seine Motive enthüllte. Es war eine Geschichte, die unsere Nachbarn bestimmt genüßlich verfolgten, gespannt auf Hinweise auf das, was eigentlich vor sich ging, und bereit, mit Erinnerungen oder Spekulationen zu dienen, die unverständliche Wendungen in der Erzählung erklärten.
Aber in Wahrheit war die Geschichte jener Tage die Geschichte von Jess Clark, von der Farbe und dem Reichtum und der Einzigartigkeit, die seine Anwesenheit in der Nachbarschaft jedem einzelnen Moment, der vorüberging, verlieh. Wenn ich an ihn denke oder an jene Zeit, denke ich lebhaft an sein Gesicht und an seine Figur, wie verblüffend es zum Beispiel war, jemanden beinahe nackt, nur in Shorts, ohne Hemd, in einer Welt zu sehen, in der die Männer selbst an den heißesten Tagen Arbeitshosen, Stiefel und Kappen trugen. Ich denke an die Muskeln seiner Beine, die jahrelanges Laufen zu geschmeidigen Flechten einzelner Stränge der Spannkraft gemacht hatte. Ich denke an seine Bauch- und Arm- und Rücken- und Schultermuskeln, in jedem Mann vorhanden, aber sichtbar in Jess, wie eine Art Tugend. Wahr ist aber auch, daß ich unmöglich an ihn für sich allein denken kann, unabhängig von allem sonst. Was sich in ihm konzentrierte, verbreitete sich auch über den Rest der Welt. Ich erwartete immer, daß er auftauchte, weil alles, was ich um mich herum sah, zu ihm geworden war – es erinnerte mich an ihn, drückte ihn aus, versprach mir

etwas von ihm. Wenn er auftauchte, war die Welt vollständig. Wenn er nicht auftauchte, würde sie es bald sein.

Harold Clark redete jetzt häufiger und offen darüber, daß er sein Testament ändern wollte. Harold war der Typ Mann, der sich etwas darauf einbildete, daß er jeden kannte, was bedeutete, daß er gleichermaßen mit Männern, Frauen, Jungen und Mädchen auf eine vertraute Weise Witze machte. Nicht lange nach dem Unfall meines Vaters war ich eines Nachmittags mit Pammy und Linda zum Schwimmen in Pike. Ich sollte sie hinbringen, und Rose wollte sie abholen. Auf halbem Weg nach Cabot merkte ich, daß mein Benzinanzeiger auf »leer« stand, also bog ich bei Casey's auf der Dodge Street ein und stieg aus, um zu tanken. Ich bemerkte Harolds Truck nicht, aber als ich hineinging, um zu bezahlen, standen da Harold und Loren und versorgten sich mit Donuts und Pizzastücken. Loren zahlte gerade, und Harold stand hinten am Gefrierschrank und nahm etwas zu trinken heraus. Er lachte, und seine Stimme schallte durch den ganzen Raum. »Jaah, Dollie«, sagte er zu der Frau hinter der Theke, »ich sitz jetzt ganz schön in der Klemme. Eine Farm, zwei Jungs. Zwei gute Jungs ist ein Junge zu viel, weißt du. Bald kommen zwei Frauen dazu und sechs oder acht Kinder, und man muß gerecht sein, aber es gibt keine gerechte Art und Weise, den Kuchen aufzuteilen. Eine Farm kann nicht alle Menschen ernähren, also suchen sich ein paar, die genug Energie haben, Arbeit in der Stadt, aber man will sie ja nicht ganz übergehen, bloß weil sie Unternehmungsgeist haben. Also streiten sich die Frauen. So fängt's an, nicht?« Mittlerweile stand er wieder an der Theke, und er fixierte sie mit einem frechen Blick. Dollie war mit Harold zusammen in der achten Klasse gewesen, deshalb erwiderte sie seinen Blick und sagte: »Was du von Frauen verstehst, Harold Clark, hat mich noch nie besonders beeindruckt.« Er lachte, als wäre das ein Kompliment und machte weiter, und da er mich gesehen hatte, bezog er mich in seine Zuhörerschaft ein. »Aber das Beste ist, ich werd tot sein, wenn das alles passiert, und wenn unser Herrgott sagt, ›Harold, sieh dir an, was für ein Durcheinander du da angerichtet hast‹, werd ich sa-

gen: ›Ich wollte nur gerecht sein. Ich hab zwei gute Jungs gehabt, und ich hab die Heilige Schrift befolgt, denn hast du nicht selber gesagt, daß jeder denselben Tageslohn erhält, ob sie nun spät oder früh auf'm Weinberg erscheinen?‹ Und er wird sagen: ›Ja, das hab ich‹, und ich werd sagen: ›Also, da siehst du, du bist selber schuld.‹«
Harold brüllte laut vor Lachen, Loren lächelte, und Dollie zwinkerte mir zu. Nachdem Harold gegangen war, sagte sie: »Es ist ein Verbrechen, wie er vor den Jungs redet. Und nur vor ihnen. Wenn keiner von ihnen dabei ist, Ginny, sagt er keinen Pieps über sein Testament oder über das, was nach seinem Tod kommt oder sonstwas. Er redet vom Kaufen, als wär er unsterblich.«
»Wie geht's dir, Dollie?«
»Meine Enkeltochter geht mit einem Kirchenaustausch in die Sowjetunion, hast du davon gehört? Sechs aus der Kirche und sechs aus der Schule. Sie ist die jüngste. Sie nimmt eine Arbeit mit, die sie über die Schweineruhr gemacht hat. Bob Stanley hat das irgendwie über Marv Carson gedeichselt. Marv kennt jetzt Senator Jepsen, durch irgendeine Bankgeschichte.«
»Hmm.« Ich muß geistesabwesend gewirkt haben. Sie sah mich eindringlich an, als ich mich von der Theke abwandte, und sagte: »Diese Clark-Jungs sollten wissen, daß Harold nur so daherredet. Sie sollten sich nichts ausrechnen. Ich schätze, er hat überhaupt kein Testament, und er hat für die Steuern bestimmt nichts zurückgelegt.«
Ich dachte, sie erzählte mir das alles als indirektes Kompliment für meinen Vater, für unsere ganze Familie, weil wir vorbereitet waren. Oder aber als verschleierte Beleidigung. Es fiel mir schwer zu sagen, was die Nachbarn von uns dachten. Ich sagte: »Wenn ich mit Loren oder Jess rede und die Sprache darauf kommt, werd ich's ihnen sagen, Dollie.«
»Jemand muß das tun. Aber weißt du, Loren ist wie Harolds Schatten, und ich bin mir nicht wirklich klar über den älteren. Ich kenn ihn, seit er ein kleiner Junge war, aber wenn er hier reinkommt, verwechsel ich ihn immer mit 'nem Touristen. Er kommt mir vor wie'n Fremder.«

Pammy öffnete die Tür und sagte: »Komm, Tante Ginny, uns ist heiß.«

Dann gab die Tiefkühltruhe der Clarks den Geist auf, und Jess brachte Steaks und Koteletts zu uns herüber, bis sie von Sears einen Mann für die Reparatur bekamen. Ty saß gerade am Tisch und frühstückte. Jess fragte, wie es Daddy ging, ob wir den Truck gesehen hätten, und sagte dann: »Du kommst besser mit mir runter, Ginny, und zeigst mir, wo ich die hier hintun soll, damit sie nicht mit euren Sachen durcheinander kommen.«

Als wir uns über die Tiefkühltruhe beugten, küßte er mich aufs Ohr und flüsterte: »Komm morgen nachmittag zu der Müllkippe. Harold nimmt deinen Dad mit rein nach Zebulon, wegen irgendeiner Anbaugeschichte, und Ty fährt mit zu dem Laden mit Autoteilen.«

Ich trat von ihm weg. »Hat er mir gesagt.«

»Ich muß mit dir reden.«

Ich wandte mich von der Kühltruhe ab und ging die Kellertreppe nach oben. Mein Glück hielt. Die Küche war leer; Ty ließ draußen den Truck an. Er winkte mir zu, während er in die Straße einbog. Als Jess aus dem Keller kam, sagte ich: »Soll ich dir helfen, den Rest rüberzubringen?«

Ich konnte Harold rufen hören, sobald ich die Wagentür öffnete, um auszusteigen. Er rief: »Wer hat dir gesagt, daß du den Sprayer auf dem Feld stehenlassen sollst?« und dann irgendwas Unverständliches. Loren kam um die Ecke des Hauses, und ich merkte, daß ich dastand und starrte. Ich lächelte, und er lächelte etwas beschämt zurück. Ich folgte Jess ins Haus. Durch das Küchenfenster auf der Scheunenseite des Hauses konnte ich sehen, wie Harold auf die Scheune zumarschierte und auf dem Weg dorthin mit dem Fuß Erde oder Kies vor sich herstieß. Aber dann, als Loren wieder auftauchte, mit einem Steckschlüssel in der Hand, wirbelte Harold herum und ging mit ausgestreckten Händen auf ihn zu, als wolle er ihn schlagen oder erwürgen. Loren ließ sein Werkzeug fallen und wehrte ihn ab. Jess sagte: »Scheiße!« und lief aus der Küche. Als er die beiden anderen erreichte, brüllte er: »Harold!

Dad! Heh!« und packte Harold am Arm. Ich fand eine braune Papiertüte und füllte sie mit den weißen Fleischpacken, die in den Kühlschrank gequetscht waren. Die Gefriertruhe stand offen, von der Wand weggezogen, und stank nach diesem sauren Gefriergeruch und schwach nach Fleisch und Blut.

Die Tür öffnete sich, und Jess beförderte Harold grob in die Küche. Harolds Gesicht war purpurrot angelaufen. Jess sagte: »Jetzt setz dich hin«, und stieß ihn halb auf einen Stuhl. »Ich hab ihm gesagt, er soll den Sprayer auf dem Feld stehenlassen! Es war mein Fehler. Und jetzt laß ihn, verdammte Scheiße, in Ruhe!«

Ich dachte, Harold würde sich umwenden und ein Unwetter auf Jess loslassen, aber statt dessen schnüffelte er ein paarmal und sah ihn starr an. Schließlich sagte er, ohne mich anzusehen, aber in ganz munterem Ton: »Ginny, ich bin ziemlich unbeherrscht, das ist leider wahr. Ich entschuldige mich.«

Jess füllte eine Tüte mit den letzten Fleischpacken und einigen bunten Paketen gefrorenem Bohneneintopf und Spinat aus dem Lebensmittelladen. Er rollte die Augen. »Du solltest rausgehen und dich bei Loren entschuldigen, das wär besser.«

Harold zog ein gelbes Taschentuch hervor und putzte sich die Nase, stopfte dann das Taschentuch wieder in die Tasche. Jetzt sah er mich an. Ich stand da mit der kalten Tüte in den Armen und wollte hinausgehen. Harold beugte sich zu mir und beichtete: »Ich muß sagen, Ginny, daß alles an dem Jungen mich in letzter Zeit aufregt. Ich bin der erste, der zugibt, daß er's nicht verdient hat, aber ich brauch ihn bloß anzusehen, und er macht mich wütend. Die Art, wie er geht, die Art, wie er redet. Außerdem wird er fett. Verdammt, die Art, wie er ja und nein sagt und springt, wenn ich ihn auf dem Kieker habe. Das macht mich am wütendsten. Letztes Jahr um diese Zeit konnte er nichts falsch machen, jetzt kann er mir nichts recht machen. Ich schätze, daran ist Jess schuld.«

»Nein, Harold«, sagte Jess, »es ist deine Schuld, weil du dich gehenläßt. Wenn du weißt, daß du so bist, müßtest du dagegen angehen.«

»Ginny, ich geb zu, ich bin nicht so gut im Beherrschen.« Er sagte

das, als sollte ich ihn von der Notwendigkeit, sich zu kontrollieren, mit einem Lächeln oder einem Scherz freisprechen. Harold grinste tatsächlich an dieser Stelle, wobei er mich direkt ansah. Ich sagte: »Ich glaub, Jess hat recht, Harold. Ich glaub, du könntest dich beherrschen, wenn du's wirklich wolltest.«
Harold stand auf und ging Richtung Wohnzimmer, noch immer lächelnd. Er sagte: »Na ja, du hast keine Kinder, deshalb kannst du auch nicht wissen, wie das ist.«
Jess schüttelte vor Verzweiflung den Kopf, und wir gingen schleunigst raus. Loren war mit seinem Pickup weg, vermutlich um den Sprayer zu holen. Wir stiegen in Harolds Truck und schlugen die Türen zu. Ich sagte: »Ich würd gern wissen, was mit Daddy und Harold los ist.«
»Ich weiß nicht, was mit Larry ist, aber Harold gibt einfach nur an, genau wie immer. Ich frag mich, ob er wirklich so wütend auf Loren ist, wie er einen glauben läßt. Er macht einem was vor, einfach weil er das liebt.« Er ließ den Motor an.
»Ich fang so langsam an zu glauben, daß es keine Belohnung dafür gibt, das alles hier hinzunehmen.«
»Eine große Farm und die Chance, sie so zu bewirtschaften, wie du willst, ist eine Belohnung.«
»Du machst dich über mich lustig.«
Er fuhr auf die asphaltierte Straße. »Nein, hör mal. Ich hab was mit der Post gekriegt. Wußtest du, daß es in diesem Staat einen Verein organischer Farmer gibt? Typen, die nie zu Chemikalien gegriffen haben oder die vor zehn oder fünfzehn Jahren aufgehört haben, Chemikalien zu verwenden. Das bringt mich auf 'ne Menge Ideen. Und obwohl niemand in den Zeitungen was darüber schreibt und man sie lächerlich macht und alle gegen sie sind, ist es ein lebendiger und wachsender Verein. In Sac City gibt's jemanden, den ich mal besuchen wollte, wenn du mitkommst.«
Ich rollte die Augen. Jess lachte und beugte sich zu mir. Ich konnte ihn riechen. Ich preßte meine Lippen aufeinander.
»Vor einigen Tagen hattest du noch jede Menge Zweifel.«
»Das war, bevor ich von dieser Sache gehört hatte. Ginny, das ist

wichtig! Das ist etwas, das beide Hälften meines Lebens zusammenbringt.«

»Solange er lebt, wird Harold nicht zulassen, daß du organisch arbeitest.«

»Wir werden sehen. Er hält im Augenblick ziemliche Stücke auf mich, und ich hab mich ihm gegenüber nicht zurückgehalten, sondern gesagt, was er meiner Meinung nach falsch macht. Er hört auf mich.« Wir hielten an meiner Hintertür an. Niemand war in der Nähe. Ich sagte: »Du bist so unrealistisch. Ich komm so langsam dazu, das als eine deiner Tugenden anzusehen.« Während er durch die Tür ging, zwickte er mich leicht in den Hintern. Ich lachte, sagte aber: »Nein wirklich. Du hast uns alle verändert. Du bist aufgetaucht und hast uns alle auf den Kopf gestellt, und das kommt daher, weil du etwas tust, von dem du nicht weißt, daß du es tust.« Ich gab ihm die Tüte, die ich trug, und begann, das Frühstücksgeschirr vom Tisch zu räumen. Er stand eine Weile da – ich konnte ihn spüren – und lief dann die Kellerstufen hinunter. Das Haus schien über ihm zu schweben, über seiner Anwesenheit. Eine alltägliche Arbeit verrichten und das spüren war ein antreibendes, prickelndes Vergnügen für mich, und es gab sogar den Tellern, die ich abspülte, und den Essensresten, die ich in den Abfall kippte, Bedeutung.

Die Ereignisse jenes Tages und des nächsten Morgens schienen mir damals nur Reklameschilder an der Wand eines Tunnels zu sein, der zum nächsten Nachmittag führte. Ich fuhr meinen Vater zum Arzt, wo sie wohl seine Schnittwunden und Schürfungen untersucht haben müssen, mir aber nichts gesagt wurde – ich wartete einfach im Wartezimmer; selbst die Frau an der Rezeption war nicht da. Mittagessen mit Ty, dann der Nachmittag mit den frischen Ferkeln, wo ich ihm mit den letzten Neugeborenen half. Man mußte ihre Eckzähne herausbrechen, die scharf waren und noch schärfer werden würden, und ihre Schwänze stutzen, damit sie nicht gegenseitig darauf herumkauten und sich infizierten. Die Sauen mochten nicht, wie wir mit den kleinen Ferkeln umgingen, aber während der ersten Tage waren sie noch gefügig und fast immer schläfrig. Wir kastrierten ungefähr zwanzig kleine Eber. Als es Zeit zum Abendessen war, stanken wir und waren naßgeschwitzt, und trotz der Ventilatoren war es in dem Stall so heiß gewesen, daß mir das durch die Klimaanlage gekühlte Wohnzimmer Schauer über den Körper jagte. Duschen, dann Makkaroni und Käse zum Abendessen, ins Bett vor dem Dunkelwerden.

Ich lag in der heißen Dunkelheit wach, nackt und vom Laken zugedeckt. Immer wieder hob ich das Laken und sah darunter meine blau-weiße Haut an, meine Brüste mit ihren dunklen Brustwarzen, die verkürzten gerundeten Dreiecke meiner Beine, meine vorspringenden Füße. Ich sah mich an, während ich an Sex mit Jess Clark dachte, und ich fühlte, wie bei diesen Gedanken mein Fleisch elektrisch wurde, sich die Empfindungen um meine Brustwarzen herum konzentrierten, sich meine Vagina entspannte und öffnete, meine Lippen und meine Fingerspitzen so empfindlich wurden, daß sie ihre eigenen Formen erkannten. Als ich mich auf die Seite drehte und meine Brüste zusammenflossen und ich das Laken ein paarmal schnell aufschlug, um mir ein bißchen Luft zuzuwedeln, sah ich meine immer dagewesene alte Figur sich auf die immer dagewesene Art und Weise bewegen. Ich legte mich auf den Bauch, damit ich nicht mehr sehen konnte, damit ich mein Gesicht in dem schwarzen Kissen vergraben konnte. Es sah mir nicht ähnlich, solche Gedanken zu haben, und obwohl sie mich anzogen, stießen sie mich zugleich ab. Ich döste halb ein, vielleicht um dem zu entkommen. Ty, der schlief, rollte sich auf die andere Seite und legte mir seine Hand auf die Schulter, dann ließ er sie meinen Rücken hinuntergleiten, so langsam, daß mein Rücken mir so lang und gekrümmt wie der einer Sau vorkam, in einem glatten Bogen von meinem in der Erde wühlenden Kopf bis zu meinem kleinen Stummelschwänzchen. Ich wurde schlagartig wach und erinnerte mich an die kleinen Ferkelchen. Ty war mir sehr nahe. Es war noch immer heiß, und er drückte mir seine Erektion ans Bein. Normalerweise mochte ich es nicht, wenn ich nachts wach wurde und er mir so nahe war, aber meine vorangegangenen Phantasien müssen mich aufnahmebereit gemacht haben, denn das bloße Gefühl von ihm da, eine Mischung davon, daß ich einerseits seinen hartnäckigen Druck spürte und mir andererseits seine glatte, schwere Form vorstellte, ging über mich hinweg wie eine heiße Welle, und im selben Augenblick war ich atemlos. Ich umfaßte ihn mit der Hand und drehte mich ihm zu, nahm dann meine Hand weg und zog die Rundung seines Hinterns zu mir heran. Aber dieses eine Mal hielt ich es nicht aus, ihn nicht zu berühren, zu wissen, er war da, und ihn nicht in der Hand zu halten. Ty wurde wach. Ich keuchte, und er war im Nu auf mir. Das war wirklich etwas: zutiefst erregend und gleichzeitig nicht genug. Der Teil in mir, der noch immer eine Sau war, wollte sich suhlen, meine Haut gegen die seine pressen und versinken. Ty flüsterte: »Mach die Augen nicht auf«, und ich tat es nicht. Nichts würde mich aus diesem ungewohnten Traum meines Körpers schneller aufwecken, als die Augen zu öffnen.

Danach, als wir dann tatsächlich die Augen öffneten und wieder wir selber waren, sah ich, daß es erst Viertel nach zehn war. Ich rückte weg von ihm, auf die kühlere Bettseite. Ty sagte: »Ich mochte das. Es war schön«, und er legte mir liebevoll die Hand auf die Hüfte, ohne mich wirklich anzusehen. In seiner Stimme lag nur ein ganz leichtes Zittern der Verlegenheit. Das war für unsere Verhältnisse ziemlich gut. Dann hörte ich, wie Wind aufkam und in den Vorhängen raschelte, und dann hörte ich das Klappern von der Schweinefütterungsanlage und das Geräusch eines Autos, das in der Ferne beschleunigte. Es war Vollmond, und die Schatten von Fledermäusen flatterten im Mondlicht. Das Zirpen der Zikaden hob sich deutlich ab, das Bellen eines Hundes. Ich schlief ein.

Als ich es am nächsten Nachmittag mit Jess Clark auf der alten Pickup-Ladefläche auf der Müllkippe machte, war es viel linkischer. Meine Arme und Beine schlugen steif und stockartig an den Radkasten, auf die Ladefläche, stießen Jess in die Rippen, in den Rücken. Meine Haut sah grellweiß aus, weiß wie die Haut irgendeiner unterirdischen, blinden Kreatur. Als er sich vornüber beugte, um seine Turnschuhe aufzumachen, befühlte ich meine

Wangen, und sie waren feucht wie Lehm. Jess legte mich zurück. Ich sah nicht hin, während er mein Hemd aufknöpfte. Er sagte: »In Ordnung?«

Ich nickte.

»Wirklich?«

»Ich bin so was nicht sehr gewöhnt.«

Er zog sich ein wenig zurück, sein Gesicht war ernst, plötzlich vorsichtig.

»Doch«, sagte ich. »Bitte.« Es war demütigend, darum zu bitten, aber das war auch in Ordnung. In einer Weise beruhigend. Er lächelte. Das war die Belohnung.

Dann, danach, begann ich auf einmal zu zittern.

Er setzte sich auf, und ich machte drei Knöpfe an meinem Hemd zu. Er sagte: »Frierst du? Hier draußen sind ja auch nur 35 Grad.«

»Vielleicht hab ich A-A-A-Angst.«

Aber ich hatte keine, nicht mehr. Das Zittern war jetzt reine Begierde. Während mir klar wurde, was wir getan hatten, begann mein Körper darauf zu reagieren, was er nicht getan hatte, während wir es taten – niemals zuvor getan hatte, dachte ich damals. Ich fühlte mich verbrannt vor Begierde, durchstrahlt, durchsichtig gemacht. Jess sagte: »Bist du okay?«

Ich sagte: »Halt mich einen Augenblick und red weiter.«

Er lachte ein warmes, vergnügtes und sehr intimes Lachen und sagte so etwas wie, also, der Sears-Mann komme morgen raus, endlich, und ich kam mit einem trommelnden Ausbruch von den Zehen bis zum Kopf. Ich begrub mein Stöhnen an seinem Hals und seiner Schulter, und er hielt mich fest genug, um mir die Rippen zu brechen, was gerade fest genug war, um mich zu bändigen, dachte ich. Er redete weiter. Harold fühlte sich ein wenig schuldbewußt und machte Loren eine Thunfisch-und-Pilz-Suppe mit Nudeln zum Abendessen. Jess hatte versprochen, sie um halb fünf in den Herd zu stellen; wie spät war es jetzt? Der Farmer aus der Nähe von Sac City hatte ihn zurückgerufen, vierhundertsiebzig Morgen Mais und Bohnen, nur Kompost und Tiermist als Dünger, der Typ hieß Morgan Boone, was vertraut klang, klang es mir auch vertraut? Er sagte, Jess könne jederzeit kommen. Jess ließ mich los und sah mich eine oder zwei lange Minuten an. Ich sah auf die Falten unter seinen Augen, seine scharfe Nase, seinen ernsten Ausdruck. Sein Gesicht war mir zutiefst vertraut, als hätte ich es mein ganzes Leben lang angestarrt. Ich holte ein paarmal tief Atem und legte mich zurück an seine Schulter. Der Himmel war stahlblau, die Sonne in den spitzenartigen Blättern der Akazie über uns gefangen. Ich wollte sagen, was jetzt, aber das war mit Sicherheit eine gefährliche Versuchung, deshalb ließ ich es. Ich sagte: »Wie spät ist es? Haben wir das schon rausgekriegt?«

»Viertel nach drei.«

»Ich bin um eins aus dem Haus gegangen.«

»Kommt mir vor wie in einem anderen Leben.«

»Stimmt das?« Aber es fiel mir schwer zu glauben, daß solche Episoden wie diese an der Westküste nicht ziemliche Routine für einen gutaussehenden Mann waren. Ich versuchte, witzig zu klingen. »Du hast sowas früher schon mal gemacht.«

»Ja, ich hab schon mit Frauen geschlafen. Ich hab so was noch nicht gemacht.«

Ich sagte: »Ich hab nicht mit Männern geschlafen. Ich hab mit Ty geschlafen.«

»Ich weiß, Ginny. Ich weiß, was das bedeutet.«

»Vielleicht weißt du das, vielleicht auch nicht.«

Ich setzte mich auf und streckte den Arm nach meiner Unterhose aus. Die Welt sah komisch aus, als wäre sie nicht sie selbst, sondern ein 360-Grad-Panoramafoto von sich selbst. Ich sah Jess wieder an, lehnte mich dann gegen seine Schulter. Er sagte: »Ich vertrau dir. Ich hab dir von Anfang an, als ich dich bei dem Spanferkel-Essen wiedergesehen habe, vertraut. Das gehört zu den Dingen, die mich wieder hierher zurückziehen.«

»Oh«, sagte ich. »Das.«

Jess lachte, ging aber nicht weiter darauf ein. Ich seufzte, fragte mich, wann Ty und Harold und Daddy und Pete zurückkämen. Rose war auch weg, war mit den Mädchen nach Mason City gefahren. Ich spürte, wie ich mich von Jess löste. Es war ein natürlicher, willenloser Prozeß, ein Abebben, das beruhigender war als alles andere, schien es doch zu bedeuten, daß ich sowohl befriedigt sein konnte als auch voller Begierde. Meine Nase juckte, und ich setzte mich auf und wischte mir mit dem Ende meines Hemdes darüber. Jess hatte sich auch aufgesetzt. Wir lächelten uns an, eine weitere Stufe im Prozeß des Abebbens. Als er sich nach seinem Hemd vorbeugte, fuhr er mit der Hand mein Schienbein entlang und sagte: »Du hast schöne Knöchel. Sie fallen mir jedesmal auf.« Dann: »Darf ich dich was fragen?«

»Klar.«

»Wie kommt es, daß du und Ty keine Kinder habt?«

»Na ja, ich hatte fünf Fehlgeburten.«

»Meine Güte, Ginny.«

»Ty weiß nur von dreien. Es war zuviel für ihn danach, und deshalb behalt ich's für mich.«

Ein harter Ausdruck ging über Jess' Gesicht, und eine Welle von Angst überlief mich. Ich griff nach meinen Jeans und sagte: »Na ja, natürlich sollte ich ihn nicht hintergehen. Ich weiß...«

»Es ist das Scheißwasser.«

»Was?«

»Habt ihr euer Brunnenwasser mal auf Nitrate untersuchen lassen?«

»Hm, nein.«

»Hat dir dein Arzt nicht gesagt, daß du das Brunnenwasser nicht trinken darfst?«

»Nein.«

Er stand auf und zog sich die Jeans hoch, setzte sich dann und zog sich, ohne etwas zu sagen, beide Socken an. Ich sah ihm an, daß er sehr erregt war. Ich sagte: »Jess...«

Er explodierte. »Man weiß schon seit zehn Jahren oder länger, daß Nitrate in Brunnenwasser Fehlgeburten und den Tod Neugeborener verursachen. Weißt *du* nicht, daß der Kunstdünger zum Teil abgespült wird und ins Wasser sickert? Ich kann's nicht glauben.«

»Daran lag's nicht. Es hat einfach nicht geklappt. Rose hat das Wasser getrunken und ...«
»Es ist nicht einheitlich. Es wirkt sich nicht bei jedem gleich aus, und nicht alle Brunnen sind gleich. Eurer könnte näher an den Entwässerungsschächten sein.«
»Ich weiß nicht.«
»Versucht ihr's immer noch?«
Wir sahen uns an, bedachten beide die Absurdität dieser Frage angesichts der Umstände und brachen in Lachen aus. »Nicht heute«, sagte ich. »Ich hab mein Pessar drin.«
»Heh ...« Er griff in die Hosentasche und holte eine Art blaue Plastikkapsel hervor. Ich sagte: »Was ist das?«
»Ein Kondom. Nur daß ich vergessen hab, daß ich daran gedacht hab, es mitzubringen.« Ich nahm es und ließ es auf meiner Handfläche hin- und herrollen. Seine Umsicht war tröstlich. Ich gab es ihm wieder, und er sprang von der Ladefläche und half dann mir herunter. Wir küßten uns, zärtlich und mit Bedacht, so wie man sich küßt, wenn man die Angst verloren hat, sich zu küssen, und dann ging ich gebückt um die wilden Rosenbüsche herum nach Hause, ohne mich umzusehen. Ich fühlte mich sehr ruhig, vollständig und erfüllt, als bräuchte ich das nie wieder zu tun.
Als wir beim Abendessen saßen und er mir von seiner Fahrt nach Zebulon erzählt hatte, wen er gesehen und wie mein Vater sich aufgeführt hatte, sagte Ty: »Ginny, warst du gestern abend geschützt?«
Ich sah von meinem Teller auf, schob ihn dann von mir. Ich klopfte gegen das Wasserglas. Ich sagte: »Na ja, nicht direkt. Aber meine Tage sind gerade vorbei. Ist schon in Ordnung.«
»Bist du sicher?«
Ich fuhr ihn an: »Soll diese Frage bedeuten, du zweifelst an meinem Wissen oder an meiner Ehrlichkeit? Was von beidem?«
Er schnappte zurück: »Sie bedeutet, daß es gewisse Dinge gibt, für die ich nicht bereit bin, noch nicht.«
»Es ist fast zwei Jahre her.«
»Es ist fast drei Jahre her.«

Er hatte recht. Ich hatte an das vierte Mal gedacht. Ich spürte, wie mein Gesicht heiß wurde. Ich hob die Stimme. »Okay, also. Es ist fast drei Jahre her. Das gibt mir umso mehr recht.«
Er stand auf und verließ die Küche, wobei er die Tür vorsichtig hinter sich schloß. Ich sah ihm dabei zu, ohne mich vom Tisch wegzubewegen. Er trat auf die Straße und ging auf die Ecke der 686 und Cabot Street Road zu. Ich sah zu, wie er wegging, und lauschte dem dünnen Klang seiner Stiefel auf dem Asphalt. Ich saß eine lange Zeit da und starrte aus dem Fenster, und zum ersten Mal wurde mir klar, was ich an diesem Tag getan und gedacht und gefühlt hatte, daß es beinahe jedem Unbeteiligten erscheinen mußte, daß ich mein eigener Feind und der Feind meiner ganzen Familie und aller meiner Freunde geworden war. Damals nistete sich die Furcht für immer bei mir ein. Nach einer Weile ging ich nach oben und nahm mein Pessar heraus und wusch es und legte es in sein Etui.

22

Man brauchte nicht lange zu warten, wenn man etwas Geld übrig hatte und entschlossen war, neue Farmgebäude zu bauen, kaum lange genug, um die Sache noch einmal zu überdenken. Und es dauerte nicht lange, bis die Augen in den Prospekten wie von selbst zu den besten Maschinen und Geräten wanderten – Abferkelboxen, Belüftungsanlagen, Fütterungs- und Entmistungsanlagen, Bodenheizungen. Seit fünf Jahren hatte Ty schon davon gesprochen, daß er die Größe unserer Schweinemast verdoppeln wollte, von fünfhundert fertigen Schweinen pro Jahr auf tausend, mit einem kleinen Deckbetrieb nebenbei – die »Eberboutique« nannte er das. Loren Clark hatte auf dem College einen Grundkurs in Tierwissenschaft gemacht, und sie hatten ständig Artikel über Schweinemast ausgetauscht.
Als wir in der Woche, nachdem Daddy die Farm überschrieben hatte, damit begannen, uns Prospekte von Systemherstellern für Schweinemastanlagen anzusehen, wurde schnell deutlich, daß viertausend fertige Schweine pro Jahr eine irgendwie noch bessere Zahl war, ehrgeizig, aber zu schaffen, eine Zahl, die einem bei den Nachbarn Respekt verschaffte. Viertausend war auch eine Zahl, die Marv Carson gefiel, das war das eine, zwischen hundert und hundertzwanzig produzierenden Sauen, und es war eine Zahl, auf die der Harvestore-Vertreter ständig zurückkam. Es war auch die Zahl, welche die Spatzen vom Dach des Stadtcafés pfiffen, die Zahl, von der andere Farmer träumten und von der sie »wußten«, daß sie die wirtschaftlichste Größenordnung war, nicht zu groß für einen Familienbetrieb, aber groß genug, um Geld zu bringen.

Ziemlich bald wurden viertausend Schweine unser Plan, und Marv Carson gab uns einen Kreditrahmen von 300 000 Dollar.
Der Plan sah vor, die Überreste des alten Kuhstalls umzubauen, um so die Räume, in denen die Ferkel geworfen und gesäugt werden sollten, zu erweitern, ein Gebäude für die trächtigen Sauen auszubauen, eins für die Aufzucht und eins für die fertigen Schweine, einen großen Slurrystore für den Mist zu bauen und zwei kleine Harvestores für den Mais hochzuziehen, der als Schweinefutter verwendet werden sollte. Die Gebäude würden alle von unserem Haus aus westlich an der Cabot Street Road stehen, zum Teil, weil der Kuhstall bereits da war, aber auch, weil die Cabot Street Road eine befahrenere Straße und in besserem Zustand war als die 686.
Ich glaube, daß Ty, trotz all seiner Erfahrung in den grundlegenden Dingen des Farmens, wo bequeme Handhabung und praktische Anwendbarkeit Vorrang haben vor allen ästhetischen Gesichtspunkten, sich noch immer die verwandelte Scheune und die anderen Gebäude hingestreckt in einer parkähnlichen Umgebung vorstellte, vielleicht sogar auf wundersame Weise erhöht, so daß man sie von weitem sehen und bewundern konnte, so wie wir da unten in der Nähe von Tama oder Cedar Rapids Farmen bewundert hatten, die sanfte Abhänge krönten und nach Süden blickten. Beim Frühstück oder Mittagessen nahm Ty ein paar Prospekte von dem Stapel neben dem Telefon in der Küche und blätterte sie durch, oder er studierte die Zeichnung, die der Harvestore-Mann ihm gegeben hatte, auf der die Umrisse unseres Hauses und der Scheune mit forschen Strichen festgehalten, die Breite der Straße und die neuen Wege eingezeichnet waren, der große Kreis des Slurrystore so exakt wie nur möglich mit einem Zirkel gezogen war und die kleineren Kreise der Harvestores sich eng an die Gebäude für die trächtigen Sauen schmiegten. Wenn er sich das alles sorgfältig angesehen hatte, gab er mit einem leichten, ungläubigen Schütteln des Kopfes ein leises »Hmmp« der Zufriedenheit von sich, und manchmal sagte er mit angehaltenem Atem: »Na, ist das etwa nichts?«

Während mein Vater schwieriger wurde, begannen die neuen Gebäude für Ty zu so etwas wie unserer Rettung zu werden, die wunderbaren neuen Silos, die neuen Schweine, die neue Ordnung, der Slurrystore als Krönung des Ganzen, wo die Schweinegülle so lange aufbewahrt wurde, bis er dem Boden zurückgegeben werden konnte – keine Abflußrinne, kein Geruch, kein Abfall, ein geschlossener Kreislauf. Ty war sich sicher, daß die Begeisterung meines Vaters für die Zukunft wieder erwachen würde, wenn er erst einmal sah, wie die neuen Gebäude wuchsen. Niemand konnte neugeborenen Ferkeln widerstehen, so lebendig und rosa wie sie sind, eifrig, wenn sie überall auf der Sau herumklettern, sich abzappeln, um an die vorderen Zitzen zu kommen, miteinander spielen, quieken, gucken, gucken, durch die Stäbe ihrer Boxen gucken und ihre kleinen schwarzen Äuglein vor Neugierde leuchten. Wenn mein Vater so lange durchhalten könnte, bis es bei uns nur so überschäumte vor Leben und Bewegung, dann würde er, Ty war sich sicher, wie neugeboren einen zufriedenen Ruhestand erleben, beschäftigt, zahlungsfähig und interessiert, wie die Farmer im Café sagten.

Auf dem Feld war vorher, als wir an neue Pläne noch nicht gedacht hatten, Mais gesät worden, deshalb nahm Ty an dem Tag, als Marv Carson mit der Bewilligung zu uns herauskam (die er schneller durchgekriegt hatte, weil der Bankvorsteher der Schwager des für das County zuständigen Bauinspektors war, und die er uns herausbrachte, obwohl es Samstag war), den Pflug und pflügte zwanzig Morgen hüfthohe Maispflanzen unter. Daddy arbeitete an jenem Tag mit Pete, sie säuberten und ölten den Mähdrescher, was sie möglichst immer während der Hochsommerflaute taten. Am nächsten Tag ließen wir alle den Gottesdienst ausfallen. Zeit war entscheidend, wenn Ty bei der Zucht keine Unterbrechung zulassen und bald wieder mit der Abzahlung der Summen, die demnächst ausgegeben werden würden, beginnen wollte. Der Vorarbeiter der Firma aus Kansas, bei der wir die Gebäude bestellt hatten, der Harvestore-Mann aus Minnesota, der Bauunternehmer aus Mason City, der die Verantwortung für das ganze

Projekt hatte, und Ty und Pete trafen sich und fingen mit den Abmessungen an, so daß die Arbeit gleich Montag morgen beginnen konnte. Am Sonntagabend fuhr der Zementmischer vor, und Ty war um 5 : 30 frühmorgens aus dem Bett und am Bauplatz.

Ich mußte Daddy zum Chiropraktiker nach Pike fahren, damit der ihn nach dem Unfall richtete.

Rose sagte: »Bring ihn auch dazu, daß er einkaufen geht. Es gibt bestimmt etwas, das er braucht, Socken oder so. Du könntest einen ganzen Tag mit ihm verbrauchen.«

»Wir könnten im Café zu Mittag essen.«

»Gute Idee. Dann kann er morgen mit Pete an dem Mähdrescher weitermachen. Das wird sicherlich ein paar Tage in Anspruch nehmen. Wenn wir ihm etwas zu tun geben wollen, dann richtig.«

Ich nickte. Wir standen an meiner Hintertür, und ich sah über ihre Schulter, wie Jess Clark die Straße heruntergejoggt kam. Er blieb stehen, um dem Baubeginn zuzusehen. Rose drehte sich um, sah ihn, sah mich wieder an und lächelte ein ganz kleines Lächeln. Ich überlegte, ob ich mich verraten hatte, sagte aber ganz leicht dahin: »Was hast du heute vor?«

»Linda hat Stoff für einen Trainingsanzug gekauft. Ich hab gesagt, ich würde ihr beim Zuschneiden helfen. Du weißt, was das bedeutet.«

»Tränen und Wut?«

»Genau. Weißt du, diese Anzüge gibt's in der K-Mart in Mason City für ungefähr fünfundzwanzig Dollar. Sie sind außerdem süß. Aber Linda will im Augenblick nichts von der K-Mart. Näht deine Maschine solchen Stoff?«

»Ich glaub schon. Du kannst es bei mir machen, wenn du möchtest.«

»Mal sehen.« Jetzt hatte sie sich umgedreht und sah auf den Bauplatz. Sie wandte sich wieder mir zu. »Noch einen letzten Gefallen?«

»Klar.«

»Bring den Chiropraktiker dazu, daß er ihm körperliche Betätigung vorschlägt. Ich bin mir sicher, das ist eher sein Problem als der Unfall.«

»Was immer du sagst.«

»Du wirst sehen.« Ihre Stimme war voller Ironie. Ich lachte und stieg in mein Auto.

Daddy wartete neben den Küchenschränken auf seiner Einfahrt. Seit dem Frühstück hatte er seine Arbeitskleidung ausgezogen und trug nun saubere Khakihosen und ein dunkelblaues Hemd. Ich fuhr vor, und er stieg ein, ohne etwas zu sagen. Als wir an dem Bauplatz mit den vielen Menschen vorbeifuhren, drehte er sich auf dem Sitz herum und starrte aus dem Rückfenster, bis längst alles in dem staubigen Dunstschleier verschwunden war.

Ich konnte nicht mit Daddy fahren oder auch nur in einem Raum mit ihm sein, ohne das erstickende Gefühl seiner Anwesenheit zu verspüren, aber als er sich dann auf seinem Sitz nach vorne drehte und aus dem Fenster zu sehen begann, nahm ich meine mittlerweile zur Gewohnheit gewordenen Gedanken an Jess Clark wieder auf. Fünf Tage waren seit unserem Rendezvous an der Müllkippe vergangen, zwei Regentage, die anderen angefüllt mit Aufgaben und Familienpflichten und jetzt der Bauerei. Es war klar, daß Zeit alleine für uns bestenfalls minimal sein würde, vielleicht auf Wochen hin. Seitdem die Monopolyspiele nicht mehr stattfanden, kam Jess nicht mehr so regelmäßig, so daß mir noch nicht einmal das schreckliche Vergnügen blieb, mir vielleicht unter den wachsamen Augen der anderen eine Blöße zu geben, während ich ihm den Kaffee reichte oder unverfängliche Fragen nach Harold stellte.

Ich redete mir ein, daß mir dies alles recht war, daß man so leben konnte, daß es vielleicht das einzig mögliche Leben war, da alle anderen Pfade, die meine Phantasie beschritten hatte, gleichermaßen unmöglich schienen. Sich vorzustellen, wir würden irgendwo anders zusammen leben, sagen wir an der Westküste, hieß sich vorstellen, daß wir nicht wir selber waren und, in gewisser Weise, daß wir nichts füreinander hatten, da das, was wir füreinander hatten, unseren miteinander verflochtenen Geschichten zu er-

wachsen und an diesen besonderen Ort gebunden zu sein schien. Aber sich uns zusammen an diesem Ort vorzustellen hieß, sich Kollisionen und Explosionen vorzustellen, seismographische Bewegungen der Erde, auf der wir standen. Es hieß letzten Endes, sich alle anderen um uns herum tot vorzustellen. Und ich stellte es mir vor, mit einer Unterströmung stummer Angst, die unter meiner allzugroßen Bereitwilligkeit, mir das Schlimmste auszumalen, verlief. Sich vorstellen, Jess wäre nicht da, hieß sich zwei andere Unmöglichkeiten vorstellen – daß er niemals zurückgekommen war (aber er war es, und zuweilen machte ich mir das mit einem drückenden Gefühl, das Reue sehr ähnlich war, aufs neue klar) oder, manchmal, daß ich diejenige war, die tot war. Wenn ich mich zu der Vorstellung zwang, daß er von hier wegginge, zurück nach Seattle, heiratete, Kinder bekäme, dann schien mir tot zu sein auf jeden Fall besser, als zu dem Leben zurückzukehren, das ich vor seiner Rückkehr gelebt hatte.
Mein Vater sagte: »Das ist 'ne schöne Farm.«
Ich sah nach rechts, aber wir waren schon vorbei. Ich sagte: »Ward LaSalles Farm?« Ward war Kens Cousin zweiten Grades.
»Saubere Felder.«
»Du hast den Verband von deiner Verletzung abgemacht, Daddy. Sieht ziemlich gut aus.«
»Muß Luft dran kommen.«
»Heute vielleicht. Aber du wirst ja wohl nicht mit einer offenen Wunde an dem Mähdrescher arbeiten wollen, oder? Hast du irgendeine antibiotische Salbe zu Hause?«
Er gab keine Antwort.
»Wir können welche besorgen.«
Es war albern anzunehmen, Jess würde niemals heiraten. Er wollte ja auf keinen Fall wie Loren sein.
»Was ist los mit dir?«
Ich schreckte auf. »Was?«
»Was ist los mit dir? Der Sattelschlepper hat dich überholt, und du machst ein Gesicht, als wolltest du aus der Haut fahren.«

Ich hatte den Sattelschlepper noch nicht einmal gesehen.
Es war bemerkenswert, wie meine Verfassung sich in den letzten fünf Tagen geändert hatte. Ich spürte noch ganz deutlich die Kraft von damals, als ich geduckt um die Rosenbüsche herum nach Hause gegangen war. Ich hatte eine Distanz zwischen uns schaffen wollen. Ich hatte im wahrsten Sinne des Wortes genug von ihm gehabt, war voll von ihm, und wenn auch nicht direkt glücklich oder in Hochstimmung, hatte ich mich doch irgendwie fertig gefühlt, als wäre in mir etwas berichtigt worden. Wir hatten uns nichts versprochen, die Zukunft noch nicht einmal erwähnt – was wir taten, schien aus der Vergangenheit zu kommen, war die Einlösung eines Versprechens der Vergangenheit.
Ich weiß nicht, warum ich überrascht war, als ich merkte, wie schnell sich diese Gefühle verflüchtigten, wie sehr ich mich danach sehnte, das wieder zu haben, von dem ich geglaubt hatte, es wäre genug für ein ganzes Leben.
Ich weiß nicht, warum ich überrascht war, als ich entdeckte, daß ich all meine Erinnerungen an Jess in Frage stellte, sie nach Hinweisen durchsuchte, die mir über seine Gefühle und Pläne Aufschluß geben könnten. Ich wußte von seinen Gefühlen und Plänen. Er war all das, was er mir gesagt hatte – ruhelos, voller Angst, hin- und hergerissen zwischen dem, was er als amerikanische Gier und orientalische Gelassenheit bezeichnet hätte. Ich wußte, was mit Jess los war, aber es war auf einmal alles rätselhaft.
Ich weiß nicht, warum ich überrascht war, als ich entdeckte, daß alles sich verändert hatte, war es doch im Rückblick offensichtlich, daß ich alles hatte ändern wollen.
Und ich war überrascht, als ich entdeckte, wie meine Gedanken all diese Dinge immer wieder überarbeiteten, wie sie alle gleichzeitig da waren. Ich schien an der Oberfläche ständig mit mir selbst zu reden, mir selber Anweisungen zu geben oder Mahnungen zuzurufen, mich selber zu fragen, was ich wirklich wollte, Vergleiche anzustellen, eifrig mit meinen rationalen Fähigkeiten jeden Aspekt meiner Gefühle für Jess zu untersuchen, als gäbe es tatsächlich etwas zu entscheiden. Unter dieser Stimme floß, viel süßer, die

Geschichte dahin: was er tat, und was ich tat, und was er dann tat, und was ich danach tat, verführerisch, träumerisch, meist wortlos, sich selbst ohne Unterlaß erneuernd, sich dann in unmögliche Zukunftsformen verlängernd, die mich zermürbten. Und darunter war ein Tier, ein Hund, der in mir lebte, sich schüttelte, hochsprang, bellte, angriff, gierig nach Dingen schnappte, so wie ein Hund sein Fressen verschlingt.

Daddy sagte: »Dieses Spacelabdings soll direkt hier über diese Gegend gehen, steht in der Zeitung.«

Ich sagte: »Was?«

»Das Ding, das runterkommt. Kurvt die ganze Zeit hier über uns rum. Das wird was, wenn's runterkommt, das sag ich dir.«

Ich sah auf ein vorüberziehendes Feld, flach und schutzlos, und dachte für kurze Zeit an Meteoriten und Raumkapseln, Dinge, die erst in der Atmosphäre glühten, dann Löcher in den Boden schlugen. Ich spürte Angst in meinem Bauch flattern. Ich sagte: »Mach dir darüber keine Sorgen. Du könntest es anziehen.« Er wandte seinen großen Kopf und sah mich an. Ich lächelte. Ich sagte: »Das sollte so was wie ein Witz sein, Daddy.«

Er sagte: »Die Leute passen immer weniger auf. Sie werden nachlässig, weil sie nicht mehr richtig ausgebildet sind.«

Ich sagte: »Du kannst dich nicht vor Skylab in acht nehmen, Daddy. Die Einzelteile sind zu schwer.«

»Sie sind mit dem ganzen Ding nachlässig umgegangen. Sollte überhaupt nicht runterkommen. Jetzt sind sie die Angeschmierten, nicht?«

»Wahrscheinlich.« Nach einem Moment sagte ich: »Ich dachte eigentlich, daß es heute kühler werden sollte.« Wir kamen nach Pike und fuhren an dem Getreidesilo vorbei, der direkt neben den Güterwagengeleisen stand. Die Praxis des Chiropraktikers war im ersten Bürohaus am unteren Ende der Main Street. Ich parkte im Schatten der Markise. Als wir ausstiegen, sagte Daddy: »Was tust du?«

»Ich werd die Main Street runterbummeln. Ich hol dich ab, und dann gehen wir ins ›Pike's Peak‹ zum Mittagessen.« Er schnaubte.

Ich sagte: »Ich hab keine Lust, im Auto zu sitzen. Es ist schrecklich heiß.«
»Was, wenn ich fertig bin, bevor du zurück bist? Dann muß ich warten.«
»Das Büro ist klimatisiert. Unterhalt dich 'n bißchen mit Roberta.«
»Du wartest. Du kannst dir ein andermal die Schaufenster ansehen.«
»Ich treff dich dann im ›Pike's Peak‹.«
»Ich hab keine Lust, da in der Hitze zu Fuß hinzugehen.«
Ich blinzelte die Straße hinunter zu der Bankuhr. 11 : 12, 30 Grad. »Es sind nur eineinhalb Block, und so heiß ist es gar nicht, Daddy. Der kleine Spaziergang wird dir guttun.« Diese Unterhaltung machte mich atemlos, als trüge ich ein enges Korsett.
»Du wartest. Ich will fahren.«
Ich sah zum Chiropraktiker hinüber. Roberta Stanley, die Sprechstundenhilfe, saß direkt hinter der Tür und beobachtete unseren Streit. Ich sagte: »Es ist langweilig zu warten, Daddy. Ich hab kein Buch und keine Zeitschrift und nichts dabei.« Ich haßte den bittenden Unterton, der sich in meine Stimme schlich. Wo war die Kraft geblieben, die ich noch wenige Tage zuvor gespürt hatte, die Kraft zu befehlen, statt Befehle entgegenzunehmen?
Ermutigt von eben diesem bittenden Unterton, hob Daddy seine Stimme ein wenig: »Du wartest.«
Ich stieg wieder ins Auto. Es war die Gegenwart von Roberta Stanley, die mich wieder ins Auto stiegen ließ. Daddy drehte sich um und ging schwerfällig zur Tür. Roberta stand hinter ihrem Schreibtisch auf und öffnete sie ihm. Nachdem er eingetreten war, blieb Roberta noch einen Augenblick stehen und lächelte mir zu. Ich winkte, und sie winkte zurück. Ich kauerte mich tief in den Sitz. Die gesamte Stanleysippe würde bestimmt hiervon erfahren, Roberta war eine schreckliche Klatschtante. Ich mochte es nicht, wenn die Leute über uns redeten. Es war mir egal, wie, Mißbilligung, Spott, selbst Sympathie oder Zuneigung. Ich mochte es nicht, daß sie überhaupt eine Meinung über uns hatten.

Es bestand die entfernte Möglichkeit, daß ich Jess Clark in Pike treffen würde. Er fuhr häufig für Harold und Loren in die Stadt, wenn sie etwas brauchten, und er hatte sich angewöhnt, alle Lebensmittel einzukaufen, da weder Harold noch Loren jemals daran dachten, sein Vegetariertum zu berücksichtigen. Das wäre schön, dachte ich, ihn nur den Bürgersteig hinunterschlendern zu sehen, ihn nur aus der Ferne zu betrachten, seine Gestalt in dieser Umgebung. Eine von vielen, eine Größe, die zu bewältigen war. Er tauchte nicht auf, aber meine Gedanken an ihn riefen die Stimmen, und ich überließ mich ihnen und rutschte tiefer in den Sitz. Durch die Entspannung fühlte ich mich leicht erregt. Ich schloß die Augen.

Daddy bestellte das vollständige Tagesgericht – Roastbeef mit Soße und Kartoffelbrei, grüne Bohnen aus der Dose, Eis, drei Tassen Kaffee. Ich nahm überbackenen Käse auf Römerbrot, Kartoffelchips, Pickles und eine Cola. Wir saßen einander gegenüber, und ich sah, wie er meinen Teller unter die Lupe nahm. Er sagte: »Ist das dein ganzes Mittagessen?«

»Ich hab irgendwie keinen Hunger.«

»Hmmp.«

»Du solltest das eigentlich nicht alles aufessen. Das ist zu viel. Es ist 'n heißer Tag.«

»Du hast vorher gesagt, es wär nicht heiß.«

»Daddy, wenn du mehr körperliche Bewegung hättest, würdest du dich besser fühlen. Ein kleiner Spaziergang die Main Street runter vom Chiropraktiker zum Café würde dich nicht umbringen.«

»Ich kann das. Ich will es aber nicht. Ich bin genug in meinem Leben gelaufen, und jetzt will ich Auto fahren.«

»Hat Dr. Hudson mit dir über körperliche Betätigung gesprochen? Es ist wichtig...«

Er winkte mit seiner Gabel ab.

»Dann hoff ich nur, daß sie dir den Führerschein nicht abnehmen.«

Er nahm einen Schluck Kaffee. »Du solltest nicht so mit mir reden. Ich bin dein Vater.«

»Ich geb mir alle Mühe, dich zu achten, Daddy.«
»Du gibst dir nicht genug Mühe. Du denkst, weil ich euch Mädchen die Farm gegeben hab, braucht ihr euch nicht mehr gut mit mir stellen. Ich weiß, was los ist.«
»Das ist nicht wahr, Daddy. Wir geben uns größte Mühe.« Ich lächelte. »Es ist nicht gerade leicht, mit dir auszukommen, weißt du.«
»Ich mag es nicht, wenn jemand faul ist oder wenn er nicht aufpaßt. Es ist ein hartes Geschäft, und es erfordert harte Arbeit.«
Ich lächelte weiter. Die zweite Hälfte meines Sandwichs lag auf meinem Teller, und ich hatte Hunger darauf, aber statt zu essen, hörte ich mich sagen: »Ich finde nicht, daß man sagen kann, wir sind faul. Auf jeden Fall aber finde ich nicht, daß du uns irgendeine Form von Achtung entgegenbringst, Daddy. Ich glaub nicht, daß du dir jemals etwas aus unserer Sicht der Dinge überlegst.«
»Glaubst du nicht, eh? Ich hab mein ganzes Leben lang geschuftet, und ich hab für dich und deinen Mann etwas geschaffen, wo ihr gut leben könnt, mit einem schönen Haus und gutem Einkommen, in schlechten und in guten Zeiten, und du glaubst, ich sollte immer mal überlegen und mich nach eurer, wie hast du das genannt, eurer ›Sicht der Dinge‹ fragen?«
Ich spürte, daß ich bis unter die Haarwurzeln rot wurde, und schob den Teller von mir. »Ich will bloß mit dir auskommen, Daddy. Ich will keinen Streit. Also streite du dich auch nicht mit mir.«
»Weißt du, Mädchen, ich hab nie so zu meinem Vater gesprochen. Es stand mir nicht zu, ihn zu beurteilen oder sein Verhalten zu kritisieren. Ich will dir 'ne Geschichte aus den alten Tagen erzählen, und vielleicht erinnert die dich wieder daran, wofür du dankbar sein solltest.«
»Okay.« Ich lächelte wie eine Verrückte.
»Es gab da 'ne Familie, die südlich von uns 'ne Farm hatte. Der alte Herr war älter als mein Dad, und er kam daher und legte das Land da unten trocken, er und seine Söhne. Er hatte vier Söhne, und als der jüngste ungefähr zwölf war, wurde er krank und bekam

diese Poliogeschichte. Das war vor langer Zeit, noch bevor ich zur Schule ging. Also, dieser Junge war dann zu der Zeit, an die ich mich erinnern kann, total verkrüppelt, aber er blieb nicht im Haus, nicht dran zu denken. Der alte Herr sorgte dafür, daß er rausging, und er mußte seine Furchen genauso gerade pflügen wie die anderen Jungs, und er verprügelte ihn auch, um ihm zu zeigen, daß es kein Entrinnen für ihn gab. Da waren zwei Töchter, und eine ging und verließ das Haus, als sie ungefähr sechzehn war, und dabei beschimpfte sie ihren Vater, er wäre 'ne Art Tyrann und Sklaventreiber, aber die Sache ist die, dieser Junge tat seinen Anteil, und er achtete sich selbst dafür. Es war die Aufgabe des alten Herrn, dafür zu sorgen.«

»Woher weißt du das?«

»Was?«

»Woher weißt du, daß er sich dafür achtete, daß es das war, was er brauchte?«

»Ich hab's gesehen!« Er fing an, vor Wut zu schnauben.

Ich sagte: »Okay, Daddy. Okay. Ich will nicht, daß du wütend wirst. Laß uns runter zum Supervalu gehen. Dir fehlt Kaffee, und ich brauch auch einiges. Ich weiß nicht, ob diese Bauleute erwarten, daß sie mit uns essen oder nicht.«

»Ihr Mädchen solltet auf mich hören.«

»Wir werden uns größere Mühe geben, Daddy.«

Es war leicht, dort zu sitzen und es aus seiner Sicht zu sehen. Was hatten wir letzten Endes verdient? Dort stand er, der lebende Quell von allem, von uns allen. Ich krümmte mich, als mir meine undankbaren Gedanken einfielen, das köstliche Gefühl, das es mir bereitet hatte, ihn an seinen Platz zu verweisen. Wenn er redete, hatte er diese Wirkung auf mich. Natürlich war es dumm, von »meiner Sicht der Dinge« zu reden. Wenn mein Vater seine Sicht der Dinge erklärte, löste sich meine in nichts auf. Ich konnte mich nicht mal mehr an sie erinnern.

23

Später, als ich zurückblickte, war das, was mir von diesem Tag in Erinnerung blieb, der Morgen, meine Angst, Rose könnte etwas von Jess und mir ahnen, meine Auseinandersetzung mit meinem Vater während des Mittagessens, die unaufhörlichen Gedanken an Jess Clark, die mich gleichzeitig betörten und ermüdeten, eine Art Arbeit für mich darstellten, mit deren Ausführung ich nicht aufhören konnte. Der Nachmittag ging mehr oder minder spurlos an mir vorüber. Es stimmte, daß Daddy, als wir bei den Bauleuten vorbeifuhren und ich sagte: »Willst du ein bißchen hierbleiben und zusehen, wie sie die Fundamente schütten?«, keine Antwort gab. Aber ich achtete gar nicht mehr darauf. Sein Schweigen war so häufig geworden, daß es längst nicht mehr beredt war. Als ich langsamer fuhr, um neben meinem Haus anzuhalten, winkte er mir weiterzufahren zu seinem Haus, und als ich dort einbog, stieg er wortlos aus. Ich konnte selbstverständlich aus seinem Betragen schließen, daß ihm etwas mißfiel, aber was dieses Mißfallen ausbrüten würde, wußte ich nicht und konnte ich nicht wissen.

Zu Hause herrschte eine Atmosphäre von Arbeitsfreude und Leistung. Der Harvestore-Mann aus Minnesota trank eine Tasse Kaffee mit uns und fuhr zurück nach Minnesota. Der Vorarbeiter aus Kansas übernachtete im Motel in Zebulon. Er sagte, daß seine Firma zwar grundsätzlich gegen gemeinsame Mahlzeiten mit Kunden war, weil dadurch die steuerbegünstigten Spesenrechnungen durcheinandergebracht würden, er aber gerne zu einer Ausnahme bereit sei und am nächsten Abend mit uns essen wolle, wenn es uns recht sei. Ich sagte ihm, wir würden ein paar unserer Schweinekoteletts grillen. Ich war mir bewußt, daß der Dienstag Daddys Abend war, aber vielleicht aß er ja gegrillte

Schweinekoteletts, auch wenn ein Fremder zu Gast war. Oder vielleicht auch nicht. Es war ein Glücksspiel. Der Mann aus Kansas war ein netter, drahtiger Kerl, einen halben Kopf kleiner als Ty, und er war auf einer Weizenfarm in Colorado aufgewachsen. Er sah immer wieder aus dem Fenster über das Südfeld. Einmal sagte er: »Wenn diese Farm hier meinem Dad gehört hätte, wär ich nie weggegangen. Das kommt mir hier wie im Paradies vor, wirklich.«

Ty sagte: »Wir versuchen, nicht zu vergessen, wieviel Glück wir haben.«

Wir begleiteten ihn zu seinem Wagen hinaus. Ein kühler Wind war aufgekommen, feucht und regengeladen. Der Mann aus Kansas sagte: »Glaubt ihr, wir kriegen das ab?«

Ty sagte: »Sieht so aus.« Dunkle Wolken türmten sich am westlichen Horizont auf; über ihren höckrigen Rändern schossen gleißende Strahlen platinhellen Sonnenlichts auf uns zu. »Wir hatten dieses Jahr schon ein paar Stürme, die sich sehen lassen konnten, aber meistens sind sie an uns hier vorbeigegangen. Ich schätze, jetzt sind wir mal dran.«

»Als ich Kind war, sind wir hinter den Tornados hergerannt.«

»Ich hab das einmal gemacht.«

Ich wandte den Kopf und starrte Ty an.

»Verdammt riskant, aber Farmkinder sind verrückt.«

Sie lachten. Der Mann aus Kansas stieg in seinen Pickup und steuerte auf die asphaltierte Straße zu, wobei er im Wegfahren winkte.

Ich sagte: »Ich schätze, es stört ihn nicht, daß es im Motel keinen Keller gibt.«

»Hat sich nicht so angehört.«

Der Wetterbericht sagte, der Sturm werde gegen Mitternacht Mason City erreichen. Wir standen bereits unter Tornadowarnung. Ich brachte einen Hühnereintopf auf den Tisch, den ich am Morgen gemacht hatte, und erzählte Ty ein bißchen davon, wie es mit Daddy gewesen war, was er über Skylab gesagt hatte, aber den Streit sparte ich behutsam aus, weil ich wußte, er würde das nicht gutfinden. Er erzählte mir vom Fortschritt der Bauarbeiten. Ich achtete auf irgendwelche Neuigkeiten über Jess Clark, aber er erwähnte nichts. Es sah ganz nach einem ruhigen Abend aus. Es mag sein, daß ich um eben diese Zeit, während unserer Nach-dem-Essen-Unterhaltung beim Abwaschen, einen Truck an der Ecke anhalten, wenden und Richtung Cabot davonfahren hörte. Es mag sein, daß ich das hörte, aber vielleicht hat es sich auch in meine Erinnerungen geschoben.

Auf jeden Fall rief Rose gegen neun an und sagte, Petes Truck stehe nicht mehr da und sie glaubten, Daddy könne ihn genommen haben, weil er noch vom letzten Winter, als sein Truck in der Werkstatt gewesen war, einen Schlüssel hatte. Fünf Minuten später schneiten sie zur Vordertür herein, Linda und Pammy im Schlepptau. Pete war völlig außer sich, und auch Rose war wütend, obwohl sie versuchte, Pete zu beruhigen. Sie sagte die ganze Zeit: »Ich kann's einfach nicht glauben«, und Pete sagte immer wieder: »Wenn er den Truck zu Schrott fährt, bring ich ihn um. Wir sollten die Polizei auf ihn hetzen, sonst lernt er's nie.«

Rose lief auf und ab. »Wenn sie ihn ein oder zwei Nächte ins Gefängnis gesteckt hätten, letzte Woche, hätte ihn das vielleicht zur Vernunft gebracht. Jetzt glaubt er einfach, er kommt mit allem durch.«

Ty sagte: »Soll ich nicht mal nach Cabot fahren und gucken, ob er da ist? Vielleicht sitzt er im ›Cool Spot‹.«

Rose sagte: »Wahrscheinlich fährt er wieder wild durch die Gegend.«

Nachdem sie fort waren, sagte Linda zu mir: »Hat Grandpa den Truck geklaut?«

»Nicht direkt.«

»Dad hat gesagt, ja.«

»Dein Dad ist ziemlich wütend. Aber uns gehören die Trucks und alles gemeinsam. Man kann nichts klauen, was einem gehört.«

»Mommy hat gesagt, sie wollte, daß wir herkommen, weil sie nicht will, daß wir allein im Haus sind, wenn Grandpa zurückkommt.«

»Deine Mom ist auch ganz schön wütend.«

Rose öffnete die Fliegengittertür und kam herein. Sie sagte: »Kann gut sein, daß wir 'nen ordentlichen Sturm bekommen. Hab ich vorher gar nicht gemerkt.« Sie hatte die Arme über der Brust verschränkt. Sie sah Linda und mich von oben bis unten an. Pammy war in die Küche gegangen, und während dieser kurzen Stille hörte ich, wie die Tür des Kühlschranks zufiel. Rose sagte: »Ja, ich bin ganz schön wütend, aber so, wie du es sagst, klingt es, als wär ich einfach nur wütend, als wär ich verrückt oder so. Ich bin wütend auf deinen Grandpa, Linda, wegen einiger Dinge, die er getan hat, nicht weil ich Lust hab, wütend zu sein.«

Ich sagte: »Das ist mir klar, Rose. Aber wir wissen noch nichts. Vielleicht gibt es einen Grund. Sobald er irgendwas tut, wirfst du zuerst mit Beschimpfungen um dich, die Fragen stellst du dann später.«

»Wir waren doch da! Wir hätten ihn gefahren, wenn er irgendwo hinwollte. Er hat den Truck ohne zu fragen genommen. Er hat sich bei uns eingeschlichen.« Sie sagte das zu Linda, eine Mahnung, eine moralische Lektion.

»Rose, er glaubt, er hat das Recht, alles tun zu können. Er glaubt, im Grunde genommen gehört alles ihm.«

»Ja, das glaubt er.« Sie sagte das in einem selbstgerechten Ton, als sei nur zu offensichtlich, wie unrecht er damit hatte.

Pammy kam ins Zimmer, und ich sagte zu den beiden Mädchen: »Vielleicht gibt's was im Fernsehen. Es könnte 'ne lange Nacht werden, mit dem Sturm und allem. Wir sollten sowieso den Fernseher an haben.« Sie gingen gehorsam zum Sofa und sahen sich das einzige, was wir kriegen konnten, an, eine Aufführung des New York City Ballets auf PBS.*

Während der Nachrichten schliefen sie ein, Pammy rutschte zurück gegen die Sofalehne, ihr Kopf war vornüber gefallen, ihre Haare hingen ihr ins Gesicht. Linda lag gegen Pammy gelehnt,

* Public Broadcasting System, das öffentlich-rechtliche Fernsehen in den USA. A.d.Ü.

atmete schwer, ihr Mund stand offen. Ich legte mein Strickzeug weg und sah sie gedankenverloren an, dachte, daß sie oft verwirrt schienen, und fragte mich, ob das immer so gewesen war und ich, selber verwirrt, das als Normalzustand angesehen hatte. Rose sagte: »Komm, wir tragen sie jetzt erst mal rauf ins Bett. Wenn es 'ne Sturmwarnung gibt, können wir sie wecken und in den Keller bringen, aber es scheint mir eher nach 'nem kräftigen Schauer auszusehen.« Als wir wieder unten waren, stellte Rose sich an die Tür, beobachtete den sich zusammenballenden Sturm und wartete auf den Truck.

Ein Paar Scheinwerfer bog von der Straße ab, der Lichtschein lief über die Rückwand des Zimmers, erlosch. Rose blieb, wo sie war, und sagte nichts. Ich saß still. Nach einem langen, ruhigen Augenblick, unterbrochen von dem Peng Peng der beiden zufallenden Trucktüren, hörte ich Tys Stimme leise und ruhig sagen: »Ginny, komm bitte mal raus.«

Jetzt kam es.

Rose stieß die Fliegengittertür auf, und ich folgte ihr. Unser Vater stand vor dem Truck. Ty war hinter ihm. Er sagte: »Larry will was sagen. Ich hab ihm gesagt, er soll's euch selber sagen.«

Daddy sagte: »Stimmt.«

Rose nahm meine Hand und drückte sie, wie sie es oft getan hatte, als wir Kinder waren und in Schwierigkeiten, unsere Strafe erwartend.

Daddy sagte gereizt: »So ist es richtig. Händchen halten.«

Ich sagte: »Warum nicht? Wir haben nie was anderes gehabt als uns selber. Außerdem, warum sind wir in Schwierigkeiten? Warum willst du uns was sagen? Wir haben nichts Schlimmes gemacht, außer daß wir unser Bestes getan haben, mit dir auszukommen.«

Rose sagte: »Es wird Sturm geben. Warum läßt du dich nicht von mir nach Hause bringen, und wir reden morgen über alles?«

»Der Sturm ist mir egal. Ich will nicht nach Hause. Ihr Mädchen sperrt mich da ein.«

Ich sagte: »Wir sperren dich da nicht ein, Daddy. Es ist ein schönes Haus, und du wohnst da. Du hast da dein ganzes Leben gewohnt.«

»Laß mich dich nach Hause bringen.« Rose klang bettelnd.

Ich beschwor ihn: »Es war ein langer Tag. Fahr mit ihr, und morgen können wir dann ...«

»Nein! Lieber bleib ich draußen in dem Sturm. Wenn du glaubst, ich hätte das noch nie getan, mein Kind, dann täuschst du dich.«

Eine Welle der Erbitterung spülte über mich hinweg. Ich sagte: »Okay. Tu, was du willst. Du machst es ja sowieso.«

»Ganz das gemeine Luder, das du bist!«

Rose sagte: »Daddy!«

Er neigte sein Gesicht näher zu meinem. »Du brauchst mich nicht mehr rumfahren oder das verdammte Frühstück machen oder das verdammte Haus putzen.« Seine Stimme ging in Geschrei über. »Oder mir sagen, was ich tun darf und was ich nicht tun darf. Du unfruchtbare Hure! Ich kenn dich, du Schlampe. Du bist dein Leben lang hier und da rumgeschlichen und hast dich bei allen eingeschmeichelt. Aber du bist gar keine richtige Frau, oder? Ich weiß nicht, was du bist, einfach ein Luder, das ist alles, einfach ein ausgetrocknetes Hurenmiststück.« Ich gebe zu, ich war wie versteinert; ja, dachte ich, das ist es also, was er all die Jahre gedacht hat, was er immer hat sagen wollen. In dem Augenblick war der Schock wie ein klares Fenster, das uns trennte. Der Speichel stand ihm in den Mundwinkeln, falls etwas zu mir herüberflog, so spürte ich es nicht. Auch trat ich keinen Schritt zurück. Über Daddys Schulter sah ich Ty, ebenfalls wie versteinert, reglos, Hände in den Taschen. Dann bog Pete um die Ecke und fuhr in seinem Pickup vor.

Rose sagte: »Das ist nicht mehr lächerlich. Daddy, du kannst das nicht im Ernst meinen. Das ist seniles Geschwätz oder Alzheimer oder sonstwas. Komm, Pete und ich bringen dich nach Hause. Du kannst dich morgen bei Ginny entschuldigen.« Pete stellte die Scheinwerfer aus und stieg aus dem Pickup. Seine Stimme klang tonlos und weit weg: »Was ist los?«

»Stell mich nicht als verrückt hin! Ich kenn euer Spiel! Der nächste Schritt in diesem Spiel ist dann das Heim.«

»Ich stell dich nicht als verrückt hin, Daddy. Ich will, daß du in dein Haus gehst und daß alles so wird, wie es war. Du mußt mit dem Trinken aufhören und mehr auf der Farm arbeiten. Ginny findet das, und ich finde das noch mehr als sie. Ich bin nicht bereit, soviel hinzunehmen wie sie. Wir geben uns mit dir die allergrößte Mühe und sind unser Leben lang bei dir geblieben. Du kannst uns nicht einfach so überfahren. Du magst zwar unser Vater sein, aber das gibt dir nicht das Recht, alles, was du willst, zu Ginny oder mir zu sagen.«

»Ihr Mädchen seid es, ihr macht mich verrückt! Ich hab euch alles gegeben, und nichts bekomm ich dafür, bloß Befehle, ich soll dies tun und das sein und die Dinge mit euren Augen sehen.«

Rose stand da wie ein Zaunpfahl, gerade, unbeweglich, die Arme über der Brust verschränkt. »Wir haben dich nicht um das gebeten, was du uns gegeben hast. Wir haben dich nie um das gebeten, was du uns gegeben hast, aber vielleicht war es höchste Zeit, daß wir für das, was wir dir gegeben haben, eine Belohnung bekamen! Du sagst, du kennst Ginny, tja, Daddy, ich kenn dich, und du weißt, was ich weiß. Das hier ist es, was wir dir zu bieten haben, genau dieses Leben, nicht mehr und nicht weniger. Wenn du's nicht willst, geh woanders hin. Such dir jemand anders, der dich aufnimmt, ich hab es nämlich satt.« Ihre Stimme war leise, aber durchdringend, so tödlich ernst wie Dolche.

Jetzt sah er mich wieder an. »Hörst du sie? Sie redet mit mir noch schlimmer als du.« Jetzt klang er beinah versöhnlich, als könne er uns trennen und einzeln überwinden. Ich trat einen Schritt zurück. Mit einem Mal erinnerte ich mich ganz deutlich an eine Zeit, als Rose und ich neun und elf waren und wir ihn nach einer Halloweenparty in der Schule hatten warten lassen, zu der er uns von Anfang an nicht hatte gehen lassen wollen. Ich hatte in der Garderobe einen Schuh verloren, und Rose und ich suchten wie verrückt danach, während die anderen Kinder ihre Mäntel anzogen und gingen. Wir fanden ihn nicht, und wir kamen als die allerletzten aus der Schule, fünf oder zehn Minuten später als die anderen. Daddy wartete im Pickup. Rose in ihrem Prinzessinnenkostüm stieg als erste ein, und ich stieg nach ihr ein, meinen Fuß mit dem Strumpf vorsichtig verbergend. Ich war als Landstreicher verkleidet. Daddy kochte, und wir wußten, wir würden zu Hause eine Tracht bekommen, weil wir zu spät herausgekommen waren. Was passieren würde, wenn er das mit dem Schuh merkte, war nicht abzusehen.

Mommy war diejenige, die mich verriet. Als ich zur Tür hereinkam, sagte sie: »Ginny! Wo ist dein Schuh?«, und Daddy drehte sich um und sah meinen Fuß, und es war, als verwandelte er sich auf der Stelle in Feuer. Er kam auf mich zu und fing an, mich mit der flachen Hand zu schlagen, auf den Hintern und die Oberschenkel. Ich wich zurück, bis ich zwischen Herd und Fenster war, und ich konnte Mommy rufen hören: »Larry! Larry! Das ist verrückt!« Er wandte sich ihr zu und sagte: »Bist du auf ihrer Seite?«

Mommy sagte: »Nein, aber...«

»Dann sag ihr, sie soll dahinten rauskommen. Hier gibt's nur eine Seite, und es ist besser für dich, du bist auf der.«

Schweigen. Rose war nirgendwo zu sehen. Von oben konnte ich Caroline hören, die zu weinen anfing und dann still war. Mommy drehte den Kopf nach dem Geräusch, dann wieder zu uns. Er sagte: »Sag's ihr.«

Sie sagte: »Virginia, komm dahinten raus. Raus in die Mitte des Zimmers. Er hat recht. Du hättest deinen Schuh nicht verlieren dürfen.«

Ich tat, was sie sagte, fünf Schritte. Ich hielt meinen Blick gesenkt, auf die Fransen meiner Landstreicherhose, die wir früher am Tag hineingeschnitten hatten. Meine Hände waren mit dem Makeup verschmiert, das ich mir vom Gesicht gerieben hatte, deshalb sahen sie ungewohnt rot und schwarz aus. Als ich in die Mitte des Zimmers gelangt war, griff er meinen Arm und zog mich zur Tür hinüber, lehnte mich gegen den Türrahmen und schlug mich mit seinem Gürtel, bis ich zu Boden fiel. Das war es, was eine vereinte Front für ihn bedeutete.

Ich sagte: »Daddy, wenn du meinst, das hier ist schlecht, dann wirst du erstaunt sein, was du tatsächlich verdienst. Du verdienst noch nicht mal, daß wir uns dermaßen um dich kümmern. Was mich betrifft, stehst du von jetzt an alleine da.«

Rose warf mir einen Blick zu, Verwirrung gemischt mit Zufriedenheit. Sie sagte: »Dein Haus ist da unten die Straße runter. Du weißt, wo es ist, und du kannst da hingehen. Ich geh rein, aus dem Sturm raus.«

Daddy sagte: »Wie könnt ihr euren Vater so behandeln? Ich hab dir noch geschmeichelt, als ich dich ein Luder genannt hab! Was wollt ihr aus mir machen? Ich werd diese Bauerei beenden! Ich werd mir das Land zurückholen! Ich werd euch Huren von der Farm werfen. Ihr werdet sehen, was dabei rauskommt, wenn ihr euren Vater so behandelt. Ich verfluche euch! Du wirst nie Kinder haben, Ginny, du hast keine Chance. Und deine Kinder werden lachen, wenn *du* stirbst!«

Rose zog mich ins Haus und schlug die Tür hinter uns zu. Ty und Pete ließen wir draußen stehen. Durch das Fenster sah ich, wie sie Daddy zum Truck drängten, aber er schlug nach ihnen und landete einen Treffer auf Petes Wange. Pete hob die Hände, drehte sich dann um und kam ins Haus und stieß hervor: »Was für ein Arschloch! Jetzt reicht's. Jetzt reicht's wirklich!» Daddy stolperte die Straße hinunter. Ty ging langsam ein kleines Stück hinter ihm. Mittlerweile blitzte es, und schwere Donnerschläge folgten. Rose stellte den Fernseher an, als interessierte es sie mehr, wie es mit dem Unwetter weiterging, als mit uns, was wir tun sollten, oder denken, oder wie wir uns hiernach verhalten sollten, aber ihre Hand zitterte so sehr, daß sie den Knopf kaum drehen konnte. Ich wandte mich zum Fenster. Gerade als ich dachte, daß Ty ganz schön weit ging, brach eine Sturzflut vom Himmel, keine Tropfen oder Schauer, sondern eine Lawine an Regen, die Ty und meinen Vater völlig verdeckte, selbst die beiden Trucks unsichtbar machte, die nicht einmal drei Meter vom Fenster entfernt standen.

Die Elektrizität fiel aus.

Von oben riefen zwei dünne Stimmchen: »Mommy! Mommy! Komm zu uns!«

Pete sagte: »Scheiße!«
Rose sagte: »Ich hoff, das bringt ihn um.« Im Licht der Blitze konnte ich sehen, daß sie sich um die Möbel herum zur Treppe tastete.
Von oben kamen zwei schrille Schreie.
Rose rief mit strenger Stimme: »Komme! Kein Geschrei mehr!«
Pete sagte: »Habt ihr Petroleumlampen? Das kann die ganze Nacht dauern.«
Ty stolperte durch die Tür, seine Stiefel quatschten, er war bis auf die Haut naß, Regen floß ihm Gesicht und Kinn hinunter. Er sagte: »Ich hab ihn verloren. Ich hab ihn aus den Augen verloren. 'n Wunder, daß ich's überhaupt bis hierher geschafft hab.«

24

Am Ende einigten wir uns auf folgenden Plan: Bis der Sturm sich legte, würde Rose mit den Mädchen bei uns bleiben, Pete nach Hause fahren, um da nach dem Rechten zu sehen, und Ty bei Daddy nachsehen und dann warten, falls Daddy noch nicht nach Hause gekommen sein sollte. Nach dem Sturm würden sie überall suchen, und sollten sie Daddy nicht innerhalb einer Stunde oder so finden, würden wir den Sheriff benachrichtigen.

Zwischen Ty und mir war die Stimmung gespannt. Ich wartete darauf, daß er sagte, er glaube kein Wort von dem, was Daddy gesagt hatte, glaube auch der unausgesprochenen Grundlage seiner Beschimpfung nicht – daß ich ein nichtswürdiger und nicht liebenswerter Mensch sei. Er sagte nichts dergleichen, möglicherweise, weil die Sache zu erwähnen ihr mehr Gewicht gab, als sie verdient hatte. Ich wollte, daß er sagte, er habe nicht gewußt, was Daddy mir sagen wollte, als er ihn aus der Stadt nach Hause gefahren hatte, aber auch darüber sagte er kein Wort, und ich konnte der Versuchung nicht widerstehen anzunehmen, daß Daddy sowohl für sich selber als auch für Ty gesprochen hatte, daß sie sich vorher bereits darauf geeinigt hatten. Ich fand seine trockenen Sachen und seinen Poncho.

Natürlich fragte ich mich, warum Daddy ausgerechnet diese Ausdrücke für mich gewählt hatte, Hure, Schlampe. Natürlich schoß die Überzeugung, er wisse etwas über mich und Jess Clark, in meinem neuen Bewußtsein in voller Rüstung aus dem Boden. Vielleicht war es dies, worüber er und Ty gesprochen hatten. Vielleicht war es dieser Punkt, an dem die Geschichte meines Vaters mit der Geschichte von Jess Clark zusammenfloß. Sicherlich konnte es ein Kind, das mit dem Verständnis von der Macht seines

Vaters wie ich aufgewachsen war, nicht überraschen, daß er ohne ersichtliche Informationsquelle sein innerstes Geheimnis kannte. Hatte er das nicht immer?

Ich saß im Dunkeln, nachdem Ty und Pete gegangen waren. Rose war oben und versuchte, Pammy und Linda zu beruhigen. Dann kam sie mit der Petroleumlampe die Treppe herunter. Sie stellte sie auf den Endpfosten des Geländers und rief nach oben: »So. Ihr könnt ein bißchen Licht sehen. Es ist hier unten am Ende der Treppe, wie ich euch gesagt hab.«

Ein schwaches »Okay« kam, gerade so durch das Regengeräusch zu hören. Sie kam und setzte sich mir gegenüber. Es gab nichts zu tun, da wir bereits die Stecker aus allen Küchengeräten und dem Fernseher gezogen hatten. Es war klar, daß wir darüber reden mußten. Ich fragte mich, wie sie wohl anfangen würde.

Ich fragte mich auch, was Jess Clark zu all dem sagen würde. Es schien, als könne nichts das aus mir herausprügeln.

Unmöglichkeiten, getarnt als Möglichkeiten, trieben aus den Tiefen nach oben – Jess mußte es erzählt haben, mußte Harold und Loren mit der Geschichte unterhalten haben, selbst wenn Jess sie nicht erzählt hat, denkt er womöglich genauso von mir, nein, so denkt er überhaupt nicht, er kennt mich besser, er würde zu mir stehen, wenn ich ihn darum bitten würde…

Rose sagte: »Also, der Allmächtige hat gesprochen. Noch zittrig?«

Ihr Ton war schleppend und überlegen.

»Du hast auch gezittert. Du hast vorhin kaum den Fernseher angekriegt.«

»Scheiße, Ginny, ich zitter immer noch. Ich wünschte, ich hätte das Rauchen nicht aufgegeben. Mein Gott, ich würd am liebsten eine Zigarette rauchen.«

»Ich würde am liebsten kotzen.«

»Oh, Süße.«

»Versuch einfach, die richtige Einstellung zu bewahren, sonst fangen wir zu heulen an.«

»Ich werd nicht heulen, und du auch nicht.«

»Sag: ›Er ist verrückt.‹«
»Er ist verrückt. Er ist total durchgeknallt. Das erkennt man immer daran, wenn sie ständig von einer Verschwörung reden, die im Gange sein soll. Oder Sex. Wenn sie auf Sex zu sprechen kommen, ist das ein sicheres Zeichen.«
»War das, was man vor Wut schäumen nennt?«
»Erinnerst du dich an den Typ, der früher immer das Sprühflugzeug flog, als Daddy die Felder aus der Luft spritzen ließ? Er soll verrückt geworden sein, als er älter wurde. Sie fanden ihn immer in dem kleinen Kellerloch unter der Küche, wo er sich versteckte.«
»Wer hat dir das erzählt?«
»Marlene Stanley hat das von Bob, der die Familie da oben in der Nähe von Mason City kannte. Und er hatte diesen fürchterlichen Hautausschlag. Sie wußten nicht, ob es irgendeine Reaktion auf all diese Chemikalien war oder ob es daher kam, daß er immer unter dem Haus rumkroch.«
»Glaubst du, Daddy hat eine Reaktion auf Chemikalien?«
Sie zuckte die Achseln. »Erinnerst du dich an letztes Jahr Weihnachten, als Harold Clark ständig davon redete? Daß er bestimmt keine fünf Jahre mehr leben würde, wo sein Daddy mit zweiundneunzig gestorben ist? Wenn du rumfährst, kommst du an allen Häusern vorbei. Dieser hier wurde 90, dieser 87, dieses Paar 92 und 93. Die Generation ist allerdings tot.«
»Grandpa Cook ist nur sechsundsechzig geworden. Daddy ist jetzt zwei Jahre älter. Und Grandpa Davis ist siebzig geworden.«
»Ja, ich weiß nicht, ob sie wie die anderen waren. Fragst du dich nicht, ob sie nicht alle einfach implodiert sind? Zuerst brechen ihre Frauen unter der Überanstrengung zusammen, dann lassen sie es, solange sie können, an ihren Kindern aus, danach sind sie dann einfach mit ihrem Latein am Ende. Ich hab mir früher immer vorgestellt, daß Mommy abgehauen ist und einen Decknamen angenommen hat, und eines Tages käme sie zu uns zurück. Willst du hören, was für'n Leben ich mir für uns ausgesucht hatte?«
»Klar.«
»Sie arbeitete als Kellnerin im Restaurant eines schönen Hotels,

und wir wohnten mit ihr in einer Hollywood-artigen Wohnung, weißt du, mit eigener Haustür, zwei Etagen, oben zwei Schlafzimmer und ein Badezimmer, und Wohnzimmer und Küche unten. Schöner wolliger Teppichboden, weiße Wände, leise Geräusche der Nachbarn zu beiden Seiten, Schiebetür nach draußen auf die Terrasse hinten. Nachbarn zu beiden Seiten mußten sein. Ich stellte es mir unheimlich vor, am Ende zu wohnen.«

»Ich glaub, ich hab mir nie ernstlich vorgestellt, nicht auf der Farm zu leben. Ist das nicht komisch? Obwohl ich es in mancher Hinsicht anders haben wollte.«

»Ginny, du hörst dich so milde an. Bist du nicht fuchsteufelswild?«

»Wozu ist das gut? Wenn es irgendeine chemische Sache ist, wozu ist fuchsteufelswild sein dann gut? Wir müssen uns damit auseinandersetzen.«

»Vor zwanzig Jahren war's nicht irgendeine chemische Sache.«

»Ja, er hatte immer seine Tobsuchtsanfälle, das stimmt. Kann sein, daß ich heute abend versöhnlicher gewesen wäre, wenn ich mich nicht plötzlich an...«

Das Telefon klingelte, und ich ging ran, obwohl man das eigentlich während eines Tornados nicht tun sollte. Ty wollte wissen, ob Daddy wieder aufgetaucht sei, ob ich glaubte, der Sturm lasse nach. Ich sagte nein zu beidem. »Noch nicht da, eh?« Rose kam herüber und setzte sich neben mich auf das Sofa. Ich legte den Hörer auf. Das Licht der Petroleumlampe schien mir jetzt, als sich meine Augen daran gewöhnt hatten, wunderbar hell zu sein, und Roses Gesicht schien es zu sammeln und zu reflektieren, ihre Haut schien das warm leuchtende Licht selber zu sein. In diesem versöhnlichen Glanz sahen die scharfen Kanten, die die Chemotherapie hinterlassen hatte, nur wie Jugend aus, die Größe und Tiefe ihrer Augen nur wie Schönheit. Nachdem ich aufgelegt hatte, suchte sie meinen Blick und hielt ihn, sagte dann: »Ginny, du erinnerst dich doch, wie er uns gekommen ist, nicht?«

»Ich erinner mich an die Sache mit dem Schuh. Ich hab mich

daran erinnert, als er uns angebrüllt hat, wie er Mommy dazu brachte…«
»Ich mein nicht, wie er uns verdroschen hat.«
»Zu uns gekommen ist?«
»Als wir Teenager waren. Wie er in unsere Zimmer kam.«
Ich leckte mir die Lippen und schlug meine Beine anders übereinander, das rechte über das linke. Ich sagte: »Wir haben zusammen geschlafen, als Mommy krank war.«
»Und dann, in dem Jahr Weihnachten, sind wir in getrennte Zimmer gezogen. Er sagte, es sei an der Zeit, daß wir getrennte Zimmer hätten.«
Es stimmte, daß wir getrennte Zimmer gehabt hatten. Meins war gelb gewesen, unser altes Zimmer, und das von Rose rosa, das frühere Gästezimmer. Ich erinnerte mich allerdings nicht an den Umzug, was merkwürdig war, ebensowenig erinnerte ich mich genau, mein eigenes Zimmer gewollt zu haben. Ich sagte: »Ja, natürlich erinner ich mich, daß wir getrennte Zimmer hatten. Ich erinner mich nicht, warum.«
»Er ging nachts in dein Zimmer.«
»Wozu? Daran erinner ich mich überhaupt nicht.«
»Wie kannst du dich daran nicht erinnern? Du warst fünfzehn Jahre alt.«
»Bestimmt hab ich geschlafen. Grandpa Cook ist immer rumgeschlichen und hat bei jedem nachgesehen. Es war wie noch mal nach den Schweinen sehen oder so.«
»Bei Daddy war's nicht so wie noch mal nach den Schweinen sehen.«
»Was willst du damit sagen, Rose?«
»Du weißt schon.«
»Ich schwör dir, ich weiß es nicht.« Und ich wußte es nicht. Auf jeden Fall aber hatte ich Angst. Ich war die Gefangene ihres Blicks, mußte zurückblicken.
Rose holte tief Luft, hielt den Atem an. Dann sagte sie: »Er hat mit dir geschlafen.«
»Hat er nicht!«

»Ich hab gesehen, wie er reinging! Er ist eine lange Zeit geblieben!«
»Die Zeit kommt einem mitten in der Nacht immer länger vor. Er hat wahrscheinlich das Fenster zugemacht oder so was.« Meine Stimme klang versöhnlich.
»Ich hab auf meiner Uhr nachgesehen.«
»Oh, Rose. Wie soll ich glauben, daß du vor einundzwanzig Jahren wach geworden bist und gesehen hast, wie Daddy in mein Zimmer ging, und daß du auf deiner Uhr nachgesehen hast und ihn wieder rauskommen gesehen hast und auf deiner Uhr nachgesehen hast und daß das den Beweis erbringt, daß er mit mir…« Sie noch immer anblickend, übersprang ich diesen Teil. Ich sagte, skeptisch genug, hoffte ich: »Wie auch immer, Daddy mag ein Trinker und auch ein Wüterich sein, aber er geht zur Kirche…«
»Es ist die Wahrheit.«
Ich war ratlos und bestürzt. Einige Zeit später sagte ich: »Okay, sagen wir, es ist die Wahrheit. Hab ich es damals je erwähnt?«
»Er hat dir gedroht. Er hat sichergestellt, daß du mir nichts erzählen würdest.«
»Wie? Ich hab dir alles erzählt.«
»Er hat gesagt, wenn du's mir erzählen würdest, wär ich richtig eifersüchtig und würde dich nicht mehr gern haben. Du warst fünfzehn. Du hattest nicht sonderlich viel Mumm. Du hast das geglaubt.«
»Ich hab dir das damals erzählt?«
»Du hast damals kein Wort gesagt.«
»Na also.« Ich setzte mich zurück, machte mich von ihrem Blick los und versuchte, ein wenig Ältere-Schwester-Autorität aufzubieten. Ich sagte ins Zimmer, weil ich in dem Augenblick Angst hatte, sie anzusehen: »Warum sagst du das?«
»Ich glaub dir, daß du dich nicht erinnerst.«
Ich hielt in einer kleinen Aufwallung verärgerter Frustration den Atem an. »Aber du willst mir nicht glauben, daß es nicht passiert ist.«

»Nein.«
»Und warum nicht? Ich lüge nicht...«
»Weil es genauso mit mir passiert ist.« Sie hätte ebensogut ein Gurken-Rezept aufsagen können, so nüchtern war ihr Ton. Ich war mir sicher, ich hatte sie nicht richtig verstanden.
»Was?«
»Weil er, nachdem er nicht mehr zu dir ging, zu mir reinkam, und genau das hat er zu mir gesagt, und genau das ist es, was wir gemacht haben. Sex in meinem Bett.«
»Du warst dreizehn!«
»Und vierzehn und fünfzehn und sechzehn.«
»Ich glaub's nicht!«
»Ich dachte, du wüßtest es! Ich hab geglaubt, die ganzen Jahre würden wir, du und ich, dieses Wissen teilen, sozusagen unterhalb von allen anderen Dingen. Ich dachte, wenn du danach damit leben und ihn normal behandeln konntest, wie du es getan hast, daß es dann okay wär, es einfach hinter uns zu lassen.«
Ich starrte sie an. »Was ist mit Caroline?«
»Ich bin mir nicht sicher. Ich meine, er hat mir gesagt, wenn ich alles mitmachte, daß er sich dann nicht für sie interessieren würde. Er hat das wie eine Art biologische Tatsache dargestellt. Ich vermute, er hat nie was mit ihr versucht, ich glaub das, weil sie sich so verhält, als habe sie andere Gefühle für ihn als wir. Sie nimmt ihn nicht so ernst, legt sich nicht mit ihm an und sympathisiert mit ihm. Er überwältigt sie nicht so wie uns.«
»Aber dich überwältigt er doch nicht! Du warst immer so trotzig!«
»Das gefällt ihm. All diese Verabredungen und das Wegbleiben, als ich zur High School ging? Dadurch dachte er, er müsse mich bändigen. Das gefiel ihm.«
»Du hörst dich an, als hättest du versucht, sein Interesse zu halten!«
»Ja, ich hatte Angst, er würde was mit Caroline versuchen, und sie war erst acht oder zehn. Aber es hat mir auch geschmeichelt. Ich dachte, er hätte mich auserwählt, mich, als seine Lieblingstochter,

nicht dich, nicht sie. Oberflächlich dachte ich, es wär okay, es müßte okay sein, wenn er es sagte, er war doch derjenige, der die Regeln aufstellte. Er hat mich nicht vergewaltigt, Ginny. Er hat mich verführt. Er hat gesagt, es wär okay, es wär gut, ihm 'ne Freude zu machen, daß er das brauchte, daß ich was Besonderes wär. Er hat gesagt, er würde mich lieben.«

Ich sagte: »Ich kann das nicht mehr mit anhören.«

Rose saß still da und sah mich an. Es kamen drei schnelle Donnerschläge, der Regen drückte schwer gegen das Haus. Ich konzentrierte mich darauf.

»Ginny.«

»Was?«

»Er ist in dein Zimmer gegangen. Ich hab ihn beobachtet.«

»Vielleicht hab ich geschlafen. Vielleicht hat er nur daran gedacht und sich aus irgendeinem Grund entschieden, es zu lassen. Vielleicht warst du hübscher.«

»So funktioniert das nicht. Ich hab ein wenig darüber gelesen. Hübscher macht keinen Unterschied. Du hast ihm ebenso gehört wie ich. Für ihn gab es keinen Grund, seinen Besitz über mich mehr in Anspruch zu nehmen als seinen Besitz über dich. Wir gehörten einfach ihm, waren etwas, mit dem er tun und lassen konnte, was ihm gefiel, wie der Teich oder die Häuser oder die Schweine oder das Getreide auf den Feldern. Caroline gehörte ihm auch. Deshalb weiß ich auch nicht, was mit ihr war.«

Natürlich starrte ich sie an, registrierte den wechselnden Ausdruck in ihrem Gesicht, das flackernde Spiel des Lichts. Natürlich fragte ich mich, ob sie mich anlog. Als wir Kinder waren, kleine Kinder, neun und sieben oder so, hatte sie eine Menge gelogen. Ich war immer mit allem direkt herausgeplatzt, war unbesonnen in den Selbstverrat gestolpert. Sie war viel berechnender gewesen und hatte einmal sogar zu mir gesagt: »Warum beantwortest du jede Frage, die sie dir stellen? Erzähl ihnen doch einfach nur das, was sie hören wollen, und sie werden dich in Ruhe lassen.« Sie erwiderte meinen Blick. Schließlich warf ich mich in das Sofa zurück und rief aus: »Rose, du bist zu ruhig. Du bist so ruhig, daß es wahrscheinlicher ist, daß du lügst, als daß du irgendwelche Schrecken der Vergangenheit ausgräbst.«

»Ich bin ruhig. Das ist für dich eine Überraschung, wenn du's sagst. Aber für mich ist es keine Überraschung. Ich hab jahrelang darüber nachgedacht. Ich hab's Pete auch erzählt, nach meinem gebrochenen Arm.«

»Hat er dir geglaubt?«

»Pete glaubt, daß Daddy zu allem fähig ist. Seine Haltung mir gegenüber ist komplizierter. Er weiß, was er fühlen sollte, und er versucht, das zu fühlen. Es hilft, daß wir Töchter haben. Wenn Daddy ihnen was täte, würde Pete ihn umbringen. Das ist teilweise der Grund, warum ich mit ihm verheiratet bleibe.«

Ich blickte zu der Treppe hinüber, weil ich mir plötzlich sicher war, daß Linda und Pammy oben auf den Stufen saßen und das hier alles mitkriegten. Die Stufen waren leer. Ich sagte: »Hältst du sie deshalb von Daddy fern?«

»Und deshalb schick ich sie aufs Internat. Allerdings hat es mir einen Schrecken eingejagt, als er überall rumgefahren ist, bis runter nach Des Moines und überallhin. Ich bin mir nicht sicher, ob die Schule verhindern würde, daß sie mit ihm weggehen.«

Ich brauchte eine Weile, bis ich meine nächste Frage herausbrachte. Ich fühlte mich, als habe die Angst mir buchstäblich den Mund mit Watte vollgestopft. Schließlich sagte ich: »Hat er jemals ...«

»Nicht, daß ich wüßte. Ich hab die Bücher gekauft, und wir sind alles durchgegangen. Ich hab sie vorbereitet, ohne Daddy zu erwähnen. Und ich hab die Augen offen gehalten. Und wir waren Teenager.«

»Es ist nicht mit mir passiert, Rose.«

Sie zuckte ganz leicht die Achseln.

Zu meiner eigenen Überraschung wurde ich plötzlich wütend: »Ich weiß nicht, was ich sagen soll! Das ist lächerlich!«

Dann begann ich zu weinen. »Ich mein, das Seltsamste ist, wie idiotisch ich mir vorkomme, wie naiv und dumm. Gott, es tut mir so leid, daß er das gemacht hat.«

Rose saß ruhig da, fast teilnahmslos. »Bring mich nicht dazu, daß ich mir selber leid tu. Das ist das Schlimmste. Je saurer ich bin, desto besser fühl ich mich.«

»Okay. Okay. Okay.«

Sie rückte nahe an mich heran und nahm mich in die Arme. Wir saßen einige Minuten lang still nebeneinander. Ich versuchte, mit dem Weinen aufzuhören, aber es war, als wäre ich zu Wackelpudding geworden und wüßte nicht, wie ich mir meine feste Gestalt zurückgeben sollte. Dann hörte ich ihre Stimme direkt an meinem Ohr. Sie sagte: »Er wird damit nicht davonkommen, Ginny. Ich werd ihn damit nicht davonkommen lassen. Ich werd's einfach nicht.«

25

Der Sturm flaute gegen Mitternacht ab, obwohl es noch in Strömen goß. Ty und Pete kamen zurück und fuhren wieder los. Kurz nach zwei legten Rose und ich uns auf unser Bett, und Rose, glaube ich, schlief ein. Ich stand auf, um nach den Mädchen zu sehen, die ihre Bettdecken von sich geworfen hatten. Alle schienen sich wie Verfolgte in mein Haus geflüchtet zu haben.

Linda hatte ein Bein über eines von Pammy geworfen, und die Hände der beiden lagen dicht beieinander: sie mußten sich an den Händen gehalten und losgelassen haben, als sie eingeschlafen waren. Ich kannte sie seit ihrer Geburt, hatte mehr als einmal dieses kompakte Gewicht hochgehoben, das nur Babies und Kleinkinder haben. Zahllose Augenblicke mit jeder der beiden schienen mir unsterblich – die Zeit, als Pammy ungefähr achtzehn Monate war und wir alle beim Essen um den Tisch saßen und Pammy ihre Arme über den Kopf in die Höhe streckte und »Hoch!« rief, damit wir alle die Arme über den Kopf in die Höhe streckten und »Hoch! Hoch! Hoch!« riefen, bis Pammy ihre beiden kleinen Händchen auf den Tisch patschte und »Runter« rief, ihr eigener Scherz, über den sie vor Lachen kreischte. Als Linda Baby war, quetschte sie ihr ganzes Essen in ihrer Faust zusammen, bis es ihr zwischen den Fingern herausquoll, und nur so aß sie es. Wie konnte jemand sich ihnen mit böser Absicht nähern? Wie konnte jemand beim Anblick ihrer harmlosen, widerstandslosen schlafenden Körper nicht dazu getrieben werden, sie zu beschützen, sondern ihnen weh zu tun, besonders so wie jetzt, mitten in der Nacht?

Aber natürlich waren es ihre Körper nicht gewesen, es waren unsere gewesen, oder vielmehr Roses. Aber meiner auch, wenn er denn in mein Zimmer gekommen war, auch wenn er nur das Fenster zugemacht, auch wenn er nur nachgesehen hatte, ob ich schlief.

Ich lag damals da, genauso weich wie sie jetzt, verwickelt in mein Nachthemd, mein Haar in Strähnen über meinem Gesicht. Und es war so, daß ich mir zwar nicht vorstellen konnte, daß mein Vater das getan hatte, was Rose behauptete, daß ich mir aber auch nicht vorstellen konnte, daß er das tat, was ich tat, mit Freude und Zärtlichkeit auf seine Töchter herunterblickte und für uns die Liebe empfand, die ich für Pammy und Linda empfand. Mir schauderte, ich drückte die Bettdecke fest um sie und ging rückwärts aus dem Zimmer. Ich war noch immer angezogen, aber ich legte mich so ins Bett neben Rose, die auf der Decke lag und sich den Quilt über den Kopf gezogen hatte. Ich muß eingeschlafen sein.

Die Gestalt in der Schlafzimmertür, als ich aufwachte, war Jess Clark. Als er sah, daß ich mich bewegte, beugte er sich zu mir und sagte: »Dein Vater ist bei Harold. Sie wissen nicht, daß ich hier bin«, und das sagte alles, was ich über Heimlichkeit, Verschwörung, Gefahr zu wissen brauchte. Ich rollte mich aus dem Bett, ohne Rose aufzuwecken, und schob ihn vor mir her die Treppe hinunter. Auf der Uhr im Flur war es zehn nach vier.

Beide Trucks waren noch weg.

Der Regen hatte aufgehört, und die Fenster fingen gerade an, hell zu werden.

Ich erinnerte mich an das, was Rose mir erzählt hatte.

Ich sah Jess Clark an und brach in Tränen aus.

Er brachte mich in die Küche, machte das Licht an und kochte uns Kaffee, hielt meine Hand und suchte in meinem Gesicht zu lesen, während er zu mir sprach.

Soweit Jess wußte, war Daddy ungefähr vierzig Minuten oder eine Stunde herumgeirrt, bis er in die Nähe von Harold Clarks Scheune geraten war. Statt hineinzugehen, war er draußen herumgestolpert, hatte dabei mit sich selber geredet und herumgeschrien, und so hatte Loren Clark ihn gefunden, als er spät aus dem Kino in Zebulon nach Hause gekommen war. Loren brachte ihn ins Haus, und sie versuchten, ihm die nassen Sachen auszuziehen, aber er bestand darauf, bevor er sich umzog, Ken LaSalle und Marv Carson anzurufen. Harold ließ ihn, und die beiden kamen in dem Unwetter heraus und trafen ihn bei Harold. »Er war außer sich«, sagte Jess, »und Harold lächelte dazu. Er mag es, wenn Leute sich richtig aufregen.«

»Sie alle mögen das! Wie ich das hasse. Das wird bis zum Frühstück in der ganzen Stadt rum sein. Es wird *beim* Frühstück in der ganzen Stadt rum sein, weil Marv Carson jeden Morgen im Café frühstückt.«

»Laß es doch. Was kümmert es dich? Erzähl mir, was passiert ist.«

Ich glättete mein Hemd und fuhr mit der Hand zu meinem Haar, das mir zu Berge stehen mußte. Es waren so viele Dinge passiert, daß ich beim Wachwerden nacheinander über sie stolperte. Ich fragte mich, wo Ty war, ob er den Sheriff benachrichtigt hatte. Ich öffnete den Mund, um zu sprechen, und da waren zu viele Dinge, über die ich sprechen konnte, zu viele Möglichkeiten, sie zu erzählen, ausgerechnet auch noch Jess Clark. Ich sah in sein schmerzlich fremdes und vertrautes Gesicht, und augenblicklich zerschmolz alles in einer starken Lösung von Scham, selbst das, was ich mit Jess getan hatte, was ich bisher ausgeklammert und wie einen Schatz für mich behalten hatte. Ich senkte die Augen auf die Vinyltischdecke, rot und weiß kariert. Schließlich sagte ich: »Was hat Daddy gesagt?«

»Er hat gesagt, ihr Huren hättet ihn raus in den Sturm geschickt, und daß er wünschte, er hätte Söhne gehabt.«

»Haben wir nicht! Wir haben unentwegt versucht, ihn dazu zu bringen, daß er nach Hause ging! Er hat uns verflucht! Als wir...«

Er drückte meine Hand. »Ich hab ihm nicht geglaubt, Ginny. Ich wußte, daß da mehr dahintersteckte.«

»Ich weiß, er war betrunken. Ich laß mich immer täuschen, weil nur seine Stimmung anders ist, wenn er getrunken hat. Er torkelt nicht rum oder lallt oder so. Dann fall ich darauf rein. Ich vergeß, daß er ganz einfach betrunken ist.«

»Ich finde nicht, daß du ihn entschuldigen mußt, weil er betrunken war.«

Scham ist ein ganz bestimmtes Gefühl. Ich konnte meine Hände nicht ansehen, die die Kaffeetasse umklammerten, noch meinem eigenen Klagelied zuhören, ohne entsetzt zu sein, ohne verzweifelt schweigen zu wollen, kleiner werden zu wollen. Darüber hinaus war ich mir auf unangenehme Weise meines ganzen Körpers bewußt, angefangen von meinen Haaren, die in widerspenstigen Strähnen vom Kopf abstanden, bis zu meinen Füßen, die sich sowohl schmutzig als auch kalt anfühlten. Überall war es mir, als fühlte ich meine Haut von innen, als sei sie jetzt von meinem Fleisch gelöst, um einen Millimeter beschämten Abstands getrennt. Ich hörte Jess aufmerksam zu und spürte in jedem Wort, daß das, was er sagte, ohne Frage vernünftig und voller Anteilnahme war, aber es beruhigte mich nicht. Mein Körper sagte mir, daß meine Scham eine Tatsache war, die darauf wartete, ans Licht zu kommen. Er sagte: »Bitte, erzähl mir doch, was passiert ist.« Er lächelte, und plötzlich, verspätet, erwachte meine Sehnsucht nach ihm, aber jetzt war sie an meine Scham wie an einen Siamesischen Zwilling gebunden, und die Sehnsucht selber war neu, aber voller Scham, und ich erinnere mich, wie ich an unsere Gespräche dachte, den Kuß, die Liebe, und mir selber sagte, der gute Teil ist schon vorbei.

Ich fand eine tonlose, gleichmäßige Stimme, mit der ich sprechen konnte, und ich gebrauchte sie. Ich erzählte ihm, daß Daddy Petes Truck genommen hatte, und von dem Nachspiel, das sich daraus entwickelt hatte; was Daddy gesagt hatte und wie Rose und ich darauf geantwortet hatten; ich erzählte ihm sogar, was Rose mir später erzählt hatte, und daß ich ihr nicht glaubte, aber auch nicht nicht glaubte. Er beobachtete mich aufmerksam, seine gewöhnlich ausdrucksvollen Züge blieben ruhig und ernst, aber seine Augen brannten sich in meine. Ohne zu sprechen, holte er alles aus mir heraus, und nachdem es vorbei war, wußte ich, daß ich ihm irgendwie ausgeliefert war, nicht weil er Macht gebraucht oder Ansprüche erhoben hatte, sondern weil ich mich trotz meiner Scham ihm gegenüber in jeder Einzelheit bloßgestellt hatte.

Er trank seinen Kaffee aus und sagte: »Oh, Ginny.« Er sagte: »Oh, Ginny, sie haben es darauf abgesehen, uns zu zerstören, und ich weiß nicht, warum.«

Ich hatte über meinem eigenen Vortrag seine alten Klagen über Harold und seine Mutter vergessen. Ich sagte: »Vielleicht haben sie das, Jess. Vielleicht haben sie es wirklich darauf abgesehen.«

Ty kam gegen halb sechs zurück. Die Sonne stand schon über dem Horizont, und der Himmel war klar und kristallen. Bevor er Gelegenheit hatte zu fragen, wieso Jess hier war, sagte ich: »Jess, sag's Ty«, und er sagte Ty, wo Daddy war und wer bei ihm war. Ty sagte: »Ich hab mich gefragt, wo er wohl gelandet sein könnte. Ich bin jede kleine Straße abgefahren, jede Traktorspur und jeden befahrbaren Feldweg zwischen hier und Cabot. Nach diesem Unwetter gab's davon nicht mehr allzuviele.«

Ich stand auf und goß ihm Kaffee ein, fragte dann: »Hast du auf den Feldern nachgesehen?«

»Sieht alles okay aus, aber die Gräben hat's ausgewaschen, das kann ich euch sagen.«

»Wo ist Pete?«

»Ich weiß nicht. Wir hatten eine kleine Unstimmigkeit.«

Das alarmierte mich. »Was meinst du?«

»Pete hat gesagt, Larry würde schon wieder auftauchen und er habe nicht vor, seine Zeit mit ihm zu verschwenden. Ich hab ihm nicht widersprochen.«

Jess sagte: »Was war denn der Streit?«

»Pete wollte ihn erschießen.«

Ich lächelte, weil ich dachte, es wäre ein Witz, aber Ty lächelte nicht. Ich sagte: »Richtig erschießen?«

»Ihn richtig erschießen. Aber ich glaub, ihn richtig richtig erschießen nur ungefähr 'ne Minute. Pete hat die Nase gestrichen voll. Zum Glück hat er nur 'ne Zweiundzwanziger.«

Dieser sarkastische Ton war fremd an Ty, aber ich ließ es fürs erste dahingehen. Jess stand auf und nahm seinen Poncho vom Türhaken. Ty sagte nichts, so daß Jess einfach nur die Augenbraue hochzog und mir sein Auf Wiedersehen zulächelte. Meine Augen und mein Herz folgten ihm geradewegs aus der Tür.

Zu Ty sagte ich: »Hast du überhaupt geschlafen?«

»Nee, nicht richtig.« Er rieb sich mit den Händen übers Gesicht und rubbelte dabei seinen Stoppelbart. Ich erinnerte mich an etwas anderes – daß ich immer noch nicht wußte, ob Ty dem, was Daddy zu mir gesagt hatte, zustimmte. Ich stand vom Tisch auf und öffnete die Kühlschranktür. Ich sagte: »Wie wär's mit zwei Spiegeleiern und ein paar Würstchen?«

Er sagte: »Bestens.« Sein Ton war kühl. Er saß einfach da, und sein Ausdruck war abweisend und unfreundlich. Die meiste Zeit sah er aus dem Fenster. All die Themen zwischen uns anzuschneiden erforderte mehr Mut, als ich im Augenblick besaß, und deshalb schnitt ich sie nicht an, und deshalb denke ich, daß damals eine neue, formale Beziehung zwischen uns begann. Von da an begannen wir zu überlegen, was wir miteinander und mit unserer Situation nach unserem Verständnis von Pflicht und Loyalität tun sollten, und schon bald wurde klar, wie sehr wir uns in diesem Verständnis unterschieden.

Als er mit seinem Frühstück fertig war, sagte Ty: »Ich glaub, ich seh als erstes mal nach den Feldern. Ich hab versprochen, heute morgen mitzuhelfen, die Fundamente fertigzumachen, aber wer weiß, bei diesem Regen...«, seine Stimme folgte ihm aus der Tür.

Rose kam herunter, als der Truck sich dröhnend entfernte. Sie trug Jeans von mir und ein altes Hemd von Ty. Sie sagte: »Ich werd mal nach Hause laufen und ein paar Sachen zum Anziehen für die Mädchen holen, bevor sie wach werden.« Sie war ziemlich forsch – ihr übliches Morgen-Ich. Ich sagte: »Daddy ist bei Harold. Er hat mitten in der Nacht Ken und Marv rübergeholt.«

»Jaa, tja.« Sie zuckte die Achseln. »*All the King's horses and all the King's men couldn't put Humpty together again.*« Sie ging mit Türknallen, und ich legte für sie und die Mädchen ein paar Würstchen in die Pfanne.

Während sie brieten, ging ich hinaus nach meinem Garten sehen. Etwas, das mich schon immer verblüfft hat, ist die Widerstandskraft von Pflanzen. Meine Tomaten hatten den Sturmangriff ohne Schaden überstanden, waren noch nicht einmal mit Erde bespritzt, da ich besonderen Wert darauf gelegt hatte, sie mit alten Zeitungen und abgemähten Grasresten abzudecken. Einige der zarteren Ringelblumen lagen flach, und das Gitter für die Erbsen war aus dem Rahmen gefallen, aber all das Grün strahlte nur so vor neuem Leben. Ich faßte nichts an, trat erst recht nicht zwischen die Reihen, aber ich blieb an der Seite stehen und nahm alles in mich auf, als wäre es ein fernes Versprechen.
Tatsächlich war ich bereits total erschöpft von der ganzen Anstrengung, bereits ohne Hoffnung. Ich rief mir schon jene Monate direkt nach dem Tod meiner Mutter ins Gedächtnis zurück, als habe sich zwischen damals und heute nichts ereignet, und an was ich mich erinnerte, war all die Mühe, eine ebenso hoffnungslose Mühe, wie sich am eigenen Schopf aus dem Sumpf ziehen zu wollen. Ich wußte, daß man nie wieder ganz so sein konnte wie vorher, aber man konnte an den Punkt gelangen, wo Erleichterung gut genug ist. Ich spürte ein anderes Tier in mir, ein Pferd, das in einem engen Stall angebunden ist, den Kopf hin und her wirft und mit den Hufen auf den Boden schlägt, aber die Balken und die Stangen und das Halfter halten, und das Pferd erschöpft sich und akzeptiert schließlich die Fesselung, die Augenblicke zuvor ein unerträglicher Stachel gewesen ist. Ich ging ins Haus zurück und drehte die Würste um. Pammy und Linda saßen verschlafen am Tisch.

26

Auf einer Farm laufen letztlich die meisten Streitfragen auf den Punkt hinaus, den Schein zu wahren. Farmer schließen schnell von der Farm auf den Farmer. Ein Farmer sieht, wenn er ins Café geht, wie er selber aus, aber er sieht auch wie seine Farm aus, an der jeder auf seinem Weg in die Stadt vorübergefahren ist. Wie seine Farm aussieht, wird so zu einer Frage des Charakters. Farmer sind schnell bereit, das Wetter, ihr Glück, das Auf und Ab der Preise, die gesetzlichen Regelungen anzuführen, aber untereinander haben diese Entschuldigungen keinerlei Gewicht. Ein guter Farmer (ein guter Verwalter, jemand, der ein Talent für Tiere und Maschinen hat, ein Mann, der gewillt ist, die ganze Zeit zu arbeiten und seine Kinder zu ebenso endloser Arbeit erzogen hat) wird auch eine gute Farm haben. Eine Farm, die schlecht aussieht, bildet das persönliche Versagen des Farmers ab. Die meisten Farmer sehen ihren Beruf als eine Existenz an, die keine Fehler verzeiht, und sie selber sind nicht gerade nachsichtig mit verunkrauteten Feldern, schmutzigen Geräten, pflichtvergessenen Kindern, schlecht gehaltenen Tieren, einem Farmhaus, das wie ein Stall aussieht. Es mag woanders in diesem Land nicht so sein, aber in Zebulon, das in der Mehrzahl von Engländern, Deutschen und Skandinaviern besiedelt wurde, war ein gutes Äußeres von entscheidender Bedeutung.

Es war unbedingt notwendig, daß die wachsende Uneinigkeit in unserer Familie nach außen hin verhüllt wurde. Der Hinweis darauf, daß mein Vater wirklich nicht mehr ganz zurechnungsfähig war, lag in der Art, wie er seinen Streit mit uns nach außen getragen hatte. Aber wir konnten dem nicht nachgeben – wir waren gut trainiert. Wir kannten unsere Rollen und unsere Strategien, und wir handelten, ohne zu zögern und ohne uns abzusprechen. Der überragende Wert des äußeren Anscheins ist nicht etwas, von dem man sich über Nacht verabschiedet. Nach einer Nacht, wie wir sie durchgemacht hatten, ist er im Gegenteil etwas, an das man sich klammert, die gebrochene Planke, die einem noch bleibt, wenn das Schiff gesunken ist.

Wir wußten, daß wir vor allem Zeit gewinnen mußten, obwohl ich mir sicher bin, daß wir uns nicht einig gewesen wären, wozu wir sie gewinnen mußten. Ty dachte wahrscheinlich, daß alles bald überstanden sein würde, oder zumindest, daß wir mit dem Bauen so weit sein würden, daß wir nicht mehr zurück konnten – die neue Welt würde sich um uns herum erhoben haben –, schwerer abzureißen als zu erhalten. Er dachte an Marv Carson. Rose glaubte bestimmt, daß Daddy nach einiger Zeit wieder in unsere Hände fallen würde, ihre Hände. Linda und Pammy müssen gedacht haben, daß alles wieder normal werden würde, wenn wir alle, oder wenigstens sie, sich duckten und so taten, als wäre alles in Ordnung. Pete mochte mit sich selbst zu kämpfen haben, um Zeit für sein Temperament zu gewinnen, in der Hoffnung, daß sein rasender Zorn sich irgendwann beruhigte. Ich stellte mir Pete immer als jemanden vor, der es gut meinte, der selbst dann, wenn er die Kontrolle über sich verlor, hoffte, es werde nichts Schlimmes passieren. Ich selbst wollte auch Zeit, nicht weil ich erwartete, sie werde auch nur einen Bruchteil unserer Probleme lösen, sondern weil ich alles getan hätte, um die Zukunft hinauszuschieben.

Wenn sich niemand von uns in der Öffentlichkeit zeigte, würde man uns sehr bald nachsagen, wir hätten etwas, dessen wir uns schämen müßten. Rose kaufte in Pike und Cabot eifriger ein als im ganzen Jahr zuvor, durchstöberte jedes Regal, brachte Lebensmittel im Wert von hundert Dollar nach Hause und beklagte die Trinkerei meines Vaters (aber auf eine nachsichtige, respektvolle Art, wie es sich für eine Tochter gehörte) im Gespräch mit fünf oder sechs neugierigen Frauen, darunter Marv Carsons Mutter.

Pete verbrachte den Nachmittag damit, beim Futterhandel in Pike herumzusitzen, dann beim John Deere-Händler in Zebulon, tat

so, als hätte er dort geschäftlich zu tun, machte in Wahrheit aber genau das, was Rose gemacht hatte.
Ty arbeitete in bester Laune und trieb die Bauarbeiter an.
Ich kochte Ken LaSalle zwei Kannen Kaffee, saß mit ihm in unserer Küche und entlockte ihm jeden Zweifel an Daddy, jede Sorge, die er sich je um unsere Farm und unsere Familiensituation gemacht hatte.
Marv Carson kam gegen Mittag und klopfte an unsere Tür. Er hatte einen Sechserpack kleiner grüner Perrierflaschen aus Frankreich dabei, die er bei einem Großhändler bestellt hatte. Ich bot ihm etwas zu essen an – wir hatten Makkaroni mit Käse gehabt.
»Oh, Ginny«, sagte er, »keinen Käse. Niemals Käse. Fürchterlicher Belag bildet sich von Käse. Ist dir das noch nie aufgefallen?«
Ich sagte: »Ich dachte, die Idee war, alles zu essen, aber dafür zu sorgen, daß es schnell durch das System gespült wird.«
»Das ist als grundlegende Richtschnur gut, aber ich sah mich im Laufe des Sommers gezwungen, das Profil meiner Nahrungsaufnahme zu modifizieren. Hast du Erdnußbutter da?«
Ich stellte Brot und Erdnußbutter und Apfelgelee heraus. Dann holte ich ein versiegeltes Glas scharfes Paprikagelee herunter. Er nahm das und machte sich ein Brot. Ich aß noch an meinem Salat vom Mittagessen. Er öffnete zwei Flaschen Perrier und schob mir eine herüber. Er sagte: »Ich kann dir nicht verheimlichen, Ginny, daß ich mir Sorgen mache. Ich mach mir wirklich allergrößte Sorgen. Jeder da unten in der Bank macht sich über die Geschichte mit deinem Dad Sorgen.«
Ich runzelte die Stirn und machte ein skeptisches, aber gut gelauntes Gesicht. Diese Sorgen waren absurd. Wir hatten noch nicht einmal an sie gedacht, bevor Marv hier aufgetaucht war.
Marv sagte: »Das ist ein großer Kredit, Ginny. Einer der größten in unserem Portefeuille zur Zeit, aber das sollte ich dir gar nicht sagen. Und offen gesagt, wir haben nicht soviel Geld in der Kasse, wie du vielleicht denkst. Die Banken auf dem Land haben's in diesem Frühjahr nicht leicht, an Geld zu kommen. Als wir den

Antrag prüften, lagen reichlich andere Bewerbungen auf dem Tisch, das kann ich dir sagen.«
Ich lächelte. Ich hatte unaufhörlich gelächelt, seit er durch die Tür gekommen war. Ich sagte: »Alles an der Farm ist so wie vorher, nur daß Ty und Pete und Rose und ich mehr Kontrolle als früher haben. Das kann doch nur gut sein, oder? Ist Ty nicht...« Ich machte eine Geste zum Fenster. »Sieh ihn dir an. Er strotzt nur so vor Gesundheit. Ist er nicht einer der besten im ganzen Umkreis? Sagt das nicht jeder?«
»Niemand würde was anderes sagen, Ginny...« Marv ließ einen enormen Rülpser anwachsen und sich entladen, dann sagte er: »Ah. Ich bin immer gerne den Dingen voraus. Mit der Nase vorn. Mir gefällt nicht, was ich über deinen Dad hör.«
»Irgendwas ist ihm über die Leber gelaufen, aber das wird sich geben. Es wirkt sich in keiner Weise darauf aus, wie wir die Farm bewirtschaften. Ty und Pete waren den ganzen Juni über um Längen voraus mit der Farmarbeit. Frag Loren Clark.«
»Das schien wirklich so zu sein.«
Er machte wieder zwei kleine grüne Flaschen auf und trank seine schnell leer. Ich sah ihm dabei zu, deshalb sagte er: »Spül nur das System durch. Solltest du auch tun. Jeder sollte das. Wenn du das regelmäßig tun würdest, hätte dein Haar mehr Glanz.«
Ich sagte: »Mach dir keine Sorgen, Marv. Versprich mir, daß du dir keine Sorgen machst. Alles ist in bester Ordnung, wirklich.«
»Hast du 'nen Teelöffel Zucker für mich?«
Ich holte ihm einen Löffel und reichte ihm die Zuckerdose. Er sah auf seine Uhr, und haargenau um halb eins verabreichte er sich die Dosis. Unser Gespräch setzte aus, während er das hinter sich brachte. Dann sah er wieder auf die Uhr. Er sagte: »Jeder in dieser Stadt ist mit jedem befreundet. Selbst die Leute, die sich befehden, tun das schon so lange, daß sie praktisch Freunde sind. Die heutigen Zeiten sind dermaßen unsicher, daß es mich nervös macht. Die Zinssätze sind ständig in Bewegung. Die alten Regeln verschwinden alle. Es ist wie in der Depression. In solchen Zeiten kann man sich 'ne Menge neuer Feinde machen.«

»Wir haben nicht vor, dein Feind zu sein, Marv.« Ich gab meiner Stimme einen sanften Ton, machte sie beschwichtigend. »Ignorier Daddy einfach. Er wird sich beruhigen.«
»Ich werd wohl auf dich hören müssen, Ginny.« Er stand auf. »Ich fahr jetzt zurück in mein Büro. Ich hab um eins was zu erledigen, und ich hab das Tabasco vergessen. Ich komm wieder vorbei.«
Ich blieb dicht hinter ihm und geleitete ihn lächelnd zur Tür.
Eine Stunde später empfing ich Harold, obwohl mich sein Anblick, wie er von seinem Truck herunterhüpfte und beinahe zu meiner Hintertür angetanzt kam, in Rage brachte.
»Du hast 'n Problem, Kleines«, rief er aus, sobald er mich sah.
Ich hielt ihm die Tür auf. »Glaubst du, Harold?«
»Ich weiß es.« Er sah die Kaffeekanne. »Ich nehm was davon.«
»Ich mach frischen.«
Er setzte sich an den Tisch. »Dein Dad will nicht mehr nach Hause, will keinen von eurer ganzen Bande mehr sehen.«
»Ich bin sicher, er hat kein gutes Haar an uns gelassen.«
»Die Sache mit Mädchen ist die, daß sie immer ihren eigenen Willen haben.«
»Haben Jess und Loren keinen eigenen Willen?«
»Jess hat Vernunft angenommen, oder?« Harold grinste. »Er hat mich angerufen, ich hab ihn nicht angerufen.«
»Wußtest du, wo du ihn hättest anrufen können?«
»Ich hätte ihn niemals angerufen, und das wußte er.«
»Harold, wir haben Daddy jahrelang absolut gut behandelt, und du weißt das so gut wie jeder andere.«
»Ich weiß es.«
»Dann sag ihm, er soll nach Hause kommen, und ermunter ihn nicht noch. Ich weiß, daß es dir Spaß macht, ihn aufzustacheln.«
Der Kaffee war fertig, und ich goß Harold eine Tasse ein.
»Er ist ein eigensinniger Mann. Es ist egal, was ich tu oder denk. Er mag's nicht, wenn man ihm sagt, er hat unrecht, besonders dann nicht, wenn's nicht klar ist, wie weit er unrecht hat.«
Ich kreuzte die Arme über der Brust. »Also, was sagst du ihm?«
»Ich sag ihm, er soll abwarten und gucken, was passiert. Ich sag

ihm, daß ihr Mädchen zu ihm kommen solltet. Das hab ich ihm gesagt.«

»Ich bin sicher, Rose ist da nicht einer Meinung mit dir, Harold! Er hat Petes Truck gestohlen! Er hat uns gedroht und uns alle möglichen Flüche an den Kopf geworfen. Eines Tages wird noch jemand von der Polizei kommen und ihn verhaften. Das Krankenhaus hat gesagt, die Blutprobe dauert ungefähr zehn Tage. Er ist in den Sturm rausgegangen, weil er es wollte. Er war wie ein Kind, hat lauthals mit Drohungen um sich geworfen, was er tun würde und was nicht. Wie ein Kind!«

»Ich weiß.«

»Wie lange hast du vor, ihn bei dir zu behalten?«

»Er hat das Recht zu bleiben. Wir sind seit sechzig Jahren und länger Freunde.«

»Schön.«

»So was kann nur 'ne Frau sagen, ›schön‹. Du weißt genau, daß es keineswegs schön ist. Aber du sagst so was, und es macht jeden wütend, und du weißt auch, daß es jeden wütend macht.«

»Was soll ich deiner Meinung nach sagen, Harold?«

»Du sollst sagen, er ist dein Dad, und auch wenn es mit ihm zum Die-Wände-Hochgehen ist, bist du ihm was schuldig. Rose ist ihm auch was schuldig. Alles, was ihr hier habt, hat er mit John Cook geschaffen. Wenn das hier nicht die beste Farm weit und breit ist, weiß ich nicht, welche sonst. Die Stanley-Jungs haben sich jahrelang abgestrampelt und versucht, ein Stück von diesem Land zu bekommen, und sie haben zweitausend Morgen und mehr. Aber kein Stück von ihrem Land ist so gut wie das hier, und sie wissen das. Das ist es, was du Larry Cook schuldig bist, mein Mädchen.«

»Eine Farm ist nicht alles, Harold.«

»Na ja, aber es ist 'ne Menge, nicht wahr? Es ist mehr als ein Mensch. Ein Mensch macht nicht eine Farm kaputt, die ein Haufen Menschen im Schweiße ihres Angesichts aufgebaut haben.« Harold bebte jetzt vor Wut. »Wenn ihr Söhne gewesen wärt, würdet ihr das verstehen. Frauen verstehen das nicht.« Er stand auf, ging zur Hintertür, öffnete sie und spuckte von der Veranda. Als er zurückkam, hatte er sich ein wenig beruhigt. Er strich sich mit den Händen die Haare glatt, setzte sich wieder und sah in seine Kaffeetasse.

Ich sagte: »Rose schuldet ihm nichts.«

»Ich bin sicher, daß Rose das sagt. Rose war immer ein Problem, unter uns gesagt.«

»Vielleicht hältst du besser den Mund, Harold.«

Sein Kopf schwenkte zu mir herum, und ich konnte ihm ansehen, daß er verdutzt war, aber ich war plötzlich so wütend, daß ich kaum aufrecht auf meinem Stuhl sitzen konnte. Ich umklammerte die Tischkante, um mich zu halten, und ich sagte: »Genau, Harold. Halt den Mund. Halt ja den Mund über Rose und Daddy.« Wenn die Kaffeekanne auf dem Tisch gestanden hätte, ich hätte den heißen Kaffee nach ihm geworfen. Ich sah sie dahinten in der Küche, auf der kalten Platte, und ich wünschte mir nichts sehnlicher, als aufzustehen und sie zu nehmen und zu benutzen, so wie man sich danach sehnt, Wasser zu trinken, wenn man durstig ist, oder ins Bett zu steigen, wenn man müde ist. Ich hielt mich am Tisch fest.

»Ich bin hier, um dir zu helfen.«

»Oh ja?«

»Folgendes werd ich tun. Ich werd deinen Daddy mit zu dem Kirchenessen am Sonntag nehmen. Und ihr Kinder werdet euch da sehen lassen und mit uns essen. Ich denke, ihr solltet das klären, euch aussprechen. Ihr habt euren Standpunkt, und Larry hat seinen. Ich weiß das.« Er suchte meinen Blick und lächelte mich an. »Ich kenn dich dein ganzes Leben, Ginny. Ich weiß, du hast deinen Standpunkt in dieser Sache, und vielleicht ist es sogar der richtige. Aber wenn ihr miteinander redet, könnt ihr vielleicht über Standpunkte wegkommen und diese Farm noch fünfzig Jahre weiter am Leben erhalten. Das ist doch was wert, oder?« Er redete langsam und stetig, so wie Jess redete, und unterhalb des ältlichen Zitterns in seiner Stimme und der ländlichen Ausdrucksweise war eine Stimme wie die von Jess. Ich gab dem ein wenig nach… Ich nickte.

sein, eine unbestimmte Sehnsucht. Dabei ging ich gerade denen aus dem Weg, nach denen ich mich sehnte. Nicht einmal Jess wollte ich sehen. Am Mittwochmorgen, dem vierten Juli, wieder ein milder kristallklarer Tag, ging ich über die Felder in die entgegengesetzte Richtung der Müllkippe, die jetzt für mich mit Jess verbunden war, auf Mel's Corner zu. Ich erkundete die Stelle, suchte nach Spuren des alten Teichs, aber ich konnte noch nicht einmal erkennen, wo er gewesen sein mochte – der Mais marschierte in geraden Reihen quer über die schwarze Erde, die so gleichförmig wie Asphalt war. Der Teich, aber auch das Haus, der Garten, der Brunnen, die Fundamente der Scheune, das alles war ausgelöscht. Nicht, daß dieses geheimnisvoll für mich gewesen wäre – ich erinnerte mich recht gut daran, wie die Bulldozer kamen, wie das Haus und die Scheune abgerissen und verbrannt wurden. Das war in den frühen Sechzigern nichts Ungewöhnliches, als neue, größere Traktoren höhere Geschwindigkeit und einen größeren Wendekreis bedeuteten, als Zäune abgerissen wurden und größere Felder entstanden. Die Bulldozer waren das Bild gewesen, auf das ich aus dem Fenster meines Schlafzimmers gestarrt hatte, bevor ich mich wieder meinen Mathematikaufgaben zuwandte oder eine neue hochtoupierte Frisur ausprobierte. Jetzt aber war das Merkmal meines neuen Lebens Bestürzung selbst über diese uralte, unbedeutende Veränderung. Wie oft war ich diesen Weg in Shorts und T-Shirt gegangen (Mommy fand nicht, daß Badeanzüge nur fürs Herumschwimmen im Teich nötig waren), war ich sicher und zuversichtlich auf ein Bad im Teich zugesteuert, hatte genau gewußt, wohin ich ging und welche Freuden mich erwarteten? Aber zwischen diesen Maisreihen fand ich noch nicht einmal die feuchte Stelle eines alten Schlaglochs, um mich zu orientieren.

27

Als wir dann all die Gespräche in der Stadt und mit den Nachbarn hinter uns hatten, begannen wir uns ruhiger zu fühlen. Oder zumindest ich. Wenn ich über Daddy so redete, als ob sich diese Wunderlichkeiten von selber geben würden, fühlte ich mich ermutigt, das wirklich zu glauben. Weil ich nicht viel mit Rose oder Pete oder Ty sprach, konnte ich mir einbilden, sie empfänden mehr oder minder wie ich, seien von dem, was passiert war, schockiert, aber durchaus in der Lage, damit fertigzuwerden. Daddy brauchte eindeutig psychologische Hilfe, brauchte sie schon lange, und Rose mußte ihn mit ihren Erinnerungen konfrontieren. Pete würde ebenfalls mitmachen müssen, und selbstverständlich würde Ty davon erfahren müssen und eventuell die Mädchen. Ich konnte mir uns ohne weiteres nach all diesen Konfrontationen vorstellen, nach einer festgesetzten Anzahl von Besuchen im Behandlungszimmer eines Psychiaters (das ich mir genauso wie die Praxis des Chiropraktikers in Pike vorstellte). Ich stellte mir vor, daß wir unser altes Leben wieder aufnehmen würden, aber mit einem neuen Geist, anderen unterirdischen Strömungen – nicht so viel Ärger und Unruhe, mehr Zuneigung oder zumindest Anerkennung und Frieden. Ich würde auch nicht mehr an Jess Clark denken.

Ich erlaubte es mir, nur zweimal, mir ein Baby vorzustellen, ein Kind, das all meine Fehlgeburten und alles andere in Glück verwandelte, dessen Geburt nach dem Einsetzen von Selbsterkenntnis (Daddys in der Hauptsache, aber auch unserer) genau zum richtigen Zeitpunkt kommen würde.

Der Psychiater würde sich natürlich auf unsere Seite stellen, das heißt, auf Roses Seite. Wenn wir alle in seinem sonnigen Büro säßen, würde er in der Mitte sitzen, zwischen Daddy und uns, und er würde unsere, Roses Anklagen in perfekte Formulierungen fassen. Sie würden sanft Daddys Wutanfälle und seine Abwehrhaltung umschmeicheln, die Mörtelfugen wie Zucker auflösen, die Mauersteine zerbröckeln. Es würde kein Geschrei und keine Drohungen geben, weil der Psychiater das nicht zulassen würde. Vielleicht würden die Dinge niemals vollkommen werden, aber hatte Harold Clark ganz unrecht? War nicht das, was aufgebaut worden war, einige Mühe wert? Was ich mir nicht vorstellen konnte, war, daß alles auseinanderbrechen könnte.

Ich suchte im Mason City-Telefonbuch unter »Psychiater«. Es gab zwei Eintragungen, eine unter einer Klinik in Des Moines, und eine unter einer Klinik in Rochester, Minnesota. Ich wählte die Nummer in Rochester und bat, einen der Ärzte sprechen zu dürfen. Man sagte mir, sie seien Therapeuten, keine Ärzte. Während ich auf das Gespräch wartete, starrte ich aus dem Fenster zu Roses Haus hinüber und die Straße hinunter zu Daddys. Ich stellte mir die dreistündige Autofahrt nach Rochester vor. Ich stellte mir vor, wie jeder von uns abwechselnd seine Geschichte erzählte: Daddys Ungeduld. Tys Skepsis, Petes Weigerung, viel zu sagen, Roses wütende Beredsamkeit, meine eigene Beklemmung, die mir den Magen umdrehte, Pammys und Lindas Angst. Ich stellte mir vor, wie ich Schecks über große Geldsummen zu Daddys Lasten ausstellte. Ich stellte mir die dreistündige Rückfahrt vor. Ein Therapeut kam an den Apparat, und ich wußte, daß ich mich innerhalb weniger Minuten auf das verpflichtet haben würde, was ich mir vorgestellt hatte, auf das Unmögliche. Ich legte auf, ohne zu sprechen.

Dann dachte ich an Henry Dodge, unseren Pastor. Ich würde nicht, auch nicht in den allerbesten Zeiten, gesagt haben, daß ich mich Henry Dodge nahe fühlte. Ich bezweifle, daß irgend jemand das tat, seine Frau Helen und ihre Kinder eingeschlossen. Sie stammten aus Fargo, North Dakota, aber Henrys vorherige Gemeinde bis in die Mitte der Siebziger war in Denver gewesen. Er erzählte uns, wie er zu uns gekommen war, ein fünfzig Jahre alter

Mann, der aus einer großen Vorstadtkirche in unsere Kleinstadt versetzt worden war. Und als er uns das erzählte (er war mit dem zweiten Pastor nicht zurechtgekommen, hatte mit einigen Gemeindemitgliedern die Geduld verloren, hatte Zweifel daran bekommen, ob sein Ehrgeiz mit dem Glauben zu versöhnen sei), hatte er in einem Ton gesprochen, der offen deutlich machte, wie tief ihn die Krise bewegte, die ihn zu uns geführt hatte. Aber in Wirklichkeit hatten seine Bekenntnisse eher zu Verlegenheit auf allen Seiten geführt als zu einem Gefühl der Freundschaft. Daddy hatte gesagt, er solle solche Dinge für sich behalten, deshalb bin ich sicher, daß die anderen Farmer in Daddys Alter genauso dachten. Wahrscheinlich waren die Leute meines Alters weniger abgestoßen, und so hatte Henry das Gefühl, er habe uns als Freunde gewonnen.

Sein Auftreten und seine Amtsführung wurden oft diskutiert; schließlich bezahlte ihn die Gemeinde, so daß wir das Recht hatten, nach Lust und Laune darüber zu reden, ob wir auch etwas für unser Geld bekamen. Die meisten Leute in der Gemeinde mochten ihn, allerdings vor allem wegen solcher Dinge wie seiner eckigen Gestalt und seiner langsamen Art zu reden, seinem tiefen Verständnis für den Takt, mit dem man Farmer nordeuropäischer Abstammung anspricht, seinem ab und zu aufleuchtendem Humor. Er hatte ihn zweifellos von seiner Mutter geerbt, der einzigen Tochter einer langen Ahnenreihe norwegischer Farmer. Seine sechs Onkel waren noch immer Farmer um Fargo herum; die Leute mochten ihn auch deswegen. Aber das innere Ringen, das die erste Stelle in seinen Gedanken einnahm, und das er, wie man immer spürte, ein klein wenig als sein Verdienst in Anspruch nahm, kümmerte eigentlich niemanden.

Sobald ich an Henry gedacht hatte, merkte ich, daß ich so ungeduldig auf ein Gespräch mit jemandem war, daß ich in mein Schlafzimmer lief und meine Shorts gegen einen karierten Rock tauschte. Ich hatte so etwas wie einen freien Nachmittag. Eigentlich hatte ich einen Pfirsichkuchen backen und den Garten jäten wollen, aber in der Zwischenzeit, bis ich mit dem Abendessen anfangen mußte, konnte ich fahren, ohne daß jemand etwas dazu sagen würde. Es war Freitag nachmittag. Ich entschied mich, daß es am zwanglosesten wäre, wenn ich vorher nicht anrief, sondern einfach vorbeiguckte, wie auf dem Weg vom Einkaufen nach Hause. Es war nicht Henry Dodge als Person, wodurch ich mich angezogen fühlte. Im Gegenteil, sich ihm anzuvertrauen war vielleicht gar nicht so leicht. Aber dieses Wort »Pastor« versprach eine Geduld und Weite des Verständnisses, die genau das Richtige schienen. Wir konnten Daddy in Henrys Büro bringen. Es war nicht weit, und seine Hilfe würde nichts kosten. Ty mochte Henry lieber als ich, lobte sogar von Zeit zu Zeit seine Predigten als »ganz schön klug«. Als ich an unserer Baustelle vorüberfuhr, sah ich, daß die Männer, die die Firma für die Bauarbeiten geschickt hatte, und Ty auf Händen und Knien den Zement glätteten. Sie waren sechs, und sie krochen nach unten blickend rückwärts. Das kam mir lustig vor, und ich lachte zum ersten Mal seit, wie mir schien, Tagen.

Als ich nach Cabot hineinfuhr, sah ich noch immer Henry in seinem Büro vor mir, gekleidet in einen braunen Anzug. Eine Raute aus Sonnenlicht würde auf dem rostbraunen Teppichboden liegen, und die Sitzkissen auf dem Fenstersitz würden ein gemütliches staubiges Grün haben. Die Stimme meines Pastors würde tief und hohl klingen. Ein guter Ort, an dem ich meine Geschichte ablegen konnte. Selbst während ich sie erzählte, würde sein Murmeln sie tröstend umschließen. Und dann würde er mir sagen, was ich tun sollte – wie ich mit Daddy und Rose und Ty reden mußte. Das Ergebnis wäre dasselbe wie mit dem »Therapeuten«, nur wie durch ein Wunder schneller. Das war es, was ich wirklich wollte, oder?

Henry war nicht in seinem Büro, aber er war irgendwo – die Tür zu seinem Büro stand offen, und sein Stuhl war vom Schreibtisch zurückgeschoben. Es gab keine Sonnenrauten – die Fenster gingen noch Osten und Norden. Der Teppich war beige, und die Fenstersitze, fiel mir wieder ein, waren im Kirchenvorraum. Sie waren ebenfalls vor nicht allzu langer Zeit vom Nähzirkel der Kirche in

Beige bezogen worden. Henrys Büro war klein und unordentlich. Akten stapelten sich auf den beiden Stühlen, auf die ich mich hätte setzen können.

Ich blieb fünf Minuten im Flur stehen. Während dieser Zeit klingelte viermal das Telefon, jedesmal klingelte es sechsmal oder mehr. Draußen klapperte ein Rasenmäher um die Ecke des Kirchengebäudes. In der Schwingtür weiter den Flur hinunter war ein Fenster. Ich sah das Gesicht der Kirchensekretärin, die ich beim Hereinkommen vermieden hatte, hindurchgucken und Notiz von meiner Anwesenheit nehmen.

Das war das Problem. Henry war nicht nur mein »Pastor«, er war Henry. Seine Stimme zum Beispiel war kein leises Murmeln, sie war tonlos und irgendwie leiernd, mit der Schärfe vergeblich unterdrückter Emotion. Er war fünfzig, schien aber wie dreißig, wie ein Anfänger, so als hätten ihn seine Erfahrungen herzlich wenig gelehrt.

Ich sah mich um und überlegte, wie ich wieder hinauskam, ohne daß jemand mich sah, und er kam durch die Schwingtür. Er trug Shorts mit Grasflecken, und ich bemerkte, daß der Rasenmäher schwieg. Es war Henry gewesen, der den Rasen gemäht hatte. Er kam mit einem ernsten Lächeln auf mich zu. Sein Gesicht war rot, und Schweiß lief ihm von der Oberlippe. Ich trat einen Schritt zurück und stieß dabei mit den Schulterblättern an die Wand aus Betonblöcken. Henry kam heran. Als er bei mir war, sagte er: »Ginny!« und schien mich Richtung Tür zu seinem Büro zu drükken. Er sagte: »Also, Ginny, du darfst dir keine Sorgen machen. Harold Clark...« In genau dem Augenblick klingelte wieder das Telefon, und er beugte sich über den Schreibtisch, um den Hörer aufzunehmen. Sein Rücken war mir zugewandt. Ich ging, lief dann zum Ausgang. Ich konnte es nicht. Er war zu sehr er selber, zu klein für seine Stellung, zu ängstlich bestrebt, sich unserer Gemeinde anzupassen, zu schweißig und schmutzig und salopp und unweise. Ich ließ den Wagen an und fuhr vom Parkplatz. In meinem Rückspiegel konnte ich sehen, wie er mir aus der Tür zuwinkte, aus der ich gerade gekommen war.

An dem Abend rief ich nach dem Essen Rose an und brachte sie dazu, daß sie mich auf Daddys Veranda traf. Wir saßen zusammen auf der oberen Stufe, und ich brauchte eine Weile, bis ich etwas sagen konnte. Lange Wolkenbänder schwebten ein Stück über dem westlichen Horizont, und das Maisfeld auf der anderen Straßenseite wogte ihm entgegen. Ein dünnes Blaßrosa drang aus dem unteren Streifen des Himmels nach oben und säumte die Wolken mit Feuer. Darüber ging ein klares Blau allmählich in Lavendellila über. Rose beugte sich vor und kratzte Dreck aus der Ecke der Stufe unter uns. Ich sagte: »Rose, findest du nicht, wir sollten etwas mehr reden? Was machen wir als nächstes?«
»Wir werden sehen.«
»Ich hab Angst vor dem Sehen.«
»Wovor hast du Angst?«
»Ich schätze, ich hab im Grunde genommen vor allem Angst, was mit Daddy zu tun hat.«
Rose lachte, dann sagte sie: »Haben wir ihn schlecht behandelt?«
»Ich weiß, daß die Leute das denken.«
»Aber haben wir das? Findest du das?«
Ich dachte an den Sturm, den Streit, wie er mich beschimpft hatte, und dann, am klarsten von allem, an den Moment, als er nahe an mich herankam und seine Stimme leiser wurde und er versuchte, mich zu umschmeicheln. Selbst jetzt noch, fünf Tage später, jagte es mir einen Schauer über den Rücken, wie Wasser, das langsam hinunterrieselte. An Drohungen war ich gewöhnt, aber dieses...
Ich sagte: »Ich finde nicht, nein.«
»Also dann. Halt dich an das, was wahr ist.«
»Was ist wahr?«
»Er ist in den Sturm rausgegangen, weil er eigensinnig und kindisch war.«
Die Wolken trieben jetzt tiefer über dem Horizont, und sie flammten auf, als die Sonne hinter ihnen eintauchte. Ich sagte: »Ich versteh Daddy nicht. Ich versteh ihn einfach nicht.«

»Das sollst du auch gar nicht, kapierst du das nicht? Wo bleibt der Spaß, wenn er verstanden wird? Laurence Cook, das große ICH.« Sie lachte wieder.
»Ich will es aber.«
»Ich nicht. Wie auch immer, ich versteh ihn ganz genau. Du machst alles viel zu kompliziert. Es ist simpel wie ein Kinderbuch. Ich will, ich nehm mir, ich tu's.«
»Das reicht mir nicht. Ich kann nicht glauben, daß es so simpel ist.«
»Ist es aber.«
»Ich kann's mir nicht vorstellen. Wir sind seine Kinder!«
»Ich sag dir, wenn du grübelst und grübelst und zu verstehen versuchst, bringt dich das keinen Schritt weiter. Du fängst an, die Dinge wieder aus seiner Sicht zu sehen, und du bist einfach gelähmt.« Sie verstummte. Sie sagte: »So hat er mich gekriegt, Ginny, verdammt noch mal! Die ganzen Jahre! Er redete. Er ließ mich die Dinge aus seiner Sicht sehen! Er brauchte jemanden! Er brauchte mich! Ich war so gut für ihn! Er liebte mich, mein Haar, meine Augen, selbst meinen Mumm, auch wenn ihn das wütend machte, natürlich verstand ich auch, daß ihn einige der Sachen, die ich machte, wütend machen mußten! Ginny, du willst es nicht verstehen oder dir vorstellen. Du willst es nicht, du willst es nicht, du willst es nicht.«
Aber ich wollte es.
Ich sagte: »Wir müssen mit ihm darüber reden.«
Rose stieß einen höhnischen Schrei aus.
Ich versuchte, fest zu bleiben, aber meine Stimme zitterte. »Ich mein es wirklich.«
Rose sagte: »Sei realistisch.«
»Ich muß hören, was er dazu sagt.«
Der obere Teil des Himmels war jetzt schwarz, aber auf dem unteren lag noch ein dunstiger Lichtschimmer.
Ich dachte darüber nach, was sie gesagt hatte. Es klang tatsächlich merkwürdig nach Daddy, und es warf eine Glaubwürdigkeit über die Vergangenheit, über alles andere, die mich nachdenklich

machte. Aber es änderte meine Meinung nicht. Ich sagte: »Ich muß trotzdem hören, was er dazu sagt.«
Es war dunkel auf der Veranda. Ich konnte Rose nicht mehr sehen, deshalb konnte ich vielleicht so deutlich spüren, wie sie darüber nachdachte. Schließlich sagte sie: »Okay. Wir werden sehen, was bei dem Kirchenessen passiert. Vielleicht haben wir danach eine Gelegenheit.«

28

Die Kirche veranstaltete jedes Jahr am Sonntag nach dem vierten Juli ein Essen, um den Jahrestag ihrer Gründung im Jahre 1903 zu feiern. Wir zogen unsere schönste Freizeitkleidung an, backten unseren Nudel-Hackfleisch-Auflauf und unsere Schokoladenkekse und gingen zusammen dorthin, beide Familien. Rose ließ uns in einer Reihe antreten, damit sie uns begutachten konnte, bevor wir ins Auto stiegen. »Durch und durch respektabel«, erklärte sie.
Ich muß zugeben, daß mich Daddys Anblick erschreckte. In nur fünf Tagen war er ein anderer geworden. Sein Anblick ließ mich in der Tür des Kirchenraums stehenbleiben, so daß Rose, die hinter mir ging, in mich hineinlief. Ich sagte: »Sieh ihn dir an.«
»Tja, ich hab nicht erwartet, daß Harold ihm seine Sachen wäscht und bügelt, so wie wir das gemacht haben. Er hat offenbar seit Montag abend dieselben Sachen an.«
»Aber seine Haare stehen ihm zu Berge. Hat Harold keinen Kamm, den er ihm ausleihen kann?«
Rose ging um mich herum. »Überhaupt, warum fahren sie nicht rüber zu Daddys Haus und holen ein paar von seinen Sachen? Wir haben damit nichts zu tun. Da sieht man mal.«
»Was?«
»Wie viel wir für ihn getan haben. Nämlich alles.«
Ihre Stimme klang bitter triumphierend, und sie marschierte mit ihrem Teller Schokoladenkekse in den Raum, lächelnd und jeden grüßend.
Aber es war nicht nur die Kleidung, die er trug. Zuerst dachte ich, er müsse Gewicht verloren haben oder der Sturm habe ihn krank gemacht, aber das war es nicht. Es war sein ganzes Auftreten, das eine Spur beschämt, ja unterwürfig war. Es war anders als alles,

was ich je an Daddy gesehen oder für möglich gehalten hatte. Ty, der das Auto geparkt hatte, kam herein. Ich sagte: »Sieh dir Daddy an. Kommt er dir anders vor?«

Ty sah ihn einen Augenblick an, sagte dann: »Man sieht ihm sein Alter an, wenn du das meinen solltest.« Dann warf er mir einen kühlen Blick zu und ging zu einigen der Stanleys am Getränketisch. Harold Clark redete mit Mary Livingstone. Ich sah, wie sein Blick auf Rose fiel, dann drehte er sich um und sah durch den Raum, bis er mich entdeckte. Er lächelte. Ich lächelte zurück. Einen Augenblick später ging Harold zu Daddy rüber, stellte sich zu ihm und redete mit den Leuten, mit denen Daddy redete – Henry Dodge, Bob und Georgia Hudson. Ich bemerkte Pete, der alleine gegen eine Wand gelehnt dastand und eine Cola trank. Er sah aus, als würde er lieber ein Bier trinken. Ich erinnere mich daran, daß seine Augen die Menge mit einer raubtierhaften Distanz abtasteten, auch wenn ich mich damals nur fragte, nach wem er Ausschau hielt. Ich stellte meinen Auflauf auf den Tisch, nahm den Deckel ab und steckte den Löffel hinein. Der Tisch war wie immer mit unverhältnismäßig vielen Nachspeisen beladen. Jemand hatte eine Schokoladensahnerolle gemacht, verziert mit frischen Kirschen. Das war das ehrgeizigste Gericht.

Daddy ging von Gruppe zu Gruppe, sagte überall ein paar Worte mit einem Ausdruck unterwürfiger Geselligkeit. Ich konnte meine Augen nicht von ihm wenden, und ich wollte unbedingt wissen, was er sagte. Harold folgte ihm ebenfalls, sein Beschützer. Daddy war nie jemand gewesen, der auf andere zuging. Er stand immer in einer bequemen Ecke (dem Essen nahe) und wartete, daß die anderen Farmer zu ihm kamen, seinen Rat suchten oder ihn zu beeindrucken versuchten oder sich ihm in einem Duett ritueller Klagen über das Wetter und die Regierung anzuschließen. Ich beobachtete ihn, aber er erwiderte meinen Blick nicht. Rose war unverfrorener. Sie stellte sich zu einer Gruppe und hörte lächelnd zu, während er redete. Sie bewegte sich keinen Schritt weg, bis Harold ihren Blick auffing und sie wütend anstarrte. Einige Minuten später schlenderte sie zu mir herüber. Sie sagte: »Hör dir das an.«

»Ich höre.«
»Das ist ein Zitat, Wort für Wort.«
»Okay.«
»Schreckliche Zustände. Ihre Kinder haben sie da reingebracht. Hab ich selbst gesehen. Ihre Kinder haben sie da reingebracht. Ihre Kinder haben sie da reingebracht.«
»Worüber redet er?«
»Das Heim. Wenn man bedenkt, daß Marlene Stanleys sechsundneunzigjährige Mutter seit zehn Jahren in dem Heim ist, finde ich es besonders rücksichtsvoll von Daddy, es ihr gegenüber zu erwähnen.«
»Jeder hier hat da irgendeinen Verwandten drin.«
»Deshalb hören sie auch immer gleich weg, wenn er anfängt. Er redet unentwegt davon. Immer wieder dieselben sechs Sätze.«
»Was noch?«
»Über die Kinder, die die Farmen stehlen.« Sie rollte die Augen und zuckte die Achseln. Ich blickte auf und sah, wie Daddy uns anstarrte, als hätte er uns soeben zum ersten Mal gesehen. Ich sagte das zu Rose, und sie drehte sich um und starrte zurück. Ich sagte: »Laß uns nicht.«
»Laß uns nicht was?«
»Laß uns nicht so aussehen, als würden wir ein Komplott gegen ihn schmieden.«
»Warum nicht?«
»Es macht mich nervös. Ich möchte mit ihm reden.«
»Dann geh und tu's.«
»Okay.« Ich machte ein oder zwei Schritte auf ihn zu, und er wandte sich ab und einer der Kirchendamen zu, die ihm etwas zu trinken reichte. Er lächelte sie an und dankte ihr, zog den Kopf zwischen die Schultern, als wäre er ihr wahrhaft dankbar. Ich war verblüfft. Ich machte noch zwei Schritte, aber er wich deutlich vor mir zurück. Ich sah, daß ich mich ihm nähern mußte, wenn er es nicht erwartete.
An dem Getränketisch standen einige Menschen, und ich stellte mich zu ihnen, aber nur so lange, bis ich mich Daddys Blick entzo-

gen hatte. Dann hastete ich die Rückwand des Raums entlang und tauchte rasch im Vorraum unter. Ich sah Rose an einem der vorderen Tische, aber ich schaffte es nicht, ihren Blick auf mich zu lenken. Ich wartete. Nach einigen Minuten, die ich damit zubrachte, den wenigen Leuten, die mich bemerkten, zuzulächeln und zuzunicken, kam Daddy in meine Nähe. Ich schlüpfte schnell an seine Seite und sagte: »Daddy!« Er erstarrte, sah mich nicht an, sondern suchte den Raum nach irgend jemandem ab. Es wurde heiß hierdrin. Einige Männer stellten sich auf Stühle und stießen die Fenster so weit wie möglich auf. Henry Dodge brachte noch einen zweiten Ventilator herein, setzte ihn auf einen Stuhl und stellte ihn an.

Schließlich wandte sich Daddy mir zu, und unsere Blicke trafen sich. Ich war damit beschäftigt, eine Formulierung für meine Frage zu finden – Rose hat gesagt, oder hast du, oder ich muß unbedingt wissen, aber alles, was ich herausbrachte, war wieder »Daddy«, und dann unterbrach er mich und sagte: »Ihre Kinder haben sie da reingebracht. Und die Zustände da sind schrecklich.« Seine Stimme hatte nicht den üblichen aggressiven Polterton, sondern klang flacher, weicher, zaghafter. Ich sah ihm in die Augen. Er wandte sich sofort ab, aber nicht, bevor ich einen verlegenen, fragenden Blick gesehen hatte. Mir blieb die Stimme weg.

Er ging davon. Eine Minute später ging ich auf die Damentoilette, dann suchte und fand ich Rose.

Sobald sie mich sah, sagte sie: »Hör dir jetzt erst mal das an. Mary Livingstone ist zweimal drüben bei Harold gewesen. Sie glaubt, Daddy hat den Verstand verloren.«

»Ich hab gerade mit ihm gesprochen. Er...«

Rose murmelte: »Das regt mich auf.«

»Was?«

»Diese Masche.«

»Rose, er...«

Sie senkte die Stimme, packte mein Hemd und zog mich zu sich heran. »Ich kenn das. Ich weiß, sein Gesicht ist ein schwarzer Ozean, und man ist immer, immer, immer versucht, in diesem

Ozean zu ertrinken, sich einfach aufzugeben und fallenzulassen. Du mußt zurückstarren. Du mußt dich daran erinnern, was er ist, was er tut, was er getan hat. Daddy denkt, daß die Geschichte jeden Tag von neuem anfängt, jede Minute, daß die Zeit an sich mit dem Gefühl anfängt, das er im Moment hat. Auf diese Art betrügt er uns immer weiter, deshalb brüllt er uns mit einer solchen Überzeugung an. Wir müssen dem entgegentreten und sagen, zumindest uns selber, daß das, was er getan hat, noch immer in unseren Köpfen ist, noch immer direkt hier in diesem Raum ist, solange, bis er wirklich bereut. Solange er das nicht tut, kommt nichts in Ordnung.«

»Er sieht so, irgendwie so geschwächt aus.«

»Geschwächt ist nicht genug. Zerstört ist nicht genug. Er muß bereuen und Erniedrigung und Bedauern empfinden. Ich werde mich nicht eher zufriedengeben, bis er weiß, was *er* ist.«

»Wissen wir denn, was wir sind?«

»Wir wissen, daß wir nicht er sind. Wir wissen das genau genug, um zu wissen, daß wir den schlimmsten Kreis der Hölle noch nicht verdient haben.«

Ich konnte kaum fassen, daß Rose so sprechen konnte, aber ihre Worte hatten auch etwas Berauschendes an sich, waren so süß und verboten, daß ich ihr nicht widerstehen konnte. Ich sagte: »Rosie, ich verstehe. Ich bin auf deiner Seite.« Sie drückte mir einen Kuß auf die Wange und ließ mein Hemd los. Ich sah, daß man uns beobachtete, unter anderem Ty, mit mißtrauischem Blick, und Pete, eher amüsiert, beide von verschiedenen Stellen in dem Raum.

Einige der Kirchendamen riefen jetzt, es sei Zeit zu essen und jeder solle sich anstellen. In dem Augenblick kam Jess Clark herein. Harold sah ihn sofort und winkte ihn zu sich. Ziemlich bald danach kam Jess zu Rose und mir, und zwar mit einem Lächeln, in das ich mich so einhakte, wie man eine Strickleiter über einer Fensterbank hakt, um aus einem brennenden Haus zu steigen.

Er sagte: »Harold hat es so geplant, daß wir alle mit eurem Dad an einem Tisch sitzen sollen.«

Rose sagte: »Ich werd alle holen.«
Jess sagte: »Ich bin da skeptisch. Ich möchte das anmelden.«
»Warum?«
»Harold ist kein Friedensstifter. Ich glaub, er führt was im Schilde.« Er zuckte die Achseln. »Aber ich hab Harold immer in Verdacht, und häufig genug stellt er sich als ganz unschuldig heraus.«
Ich sagte: »Sollten wir nicht auf Loren warten?«
»Der ist wegen irgendwas in Mason City. Ich weiß nicht, weshalb. Er ist gefahren, während ich drüben bei Sac City war.« Er wandte sich mir zu. »Ginny, ich war bei diesem Typ, diesem organischen Farmer. Ich komm gerade von da. Es war wahnsinnig. Er benutzt seit 1964 keine Chemikalien mehr auf seinem Land. Er ist zweiundsiebzig und sieht aus wie fünfzig. Sie haben Milchkühe und Pferde und Hühner für die Eier, aber seine Frau kocht nur vegetarisch. Ihre Erträge sind toll! Einfach nur mit Naturdünger. Der Gemüsegarten ist wie ein Museum nicht hybrider Arten. Zum Frühstück gab es Karottenbrot und selbstgemachte Haferflocken und noch Karottensaft, und er hatte zwanzig verschiedene Apfelsorten in seinem Obstgarten. Ich mein, es war, als hätte ich Buddha getroffen. Sie waren so glücklich! Ich wollte, du wärst mitgekommen.«
Ich sagte nicht, daß ich auch hier genug zu tun gehabt hatte.
»Ich hab jetzt wirklich das Gefühl, daß Harold einfach mitmachen muß. Wenn er nicht mitmacht, ist das so, wie dem Paradies direkt ins Gesicht sehen und ihm den Rücken kehren. Scheint mir unmöglich, das zu tun.«
»Die Leute tun das die ganze Zeit.«
»Tun sie das? Meinst du wirklich?«
Ich antwortete nicht. Wir stellten uns in die Schlange. Er fuhr fort: »Ja, wahrscheinlich hab ich das getan, damals zu der Zeit, als ich getrunken hab. Hmm.« Aber seine ganze Art sagte, daß diese Zeit vorbei war. Ich lachte darüber, ihn so froh zu sehen.
Karottenbrot und Haferflocken wären bei diesem Buffet vielleicht ganz angebracht gewesen. Hier gab es gegrillte Rippchen, über-

backene Kartoffeln mit Schinken, drei Arten Kartoffelsalat, vier Fleischaufläufe, grüne Bohnen mit drei verschiedenen Sahnesoßen, zwei Arten Maissalat, Zitronengelee mit Bananen, Zitronengelee mit Maraschinokirschen, einen großen, wunderschönen grünen Salat, aber mit süßer Salatsauce. Jess nahm sich rote Bohnen und ein paar Salatblätter, fiel dann über den Möhrensalat mit Rosinen her und füllte sich die Hälfte davon auf. Nachtisch nahm er nicht.

Daddy saß bereits am Tisch. Sein Teller sah wie meiner aus – Rippchen, Kartoffelsalat, Mais, Makkaroni und Hackfleisch, noch mehr Rippchen. Ich sagte in freundlichem Ton: »Na, Daddy, sieht so aus, als hätten wir ganz dieselben Dinge ausgesucht.« Er ignorierte mich.

Ich saß zwischen Pammy und Jess, Daddy gegenüber, weit weg von Ty. Rose saß auf der anderen Seite von Jess und Pete am Kopfende. Kaum hatte ich mich hingesetzt, begann mein Herz zu klopfen. Einige Leute, die wir nicht kannten, wollten sich an den Tisch setzen, dann bemerkten sie, daß Harold sie ansah, und sie ließen es sein. Auch wenn wir uns so unwohl fühlten, daß wir ein paar unsicher lächelnde Blicke tauschten, so nahmen wir doch Platz, wandten uns unseren Tellern zu. Ich sah kurz zu Ty hinüber, auf seinen Teller, die Ehefrau, die gewohnheitsmäßig registrierte, was der Ehemann aß. Er hatte auch etwas von dem Möhrensalat. Ich blickte auf meinen eigenen Teller, die Rippchen sahen gut aus, würden schwer zu zerkleinern sein. Ich steckte meine weiße Plastikgabel in den Mais. All diese Details kehren so lebhaft zu mir zurück, als wären sie meine letzten Eindrücke vor einem Anfall von Gedächtnisschwund gewesen. Harolds Stimme übertönte die Geräusche der Menge, er rief: »Heh!« und Jess Clarks Fuß trat unter dem Tisch auf meinen, und sein Kopf schnappte hoch.

Ich blickte mich um. Ich hatte nicht bemerkt, daß der Tisch, den Harold für uns ausgesucht hatte, direkt in der Mitte des Raumes stand, aber da stand er.

Harold redete, als machte er eine lang erwartete Mitteilung, und sagte: »Seht sie euch an, wie sie da futtern, als hätten sie nichts

getan. Haben einen Mann von seiner eigenen Farm geschmissen, in einer Nacht, wo man keinen Hund vor die Tür jagen würde.«
Die Leute an den anderen Tischen taten, als hörten sie nichts, außer Henry Dodge, der unentschieden aussah, ob er sich von seinem Platz erheben sollte oder nicht.
»Niemand hält's auch nur für nötig, vorbeizukommen und zu sagen ›Tut mit leid‹ oder so was. Zwei richtige Luder. Ihr wißt, von wem ich rede, von Ginny und Rose Cook.«
Der Pfarrer entschied sich, seinen Stuhl zurückzuschieben. Quer durch den Raum kam Mary Livingstones Stimme: »Halt die Luft an, Harold Clark. Du redest nur Unfug, wie immer.« Henry Dodge stand auf. Harold sagte einige Augenblicke gar nichts, deshalb setzte sich Henry wieder. Danach sagte Harold: »Ich hab sie durchschaut. Mich legt keiner rein.« Er beugte sich zu mir vor. »Luder! Luder!« Jetzt streckte Jess den Arm vor, die Hand offen, und schob Harolds Gesicht zurück. Es war eine merkwürdige Geste, gewalttätig und sanft zur gleichen Zeit. Harold, der jahrelange körperliche Arbeit hinter sich hatte und ein kräftiger Mann war, ließ sich nicht weit zurückschieben. Daddy saß mit einer Art verwundertem Gesichtsausdruck da. In die momentane Stille hinein sagte er: »Ihre Kinder haben sie da reingebracht. Ich hab's selbst gesehen.«
Auf der anderen Seite von Jess Clark kam Rose in ihrem Stuhl hoch und sagte: »Daddy, halt den Mund. Das ist jetzt weit genug gegangen.«
Pammy ergriff meine Hand.
Henry Dodge stand wieder auf.
Harold sprang auf, stieß mit Gepolter seinen Stuhl nach hinten um. Er streckte sich über den Tisch und packte Jess an den Haaren und zog ihn vom Stuhl hoch, dann packte er ihn mit der anderen Hand am Hemdkragen. Jess sagte: »Scheiße!« Harold riß ihn über den Tisch. Gefüllte Plastikbecher rollten durch die Gegend. Er schrie: »Und dich hab ich auch durchschaut, du feiges Miststück. Du schielst nach meiner Farm, und einen Monat lang hast du mich jetzt umschwänzelt, weil du denkst, ich geb sie dir. Nee, so

blöd bin ich nicht.« Seine Stimme wurde spöttisch hoch: »Harold, du solltest dies hier tun! Du solltest das tun! Naturdünger! Dammkultur! Gottverdammte Luzernen! Wer zum Teufel bist du eigentlich, mir auch nur eine gottverdammte Vorschrift zu machen, du Deserteur! Dieser Clown hat noch nicht mal den Mut, seinem Land zu dienen, dann kommt er hier angetanzt...« An dieser Stelle hatte der Pfarrer es geschafft, bis hinter Harold zu kommen und ihn zu packen. Jess schlug seinem Vater quer übers Gesicht, und Harold fiel rückwärts gegen den Pfarrer. Daddy schob seinen Stuhl aus dem Weg und sah mich direkt an. Ein Ausdruck verstohlener Selbstgerechtigkeit breitete sich über sein Gesicht.

Als wir gingen, Rose und ich mit Pammy und Linda an den Händen, als wir das Auto nahmen und Pete und Ty zurückließen, kam es mir vor, als flöhen wir. Ich sagte immer wieder: »Wo fahren wir hin? Wo fahren wir hin?« und war sicher, daß es einen Ort gab, an den wir fahren konnten. Aber wir fuhren direkt nach Hause, als gäbe es kein Entrinnen, als könnte das Spiel, das wir begonnen hatten, nicht enden. Seit damals habe ich oft gedacht, wir hätten unseren eigenen Rat befolgen sollen, nach den Twin Cities fahren und uns dort Jobs in einem Restaurant suchen und gemeinsam in einer Wohnung leben sollen, die Mädchen in einem Schlafzimmer, Rose und ich in dem anderen, anonym, für immer einer Bestimmung ausweichend, um die wir nie gebeten hatten, eine Bestimmung, die das Geschenk unseres Vaters an uns war.

Buch 4

29

Ich will nicht zu viel aus unserer Mutter machen, indem ich behaupte, daß sie besonders schön oder intelligent war oder sich in anderer Weise auszeichnete. Wahr ist, daß sie in ihre Umgebung paßte. Sie gehörte Clubs an, ging in die Kirche, tauschte Schnittmuster mit anderen Frauen aus. Sie hielt das Haus sauber und erzog uns genauso, wie die Nachbarn ihre Kinder erzogen, was bedeutete, daß sie die Autorität meines Vaters stützte und nicht besonders zärtlich war. Für unsere Gefühle zeigte sie wenig Neugierde. Sie kümmerte sich um das, was wir taten oder zu tun versäumten – unsere Schulaufgaben, unsere Arbeiten im Haus, unseren Pflichtanteil am Kochen und Putzen –, und sie nahm an, daß unsere Gefühle diesen Tätigkeiten gegenüber irgendeiner Art Kindheitsbarometer entsprechend auf- und niedergingen, mit »Phasen« zu tun hätten, die für sie ganz uninteressant waren. Uns wurde zu verstehen gegeben, daß das Haus ihr »gehörte« – daß sie für es verantwortlich war und daß dem Haus Schaden zuzufügen gleichbedeutend damit war, ihr Schaden zuzufügen. Ich erinnere mich, wie Caroline einmal, sie war ungefähr drei, einen Lippenstift in die Finger bekam und mit großen Schwüngen über die Wand im oberen Flur malte. Meine Mutter entschuldigte das nicht mit Carolines Alter, auch gab sie nicht sich selber die Schuld, weil sie den Lippenstift hatte herumliegen lassen. Sie verdrosch Caroline gehörig und sagte dabei immer und immer wieder: »*Nicht* an Mommys Sachen gehen! *Nicht* an Mommys Wand malen! Caroline ist ein ganz ungezogenes Mädchen!« Selbst unsere Sachen waren ihre Sachen, und wenn wir unser Spielzeug kaputtmachten oder unsere Kleider zerrissen, wurden wir bestraft. Aus unseren Bestrafungen sollten wir lernen, nehme ich an, uns zu beherr-

schen. Eine unachtsame Tat war ebenso sträflich wie eine Tat vorsätzlicher Gemeinheit oder Ungezogenheit.
Sie hatte eine Geschichte – sie war in Rochester, Minnesota, zur High School gegangen und ein Jahr in Cedar Falls aufs College – und uns offenbarte sich diese Geschichte in ihrem Wandschrank. Es war ein begehbarer Schrank, schmal und tief, mit einem ovalen bleiverglasten Fenster am Ende. Die Kleiderstange verlief der Länge nach, und über dem Fenster war ein einziges hohes Regal. Die Wand, die der Schrank mit dem angrenzenden Zimmer gemeinsam hatte, reichte aus irgendeinem Grund nicht bis oben an die Decke, sondern schloß mit einer unmotivierten Eichenleiste ab. Ein großer rosafarbener Schuhbeutel hing an der Tür und schlug dagegen, wenn man den Schrank öffnete. In jeder der zahllosen Taschen steckte ein einzelner Schuh, die Hacke nach außen. Es gab sieben Paar mit hohen Absätzen, die Rose und ich jedesmal zählten, wenn wir den Schrank aufmachten. Auf dem Boden des Schranks standen zwei zylindrische Hutschachteln, und in diesen waren acht oder zehn Hüte, manche mit Blumen oder Früchten, die meisten mit halben Schleiern. In den Hutschachteln waren auch vier oder fünf Korsagen mit ihren perlenbesetzten Nadeln, die in den satinumwickelten Stielen steckten. Wir bewunderten diese und nahmen sie heraus und hielten sie an unsere Brust und wußten immer, daß wir selbst schuld hatten, wenn wir uns an den Nadeln stachen.
Der Stoff der Kleider war kühl, und wenn man sich unter sie stellte, schwebte einem die Kräuselkreppfrische der Röcke in einem berauschenden Duft von Staub und Mottenkugeln und Kölnischwasser und Badepuder über das Gesicht. Wenn ihre Gegenwart in Schürzen ausgedrückt schien – sie band jeden Tag eine frische um –, so enthielt ihre Vergangenheit enge Röcke und weite Röcke und Keilröcke, Rockschöße, Plisseefalten, Abnäher wie Pfeile, Taschen mit Rollsaum, in denen kleine Taschentücher steckten, Schulterpolster, Stehkragen, stoffbezogene Gürtel mit bezogenen Schnallen, bezogene Knöpfe, ein ganzer Modekatalog, der Rose und mich ebensosehr mit seinen Namen wie mit seinen

Beispielen in Bann zog. Die Kleider in dem Schrank, die schon damals aus der Mode waren – zu eng und zu vornehm für den Nachkriegs-»New-Look« –, verzauberten uns mit einer Ahnung von Möglichkeiten, nicht für uns, sondern für unsere Mutter, ganz sicher verlorenen Möglichkeiten, aber irgendwie noch gegenwärtig, wenn wir den Wandschrank betraten, die Tür schlossen und uns mit gekreuzten Beinen in den Sonnenstäubchen-Strahl aus dem ovalen Fenster setzten. Dies waren Dinge, die ihr gehörten und mit denen wir doch spielen durften. Wir waren ihr aus dem Weg, und wir behandelten sie sorgsam, heilige Reliquien, die sie waren. Wenn ich jetzt versuche, meine Mutter zu lieben, erinnere ich mich an ihren Schrank und diese nachsichtige Erlaubnis. Natürlich, natürlich erinnere ich mich auch an Rose, meine ständige Gefährtin unter den Röcken, an deren Hemd ich vorsichtig die Korsagen feststeckte, auf deren Kopf ich die Hüte ausbalancierte, mit der ich unter den Kleidern stand und so tat, als wären wir Damen beim Einkauf.

Nach dem Kirchenessen brauchte Jess einen Ort, wo er so lange bleiben konnte, bis das alles verraucht war. Rose schlug vor, daß er in Daddys Haus bleiben solle, natürlich nicht in Daddys Schlafzimmer, aber in einem der anderen Zimmer. Schließlich hatte es vier Schlafzimmer, und drei waren sowieso ungenutzt. Nachdem sie das vorgeschlagen hatte, schien es ein guter Moment zu sein, sich das Haus mal genauer anzusehen, ein wenig aufzuräumen, einige von Daddys Sachen in einen Koffer zu packen, für den Fall, daß er sie wollte.

Ich ging kurz darauf nach dem Frühstück hinüber, nachdem ich mit Ty eine wortlose Mahlzeit geteilt und danach seine Pläne für den Tag angehört hatte und die beiläufige Mitteilung, er käme zum Essen nicht nach Hause. Er fragte mich nicht nach meinen Plänen.

»Schön«, gab ich von mir, jene provozierende Antwort, aber er reagierte nicht. Ich wartete, bis er mit dem Pickup wegfuhr, und ging dann die Straße zu Daddys Haus hinunter. Ty mag nicht gewußt haben, daß Jess in unsere Nähe zog, daß er in gewissem

Sinne Daddys Platz an sich riß. Es war auch »schön«, daß er das nicht wußte. Wenn er es erwähnt hätte, so hätte ich ihm gesagt, daß jetzt alles möglich war.

Während ich mich dem Haus näherte, kam es mir vor, als hätte sich mir mit Daddys Weggehen die Möglichkeit eröffnet, meine Mutter zu finden. Es war nicht so, als hätte ich vergessen, daß ich dort einmal jeden Tag meines Lebens zugebracht hatte. Das wußte ich. Aber jetzt, da er weg war, konnte ich genauer nachsehen. Ich konnte die Schränke oder den Speicher oben untersuchen, Sachen hochheben und unter ihnen nachgucken, wieder in Schränken und Regalen stöbern. Wenn irgendwo, dann würde sie dort sein, ihre Handschrift, die Überbleibsel ihrer Arbeit und ihrer Gewohnheiten, vielleicht sogar ihr Duft. Könnte es nicht eine übersehene Schublade geben, seit zweiundzwanzig Jahren nicht mehr geöffnet, die einen einzigen flüchtigen Hauch ausströmte? Sie hatte ihn gekannt – was hätte sie jetzt über ihn gesagt? Wie hätte sie zu vermitteln versucht? Gab es nicht irgendein Wissen über ihn, das sie besessen hatte und das auf mich überginge, wenn ich etwas von ihr in diesem Haus fände? Die bloße Hoffnung reichte aus, meine Schritte zu beschleunigen. Ich ging an der Küchenausstellung auf der Einfahrt vorüber, das weiße Brokatsofa, hochkant auf der hinteren Veranda, trug noch immer stolz sein Preisschild. Ich ignorierte die Tatsache, daß mir das Haus auf bedrückende Weise vertraut war, daß Rose und ich hier jedes Jahr einen Frühjahrsputz gemacht hatten. Es mußte einfach etwas da sein.

Auf dem Speicher war es bereits heiß wie im Backofen. Er war nie isoliert worden, und die reflektierende Kraft des Metalldaches richtete wenig, wenn überhaupt etwas gegen die Sommersonne aus. Ein schmaler Pfad zu jedem der vier Fenster war freigemacht worden, und die nach Osten und Westen waren hochgeschoben, damit das Haus gelüftet wurde. Wenn man bedachte, daß unsere Familie seit fünfundsechzig Jahren in diesem Haus gelebt hatte, lag hier oben nicht viel herum – ein aufgerollter Teppich, fast neu, aus dicker goldener Wolle, den Daddy irgendwoher haben mußte;

er war nie im Haus ausgelegt worden. Drei Stehlampen mit diesen alten gedrehten Schnüren und runden Bakelitsteckern. Eine übergeschlagene Matratze. Drei Kartons alter Nummern von *Successful Farming*. Noch ein Karton mit *Wallace's Farmer*-Heften, die aus den frühen Siebzigern stammten. Ein alter Ventilator, die schwarzen Flügel von keinem Drahtgitter geschützt. Ganz am Rande lagen alt aussehende Kartons mit ein paar Zeitungen aus dem Zweiten Weltkrieg, darunter eine Ausgabe des *Des Moines Register* vom *V Day**. Dazwischen lag eine Einladung an meine Mutter zu einer Hochzeit in Rochester von Leuten, deren Namen ich nie gehört hatte. Ich roch daran. Sie roch wie die Zeitungen. Tiefer in dem Karton waren Farmquittungen von 1945. In den anderen Kartons waren auch alte Belege und ein paar *Life*-Magazine. Nichts weiter. Ich ging zur Mitte des Speichers zurück. Meine staubige Bluse klebte mir an der Brust. In den Schränken in der zweiten Etage sah es genauso aus wie immer – Stiefel und Sachen meines Vaters, vor allem Overalls und Khakihosen. Eigentlich war nur in zwei Schränken viel. In den anderen hatten sich hauptsächlich Kleiderbügel angesammelt. Im Zimmer meines Vaters sah ich mir die Fotos an der Wand an – meine Davis-Urgroßeltern, die am Vorabend ihrer Abreise aus England steif posierten. Das war das letzte Foto, das je von ihnen gemacht wurde. Meine Cook-Großeltern hatten ihr Hochzeitsfoto in Mason City machen lassen, und es gab noch ein späteres Foto von Großvater Cook, auf dem er neben seinem ersten Traktor steht, einem Ford mit reifenlosen Rädern und Spikes. Das Verlobungsfoto meiner Mutter, das im Rochester *Post-Bulletin* abgedruckt gewesen war und das ich ungezählte Male gesehen hatte. Diesmal guckte ich es mir ganz genau an, aber ich fand nichts darin. Das undurchdringliche Gesicht eines hoffnungsvollen Mädchens, gekleidet in die nichts enthüllende Uniform seiner Zeit; ihr Ausdruck war der einer robusten Rechtschaffenheit. An der Wand hing außerdem ein Schwarz-weiß-Foto von einem Baby mit Hut, aber es konnte jede von uns dreien gewesen

* Tag des Sieges im Zweiten Weltkrieg, 7.5.45. A.d.Ü.

sein. Ich hatte es viele Male gesehen, aber es war ein Zeichen für die Distanz zu meinem Vater, daß ich ihm gegenüber nie zugegeben hatte, daß ich nicht wußte, wer es war. Vielleicht hätte er gesagt, er könne sich nicht erinnern. Also waren wir es, austauschbare Kindheit. Ich guckte unter das Bett. Ein Socken, ein leeres Aspirinfläschchen, Staubflocken.

Ich öffnete die Schubladen, in denen einst ihre weißen Handschuhe für die Kirche aufbewahrt wurden, ihre Strumpfgürtel und Hüfthalter und Strümpfe, ihre langen und kurzen Unterhosen, ihre Büstenhalter, ihre langen Nachthemden, ihr rosafarbenes Bettjäckchen mit drei silbernen Schnurverschlüssen, das sie immer trug, wenn sie krank im Bett lag, und das sie Tag für Tag getragen hatte, bevor sie starb. Jetzt enthielten sie nur Altemänner-Shorts und -Unterhemden, Taschentücher, dicke weiße Socken, dicke Wollsocken, schwarze Socken (drei Paar). Thermounterwäsche. Ich hatte das alles da hineingelegt, deshalb wußte ich, daß es da war. Die Zeitungen, mit denen die Schubladenböden ausgelegt waren, trugen das Datum vom 12. April 1972, zu spät, zu spät.

Ihre Sammlung Zierteller zog sich auf einem Eichenbrett direkt unter der Decke rund ums Eßzimmer. Ich hatte sie im vorangegangenen Frühling abgestaubt, nicht in dem Frühling, als Rose krank war, sondern ein Jahr davor. Keine verblichenen Zettel klebten auch nur unter einem davon. Großmutter Ediths Vitrine enthielt nichts als sauberes Leinen, saubere Teller, geputztes Silber. Wie kam es, daß wir, Rose und ich, so gut dressiert waren, daß wir nie eine Ecke ausließen, nie eine Putzarbeit ungetan ließen, immer, automatisch, einmal im Jahr unsere Häuser auf den Kopf stellten?

Mit einem Male erinnerte ich mich, wie es gewesen war, als unsere Mutter verschwand. Mary Livingstone hatte es getan. Daddy wird sie angerufen haben. Auf jeden Fall kamen Rose und ich einige Wochen nach Mommys Tod von der Schule nach Hause und trafen all die Damen von Mommys Kirchenclub an, die ihre Sachen ausräumten und ihre Kleider und ihre Stoffe und ihre

Schnittmuster und ihre Kochbücher nahmen, um sie den Armen in Mason City zu schenken. Das war der akzeptierte Gang der Dinge, wie mit dem beweglichen Eigentum der Verschiedenen verfahren wurde, und wir stellten das nicht in Frage. Die lutheranischen Damen waren selbstverständlich ebenso gründlich, wie Mommy selbst es gewesen wäre.

Nachdem ich mich daran erinnert hatte, ging ich in der Absicht, in einem der Zimmer ein Bett für Jess Clark zu machen, die Treppe hinauf, und das einzig bewußte Gefühl erneuter Trauer, das mir von dieser Erinnerung blieb, war eine Art befangene Distanz zu meinem Körper, während er sich die Treppe hochbewegte. Meine Hand auf dem Geländer sah weiß und fremd aus, meine Füße schienen auf merkwürdige Weise sorgfältig, wie sie die Stufen abzählten. Ich drehte mich am Treppenabsatz um, und das Unten schien sich in nichts aufzulösen, während das Oben mir entgegenzustürzen schien. Ich gab Jess mein altes Schlafzimmer. Die Laken waren im Flur in dem Wäscheschrank, gelb geblümt, dieselben Laken, in denen ich vier oder fünf Jahre lang geschlafen hatte.

In dem Wäscheschrank war es, wo ich die Vergangenheit fand, und der Grund war der, daß Rose und ich immer die Laken von Daddys Bett wuschen und sie wieder aufzogen, und wir wuschen immer die Handtücher und Waschlappen aus dem Wäschekorb im Badezimmer und hängten sie wieder auf. Kann gut sein, daß keiner von uns beiden mehr als einmal im Jahr in den Wäscheschrank guckte. Darin lagen Laken und Handtücher und Bettunterlagen und eine ungeöffnete Schachtel Sweetheart-Seife. Hinter dem Stapel Handtücher, völlig versteckt, war ein halbvoller Karton mit Kotex-Binden, und in dem Karton war ein alter Bindengürtel von der Art, wie man sie schon seit Jahren nicht mehr trug. Ganz bestimmt waren dies keine Utensilien meiner Mutter, sie mußten von mir sein. Ich nahm Laken und Kopfkissenbezug heraus und dachte nichts weiter, als daß dies irgendwie interessant war. Wäre Rose hier, sie würde bestätigen, daß Daddy den Kotex-Karton die Jahre über immer wieder gesehen, aber sich nie getraut hatte, ihn anzufassen. Ich lächelte.

Die Laken paßten wie angegossen auf das schmale Bett in dem gelben Schlafzimmer. Ich schlug die obere Kante über die Decke zurück, schüttelte das Kissen auf. Ich dachte, daß Jess hier schlafen würde, und ich legte mich hin, wo er sich hinlegen würde. Das Frisiertischchen war neben dem Fenster; die Schranktür stand halb offen; die gelbe Farbe der leeren Kommode blätterte ab; einige bronzefarbene Kreise trieben in dem Spiegel; ein Wasserfleck hatte sich unter der Decke gebildet. Als ich da lag, wußte ich, daß er hier bei mir gewesen war, daß mein Vater mit mir auf diesem Bett gelegen hatte, daß ich oben auf seinen Kopf gesehen hatte, auf die kahle Stelle in dem graubraunen Haar, während ich fühlte, wie er an meinen Brüsten saugte. Das war die einzige Erinnerung, die ich ertragen konnte, bevor ich mit einem Schrei aus dem Bett sprang.

Mein ganzer Körper zitterte, und Stöhnen drang aus meinem Mund. Das Gelb des Zimmers schien wie pulsierendes Licht aufzuflammen, im Takt mit dem Hämmern des Blutes in meinem Kopf. Es war eine Erinnerung, die mit der Erinnerung daran verbunden war, wie die Sachen meiner Mutter an die Armen in Mason City gingen, wie ich die Kirchendamen mit den Kleidern meiner Mutter auf den Rücksitzen in ihren Autos gesehen hatte, wie ich Mary Livingstone sich zu mir mit sachlicher Teilnahme umdrehen gesehen und fragen gehört hatte, ob ich irgend etwas behalten wollte und wie ich nein gesagt hatte. Ich legte mich auf den Holzfußboden im Flur, weil ich das Gefühl hatte, ich würde ohnmächtig die Treppe hinunterfallen.

Rose sollte mich hier irgendwann treffen, und eine Zeitlang sagte ich nur ihren Namen: »Rose, Rose, Rose«, in der Hoffnung, ich könnte sie leibhaftig oben auf der Treppe erscheinen lassen, ungeachtet der Tatsache, daß keine Tür geschlagen, keine Stimme nach mir gerufen hatte. Wenn sie hier gewesen wäre, ich hätte darauf bestanden, daß dieses Wissen zu akzeptieren, es die ganze Zeit mit mir herumzutragen, jeden Tag für den Rest meines Lebens, einfach über meine Kräfte ging. Und mit Sicherheit gab es mehr zu wissen. Hinter diesem einen Bild türmten sich andere auf, wie eine geheimnisvolle Last in einem dunklen Sack, bisher noch ungesehen, aber gefühlt. Ich fürchtete sie. Ich fürchtete mich davor, wie ich sie in meine Gedanken würde aufnehmen müssen, Plastiksprengstoff oder radioaktiver Abfall, der alles andere in ihnen in seiner Beschaffenheit verändern oder sogar auslöschen würde. Wenn Rose dagewesen wäre, hätte ich ihr diese Bilder irgendwie übergeben, damit sie sie für mich aufbewahrte. Sie war nicht da.

Deshalb schrie ich. Ich schrie, wie ich noch nie zuvor geschrien hatte, voll heraus, halszerreißend, ohne-Angst-ein-Theater-zu-machen-und-die-Aufmerksamkeit-auf-mich-zu-lenken, Schreie, auf die ich mich konzentrierte und ganz Mund, ganz Zunge, ganz Schwingung wurde.

Sie erfüllten ihren Zweck. Sie erschöpften mich, brachten mir physischen Schmerz, der mich in die Gegenwart zurückholte, in dieses Haus, auf diesen Holzfußboden, in diesen Augenblick. Nach einer Weile stand ich auf und klopfte mich ab. Ich hatte mir selber Kopfschmerzen verschafft, also ging ich ins Badezimmer und nahm vier Aspirin. Rose kam nicht. Als ich wieder zu Hause war, zeigte die Uhr auf neun. Erst neun Uhr. Mein neues Leben, schon wieder ein anderes neues Leben, hatte früh am Tag begonnen.

30

In den Tagen nach dem Kirchenessen hielt ich nach Jess Ausschau. Es schien viel zu besprechen zu geben, aber ich sah ihn überhaupt nur zweimal. Selbst dann war er ruhig und unzugänglich. Die Offenheit unserer früheren Gespräche, nach der ich mich trotz allem sehnte, war verschwunden. Alles, was er sagte, war: »Ich bin überrascht, wie verloren ich mich fühle«; »Ich kann nicht glauben, wie sicher ich mir war, daß er sich geändert hatte«; und »Ich weiß nicht, wo ich jetzt hingehen soll«. Diese drei Bemerkungen gingen ohne nähere Erklärung dahin. Als ich auf sie antwortete, blieben meine Erwiderungen zwischen uns hängen – noch bevor ich zu Ende geredet hatte, war Jess schon wieder mit eigenen Gedanken beschäftigt. Seine Körperhaltung veränderte sich auch. Seine fließende Anmut, die Bejahung von Veränderung und Bewegung, die ihn durchströmte, hatte sich versteift. Er hielt sich aufrecht.

Es tat mir weh und machte mich verlegen, ihn zu sehen. Ich brachte etwas unbeholfen Tröstendes hervor, aber das änderte nichts an der Starrheit seines Verhaltens. Ich wußte, er sagte mir, wie immer, die Wahrheit. Er war verloren.

Ich erzählte ihm nichts von meiner Offenbarung, als ich auf eben dem Bett gelegen hatte, in dem er jede Nacht schlief, obwohl ich jedesmal daran erinnert wurde, sobald ich daran dachte, daß er in meinem alten Zimmer schlief. Auch Rose hatte ich schließlich nichts gesagt, obwohl ich nahe daran gewesen war. Einerseits war ich mir so sicher gewesen, daß sie unrecht hatte – hatte ihren Erinnerungen mißtraut und sie abgetan. Andererseits war es leichter, sie mitfühlend zu unterstützen, als sich mit ihr gemeinsam als Opfer zu fühlen. Und bestimmt würde sie mich an Dinge erinnern, deren Vorstellung ich nicht ertragen konnte. So gewiß wie der Sonnenaufgang würde das Gespräch mit ihr diesen schrecklichen Sack öffnen und Licht hineinfallen lassen, und sie würde mich drängen, und ich würde ihr nicht widerstehen können. Die Dramatik und der Zorn würden mich ebenso fortreißen wie sie, und eine wachsende Besessenheit der Erinnerung würde mich ergreifen, mich überwältigen und mich einer Gefahr ausliefern, die ich noch nicht ertragen konnte.

Wir sprachen über das, was Harold bei dem Kirchenessen getan hatte. Ich glaubte, daß Jess' Fahrt zu der organischen Farm und seine Schwärmerei davon der Tropfen gewesen war, der das Faß zum Überlaufen gebracht hatte. Ich hatte nie geglaubt, daß Harold sich mit Jess' organischer Idee anfreunden würde, aber ich glaubte, er sei unschlüssig, was Jess selber anging. Rose sah die Sache düsterer: Sie glaubte, daß Harold seit langem geplant hatte, Jess zu demütigen – vielleicht seit Jess' Rückkehr, daß er ihn gegen Loren ausgespielt und mit dem Gerede über sein Testament ermutigt hatte, sich Hoffnungen zu machen. Das war genau der Harold, den wir während unserer Monopolyspiele diskutiert hatten, der Harold, der Berechnung hinter vorgespiegelter Torheit versteckte. Ich berichtete von dem Vorfall, als ich Jess geholfen hatte, das Tiefgefrorene aus ihrer Tiefkühltruhe in unsere zu bringen – die Art, wie Harold blitzschnell von Wut auf eine schlagfertige Antwort umgeschwenkt war, ohne auch nur einen Moment der Sammlung. »Beweist das nicht«, sagte Rose, »daß bei ihm alles nur Spiel ist? Daß alles, was er tut, das Ergebnis irgendeiner Berechnung ist? Er bringt die Leute dazu, über ihn zu lachen, aber er lacht nicht.«

Dann entschloß sich Harold Clark, seinen Mais ein zweites Mal an den Rändern zu düngen, vielleicht nur, weil er so noch einmal auf seinem neuen Traktor draußen herumfahren konnte. Das tat er nicht jedes Jahr, und soweit ich das beurteilen konnte, sah der Mais bei allen gut aus. Mit Sicherheit hatten wir genug Regen gehabt – unser Mais hatte ein intensives gesundes Grün. Aber warum nicht, muß Harold sich gesagt haben. Eine kleine Absicherung für die Ernte und das Vergnügen, diese leuchtend rote

Maschine die Zaunreihe entlangzufahren, direkt neben der Cabot Street Road.

Das einzige, was Harold später sagte, war, daß eins der äußeren Messer verklemmt aussah. Wahrscheinlich zog er dann an dem Seilzug, der die Klappe oben auf dem Tank verschloß. Vielleicht war er in Eile, denn er stieg vom Traktor und ging um ihn herum zu dem Messer, das sich ein paar Zentimeter in die Erde gegraben hatte. Niemand weiß, warum er den Schlauch bewegte. Womöglich hatte er ihn nur beim Herunterbeugen leicht berührt, ihn mit der Hand oder dem Ärmel gestreift. Jedenfalls schnellte der Schlauch plötzlich vom Messer hoch, und mit dem letzten Druck, der noch in der Leitung war, sprühte er ihm ins Gesicht. Er trug keine Schutzbrille.

Anhydrisches Ammoniak wird nicht wegen der Feuchtigkeit in ihnen »von den Augen angezogen«, wie die Leute manchmal sagen; die Feuchtigkeit in den Augen bewirkt nur mit den Dämpfen eine chemische Reaktion und erzeugt ein starkes Alkali.

Trotz des Schmerzes stolperte Harold zu dem Wassertank über dem Ammoniaktank. Er wußte, seine einzige Hoffnung war, die Augen auszuspülen und das Ammoniak zu neutralisieren. Der Wassertank war leer. An diesem Punkt hatte der Schmerz Harold überwältigt, und er war zusammengebrochen. Dollie, die auf dem Weg zur ihrer Arbeit bei Casey's in Cabot war, sah ihn. Er kniete zwischen den Maisreihen und schwankte vor und zurück, die Hände über dem Gesicht. Da draußen gab es kein Wasser. Sie fuhr ihn zum Haus zurück und half ihm, das Gesicht unter den Hahn draußen zu halten. Dann kam Loren nach Hause, und der fuhr Harold nach Mason City ins Krankenhaus.

Jess lief irgendwo.

Pete war in Pike und kaufte Zement.

Rose half Linda, aus einem gepunkteten Stoff Shorts und ein Oberteil zu nähen.

Daddy saß in der Schaukel auf Harolds Veranda und sprach mit Marv Carson darüber, wie er seine Farm wiederbekommen könne.

Ty arbeitete mit drei Männern aus Minnesota an einem der neuen Harvestores.

Ich brachte Pammy zu Mary Louise Mackenzie in Cabot.

Ich stelle mir vor, daß diese Nachricht auf jeden einzelnen von uns zuschwebte wie eine Staubwolke an einem sonnigen Tag, so ungewöhnlich, daß sie zuerst eher interessant als furchteinflößend scheint, in der Entfernung eher klein, kleiner auf jeden Fall als die ungeheure Weite des Himmels, wo wir gewöhnlich nach Zeichen für Gefahr suchen und wo noch immer die Sonne in freundlicher Helligkeit steht. Aber man sagt, daß die Staubstürme in den Dreißigern die schlimmsten waren, weil der Staub überall eindrang, egal, wie dicht man Fenster und Türen versiegelte. Genau so drangen Harolds Unfall und sein Nachspiel überall hin, in die dauerhaftesten Beziehungen, die unwandelbarsten Anschauungen, die stärksten Bindungen, die tiefsten Überzeugungen, die man sich über Leute gebildet hatte, die man den größten Teil seines Lebens kannte.

Die Sache mit anhydrischem Ammoniak ist die, daß es fast sofort wirkt. Nach zwei Minuten oder so ist die Hornhaut weggefressen. Außer Transplantation können die Ärzte nicht viel machen, und die sind nicht sonderlich erfolgreich. Aber sie behielten Harold wegen der Schmerzen für eine Woche im Krankenhaus, mit verbundenen Augen.

Das muß der Donnerstag nach dem Sonntag des Kirchenessens gewesen sein, drei Tage, nachdem Jess Clark in Daddys Haus gezogen war. Alle Gemüter waren noch sehr erhitzt. Als ich Pammy abgesetzt hatte und nach Hause kam, stand Ty in der Küche. Er drehte sich mit einem Ruck zu mir und sagte: »Harold Clark hat einen Anhydridunfall gehabt. Er ist jetzt blind«, so als wollte er sagen: »Bist du jetzt zufrieden?«

»Mein Gott.«

»Mit der Arbeit auf der Farm ist es aus, soviel steht fest.«

»Woher hast du das? Was ist passiert?«

»Dollie hat uns von dem Harvestore runtergeholt. Loren hat ihn ins Krankenhaus gefahren.«

»Dann wissen wir also nicht sicher...«
»Scheiße, Ginny!« schrie er mir ins Gesicht. »Wir wissen es! Der Wassertank war leer!«
»Vielleicht können die Ärzte...«
»Hör auf!«
»Hör auf womit?«
»Hör auf mit dieser Art, dieser ruhigen vernünftigen Art! Ist dir denn alles egal? Der Scheißwassertank war leer! Du weißt genauso gut wie ich, was das bedeutet!«
Ich sagte ruhig: »Es bedeutet, er ist blind.«
»Ist dir das egal? Er war immer einer unserer Freunde. Was ist los mit dir? Ich erkenn dich einfach nicht wieder.« Er ging zur Tür.
Ich folgte ihm, und meine Stimme wurde lauter: »Was ist los? Was hab ich Verkehrtes gesagt?« Er stieg in den Truck und fuhr mit quietschenden Reifen weg.
In Wirklichkeit war ich zu erstaunt, um irgend etwas zu denken. Die Vorstellung ist immer zuerst körperlich, nicht wahr, so daß man vor dem Schmerz zurückschaudert, sich vorstellt, man wäre selber blind, alles in einem vibriert noch von der Gewalt dessen, was sich ereignet hat. Ich weiß eigentlich nicht mehr, wie ich mir den Unfall damals vorstellte, als ich die Einzelheiten noch nicht kannte, aber er kam als gewaltiger Einbruch in mein Leben, und ich weiß noch, daß meine Hände beim Abwaschen derartig stark zitterten, daß ich einen Teller am Wasserhahn zerbrach und aufhören und mich setzen mußte. Danach erinnere ich mich, habe ich mich fast übergeben, als ich da saß.
Ich stand auf und lief hinunter zu Rose. Ich platzte mit der Nachricht bei ihr rein, und Rose schickte Linda sofort hinaus zum Spielen und um nach Pete und Jess Ausschau zu halten. »Er läuft« sagte sie zu mir, als Linda hinausging, »ich hab gesehen, wie er vor ungefähr 'ner halben Stunde losgelaufen ist.«
Ich sagte: »Mein Gott. Kannst du das glauben?« Ich trat vorsichtig über den Schnitt, der am Boden auf dem Stoff festgesteckt war, und ließ mich in einen Sessel fallen. Rose kniete nieder und steckte weiter den Stoff fest. »Rose?«

»Was?« Sie klang gereizt.
Ich wagte nichts weiter zu sagen. Ich glaube, ich dachte, daß ich sie irgendwie gekränkt hätte. Ich fühle mich immer ein wenig schuldig, wenn ich jemandem schlechte Nachrichten überbringe, weil einen diese Energie, etwas zu wissen, das der andere nicht weiß, immer anschwellen läßt. Sie nahm Nadeln aus ihrem Tomaten-Nadelkissen und steckte sie in das Seidenpapier, hockte sich dann auf die Hacken und betrachtete den Stoff mit zur Seite gelegtem Kopf. Sie hatte die Haare zu einem Pferdeschwanz zusammengebunden. Sie hob die Arme und zog gedankenverloren ihr weiches schwarzes Haar aus dem Gummi, machte dann den Pferdeschwanz neu, straffer. So wie ihre Bluse herunterhing, sah ich, daß sie sich an dem Morgen nicht die Mühe gemacht hatte, ihre Prothese anzulegen. Sie sagte: »Und?«
»Na ja, es hat mich einfach so aufgeregt, das ist alles. Es ist der Alptraum jedes Farmers. Ich hätte mich beinahe übergeben.«
»Die Sache selbst ist schrecklich. Das geb ich zu.« Sie nahm ihre Schere und sah mich an. »Aber wie ich neulich abend gesagt habe. Schwäche richtet bei mir nicht viel aus. Es ist mir egal, ob sie leiden. Wenn sie leiden, sind sie überzeugt, sie wären wieder unschuldig. Glaubst du nicht, daß Hitler Angst und Schmerzen hatte, als er starb? Zählt das? Wenn er gestorben ist mit dem Gedanken, seine Sache wär gerecht und richtig, daß all diese Juden und anderen es verdient hätten, vernichtet zu werden, daß er wenigstens lange genug gelebt hätte, um sein Lebenswerk zu vollenden, hättest du dich nicht über seine Schmerzen gefreut und ihm noch mehr gewünscht? Es muß Reue geben. Es muß Wiedergutmachung geben an denen, die sie zerstört haben, sonst gibt es keine ausgleichende Gerechtigkeit.«
»Aber dies ist Harold, nicht Daddy.«
»Was ist der Unterschied? Weißt du, was Jess mir erzählt hat? Einmal hat Harold den Maispflücker gefahren, als Jess ein kleiner Junge war, und da lag ein Rehkitz im Maisfeld, und Harold ist einfach drübergefahren, statt die Reihe stehen zu lassen oder zu wenden oder auch nur anzuhalten und es wegzujagen.«

»Vielleicht hat er es nicht gesehen.«
»Nachdem er drübergefahren war, hat er auch nicht angehalten, um es zu töten. Er hat es einfach sterben lassen.«
»Oh, Rose.« Tränen schossen mir in die Augen.
»Daddy hat jedes Jahr Tiere auf den Feldern umgebracht. Nur weil es Kaninchen und Vögel statt Rehkitze waren – ich weiß nicht.« Sie sah mich an und lächelte schwach. »Als Jess mir das erzählt hat, hab ich auch geheult. Dann hab ich am nächsten Tag Pete geholfen, Schweine für den Verkauf zu verladen. Ich dachte an Daddys Worte: ›So ist das Leben. So geht das auf 'ner Farm.‹ Deshalb sag ich zu Harold: ›Mann, Harold, du hättest den Wassertank überprüfen sollen‹. So geht das auf 'ner Farm. Sie haben die Regeln gemacht, nach denen wir leben sollen. Sie müssen auch danach leben.«
Ich sah mich im Zimmer um. Wieder war da dieses wohltuende Element in dem, was sie sagte, eine beruhigende Schlichtheit. Ich sagte: »Würdest du so was auch den Mädchen sagen?«
Ihre Schere machte zwei Knackgeräusche in dem Baumwollstoff. Dann legte sie sie weg und sah mich an. Sie sagte: »Wenn Daddy sich an sie ranmachte und ihnen in irgendeiner Weise weh täte, würd ich ihnen erklären, was böse ist und was Vergeltung bedeutet. Wenn nicht, dann soll ihnen der Luxus bleiben, an Gnade und die Vergebung zu glauben.«
»Du läßt es so einfach erscheinen.« Ich dachte einen Moment nach. »Nein. Das mein ich nicht. Ich mein, leicht.«
»Ginny, ich weiß, was ich denke, weil ich lange darüber nachgedacht habe. Ich hab im Krankenhaus darüber nachgedacht, nach der Operation. Weißt du, über Mommys Tod und über Daddy und darüber, daß Pete so gemein war, wenn er was getrunken hatte, und daß ich die Mädchen wegschicken mußte und obendrein noch einen Teil meines Körpers verloren habe. Angesichts all dessen, wenn es nicht ein paar Regeln gibt, was gibt es dann? Es muß etwas geben, Ordnung, Richtigkeit. Gerechtigkeit, um Himmels willen.« Sie schnitt die Längsseite des Oberteils aus. »Weißt du, ich kann dir gar nicht sagen, was ich davon halte, daß Daddy

jetzt sozusagen Zuflucht in der Verrücktheit sucht. Du weißt ja wohl, wen sie dafür verantwortlich machen, nicht? Aber selbst das ist es nicht.«

»Was ist es denn?«

»Jetzt hab ich nicht mal mehr die Chance, ihm in die Augen zu blicken und zu sehen, daß er weiß, was er getan hat und was es bedeutet. Solange er den Verrückten spielt, kommt er ungeschoren davon.«

Linda stieß die Tür auf, sie zog Jess hinter sich her. Sie sagte: »Ich bin die ganze Strecke bis zu dem Kiesweg gelaufen, Mom.« Ich erkannte an Jess' Gesichtsfarbe, grau unter der Sonnenbräune, daß sie es ihm erzählt hatte. Ich setzte mich auf und stellte die Füße auf den Boden. Jess sah von Rose zu mir, dann von mir zu Rose, dann wischte er sich das Gesicht mit seinem T-Shirt und enthüllte dabei seinen vollkommenen Bauch und Brustkasten. Rose faltete den Stoff und die Schnitteile vorsichtig zu einem kleinen Quadrat zusammen, und Jess trat ins Zimmer. Rose sagte: »Linda, gieß für jeden ein Glas Limonade ein und geh dann wieder raus, wir haben was Erwachsenes zu besprechene.« Linda sträubte sich, blieb einen winzigen Augenblick still stehen. Rose sagte: »Wir nähen heut nachmittag.«

»Bestimmt?«

»Bestimmt, wenigstens ein bißchen.«

»Ich mach mir ein paar Sandwiches und nehm sie mit raus.«

Nach einem Moment sagte Rose: »Okay.« Ich sah sie nicht an, denn ich fand Roses übliche kurzangebundene Art unter den Umständen besonders irritierend. Linda sagte auch »Okay«, rührte sich jedoch eine Sekunde lang nicht von der Stelle, als sei sie unsicher, was sie tun sollte, jetzt, da sie die Erlaubnis hatte, das zu tun, was sie wollte. »Mach schon«, sagte Rose. »Ich hab Durst.«

Jess saß da, den Kopf an die Wand hinter dem Stuhl gelehnt, und es sah aus, als starre er oben an die Deckenleiste.

Linda brachte die Gläser Limonade auf einem Tablett herein, hatte es richtig gemacht, und bot sie jedem der Reihe nach an.

»Möchtest du etwas Limonade, Tante Ginny?«
»Danke, Linda.« Ich lächelte sie besonders herzlich an, und sie lächelte zurück und entspannte sich ein wenig.
»Gern geschehen, Tante Ginny.«
Rose sagte: »Du hast es schon überschwappen lassen. Sei vorsichtig.«
Sie ging in die Küche, und kurz darauf knallte die Hintertür. Ich schlürfte meine Limonade. Rose sagte: »Es geht dich nichts an, Jess. Halt dich einfach da raus.«
Jess sagte nichts.
»Er hat dich gedemütigt. Nicht nur das, er hatte es seit Wochen darauf abgesehen, dich zu demütigen. Er wollte dich und uns demütigen, und zwar in aller Öffentlichkeit. Die Tatsache, daß er einen Unfall gehabt hat, ändert daran nichts.«
»Ich weiß.« Jess' Stimme war leise und rauh, mir so unvertraut, daß ich nicht wußte, wie ich den Ton deuten sollte.
Rose sagte: »Ich weiß, was du empfindest. Ich weiß es genau, selbst wenn du es nicht weißt. Du denkst, er tut dir leid, aber in Wirklichkeit hast du das Gefühl, du kannst ihn jetzt endlich erreichen, er wird sich dir gegenüber weicher zeigen. Wenn du ihm hilfst, wird er dir dankbar sein, und dann wird er dir geben, was du willst. Tja, wird er aber nie.«
Ich sagte: »Ich weiß nicht...«
Sie fuhr fort, zu Jess zu sprechen. »Ginny ist bis in alle Ewigkeit voller Hoffnungen, weißt du. Sie gibt nie auf. Sie denkt immer, die Dinge könnten sich ändern.«
Ich sagte: »Harold könnte sich ändern. Er könnte, weißt du, bereuen. Das passiert manchmal, wenn, weißt du, Leute was verlieren.« Ich spürte, wie ich rot wurde.
Sie fuhr fort, Jess zu beobachten, allein ihn anzureden. »Nicht, wenn du ihm vorher verzeihst. Nicht, wenn du auf ihn zugehst. Nicht, wenn du dich so verhältst, wie deine Mutter sich verhalten hat, Jess.«
Ich sagte: »Rose...«
Als sie mir ihr Gesicht zuwandte, leuchtete es vor Überzeugung.

»Er sollte wissen, wie es für sie war, weil das zeigt, wie Harold ist und wie er sein wird.«

Jess murmelte: »Ich weiß, wie es für sie war. Sie hat sich viel gefallen lassen.«

Rose rief aus: »Sie hat sich immer entschuldigt, selbst dann, wenn Harold im Unrecht war! Selbst dann, wenn er sie angeschrien hatte oder ohne Grund hochgegangen war! *Sie* entschuldigte sich. Sie hat mir das mal erzählt, sie hat gesagt: ›Rose, es kommt nichts Gutes dabei raus, wenn ich mich gegen ihn stelle. Er hat den längeren Atem. Und dann redet er mit jedem darüber. Er erzählt jedem, ich spreche nicht mit ihm, und er macht einen Witz daraus. Ich glaub, es ist einfach besser, wenn ich warte, bis er zu sich kommt und sich eines Besseren besinnt.‹ Aber das hat er nie getan! Sie hat ihn nicht dazu gezwungen, also warum sollte er? Schlechtes Gewissen?«

Jess starrte sie an.

Ich fand, Rose sollte sich beruhigen, aber alles, was sie sagte, stimmte. Sie übertrieb noch nicht mal. Ich sagte: »Er hat sich im Grunde nicht so betragen, als schätzte er sie, Jess. Als sie mitkriegte, daß ich Ty heiraten wollte, hat sie zu mir gesagt: ›Du mußt schwer zu kriegen spielen, Ginny. Wenn deine Mutter noch am Leben wär, würde sie dir dasselbe sagen. Ich hab nie schwer zu kriegen gespielt, und ich bedaure es. Ich mein auch nicht für die jungen Männer. Du mußt auch für deinen eigenen Mann schwer zu kriegen sein.‹«

Jess sagte: »Das hier ist was anderes.«

»Ja?« sagte Rose. Jetzt war ihre Stimme leise, aber eindringlich. Ihr Blick war wie ein kleines Zimmer, aus dem er mit Sicherheit nicht herauskonnte. Trotz allem beobachtete ein Teil von mir mit interessierter Distanz die Art, wie sie ihn einkreiste und seine Zustimmung einfing. Ich erkannte ihre Intensität wieder aus all den Jahren, in denen sie auf mich gerichtet gewesen war. »Er hat dich abgewiesen. Er hat dich weggeschickt. Er ist vierzehn Jahre lang hinter dir hergewesen, wird dir genau das heimzahlen, was du ihm angetan hast. Er hat dich richtig als Zielscheibe aufgestellt, als du hier ankamst, und dann hat er sich gerächt. Was für ein Mensch ist das? Wenn du tatsächlich glaubst, er wird umschwenken und Reue zeigen, dann gib ihm etwas Zeit, darüber nachzudenken. Gib der Kur etwas Zeit. Das ist mein Rat. Du kannst voll Mitleid und Mitgefühl zu ihm laufen, aber Mitleid und Mitgefühl sind in der Vergangenheit noch nie von Harold respektiert worden, und wenn du seinen Respekt nicht gewinnst, wird er dich am Ende wieder demütigen, absichtlich.«

Jess sagte: »Mein Gott.«

Rose stellte ihr Glas auf den Couchtisch, stand auf und ging zu seinem Sessel hinüber, dann beugte sie sich über ihn, je eine Hand auf einer Armlehne. Er starrte sie an. Sie sprach sanft, direkt in ihr Ziel. »Du bist derjenige, der immer sagt, sie haben es darauf abgesehen, uns zu verletzten! Du bist derjenige, der immer sagt, sie haben uns jedem vorübergehenden Prinzip und jeder Laune und jedem Wunsch unterworfen! Du hast mir gesagt, das war die Lektion deines ganzen Lebens, die Lektion des ganzen Vietnamkrieges! Du hast gesagt: ›Rose, jeder Vietnamveteran, den du siehst, ist der Beweis dafür, wozu sie fähig sind!‹ Du hast das gesagt!«

Er sagte : »Ich weiß. Ich glaub auch daran. Aber das hier...«

Sie schloß uns beide in ihren Blick ein und sagte: »Ihr beide scheint zu denken, daß hier ein Spiel abläuft, das wir entweder mitspielen können oder nicht, ganz wie wir wollen, daß wir unseren Gefühlen hierhin und dorthin folgen können und einfach gehen können, wenn wir keine Lust mehr haben. Vielleicht könnt ihr das. Aber das hier ist Leben und Tod für mich. Wenn ich keinen Weg finde, mich von dem zu befreien, was Daddy mir angetan hat, bevor ich sterbe...« Sie hielt inne. Ihr Gesicht war weiß und entschlossen. Sie sagte: »Ich *kann* nicht akzeptieren, daß dies mein Leben ist, alles, was ich bekomme. Ich *kann's* nicht. Ich dachte, es würde länger gehen, lange genug, bis ich's richtig hingekriegt hätte. Ich dachte, ich würd ihn, verdammte Scheiße, überleben und er könnte es haben, mein halbes Leben, und die andere Hälfte würd mir gehören. Jetzt wette ich, er überlebt mich. Es ist, als erstickte er mich, überdeckte mich, als gehörte ich immer ihm, nie mir selber…« Ihre Stimme würgte. Jess und ich sahen uns nicht an.

Was mich in jenen Tagen an ihrer Art zu reden tröstete, war die einfache Wahrheit, die darin lag, als hätten wir endlich die grundlegenden Atome der Dinge gefunden, so hart sie auch waren. Ich sah, daß sich in Jess dasselbe abspielte, daß das, was beim Kirchenessen passiert war, ihn aus der Bahn geworfen hatte und Roses Zielstrebigkeit ihn in eine neue Bahn brachte.

Die Folge war, daß wir drei – und auch Pete – uns von Harold fernhielten, nicht ins Krankenhaus gingen, ihn nicht besuchten oder warmes Essen hinüber zur Clark-Farm brachten, als er wieder zu Hause war, niemanden richtig nach ihm fragten, es sei denn, die anderen kamen darauf zu sprechen. Ich glaube, man könnte sagen, daß Rose und Jess und ich uns versteckten. Bei Pete hatte man das ungute Gefühl, daß etwas Gesondertes in ihm ablief, und aus langer Gewohnheit war es leicht, dem auszuweichen. Wir wußten in etwa, wie es Harold ging. Als ich Loren zufällig in der Bank in Pike traf, redeten wir, sprachen aber nicht wirklich miteinander. Ich merkte ihm an, daß er erschöpft und zornig war, aber trotzdem konnte ich die kühle Korrektheit unseres Benehmens nicht aufgeben. Es war ein würdevolles Gefühl, das Sicherheit gab. Ty und ich benahmen uns gegeneinander ebenso, und man konnte auf die Weise sein Leben weiterführen, die Leidenschaften abkühlen lassen. Die äußerlichen Dinge, das Auftreten und die Manieren umschlossen alles andere, schienen alles, was wir erlebten, wenn auch nicht angenehm, dann doch klar und hart zu machen.

Es wurde heißer, und wir sahen den fernen Gewittern zu, deren Blitze am Horizont niedergingen. Ich hatte grüne Tomaten an den Ranken, gelben Bananenpaprika, Zwiebeln mit grünem Lauch so dick wie vier Finger, fast so hoch, daß sie vornüber fielen, Buschbohnen, die zwischen den herzförmigen Blättern baumelten, und Gurken, die zu klettern anfingen. Ich verbrachte den Morgen meist in meinem Garten.

Am siebzehnten Juli hörte ich, wie ein Auto vor dem Haus vorfuhr.

Es war erst acht Uhr morgens, und ich hatte gerade Unkraut zwischen den Bohnenreihen gezupft. Ich wischte mir so gut wie möglich die Hände an meinen Shorts ab und ging ums Haus herum. Ken LaSalle stand auf der Veranda und spähte durch das Fenster neben der Tür. Ich sagte: »Kann ich etwas für dich tun?« Meine Stimme klang formal und kalt. Ken drehte sich blitzschnell um und hielt mir einige Papiere hin. Er sagte: »Die sind für dich. Dich und Ty und Rose und Pete.«

Ich hielt meine von der Erde schwarzen Hände hoch. »Vielleicht sagst du mir lieber, um was es geht.«

»Tja, Ginny.« Er zögerte, nachdem er meinen Namen in dieser freundschaftlichen Form ausgesprochen hatte. »Euer Dad hat euch verklagt, weil er die Farm wieder zurückhaben will. Eure Schwester Caroline ist Nebenklägerin. Ihr sucht euch besser einen Anwalt.«

»Ich dachte, du wärst unser Anwalt.«

»Ich kann nicht. Aus ethischen Gründen.« Jetzt sah er mich direkt an. »Nebenbei bemerkt, ich muß sagen, daß ich's auch gar nicht möchte. Ich finde nicht, daß ihr euren Dad richtig behandelt habt, ehrlich gesagt.«

»Wir haben um die Farm nicht gebeten.«

»Ich fühl mich nicht in der Lage, über den Fall was zu sagen. Besorgt euch einen Anwalt aus Mason City oder Fort Dodge oder irgendwoher. Das ist das beste.« Er legte die Papiere auf die Verandaschaukel und ging an mir vorbei die Treppen hinunter, ohne mich noch einmal anzusehen. Es war wie ein Schlag ins Gesicht.

31

Als Caroline ungefähr vierzehn war und ich zweiundzwanzig, schon seit beinahe drei Jahren verheiratet, kam sie eines Abends nach dem Essen zu uns herüber und sagte, sie habe die Hauptrolle in dem High School-Theaterstück bekommen, vor allen anderen älteren Mädchen. Sie sollte die Maisie in *The Boyfriend* spielen. Maisie war ein sehr lebhaftes junges Ding und mußte singen und tanzen und ärmellose Fähnchen tragen. Daddy, so glaubte sie, würde das nicht gefallen. Ich erklärte mich einverstanden, sie für die Zeit ihrer Proben zu decken und sie außerdem von der Schule abzuholen, zwei Stunden später als der Schulbus fuhr. Ich erzählte Daddy, sie habe ein Sonderprojekt in Englisch, was nicht zu weit von der Wahrheit abwich, da eine der Englischlehrerinnen gleichzeitig die Theatergruppe leitete, und ich half ihr mit den Arbeiten zu Hause auf der Farm, wenn es spät wurde. Während der Probenzeit gewöhnte ich es mir an, früher zum Abholen zu kommen und eine Viertelstunde im Zuschauerraum zu sitzen und ihr zuzusehen.

Sie war fürchterlich. Sie war offenbar wegen ihrer Stimme ausgesucht worden – sie hatte die meisten Lieder zu singen, und jedes andere Mädchen auf der Bühne klang schrill und schräg im Vergleich zu Caroline, deren Stimmlage und -volumen zumindest annehmbar waren. Aber ihren Text sagte sie steif auf, und ihre Tanzerei – zwei Charleston-Nummern und ein Walzer – fand ich zum Weglaufen. Als sie den männlichen Hauptdarsteller küssen mußte, zog sich zwischen den beiden, als sie sich voneinander wegbewegten, ein Spuckefaden und fing das Licht ein. Alles auf der Bühne kicherte, und der Junge wurde rot. Caroline fiel das zum Glück nicht auf. Sie wurde aber auch nicht besser. Die ganze Zeit während der Generalprobe war ihr Tanzen steif, und ihre Stimme hob sich am Ende jeder Zeile, als handelte es sich bei ihrem Text um lauter Fragen. Ich fürchtete die Premiere und war froh, daß ich die Geschichte selbst vor Ty geheimgehalten hatte. Ich rief an jenem Abend Rose im College an, und gemeinsam sahen wir mit geflüstertem Schrecken aufgeregt der kommenden Demütigung entgegen.

Am nächsten Tag verhielt sie sich vollkommen normal – kein Lampenfieber, keine Beklommenheit. Sie kam vor der Schule herüber und holte sich das Kostüm ab, das ich geändert hatte, ein aquamarinblaues Fähnchen mit Federn an den Schultern und den Saum entlang mit Rheinkieseln besetzt, und sie aß die Toastkrusten von meinem Teller, wischte mit ihnen Geleekleckse auf und sprach ungezwungen über einen Jungen, der noch nicht einmal etwas mit dem Stück zu tun hatte. Als sie zur Bushaltestelle ging, trug sie das Kleid lässig über die Schulter geworfen. Ich hatte eigentlich vorgehabt, Ty doch noch im letzten Augenblick mit zu dem Stück zu schleppen, aber dann entschied ich mich, alleine zu gehen. Ich saß hinten, nahe der Tür. Der Zuschauerraum war voll – viele Arbeitskappen –, und da stand unser Name direkt auf dem Programm, so daß jeder Farmer und jede Farmersfrau und jeder sonst im ganzen Township ihn lesen konnte.

Aber die Zuschauer inspirierten sie. Es schien, als spürte sie uns, ohne uns auch nur einmal anzusehen, als wüßte sie genau, wie sie uns ihr Lächeln und ihre Kapriolen und ihr Flirten sehen lassen konnte. Sie wußte sogar, wie sie den Jungen in unserer Gegenwart küssen mußte und wie sie ihn dazu brachte, sie so zu küssen, daß man seine Unbeholfenheit eher seiner Leidenschaft als seiner Jugend zuschrieb. Sie schlug die Hacken hoch und sang bis zur hintersten Reihe, und am Ende bekam sie stehende Ovationen. Ich war ganz schwindlig vor Freude über diese unerwartete Seite an ihr. Wir würden Daddy mitbringen. Ty und ich würden Daddy kidnappen und einfach mitbringen und hinsetzen und ihn damit überraschen. Caroline war ruhig wie immer. Ty könne kommen, sagte sie, aber nur Ty. Daddy sollte es immer noch nicht erfahren.

Ich widersprach ihr, ich war mir sicher, er würde sich von den anderen im Zuschauerraum mitreißen lassen, von dem offensichtlichen Beweis ihres Talents und ihrer Energie, aber das war es nicht. Sie wollte einfach dieses Stück Leben für sich selbst, und sie schwor mich auf Verschwiegenheit ein.

Sie spielte im zweiten Collegejahr in einem anderen Stück mit, der »Hexenjagd«. Sie war das zweitwichtigste der anklagenden Mädchen und hatte kein Lied zu singen. Wieder war ihre Darbietung bis zur Premiere steif und danach rund und voll. Aber der Streß heimlicher Proben und Aufführungen war zu groß – es bestand immer die Gefahr, daß jemand beim Futterhandel oder Maschinenhändler Daddy gegenüber erwähnte, er habe sie in dem Stück gesehen. Deshalb verlegte sie sich auf den Debattier-Kurs, was Daddy komisch, aber respektabel fand. Wenn er sie danach fragte, erzählte sie ihm, daß eine Debatte in Des Moines oder Iowa City oder Dubuque stattfinden sollte. Wieder wollte sie auf keinen Fall, daß Daddy sie sah, als wenn die Kraft, die ihre gewandte und prägnante Darbietung speiste, verschwinden würde, wenn er unter den Zuschauern war. Damals sagte sie, es sei eine Art Aberglaube, so wie manchmal bei Baseballspielern. Ich spielte mit.

Sie war auch gut in der Schule, besonders in Englisch und Geschichte und den Sprachen, und besonders dann, wenn eine Übung ein bißchen zusätzliche darstellerische Leistung erforderte. Sie glänzte ganz und gar nicht in den Naturwissenschaften, besonders nicht in den Kursen, die sich um Experimente und Laborberichte drehten. Selbst in Mathematik war es so, daß eine Aufgabe, die sie an der Tafel lösen sollte, fast immer richtig war, während sie in derselben Aufgabe ein oder zwei Flüchtigkeitsfehler machte, wenn sie Teil der am Abend zuvor sorgsam gemachten Hausaufgaben war.

Ich setzte so große Hoffnungen in sie, hatte das sichere Gefühl, daß wir sie in die Welt hinausschicken müßten. Dann würde sie mit der Begeisterung und dem Selbstvertrauen, die rätselhafterweise Teil ihres Wesens waren, Erfolg haben. Wenn wir sie zu Hause behielten, würde sie dahinwelken, nichts leisten, wie nichts Besonderes scheinen. Die Fürsorge um sie hatte zuerst darin bestanden, daß wir sie angezogen und gefüttert und vor den kleinen Unfällen des Lebens behütet hatten. Jetzt bestand sie darin, daß wir sie bestärkten und ihre Pläne unterstützten. Sie sprach bereitwillig mit mir über alle möglichen Dinge, aber meistens über die eine Frage: Was kommt als nächstes?

Rose und ich dachten immer, wir hätten es gut mit ihr gemacht, so wie wir sie um die Fallgruben herumgeleitet und sie hinausgeschickt hatten, um Erfolg zu haben.

Ich wusch mir drinnen die Hände und ging hinaus und nahm die Papiere auf. In ihnen stand, daß mein Vater sich entschlossen hatte, von der Widerrufklausel in dem Gesellschaftsvertrag Gebrauch zu machen. Die Klausel sagte, daß Roses und meine Anteile unter gewissen Bedingungen »der Mißwirtschaft oder des Mißbrauchs« widerrufbar waren. Ich erinnerte mich nur dunkel daran, diesen Satz in den Papieren gelesen zu haben. Ich erinnerte mich, daß Ty gesagt hatte: »Also, Larry hat uns beigebracht, wie man eine Farm bewirtschaftet, und wir machen es genau wie er, also können wir das ruhig darin stehenlassen.« Ich erinnerte mich auch, wie schnell ich alles hinter mir haben wollte, wie sehr ich zur Tür wollte, um nachzusehen, ob Caroline tatsächlich weggefahren war. Die Überschreibung war nicht gerade etwas, was ich besonders genossen hatte, oder?

Caroline schloß sich meinem Vater in der Widerrufsklage an. Ich mußte die Papiere wohl oder übel mit ins Haus nehmen, aber das fiel mir schwer, es war, als müßte ich etwas Großes, Ekelhaftes herunterschlucken. Mir fiel ein, daß ich nicht nachgefragt hatte, ob Rose auch einen Satz der Papiere bekommen würde oder ob ich ihr davon berichten müßte. Das war es, wovor ich letzten Endes zurückschreckte, vor dem ganzen Gerede, das kommen würde. Im wesentlichen sah ich Rose als meine Retterin, die mir den Weg durch diesen Morast, in den wir geraten waren, zeigen würde, aber manchmal erschien sie mir wie ein ständig bellender Hund, der nie zur Ruhe kam, weil er immer glaubte, Alarm schlagen zu müssen. Und der Hund in mir war eins dieser anderen, weniger alarmbereiten, aber doch leicht erregbaren Tiere, die nicht anders konnten, als mitzubellen.

Ich las die Papiere durch und legte sie für Ty auf den Eßzimmertisch, beschwert mit seiner Kaffeetasse. Wieder etwas, über das nicht geredet werden würde.

Es war ein heißer Tag, aber während ich die Nummer wählte, lief mir ein Schauer über den Rücken. Als die Sekretärin in ihrem Büro antwortete, hatte ich Mühe, meine Stimme zu kontrollieren, die sich anhörte, als klapperten meine Zähne, was sie tatsächlich taten. Ich umklammerte den Hörer, entschlossen, Caroline an den Apparat zu bekommen, aber als sie da war, verschlug es mir vor Überraschung die Sprache, und alles, was ich herausbrachte, war »Oh, hallo.«

»Hallo.«

»Was geht hier eigentlich vor?« Ich klang immer gerade dann so rauh und grob, weder versöhnlich noch vorsichtig, wenn ein Ton nötig war, der nicht verletzte.

Sie sagte: »Das sollte ich dich fragen.«

»Vielleicht hättest du mich das vorher fragen sollen. Aber was ich wissen will, hat mehr mit dem Jetzt zu tun. Was soll dieser Prozeß?«

»Ich kann darüber nicht sprechen. Wenn du darüber sprechen möchtest, muß ich auflegen.«

Ich entschied mich, das Undankbarkeitsthema zu meiden, gerade weil es mich so sehr reizte, weil der Klang ihrer Stimme es greller und greller machte. Ich sagte: »Du warst draußen. Die Sache geht dich nichts an.«

»Offen gesagt, für mich ist es absolut keine Sache. Für dich vielleicht, jetzt, wo du Kontrolle über die Farm hast.«

»Ich klag doch nicht vor Gericht! Ich hab die Dinge nicht aus dem persönlichen in den gesetzlichen Bereich gebracht!«

»Ich hab dir bereits gesagt, über den Prozeß kann ich nicht reden.«

Ich rief: »Aber er nimmt allen Raum ein! Er verdrängt alles andere, nicht?«

»Nicht in meinem Kopf. Was alles andere in meinem Kopf verdrängt, ist der Gedanke an Daddy draußen in dem Unwetter.«
»Er ist gegangen! Er ist einfach gegangen! Wir konnten ihn schlecht mit Gewalt zurückhalten!«
Sie atmete in skeptischer Stille.
Ich sagte: »Du warst nicht dabei. Du weißt nicht, was passiert ist oder wie es gewesen ist.« Ich versuchte, dies mit einer ruhigeren Stimme zu sagen, weniger schrill.
»Daddy war dabei. Ty war dabei.«
»Ty?«
»Er stand direkt dabei.«
»Du hast mit Ty gesprochen?«
Sie gab darauf keine Antwort, aber es war offensichtlich, daß sie mit ihm gesprochen hatte. Mir schienen sich für einen kurzen Moment rote und schwarze Wolken vor die Augen zu legen. Als sie sich verzogen hatten, sagte ich: »Wir haben alles für dich getan! Wir haben dich gefüttert und angezogen und dir lesen beigebracht und dir bei deinen Schulaufgaben geholfen! Wir haben immer einen Weg gefunden, dir das zu besorgen, was du wolltest!«
»Darum geht es hier nicht.«
»Wir haben dich vor Daddy gerettet! Wir haben dir einen Freiraum verschafft, den wir für uns selber niemals gehabt haben! Rose – er…«
Ich stolperte zu einem Halt.
»Hatte ich es nötig, vor Daddy gerettet zu werden? Vor meinem eigenen Vater? Es gibt 'ne Menge interessanter Fragen, was meine Erziehung betrifft, über die wir gern mal sprechen können, Ginny. Nur so viel jetzt, ich mach dir und Rose wirklich keinen Vorwurf, wie ihr mich erzogen habt. Wirklich nicht. Tatsächlich würde ich gern mal mit euch darüber reden. Ich denke, das wäre gut für uns, aber im Augenblick geht's nicht, das hier ist ein persönliches Gespräch, und ich hab 'ne Konferenz und alles.« Sie legte auf.
Ich hielt einen Moment den Hörer in der Hand und legte ihn dann auf.

32

Es war ein Gefühl wie Grippe, und zwar so sehr, daß ich nach oben ging und Fieber maß. Meine Temperatur war normal, aber ich nahm für alle Fälle zwei Aspirin. Die Erleichterung, die ich herbeisehnte, war körperlich; obwohl ich kein Fieber hatte, fühlte ich mich heiß und atemlos. Ich entschloß mich, schwimmen zu gehen, einfach ins Auto steigen und schwimmen gehen.

Aber als ich in Richtung Pike unterwegs war, schien die Stadt mich abzuweisen, mein Auto bis auf Schneckentempo herunterzudrosseln, mir den Empfang wie mit einem Schutzschild zu verweigern. Meine ganze Befangenheit, die ich die Jahre über mit Unterbrechungen empfunden hatte, die manchmal durch Freundlichkeiten der Menschen gelindert und manchmal durch Mißachtung, die ich vermutete, entflammt wurde, sie schien wieder zum Leben zu erwachen. So sehr ich auch Erleichterung herbeisehnte (jetzt schien nur Wasser, nur totales, erfrischendes Untertauchen meine Gedanken klären zu können), der Gedanke, mir meinen Badeanzug anzuziehen und quer über das flache, jedermann sichtbare Pflaster der Badeanstalt zu gehen, war mir unerträglich. Ich bog nach Norden ab und steuerte auf einen alten Steinbruch in der Nähe von Columbus zu; seit zehn Jahren war ich weder dort gewesen, noch hatte ich daran gedacht. Bei dem Regen, den wir gehabt hatten, würde er bestimmt voll sein.

Der Steinbruch war die größte Wasserfläche in der Nähe, blau und funkelnd, wenn die Sonne schien, jedenfalls hatte ich ihn so in Erinnerung. High School-Jungen hatten schon immer darin geschwommen; der Sheriff verscheuchte sie zwei- oder dreimal im Jahr, und jemand reparierte manchmal den leichten Zaun, der um den Steinbruch gezogen war. Jetzt wurde dort kein Stein mehr gebrochen: die Firma, der er gehört hatte, war eingegangen, und niemand im County wußte, wer eigentlich haftbar war. Er existierte, künstlich geschaffen, aber auch natürlich, die eine Stelle, wo das Meer unter der Erde offen dalag.

Nur daß, als ich ankam, das Wasser braun und trübe war. Disteln und hohe heimische Gräser (»Bartgras«, hätte Jess gesagt, »Hirse, Negerhirse«) verdeckten den rostenden Zaun fast ganz, standen bis hinunter zum überwucherten, bröckligen Rand. Das dicke Wasser füllte ihn fast ganz, und ich hatte vergessen, wo die seichten Stellen und wo die Tiefen waren. Auf jeden Fall konnte man nicht einfach hineinspringen – mir fiel ein, wie wir mit argloser Neugier rostige Gegenstände aus dem Wasser gezogen hatten: Radkappen, Blechdosen, zerbeulte Ölfässer. Jetzt sah ich das Wasser mit neuen Augen, verdüstert. Nicht abzusehen, was alles darin war.

Trotzdem, nach Hause fahren kam nicht in Frage, auch nicht nach Pike oder Cabot, Wegfahren überhaupt. Das schlammige Wasser lag ruhig da; es gab noch nicht einmal den Hauch einer Brise. Ein Teil des Mülls um den Rand herum, bis zur Hälfte von Unkraut überwuchert, lag da bereits so lange, daß Trampelpfade sich darum herumwanden, und ich ging einen davon entlang, der zu mehreren Zürgelbäumen und Weißdornbüschen führte. Wilde Rosenbüsche wuchsen hier und dort, ihre Blüten schwollen jetzt zu Hagebutten mit Federbüschen an. Winden schlangen sich um alles, ihre perlweißen Flöten schlossen sich langsam in der Nachmittagssonne.

Zu Hause war der Gedanke, wie andere über uns dachten, quälend, schon schlimm genug, sich ihre Witze oder Ablehnung vorzustellen, aber schlimmer noch der Gedanke, daß sie sich über uns amüsierten, daß diese stechende, nagende Befangenheit, die mich jeden Tag, jede Minute vorwärtstrieb und auf Erleichterung drängte, etwas war, das ihnen nichts bedeutete, das sie nicht empfinden konnten und über das sie kaum je nachdachten. All diese Nachbarn, nahe genug, um über unsere Angelegenheiten Bescheid zu wissen, aber zu unendlich weit von uns entfernt, um auch nur einen Bruchteil von dem zu empfinden, was wir empfanden, genossen das Schauspiel, das wir ihrer Neugierde boten. Hier aber, weg von der Farm, war auch das in Ordnung. Ihre Gleichgültigkeit war mein Ziel und zugleich das Versprechen, daß das Leben, mein Leben, das Leben unserer Familie größer war, länger, widerstandsfähiger als die Schwierigkeiten, in denen wir augenblicklich gefangen waren. Am Steinbruch konnte man sich sehr viel leichter vorstellen, daß das Wichtigste einfaches Durchhalten war.

Ich erreichte ein Wäldchen und blieb in den gefleckten Schatten stehen. Und hier wurde mir bewußt, daß ich die Gegenwart eines anderen gespürt hatte, vielleicht hatte ich Schritte gehört oder das Schweigen der Wiesenvögel. Aus irgendeinem Grund jedenfalls war ich, als die Gestalt eines Mannes an den Rand des Wassers trat und eine Handvoll Steine hineinwarf (selbst aus der Entfernung konnte ich das Plink-Plink hören), nicht überrascht, daß dieser Mann Pete war. Trotzdem blieb ich in dem Gehölz stehen, weil ich bisher allein sein wollte. Er sah einige Minuten lang auf das Wasser, drehte sich dann um und kam auf mich zu. Ich dachte an Flucht.

Aber natürlich blieb ich. Die Lektion, die ich offenbar nicht lernen konnte, war die, wie man Geschenke, die einem gegeben werden, ablehnt.

Meine Gefühle für Pete hatten den Schimmer, der von dem Monopolyturnier zurückgeblieben war, noch nicht verloren. Im Gegenteil, es war nicht zu übersehen, daß in all den Jahren Petes Reaktionen auf Daddy ehrlicher als die Tys gewesen waren, destruktiv, aber wenigstens nicht doppelzüngig, unklug, aber leidenschaftlich, wütend, aber nie egoistisch, und in den letzten vier Jahren, nachdem Rose ihm offenbart hatte, was Daddy ihr angetan hatte, beinahe nobel. War nicht allein die Tatsache, daß sie ihm das erzählt hatte, eine Empfehlung?

Er sah mich und hielt inne, lächelte, kam auf mich zu. Als er in Hörweite war, rief ich ihm zu: »Na, schwänzt du?«

Er kam näher und sagte: »Ich bin die andere Straße aus Mason

City zurückgefahren. Ich nehm an, wenn man nicht sehr am Leben hängt, könnte man hier schwimmen.«
Wir machten gemeinsam kehrt und gingen den Pfad, den ich gekommen war, zu meinem Auto zurück. Ich sagte: »Wo ist der Truck? Ich hab niemanden gesehen, als ich hier reingefahren bin.«
»Am Nordende gibt's 'ne alte Steinbruchstraße. Das Tor ist kaputt, deshalb kann man so weit reinfahren, bis sie im Wasser verschwindet. Muß da gewesen sein, wo sie früher den Stein rausgeholt haben.«
»Jemand aus Tys Klasse in der High School hat mal ein Auto hier in den Steinbruch gefahren.«
»Hmm. Tja, jede Menge Sachen sind im Laufe der Jahre in den Steinbruch gefahren worden. Ich schätze, das ist das gleiche wie mit Fenstern in leerstehenden Gebäuden. Etwas in einem sträubt sich dagegen, daß es von außen heil aussieht.«
»Was macht Rose heute?«
»Hast du nicht mit ihr gesprochen? Irgendwas mit den Mädchen. Hab vergessen, was. Was machst du eigentlich hier? Ich hab dich noch nie hier gesehen.«
Es gefiel mir, mich so mit Pete zu unterhalten, Interesse zu zeigen, so als wären wir Freunde. Zu Hause war unsere Beziehung durch die Arbeit und all das andere eingeengt.
Ich sagte: »Ich wollte bloß irgendwohin, wo's naß ist. Allerdings hatte ich's hier anders in Erinnerung. Blau.«
»An manchen Tagen ist es blau, aber der Regen spült viel rein. Ich würd allerdings auch nicht drin schwimmen, wenn's blau wär. Ich glaub, der Bakterienpegel ist ganz schön hoch. Jack Stanley hat dieses Stück Weide da hinten den Bach hoch.« Er zeigte zum nordwestlichen Horizont.
»Die Schüler von der High School schwimmen hier.«
»Mm. Schlürf schlürf. Muß also okay sein.«
Ich lachte. Aber der Grund, warum ich hier war, hatte auch mit Pete zu tun, oder? Sein Name stand auch in der Klageschrift. Ich spürte, daß diese fürchterliche Befangenheit wieder zurückkehrte

und die kurze Ungezwungenheit verjagte, die ich gerade genossen hatte. Auch wenn ich Pete nichts von den Gerichtspapieren erzählte, dieser Moment der Ungezwungenheit war vorüber. Deshalb sagte ich: »Ich bin, ehrlich gesagt, vor der Klage weggelaufen.«

»Was?«

»Caroline – hm, ich mein, Daddy hat uns verklagt, weil er die Farm zurück will. Diese Mißbrauchs- und Mißwirtschaftsklausel.«

»Ach.«

Er klang nachdenklich, kaum interessiert. Wir gingen weiter, vorbei an meinem Auto, und bogen dann nach Westen ab, liefen die Südseite des Steinbruchs entlang. Ich sagte: »Es hat mich einfach so wütend gemacht. Ich mußte irgendwohin, ich hatte das Gefühl, als wenn ich von all dem Fieber bekommen würde.«

Er sagte nichts. Wir gingen den Weg entlang, der dem Zaun folgte. Die Winden verschwanden, wurden durch Tollkirschen ersetzt. Die Zaunreihe entlang bekamen ganze Büschel von Wolfsmilch ihre ersten weißen Blüten. Ich sagte: »Ich kann's einfach nicht glauben, wie's zu dieser Explosion gekommen ist. Ich mein, ich hatte von Anfang an kein gutes Gefühl, als Daddy mit der Idee rausrückte, aber daß ich etwas Ähnliches wie dies hier vorausgesehen hätte, das kann ich wirklich nicht sagen.«

Wir gingen noch immer. Ich blieb eine Sekunde lang stehen, um mir mit dem Blusenzipfel den Schweiß von der Stirn zu wischen. Wir waren jetzt in der prallen Sonne. Als ich Pete eingeholt hatte, sagte er: »Ginny, was denkst du, was will Rose?«

»Ich weiß nicht.« Eigentlich wollte ich sagen, daß ich geglaubt hatte, es zu wissen, daß ich es für offensichtlich gehalten hatte, bis er die Möglichkeit eines Zweifels ausgesprochen hatte. »Etwas, das ihr allein gehört. Vielleicht ein Leben, das sie ihr eigenes nennen kann. Scheint mir ziemlich klar. Daß es den Mädchen gutgeht, das auch.«

»Was willst du? Du bist die älteste, aber Rose erscheint immer wie die älteste.«

Ich sagte: »Daß dies alles vorbei ist. Das ist soweit alles. Daß diese Gefühle aufhören.«
»Hmm.«
Der Weg wurde schmaler, und er ging vor mir her. Er trug Cowboystiefel, die, die er immer trug, wenn er nicht auf der Farm arbeitete. Er besaß zwei oder drei Paar, und die hohen Absätze ließen seine Beine lang aussehen. Er war besser in Form als Ty, wenn auch ein bißchen dicklich um die Mitte herum. Als der Weg wieder breiter wurde, lief ich ein paar Schritte, um ihn einzuholen. Ich sagte: »Warum fragst du?«
Er sah mich an, als könnte er sich nicht erinnern, wo ich hergekommen war. Ich sagte: »Pete? Warum fragst du, was Rose will? Sie ist in der Hinsicht doch ganz offen.«
»Ja?«
Die Ungezwungenheit unserer früheren Unterhaltung schien dahin zu sein, und ich sagte nichts mehr. Er starrte mich noch eine Weile an, ging dann weiter. Wir gingen schnell und näherten uns der südwestlichen Ecke des Steinbruchs, wo ein altes Gerät, das wie eine Egge oder so aussah, aus dem Wasser herausragte. Pete blieb stehen, nahm ein paar kleine Steinchen auf und warf eins und traf mit einem klirrenden Ping eine halb versunkene Zacke. Ich ging weiter, auf ein anderes Wäldchen zu, kam dann zurück. Pete war bis an den Rand des Wassers getreten. Ich wollte ihm sagen, ich müsse zum Einkaufen. Ich sah auf die Uhr. Es war schon fast drei. Ty, auf der Suche nach seinem Essen, würde inzwischen die Papiere gesehen haben.
Pete sagte: »Manchmal ist alles, was ich will, jemanden verletzen. Noch nicht einmal mit irgendeiner Absicht.«
»Das ist verständlich, wenn man selber verletzt worden ist.«
»Vielleicht. Weißt du, was Ty immer sagt, wenn die Schweine aufeinander losgehen und zu kämpfen anfangen, daß der Unterlegene sich nie wehrt, sich einfach einen kleineren sucht? Ty sagt immer: ›Scheiße rollt den Berg runter.‹«
Ich lächelte.
Pete starrte an mir vorbei. Ein leichter Wind war aufgekommen

und zerbrach die Wasseroberfläche in Scherben aus Licht. Ich sagte: »Pete, bist du okay? Wenn ich von der Farm weg bin, hab ich das Gefühl, daß alles okay werden wird. Nicht wieder so wie vorher, aber okay. Ich mein, vielleicht ist das die Definition von okay. Jess würde sagen, Veränderung ist gut.« Ich gab mir Mühe, den Namen neutral auszusprechen, froh darüber, ihn nicht früher in dieser Unterhaltung gesagt zu haben. Es war unter allen Umständen wichtig, ihn nicht zu häufig zu sagen.

»Oh, Jess.«

»Magst du Jess nicht?«

»Doch klar.«

Jetzt standen wir in echter Verlegenheit nebeneinander, Pete, der Steine in der Hand hin- und herrollen ließ, ich, die ich nicht wußte, was ich mit meinen Händen anfangen sollte und zu dem entfernten weißen Dach meines Autos hinübersah. Es war offensichtlich, daß Pete auch von meinen Gefühlen für Jess wußte, daß mir diese Information irgendwie entschlüpft war, obwohl ich mir verzweifelte Mühe gegeben hatte, sie zurückzuhalten. Und Pete war noch nicht einmal sonderlich wachsam, auch war er nicht sehr an mir interessiert.

Es war ein erschreckender Gedanke, daß ich so eindeutig, so durchschaubar war. In dem Augenblick fiel mir ein, daß meine Mutter immer gesagt hatte, Gott könne bis auf den Grund einer jeden Seele sehen, eine Seele sei für Gott so klar wie ein plätschernder Bach. Damit wollte sie gleichzeitig sagen, das war mir schon damals klar, daß sie dasselbe konnte. Meine Lippen waren trocken und heiß, und ich dachte daran, Pete auf der Stelle einfach zu fragen, was er wisse, wie er es herausgefunden habe – von Ty oder Rose oder Daddy oder Jess selber. Wäre es nicht eine Erleichterung, wenn alles ans Licht käme?

Aber auch diese Frage ließ sich leicht beantworten. Und die Antwort war negativ. Die letzten Wochen hatten jedem deutlich zu verstehen gegeben, daß die eine Sache, die unsere Familie nicht tolerieren konnte, die vielleicht keine Familie tolerieren konnte, darin bestand, daß alles ans Licht kam. Also fragte ich Pete nicht.

Ich sagte: »Ich glaub, ich fahr jetzt mal einkaufen. Es ist bald Zeit zum Abendessen. Ty wird sich wundern, wo ich bleib.«
»Ich muß auch noch was tun. Auch wenn ich immer schwerer der Versuchung widerstehen kann, hier anzuhalten. Es ist so ein verrückter Ort.«
Wir machten uns auf den Rückweg zu meinem Auto. Eine Schlange kam zum Vorschein und hinterließ das leise Rascheln von Gras in der Luft. Ich blieb stehen. Pete lief in mich hinein. So nah gab es viel, was wir einander zu sagen hatten, aber Gewohnheit und wahrscheinlich Angst hielten uns davon ab. Später war es komisch, daran zu denken, daß sein Körper mit meinem zusammengeprallt und wie handfest das gewesen war; der Geruch seines Schweißes, der sich mit den Gerüchen der Pflanzen und des Wassers dort vermischt hatte; der Anblick seines Gesichts aus solcher Nähe, seine graublauen Augen mit ihren langen blassen Wimpern, die sich mir zugewandt, mich gehalten, dann losgelassen hatten. Ich bellte: »Schlange!«
»Ach«, sagte Pete mit eben demselben desinteressierten, seltsamen Ton, als wenn alles, das erkenne ich jetzt, was er damals bereits tat, darin bestand, abzuwarten, was passieren würde.

33

Allem Anschein nach hatte Ty gegessen und war dann wieder gegangen – schmutzige Teller in der Spüle, Hühnerknochen im Abfalleimer und die Kaffeekanne noch warm auf der Platte. Er hatte die Gerichtspapiere auf den Küchentisch gelegt. Ich las sie mir noch einmal durch und suchte nach einem Platz, wo ich sie hintun könnte. Schließlich öffnete ich den Schreibtisch und steckte sie zu den Rechnungen für die Steuer. Die Steuererklärung mußte gemacht werden – sie war längst fällig. Der letzte Tag des Juni war ohne unsere monatliche Abrechnung vorübergegangen, auch wenn ich die regelmäßigen Rechnungen bezahlt hatte. Ich konnte nichts essen, deshalb machte ich mich daran, das Haus aufzuräumen. Ich brauchte nicht lange – das war etwas, von dem ich noch wußte, wie es ging.

Der Bautrupp aus Mason City hatte drei Wochen damit zugebracht, den besonderen Betonboden für die Schweinemast und die trächtigen Sauen zu schütten. Darüber würde ein Spaltenboden aus Stahl gelegt werden. Ein automatisches Spülsystem würde schließlich die Schweinegülle über den Schwemmkanal bis hin zum Slurrystore spülen. Man konnte die Baustelle vom Haus aus nicht sehen – sie wurde verdeckt von dem alten Kuhstall, der zu Räumen umgebaut werden sollte, die für Geburt und Aufzucht der jungen Ferkel bestimmt waren. Die Harvestores schossen nun in die Höhe, blau und effizient, mit klaren Umrissen und abgerundeten Kanten, südlich von dem Kuhstall, dicht nebeneinander. Ein Zementmischer stand ständig auf der Bankette der Cabot Street Road, einsatzbereit, darauf wartend, daß die Männer mit dem Schütten der Böden weitermachten. Ein anderer Trupp von drei Mann hatte während der Woche die Boxen im Kuhstall herausge-

rissen. Weil Schweine weitaus neugieriger und zerstörerischer als Milchkühe sind, sollten ungefähr eineinhalb Meter hohe Trennwände aus Beton gebaut werden, und darüber dann Holzwände.
Am Ende würden die Schweine in jedem Gebäude in Ställen aus legiertem Aluminium gehalten, mit Fußbodenheizung, automatischen Fütterungsanlagen und Saugnippel, aus denen Wasser kam, für die Ferkel. Es würde, so der Prospekt, »mehrere Komfortzonen zur Unterbringung verschiedener Schweinegrößen« geben. Aller Voraussicht nach würde es mindestens sechs Monate und höchstens acht oder neun dauern, bis alle Gebäude fertiggestellt sein würden, aber wir hatten vor, die ersten zehn Sauen Anfang August in ihre neuen Ställe zu bringen. Ty hatte bisher zwei Schecks ausgestellt – einen über 20000 Dollar an den Harvestore-Hersteller und eine Anzahlung über 27500 Dollar an den Systemhersteller. Bis zum ersten August würde er dem Harvestore-Hersteller einen zweiten Scheck über 20000 Dollar ausstellen und dem Systemhersteller einen zweiten über zwanzig Prozent der verbleibenden Baukosten, 49000 Dollar. Wenn die Schweinepreise stabil blieben und die Sauen nicht durch die neuen Gebäude oder den Baulärm gestreßt würden und wenn es ihm gelänge, aus jedem Wurf im Durchschnitt sechs Schweine bis auf einen Durchschnitt von je 150 Kilo zu bringen, dann könnte er im späten Winter seinen ersten Scheck über beinahe 20000 Dollar erwarten. Aber bis dahin würde er zwei weitere Schecks über 49300 Dollar ausgestellt haben, denn die Arbeiten an den anderen Gebäuden würden weitergehen. Zu ruhigeren Zeiten hätten mich diese Zahlen nach Luft ringen, nachts wach liegen lassen, ich hätte die Bücher nach Einsparungen hier und da durchforstet. Jetzt, angesichts all der anderen Dinge, die geschahen, machten sie mich nur schwindlig.
Auf Ty hatten sie einen ebenso starken Effekt – er hatte rund um den Boden für das Gebäude der trächtigen Sauen Lampen montiert, und er und die Männer arbeiteten da draußen bis beinahe elf. Am nächsten Tag waren sie wieder da, obwohl es ein Samstag war, und am Sonntag auch. Jeden Tag waren sie zwölf oder vierzehn

Stunden da, und wenn die Männer nach Hause gegangen waren, arbeiteten Ty und Pete weiter bis zum Dunkelwerden. Hin und wieder ging ich zu ihnen hinaus und sah ein paar Minuten zu, aber Ty und ich sprachen nicht darüber. Genausowenig wollte er etwas zu der Klage sagen, auch nicht, ob er gewußt hatte, daß sie kommen würde. Ich war mir sicher, daß er es gewußt hatte. Als ich ihm das sagte, hämmerte er einfach weiter Nägel in die Verschalungen, als hätte ich nicht gesprochen.

Über das Wochenende wurden sie mit dem Slurrystore fertig, legten die Fundamente für das Gebäude, in dem die Jungschweine großgezogen werden sollten, und karrten die Innereien des alten Kuhstalls weg. Ich servierte zwei große Mahlzeiten am Freitag, zwei am Samstag und drei am Sonntag, weil das Café in der Stadt zum Frühstück nicht geöffnet war. Niemand ging zur Kirche. Rose kam jeden Tag herüber und half beim Kochen. Sie hatten ihre eigenen Papiere bekommen, aber auch wir sprachen nicht darüber; es gab zu viel zu tun, vielleicht zu viel zu sagen. Ohnedies war die Küche wie ein Dampfbad, zu heiß, um sich aufzuregen.

Am Sonntagnachmittag, ich begoß gerade den Truthahn für das Abendessen, kam Ty durch die Hintertür herein und warf ein paar schmutzige Fetzen auf den Boden. Ich sagte: »Was ist das?«

Er sagte: »Das möchte ich von dir wissen.«

Ich sah genauer hin. Rosa Streifen. Mein Nachthemd, Unterwäsche. Ich brauchte nicht noch einmal hinzusehen, um zu wissen, was die rostigen Flecke waren. Ich hatte sie nicht wirklich vergessen; es war eher so, daß ich nicht die Gelegenheit gehabt hatte, sie auszugraben, und bei all der Arbeit hatte ich nicht daran gedacht, daß sie *den* Boden so schnell ausschachten würden. Ich sagte: »Wo war das?«

»Wo glaubst du?«

Unsere Blicke trafen sich, und ich fragte mich, ob ich ihn bluffen könnte, einfach abstreiten, etwas zu wissen, und dann fragte ich mich, ob es das wert war. Ich trocknete mir die Hände an einem Geschirrtuch ab, wischte einen Augenblick mit dem Spüllappen

über die Arbeitsplatte. Schließlich sagte ich: »Boden im Kuhstall?«
»Hätte nicht gedacht, daß du das zugibst.«
»Ja, hab ich aber.«
»Dann schätz ich, haben wir heut abend etwas zu besprechen.«
»Ich schätze nicht.«
Aber er war schon aus der Tür. Auch wenn er mich mit Sicherheit hörte, konnte er nun so tun, als hätte er mich nicht gehört. Ich nahm das Nachthemd vom Boden auf und warf es in den Abfall. Wenn er es sechs Monate früher gefunden hätte, wäre es ein unschuldiges Etwas gewesen, ein Zeugnis unsterblicher Hoffnung, ein Beweis für meine Tapferkeit und meine Bindung an unsere gemeinsame Zukunft. Einen verzeihenden und zärtlichen Mann hätten diese Kleidungsstücke schlimmstenfalls als etwas Tragisches berührt, nicht einen Augenblick hätte er Schuld und Beleidigung mit ihnen verbunden. Aber so war Ty. Wenn er sich entschieden hatte, blieb er unbeirrbar bei seinem Entschluß. Ich stopfte die Sachen mit dem Fuß noch weiter runter zwischen die Erdbeerreste und die Truthahninnereien. Auch in mir hatte sich etwas verändert. Wenn er die Sachen sechs Monate früher gefunden hätte, ich hätte mich meiner Geheimnistuerei geschämt. Jetzt ärgerte es mich bloß, daß ich die Sachen vergessen und dagelassen hatte.
Hätte es keine Fehlgeburt gegeben, wäre das Baby jetzt ein oder zwei Wochen alt gewesen, ein alarmierender Gedanke. Ich wäre bei Jess Clarks Ankunft im neunten Monat gewesen, die massige Zielscheibe witziger Bemerkungen während all unserer Monopolyspiele. Ich wäre sicher in jeder Hinsicht vorsichtiger gewesen, Ty auch, und mein Vater hätte vielleicht gezögert, das zu tun, was er getan hatte. Angesichts der sichtbaren, wachsenden Zukunft, die sich bald vorstellen würde (bis zur allerletzten Minute als Junge angenommen), wäre es unklug gewesen, die Vergangenheit in Frage zu stellen, eine Herausforderung des Schicksals. Es hätte keine neuen Gebäude gegeben, denn wir wären in Geldsachen weniger kühn gewesen. Wir hätten statt dessen versucht, ein anderes

Bild zu bieten: fünf Generationen auf demselben Land. Wäre ich nicht um eines Sohnes willen auf ein solches Bild eingegangen? All die anderen Mütter von Söhnen in Zebulon taten das.

Tatsächlich war rein theoretisch noch immer alles möglich. Wenn Jess recht haben und unser Brunnenwasser schuld sein sollte, dann könnte ich Mineralwasser trinken und auch damit kochen. Und dann gäbe es einen Enkel. Unsere Nachbarn, die jetzt meinen Vater mit Sätzen wie »Es gibt Dinge, die einfach nicht in Ordnung sind« aufstachelten, würden »Laß Vergangenes vergangen sein« sagen.

Nur daß unsere Gefühle uns wie Schutzwälle umgaben und wir das, was wir wußten, nicht ungewußt machen konnten. Zum einen glaubte Ty ganz offensichtlich daran, daß sich irgendeine unannehmbare wahre Natur in Rose offenbart und auf mich übertragen hätte. Ich war mir sicher, daß seine wirkliche Loyalität bei Daddy lag, und ich konnte ihn mir ohne weiteres bei langen Telefondiskussionen mit Caroline vorstellen, unbehaglich, aber hartnäckig. Ich schreckte davor zurück, ihm etwas zu erzählen – das Vertrauen, das offene Gespräche erlaubte, war dahin und hatte sich in Formalität aufgelöst. Zum anderen hatte es zwischen uns keine Form von Sex gegeben, seitdem mich die Erinnerung an meinen Vater wieder eingeholt hatte. Ich hatte Sex nur selten, wenn überhaupt jemals, wirklich genossen, und nun schien es, als käme er jenen Erinnerungen zu nahe, um eine angenehme Vorstellung zu sein.

Ich dachte den ganzen Nachmittag über diese Dinge nach, während ich den Truthahn begoß, Kartoffeln schälte und Möhren schruppte, Bohnen abzog, den Apfelkuchen, den Rose gebacken hatte, mit einem Zuckerguß versah, eine Kanne Tee zum Abkühlen ins Gefrierfach stellte. Die Männer des Bautrupps waren höflich. Sie bedankten sich bei mir für alles und nannten mich »Ma'am«. Sie witzelten ständig herum, und bei Tisch kam heraus, daß Ty ihnen seit Samstag morgen den dreifachen Lohn zahlte. Es waren vier Männer. Bei hundert Dollar pro Stunde machte das bei zwölf Stunden für zwei Tage 2400 Dollar. Ich sagte milde: »Ich

dachte, die Firma bezahlt euch.« Einer von ihnen sagte: »Ja, normalerweise ja, Ma'am, aber es war Tys Idee, an diesem Wochenende zu arbeiten, deshalb übernimmt er die Kosten. Ich würd nur irgendwo rumhängen und trinken, deshalb kommt mir das Extrageld nur recht.«
»Das glaub ich gerne.«
»Wir haben 'ne Menge geschafft. Ihr werdet wahrscheinlich am Ende was von der Firma zurückbekommen.«
Ty legte seine Gabel hin. »Wir haben die Zeit. Es ist das beste, wenn wir sie nutzen. Je mehr wir vor der Ernte schaffen, um so besser werden wir dastehen.« Er sah mich nicht an.
Nach einer Weile fuhr er fort: »Geht eine rauchen oder sonstwas. Wir haben heute noch vier Stunden Licht. Morgen könnt ihr wieder mit diesem Ferienpensum weitermachen, für das euch die Firma bezahlt.«
»Jap«, sagte der eine. »Vielleicht hab ich dann mal Zeit zum Duschen.«
»Du bist schon ganz schön reif, Dawson. Puuh!« rief einer der anderen, während sie nach draußen polterten. »Danke fürs Essen, Ma'am. Sie sind bestimmt froh, wenn Sie uns los sind.«
Ich saß im Bett und las, als Ty hereinkam. Ich konnte ihn unten hören, wie er sich eine Tasse Kaffee nahm und noch ein Stück Kuchen. Der Stuhl kratzte über das Küchenlinoleum, als er ihn vorzog. Er ließ Wasser in die Spüle laufen, um den Teller abzuspülen. Bevor er die Treppe hochkam, herrschte eine Weile Stille. Ich blätterte in meinem *Good Housekeeping* weiter zu einem Artikel über Erdbeernachspeisen, »Über den Shortcake hinaus«, und das war es, worauf ich starrte, als er ins Zimmer kam.
Er war ein ordentlicher Mann. In der Hinsicht brauchte ich mich nie zu beklagen. Er warf seine Socken und Unterwäsche in den Wäschekorb, seine Arbeitssachen in die Kiste für die Arbeitssachen. Er ging eine oder zwei Minuten im Zimmer auf und ab, aber ich weiß nicht, ob er mich ansah, weil ich in die Zeitschrift starrte. Als er ins Badezimmer ging, blätterte ich um zu »Neu! Quilts – Schnell und leicht gemacht«. Ich hörte, wie die Dusche ange-

stellt wurde. Die erste Zeile des Artikels lautete: »Lieben Sie Quilts, hassen es aber, alle Stücke einzeln ausschneiden zu müssen?« Ich las ihn durch und konzentrierte mich auf jedes Wort. Nicht eines ergab Sinn. Die Dusche wurde abgestellt. Tys Fußtritte kamen zum Schlafzimmer zurück. Eine Schublade wurde aufgezogen, dann geschlossen. Die nächste Zeile des Artikels lautete: »Eine neue Technik mit einem Rädchen wie zum Pizzaausstechen macht kurzen Prozeß mit einer einst mühseligen Plackerei. Quiltnäherinnen überall im Land sind...«
Tys Gewicht hob meine Seite des Bettes. Seine Haut strahlte nach dem Duschen Kühle aus, und er roch nach *Right Guard*-Seife. »... begeistert. »Früher grauste mir..!« Er sagte: »Wir sind soweit und können den Boden für das Zuchtgebäude und die Fundamente für die Innenwände in dem Stall schütten. Ich hab auch die Firma angerufen. Sie wollen das Holz für die Wände morgen früh um sechs rausschicken. Ist schon verladen.«
»Das sind ja gute Nachrichten.«
»Denke schon.«
»Tja, wir schlafen dann wohl mal besser.« Ich hob den Kopf. Sein Gewicht verlagerte sich im Bett. Er sagte: »Wann hast du die Sachen vergraben?«
»Letztes Jahr Erntedank, ungefähr. Am Tag danach.«
»Wie kommt das?«
»Ich weiß nicht.« Das war die Kurzform für: es ist zu kompliziert, um darüber zu reden.
»Woher kommen die Blutflecken?«
»Na ja, ich hatte eine Fehlgeburt.« Die nächste Zeile des Artikels, auf den ich starrte, statt ihn anzusehen, lautete: »... das Ausschneiden, besonders der Rhomben, weil sie so schwer...«
»Jede Menge Geheimnisse hier.« Das kam so milde, daß ich ihn ansah, woraufer sagte: »Das ist Nummer fünf, stimmt's?«
»Nummer fünf?«
»Nach Nummer vier, damals als ich auf der Landwirtschaftsausstellung war, von der Rose mir gesagt hat, daß ich dir nicht sagen soll, daß sie's mir gesagt hat.«

»Das überrascht mich, daß Rose das verraten hat.«
»Deine Wünsche stehen bei Rose nicht gerade an erster Stelle, Ginny.«
»Was denn?«
»Das frag ich mich auch.«
»Ich weiß, du denkst, Rose und ich hätten irgendwas Geheimnisvolles vor, haben wir aber nicht.«
»Was ich denke ist, daß du dich Rose gegenüber nicht behaupten kannst. Sie überfährt dich jedes Mal.«
Ich starrte aus der Schlafzimmertür, durch den Flur auf die Ecke des Bettes im Gästezimmer. »Genau wie du und wie Daddy. Willst du wissen, warum ich die Schwangerschaften und Fehlgeburten für mich behalten hab? Weil ich nicht deiner Meinung war und nicht aufhören wollte, aber du hast es abgeschrieben. Ich wollte es ewig weiter versuchen, aber ich konnte mich dir gegenüber nicht behaupten. Verglichen mit allem, was mit Rose zu tun hat, ist das das Wichtige. Man hält etwas geheim, wenn andere die Wahrheit nicht hören wollen.«
»Ich konnte es einfach nicht ertragen, erst die großen Erwartungen und dann die große Enttäuschung. Ich dachte, du könntest das verstehen.«
»Aber ich konnte es ertragen. Ich wollte es ertragen. Es ertragen war besser, als es überhaupt nicht mehr versuchen, einfach aufgeben. Du gibst immer einfach auf! Du denkst bei allem, was passiert, wenn wir nur ein bißchen abwarten, wird schon alles gut! Ich kann so nicht mehr leben!«
»Ich finde tatsächlich, daß Geduld eine Tugend ist.« Seine Stimme schien das lediglich als eine seiner interessanten Marotten anzusehen.
»Ich glaube, du findest, Geduld ist alles!« Ich kniete mich hin und sah ihn an. »Ich fühl mich, als wär ich aus einem Traum erwacht! Einem Traum, wo ich einfach nur mitmache und mitmache, und was immer ich tu, ich bin einfach nur Zuschauer, ich bewege nichts! Wenigstens ist Rose nicht so. Wenigstens nimmt sie sich, was sie will. Jess hat mir erzählt, daß der Grund für die Fehlgebur-

ten wahrscheinlich mit dem Brunnenwasser zu tun hat. Dem Wasser, das ins Brunnenwasser reinfließt. Er sagt, man weiß das schon seit Jahren! Wir haben nach so was nie gefragt, in keinem Buch nachgelesen oder etwa jemandem erzählt, daß wir Fehlgeburten hatten. Wir haben es als unser Geheimnis gehütet! Was, wenn's im ganzen County Frauen gibt, die jede Menge Fehlgeburten hatten, und wenn sie einfach ihre Daten vergleichen würden – aber da sei Gott davor, daß wir über so etwas reden!«

»Oh, Jess. Der hat die verrücktesten Ideen.«

»Weißt du doch nicht! Du hast die Bücher doch nicht gelesen, die er gelesen hat! Du weißt es doch ganz einfach nicht!«

»Ich weiß genug! Ich folge den Anweisungen! Ich bin sorgfältig!«

»Führen die Tonrohre nicht direkt in die Entwässerungsschächte, die direkt in den Wasseraufbereiter führen, der direkt in den Trinkwasserbrunnen führt?«

»Der Boden filtert alles raus!«

»Wer sagt das?«

»Jeder weiß das! Brunnenwasser ist das beste, was du trinken kannst.«

»Wenn ich wieder schwanger werd, trink ich es nicht.« Wir sahen einander an, unsere Stirnen nur wenige Zentimeter voneinander entfernt. Gleichzeitig wurde uns beiden klar, daß über eine neue Schwangerschaft zu reden ein gefährliches Unterfangen war. Ich beugte mich über die Bettkante und hob meine Zeitschrift auf, glättete die Seiten. Ty sagte: »Du hast Dinge vor mir geheimgehalten. Du hast mich angelogen. Das sind Tatsachen, und du drehst sie um. Du hast ganz einfach gelogen. Ich finde, das ist 'ne ziemlich eindeutige Sache.«

Möglicherweise wußte er überhaupt nichts. Möglicherweise wußte er alles. Auf jeden Fall schüchterte mich die Anschuldigung ein, da sie zutraf. Ich spürte mein Gesicht heiß werden und meine Kopfhaut von diesem altbekannten Schamgefühl prickeln. Mir fiel der Lehrer von der Sonntagsschule ein, den wir hatten, als ich noch zur High School ging, ein Mann, der uns nur wenige Monate unterrichtete und uns im Chor wiederholen ließ: »Sünden führen zu weiteren Sünden. Sünde häuft sich auf Sünde. Herr, bewahre mich vor der ersten Sünde.« Sünde, Sünde, Sünde, Sünde, Sünde. Es war ein machtvolles und erschreckendes Wort. Ich holte ein paarmal tief Atem. Was war mit Caroline? Hatte er nicht da ein Geheimnis? Seine Anschuldigung wucherte in meinem Kopf und suchte einen Weg nach draußen. Ty setzte sich zurück. Ich sah ihn an. Mir war klar, daß es eine tiefere Ebene gab, auf der wir weiterkämpfen konnten, eine Ebene, wo nichts zurückgehalten werden konnte und sich die wahre Tragweite unserer miteinander im Konflikt stehenden Loyalitäten zeigen würde. Der nächste Schuß gehörte mir, und er wartete darauf. Aber das war eine neue Welt für mich, für uns. Wir hatten unser Leben in gegenseitiger Höflichkeit verbracht, hatten zu allem ein freundliches Gesicht gemacht und währenddessen Geheimnisse gehütet. Der Gedanke, das alles jetzt mit meiner nächsten Bemerkung aufzugeben, war erschrekkend.

Schließlich zwang ich mich zu einer festen Stimme und sagte: »Wenn ich immer vollkommen offen und ehrlich wär, dann bräuchtest du nicht mehr so hart daran zu arbeiten, mir meine Meinung auszutreiben, oder?«

»Es gab Zeiten, da dachte ich, daß wir in allem einer Meinung sind.« Er sagte dies mit einer ruhigen und, glaubte ich, traurigen Stimme.

Ich sagte: »Du nimmst mich nicht ernst.«

Er sagte: »Ich will mit dir zusammenbleiben, Ginny. Das ist eine von den Tugenden, die du neuerdings zu verachten scheinst, aber es stimmt. Ich glaub, daß du zu mir zurückkommst. Ich glaub, wir werden wieder das haben, was wir früher mal hatten. Das ist alles, was ich je wollte.«

»Ja, aber es ist nicht alles, was ich je wollte, und ich kann dahin nicht zurück.« Ich sagte das mit dem Gefühl, einen Deckel zu heben, bloß um mal kurz zu gucken, bloß um die Versuchung mal auszuprobieren.

»Haßt du mich wirklich so sehr?«

»Oh, hör auf. Ich hasse dich nicht.«

Aber meine Worte trafen mich selbst auf unerwartete Weise. Hatte ich ihn in der letzten Zeit nicht ein wenig gehaßt, dafür, daß er hinter meinem Rücken mit Caroline gesprochen hatte, dafür, daß er mich nicht verteidigt hatte, als Daddy uns beschimpfte, dafür, daß er es nie für nötig gehalten hatte, mir zu sagen, daß er dem, was Daddy gesagt hatte, nicht zustimmte, und selbst jetzt dafür, daß er mein Vertrauen zu Rose untergrub? Und ich haßte mich selber auch, dafür, daß ich das alles mitmachte, also haßte ich ihn nicht auch? Tatsache war, daß ich in dem Augenblick keinen Haß empfand. Wenn ich ihn empfunden hätte, so hätte ich, glaube ich, alles gesagt, alles getan, hätte ihn alles über mich wissen lassen. Mein stärkstes Gefühl in dem Augenblick war, daß die Gefühle, die für ihn so leicht zu sein schienen, für mich zu kompliziert waren, als daß ich sie benennen konnte, was wie Lüge zu sein schien, wie ein Zwang. Das, so hätte mein Lehrer von der Sonntagsschule wahrscheinlich gesagt, ist der Sold der Sünde.

Mit plötzlich ressentimentgeladener Stimme sagte er: »Du fühlst dich vielleicht so, als würdest du aus einem Traum aufwachen, aber ich hab das Gefühl, ich bin mitten in einem Alptraum. Ich hab mich so auf den Umbau gefreut! Das war mein Traum, und er war dabei, sich zu erfüllen. Ich hab deinen Vater vorsichtig bearbeitet! Ich hab ihn Stück für Stück für die Sache gewonnen. Ich hab nie geglaubt, daß das leicht sein würde, aber ich glaubte, Fortschritte zu machen, und dann habt ihr Frauen einfach alles kaputtgemacht, ihr habt ihn total verrückt gemacht...«

»Er hat sich verrückt benommen!«

»Aber es war im Grunde harmlos. Bloß Sachen gekauft. Also was?«

»Er hatte den Unfall.«

»Also, wir hätten ihn dazu bringen müssen, öfter rüberzukommen, aber Jess Clark kam statt dessen rüber...«

»Laß Jess Clark da raus! Außerdem, du hast gesagt, es hätte dir Spaß gemacht.«

»Es hat Spaß gemacht, aber – oh Scheiße. Was soll's?« Er rutschte unter die Decke. »Wie spät ist es?«
»Nach elf.«
»Das Holz kommt um sechs.«
Ich machte das Licht aus.
Im Dunkeln sagte er: »Wenn du einen Job in der Stadt haben wolltest, hättest du's sagen sollen.«
Ich lag lange Zeit da, keuchend vor Erleichterung und auch mit einer seltsamen Enttäuschung, daß die Wahrheit nicht ans Licht gekommen war, und ich war leicht amüsiert, daß dies der Schluß war, den er aus den letzten fünf Monaten zog, aus Roses Operation, aus der Überschreibung der Farm, aus Jess Clark und Roses Enthüllung und meinen wiedergefundenen Erinnerungen. Ich sagte: »Das war's nicht, was ich wollte.« Ty gab ein lautes Schnarchen von sich, drehte sich dann auf seine Seite.
Als ich sicher war, daß er schlief, schlüpfte ich aus dem Bett und zog mir ein Paar Shorts über. Meine Turnschuhe, die ich ohne Socken zuband, standen neben der Hintertür. Sekunden später war ich auf der Straße und sah zu Daddys Haus. Im Augenblick konnte ich keinen Schritt weitergehen. Das Mondlicht ließ die weißen Striche der Mittellinie und die glitzernden Teilchen, die wie Katzensilber im Asphalt blinkten, noch heller erscheinen. Zu beiden Seiten rauschte der Mais in dem ewigen Wind und machte einem bewußt, wie er wuchs – hoch wie ein Mensch innerhalb eines Bruchteils eines Menschenlebens, indem er aus der Tiefe der Erde Wasser einatmete und es mit einem gewaltigen, langsamen Atemzug ausatmete. Ich starrte zu Daddys Haus. Es war bis auf ein Licht im Fenster meines alten Zimmers dunkel. Der große Würfel von einem Haus schien sich mit der Gegenwart von Jess Clark zu dehnen und zu vibrieren.
Bloß weil alles, was mit ihm zu tun hatte, sich für mich zu etwas Anstößigem und Peinlichem entwickelt hatte, bedeutete das noch lange nicht, daß der Stachel des Verlangens aus meinem Fleisch herausgewachsen war. Bis jetzt hatte ich mich ziemlich gut zurückgehalten, oder vielleicht hatte mich die Angst zurückgehalten

– Angst, von Ty oder Daddy ertappt zu werden, auch die Angst, Jess aufdringlich oder dumm zu erscheinen. Oder häßlich. Oder nicht begehrenswert. Als ich so zu dem Licht hinübersah, in dem Jess jetzt bestimmt saß – vielleicht las er gerade? – wußte ich, daß ich auch Angst vor ihm hatte. Mehr Angst vor ihm hatte als vor jedem anderen. Die war zusammen mit der Scham entstanden, oder? Sehnsucht, Scham und Angst. Eine groteske Figur, wie eine Frau mit drei Beinen, aber meine Figur, die ich leicht aus meiner alten High School-Zeit und danach wiedererkannte, als jede Verabredung mich zu lähmen vermocht hatte. Die Art, wie ich mich selber aus dieser Lähmung befreite, war, Verabredungen mit Jungen zu brechen, die mich eigentlich anzogen. Das Beste an Ty war gewesen, daß er Daddy gefiel. Ich sah, daß er sauber und höflich und vertraut und gut war. Irgendwie befähigte das die dreibeinige Frau zu gehen, vorsichtig und ganz langsam, aber mit Würde.
Jetzt stand die dreibeinige Frau auf der Asphaltstraße im Mondlicht, und jedes ihrer Beine zog in eine andere Richtung. Tatsächlich einen Fuß vor den anderen zu setzen, mich auf jemanden zuzubewegen, nach dem ich mich sehnte, schien wie eine Illusion. Aber diese Illusion zog mich unter das erleuchtete Fenster, dann leise um das Haus herum zu dem hinteren Fenster desselben Zimmers, in dem ich sah, wonach ich gesucht hatte: Jess Clark, seinen Rücken und seinen Hinterkopf, in einem weißen Hemd, die Linie seiner Schultern und die Neigung seines Halses so evokativ und vielversprechend wie nichts, das ich je gesehen hatte. Aber fern und unwirklich, wie ein Bild auf einem Fernsehschirm, ebenso unwirklich wie das imaginäre gehende Ich, das das wirkliche bewegungslose Ich auf der Asphaltstraße stehengelassen hatte. Jetzt rief das imaginäre Ich: »Jess! Heh Jess! Jess Clark!« Wie im Märchen wandte die Figur sich um, stand auf und kam ans Fenster, schob es hoch und beugte sich herunter. Er sagte: »Hallo! Wer ist da?«
»Ich bin's, Ginny.« Scham und Angst stiegen auf und umhüllten mich wie eine Wolke.
Er sagte: »Heh! Was machst du hier? Hast du geklopft? Ich hatte das Radio an.«

Auch wenn das Licht hinter ihm war, sah ich sein Lächeln weiß aufblitzen. Ich sagte: »Lange nicht mehr gesehen, was?«
»Ist soviel los. Du fehlst mir.« Seine Stimme war weicher geworden. Das hätte er nicht sagen sollen, weil ich dann sagte: »Ich liebe dich«, und er sagte: »Oh, Ginny«, und was ich in seiner Stimme hörte, war pures, eindeutiges Bedauern, das in der darauffolgenden Stille wie der Ton einer Glocke nachhallte und mir alles sagte, was ich über jede Frage, die aus dem früheren Sommer noch geblieben war, zu wissen brauchte.
Nach einer Weile sagte er: »Ich komm runter. Ich bin sofort unten.« Aber darauf wartete ich nicht. Ich kannte den Weg nach Hause, nicht den über die offene, enthüllende Straße, sondern den zwischen den steifen, verbergenden Maisreihen. Keine Entschuldigungen oder Freundlichkeiten oder demütigenden Erklärungen seiner Gefühle würden mir dorthin folgen.
Um sechs spülte ich die Frühstücksteller. Ty ging auf dem Seitenstreifen der Cabot Street auf und ab. Um sieben kamen die Bauleute, sie hatten bereits im Café gefrühstückt. Ich stellte eine Maschine an und nahm eine Ladung Wäsche nach draußen und begann, sie auf die Leine zu hängen. Es war eine gute Maschine, und bald verdeckten mir Laken und Hemden die Sicht auf die Baustelle, so daß ich nicht sah, wie zwei Autos hinter dem Holzlastwagen hielten. Was ich einige Zeit später sah, als ich den Wäschekorb wieder zurück ins Haus trug, war, daß der Lastwagen und all die Autos – darunter Marv Carsons großer, kastanienbrauner Pontiac und Ken LaSalles kobaltblauer Dodge – auf der Straße wendeten und wegfuhren. Ty stand da und sah ihnen nach. Er nahm die Kappe ab und wischte sich mit dem Ärmel den Schweiß vom Gesicht, dann setzte er die Kappe wieder auf. Er stand eine lange Zeit da.
Er brauchte mir nicht zu erzählen, daß Marv und Ken ihm gesagt hatten, er müsse die Bauarbeiten einstellen, auch brauchte er mir nicht zu beichten, daß er in dem vergeblichen Versuch, die Bauarbeiten so weit voranzutreiben, daß sie nicht mehr gestoppt werden konnten, für die Wochenendarbeit gezahlt hatte. Mir wurde, wäh-

rend ich ihn beobachtete, verschwommen klar, daß seine Anstrengungen töricht gewesen waren, eine Verschwendung unseres Geldes, eine weitere kleine Niederlage, die er hätte vermeiden können. Als was es mir damals aber vor allem erschien, war unser krönendes Versagen als Paar.

34

Zwei Vormittage später war ich dabei, den Staubsauger herauszuholen. Ty war draußen im Schweinestall, und wir hatten seit unserer Auseinandersetzung sehr wenig miteinander gesprochen.
»Die Felder sehen prächtig aus.«
Ich schreckte zusammen.
Henry Dodge, unser Pfarrer, stand draußen vor der Fliegengittertür und hatte die Hand auf dem Schnappschloß.
Ich sagte: »Südwind im Kommen. Hoffentlich wird's im September trocken.«
»Darf ich nicht reinkommen?«
Ich richtete mich auf. Von meinen Händen tropfte die Seifenlauge. Ich trocknete sie mir ab. »Klar. Kaffee?«
Er drückte mit dem Daumen das Schloß herunter und öffnete die Tür auf eine geschmeidig aggressive Art, als ob, so dachte ich kleinlich, er Übung darin hätte, kleine Öffnungen auszunützen. Ich erinnerte mich, daß er früher einmal Missionar gewesen war, vielleicht irgendwo in Afrika oder auf den Philippinen.
Er sagte: »Ginny, ich dachte, wir wären Freunde.«
Ich sagte: »Hier, setz dich. Ich hab noch Kuchen von gestern abend übrig.«
»Es ist ein wenig früh für Kuchen.«
»Ty mag das gerne. Er hat allerdings noch lieber Pie zum Frühstück.« Ich sah ihn an, während ich den Kaffee eingoß. Das Wort »Freunde« schwebte in der Luft und nahm, je länger ich Henry Dodge ansah, immer komplexere Formen an. Ich sagte: »Vielleicht.«
»Vielleicht was?«

»Vielleicht sind wir Freunde gewesen. Vielleicht könntest du den Begriff klarer definieren.«
Er lachte, als hätte ich einen Witz gemacht, sagte dann: »Du hast mich vor einiger Zeit besucht.«
»Ja, hab ich, ja. Aber es ist okay.« Diese Bemerkung ließ ihn neugierig aussehen, und ich ärgerte mich über sie. Ich sagte: »Vielleicht hätte ich dich nach dem Kirchenessen anrufen sollen. Was für 'ne Aufregung.« Ich verdrehte die Augen.
»Ich hätte dich anrufen sollen, denke ich. Das ist teilweise der Grund, warum ich gekommen bin.«
Ich blickte ihn an. Ich sagte: »Vielleicht sind wir Freunde gewesen. Definier den Begriff klarer, und ich antworte dir.«
Er lachte wieder. Ich spürte entfernt, daß meine Bemerkungen auch witzig oder ironisch erscheinen konnten, aber ich war todernst. Henry setzte sich und rutschte auf dem Sitz vor und zurück, als wollte er sich einen Platz im tiefen Gras schaffen. Er nippte an seinem Kaffee und sagte: »Ich glaub, ich bin ganz gut darin, größere Perspektiven zu sehen, aber am liebsten hätte ich es, wenn du richtig mit mir reden würdest.«
Ich gestand zu: »Das Kirchenessen war peinlich.«
»Nicht jeder war der Ansicht, daß Harold recht daran getan hat, so zu reden.«
Ich wog das ab. Am Ende sagte ich: »Meinst du, einige wenige waren mit Harold nicht einer Meinung oder die meisten, oder wie viele?«
»Nun ja ...«
»Ehrlich gesagt, ich kann nicht glauben, daß irgendjemand dachte, Harold hätte recht daran getan, so zu reden.« Ich spürte, wie mir heiß wurde: »Er hat das inszeniert! Er ist extra hier rübergekommen, um das zu inszenieren, und er war schadenfroh ...«
»Angesichts seiner gegenwärtigen Heimsuchung glaube ich nicht ...« Er drehte den Henkel seiner Tasse zu mir hin und begann von neuem: »Ich wär gerne Friedensstifter.«
»Warum?« Ich versuchte, das so ausdruckslos und sachlich nachfragend wie möglich klingen zu lassen, aber er nahm es als Vor-

wurf. Er sagte: »Niemand sonst scheint das zu versuchen. Als euer Pastor und Pastor eures Vaters...«

»Ich meine, welchen Zweck erfüllt es, Frieden zu stiften?«

»Oh.«

Offensichtlich hatte er das nicht wirklich bedacht. Ich wartete, daß ihm etwas einfiele.

Schließlich, nachdem er mir zwei- oder dreimal einen Blick zugeworfen hatte, sagte er: »Wär dir selber das nicht lieber? Ich bin lange genug dein Freund, um zu wissen, daß es dir in einer glücklicheren Atmosphäre als dieser besser geht. Ich hab nie gesehen, daß du Streit suchst. Das sieht dir einfach nicht ähnlich.« Ihm gefiel diese Richtung, und er erwärmte sich für sie, während er sprach. »Du siehst unglücklich aus. Du siehst erschöpft und müde aus.« Das unwiderlegbare Argument der Erscheinung.

»Beobachtest du uns? Mich? Das Äußere ist nicht alles.«

Er lachte wieder, wurde dann nüchtern. Seine Stimme klang feierlich, als er sagte: »Man braucht nicht erst zu beobachten, um das zu sehen.«

Mein Freund? Konnte ich mich darauf verlassen, daß er das sah, was ich in unserer Familie sah, und in unserem Vater und Rose und mir selber? Das erschien mir als die entscheidende Probe der Freundschaft.

Er sagte: »Es ist besser für Familien, zusammenzusein. Zusammenzuarbeiten.«

»Ist das etwas Absolutes?«

Er legte eine Pause ein, um eine Bestandsaufnahme der Familien zu machen, die er kannte, während er an seinem Kaffee nippte. Dann sagte er: »Vielleicht nichts Absolutes, wenn wir schon vom Absoluten sprechen.« Er lächelte. »Aber die Ausnahmen sind extrem selten. Ich weiß, daß ich in dieser Hinsicht konservativ bin, Ginny, und das hat mir nicht immer zum Vorteil gereicht. Aber während all meiner Jahre als Pfarrer hab ich nur eine Scheidung gesehen, mit der ich einverstanden war. Eine einzige zerbrochene Familie.« Er machte eine Pause, so wie er in seinen Predigten gerne eine Pause machte, als Vorbereitung für einen Punkt, der ihm besonders am

Herzen lag. Dann sagte er: »Das Leben, wie es die Leute in diesem County führen, wird immer seltener. Drei Generationen auf einer Farm, die zusammenarbeiten, ist etwas, das man schützen muß.«

»In der Theorie ist das wohl richtig.«

»Helen und ich haben uns teilweise aus diesem Grund dazu entschlossen, hierherzukommen, weil wir mithelfen möchten, eine Lebensart, an die wir glauben, zu bewahren. Einige meiner schönsten Erinnerungen sind, wie ich mit meinem Großvater Heu gemacht habe. Meine Onkel waren junge Männer. Sie haben wie ein Mann zusammengearbeitet, so nah waren sie sich.«

»Kommen sie noch immer alle miteinander aus?« Ich lächelte offen und unehrlich.

»Im großen und ganzen.«

»Im großen und ganzen?«

»Na ja, selbstverständlich gibt es Streitereien. Der Mensch ist ein gefallenes Wesen. Und vielleicht liegt ein Wert darin, an seine Feinde gekettet zu sein. Das gibt einem mehr Gelegenheit, sie lieben zu lernen.« Er strahlte, da er das Rätsel, das ich ihm aufgegeben hatte, gelöst hatte.

Ich sagte: »Wieviele haben seit mehr als zehn Jahren nicht mehr mit dem einen oder anderen gesprochen?«

Henry leckte sich die Lippen. »Ich weiß nicht. Hör mal...«

»Los, Henry. Raus damit.«

»Du willst wissen, ob meine Familie aus Heiligen besteht, so als könnte ich dir nur raten, wenn ich ein vollkommener Mensch wär. Das ist ein weit verbreiteter Irrtum, und selbst Pfarrer fallen ihm manchmal zum Opfer, aber...«

»Ich weiß einfach nicht, warum du hier bist. Wer hat dich geschickt, was soll ich deiner Meinung nach tun, was glaubst du, hab ich getan, warum bist du zu mir gekommen, warum nicht zu Rose? Sind wir Freunde? Hast du uns je zum Barbecue bei dir eingeladen? Rufst du mich von Zeit zu Zeit mal an, einfach nur, um dich mit mir ein wenig zu unterhalten? Fragst du um meinen Rat zu deinen Problemen? Nein, nein und nein. Ich will nicht, daß du mit

einer Absicht herkommst. Ich will nicht auf deiner Liste der Gemeindebesuche stehen.«
»Es gibt gewisse Pflichten eines Pfarrers...«
Probleme. Barbecues. Sich unterhalten. Da war etwas, das ich schließlich doch von ihm wollte, oder? Mein Herz schlug schneller, und meine Hände wurden feucht. Ich sagte: »Erzähl mir nur, was die Leute über uns sagen.«
»Ginny.«
»Ich will's wissen. Wirklich.«
»Die Leute klatschen nicht so viel, wie du denkst.«
»Ja, tun sie doch.«
»Na ja, nicht mir gegenüber.« Sein Blick war undurchdringlich. Dann sagte er: »Kann ich dich nicht erreichen? Ich möchte es.« Sein Ton und sein Blick waren warm und mitfühlend, und ich mußte daran denken, daß ich in der Vergangenheit darauf hereingefallen wäre, damals hätte ich ihn bereitwillig meinen Freund genannt, schon weil mir die öffentliche Anerkennung einer solchen Freundschaft geschmeichelt hätte. Jetzt erschien mir die ganze Idee verdächtig. Ich war mir nicht sicher, ob ich ihm oder seinem Amt mißtraute, aber auf jeden Fall würde ich mich ihm nicht anvertrauen. Ich stellte meine Kaffeetasse auf den Tisch, stand auf und ging zur Spüle, wo ich den Schwamm unter einem Heißwasserstrahl auswrang. Ich begann, den Tisch zu wischen. Ich sagte: »Heb deine Tasse hoch.«
Er hob seine Tasse hoch. »Zumindest komm weiterhin sonntags zur Kirche. Halte den Weg zu Gott offen. Er ist auf wunderbare Weise voller Vergebung. Er vergibt mehr, als wir uns selber vergeben.«
Die Fliegengittertür öffnete sich. Ty sah Henry, kam herein und begrüßte ihn respektvoll. Hier, dachte ich, waren zwei Menschen, die in so vielen Dingen einer Meinung waren, daß ihre Meinungen automatisch den Anschein von Realität annahmen. Es war eine kleine Welt, in der sie lebten, klein, vollständig und geschlossen. Ihre Stimmen entspannten sich und wurden leiser, und ihre Welt kam mir sehr fern vor.

An dem Nachmittag, als Ty weg war, um eine Ladung Schweine nach Mason City zu fahren, machte ich, nachdem ich ihm geholfen hatte, sie zu verladen, hinter uns sauber und fuhr nach Cabot. Henrys Weigerung, den Klatsch der Leute aufzudecken, hatte mich wütend gemacht. Ich nahm an, ich könnte aus Blicken und Worten ablesen, was sie über uns sagten. Ich spielte mit dem Gedanken, Rose mitzunehmen, um ein weiteres Paar offene Augen zu haben, aber Rose hatte solche Unternehmungen immer verachtet, so daß ich ihr nichts sagte, auch als sie anrief und fragte, was ich zum Abendessen machen wollte.

Cabot war nichts Besonderes, aber es lag an der Straße zwischen Mason City und Sioux City, und deshalb gab es dort zwei Antiquitätenläden und ein Bekleidungsgeschäft, das auch Stoffe verkaufte, das Café, den Eisenwarenhandel, das »Cool Spot« und den Futter- und Samenhandel. Die Stadt war schöner als Pike oder Zebulon. Diese beiden Städte hatten einst große Hoffnungen oder Ambitionen gehabt, deshalb waren ihre Hauptstraßen vierspurig und breiter: die Fronten der alten Läden warfen kaum über ein Viertel der breiten glänzenden Flächen ihre Schatten. Cabot andererseits war nördlich von der Cabot Street Road gebaut, und die Hauptstraße säumten Ahornbäume, die Verlyn Stanley gestiftet hatte, als all die Kastanien starben. Die Rasenflächen in Cabot waren groß und die Häuser hübsch – später viktorianischer Stil, ungefähr zwanzig Jahre älter als die Häuser in Pike und Zebulon, aber gut erhalten. Es war das Ziel vieler alter Paare, dort ihren Lebensabend zu verbringen, wenn ihre Zeit gekommen war, die Farm abzugeben und in die Stadt zu ziehen.

Old Cabot Antiques war das Geschäft, an das Rose den Garderobenständer von unserer Müllkippe verkauft hatte, deshalb war es das erste, in das ich ging. Dinah Drake war teuer. Sie rechnete nicht damit, an Leute aus der Stadt zu verkaufen, und auch wenn man nie jemanden dort sah, hielt sich das Gerücht, daß sie in den Twin Cities und Chicago Kontakte hatte und ihre besten Stücke dorthin verkaufte. Sie hatte eine freundliche Art, und sie zeigte ihre Neuerwerbungen gerne vor. Eine Erörterung darüber, wem sie gehört hatten, ging immer langsam in eine Erörterung über, wie sie in ihre Hände gefallen waren. Ihre übliche Haltung dazu war Erstaunen – darüber, daß ein aufrechter Bürger Zebulons tatsächlich zulassen konnte, daß ein solches Stück die Familie verließ, oder aber darüber, daß ein Bürger der Stadt tatsächlich den Preis bezahlte, den Dinah forderte. Narren auf beiden Seiten, und Dinah in der Mitte, ts, ts, ts machend.

Dinah bemerkte mich sofort und sagte in ihrer schleppenden Stimme: »Ja, hallo, Ginny. Wie geht's?«

Ich gab die Standardantwort: »Ich weiß nicht. Ganz gut, glaub ich.« Ich wollte ihren Mittelgang hinuntergehen, blieb aber fast sofort stehen, um mir ein paar Figürchen anzusehen, die auf der Marmorplatte einer Kommode standen. Ich drehte eine um. Dinah sagte: »Königlich Kopenhagen. Unglaublich, nicht? Auch alt. Wenn ich abends abschließe, stell ich die weg.«

Die Figur, die ich in der Hand hielt, war eine Schäferin in einem Gewand mit niedlichen rauhen Porzellanrüschen. Dinah schien zu erwarten, daß ich etwas sagte, aber ich wußte, ich würde weiter kommen, wenn ich still blieb. Ich nahm eine Silberschüssel auf. Sie sagte: »Die ist nur versilbert. Ich bin mir sicher, daß sie aus dem Montgomery Ward-Katalog stammt. Trotzdem ziemlich hübsch, findest du nicht?«

Sie kam hinter dem Rollschrank hervor, den sie als Theke benutzte. »Aber dieses Königlich Kopenhagen. Kennst du Ina Baffin unten in Henry Grove?«

Ich schüttelte den Kopf.

»Sie war hundertundvier. Sie hat sie als kleines Mädchen von ihrer Großmutter bekommen, und ihre eigene Enkelin sagt, sie interessieren sie nicht. Ina hat sie geliebt, ganz bestimmt. Diese Enkelin hat gesagt, sie wären ihr einfach zu affig. Affig! Etwas so Wertvolles wie die!« Sie nahm ein anderes Figürchen hoch, einen Flöte spielenden Knaben, und starrte es an, setzte es dann behutsam wieder ab. Ich ging höflich lächelnd den Gang weiter hinunter, wobei ich Dinge aufnahm und besah. Dinah griff zu einem Staubtuch und begann mit nachdenklicher Miene abzustauben. In einem Korb waren einige *Saturday Evening Post.* Ich blätterte eine durch. Dinah hielt sich in der Nähe des Geschäftseingangs auf, kam dann langsam zu mir zurück. Sie staubte jedes einzelne Stück eines rubinroten Glaskaraffensets ab, das auf einer dunklen Anrichte stand, sagte dann: »Die Leute sagen, euer Dad zieht jetzt nach Des Moines.«

»Mmm.« Ich legte mich nicht fest.

»Weißt du, manchmal rufen mich die Leute zu sich, damit ich einen Blick auf die älteren Sachen werfe, bloß um zu wissen, ob es einen Markt für sie gibt. Der Markt ändert sich die ganze Zeit...« Ihre Stimme wurde leise, dann wieder laut. »Ich wünschte jetzt, ich hätte das ganze Depressionsglas, das ich auf Farmverkäufen gesehen hab, aber damals wollte das keiner haben. Erinnerte die Leute an die Depression!« Sie lachte. »Ich würde am liebsten immer alles kaufen und einfach lagern, denn früher oder später kommt's in Mode.«

»Daran hab ich noch nie gedacht.«

»Ja, so ist das...« Sie ging langsam davon.

Ich nahm einen Stapel alter gehäkelter Sofaschoner auf. Nicht in Mode. Der teuerste im Stapel kostete sechs Dollar, ein aufwendiges Ananasmuster aus feinstem Garn. Ich hielt ihn hoch und stellte mir dabei die Arbeit vor, die darin steckte. Sechs Dollar. Es machte mich traurig. Dinah kam wieder näher.

»Die Sache ist die, wenn ich in die Häuser von Leuten komme, bring ich sie oft erst darauf, was man mit den Sachen machen kann. Und immer haben sie so viel Kram. Du kannst dir nicht vorstellen, wieviel die Leute im Laufe der Jahre ansammeln. Ich nehm doch nicht an, daß dein Vater wieder arbeiten wird. Du wirst es vielleicht nicht wissen, aber es gibt einen Markt für altes Farmgerät...« Sie ließ ihre Augen auf meinem Gesicht ruhen. Sie sagte: »Es kann ein heikles Thema sein. Aber wenn sie in eine Stadtwohnung ziehen – selbst alte Kleidung – oder Schuhe. Man muß nicht alles an die Kirche oder die Heilsarmee geben.«

Ich sagte: »Ich werd mit Rose darüber sprechen. Und mit Caroline natürlich.« Bei diesem letzten Satz hob sie die Augenbrauen.

Ich reichte ihr das Stück Spitze und sagte: »Ich hätte das gerne. Es ist schön.«
Sie wandte sich um und ging zu dem Rollschrank zurück. Ich öffnete mein Portemonnaie und holte das Geld heraus. Ich bemerkte, daß meine Hand zitterte.
Im Café servierte Nelda mir eine Tasse Kaffee und einen Zimttoast ohne mehr als die oberflächlichste Höflichkeit, es war, als wäre sie mir böse, hielte aber den Mund. Ein weiteres Zeichen, dachte ich.
Bei »Roberta's«, dem Bekleidungsgeschäft, wollte ich vielleicht etwas Unterwäsche oder einen Gürtel oder ein paar Strümpfe kaufen. Roberta selbst war nicht da, und ich hatte eine freundliche Unterhaltung mit ihrer Nichte Robin, die noch die High School besuchte. Robin schien nichts zu wissen oder sich zumindest nichts zu denken. Die Ware war auf denselben Holztischen aufgebaut, die Robertas Mutter Doris schon hatte, als ich Kind war und der Laden »Doris's« hieß. Man konnte leicht von einem Tisch zum anderen schlendern, die Preisschilder umdrehen und die Sachen auseinanderfalten, nur um sie sich anzusehen.
Wie viele Läden auf dem Dorf war »Roberta's« früher die Hälfte dessen gewesen, was er heute war, und hatte sich in das nächste Gebäude erweitert, indem eine alte Wand durchbrochen worden war. »Roberta's« hatte zwei Vordertüren, und an Sommertagen standen beide und auch die Hintertür offen. Es gab keine Klimaanlage; Roberta setzte zur Abkühlung auf Durchzug. Ich stand bei der Damenunterwäsche und hielt zwei Blusen, die ich anprobieren wollte, in den Händen, als ich Caroline die hintere Tür hereinkommen sah, gefolgt von Daddy, gefolgt von Roberta, gefolgt von Loren Clark. Caroline wandte mir den Rücken zu, weil sie Daddy die Treppe heraufhalf. Daddy sah auf seine Füße, und Robertas Blick traf meinen. Sie stockte, und ich schlüpfte hastig in eine Umkleidekabine in der Nähe. Ich probierte die Blusen nicht an. Ich stand da und hielt sie, zur Unbeweglichkeit erstarrt.
Es war nicht schwer zu hören, daß sie näherkamen. Caroline

sprach mit lauter Stimme zu Daddy, und seine paßte sich ihrer an. Es war, als glaubten sie beide, der andere wäre taub. Loren mußte gehen, ich hörte ihn sagen: »Ich bin in fünfzehn Minuten zurück.«
Roberta sagte: »Brauchst du was Bestimmtes, Caroline?«
Caroline sagte: »Daddy braucht einiges. Daddy? Hauptsächlich ein paar Socken und so. Er hat eine Liste gemacht. Daddy? Hast du deine Liste?«
»Hab ich.«
Lange Pause.
Sie sagte: »Darf ich sie mal sehen?«
»Daddy? Darf ich die Liste mal sehen?«
Wieder lange Pause.
Schließlich sagte er: »Hast du Geld?«
»Ja, Daddy.«
»Laß mich mal sehen.«
»In meinem Portemonnaie. Ich hab genug. Ist okay.« Ich sah unterhalb des Vorhangs Robertas Füße an meiner Umkleidekabine vorbeigehen, stehenbleiben, sich umdrehen, stehenbleiben, weitergehen. Caroline sagte: »Komm, wir sehen uns die Socken an. Gefällt dir weiß, Daddy? Diese sind günstig.« Ihre Stimme war voll falscher Begeisterung, genau wie meine es immer gewesen war. Antreiben, gut zureden, dieses kleine Projekt voranbringen, nicht steckenbleiben. Nach ein oder zwei Minuten sagte sie: »Die hier sind schön, Daddy. Die Hacken sind verstärkt, und sie sind hundert Prozent Baumwolle. Das wird sich an deinen Füßen gut anfühlen.«
»Komm, wir setzen uns.«
Schlurfende Fußtritte, dann das Scharren eines Stuhls. Er sagte: »Komm, setz dich hierhin.« Sein Ton war zu gleichen Teilen kommandierend und bettelnd. Er jagte mir einen kalten Schauer über den Rücken. Ich bemerkte die beiden Blusen, die ich vom Ständer genommen hatte. Ich hielt sie noch immer in der Faust umklammert. Ich hängte sie an den Haken, schüttelte meine Hand aus.
Caroline sagte: »Daddy, wir sollten ...«

»Willst du dich nicht setzen? Komm, setz dich zu mir.«

Sie ließ ein Lachen hören und sagte: »Oh, okay.« Ich schob den Vorhang einen Spalt beiseite. Die Stühle, auf die sie sich gesetzt hatten, standen auf halbem Wege zwischen mir und der Tür. Ich zog mich wieder ins Dämmerlicht der Umkleidekabine zurück. Es war kein Stuhl da, und der Vorhang reichte nicht ganz bis zum Fußboden, so daß ich mich nicht auf den Boden setzen konnte, ohne gesehen zu werden. Ich lehnte mich an die Wand. Er sagte: »Du warst ein kleines Täubchen. Weißt du noch den braunen Mantel, den du hattest? Kleinen Hut auch dazu. Du warst so stolz drauf. War glaub ich dieses Samtzeugs.«

»Duvetine«, sagte Caroline.

»Ich hab dich mein kleines Täubchen genannt. Du hast einfach wie 'n kleiner Zaunkönig ausgesehen.«

»Hab ich das?«

Ich kniff die Lippen zusammen.

»Gemocht hast du's nicht, nein, nein. Du wolltest keinen braunen Mantel und Hut. Du wolltest rosa! Bonbonrosa. Du hattest 'ne feste Vorstellung von dem rosa Duvetin in deinem Köpfchen, und du bist mit einem rosa Buntstift an den Mantel gegangen!« Er lachte ein volles glückliches Lachen. »Deine Mama hat dich dann natürlich verdreschen müssen!«

»Ich erinner mich an nichts davon. Ich erinner mich an etwas Rotes – eine Jacke mit Herzen um ...«

»Warst auch von den Schächten nicht wegzuhalten! Egal, ob du 'ne Tracht Prügel kriegtest oder nicht, kurz darauf warst du schon wieder über die Straße und hast irgendwelchen Kram durch die Gitter gesteckt! War wie 'ne Motte und 'ne Flamme. Deine Mama sagte, verstehst du jetzt, und du hast ihr direkt ins Gesicht geguckt und gesagt, ja, Mama, und weg warst du. Ich zog alle Schrauben nach. Ich *wußte*, die Gitter würden drei Mann halten, aber es hat mich trotzdem so nervös gemacht, daß ich Schrauben besorgte und sie überall doppelt anschraubte. Danach hab ich mir dann Sorgen über die Autos auf der Straße gemacht.«

Sie lachten.

Ich spürte einen sausenden Druck in meinem Kopf, und die weißen Wände der Umkleidekabine veränderten ihre Farbe.
Caroline sagte: »Wir müssen heute mit Ginny und Rose reden, Daddy.«
Er sagte nichts.
»Wir müssen unbedingt mit ihnen reden. Ich möchte mit ihnen reden. Ich möchte ihnen sagen...«
Er murmelte bettelnd: »Wir brauchen sie doch nicht.«
»Wir brauchen sie nicht, Daddy, ich weiß, aber...«
»Alles, was wir brauchen, ist das hier.«
Ich lehnte die Stirn gegen die kühle Noppenwand.
»Aber ich finde...«
Seine Stimme war warm und leise. »Sie werden eifersüchtig sein. Du kennst sie doch. Du bist genug für mich. Komm, laß uns jetzt zu Harold zurückfahren. Da ist Loren.«
»Wir haben die Socken nicht...«
»Nimm die Dinger. Sind okay.« Ihre Stühle scharrten, und Lorens Stimme sagte: »Fertig?«
Daddy sagte: »Das ist ein guter Junge.«
Zehn Minuten später saß ich im Auto und fuhr Richtung Osten. In meinem Kopf hämmerte es, und ich wußte kaum, wo ich hinfuhr. Die Luft kam mir intensiv heiß vor, obwohl ich mich erinnerte, daß es vorher angenehm kühl gewesen war. Trotzdem. Ich mußte mein Fenster hochgekurbelt lassen, damit ich den Kopf von Zeit zu Zeit dagegenlehnen konnte. Ich sah Loren und seinen Truck auf Harolds Hof. Die anderen mußten hineingegangen sein. Ich beschleunigte, als ich vorüberfuhr, und er winkte nicht.
Rose nähte auf ihrer Maschine. Die Mädchen waren nicht zu sehen, aber selbst wenn ich sie gesehen hätte, ich wär mit meiner Frage zur Tür reingeplatzt: »Rose, welche Farbe hatte dein Mantel, als du fünf oder so warst?«
Rose, niemals entgeistert, beendete ihre Naht, nahm den Fuß vom Pedal, hob den Nähfuß und schnitt die Fäden ab. Dann sagte sie: »Der einzig schöne Mantel, den ich hatte, war dieses braune Duvetindings, das Mommy von irgendeiner Kusine in Rochester be-

kommen hat. Kleines spitzes Käppchen dazu. Ich haßte das Ding.«
»Welche Farbe wolltest du als Mantel?«
»Oh, rosa wahrscheinlich. Rosa hab ich jahrelang über alles geliebt.«
»Hat Caroline den Mantel bekommen?«
»Nein. Mommy hat ihn zu Putzlappen zerschnitten, weil ich mal irgendwas draufgekotzt hatte und sie die Flecken nie rausgekriegt hat.« Sie sah mich an. Sie sagte: »Ginny, du siehst fürchterlich aus.«
Ich fiel in einen Sessel. Ich sagte: »Ich war bei ›Roberta's‹, und Daddy und Caroline sind reingekommen. Ich kann dir den Ton seiner Stimme nicht beschreiben, mit dem er zu ihr gesprochen hat. Total weich und zärtlich, aber mit einem Unterton, den ich nicht beschreiben kann. Ich wär beinahe ohnmächtig geworden.«
Sie legte ihre Näharbeit nieder und stand auf. Auf dem Fernseher stand ein Ventilator, und jedesmal, wenn er sich zu mir drehte und in mein Gesicht blies, fühlte ich mich ruhiger. Rose starrte mit absoluter Ernsthaftigkeit auf mich herunter, ihre Augen tief und dunkel, ihr Mund aus Marmor gemeißelt. Sie sagte: »Sag's.«
»Sag was?«
»Sag's.«
»Es ist so gewesen, wie du sagst. Es ist mir klar geworden, als ich in meinem alten Zimmer das Bett für Jess Clark gemacht hab. Ich hab mich auf's Bett gelegt, und ich hab mich erinnert.«
Sie ging an die Nähmaschine zurück. Sie sagte nichts, aber die mechanische Art, mit der sie ihre Teile zusammennähte und in ein Paar khakifarbene Hosen verwandelte, war beruhigend genug.

Buch 5

35

Als ich dreieinhalb Jahre alt war, gab Ruthie Ericson mir siebenundzwanzig Babyaspirin zu essen, während ich auf der Toilette saß. Ich weiß, daß sie würfelförmig und gelb und süß waren, und ich weiß, daß ich auf dem Rücken lag und unter kreisrunde Lichter gerollt wurde, was im Krankenhaus von Mason City gewesen sein muß. Was mir als deutlicher Teil dieser Erinnerung im Gedächtnis blieb, war die Vermutung, daß die Tabletten zu essen etwas Verbotenes war, und irgendwie stand das in Verbindung damit, daß ich auf der Toilette saß. Es muß Sommer gewesen sein; ich erinnere mich an das Gelb meines Oberteils, meinen rosa Bauch darunter, das V meiner Oberschenkel, die sich über der dunklen Toilettenschüssel spreizten, und den weißen Halbkreis des Sitzes dazwischen. Ich trug dunkelblaue Turnschuhe. Ihre runden Gummispitzen baumelten über dem grau gesprenkelten Linoleum. Meine Shorts lagen auf dem Boden unter meinen Füßen. Ich frage mich, ob eine so lebendige Selbstbeobachtung mein Normalzustand war oder ob die verbotenen Tabletten mir das Bild eingeprägt haben.

Wenn ich über diese Erinnerung nachdenke, komme ich dicht an die Erinnerung, wie Kindheit sich angefühlt hat, daß ihr Kennzeichen die Unmittelbarkeit jeder einzelnen physischen Wahrnehmung war, auch die vertraute Fremdheit der eigenen Körperteile – Füße und Hände besonders, aber auch Brust, Knie, Bauch. Ich glaube, ich erinnere mich daran, wie ich über diese zu mir gehörenden Dinge nachdachte, sie betrachtete, sie befühlte, sie von innen und von außen spürte, mich fragte, was sie waren, weil man sich einfach fragen mußte, nicht weil Antworten möglich gewesen wären.

Es muß irgendeine Komponente der Angst in diesem Sich-Fragen gegeben haben, weil mir immer wieder gesagt wurde, daß ich »eine feste Hand« bräuchte. Das war die Wendung, die meine Eltern gebrauchten. Daddy sagte zu Mommy, daß ich eine feste Hand bräuchte, oder Mommy sagte das zu mir. Ich wußte auch, wessen Hände es waren, die fest sein mußten, ebenso wie ich wußte, was es bedeutete, in ihren Händen zu sein. Wenn Mommy nicht da war, waren es Daddys Hände. Sie sagten uns, wenn wir »ungezogen« gewesen waren – ungehorsam, achtlos, zerstörerisch, unordentlich, andere verletzt hatten, trotzig –, daß wir lernen mußten, und ich denke, daß meine Selbstbeobachtung vielleicht aus dieser Notwendigkeit geboren wurde. Ich denke, ich muß versucht haben, diese eigensinnigen Körperteile von mir, die immer wieder ins Ungezogensein abirrten, zu kontrollieren.
Ich erinnere mich daran, wie ich aussah, weil ich anders als Mommy und erst recht anders als Daddy aussah. Daddy war nie ohne Arbeitssachen, gewöhnlich Overalls, und Mommy trug immer ein Kleid. Allein in meinem Bett, unter den Laken, wenn ich durch die Taille meines Schlafanzugs hindurchsah oder das Oberteil aufknöpfte, entdeckte ich, daß ich in meinen Kleidern nackt war, und eine andere Sache, an die ich mich deutlich aus meiner Kindheit erinnere, ist dieses Bewußtsein von sich selber unter den eigenen Kleidern. Drückende Schuhe, kratzende Unterhosen, ein Kleid, das über den Schultern oder um die Ärmelbündchen zu eng ist, kurze Söckchen, die in den Hacken meiner Schuhe Wulste bildeten. Mommy und Daddy jammerten nie über ihre Kleidungsstücke, aber meine erschienen mir als ewige Tortur. Am ersten Schultag, erste Klasse, war ein Kleid, das Mommy mir genäht hatte, in der Taille zu hoch und zu eng. Jedesmal, wenn ich einen Arm hob oder mich nach vorne beugte, rutschte die Taille gegen meine unteren Rippen hoch. In der letzten Pause, als einer der Jungen die Schaukel nicht freimachen wollte, biß ich ihn in den Arm, daß es blutete. Er mußte zum Arzt und bekam eine Tetanusspritze. Zu Hause wurde ich verdroschen und mußte eine Stunde lang auf einem Stuhl sitzen, ohne mich zu rühren. Das Kleid hatte

mich verrückt gemacht. Ich erinnere mich, wie ich meine Haut über dem ganzen Körper fühlte, ihre exakte Oberfläche gegen die Welt fühlte.

Ty und ich verbrachten unsere Hochzeitsnacht im Savery-Hotel in Des Moines. Ich war neunzehn. Ich hatte noch nie meine Brüste berührt, außer um sie im Büstenhalter zurechtzurücken oder um sie mit einem Waschlappen zu waschen. Es kann tatsächlich gut sein, daß meine Hände und mein Körper einander nie ohne einen Waschlappen dazwischen getroffen hatten. Auf jeden Fall wurde viel Zeit mit Schrubben zugebracht; die Waschlappen in unserem Haus waren rauh und die Seifen scharf. Ebenso wie man die Farm nicht ins Haus lassen wollte, so wollte man sie auch nicht an sich tragen, besonders nicht, wenn man in die Stadt ging. Das war eine Sache des Stolzes. Aber das Schrubben ging darüber hinaus. In und hinter den Ohren, um den Hals herum, über das ganze Gesicht, die Knöchel, die Fingernägel, unter den Armen, den Rücken, soweit man herankam, dann alles unten. Ich vermute, wovor ich Angst hatte, war eine Art von Gestank. Ich erlaubte mir nie, wirklich daran zu denken. Ich schrubbte mich ganz genauso vor meiner Hochzeit, wußte ich doch, daß, wenn wir in Des Moines waren und mein Reisekleid herunterkam, Ty abgestoßen sein würde, wenn ich nicht vollkommen sauber und geruchsfrei wäre.

Er war nicht abgestoßen, aber er versuchte, nicht übermäßig neugierig zu sein, was bedeutete, daß wir uns bei ausgeschaltetem Licht auszogen und uns das erste Mal auf Umarmungen und Küsse beschränkten und auf ein Eindringen, das in erster Linie praktisch und hygienisch zu sein schien. Während wir es taten, schickte ich ein kleines Gebet zum Himmel, daß meine Periode nicht plötzlich käme, mittendrin, als Reaktion auf die Entjungferung. Es würden Blutstropfen kommen, hatte ich gehört, deshalb hatte ich mir einen Hotelwaschlappen neben das Bett gelegt, den ich mir, kaum war er aus mir heraus, zwischen die Beine drückte. Es kamen keine Blutstropfen, nur die Nässe unserer gemischten Flüssigkeiten, aber es gelang mir, das Laken davor zu schützen.

Am nächsten Tag warf ich den Waschlappen in den Müllschlukker am Ende des Gangs. Ich erinnere mich an jenen Waschlappen, den sichtbaren Beweis dafür, daß meine mitternächtlichen Erlebnisse mit Daddy in meiner Erinnerung keine Spur zurückgelassen hatten.

Aber ich war beim Sex sehr empfindlich. Er war umgeben von widersprüchlichen kleinen Ritualen. Es mußte irgendwo Licht im Zimmer sein, wenn auch nur vom Flur. Tagsüber war besser als nachts, und keine Überraschungen. Ich trug immer ein Nachthemd. Wenn er es hochschob, schloß ich die Augen. Wenn er aber in mich eindrang, waren meine Augen weit geöffnet, und ich starrte in sein Gesicht. Ich haßte es, wenn er sich wegdrehte oder runtersah. Ich mochte es nicht, wenn einer von uns beiden sprach. Er machte das Beste daraus, und ich verweigerte mich ihm nie.

Ich wollte meinen Körper nicht ansehen.

Ich nahm an, daß all dies normal sei, daß es für jede andere Frau auch so sei. Es war selbstverständlich, daß Körper dauerhaft in die Kategorie des Unaussprechlichen fielen. Ich weiß nicht, ob es viel mehr an Kommunikation gegeben hätte, wenn unsere Mutter noch gelebt hätte – obwohl sie mir immerhin sagte, ich solle nie »spitze Büstenhalter« tragen; sie seien »zu anzüglich«. Sie riet mir auch von Unterhosen aus Nylon ab, weil sie »rutschig« waren und einem »ein komisches Gefühl« gaben.

Eine Sache, die Daddy mir nahm, als er nachts zu mir in mein Zimmer kam, war die Erinnerung an meinen Körper.

Ich habe nur eine Erinnerung an meinen Teenagerkörper. Ich war vierzehn, in der neunten Klasse, und es war Samstag abend. Ich ging zu Bett. Ich setzte mich, um meine lange Unterwäsche auszuziehen, und als ich die gekräuselte Baumwolle mein rechtes Bein hinunterschob, entdeckte ich, daß mein Bein schlank war und so aussah, wie es den Zeitschriften zufolge auszusehen hatte. Kürzlich hatte sich Rita Benton während des Sportunterrichts über ihre Beine beklagt und sie »Baumstümpfe« genannt. Ich hatte ihre Enttäuschung bemerkt, aber nicht mit mir selber in Verbindung gebracht. Jetzt sah ich, daß ich mehr Glück als Rita gehabt hatte –

mein Bein war von der Ferse bis zum Schritt schlank. Ich zog die langen Unterhosen aus und steckte meine Beine dankbar unter die Bettdecke. Ich gelobte, nie eitel auf sie zu sein. Ich sah mir noch nicht einmal das andere Bein an; ich sah davon weg und konzentrierte mich gewaltsam auf irgendeine Mathematikaufgabe, um einschlafen zu können.

Also kam mein Vater zu mir und hatte mitten in der Nacht Verkehr mit mir. Ich konnte mich erinnern, daß ich immer so tat, als schliefe ich, obwohl ich wußte, daß er im Türrahmen stand und näher kam. Ich konnte mich erinnern, wie er sagte: »Ruhig jetzt, Mädchen. Du brauchst dich nicht zu wehren.« Ich erinnerte mich nicht daran, daß ich mich jemals gewehrt hatte, aber er war sowieso immer darauf gefaßt, auf Widerstand zu stoßen. Ich erinnerte mich an sein Gewicht, das Gefühl, wie sich sein Knie zwischen meine Beine drückte, während ich versuchte, meine Beine schwer zu machen, ohne daß es nach Widerstand aussah. Ich erinnerte mich, daß er Nachthemden trug, die in dem trüben Licht blaß aussahen, und Socken. Ich erinnerte mich, daß seine Hände hart von Schwielen waren und an den Laken hängenblieben. Ich erinnerte mich, daß er eine Menge Gerüche mitbrachte – Whiskey, Zigarettenrauch, die süßen und sauren Gerüche der Farmarbeit. Ich erinnerte mich, immer und immer wieder, wie sein Kopf von oben aussah. Aber nie erinnerte ich mich an Penetration oder Schmerzen oder auch nur seine Hände auf meinem Körper, und ich bekam nie heraus, wieviele Male es passiert war. Ich erinnerte mich an meine Strategie, die aus verzweifelter kraftloser Unbeweglichkeit bestanden hatte.

Was ich von Daddy in Erinnerung hatte, gerann nicht zu einer vollen Gestalt, mir blieben nur einzelne Fragmente aus Geräusch und Geruch und Gegenwart. Die Fähigkeit, die Rose besaß, sich zu erinnern, zu wissen, zu urteilen, so als beobachtete sie unseren Vater ständig durch das Fadenkreuz eines Bombenvisiers, war ihr besonderes Talent, und es hatte sich nicht auf mich übertragen.

36

Der Anwalt in Mason City, Jean Cartier, den die meisten Leute »Cartir« aussprachen, hatte ein überraschend luxuriöses Büro. Es war in einer dieser kleinen Malls, beigefarben geklinkert, mit weißen Verzierungen, hohen schmalen Fenstern, aber innen war es mit echtem Holz getäfelt, keine Imitation, und der Boden war mit dickem Grün ausgelegt. Etwas, das wie ein echter Orientteppich aussah, lag unter Mr. Cartiers Schreibtisch. Mr. Cartier, den ich nie mit »Jahn« oder »Gene« anreden konnte, wie ihn seine Sekretärin nannte, kam ursprünglich aus Montreal. Er war mit einer Frau aus Mason City verheiratet. Auf seinem Schreibtisch stand ein Foto von ihr und ihren vier Kindern in einem Silberrahmen. Ty hatte die Papiere zu ihm gebracht und ihn gebeten, die Sache für uns zu vertreten. Im späten Juli rief er an und lud uns vier zu einem Beratungsgespräch.

Ty und ich fuhren. Rose und Pete fuhren. Die Mädchen hatten wir im städtischen Schwimmbad von Mason City abgesetzt.

Wir setzten uns um den Kirschholztisch wie Gäste in einem Club, die deutlich sichtbar keine Mitglieder sind. Mr. Cartier stellte sich bei jedem von uns einzeln vor, wobei er Blickkontakt herstellte und ernst lächelte. Er muß unsere relative Gewichtigkeit abgewogen haben, denn danach sprach er Ty und Rose dreimal so oft an wie Pete und mich.

Er stellte eine Menge behutsamer Fragen über die Farm, Daddy, Tys und Petes Bewirtschaftungsmethoden, die Bauarbeiten, die Kredite, Marv Carson und Ken LaSalle, Caroline und Frank, ihren Mann. Er erforschte den Riß, der durch die Familie ging, auf die bedächtige Art, mit der ein Chirurg eine Wunde sondiert, nicht stochernd oder schneidend, sondern eine Schicht weghaltend, während er die tiefer liegenden untersucht. Er lächelte oft. Er war sehr methodisch, und jede einzelne Frage ging immer nur eine Stufe weiter als die vorherige. Er schien nichts unberücksichtigt zu lassen. Verglichen mit ihm war Ken LaSalle ein ernster Stümper.

Ty saß Rose gegenüber. Während der ersten Stunde unseres Gesprächs saß Ty auf der Stuhlkante, die Beine auf den Quersprossen unter dem Sitz versteckt. Ein paarmal streckte er sie aus, und einmal muß er mit Roses Beinen zusammengestoßen sein, denn er zuckte zusammen, als habe er sich verbrüht, und schlug die Beine wieder übereinander. Er sah sie nicht an, und wenn sie eine Frage beantwortete, hielt er den Atem an, atmete dann plötzlich aus, wenn sie zu Ende geredet hatte. Sie warf ihm zwei oder drei verärgerte Blicke zu, sagte aber nichts. Mr. Cartier fragte ihn zweimal, ob er noch irgend etwas hinzuzufügen hätte. Beide Male schüttelte Ty den Kopf.

Es ist schwer zu sagen, ob Selbstsicherheit dem Erfolg vorangeht oder aus ihm entsteht. Auf jeden Fall aber bekamen eine Menge Dinge mit unserem Eintreten in die Welt von Jean Cartier ein anderes Gesicht, schienen weniger unmöglich als vorher. Nichts änderte sich, aber alles existierte harmonischer nebeneinander, als wäre die Zeit, die auf den völligen Zusammenbruch zuzulaufen schien, angehalten.

Während der zweiten Stunde unseres Gesprächs streckte Ty die Beine wieder aus, und als sie mit Roses zusammenstießen, nahm er sie nach einer schnellen Entschuldigung einfach nur auf die Seite. Rose sah häufiger zu Pete hinüber, als wolle sie seine Entscheidung abwarten, sonst nicht gerade eine ihrer Gewohnheiten. Pete rückte seinen Stuhl ein wenig näher an sie heran. Mr. Cartier ließ seine Sekretärin Kaffee hereinbringen. Ich schlüpfte aus meinen hochhackigen Schuhen, die eng waren, und fuhr mit der Sohle eines Fußes über die Zehen des anderen. Mr. Cartier kam auf das Thema Daddy zurück. »Ich entnehme dem«, sagte er mit einem Lächeln, »daß Mr. Cook für gewöhnlich das tut, was er will.«

»Das können Sie laut sagen«, sagte Rose.

»Und für gewöhnlich von anderen erwartet, daß sie die Dinge auf seine Art erledigen?«

»Mehr oder weniger«, sagte Ty.

Pete sagte: »Ha!«

»Ich entnehme den Unterlagen, daß er Ende Juni wegen Trunkenheit am Steuer festgenommen wurde?«

Rose sagte: »Ja, sie haben ihm das zugestellt, kurz nachdem er unsere Farm verlassen hat.«

Bei der ganzen Aufregung hatte ich diese Geschichte ganz vergessen, aber Rose schien nichts vergessen zu haben.

Mr. Cartier sah in seine Papiere, sagte dann: »Eine beträchtliche Geldstrafe ist offenbar von Mr. Cook gezahlt worden?«

Rose sagte: »So wird das wohl gelaufen sein.« Sie zog hoch.

Nachdem er jeden von uns einen Augenblick lang angesehen hatte, sagte Mr. Cartier: »Meiner Erfahrung nach ist die Vererbung einer Farm immer schwierig. Entweder es gibt nicht genug Söhne, oder es gibt zu viele. Oder die Schwiegertochter ist nicht vertrauenswürdig. Will sich zu häufig vergnügen.« Er lächelte wieder. »Jeder Farmer erinnert sich daran, was für ein ungewöhnlich nüchterner und fleißiger junger Mann er selber gewesen ist.«

Rose hustete ungeduldig.

»Auch wenn dies nicht exakt die Probleme hier sind, tut man gut daran, sich in Erinnerung zu rufen, daß dieses Übergangsstadium immer, immer schwierig ist.« Er sah Rose direkt an. »Und daß in den meisten Fällen, wenn der Übergang erst einmal geschafft und die ältere Generation gut versorgt ist, alles wieder seinen normalen Gang für die nächsten zwanzig Jahre oder so gehen kann.«

»Das verhüte Gott«, sagte Rose.

Cartiers Lächeln nahm einen kaum wahrnehmbaren Anflug von Ungewißheit an. Pete sagte ziemlich sanft: »Wenn ich mich mal so ausdrücken darf, scheint mir der einzig richtige Kurs zu sein, die Besitzverhältnisse genau zu klären. Das ist die Basis für jede Zukunft, wie immer die aussieht.«

»Oh, die werden geklärt werden«, sagte Cartier. »Darüber kann gar kein Zweifel bestehen.«
Ich spürte, wie sich bei dieser Bemerkung in meiner Brust etwas zusammenzog, als würde Daddy, für den Fall, daß wir die Farm bekämen, dazu bestimmt sein, für den Rest seines Lebens im Regen herumzuirren. Dann dachte ich, was um alles in der Welt machen wir bloß mit ihm?
Wie als Antwort auf meine Befürchtung sagte Mr. Cartier: »Aber ein Schritt nach dem anderen.« Er sah auf seine Notizen hinunter. »Sie vier haben doch vor, die Farm weiter zu betreiben?«
»Natürlich«, sagte Ty.
»Dreht's sich nicht gerade darum?« sagte Rose.
»Wir werden sehen«, sagte Pete. Rose sah ihn überrascht an.
»Ich weiß nicht« war, was ich sagte, aber dieser Zweifel ging unbemerkt im Fluß der übrigen Äußerungen unter.
»Also«, sagte Mr. Cartier, sah auf seine Uhr und legte seine Papiere zusammen, »ein Schritt nach dem anderen. Die ›Mißwirtschafts- und Mißbrauchsklausel‹ ist ziemlich vage. Nach dem, was Sie mir sagen, sind sie mit Sicherheit nicht in der Lage, Mißbrauch nachzuweisen, und Mißwirtschaft wahrscheinlich auch nicht, aber Sie müssen bis zum Gerichtstermin wie Musterfarmer arbeiten. Das bedeutet, zusammenarbeiten, Leute anheuern und die Ernte rechtzeitig einbringen.« Er wandte sich lächelnd an Rose und mich. »Und Sie, meine Damen, Sie tragen jeden Tag Hauskleider und sorgen dafür, daß der Rasen gemäht und die Veranda gefegt ist.«
Rose sagte: »Soll das ein Witz sein?«
»Teilweise. Aber der äußere Schein ist bei einer Klausel wie dieser alles. Wenn es nötig sein wird, werde ich einige Ihrer Nachbarn aufrufen, die Ihre Fähigkeiten bezeugen, und ihr Anwalt wird Nachbarn aufrufen, die Ihre Fehler bezeugen. Wenn alles nach außen hin gut aussieht, können die Ihnen nichts anhaben.«
»Das ist lächerlich«, sagte Rose.
»Es geht um Millionen von Dollar«, sagte Mr. Cartier. »Millio-

nen von Dollar sind nie lächerlich.« Er öffnete uns die Glastür, während er sagte: »Der Gerichtstermin liegt noch nicht fest, aber er wird mit Sicherheit nach der Ernte sein, also nutzen Sie das zu Ihrem Vorteil.«

Und wir waren plötzlich aus seiner Welt heraus und auf dem heißen Asphalt des Parkplatzes der Houston Avenue Professional Minimall. Das Büro nebenan gehörte dem United Parcel Service.

Ty öffnete die Tür an meiner Seite, ging dann um den Wagen herum und stieg ein. Ich sah zu Pete hinüber. Er trug ein schönes Hemd – modisch geschnitten, moosgrün, mit einer blaßgrauen Krawatte, die er lockerte, während er und Rose zu ihrem silbernen Truck gingen. Rose ging einen halben Schritt vor ihm, ohne ihn anzusehen, obwohl er blond und groß, elegant und ansehenswert war. Er trug keine Kappe wie Ty – tat er nie in der Stadt –, und er fuhr sich mit der Hand durchs Haar. Seine Hände waren auffallend schön, breit und geädert, braungebrannt, mit langen Fingern. Wie ich sie so anstarrte, konnte ich mir beinahe vorstellen, was sie über Melodien und Harmonien und all die anderen musikalischen Geheimnisse wußten. Ich ließ meinen Blick widerwillig von seinen Händen zurück zu seinem Gesicht wandern. Weder Selbstvertrauen noch Zuversicht lagen darin. Er sagte: »Es ist nach vier. Ich möchte gern irgendwo anhalten und was trinken.«

Rose sagte: »Oh, du meine Güte. Die Mädchen warten schon seit drei Stunden.«

»Denen geht's gut.«

Sie stiegen in den Truck.

Als ich mich endlich auf meinem Sitz niederließ, sagte Ty: »Brauchen wir irgendwas vom Supervalu?« Ich schüttelte den Kopf.

Er sagte: »Ganz schöne Hitze nach der Klimaanlage da, was?«

»Mmmhm.«

»Müssen 35 Grad sein.« Er fuhr auf die Straße. Rose und Pete waren verschwunden.

»Wie spät ist es?«
»Halb fünf oder so.«
»Schon? Kommt mir vor, als hätte ich gerade Mittagessen gemacht.«
»Tja, eine andere Welt da, was?«
»Das hab ich auch gedacht.«
Wir fuhren am Krankenhaus und den beneidenswerten Häusern um es herum vorbei. Ich sagte: »Pete hat im Grunde genommen nicht mehr viel zu sagen, was die Bewirtschaftung der Farm angeht, nicht?«
Ty sagte: »Sieht so aus.«
Trotzdem, der Nachmittag bei Mr. Cartier hatte seine Auswirkung.
Ich tat, was er gesagt hatte. Ich fegte die Veranda, mähte den Rasen, zupfte das Unkraut im Garten, machte Tomaten ein und legte Paprika und Zwiebeln ein, wischte und schrubbte und wusch und fegte und trug Hauskleider in der Hitze anstelle von Shorts. Ich brachte pünktlich um sechs und um halb zwölf und um fünf das Essen auf den Tisch, als wäre Ty ein Zug, der in den Bahnhof einfuhr. Ich wartete darauf, daß Jess Clark die Straße heruntergelaufen kam, aber nur so, wie man darauf wartet, daß einen ein immer wiederkehrender Traum aufs neue packt. Ich nahm die Vorhänge ab, so wie jeden Herbst, obwohl normalerweise nach der Ernte, und wusch und bleichte und bügelte sie.
Ich war so bemerkenswert zufrieden mit dieser Disziplin des guten äußeren Scheins! Es war wie nach langer Abwesenheit wieder in die Schule oder Kirche gehen. Es hatte Ritual und Maß. Die Aufgaben vermehrten sich. Hatte man sich erst einmal den guten äußeren Schein als Ziel gesetzt, konnte man überzeugt alle Löffel und Gabeln in den frisch ausgewaschenen und getrockneten Silberkasten legen, und zwar alle in derselben Richtung. Man konnte ein oder zwei Stunden damit zubringen, die Oberkante der Fußbodenleisten im ganzen Haus zu saugen, und zwar mit einem Zubehörteil, das man vorher noch nie benutzt hatte, dann über das Ganze noch mal mit einem in Ammoniak getränkten

Schwamm gehen, dann noch mal mit Möbelpolitur. Im Badezimmer gab es Putzarbeiten, die man mit einer alten Zahnbürste erledigen konnte, die einen früher vielleicht angewidert hatten. Im ganzen Haus gab es Ecken und Winkel und Ritzen, an die man herankonnte. Das Äußere des Hauses konnte man von Leitern aus schrubben, mit einer Bürste und einem Schlauch. Die Fenster im zweiten Stock konnten von außen geputzt werden. Der Rasen konnte gekantet und gedüngt und geharkt und gewalzt werden, alles für das große unsichtbare Auge der Nachbarn, das urteilte oder bewunderte. Autos und Trucks konnten selbstverständlich jeden Tag gewaschen werden. Es gab keine Begrenzung dieser Liste. Selbst wenn man die Teller vom Abendessen spülte, während man kochte, konnte man, sobald eine Schüssel leer wurde, vom Tisch aufspringen und sie abspülen und abtrocknen und wegstellen, bevor man seine Bohnen aufaß. Man konnte seinem Mann von der Tür zur Spüle folgen und den Staub von seinen Stiefeln auf die Kehrschaufel fegen und wegbringen, bevor er sich die Hände zu Ende gewaschen hatte, und dann konnte man das Handtuch, mit dem er sie sich abgetrocknet hatte, nehmen und nach unten in die Waschmaschine bringen, während er sich zum Essen hinsetzte.

Ich war erstaunt, für was alles ich keine Zeit mehr hatte – lesen, nähen, fernsehen, mit Rose sprechen, mit Ty sprechen, die Straße hinunterspazieren, von den Anweisungen meiner Einkaufsliste abweichen, die Mädchen irgendwohin fahren. Dieses Auge war ständig wachsam, Tag und Nacht, selbst dann, wenn keine Nachbarn in Sicht waren. Selbst dann, wenn niemand, der möglicherweise für oder gegen mich aussagen konnte, im Umkreis von Meilen war, spürte ich das vertraute Gefühl, Tugend für einen späteren Zeitpunkt zu speichern. Die Tage vergingen.

Um den ersten August betrank Pete sich und nahm ein Gewehr mit hinüber zu Harold Clark und bedrohte Harold, der auf der Veranda saß und immer wieder rief: »Pete, du denkst, ich kann dich nicht sehen, aber ich seh dich, also hau ab, bevor Loren den

Sheriff ruft! Hau jetzt ab. Ich weiß, wo du bist«, und dabei drehte er immer den Kopf in die falsche Richtung. Dann, nachdem er Harold Angst und Schrecken eingejagt hatte, fuhr er seinen Silbertruck in den Steinbruch und ertrank, und niemand wußte, ob es ein Unfall war. Seinem Alkoholspiegel zufolge konnte er eigentlich nicht mehr in der Lage gewesen sein zu fahren, erst recht nicht, auf der Straße zu bleiben.

37

Es muß ungefähr sechs gewesen sein. Ty hatte gefrühstückt und war auf dem Weg zu den Schweineställen. Ich war oben gewesen und hatte die Betten gemacht, deshalb konnte ich nicht sehen, wie das Auto des Sheriffs vorbeifuhr, aber als ich mit den Decken rausging, um sie für den Tag auf die Leine zu hängen, sah ich Rose die Straße heraufstolpern. Das Seltsame war, daß sie nicht zu wissen schien, wo sie war. Mich traf dieser ungewohnte Anblick dermaßen, daß ich ihr nicht entgegenging, sondern sie kommen ließ.
Ich glaube, es war das einzige Mal, daß ich sie zögern sah. Sie taumelte die Straße herauf, und als sie ungefähr zehn Schritt von mir entfernt war, sagte sie, noch auf der Straße stehend: »Ginny, Pete hat sich im Steinbruch ertränkt, und die Mädchen schlafen noch, und ich weiß nicht, was ich ihnen sagen soll. Kannst du rübergehen?« Es stellte sich heraus, daß der Sheriff zurückkommen und sie abholen und mit ihr zum Steinbruch hinausfahren würde. Sie wußte nicht, ob sie ihn schon herausgezogen hatten oder nicht. Ihr Gesicht war kreideweiß, und ihre Augen waren wie in Papier gebrannte Löcher. Ich sagte: »Da ist Kaffee, nimm dir...«
»Ich trink was, aber bitte geh. Geh bitte rüber.«
Ich ließ die Decken auf einen Haufen fallen und lief zu ihrem Haus. Das eine Mal, als ich anhielt und mich umdrehte, um nach ihr zu sehen, sah ich sie an der Stelle stehen, wo ich sie zurückgelassen hatte, die Arme schlaff herunterhängend, die Füße weit auseinander, um das Gleichgewicht zu halten. Ich lief weiter. Es war das einzige Mal, daß ich sie je zusammenzucken sah.
Sie war dabei gewesen, Muffins zu backen. Die Milch und die Eier und die Butter waren in der Mixschüssel. Das Mehl war halb in

das Sieb abgemessen. Ein grüner Apfel und ein Meßbecher lagen am Boden, waren ihr aus der Hand gefallen oder umgestoßen worden. Ich nahm beides auf und machte die Muffins fertig. Von den Mädchen war kein Ton zu hören. Im Sommer durften sie bis acht schlafen. Petes Arbeitssachen, zwei Futterkappen und ein changierendes orangefarbenes Sweatshirt hingen an Nägeln neben der Tür. Ein Becher mit der Aufschrift »Pete's Joe« stand mit Wasser gefüllt in der Spüle. Ich mußte diese Überbleibsel immer wieder anstarren.

Ich setzte mich an den Tisch und blieb dort sitzen, stand nur einmal auf, als der Backofen klingelte, um die Muffins herauszuholen. Ich ließ die Mädchen ausschlafen. Ihre Zimmer lagen weit von der Küche. Um halb neun hörte ich Linda rumoren. Sie schlurfte herum und begann dann, mit sich selber zu reden. Um zwanzig vor neun stand Pammy auf und ging zur Toilette, dann wieder zurück in ihr Zimmer und schloß die Tür. Die Zeit wurde knapper.

Zu diesem Zeitpunkt wußte ich natürlich nichts von der Sache mit Harold oder dem Alkohol in Petes Blut. Ich wußte noch nicht einmal, daß Pete an dem Abend nicht nach Hause gekommen war oder daß er in Mason City getrunken hatte und beinahe fünfunddreißig Meilen gefahren war, nachdem er die Bar verlassen hatte. Ich saß am Tisch. Ich dachte daran, aufzustehen und ins Wohnzimmer zu gehen und mir das Foto auf dem Klavier anzusehen, das Foto des alten Pete, das heißt, des jungen Pete, des verlorenen, hitzigen, gutaussehenden Pete, der die Sorte Junge war, den besonders Mütter gerne mögen, voller Streiche und Witze, voller Talent und Energie, dessen dunklere Seite sich noch nicht gezeigt hatte. Aber ich tat es nicht.

Pammy kam aus ihrem Zimmer, vollständig angezogen, mit Schuhen und Socken. Sie schien nicht überrascht zu sein, mich zu sehen. Sie setzte sich auf ihren Platz, nahm sich ein Muffin und begann, Butter darauf zu streichen. Ich sagte: »Wie hast du geschlafen?«

Sie sagte: »Gut.«

Ich sagte: »Deine Mom ist gleich zurück.«

Sie sagte: »Okay.«

Sie sagte: »Haben wir Saft?«
»Warum guckst du nicht nach?«
Sie stand auf und öffnete den Kühlschrank und holte den Saft und die Milch heraus. Sie kletterte auf die Arbeitsplatte und holte zwei Gläser herunter, goß sich dann von jedem ein Glas ein. Sie brachte sie zum Tisch. Die Zeit wurde knapper. Sie sagte: »Heute soll's richtig heiß werden, Tante Ginny. Meinst du, du könntest uns zum Schwimmen fahren? Wir sind seit drei Tagen nicht mehr dagewesen.«
»Wir werden sehen.«
»Doreen Patrick hat mich gestern angerufen und gefragt, ob ich komm, aber Mommy hat nein gesagt.«
»Bist du jetzt mit Doreen befreundet?«
»Ich weiß nicht. Sie hat 'nen Freund.«
»Wer ist das?«
»Joshua Benton. Er geht in die neunte, aber er fährt schon Auto.«
»Nur in die Schule, stimmt's? Hat er nicht so 'nen Extra-Führerschein für Schüler?«
»Ja, aber er sieht älter aus, und seine Mom läßt ihn auch sonst fahren, zum Beispiel Doreen rumfahren. Er hat sie letzten Freitag zum ›A and W‹* in Zebulon gefahren.«
Sie machte sich noch ein Muffin. Ich sah, daß ich meine Hände zu Fäusten geballt hatte. Ich legte sie in den Schoß. Pammy liebte Pete besonders, trotz seines Temperaments. Sie sah ihm auch ein wenig ähnlich, obwohl ihre Gesichtszüge nicht so fein geschnitten waren wie die seinen und ihr Haar eine andere Schattierung hatte. Ich hörte Lindas Füße auf den Fußboden fallen. Sie kam im Nachthemd aus ihrem Zimmer. Sie sagte: »Es ist neun Uhr. Wo ist meine Mom?«
»Sie ist gleich zurück. Willst du ein Apfelmuffin? Ich hab Zimt und Zucker drüber gestreut.«
»Wo ist sie?«

* Firmenname, Supermarktkette. A.d.Ü.

»Ich weiß nicht.«
»Wo ist Daddy?«
»Ich weiß nicht.«
»Daddy hat gesagt, er würd uns heute zum Schweineverkauf mitnehmen, damit wir uns die Babyferkel angucken können.«
»Ihr könnt zu uns rüberkommen und euch so viele Babyferkel angucken, wie ihr wollt.«
»Keine Yorkshires, Hampshires.«
»Oh.«
»Vielleicht mach ich darüber ein Landwirtschaftsprojekt.«
»Wie sieht's mit der Schule aus?«
Pammy sagte: »Vielleicht gehen wir nicht zu der Schule zurück.«
»Das wär gut.« Für einen Moment vergaß ich, daß die Dinge hier in der nächsten Zeit nicht gut sein würden.
Linda sagte: »Ich weiß nicht. Ich hab mich dran gewöhnt. Die Lehrer waren ziemlich nett, und wir haben abends im Schlafsaal Popcorn gemacht.«
»Ich will zu Hause bleiben«, sagte Pammy bestimmt. Linda sah sie an und zuckte die Schultern, sagte dann: »Darf ich dein Glas?«
»Hol dir dein eigenes Glas. Du weißt, daß Mommy uns gesagt hat, es ist schmutzig, wenn man das Glas von anderen nimmt.«
»Daddy macht das.«
»Tja, ist 'ne schlechte Angewohnheit.«
Die Zeit wurde knapper.
Linda stand auf, um sich ein Glas zu holen. Sie sagte: »Ich möchte ein Pony für mein Landwirtschaftsprojekt haben.«
»Du weißt, daß sie dich das nicht lassen.«
»Lori Stanley hatte 'n Pony. Sie hat ihm beigebracht, 'nen Wagen zu ziehen. Sie hat gesagt...«
»Wo würdest du's denn halten?«
»Daddy hat gesagt, vielleicht könnten wir 'nen kleinen Stall bauen. Er hat gesagt vielleicht. Er hat nicht nein gesagt.« Sie goß sich etwas Saft ein und begann ihn mit großen Schlucken zu trinken. Ich sagte: »Langsam.«

Pammy sagte: »Vielleicht bedeutet bei Daddy ›wahrscheinlich nicht‹.«
»Nicht immer.«
»Also, ich weiß, ich darf ein Babyferkel haben, und wenn's groß ist, könnte ich dreihundert Dollar dafür kriegen.«
Ich sagte: »Vielleicht sollten wir lieber nicht über Dinge sprechen, die wir vielleicht kriegen.«
»Ich werd es Wilbur nennen.«
»Das ist 'n blöder Name.«
»Er ist aus *Charlotte's Web**.«
»Weiß ich. Hört sich aber an wie ein Großvatername oder so.«
»Könnt ihr nicht mit der Streiterei aufhören?«
Ihre Köpfe drehten sich überrascht zu mir. Linda biß in ihr Muffin, sagte dann: »Wir streiten uns doch gar nicht, Tante Ginny.«
Pammy stand auf. »Ich geh fernsehen.«
Linda sagte: »Ich geh gucken, ob Daddy in der Scheune ist.«
Ich sagte: »Sein Truck ist nicht da, Schätzchen.«
»Oh.« Jetzt sah sie mich genau an. Ich tat mein Bestes, um gleichgültig auszusehen. Nach einem Moment sagte sie: »Irgendwas stimmt nicht, oder?«
»Wir werden sehen. Wir werden sehen, okay?« Die Zeit wurde knapper und knapper. Rose war seit zweieinhalb Stunden weg. Lindas genauer Blick war offen, nicht der eines Kindes, sondern der Blick eines Menschen, der darin geübt ist, schlechte Nachrichten zu bekommen. Sie ging ins Wohnzimmer. Einen Augenblick später hörte ich sie miteinander murmeln, und als ich mal kurz hineinsah, während ich den Tisch abräumte, saßen sie eng nebeneinander auf dem Sofa und starrten mürrisch auf den Fernseher. Ich wusch das Geschirr ab. Der flüchtige Gedanke, daß sie besser drangewesen wären, wenn sie meine und Tys Töchter gewesen wären – war dieser Unfall nicht ein eindeutiger Beweis dafür? –, schoß mir durch den Kopf, aber ich unterdrückte ihn als niedrig und unwürdig.

* E. B. White: *Charlotte's Web*, ein amerikanisches Kinderbuch. A.d.Ü.

Als unsere Mutter starb, waren wir in der Schule. Wir saßen gerade beim Mittagessen in der Cafeteria. Ich saß mit Marlene Stanley zusammen, die damals Marlene Dahl war, und die Klasse von Rose, die später herunterkam, stand noch in der Schlange. Ich sah Mrs. Ericson und Mary Livingstone im Türrahmen der Cafeteria stehen und im Saal herumgucken. Mrs. Ericson hatte Caroline an der Hand. Ich wußte, daß sie nach mir suchten, aber ich senkte den Kopf und konzentrierte mich auf meine Makkaroni mit Käse. Unsere Lehrerin, Mrs. Penn, erschien plötzlich im Türrahmen der Küche. Sie hatte diesen Blick im Gesicht, den Erwachsene haben, wenn man ihnen ansieht, daß sie nur so gerade mit dem, was geschehen ist, zurechtkommen. Es ist ein erschreckend mitfühlender Blick, und er gilt einem. Sie entdeckten Rose zuerst, kamen dann herüber, um mich zu holen. Ich sagte zu Marlene: »Ich schätz, ich fahr jetzt nach Hause. Ich glaub, meine Mom ist gestorben.«

Die Augenblicke in der Cafeteria waren schlimmer als alles zu Hause, wo das Bett im Wohnzimmer ein vertrauter Anblick war, wo wir uns seit Wochen an den Tod unserer Mutter gewöhnt hatten. Als wir durch die Vordertür kamen, drückte der Pfarrer, den wir damals hatten, meine Schulter. Mein Vater hatte seine Arbeitskleidung nicht an und saß auf dem Sofa. Caroline ging zu ihm und setzte sich neben ihn. Der Pfarrer erzählte uns, wie die Beerdigung vor sich gehen würde. In der Küche hatten die Kirchendamen mit dem Kochen angefangen. Man konnte hören, wie die Tür vom Kühlschrank auf- und zugemacht wurde. Unsere Aufgabe, so schien es, bestand darin, still im Wohnzimmer zu sitzen, ohne zu lesen oder Spiele zu spielen. Das war es, was wir taten, auch dann noch, als der Pfarrer bereits gegangen war. Mein Vater las noch nicht einmal die Zeitung. Er sah aus dem Fenster über die Straße hinweg auf Cal Ericsons Südfeld. Wir saßen da bis zum Abendessen, und dann wieder bis zum Schlafengehen. Als wir im Bett waren, machten wir die Lichter aus und lasen noch nicht einmal Caroline eine Geschichte vor. Als wir am nächsten Morgen aufstanden, war das Bett nicht mehr im

Wohnzimmer, und die Möbel standen wieder dort, wo sie vor der Krankheit meiner Mutter gestanden hatten.
Nach dem Frühstück fuhren wir sofort zu dem Bestattungsunternehmen, wo wir saßen, wie wir am Tag vorher gesessen hatten, mein Vater auch. Cal Ericson und Harold und ein paar andere Nachbarn übernahmen seine Arbeiten. In einem Nebenzimmer gab es ein leichtes Mittagessen, Schinken und überbackene Kartoffeln und Zwiebelsoße und Kaffee. Nach dem Beerdigungsgottesdienst in der Lutheranischen Kirche und der Bestattung auf dem Friedhof außerhalb von Zebulon fuhren wir nach Hause und aßen noch mehr. Mrs. Ericson erzählte mir, sie würden ihre Farm an meinen Vater verkaufen. Ich beobachtete den Papagei, ging dann nach Hause und zu Bett. Rose nahm sich heimlich die Taschenlampe aus der Küchenschublade und las unter der Bettdecke Nancy Drew. Caroline weinte sich in den Schlaf. Ich blieb länger wach als je zuvor – bis halb vier oder länger. Mein Vater weckte mich um halb sechs, damit ich ihm Frühstück machte, wie ich es seit dem Beginn der Krankheit meiner Mutter gemacht hatte. Er hatte seine Arbeitssachen an. Als er gefrühstückt hatte, sagte er, während er sich die Stiefel anzog: »Ihr Mädchen geht heute wieder in die Schule. Hat keinen Zweck, wenn ihr hier im Haus rumsitzt.« Ich war froh. Ich hatte schon befürchtet, wir müßten tagelang oder wochenlang stillsitzen und versuchen, Bilder von unserer Mutter in unserer Erinnerung zu behalten.
Ich habe oft gedacht, daß der Tod von Mutter oder Vater das eine Unglück ist, für das es keine Entschädigung gibt. Selbst dann nicht, wenn die Umstände ihn nicht verschlimmern. Selbst dann nicht, wenn andere, die das Kind lieben, schnell und sanft seine Fürsorge übernehmen. Es gibt keine Weisheit, die aus dem Tod eines Elternteils gewonnen werden kann. Es gibt keine Erinnerungen, die nicht durch seinen Tod schmerzlich gemacht würden, kein Ereignis um den Tod, das durch einen einzigen glücklichen Gedanken ausgeglichen wird. Wie sehr ich oder andere auch Kompromiß und Verhängnis in Petes Leben sahen, seinen Töchtern erschien es sicherlich ebenso frisch und voller Möglichkeiten

wie ihr eigenes. Mir wurde deutlich, daß ich Pammy und Linda angesichts des Todes ihres Vaters nichts zu geben hatte, weil mich der Tod meiner Mutter nichts gelehrt hatte. Ich ging in ihre Zimmer und machte ihre Betten, wodurch ich Lindas Mißtrauen um so mehr erregte – sie stand in der Tür und beobachtete mich, drehte sich dann um und ging ohne ein Wort zurück zum Fernseher.

Als Rose kam, hatte sie ihr altes Ich zurückgewonnen, sachlich, beinahe schroff. Die Mädchen stürzten sich auf sie, kaum daß sie zur Tür herein war. Sie legte ihre Tasche hin und goß sich eine Tasse Kaffee ein, den ich auf dem Herd warm gehalten hatte. Sie setzte sich an den Tisch. Sie sagte: »Kinder, ich hab eine wirklich schlimme Nachricht für euch.« Sie setzten sich, und ihre Blicke nahmen jeden einzelnen Quadratzentimeter ihres Gesichts mit Beschlag. Ich ging zur Tür hinaus, die ich zuschlug, um ihre Schreie zu ersticken. Gegenüber ging Jess Clark vor dem großen Panoramafenster auf und ab. Er winkte, aber als ich nicht reagierte, kam er nicht heraus.

Gegen Mittag war die wundersame Maschine des äußeren Scheins in Gang gekommen. George Drake, dem das Bestattungsinstitut in Zebulon gehörte, kam in seinem Cadillac vorgefahren. Die Mädchen kamen zu mir, und Suzanne Patrick holte sie ab und fuhr sie zum Schwimmen. Pammy trug jede Minute, die sie im Haus war, ihre Sonnenbrille. Sie fragte, ob sie bei mir bleiben dürfe, statt zum Schwimmen zu fahren, und ich sagte, es wäre am einfachsten, wenn sie für die nächsten Tage alles tue, was ihre Mutter von ihr wolle. Ihre Augen waren rot, aber was am meisten auffiel, war dieser gequälte Blick, den nur jemand hat, der sich abmüht, die nächsten Minuten zu überstehen. Sie wurden abgeholt. Ein paar Frauen, die wir von der Kirche kannten, brachten warmes Essen und Salate. Was sie nicht in Roses Kühlschrank bekamen, brachten sie zu mir und stellten es in meinen. Sie alle sagten: »Oh, Ginny, wie schrecklich«, und »Wenn es irgendwas gibt, das ich tun kann, ruf mich bitte an.« Zwei sagten: »Wie konnte er nur so eine Dummheit machen?« und Marlene Stanley sagte: »Wie furchtbar, daß all das Talent jetzt so verschwendet ist.«

Ein Merkmal dieser Maschinerie war eine Schranke, die bestimmte Dinge zuließ, aber andere aussperrte. Daß Pete betrunken und auch als Trinker bekannt gewesen war, war zugelassen. Daß er Rose geschlagen und ihr einmal den Arm gebrochen hatte, durfte in Anspielungen berührt werden, aber nur im Zusammenhang mit Bemerkungen, daß er sich geändert zu haben schien, wo so viele andere sich doch nie änderten. Roses Gefühle wurden nicht angezweifelt. Sie übernahm die Rolle der trauernden Witwe, und die Leute schienen froh darüber zu sein. Loren kam zu der Beerdigung, allerdings saß er ganz hinten und ging früh. Caroline schickte einen kleinen Kranz mit der Aufschrift »Von Caroline und Frank.« Daddy kam nicht, und mir wurde klar, daß er längst in Des Moines sein konnte, während ich ihn immer noch bei Harold vermutet hatte. Dann begriff ich, daß ich die Nachricht, Pete habe Harold bedroht, ohne viel Überlegen akzeptiert hatte, als ob etwas in Pete hatte nachgeben müssen, aber eigentlich hatte niemand berichtet, was in Wirklichkeit passiert war, nur Harold, und Harolds Geschichte war verworren.

Viele Leute weinten, wenn nicht über Petes Tod an sich, dann über den Gedanken des Todes oder über den Anblick seiner Töchter in ihren weißen Kleidern, ihre Verwirrung und Verängstigung. Die Schranke verbot anderen Realitäten Zutritt: unserem Vater, Ken LaSalle (allerdings nicht Marv Carson, der auf seine neugierige Art ankam und zu mir sagte: »Jetzt bleiben nur noch Ty und du, schätz ich. Ist 'ne große Farm für nur einen.«), dem weit verbreiteten Wissen, daß Pete ohne Daddy und Ty ein verwegener und unorthodoxer Farmer gewesen wäre, seinen Drohungen gegen Harold Clark, die allgemein nur als betrunkenes Geschwätz eingestuft wurden. Wie sonst konnte man sie verstehen? Ich wußte es nicht. Der äußere Schein funktionierte recht gut. Mir kam der Gedanke, daß die Augen, die diesen äußeren Schein sehen sollten, Pammys und Lindas waren. Wahrscheinlich war er für sie auch überzeugend, weil sie nichts hatten, mit dem sie das hier vergleichen konnten.

Ty hielt die Trauerrede. Er sagte, daß Pete ein harter Arbeiter gewesen sei und manchmal hitziger, als ein Farmer gemeinhin war. Er sagte, Pete habe gerne bei der Arbeit gesungen und habe eine Menge Lieder gekannt, und jeder, der die Gelegenheit gehabt habe, Pete eines der sechs Instrumente, die er beherrschte, spielen zu hören, könne sich glücklich schätzen. Er sagte, Pete habe seine Frau und seine Töchter geliebt und sie ihn, und er, Ty, schätze sich glücklich, Pete gekannt zu haben.

Henry Dodge sagte, diese Art Unfall, die Pete abgerufen habe, könne jeden von uns abrufen und wir sollten es als Warnung nehmen. Er dankte Gott, daß niemand sonst in den Unfall verwickelt gewesen sei. Er sagte auch, daß Pete ein guter Mensch gewesen sei und seine Frau und Kinder geliebt habe und sie sicher nicht so habe zurücklassen wollen. Er bat im Namen von Rose und Pammy und Linda um die Weisheit, diesen anscheinend sinnlosen Tod zu begreifen. Er äußerte seine eigene persönliche Hoffnung, daß diese Tragödie unserer Familie den Weg aus unseren Zwistigkeiten weisen möge.

Später, als wir die Kirche verließen, fanden zwei oder drei der älteren Frauen dann doch etwas, für das man dankbar sein konnte, und das war die Tatsache, daß Petes Eltern nicht mehr lebten und dies nicht miterleben mußten.

Es war ermüdend. Ich schlief gegen halb zehn ein. Ty war irgendwohin gegangen. Gegen halb zwei, als mich das Telefon weckte, lag er neben mir und schlief fest.

Roses Stimme sagte: »Kannst du rüberkommen? Ich muß mit dir reden.«

Ich begann zu antworten, bevor ich mich an unsere neuen Umstände erinnerte. Ich sagte: »Wo ist P...« Dann fiel es mir ein. Sie sagte: »Ich würd nur zu gerne rüberkommen. Ich würd nichts lieber als aus diesem Haus raus, aber Pammy wird ständig wach und ruft nach mir. Gestern abend ist sie ungefähr alle Dreiviertelstunde wach geworden. Ich kann sowieso nicht schlafen.«

»Bist du nicht todmüde?« Obwohl ich flüsterte, rührte sich Ty, rollte sich auf die andere Seite. Ich rutschte von der Bettkante auf den Fußboden.

»Weit drüber raus. Ich glaub, ich könnte jetzt tagelang wachbleiben.«

Ich legte die Hand um die Muschel. »Okay. Okay.« Ich legte den Hörer auf und rieb mir mit den Händen übers Gesicht. Nach der Krebsdiagnose war sie tagelang aufgeblieben. Drei Tage, um genau zu sein. Ich tastete unter dem Bett nach meinen Turnschuhen.

38

Jedes Fenster in Roses Haus war erleuchtet. Jedes in Jess' Haus war dunkel.

Rose riß die Tür auf und sagte: »Willst du was zu trinken? Ist jede Menge übrig.«

Ich nahm einen Wodka mit Tonic, das gleiche wie Rose. Sie sagte: »Trink ihn auf Pete. Das zumindest hätte er für dich getan.«

Ich hatte Rose selten beschwipst gesehen, aber diesmal war es irgendwie beruhigend. Ich mußte von dem Wodka niesen. Ich setzte mich aufs Sofa. Das Wohnzimmer war makellos, die wirkliche Rose. Offensichtlich hatte sie getrunken und saubergemacht. Sie merkte, wie ich mich umsah, und sagte: »Du solltest erst mal die Küchenschränke sehen. Ich hab alles mit Seifenlauge abgewaschen und neues Schrankpapier reingetan. Schwarz umrandet für Witwen. Das Beerdigungsinstitut hat eine Konzession für so was. Schrankpapier, Schubladeneinlagen, aufblasbare Pulloverbügel, Staubwedel aus Rabenfedern, alles für die Hausfrau-Witwe.«

»Das glaub ich dir nicht.«

»Oh, Ginny, du nimmst immer alles so wörtlich.«

»Nein, tu ich nicht. Ich hab nur gerade jetzt nicht besonders viel Humor.«

»Hattest du früher mal.«

»Wann?«

Sie nippte an ihrem Drink, während sie mich ansah, sagte dann: »Weiß nicht mehr.«

Ich lächelte.

Sie sagte: »Wo ist Ty?«

»Schläft.«
»Tut mir leid, daß ich dich geweckt habe, aber ich wußte, du würdest im Bett sein, und ich mußte dich einfach anrufen.«
»Findest du 's eine gute Idee, wenn du trinkst, wo du doch auf sie aufpassen mußt?«
»Ich hab's ihr vorher gesagt.«
»Hast du?«
»Ja, klar. Ich wollte nicht, daß sie überrascht ist oder Angst bekommt, wenn ich ihr komisch vorkomme, deshalb hab ich ihr gesagt, ich müßte mich einfach ein bißchen betrinken, und sie hat gesagt, das wär okay, solang ich nicht mit dem Auto irgendwohin fahr.«
»Wie geht's ihnen? Sie tun mir so leid.«
»Du hast sie gesehen. Sie sind wie vom Donner gerührt. Ich hasse Pete dafür.« Dies spuckte sie geradezu aus. Dann rief sie: »Hast du mich gehört, Pete? Diesmal hast du wirklich alles versaut.«
Ich beugte mich vor. »Schsch!«
»Sollen sie mich ruhig hören! Ich will, daß sie mich hören! Er *hat* alles versaut. Nicht mein Leben, aber ihr Leben! Ich will, daß sie wissen, daß ich's weiß!«
»Er ist tot!«
»Soll er mir deshalb etwa leid tun? So wie er gestorben ist, hat er unter Garantie nichts mitgekriegt.«
»Ich wünschte, du würdest nicht...«
»Ungebärdig werden?«
»Hm, ja.«
»Scheiße.« Aber sie sagte das nicht böse.
Sie nahm noch einen Schluck und stand auf. Ich sah sie an. Sie sagte: »Heh. Steh auf.«
»Was?«
»Steh auf. Komm hoch.«
Ich stand auf.
»Komm, wir rücken das Sofa von der Wand weg. Hier, hilf mir. Sie hob bereits den Couchtisch aus dem Weg. Sie schob die Ärmel ihres Pullovers hoch. Ich sagte: »Es ist unheimlich spät dafür, auf

jeden Fall steht's hier gut. Ist die längste Wand. Sonst müßte es diago...«
»Ich will's nicht woanders hinstellen. Ich will's nur von der Wand abrücken, damit ich mit dem Staubsauger dahinter komm.«
»Es ist zwei Uhr morgens!«
Aber sie war nicht aufzuhalten. Wir hievten das Sofa ein Stück von der Wand weg. Rose holte den Elektrolux aus dem Wandschrank im Flur und stöpselte ihn ein. Nachdem sie hinter dem Sofa gesaugt hatte, kippten wir es auf den Rücken, und sie saugte die Staubflocken von der Unterseite ab. Wir schoben es zurück. Durch das mahlende Geräusch des Staubsaugers hindurch schrie sie: »Komm, wir ziehen jetzt den Herd vor, und ich mach dahinter sauber.«
Wir zogen den Herd vor. Eigentlich war es ziemlich sauber dahinter.
Rose machte sich noch einen Drink. Ich goß mir ein Glas Orangensaft ein. Sie sagte: »Komm, wir gehn raus.«
»Wohin raus?«
»Einfach nur raus. Wir können uns die Sterne ansehen oder sonst was.«
»Und was ist mit Pammy?«
»Ich geh nach ihr gucken. Wenn sie schläft, okay. Wenn sie wach ist, werd ich's ihr sagen.«
Zwei Minuten später standen wir mitten auf der County-Straße. Rose sah zu den Sternen hinauf. Ich sah zu dem linken Fenster im zweiten Stock von Daddys früherem Haus hinüber. Als ich dort stand, kehrte die Nacht, als ich Jess Clark gesagt hatte, daß ich ihn liebte, so lebhaft zu mir zurück, daß ich spürte, wie mein Körper erst heiß, dann kalt vor Scham wurde. Ich hob die Augen zu den Sternen. Sie sahen trübe aus durch die Feuchtigkeit, und sie wurden trüber, während ich zu ihnen aufsah. Ich berührte meine Augenlider mit den Fingern. Tränen.
»Ginny, du weißt nicht, wie es mit Pete war. Als ich aus dem Krankenhaus zurückkam, hat er mir gesagt, es sei ihm lieber, wenn ich mein Nachthemd anbehielte, solange er im Raum sei.«

Ich sah sie an. Sie schob sich das Haar aus dem Gesicht, und diese Geste sah beschwipst, aufgelöst aus.
Sie sagte: »Es war nie gut. Es war hin und wieder aufregend, weil Pete so unberechenbar war, aber...« Sie hielt inne, drehte sich um und sah mich an. Ihr Gesicht hatte die Farbe des Mondes und war dünn. Ihre Augen lagen im Schatten. »Alles, was ich wollte, als ich Pete traf, war jemand, der aufregend genug war, um Daddy auszulöschen. Und ich dachte, Pete würde bestimmt in Chicago landen und da Musik machen, irgendwo, wo Daddy noch nicht einmal zu Besuch hinkommen würde. Das war ganz am Anfang. Aber er hat damit kein Geld gemacht. Ich meine, bei den Tanzereien gab's fünfundzwanzig Dollar pro Abend oder weniger. Also wollten wir wieder hierher ziehen, bloß solange, bis seine Freunde einen Plattenvertrag in L. A. hatten und uns holten. Das sollte einen Sommer dauern, höchstens. Einen Sommer. Aber Pete hatte Streit mit ihnen, und die Verbindung brach ab, und ich kriegte den Job an der Grammar School, und dann dachte ich, das wär ein Weg, zu ein bißchen Geld zu kommen. Wir hatten jeden Monat einen neuen Plan, aber Pete verhunzte sie jedesmal mit seinem Temperament oder mit seinem Übereifer. Er zeigte den Leuten zu deutlich, wie sehr er sie brauchte, und das mochten die nicht. Als Pammy geboren wurde und dann Linda kurz hinterher, hab ich einfach aufgegeben! Aber es war nie gut! Es war noch nicht einmal ruhig und sicher, so wie bei dir und Ty!«
Ich wußte, wenn ich meinen Mund hielt, würden alle Fragen früh genug beantwortet werden.
Rose sah über die Straße und sagte: »Es ist eine so große Versuchung, einfach rüberzugehen, aber ich weiß, Pammy wird wach.«
»Wo rüberzugehen?«
Sie zeigte auf die große quadratische Fassade von Daddys Haus.
»Warum um alles in der Welt?«
Sie warf mir einen Seitenblick zu.
Mein Verstehen, das langsamer als meine Frage war, hielt genau Schritt mit ihrer Antwort, so daß es war, als formte ich die Worte

mit den Lippen, als sie sagte: »Um mit Jess ins Bett zu gehen.« Dann: »Oh, guck mich nicht so schockiert an. Ich will mich damit jetzt nicht befassen.« Sie drehte sich um und begann, die Straße nach Süden hinunterzugehen. Ich sah ihr nach, lief dann hinter ihr her. Sie sagte: »Frag mich was. Irgendwas.«

»Warum?«

»Weil ich dir die Wahrheit sagen will.«

»Dann sag sie einfach.« Das sagte ich, aber ich wußte, ich wollte sie nicht hören.

Sie sagte: »Mir ist klar, daß Liebhaber zu haben nicht gerade was ist, was die Frauen hier tun, obwohl ich vermute, es kommt öfter vor, als wir glauben. Ich weiß, du kannst das nicht billigen, aber es ist mir wichtig, daß du's verstehst. Er ist der erste, dem ich vertraue.«

»Der erste?« Ich sprach es nur nach. Ich hatte nicht eigentlich das Gefühl, daß ich wußte, was ich sagte, aber ihr schien das zu genügen.

»Okay, ja.« Sie wippte auf den Absätzen. »Ich hab während meiner Collegezeit mit vielen Männern geschlafen, und ab und zu auf der High School auch schon, aber seit Pete hat's vor Jess nur einen gegeben. Ich hab immer gedacht, einer von ihnen müßte schließlich Daddy verdrängen. Das hab ich am Anfang gedacht. Später hab ich gedacht, wenn's nur genug wären, würde es ihn sozusagen in einen Zusammenhang einreihen oder irgendwie unwichtiger machen.« Sie sah mich wieder an. »Weißt du, was Pete immer gesagt hat? Daß ich besessen von Sex war, aber auf negative Weise. Wie auch immer, ich hab ihm lange nichts von Daddy erzählt.«

»Wer war der eine seit Pete?« Ich erwartete, ehrlich gesagt, daß sie Ty sagen würde.

»Es war Bob Stanley, aber es war nichts. Es dauerte einen Sommer.«

Dann sagte sie: »Das jetzt ist Liebe.«

Ich sagte: »Was heißt das?« Ich bin mir sicher, daß ich feindselig klang, aber sie entschied sich, es als echte Frage anzusehen. Ich

sah ihr gerade ins Gesicht. Ihr Ausdruck war erst herausfordernd, dann zweifelnd, dann abwägend, dann vorsichtig.
Sie sagte: »Na ja, natürlich ist es aufregend. Aber ich weiß, das wird vergehen. Wir schlafen erst seit drei Wochen miteinander, und es ist schwer, ungestört zu sein, wie du dir vorstellen kannst.«
Sie machte eine Pause, fuhr dann fort: »Er scheint diesen Sinn für meinen Körper zu haben...« Sie warf mir einen Blick zu, redete dann behutsam weiter: »Er sieht ihn einfach viel an, weißt du, berührt ihn, als sei er dankbar für ihn. Er sagt, weißt du, daß meine Schultern schön geformt sind oder daß er meinen Rücken gerne mag. Er sieht mich anders, als die anderen Männer mich gesehen haben.«
Ich erinnerte mich an das, was er über die Verlobte gesagt hatte, ihre Augen und Zähne. Er hatte meine Knöchel bewundert. Ich erinnerte mich, wie ich dieses Kompliment beschützt und mir immer wieder vorgesagt hatte, um mich zu vergewissern, daß Jess mein wahres Ich gesehen und geschätzt hatte.
»Ich weiß, daß das aufhört. Ich weiß, diese ganze Dankbarkeit für den Körper des anderen hört auf, aber sie ist schön. Ich meine, ja, ich weiß, sie hört auf, aber ich kann nicht genug davon kriegen, solange sie andauert. Aber das ist nicht eigentlich das Wichtige.«
»Wenn das aufhört, hört dann nicht alles auf? Ich meine, ist es nicht gerade das, worum es in einer Affäre geht?«
»Tja, dieses geht weiter. Diesmal ist es das Richtige.«
Ich gab mir Mühe, einen Ton von Sympathie in meine Stimme zu legen. Wir waren einige Schritte gegangen, deshalb drehte ich mich um. Ich fand nicht, daß Pammy ganz alleine gelassen werden sollte.
»Rose«, sagte ich leise und leichthin: »Jess ist ein ruheloser Mensch. Er hat sich nie irgendwo niedergelassen. Diese Geschichte mit Harold wird ihm auch nicht helfen, sich niederzulassen. Außerdem hat er jede Menge Frauen gehabt. Darauf würd ich wetten. Wenn er sich nicht eindeutig bindet...«

»Aber das hat er! Ich hab ihn viel mehr auf Abstand gehalten als er mich. Er bedrängt mich immer, doch einfach...«
»Einfach was?« Ich klang so gleichgültig.
»Ja, das ist es gerade, was wir nicht entscheiden können. Wo. Was. Die Mädchen. Ich mein, ich hab sogar noch Pete gegenüber eine gewisse Loyalität empfunden, nach all den Jahren und all dem Mist. Ginny, du bist weiß wie 'ne Wand.«
»Geh einfach weiter. Hast du Pete von Jess erzählt?«
»Ja.«
»An seinem letzten Tag?«
»Vor Wochen. Also, vor einer Woche.«
»Was hat er gesagt?«
»Er hat gesagt, er würde Daddy umbringen.«
»Was?«
»Ich mach keine Witze. Seine Reaktion auf die Nachricht, daß ich ihn wegen Jess Clark verlassen würde, war, daß er Daddy umbringen wollte, und wenn Harold dazwischenkommen würde, den auch.«
Ich dachte darüber nach.
»Er hat den Wassertank auf Harolds Düngertank geleert.«
»Wer hat dir das gesagt?«
»Pete.«
Das war wirklich schockierend, etwas, womit ich überhaupt nicht gerechnet hatte. Ich sagte: »Himmel. Was hat er sich in Gottes Namen dabei gedacht?«
»Er hat sich dabei gedacht, daß Daddy vielleicht ein bißchen auf der Farm arbeiten würde. Er hat gesagt, er hat Daddy morgens auf Harolds Traktor gesehen, sie haben Loren und Harold zufällig im Café getroffen. Er hat zwei und zwei zusammengezählt und bekam wie immer drei heraus.« Ihr Lachen hallte in der Nacht.
»Ich kann's nicht glauben.«
»Mensch, Scheiße, Ginny. Er war unglaublich fixiert auf Daddy. Er hat ihn für alles, was in unserem Leben schiefging, verantwortlich gemacht. Er hat immer gesagt, er hätte Angst davor, er

würde Daddy im Jähzorn umbringen, aber ich denk eigentlich, das hätte er nie gekonnt – Daddy war zu stark. Aber dann wurde Daddy schwächer, und als ich ihm von Jess erzählt hab, hat er sich jeden Abend betrunken, und jeden Abend ist er rüber zu Harold gefahren, hat die Fenster des Hauses angestarrt und getrunken. Ehrlich gesagt, mir war das nur recht. Das war besser, als wenn er mir im Zimmer gegenübersaß und mich anstarrte, wie er's vorher immer gemacht hat.«

»Ist Daddy noch da drüben?«

Rose zuckte die Achseln. »Ich hab Pete gesagt, er wär wahrscheinlich in Des Moines, aber er war völlig von Sinnen. Er hat gesagt, er hätte ihn gesehen. Ich weiß nicht.«

Ich sagte: »Findest du nicht, daß das eigentlich das Allermerkwürdigste ist?«

»Was?«

»Daß wir nach all den Jahren nicht wissen, wo Daddy eigentlich ist.«

Wir sahen uns an. Rose sagte: »Für mich ist das Freiheit.«

Nach einer Weile sagte sie: »Wie auch immer, ich bin sicher, Pete hat noch im Sterben bedauert, daß er Daddy nicht mehr erwischt hat.«

»Ich weiß nicht, was ich sagen soll. War er nicht wütend auf dich?«

»Auf Daddy. Er hat einfach an mir vorbeigesehen, immer nur Daddy. Er war eifersüchtig, Ginny! Ich hab oft gedacht, daß er letztendlich wahnsinnig eifersüchtig war, aber zuviel Angst hatte, bis er dann sah, daß Daddy schwächer wurde...« Sie hielt inne und stieß ein rauhes kleines Lachen aus. »Selbst dann konnte er nichts direkt *tun*. Bloß drohen.« Sie zog durch die Nase hoch und sagte dann:

»Scheiße, Ginny. Im Grunde genommen sind sie alle so.«

»Wir glauben das wegen Daddy. Wenn er nicht... Wenn er...«

Sie richtete sich auf und sah mich an. »Nenn's beim Namen, Ginny! Wenn er uns nicht gebumst und geschlagen hätte, würden wir anders denken, stimmt's?«

»Hmm, ja.«
»Aber er hat uns gebumst, und er hat uns geschlagen. Er hat uns mehr geschlagen, als er uns gebumst hat. Er hat uns routinemäßig geschlagen. Und die Sache ist die, er wird geachtet. Die andern mögen ihn und sehen zu ihm auf. Er paßt genau ins Bild. Wie viele von denen auch immer ihre Töchter oder ihre Stieftöchter oder ihre Nichten gebumst haben oder auch nicht, Tatsache ist, daß sie alle Schlagen als eine Art zu leben akzeptieren. Wir haben zwei Möglichkeiten, wenn man's bedenkt. Entweder kennen sie sein wahres Ich nicht, wir aber, oder sie kennen sein wahres Ich, und die Tatsache, daß er uns geschlagen und gebumst hat, zählt nicht. Entweder sind sie böse oder sie sind dumm. Das ist die Sache, die mich umbringt. Dieser Mensch, der seine eigenen Töchter schlägt und bumst, kann in die Öffentlichkeit treten und wird geachtet und ist mächtig, und er setzt auch noch voraus, daß er das verdient.«
»Mommy hat uns auch verhauen.«
»Aber sie hat uns nicht ausgepeitscht. Sie hat uns nicht ins Gesicht geschlagen oder einen Riemen genommen, sie hat nie ihre ganze Kraft aufgeboten. Er ja! Und wenn sie versucht hat, ihn dazu zu bringen, daß er aufhörte, hat er sie auch angeschrien.«
Sie ging um mich herum. Als sie dann weitersprach, kam ihre Stimme gefaßt und zuversichtlich heraus. Sie sagte: »Ich hab gedacht, hier weggehen wär die einzige Alternative. Aber dann hat Pete mir diesen Gefallen getan. *Uns*. Nicht Pammy oder Linda. Das weiß ich. Sondern *mir*.« Sie wandte sich mir zu. »Ich *will* das, was Daddy gehört hat. Ich will's. Ich spüre, daß ich dafür bezahlt hab, du nicht? Glaubst du, eine Brust wiegt ein Pfund? Das ist mein Pfund Fleisch. Glaubst du, eine Teenagernutte kostet fünfzig Dollar die Nacht? Macht zehntausend Dollar. Ich wollte, daß er bereut und weiß, was er getan hat und was er ist, aber wenn sie ihn in der Stadt treffen und mit ihm reden, ist er ganz einfach senil. Er ist jetzt vor der Wahrheit sicher. Die Leute tätscheln ihm den Kopf und fühlen mit ihm und sagen, was für Luder wir sind, und er glaubt ihnen, und das ist es dann, Ende der

Geschichte. Ich *ertrag* das nicht.« Ihr Stimme ging schrill in die Höhe.

Ich sagte: »Ich fühl mich komisch. Ich muß echt müde sein«, aber ich wußte, es war keine Müdigkeit. Dann sagte ich: »Okay. Kann ich dich was fragen? Hast du gewußt, daß Jess Clark mit mir geschlafen hat?«

Sie lächelte. »Oh, na klar.«

Es tat weher, als ich vermutet hatte, obwohl ich nicht überrascht war. Ich sagte: »Hat er damals schon mit dir geschlafen?«

Sie machte eine Pause, sagte dann: »Nein.«

»Er hat's dir erzählt?«

»Irgendwann. Ist schon etwas her.«

»Das heißt dann vermutlich, daß er und ich nichts Privates haben?«

»Er liebt mich, Ginny. Du glaubst doch wohl nicht, daß ich ihn irgendwas Privates mit meiner eigenen Schwester haben lassen würde, oder?«

»Ich wußte nicht, daß du so eifersüchtig bist.«

»Eins greift ins andere, Ginny. Weißt du nicht mehr, wie Mommy gesagt hat, ich wär das eifersüchtigste Kind, das sie je gesehen hat? Ich mein, jetzt kann ich's besser kontrollieren. Wenn Pammy oder Linda wegen irgendwas zu dir gehen, weiß ich vom Verstand her, daß es gut für sie ist, aber ich bin immer eifersüchtig. So hat Jess mich auch dazu gekriegt, daß ich mit ihm geschlafen hab. Er hat davon gesprochen, was für ein süßer Mensch du bist und wie gern er dich hat und wie schade es ist, daß du keine Kinder hast. Er ist dein großer Fan, Ginny. Immer noch. Du verstehst ihn nicht. Er lügt nicht, er hat einfach mehrere Seiten an sich, mehr als die meisten Leute, die wir kennen.« Ich erkannte den Ton wieder, mit dem sie sprach – offen und ernst, beinahe in gewisser Weise charmant. Sie hatte ihn mir gegenüber unzählige Male benutzt. Durch den Drink war er ein wenig breiter geworden, hatte mehr an gespielter Tapferkeit und Härte bekommen. Ich hielt den Atem an bei dem Gedanken, wie sie Pammy und Linda und mich gesehen hatte. Ich sagte: »Ich schätze, du willst alles für dich alleine, was?«

»Ja, Scheiße, ja. Hab ich immer gewollt. Das ist meine unausrottbare Sünde. Ich bin gierig und eifersüchtig und selbstsüchtig, und Mommy hat gesagt, es würde die Menschen abstoßen, deshalb hab ich ein Talent dafür entwickelt, es zu verheimlichen.«

Ich bin mir sicher, daß ich so bitter redete, wie ich empfand: »Du hörst dich an, als würdest du dir vollkommen verzeihen.«

»Du hörst dich an, als würdest du mir überhaupt nicht verzeihen.«

Ich gab meiner Stimme einen leichteren Ton. »Ich bin einfach nur über diese Seite an dir überrascht.«

»Fällt dir nicht auf, daß Mommy nie zu mir ›Rose, sei einfach du selber‹ gesagt hat?« Sie lachte.

»Ich find das nicht lustig.«

Sie lachte weiter. Nach einer Weile hörte sie auf, nahm einen Schluck von dem Drink, den sie mit nach draußen genommen hatte, und sah mich eine lange Minute lang an. Schließlich sagte sie: »Der Unterschied, Ginny, ist der, daß *du* mir trauen kannst. *Du* und die Mädchen. Euch werd ich nicht weh tun.«

Hatte sie aber, oder?

Sie sah meine Zweifel und redete drängend weiter. »Selbst dann, wenn ich dir die Wahrheit sag, tu ich das nicht, um dir weh zu tun. Ich sag das, weil's die Wahrheit ist, und du mußt sie akzeptieren. Aber ich werd dich nicht diesem Prinzip opfern oder einem gemeinen Zug in mir oder mir einreden, ich tu was für dich, wenn ich dir was antu, und ich werd auch nicht so tun, als täte ich's nicht, wenn ich's doch tu.«

Ich glaubte ihr nicht. Mehr noch, ich fand keine Möglichkeit zu begreifen, was sie mir sagte. Die Unterscheidungen waren zu fein geworden. In meinem Kopf drehte sich alles. Ich machte einen Schritt auf den Asphalt zurück. Ich sagte: »Rose, ich muß nach Hause. Ich halte das nicht aus.«

Während ich nach Hause ging, sie hinter mir spürte, nicht gehen, aber bestimmt nachsehen, fühlte ich mich fast Pete nahe. Ich hatte das Gefühl, das er gehabt haben mußte, außerhalb seines Körpers zu sein, ihn zu beobachten und das Beste zu hoffen. Die Sonne ging auf. Ich war hellwach wie ein Wiesel, und meine durcheinanderwirbelnden Gedanken hatten sich auf einen einzigen, stechenden Punkt konzentriert, die Erkenntnis, daß Rose zu viel für mich gewesen war, mich erledigt hatte. Ich glaubte nicht wie sie, daß Petes letzter Gedanke Daddy gewesen war. Bestimmt, bestimmt hatte er an Rose gedacht, daran, wie sie ihn unausweichlich überwältigt und vernichtet hatte.

39

Ein Vorteil meines Lebens, in dem vieles ungesagt dahinging, bestand darin, daß man Dinge über sich selber, die unvorstellbar bizarr waren, nicht in der Erinnerung behalten mußte. Was niemals ausgesprochen wurde, war letztendlich zu schemenhaft, als daß man sich daran erinnern könnte. Diesen Vorteil habe ich verloren.

Vor jener Nacht hätte ich die geistige Verfassung, in die ich danach geriet, als unerklärlich bezeichnet. Seitdem hätte ich vielleicht erklärt, daß ich »nicht ich selber« oder »nicht bei Sinnen« oder »außer mir« war, aber das treffendste Charakteristikum für meine geistige Verfassung war am Ende nicht das, was ich tat, sondern wie handfest ich sie als mein wirkliches Ich empfand. Es war eine geistige Verfassung, die mich vieles »wissen« ließ, und in meiner »Überzeugung«, ein sonst abstrakter, trockener Begriff, der sich auf moralische Werte oder bewußte Glaubensinhalte bezieht, zu einem Gefühl wurde, als wäre ich von Einsicht durchtränkt, vollgesogen wie ein nasser Schwamm. Ich empfand mich also keineswegs als »außer mir«, sondern auf intensive, neue Art mehr als ich selber denn je zuvor.

Das stärkste Gefühl war dabei, daß ich sie jetzt alle kannte. Daß, während sie sechsunddreißig Jahre lang um mich herumgeschwommen waren, in komplizierten Mustern, die ich bestenfalls unklar durch trübes Wasser wahrgenommen hatte, jetzt alles klar war. Ich sah jeden von ihnen von allen Seiten auf einmal. Ich brauchte ihnen kein Etikett aufzukleben, so wie Rose es mit sich selber und Pete gemacht hatte: »Selbstsüchtig«, »gemein«, »eifersüchtig«. Das Etikett hinderte einen geradezu daran, sie zu erkennen. Alles, was ich zu tun hatte, war, sie mir vorzustellen, und die

Art und Weise, wie ich sie »kannte«, warf ihren Schimmer um sie herum und durch sie hindurch, es war ein Licht, ein Geruch, ein Klang, ein Geschmack, eine Greifbarkeit, die all das ausmachte, was es über jeden einzelnen von ihnen zu verstehen gab. Auf eine Art, die ich früher nie gekannt hatte, als wir alle durch Geschichte und Gewohnheit und Pflicht miteinander verbunden gewesen waren, oder auch durch die »Liebe«, die ich für Rose und Ty empfunden hatte, fühlte ich jetzt, daß sie mir gehörten.

Hier war Daddy, durch irgend etwas aufgehalten, keine Maschine (im Umgang mit Maschinen besaß er Geschick und Geduld), sondern durch eine von uns oder irgendeinen trivialen Umstand. Das Fleisch seines Unterkiefers spannt sich, während er mit den Zähnen knirscht. Er stößt ein ungeduldiges Fauchen aus. Sein Gesicht rötet sich, seine Augen suchen die deinen. Er sagt: »Sieh mir in die Augen, Mädchen.« Er sagt: »Ich mach das nicht mit.« Seine Stimme wird lauter. Er sagt: »Ich hab mir das lange genug angehört.« Er ballt die Fäuste. Er sagt: »Ich hab nicht vor, für dich den Narren zu spielen.« Unterarme und Bizeps wölben sich zu deutlich hervortretenden und mächtigen Strängen. Er sagt: »Ich bestimme, was hier läuft.« Er sagt: »Ich kümmer mich nicht um – Ich sage dir – Ich mein's ernst.« Er schreit: »Ich – Ich – Ich«, sonnt sich brüllend in der Definition seines Ichs. Ich habe dies getan, und, ich habe jenes getan, und, ich glaube nicht, daß du mir das weismachen kannst, und, du hast nicht den leisesten Schimmer, und dann beeindruckt er uns unter Schlägen mit dem Gewicht seines »Ichs« und der federleichten Nicht-Existenz unseres Ichs, unserer Fragen, unserer Zweifel, unserer abweichenden Meinung. Das war Daddy.

Hier war Caroline, sie sitzt auf dem Sofa, hat ihr Dirndlröckchen wie einen Fächer um sich ausgebreitet, die Hände im Schoß gefaltet, ihre spitzenbesetzten Söckchen und schwarzen Lackschühchen stehen vor, ihre Augen schießen wie Pfeile von einem Gesicht zum andern, berechnend, immer berechnend. »Bitte«, sagt sie. »Danke. Gern geschehen.« Sie lächelt. Ein aufgezogenes Sprechpüppchen, und stolz auf ihr perfektes Puppengehabe. Sie klettert auf Daddys Schoß, und ihr Blick schlittert durch den Raum, um zu sehen, ob wir auch mitbekommen haben, wie er sie vorzieht. Sie windet sich ihm entgegen und drückt ihm einen Kuß auf die Wange, sie weiß, wir sehen zu, sie ist sicher, wir sind neidisch.

Hier war Pete, seine Augen blitzen wie die von Daddy, aber er sagt nichts. Leckt sich die Lippen. Wartet auf seine Chance. Beobachtet, lauert, taxiert, wo er den Schlag landen und wann er zuschlagen soll. Schätzt ab, wie schnell der Feind sein könnte, wo der Feind am verwundbarsten sein könnte. Kein »Ich« wie Daddy, das mit jeder Kundgebung anschwoll, sondern ein kleiner werdender Punkt, ein Mann, der sich mehr und mehr in der bitteren Betrachtung seines Zieles verliert.

Hier war Ty, getarnt unter Lächeln und Hoffnung und Geduld, er verliert niemals sein Ziel aus dem Auge, er nimmt sich nur zurück, um ein Hindernis zu umgehen, arbeitet sich langsam, aber stetig voran, tritt auf keine Äste, macht kein Aufsehen, wirft keine Schatten, strömt keine Hitze aus, sickert in jede Ritze, nutzt jede Gelegenheit, ist immer unschuldig.

Es war erstaunlich, wie minuziös ich Rose kannte, wahrscheinlich weil ich sie nach ihrer Operation gepflegt hatte. Ich hatte sie überall mit dem Schwamm abgewaschen – unter der Wölbung ihrer Füße, in der blassen Beuge ihrer Ellenbogen, über dem Nacken, wo sich ihr Haar in einem Wirbel drehte, über den Buckeln ihres Rückgrats, über ihrer Narbe, ihrer übriggebliebenen birnenförmigen Brust mit der schweren Brustwarze und dem großen dunklen Hof. Sie hatte drei Leberflecken auf dem Rücken. Als wir Kinder waren, hat sie mich immer gebeten, ihr abends, wenn wir im Bett waren, den Rücken zu kratzen, oder sie rieb sich mit dem Rücken am Bettpfosten, wie eine Sau.

Und hier war also schließlich Rose, Knochen und Fleisch, direkt neben, direkt im selben Bett mit Jess Clark. Wenn ich mich konzentrierte, konnte ich ihren Körper riechen, die Trockenheit ihrer Haut fühlen, sie riechen und fühlen, wie er während dieser geheimnisvollen Zeit, wenn ich nicht dabei war. Ich konnte auch ihn riechen und fühlen und hören und sehen, und zwar mit einer

Intensität, wie ich sie seit den ersten paar Tagen, nachdem wir auf der Müllkippe miteinander geschlafen hatten, nicht mehr gespürt hatte. Jedesmal, wenn ich einen der beiden nicht tatsächlich vor mir sah, war ich körperlich davon überzeugt, daß sie zusammen waren.

Ich dachte daran, wie bequem es für Rose war, daß Pete tot war. Wie sich die Falle, die unser Leben auf der Farm war, für sie so sauber geöffnet hatte.

Mein Leben lang hatte ich mich mit Rose identifiziert. Ich hatte sie angesehen, den Bruchteil einer Sekunde abgewartet, um ihre Reaktion auf irgend etwas zu erraten, mich dann selber entschieden. Meine tiefste Gewohnheit bestand in der Annahme, daß Differenzen zwischen Rose und mir sich nur an der Oberfläche abspielen konnten, daß wir uns darunter, jenseits davon, ähnlicher als Zwillinge waren, daß wir irgendwie das wahre Ich des anderen waren, für immer zusammen auf diesen tausend Morgen.

Aber letztendlich war sie nicht ich. Ihr Körper war nicht der meine. Meiner hatte sich als unfähig erwiesen, Jess Clarks Interesse zu halten, eine Schwangerschaft zu halten. Meine Liebe, der ich immer zugetraut hatte, sie könnte das Körperliche übersteigen, hatte sich ebenfalls als unfähig erwiesen – hatte bei Ty versagt, hatte bei meinen und Roses Kindern versagt, hatte auf bizarre Weise bei Daddy versagt, der auf seine Art Caroline und Rose liebte, aber nicht mich, hatte bei Jess Clark versagt und hatte jetzt bei Rose selber versagt, die eindeutig wußte, wie sie über mich hinausgreifen, mich zur Seite schieben, sich nehmen konnte, was sie wollte, und froh darüber war. Ich saß in meinem alten Leben fest wie in meinem Körper, aber dank Petes Tod konnte für Rose ein ganzes neues Leben beginnen. Mehr Kinder, um sie neben Pammy und Linda zu setzen. Mit Mineralwasser und vorsichtiger Diät und Jess' verständigem Rat in bezug auf Risiken würde es nicht eine einzige Fehlgeburt, nicht ein einziges Geisterkind im Haus geben.

Was sich verwandelt hatte, war die Vergangenheit, nicht die Zukunft. Die Zukunft schien sich mir wie Eisen um den Körper zu legen, aber die Vergangenheit löste sich unter meinen Füßen auf in etwas Zuckendes und Flüssiges, und in ihrem Mittelpunkt stand das am meisten Verwandelte, Rose selber. Es war deutlich, daß sie meine törichte Liebe mit Eifersucht und gieriger Selbstsucht beantwortet hatte.

Sie hätte besser daran getan, mir nichts zu erzählen, denn jetzt sah ich mehr, als sie wollte. Ich sah Daddy, und ich sah auch sie.

Es war unerträglich.

Nach der Beerdigung mußten Jess und Rose übereingekommen sein, sich als Paar eine Weile zurückzuhalten, deshalb sah ich sie fast nie zusammen, aber einzeln sah ich sie oft genug. Rose verhielt sich feinfühlig, sie sprach überzeugend über unsere geänderte schwesterliche Situation. Mir wurde zu verstehen gegeben, daß meine Gefühle ausschlaggebend seien, daß es an mir sei, den Grad von Nähe herzustellen, der mir angenehm und angemessen erschien. Ich sah, woher diese Feinfühligkeit und Behutsamkeit kam: Sie waren für sie eine erregende Erinnerung an alles Neue und Köstliche in ihrem Leben.

Jess war freundlich, nett und leicht entschuldigend. Ich schien ihn mehr zu sehen als früher, und dann wurde mir klar, daß er mich einige Wochen lang sorgsam gemieden hatte, möglicherweise den größten Teil des Sommers über. Jetzt war er überall, redete mit mir, scherzte mit mir, kam auf eine Tasse Kaffee vorbei, unterbrach einmal sogar sein Laufen, um mir beim Unkrautjäten zu helfen, und dabei stellte er unsere Freundschaft auf eine neue Grundlage, eine Grundlage, die auf die Zukunft ausgerichtet war. Seine offene, glückliche Freundlichkeit, die an Zärtlichkeit grenzte, quälte und erzürnte mich am allermeisten.

Es war ein Labyrinth. Ich schwankte zwischen drei oder vier Pfaden. Ich sagte mir, daß ich entscheiden mußte, was ich wirklich wollte, und mich damit zufriedengeben – jede Handlungsweise ist letzten Endes ein Kompromiß.

Dann wachte ich nachts auf, zutiefst überrascht, erstaunt über all die Bitterkeit und Berechnung, die sich im Laufe des Tages angehäuft hatte. Das konnte doch nicht ich sein, in diesem alten vertrauten Nachthemd, diesem alten vertrauten Körper, mit so viel Haß?

Morgens dachte ich eine Weile nicht mehr daran – schließlich gab ich mir weiterhin Mühe, perfekte Ordnung und Sauberkeit aufrechtzuerhalten – aber dann rief Rose an, oder Jess brachte Donuts vorbei, und ihre Stimmen und Körper drückten so deutlich eine nur mühsam zurückgehaltene sinnliche Lust auf ihre gemeinsame Zukunft aus, daß mir klar wurde, ich mußte etwas tun, um mich von dem Anblick und dem Gefühl ihrer Gegenwart zu befreien.

Es war mir nicht vollständig entgangen, daß Ty selber in einer Krise steckte. Woanders in Iowa, und selbst im County, hatten zeitweilige Trockenzeiten dafür gesorgt, daß die kommenden Ernteerträge geringer ausfallen würden, aber wir hatten perfektes Wetter gehabt, und der Mais und die Bohnen gediehen prächtig. Es war klar, daß Ty ohne Pete und ohne Daddy in arge Bedrängnis geraten würde, die Ernte von tausend Morgen alleine einzubringen. Rose und ich konnten notfalls den Mähdrescher fahren, und ich hatte fast jedes Jahr ein paar Getreidelastwagen zum Getreidespeicher gefahren, aber es war eine Tatsache, daß wir immer nur einsprangen, wenn die Ernte auf ihrem Höhepunkt war; es war ausgeschlossen, daß wir Pete und Daddy ersetzen konnten. Natürlich gab es Jess, der einen der Traktoren gefahren hatte, als wir sechs High School-Schüler eingestellt hatten, die Unkraut und wildwachsenden Mais zwischen den Bohnenreihen gesprüht hatten. Er hatte bei 35 Grad Overalls, Stiefel und eine Gesichtsmaske getragen und Ty die ganze Arbeit mit den Chemikalien machen lassen, was Ty überempfindlich fand. Jedesmal, wenn Ty sich laut darüber Sorgen machte, was wir tun sollten, vermied er es, Jess zu erwähnen, und ließ mich auf die Weise wissen, daß er nicht wieder mit Jess zusammenarbeiten wollte, welche Talente und Fähigkeiten er auch haben mochte. Ich fragte nicht, ob dieses Mißtrauen lediglich auf ihren unterschiedlichen Vorstellungen von der Bewirtschaftung einer Farm beruhte. Ty fragte in der Stadt herum, annoncierte an mehreren Anschlagtafeln und in der Tageszeitung von Pike. Sein Pächter erklärte sich bereit, uns fünf Tage gegen zwei Tage Arbeit auf seiner Farm zu helfen. Auf die Annoncen kam keine Antwort. In der ganzen Stadt schien es eine gewisse Zurückhaltung zu geben, irgend etwas mit uns zu tun zu haben. Ty erweiterte seine Kampagne und annoncierte in Zebulon, Henry Grove, Columbus und sogar Mason City. Er versprach, die Leute bei uns unterzubringen und guten Lohn zu zahlen. Es war ein Problem, das sich nicht von allein löste. Die Sorte Männer, die es noch zu Großvaters Zeiten gegeben hatte, Männer, die arbeiteten, aber kein Land besaßen, gab es 1979 auf dem Lande nicht mehr. Er fing an herumzutelefonieren, um Spezialistenteams mit Mähdreschern zu bekommen.

Wenn er mich darauf ansprach, versuchte ich, anteilnehmend zu klingen, aber die ganze Zeit stellte ich sie mir irgendwo nackt vor, erleichtert, allein zu sein, taumlig und kicherig und sich selber vollkommen genug. Wenn sie an mich dächten, dann deshalb, um irgendeine kleine Freundlichkeit zu planen, die ich ihrer Meinung nach nötig hätte, die mich aber dennoch daran erinnern würde, wer wer war und was was. Wenn selbst die heimlichste Liebesaffäre ein Publikum braucht, dann war natürlich ich das ihre. Ich sah Rose jeden Tag. Wir machten Pickles und verarbeiteten die Tomaten, und ich fuhr die Mädchen für sie hin und her. Mir fiel ihr flüchtiges kleines Lächeln auf. Wir unterhielten uns, in gewisser Weise. Sie spielte nur taktvoll auf Jess an und umarmte mich von Zeit zu Zeit oder machte mir Komplimente. Ich erinnere mich an nichts, was sie sagte. Es war, als bewegte sie bloß die Lippen.

Ty entschied sich, die letzten hundert Ferkel an einen Schweinezüchter zu verkaufen, statt sie selber großzuziehen. In der letzten Minute, nachdem wir die Schweine verladen hatten, aber bevor er die Verladeplanke weggenommen hatte, sagte er: »Ich werd auch ein paar von den Sauen verladen. Die Preise sind hoch genug. Ich könnte etwas Geld mit ihnen machen.«

Ich horchte auf. Ich war vom Verladen hundert Pfund schwerer Schweine über und über voller Mist und reif für eine Dusche, aber was ich da hörte, verblüffte mich. Ich sagte: »Ty, die Preise sind ganz und gar nicht hoch. Du hast Glück, wenn du drei Viertel von dem bekommst, was die Sauen wert sind. Sie sind erstklassiges Zuchtvieh. Du kannst sie nicht einfach so aus dem Impuls heraus auf den Markt karren!«

»Genau das kann ich. Das ist der einzige Weg, wie ich's schaff, ehrlich gesagt.«

»Selbst wenn die neuen Gebäude nicht gebaut werden, können wir doch mit dem weitermachen, was wir machen.«

»Irgendwie fehlt mir die Lust.« Er spuckte in den Dreck. »Wie auch immer, ich muß an die Abzahlung unseres Kredits denken. Das erledigt sich nicht von alleine.«

»Was ist mit der Pacht für deine Farm? Die hatten wir doch dafür gedacht.«

»Das wird aufgefressen, wenn er mir bei der Ernte soviel hilft, wie ich ihn brauchen werd. Wenn ich diese Sauen verkaufe, kommen wir erst mal bis nach der Ernte über die Runden. Und genau daran müssen wir jetzt denken.«

Auf einer Farm gibt es jede Menge Gift, auch wenn nicht alle schnell wirken. Jeder Farmer kennt einen Vertreter einer Chemiefirma, der mal einen demonstrativen Schluck irgendeines Insektizids genommen hat – sicher wie Muttermilch und so weiter. Einmal, als Verna Clark noch lebte und jeder noch Chlordan gegen die Larven des Maiskäfers benutzte, war Harold die Gebrauchsanleitung in den Tank gefallen, und er hat sie mit der bloßen Hand herausgeholt. Arsen gibt es in Form von altem Rattengift. Es gab jede Menge Insektizide, die wir in den Schweineställen benutzten. Es gab Petroleum und Diesel und Farbverdünner und Raid*. Es gab Treibgasentfetter und altes Motoröl. Es gab Aminosäure und Treflan und Lasso und Dual**. Ich wußte, ich mußte einen Gesichtsschutz und Handschuhe tragen, wenn ich mit diesen Chemikalien umging. Ich wußte, ich durfte nie essen, ohne alle Spuren

* Markenbezeichnung für ein im Haushalt verwendetes Insektizid. A.d.Ü.

** Ebenfalls Markenbezeichnungen. A.d.Ü.

der Chemikalien an mir getilgt zu haben. Aber ich wußte nicht, was Rose töten würde.
Ich fuhr zum Earl May-Gartencenter in Mason City und zum Tierarzt und zum Farmer's Coop in Zebulon, und ich verschaffte mir einen Überblick über das, was die Regale zu bieten hatten. Bei Earl May beobachtete mich der Verkäufer, weil der Laden leer war und er sonst nichts zu tun hatte, also ging ich, ohne etwas zu kaufen. Beim Tierarzt versuchte Alice, die Sekretärin, mich ständig in ein Gespräch über die Welpen zu verwickeln, die ihre Hündin bekommen hatte, und ob ich einen wollte. Beim Farmer's Coop war alles außer Samen, Zement und Tierfutter hinter der einen oder anderen Verkaufstheke, und drei oder vier Farmer saßen herum, tratschten und beobachteten mich. Kaufen, wurde mir klar, würde schwerer sein, als ich angenommen hatte.
Ich fuhr zur Bibliothek in Pike und fand ein Heft: »Fünfundzwanzig giftige Pflanzen, bei denen Vorsicht geboten ist«, herausgegeben vom Ohio State University-Informationsdienst. Es war klar, daß auf einer Farm auch mehr als genug Gifte wuchsen, nicht nur der Stechapfel und der Bittersüße Nachtschatten und der Gemeine Nachtschatten, der tödliche Knollenblätterpilz und der Fliegenpilz und das Gemeine Narrenkraut, mit denen ich relativ vertraut war. Maiglöckchen waren giftig, und Osterglocken, und Nesseln und Tollkirschen, Rhabarberblätter natürlich, und Gartenfingerhut, Englischer Efeu. Beeren und Wurzeln von Feldsalat, der in dem Heft Kermesbeere genannt wurde. Die Beeren des Mistelzweigs. Die giftigste Pflanze, die nebenbei erwähnt, aber nicht abgebildet wurde, war der Wasserschierling. Ich ging zum Regal zurück und holte mir einen Führer über Wildblumen.
Wasserschierling gehörte zur Karotten- und Petersilienfamilie. »Seine Wurzeln«, so das Buch, »sind leicht mit Pastinak zu verwechseln, und das ist häufig geschehen, mit tödlichem Ausgang. Vieh, das auf Weiden mit Wasserschierling grast, kann durchaus daran sterben.« Ich sah mir das Bild an. Es kam mir vertraut vor. Ich lernte die Beschreibung auswendig, merkte mir, daß er in Süßwassersumpfgebieten zu finden war, stellte das Buch ins Regal

zurück und fuhr nach Hause. Bestimmt, so dachte ich, ist es das, was sie unter »vorsätzlich« verstehen – dieses bewußte Auskosten jedes einzelnen Schrittes, das Zusammenstellen jedes einzelnen Elements, dieses Erwägen, wie der Tod herbeigeführt werden soll, wie ein Weg gewollter Umstände beschritten wird, der zufälligen Umständen zum Verwechseln ähnlich sieht. Eine Sache, das muß ich sagen, die ich besonders genoß, war die Heimlichkeit des Ganzen. In gewisser Weise, so sah ich es, hatte ich mein ganzes Leben lang für ein Ereignis wie dieses geübt.

Ich brauchte ungefähr zwei Wochen, wobei ich den größten Teil dieser Zeit (was gar nicht so viel war, war doch perfekte Ordnung und Sauberkeit aufrechtzuerhalten) damit zubrachte, zwischen den verschiedenen Unterarten der Petersilie unterscheiden zu lernen, dann Feuchtgebiete für den Schierling auszukundschaften. Am Steinbruch fand ich keinen, auch nicht an einer morastigen Stelle an der südlichen Ecke von Harold Clarks Farm. Mel's Corner war schon seit langem zu gut entwässert. Als hätte ich eine Vorahnung gehabt, hielt ich eines Tages an der Straße mit der schönen Aussicht, genau da, wo der Zebulon River einen breiten toten Arm hat und wo ich im Frühling diesen Schwarm Pelikane gesehen und gedacht hatte, sie kündigten etwas Gutes an. Ich trug gelbe Gummihandschuhe und pflückte eine große, gerade Pflanze mit weißen Blüten, einem magentarot gestreiften Stiel mit spitzen Blättern mit Blattnerven, die zwischen den Lappen in Kerben endeten. Die Wurzeln dufteten angenehm, nicht ganz wie Karotten.

Die Kohlköpfe in Roses Garten waren fest und schwer. Ich schnitt zwei. Rose und die Mädchen waren nicht zu Hause. Ich taute eine Schweineleber und ein paar Lendenstücke in der Mikrowelle auf. Wursthüllen hatte ich am Tag zuvor im Supervalu in Pike gekauft. Alle Handgriffe waren mir so vertraut wie meine eigene Küche, wie jedes Rezept, mit dem ich mich zuvor abgegeben hatte, nur weitaus bedeutungsvoller. Die Schierlingswurzel hatte ich mit einem Schälmesser fein gehackt. Ich beschloß, alles zu verwenden. Die Blätter und den Stiel hatte ich am Fluß liegen lassen. Jetzt lag das Gehackte auf einem Stück Papier auf der Küchenablage. Ich spülte das Messer ab und die Gabel, die ich benutzt hatte, um die Wurzel beim Hacken zu halten. Ich spülte Wasser durch den Abfluß, bis ich sicher war, daß die verwässerten Spuren des Saftes in die Senkgrube gelaufen waren. Ich bezweifelte, daß sie den Boden aufreißen würden, um die Senkgrube zu untersuchen. Nachdem ich das Kleingehackte zusammen mit Pfeffer, Knoblauch, Zwiebeln, Kümmel, rotem Paprika, Zimt, einer Gewürzmischung, ein paar Nelken und reichlich Salz mit dem Fleisch vermengt hatte, füllte ich die Wursthüllen und band sie alle Handbreit ab. Sie waren ungefähr daumendick. Man sah ihnen nicht an, welche tödlich waren und welche nicht. Ich spülte Fleischwolf und Wurststopfer sorgfältig mit viel Wasser ab, dann füllte ich die Einmachgläser mit Wurst, geraspeltem Kohl und einer Salzlake. Das Gefühl war nicht viel anders, als wenn man für jemanden einen Geburtstagskuchen backt. Der Mensch, für den man ihn macht, geht einem im Kopf herum. Also dachte ich unentwegt an Rose.

Ich empfand außerdem ein Gefühl von Freude und Stolz auf meinen Plan. Leberwurst und Sauerkraut reizten Jess sicherlich nicht, und beide Mädchen hatte der bloße Gedanke daran ihr Leben lang angewidert. Selbst für Ty war das zu streng im Geschmack, der Wild und Kaninchen und Lutefisk* gerne aß. Die Perfektion meines Plans lag darin, daß Roses eigener Appetit ihren Tod auswählen würde. Er würde selbst für mich als echte Überraschung kommen.

Ich verbrannte das Papier, auf dem der klein gehackte Schierling gelegen hatte, denn ich war vorsichtig und stellte mir die eventuellen Nachforschungen des Sheriffs so umfassend wie möglich vor. Ich verbrannte es zu Asche, fegte dann die Asche auf ein anderes Stück Papier und verbrannte auch das. Dann vergrub ich die Asche in dem Blätter- und Grasabfallhaufen neben dem Garten. Ich sterilisierte die Gläser im Druckkochtopf und überlegte mir dabei, daß eine bakterielle Fleischvergiftung theoretisch möglich

* Kommt aus der skandinavischen Küche, eine Art Stockfisch. A.d.Ü.

war, aber nicht wahrscheinlich bei jemandem, der damit soviel Erfahrung hatte wie Rose. Diese Würste mußten mit dem Sauerkraut bei einer Temperatur von über 212 Grad mindestens fünfzehn Minuten lang gekocht werden. Der ordentlich voranschreitende Kochprozeß versetzte mich in die übliche heitere Stimmung. Um zwei war ich damit fertig und hatte alles aufgeräumt. Um halb sechs trug ich einen Karton mit zwölf vollen Gläsern die Straße hinunter zu Roses Haus. Es war heiß und staubig. Rose war in der Küche und briet gerade Hamburger.

»Guck mal hier«, sagte ich. »Ich hab 'ne Überraschung für dich.« Sie lächelte, während sie die Gläser aus dem Karton nahm und sah, was ich gebracht hatte. Eingemachte Pfirsiche. Tomatenchutney. Dillpickles. Die Dillstiele in dem Glas sahen genau wie Gift aus. Sie grinste, als sie die Gläser mit Wurst und Sauerkraut herausholte. Sie sagte: »Was für ein Schatz du doch bist. Du hast das alles heute gemacht?«

»Bloß das Sauerkraut.«

»Ich schätze, die anderen werden das nicht essen, was?«

»Nie im Leben. Brrr. Ich auch nicht. Ich hasse Sauerkraut. Und kriegst du davon nicht unheimliche Blähungen?«

»Eigentlich nicht. Danke.« Sie küßte mich auf die Wange. Ich konnte die Mädchen und Jess im Wohnzimmer bei den Abendnachrichten sehen. Jess fing meinen Blick auf, lächelte, winkte mir zu, wandte sich wieder den Nachrichten zu. Ein Glas mit Wurst stand dicht an der Tischkante. Ich schob es zurück und sah Jess noch einmal an. Zum ersten Mal seit Wochen war das Unerträgliche erträglich.

Während ich nach Hause ging, kam ein kühlender Wind auf. Ich war jetzt ruhig, gespannt darauf, was geschehen würde.

40

Der Schlüssel zu einer guten Ernte ist trockenes Wetter, weil Mais und Bohnen sich nicht lagern lassen, wenn sie zuviel Feuchtigkeit enthalten. Fünfzehn Prozent ist ideal für Mais, dreizehn für Bohnen. Reifer Mais auf dem Feld hat über zwanzig Prozent. Der Unterschied kann ganz genau an dem Geld, das es kostet, und dem Propan gemessen werden, das man braucht, um die überschüssige Feuchtigkeit herauszudrücken. Lange, trockene, sonnige Septembertage sind Geld auf der Bank. Regentage bedeuten schwierige Entscheidungen, im Schlamm festgefahrene Maschinen, lange Stunden bei kälter werdendem Wetter, Beschwerden am Silo über den Feuchtigkeitsgehalt und schlechte Qualität. Und kleinere Schecks, wenn man sich zum Verkauf entscheidet.

Zur Erntezeit gibt es immer von allem zu viel.

Ty begann um den fünfzehnten September – und danach jeden Tag –, den Feuchtigkeitsmesser auf die Felder hinauszutragen, in der unsinnigen Hoffnung, er könnte früh mit der Ernte beginnen, wenn das Wetter gut bliebe. Als er zurückkam, fuhren er und Jess – mit dem zusammenzuarbeiten er sich entschlossen hatte, weil ihm keine Wahl blieb – die beiden Mähdrescher, den großen, drei Jahre alten, der sechs Reihen bearbeitete, und den alten für zwei Reihen, den Daddy vor fünf Jahren gebraucht gekauft hatte, als er schon viertausend Stunden runter hatte. Es gab auch noch den alten Maispflücker, der in Daddys Scheune stand und der im Unterschied zu den Mähdreschern ganze Kolben einbrachte. Wenn sie die alte Maschine benutzten, bedeutete das ein Mehr an Lagermöglichkeit, denn am Ostrand von Mel's Corner, direkt an der Cabot Street, standen noch zwei Maisspeicher alten Typs für Kolben. Aber Ty wollte die Maschine nicht gerne benutzen, weil sie nicht für die längeren modernen Kolben gebaut war und oft die größten kappte und auf dem Feld liegen ließ. »Schön für die Vögel«, sagte Ty. Ich mochte sie nicht, weil mit Maispflückern weit mehr Unfälle geschahen als mit Mähdreschern, und mit schrecklicheren Folgen. Eines Tages sah ich, wie sie die alte Maschine an den Traktor ankoppelten und heraus in den Sonnenschein zogen, um sie sich anzusehen. Selbst aus der Entfernung (ich stand am Fenster unseres Wohnzimmers und blickte die Straße hinunter) sah sie bedrohlich aus.

Wir hörten, daß Leute kommen würden, um Loren und Harold zu helfen, darunter auch Lyman Livingstone, der seine Abreise nach Florida um zwei Wochen verschoben hatte, und zwei der Stanley-Jungen, aber wir hatten so viel zu tun, daß es leicht war, nicht daran zu denken, und sogar noch leichter, es nicht zu erwähnen. Dollie fragte Rose eines Tages bei Casey's, wie es Daddy in Des Moines gefiele. Rose sagte: »Besser, als er dachte«, und lächelte ihr munterstes Lächeln.

Der Gerichtstermin war auf den zwanzigsten Oktober festgesetzt. Mr. Cartier sagte Rose, daß Petes Tod die Klage nicht beeinflusse, da er ja nur durch Heirat beteiligt gewesen sei. Ich verhielt mich weiterhin so, als lebte ich unter den Blicken all unserer Nachbarn, so wie es uns Mr. Cartier geraten hatte. Ich wartete darauf, daß Rose starb, aber das Wetter war zu warm für Sauerkraut und Leberwurst – das war ein Wintergericht.

So um den achtzehnten sagte Ty, er wolle versuchen, den ersten Mais einzubringen. Eine frühe Sorte in unserer Südwestecke war auf neunzehn Prozent Feuchtigkeit herunter, und für den nächsten Tag hatten sie Regen angesagt, der den Feuchtigkeitsgehalt erhöhen und die Ernte um zwei oder sogar drei Tage verzögern würde. Er sagte: »Da drüben sind zweiundsechzig Morgen. Wenn wir beide Mähdrescher fahren, können wir das meiste schaffen.«

Ich lächelte. Der Beginn der Ernte war immer aufregend, egal was sonst geschah. Er lächelte zurück. Ich sagte: »Willst du Rose und mich?«

»Wir wollen mal warten und sehen, wie's mit der Schlange am Silo aussieht. Der Erntebericht war ganz gut, bevor du aufgestanden bist. Der Mais war rauf auf 2.45, und wenn's die nächsten drei Tage feucht wird, könnte er noch ein bißchen steigen. Wir werden sehen. Wir werden sehen.«

Er sprang praktisch vom Tisch auf, als ob sein Vorgefühl eine Sprungfeder in ihm wäre, die seine natürliche Vorsicht überwältigt hatte.

Ich machte den Abwasch fertig, fegte den Fußboden, wischte die Arbeitsflächen, säuberte die Ritzen dazwischen mit einem Zahnstocher, scheuerte die Bratpfannen und die Herdringe, setzte den Zahnstocher für die Ecken des Herdes ein und machte die Herdtür mit Windex sauber. Diese Aktivitäten verschmolzen zu einer Art Tagtraum, der durch das Rumpeln der Mähdrescher, die an der Westseite des Hauses vorbeifuhren, seine Untermalung erhielt. Es gab einen Weg, der zu dieser Südwestecke führte. Er führte um die kleine Müllkippe. Jess würde einen der Mähdrescher fahren. Ich fragte mich, was er beim Vorüberfahren denken würde, beugte mich dann hinunter und begann, Schmutz aus den kleinen runden Füßchen vorn am Herd zu kratzen. Etwas später donnerte und ratterte auch der Lastwagen mit dem Getreidehänger vorüber.

Dann begann das Erntedrama, mit den üblichen Krisen und dem üblichen Heroismus. Der Mensch gegen die Natur, der Mensch gegen die Maschine, der Mensch gegen die wirbelnden, unpersönlichen Kräfte des Marktes. Siege – wenn man ein Feld direkt vor einem Regen fertigkriegte – und Niederlagen – wenn der Maispreis an einem einzigen Tag um dreißig Cents das Bushel fiel; die seltsame, jeden verwandelnde Mischung von Kraft und Erschöpfung. Natürlich gab es auch die rituelle Besinnung auf frühere Ernten, die mich dazu brachte, daß ich mich fragte, was wir wohl in späteren Jahren sagen würden, wenn es das besondere Merkmal dieser Ernte sein sollte, daß Rose eines Abends tot am Abendbrottisch umgefallen war. Mein Haß auf sie brannte stetig, trotz allem, was uns zusammenbrachte.

Die Ernte war ein Drama, das mich ergriff, darüber gab es gar keinen Zweifel, etwas, das mich unterhalb allen Wissens bewegte, so wie es mich immer bewegt hatte, wenn ich meinen Vater in der Ferne einen grünen Traktor über ein grünes Feld hatte fahren sehen. Ich sah, daß ich mich der theatralischen Welle überlassen könnte, die mich in einigen Wochen zu einer Versöhnung mit meinem Leben tragen würde. Es war eine Versuchung. Es war eine Versuchung.

Was ausreichte, um diese Versöhnung abzuwürgen, war der Anblick im Gerichtssaal, nicht der meines Vaters, sondern der von Caroline und Frank. Man mußte sie einfach anstaunen, so fehl am Platze wirkten sie im Gerichtssaal von Zebulon County. Da war Ken LaSalle in seinem gelbbraunen Anzug von J. C. Penney, der ihm nicht so ganz paßte, und da war ein weiterer Anwalt in Marineblau mit einem weißen kurzärmligen Hemd, einer grünen Krawatte und braunen Schnürschuhen, vom gleichen Muster wie Ken. Aber selbst Jean Cartier sah zerknautscht aus im Vergleich zu Caroline und Frank, mit ihren anthrazitgrauen Anzügen aus Minneapolis oder vielleicht New York, ihren ochsenblutroten Aktenkoffern, ihren Hundert-Dollar-Schuhen. Caroline trug ihr Haar nach hinten genommen und aufgesteckt, so daß Stirn und Hals frei und nackt waren wie der personifizierte Stolz. Sie saß aufrecht neben Daddy.

Und dann war da dieser selbstgerechte Ausdruck in ihrem Gesicht, denn sie hatte deutlich Daddys Bürde auf ihre Schultern genommen, und sie trug sie mit einem Gefühl verletzter Tugend. Sie sah weder zu Rose noch zu mir herüber, obwohl wir in ihrem Gesichtsfeld saßen. Sie lächelte Ty zu. Er lächelte zurück.

Ich sah, wie Rose ihr einen langen, taxierenden, selbstsicheren Blick zuwarf. Aber als sie sich abwandte, rückte sie die Schultern ihres Kostüms zurecht und setzte sich gerader hin. Sie sah zu Jess hinüber. Ja, Jess sah besser aus als Frank.

Rose und ich waren immer so stolz darauf, wie gut wir es mit Caroline gemacht hatten, stolz darauf, daß wir uns so gut um unser Püppchen gekümmert hatten, und die Belohnung bestand in dem Wissen, daß sie ein Leben leben würde, an das jede von uns mit einer gewissen Sehnsucht gedacht hatte. Daß sie uns nie anrief

oder uns nie nahe zu sein schien, ließ uns nicht an unserem Handeln zweifeln. Auch kam uns nicht in den Sinn, uns zu fragen, was sie von uns hielt, ob sie uns mochte. Hätten wir denn selber sagen können, ob wir sie mochten? Ich weiß nicht.
Aber ihr im Gerichtssaal gegenüberzusitzen war zum Wahnsinnigwerden. Jeder Zoll ihrer Erscheinung, ihre bloße Vertrautheit mit dem Gerichtssaal, in dem ich mich unsicher fühlte, ihre siegessicheren Blicke auf Frank, schienen mir Hochmut auszuströmen und den Wunsch, uns das wegzunehmen, was wir hatten und sie wollte, aber ganz deutlich nicht brauchte.
Sie hielt Daddys Hand in ihrem Schoß wie eine Handtasche. Und Daddy sah hoffnungslos aus. Sein Blick schweifte eine Weile durch den Saal, fixierte irgend etwas, und er starrte dann minutenlang auf die jeweilige Sache oder Person. Wenn Caroline etwas zu ihm sagte oder seine Hand tätschelte, lächelte er zärtlich, wenn auch nicht notwendigerweise ihr zu. Es war ein Blick, der mir denselben alles verdunkelnden Kälteschauer einjagte, den ich damals gespürt hatte, als ich sie bei »Roberta's« belauscht hatte. Vielleicht hatte es neben all der Wut und Entschlossenheit, seinen Willen zu bekommen, die Daddy während jener merkwürdigen verlorenen Nächte zu mir getragen hatte, vielleicht hatte es auch genau diese Zärtlichkeit gegeben. Ich verrückte meinen Stuhl, damit ich die beiden nicht ansehen mußte.
Jean Cartier hatte uns gesagt, er erwarte nicht, daß die Anhörung, die vor einem Richter und nicht vor Geschworenen stattfand, länger als einen Vormittag und einen Nachmittag dauern würde. Die Sache, um die es ging, meinte Jean, war relativ klar umrissen, besonders im Lichte der Tatsache, daß wir eine gute Ernte gehabt hatten. Unsere Nachbarn hatten uns nicht geholfen, trotzdem waren wir zu einer guten Zeit fertiggeworden, und da wir ein wenig früh dran gewesen waren, hatten wir einen leicht besseren Preis für unseren Mais erzielen können als einige andere. Jetzt konnte niemand mehr bestreiten, daß Ty ein hervorragender Farmer war. Wir hatten für den ersten Teil der Maisernte einen so guten Preis bekommen, daß Ty Marv Carson zwei Tage vor Fäl-

ligkeit eine Rate auf den Kredit hatte überweisen können. Das war vielleicht der Grund, warum Marv auf unserer Seite des Gerichtssaals saß, weit hinten. Er war der einzige Zuschauer.
Um zehn Uhr erhob sich Martin Stanley, der Gerichtsdiener, und verkündete, daß die Sitzung unter dem Vorsitz von Richter Lyle Ottarson eröffnet sei. Richter Ottarson, hatte uns Mr. Cartier gesagt, kam aus Sioux City. Irgendwo hatte es in seiner Familie mal eine Farm gegeben. »Er weiß, wovon die Rede ist«, hatte Mr. Cartier sich ausgedrückt.
Der erste, der in den Zeugenstand gerufen wurde, war mein Vater. Stehend, gehend war er noch er selber, groß und stark und vornüber gebeugt, und sein Kopf schwang herum wie der Kopf eines Bullen, und auch mit demselben Mißtrauen. Ken LaSalle bahnte ihm den Weg zum Zeugenstand. Er fixierte Monica Davis, die Protokollführerin, gerade lange genug, um zu schwören, er werde die Wahrheit sagen. Dann stellte ihm Ken die erste Frage: Ob er in gutem Glauben eine Gesellschaft gebildet und seine Farm seinen beiden älteren Töchtern überlassen habe, Virginia Cook Smith und Rose Cook Lewis, zusammen mit ihren Ehemännern Tyler Smith und Peter Lewis? Darauf antwortete Daddy: »Bei Gott, sie werden da verhungern. Das Land trägt nicht für solche wie die. Caroline!«
Ken sagte: »Mr. Cook...«
»Caroline!«
Caroline zwitscherte: »Ja, Daddy?«
Richter Ottarson sagte: »Der Zeuge wird es bitte unterlassen...«
»Caroline! Das wird ihnen den Mund stopfen!«
Der Richter beugte sich vor und versuchte, Daddys Blick aufzufangen. »Mr. Cook? Larry?«
Daddy warf den Kopf herum und sah ihn an.
»Mr. Cook, beantworten Sie bitte die Fragen. Sie können jetzt nicht mit Mrs. Rasmussen sprechen. Verstehen Sie das?«
Daddy sah ihn an, ohne zu antworten. Der Richter sagte: »Fahren Sie fort, Mr. LaSalle.«

»Larry?« Ken kam dicht an den Zeugenstand heran. »Larry? Hast du die Farm Ginny und Rose überschrieben?«

»Ist mir egal, wenn ich ins Gefängnis muß. Wenn sie mich ins Gefängnis stecken wollen, ist mir das egal.«

Ken sagte: »Niemand muß ins Gefängnis, Larry. Darum geht's hier nicht. Wir reden von der Farm. Deiner Farm, die dein Dad und Granddad aufgebaut haben. Wir wollen wissen, was du mit ihr gemacht hast.«

»Ich hab sie verloren. Die ist gründlich verloren. Caroline, bitte verzeih mir!«

Der Richter sagte: »Mr. LaSalle, versuchen Sie's noch mal.«

Ken nickte. Er versuchte es mit einer festeren, befehlenderen Stimme: »Larry! Hör mir zu! Was ist mit deiner Farm passiert? Wem hast du sie gegeben? Denk nach.«

Plötzlich rief Daddy: »Sie ist tot!« und packte die Armlehnen.

Der Richter sagte: »Wer ist tot, Mr. Cook?«

»Meine Tochter.« Er klang wie in einer Unterhaltung, beinahe unterwürfig.

»Welche Tochter? Alle Ihre Töchter sind hier im Gerichtssaal, Sir.«

»Caroline! Caroline ist tot. Wo ist sie? Haben sie sie schon begraben? Ich glaub, sie haben die Leiche gestohlen. Ich glaub, diese Schwestern haben die Leiche gestohlen und sie schon begraben.«

Während er das sagte, eilte Caroline an seine Seite. Sie nahm seine Hände und legte sie sich auf die Schultern, dann sagte sie: »Hier bin ich, Daddy. Ich bin ganz und gar nicht tot.«

Er sagte: »Jemand soll ihren Puls messen.«

Rose ließ ein bellendes Lachen hören, das sie schnell erstickte. Ich aber war verblüfft. Verblüfft und entsetzt und erregt, so wie man sich immer angesichts eines Menschen fühlt, der plötzlich zu einem Wrack geworden ist.

Ken LaSalle hielt ein Bündel Papiere hoch und sagte: »Herr Richter, hier ist Beweisstück A, der Vertrag, um den es geht. Ich werd ihn an Stelle der Antwort des Zeugen vorlegen.«

Daddy sagte: »Kann sein, sie haben sie umgebracht. An dem Tag damals nach der Kirche. Sie ist nicht aufgetaucht, um sich ihren Anteil zu holen. Und dann, als ich nach Des Moines runtergefahren bin, um sie zu suchen, da war sie auch nicht da.« Er wandte sich dem Richter zu. »Sie sind Richter. Ich werd darauf schwören. Ich schwör, daß sie sie vielleicht umgebracht und begraben haben.«
Caroline sagte: »Ich bin hier bei dir, Daddy. Du wohnst jetzt bei mir zu Hause. Du kannst da für immer wohnen. Solange du willst.«
Der Richter sagte: »Wer hat wen umgebracht, Mr. Cook?«
»Diese Luder haben meine Tochter umgebracht.«
»Wie lauten die Namen, Sir?«
Jetzt beugte ich mich vor, und ich spürte, wie sich die Neugier, die Namen zu hören, in mir wie von einer Spule abrollte. Würde er wirklich ihren Namen aussprechen, wo sie direkt vor ihm stand, lebend und atmend? Das Foto dieses namenlosen Babys kam mir in den Sinn. Vielleicht gab es am Ende noch ein anderes, eins, das vor mir dagewesen war. Es war nicht ausgeschlossen, nicht mal ganz unwahrscheinlich, daß ich nichts davon wußte. Es konnte so sein: je weniger darüber gesprochen wird, desto besser. Er sah noch immer den Richter an. Er sagte: »Sie war das süßeste, fröhlichste, glücklichste kleine Mädchen. Den ganzen Tag über sang sie ein kleines Lied. Wie ein kleiner Vogel.«
»Wer?« sagte der Richter.
Er konnte sie nicht sehen. Er sagte: »Na, Caroline natürlich.« Er sah über ihre Schulter zu Ken LaSalle. Er sagte: »Hilf mir hoch, Junge. Bitte. Ich kann nicht mehr so wie früher.« Er streckte die Hand aus. Als Ken sie ergriff, trat Daddy die kleine Stufe herunter. Zu Caroline sagte er: »Entschuldigung.«
Rose beugte sich zu mir und sagte: »Zehn zu eins, das ist ein Schauspiel.«
Caroline, Ken und Daddy gingen langsam den Gang hinunter auf die Tür zu. Daddy sagte: »Sie war das kleinste Ding. Kleine Knubbelknie. Kleine Patschhändchen, machte immer ihren Puppen Zöpfe.« Plötzlich rief ich: »Daddy, es war Rose, die den rosa

Mantel hatte! Es war Rose, die sang! Und ich hab die Sachen durch die Brunnengitter gesteckt!« Ich plärrte es einfach so in den Gerichtssaal hinaus, und alle Gesichter wandten sich mir zu. Alle außer einem. Daddy nahm das überhaupt nicht zur Kenntnis. Der Richter klopfte mit seinem Hammer, mein Gesicht lief rot an, und meine Kehle brannte. Ich flüsterte Ty zu: »Aber es war so!« Er machte »Schsch«. Eisige Schauer gingen in Wellen durch meinen Körper.

Die Anhörung nahm weiter ihren Gang, als hätte ich nichts gesagt. Frank blieb; ich vermute, um sicherzugehen, daß wir keine Tricks versuchten. Mehrere beeidigte Erklärungen wurden verlesen, die bezeugten, daß Ty und Pete und später Ty, Jess und Rose und ich selber die Farm den Sommer über geführt hatten. Belege über Verkäufe, offenstehende Rechnungen, meine Bücher, die ich emsig auf den neuesten Stand gebracht hatte, alles wurde vorgelegt. Ty trat in den Zeugenstand, sprach einfach und sorgfältig über das, was er getan hatte und warum. In den meisten Fällen führte er als Begründung an, daß Daddy die Dinge früher auch so gehandhabt hatte und es ihm so zur Gewohnheit geworden war. Rose wippte ständig mit dem Fuß, und ihr Stuhl quietschte an einer Fuge zu ihrer Wipperei. Ich beobachtete alles, aber vor allem war ich noch immer ganz in meiner Verblüffung gefangen.

Die seltsamste Person im Saal war abgesehen von mir Jess Clark, und meine Verblüffung konzentrierte sich nach und nach auf ihn. Es war, wenn ich sein Gesicht nur intensiv genug anstarrte, als wäre wieder Mai und als sähe ich ihn zum ersten Mal. Ich bemerkte seine Adlernase, seine blauen Augen mit den feinen Falten drumherum, seine trockenen, klar geschnittenen Lippen. Er sah im Gerichtssaal entspannt aus, war ganz Zeuge, neugierig, aber distanziert. Ein Fremder, wirkte er vorsichtig, beinahe berechnend. Jetzt, da niemand ihn ansah und er keine Gelegenheit hatte, seinen Charme spielen zu lassen, war sein Gesicht kühl, ohne Leben oder Wärme. Seine Einschätzung der Dinge, die geschehen waren, oder seine Gefühle für sie waren ihm nicht abzulesen, und etwas wurde in mir wachgerufen, eine instinktive weibliche Reaktion der Vorsicht, als ob wir alles, was bereits geschehen war, noch vor uns hätten, als ob das Gefühl, daß man vorsichtig sein müsse, Voraussicht und nicht bereits das Ergebnis von Erfahrung wäre. Diese flattrige Vorsicht war wie ein *déjà vu*-Gefühl, und ich fragte mich, ob ich es vorher schon einmal gehabt hatte, ob nicht der Widerstand gegen diese Vorsicht es gewesen war, was mich vorwärtsgetrieben hatte. Ich dachte plötzlich an das Mädchen, das vor langer Zeit im Juni von seinem Freund erstochen worden war, weil es zu ihm hinausgegangen war, alle Vorsicht in den Wind schlagend.

Wir alle hatten das getan, Daddy zuerst, die anderen danach. Wir hatten es getan, ohne zu wissen, warum, oder vielleicht hatten wir noch nicht einmal gewußt, daß es das war, was wir taten. Und dann waren unsere vorsichtigen Leben im Rückblick unerträglich geworden und jede Möglichkeit, zu ihnen zurückzukehren, gleichermaßen unerträglich. Und dennoch, vor einem Jahr war ich hinlänglich glücklich gewesen, ich hatte auf eine neue Schwangerschaft gehofft, hatte die tägliche Arbeit gemeistert und war mit dem Ärger über Daddys Unvernünftigkeiten irgendwie zu Rande gekommen. Ty war hinlänglich zufrieden gewesen mit seiner kleinen Schweinemast, Pete hatte den Kompromiß seines Lebens akzeptiert – die Frustration der Routine, gelegentliche Ausbrüche, aber wenigstens einen größeren Zweck, an dem er teilhaben konnte. Auch Jess mußte, sieben Monate vor seiner Rückkehr, das Gefühl gehabt haben, daß die Dinge geregelt waren.

Nur Rose sann auf Veränderung. Über ihren Körper brüten, ihren sinnlichen, wütenden, geheimen, wartenden Körper, war mir zur Gewohnheit geworden, zu einer Art Meditation, die vielleicht ihren Appetit zu den Würsten und dem Sauerkraut lenken würde, ihre Hand zu einem Glas, das ich für sie eingemacht hatte, aber im Augenblick dachte ich nicht daran. Ich dachte statt dessen an jene Zelle, die sich im Dunkeln teilte und danach weiterlebte und nicht abstarb, sich weiter unterteilte, vervielfachte, wuchs, Roses wirkliches drittes Kind (»ihr einziges drittes Kind«, flüsterte eine Stimme in meinem Kopf), dasjenige, das nicht von ihr getrennt werden würde. Ihr dunkles Kind, das Kind ihrer Vereinigung mit Daddy.

Ich schüttelte den Kopf und kehrte zu den Vorgängen im Gerichtssaal zurück.

Caroline war in den Gerichtssaal zurückgekehrt und trat jetzt in den Zeugenstand. Sie glättete den Rock und setzte sich. Sie lächelte ihren Anwalt an, dann Ken LaSalle. Der Anwalt sagte: »Miss Cook, wann wurde Ihr Mißtrauen erregt, was die Pläne bezüglich der Teilung der Cook-Farm betrifft?«

»Ich war von Anfang an mißtrauisch. Das ganze Unternehmen war äußerst untypisch für meinen Vater.«

Er fragte sie, was sie damit meine. Sie unterhielten sich freundlich über Daddy, stellten ihn als jemanden dar, der alles selbst machte und kontrollierte, einen »lebenslangen Farmer«.

»Wie sah Ihre Reaktion auf den Plan aus?«

»Ich gab meine Vorbehalte zu verstehen.«

»Wie wurden sie aufgenommen?«

»Meine Schwester Ginny Smith drängte mich sehr, mich dem Gedanken anzuschließen.«

»Was hielten Sie davon?«

»Ich vermutete, sie hatte tiefere Beweggründe. Ich wußte, daß sie und auch Rose die Farm in ihre Hände...«

Mr. Cartier legte Einspruch ein.

Rose sagte: »O mein Gott, hört euch das an.« Der Richter warf ihr einen strengen Blick zu.

Der Anwalt aus Des Moines versuchte es anders. Er sagte: »Später dann wurde es zu mehr als Mißtrauen, nicht wahr? Später machten Sie sich Sorgen um die Sicherheit Ihres Vaters, nicht wahr?«

»Sie haben ihn in ein fürchterliches Unwetter hinausgeschickt...«

»Einspruch«, sagte Mr. Cartier. »Hörensagen.«

Der Anwalt versuchte es noch einmal: »Mr. Tyler Smith hat Ihnen gesagt, daß sie Ihren Vater in ein fürchterliches Unwetter hinausgeschickt haben, oder?« Rose beugte sich zu mir und flüsterte: »Hat er das?«

Ich ließ Caroline für mich sprechen. »Ja, das hat er. Es war allgemein bekannt...«
Rose lehnte sich zurück. »Überrascht mich nicht.«
Richter Ottarson zog seine Lesebrille auf die Nase herunter und überflog ein Dokument auf seinem Tisch. Dann unterbrach er sie. Er sagte: »Die Mißwirtschafts- und Mißbrauchsklausel des Gesellschaftsvorvertrages, die Grundlage der Klage ist, bezieht sich, Mrs. Rasmussen, allein auf die Eigentumsrechte an der Farm. Sie können das Thema Ihres Vaters und seiner Beziehung zu Ihren Schwestern nicht in diese Verhandlung einbringen.«
Caroline lief rot an und sagte: »Aber...« Ihr Anwalt brachte sie zum Schweigen. Dann lächelte er listig, beruhigend. Ich blickte zu Mr. Cartier hinüber, der mit lebhaftem Interesse zusah.
Der Anwalt sagte: »Ist die Cook-Farm jemals verschuldet gewesen?«
Caroline sagte: »Nein.«
»Ist sie jetzt mit Schulden belastet?«
»Das ist sie mit Sicherheit...« Sie wollte weiterreden, hielt aber mit einem triumphierenden Blick auf Rose, dann auf mich, inne. Einen Augenblick später sah sie wieder kalt wie ein Stein geradeaus und strich sich übers Haar. Mr. Cartier lehnte höflich ab, sie zu befragen, und sie stand auf. Es herrschte Totenstille, als ihre Hundert-Dollar-Hacken zu ihrem Platz zurückklickten und das laute Quietschen kam, mit dem sie ihren Stuhl zu sich heranzog.
Marv Carson wurde als nächster in den Zeugenstand gerufen.
Ja, sagte er, seine Bank hatte einen Kredit von 125000 Dollar gegeben, mit der Farm als Sicherheit.
Ja, sagte er, wenn alles planmäßig lief, würde die Bank uns 300000 Dollar leihen. Er lächelte stolz.
Er sagte: »Daraus wird eine erstklassige Schweinemast.«
Nein, sagte er, die Smiths und Mrs. Lewis seien in ihren Zins- und Tilgungszahlungen nicht im Rückstand.
Der Anwalt aus Des Moines sagte: »Mr. Carson, viele Ihrer Kollegen würden es als ein bemerkenswertes Risiko ansehen, ein Familienunternehmen so zu verschulden. Meinen Sie nicht?«

»O nein, ich habe ein sehr gutes Gefühl dabei.«
Der Anwalt aus Des Moines hob die Augenbrauen.
»Schweine sind eine ausgezeichnete Investition. In Schweinen liegt 'ne Menge Profit. Die Vorstellung, schuldenfrei zu sein, ist sehr altmodisch. Eine *Familie* kann schuldenfrei sein, das ist eine Sache. Ein *Unternehmen* ist was anderes. Sie müssen verstehen, daß eine Farm zuallererst ein Unternehmen ist. In einem Unternehmen braucht man Kapital. Man vergrößert es, um es ökonomischer zu machen. All das.« Marv grinste. Offensichtlich hatte er den Eindruck, daß er allen im Gerichtssaal eine wohlverdiente Lektion erteilte. Er fuhr fort: »Was mir Sorgen macht, ist die Verzögerung, offen gesagt. Diese Verzögerung ist sehr schlecht für uns. Die Gebäude sollten eigentlich längst fertig sein, und es ist nun beinahe schon zwei Monate her...«
»Was für'n Zufall«, murmelte Rose.
Der Anwalt aus Des Moines sagte: »Vielen Dank, Mr. Carson, das reicht«, kehrte Marv den Rücken zu und ging zurück zu seinem Tisch. Marv hielt verdutzt inne. Mr. Cartier erhob sich und ließ Marv im einzelnen über die Kosten der Verzögerung sprechen. Mr. Cartier war sehr vergnügt.
Marv ging wieder auf seinen Platz auf unserer Seite des Gerichtssaals. Er hütete sich, uns anzusehen, ging ganz in seiner Rolle als »Experte« auf. Aber ich bemerkte, indem ich Marv beobachtete, einfach nur beobachtete, daß deutlich war, wo das Geld war und wo es in Zukunft sein würde.
Nach einer Weile nahm Richter Ottarson seine Papiere auf und legte sie nachdenklich zusammen, richtete die untere Kante am dunklen Holz seines Tisches aus, dann die beiden Seitenkanten. Er schob seine Brille die Nase hinauf, blätterte dann den Gesellschaftsvorvertrag durch.
Er sagte: »Ich denke nicht, daß ich mich zurückziehen muß, um diese Angelegenheit zu entscheiden. Die Argumente sind ziemlich eindeutig, und die Kläger haben weder Mißbrauch des fraglichen Besitzes noch Mißwirtschaft der Vermögenswerte nachweisen können. In diesem Staat verhält es sich so, daß, wenn jemand

rechtmäßig seinen Besitz überschreibt, es sehr schwierig wird, wenn er seine Meinung ändert und ihn zurückhaben will.« Er machte eine lange Pause und schien zu erwägen, wie er fortfahren sollte. Schließlich sagte er: »Offensichtlich muß auch die geistige Verfassung des Hauptklägers Mr. Cook mit berücksichtigt werden. Sollte der Besitz wieder an ihn zurückfallen, ist nicht klar, angesichts der tiefen Spaltung innerhalb der Familie, wer ihn bewirtschaften würde. Aber das ist nur eine zweitrangige Erwägung. Das Gesetz ist eindeutig. Ich entscheide zugunsten der Angeklagten Mrs. Smith, Mrs. Lewis und Mr. Smith.«

Wir begannen uns zu rühren, aber er redete weiter. Er sagte: »Außerdem möchte ich gerne Mr. LaSalle, Mr. Crockett, Mr. Rasmussen und Mrs. Rasmussen sagen, daß Mr. Cartiers Argument durchaus begründet ist, daß es sich unter Umständen um einen leichtfertigen Mißbrauch dieses Gerichts handeln könnte und Mr. Rasmussen und besonders Mrs. Rasmussen sich noch einmal hätten besinnen sollen, bevor sie sich entschlossen, ein Familienspektakel so weit zu treiben. Aus diesem Grunde werden die Kläger Gebühren und Kosten tragen. Die Sitzung ist geschlossen.«

Rose lächelte.

Carolines Gesicht war rot und zornig.

Eines hatte dieser Auftritt vor Gericht sicherlich bewirkt. Er hatte uns auf wundersame Weise voneinander und von unserem alten Leben getrennt. Jetzt konnte es keine Versöhnung mehr geben.

41

Es überraschte mich nicht, daß wir den Urteilsspruch nicht ertragen konnten. Zunächst hatten wir so etwas vorher noch nie erlebt, so daß wir nicht wußten, wie wir uns verhalten oder was wir empfinden sollten. Zum anderen taten wir nichts, was wir nicht sowieso vorgehabt hatten – Ty und ich fuhren in unserem Pickup nach Hause, um die Schweine zu füttern, Rose holte mit ihrem Auto die Mädchen ab, und Jess fuhr Petes Pickup zu sich nach Hause. Mir fiel auf, daß wir alle Mr. Cartier ziemlich eilig dankten und dann gingen, als schämten wir uns.

Ty und ich fuhren fast schweigend nach Hause. Es war der neunzehnte Oktober. Die Blätter an den Bäumen hatten dieselbe Färbung wie die Blätter, die in Gräben und Zäunen gefangen waren. Die alten Maisstengel auf den abgeernteten Feldern waren im Kontrast dazu beinahe weiß. Einige wenige Farmer waren noch draußen und ernteten die letzten Bohnen ab. Ich konnte die verdorrten, rötlich schwarzen Schoten sehen und sie aufgrund langer Gewohnheit fast im Wind rascheln hören, als wir vorüberfuhren. Schweine und Rinder mit weißen Gesichtern grasten auf den eingezäunten Feldern, fraßen, was die Mähdrescher stehengelassen hatten. Hier und dort pflügte ein Farmer ein Feld um. Der steife frische Wind wirbelte die trockene Erde in die Luft. Weiße Farmhäuser hoben sich scharf gegen den umbrabraunen Hintergrund ab, die Vorgärten waren mit Maishaufen und dunklen Kürbissen geschmückt.

Im letzten Jahr waren Harold und Loren im Oktober und November, der billigen Zeit vor Saisonbeginn, für zwei Wochen nach Arizona gefahren. Dieses Jahr, so hatten wir gehört, hatten sie vor, in die Stadt zu ziehen. Harolds Augen schmerzten noch, und er blieb nicht gern alleine. Zwei Frauen, Schwestern, hatten sich bereit erklärt, während des Tages auf ihn aufzupassen, wenn Loren auf der Farm arbeitete, aber sie fuhren nicht Auto, deshalb hatte Loren sich entschlossen, etwas in der Nähe des Postamts von Cabot zu mieten. Marlene Stanley hatte Rose das erzählt. Ty, da war ich mir sicher, hatte dieselbe Neuigkeit direkt von Harold, aber darüber sprachen wir nicht.

Als wir auf unseren Hof fuhren, stieg Ty aus, noch bevor der Motor still stand, und eilte zur Scheune. Es war Freitag. Ich nahm an, daß in der kommenden Woche die Arbeiten an den Schweinemastgebäuden wieder aufgenommen werden würden. Die Betonböden, die über drei Monate Wind und Wetter ausgesetzt gewesen waren, hatten sich ein wenig verfärbt, und in einem war ein langer Riß entstanden, der ausgebessert werden mußte, aber trotz aller Probleme mußte das Projekt einfach weitergehen. Wir steckten zu tief in Schulden, um es jetzt abzubrechen.

Jede Farm sieht nach der Ernte vernachlässigt und durcheinander aus, aber als wir auf unseren Hof fuhren, und danach, als ich in unser Haus ging, erschien mir alles leblos, und ich konnte mir nicht vorstellen, daß es mit dem üblichen Winterputz in den Zustand zurückzuversetzen sein sollte, in dem es noch im letzten Frühjahr gewesen war. Im Haus sah es dank meiner besessenen Arbeit etwas besser aus, aber die Möbel waren alt und paßten nicht zueinander, Teppichfußboden und Vinyl waren voller dunkler Flecken, die einfach nicht auf die erhältlichen Reinigungsmittel reagierten. Mist, Blut, Öl und Schmiere behielten schließlich die Oberhand, allen Anstrengungen zum Trotz. Gewöhnlich nahm ich meine Wohnung nicht als ein Ganzes auf. Ich konzentrierte mich auf einen Sessel, den ich gerade schampooniert hatte, oder auf ein Bild, das ich im Antikladen in Pike gefunden hatte, oder auf eine Ecke, die präsentabel oder einladend aussah. Heute abend kehrte ich als Fremde in mein Haus zurück, und ich erinnerte mich an einen Freund von Daddy, der mir einmal erzählt hatte, wie es gewesen war, als die Elektrifizierung aufs Land kam. Anders als Daddys Familie hatte Jims Familie keinen Generator gehabt, um das Haus zu beleuchten. Als die Leitungen gelegt wurden und die Familie sich in der Küche versammelte, um Zeuge des großen Ereignisses zu werden, waren die ersten Worte der Mutter in der neuen Ära: »Alles ist so schmutzig!« Das hätten auch meine ersten Worte in unserer neuen Ära sein können. Sie bezeugten, wie fremd und weit weg von zu Hause ich mich fühlte, während ich Fleisch aus meinem Kühlschrank nahm und es mit meinem alten roten Plastikstreuer salzte und in die Bratpfanne legte, die ich seit siebzehn Jahren benutzte.

Ich schälte Kartoffeln und setzte sie auf, ging dann in den Garten und knipste Rosenkohl ab. Wenn man sie den Herbst durch stehen läßt, durch die Nachtfröste, werden sie süßer. Mit Pastinak ist es dasselbe. Auch der Garten sah schrecklich aus. Ich hatte die Tomatenpflanzen gezogen und im Keller über die Kaltwasserleitungen gehängt. Die Tomaten würden langsam bis irgendwann um Erntedank reifen. Die Paprikapflanzen waren hoch, blattlose Stiele, das Kartoffelfeld ein Durcheinander aus dunkler Erde und feuchtem Stroh. Nur der Rosenkohl auf seinen vierfüßigen Stielen sah graziös aus. Eine riesige grüne Rosette aus sich entfaltenden Blättern öffnete sich zwei Handbreit weit an der Spitze, dann bog sich der Stiel nach unten, wobei er regelmäßig abwechselnde Reihen dunkler Verdickungen zeigte. Ich brach zweimal ein Dutzend ab, knack, knack, knack, und trug sie ins Haus. Alle meine Bewegungen waren mir vertraut – ein wenig Wasser in einen alten Topf laufen lassen, den Rosenkohl von unten mit einer Gabel anstechen. Ich drehte die Hitze unter den Kartoffeln kleiner. Ty kam herein, zog sich die Stiefel aus und hing seinen regenfesten Arbeitsanzug neben die Tür. Ich sagte: »Das Abendessen ist in zwanzig Minuten fertig.«

»Gut.«

Ich stellte den Topf mit dem Rosenkohl auf eine kleine Flamme.

Er wusch sich die Hände, trocknete sie ordentlich an einem Geschirrtuch ab und verließ die Küche. Ich stellte den Backofen an und beugte mich hinunter, um nachzusehen, ob er auch an war, denn manchmal funktionierte die Kontrollampe nicht. Ich sagte:

»Wir könnten 'nen neuen Herd gebrauchen. Dieser hier ist lebensgefährlich.«
Er war wieder zurückgekommen. Er sagte: »Ich find nicht unbedingt, daß dies der richtige Moment für 'nen neuen Herd ist.«
»Na ja, vielleicht explodiert dieser ja mal und erlöst uns von unserem Elend.«
Er seufzte irritiert und sagte dann: »Ich hol morgen den Herd von deinem Vater rüber. Der ist ziemlich neu.«
»Oder wir könnten rüberziehen. Ich bin die Älteste.«
»Das Haus ist zu groß für uns.« Er sagte das so, als wollte er sagen, wie kannst du es wagen?
»Na ja, es ist dafür gebaut worden, daß es groß ist. Es ist gebaut worden, um damit anzugeben. Vielleicht bin ich jetzt mal dran, anzugeben.«
»Ich find, du hast diesen Sommer jede Menge angegeben, offen gesagt.«
Dampf stieg von den kochenden Kartoffeln und dem brodelnden Rosenkohl auf. Ich erinnerte mich an den Backofen, der jetzt bestimmt heiß genug war, und ich öffnete die Herdtür und stellte die Koteletts hinein.
Wir schwiegen. Das Brausen des Gases und dann eine Minute später das erste Zischen des Fleischsaftes nahmen Lautstärke und Gewicht orakelhafter Murmelei an, beinahe verstehbar. Mit dem Gefühl, eine Wand zu durchstoßen, sagte ich: »Ich brauch tausend Dollar.«
Ty erweiterte die Öffnung: »Ich hab tausend Dollar in der Tasche, von der Pacht für meine Farm. Fred hat sie gestern abend vorbeigebracht, aber ich bin noch nicht dazu gekommen, sie zur Bank zu bringen.«
Ich streckte die Hand aus. Er nahm ein Notenbündel aus der Tasche. Es fühlte sich dick und fest an, dicker und fester, als es war. Ich ging zur Flurgarderobe und nahm Mantel und Schal, dann ging ich zum Schlüsselhaken und nahm meine Autoschlüssel, und während das Fleisch im Ofen briet und die Kartoffeln und der Rosenkohl auf dem Herd kochten, ging ich zur Tür hinaus. Als er

sah, daß ich wirklich vorhatte, einzusteigen und wegzufahren, schrie Ty: »Ich hab mein Leben für diese Farm gegeben!«

Ohne mich zu ihm umzuwenden, schrie ich zurück: »Du kannst sie haben!« Der Abend war schon dunkel und mondlos. Ich stolperte über eine Furche auf dem Hof, die mich gegen das kalte Metall des Autos warf. Ich tastete nach dem Türgriff, aber das Geld war noch in meiner Hand, und ich steckte es in die Manteltasche.

In Mason City aß ich im »A and W« einen Hotdog.

In St. Paul fand ich im YWCA* ein Zimmer. Sie stellten keine Fragen, als ich auf dem Anmeldezettel keine Heimatadresse angab.

* Christlicher Verein Junger Frauen. Der Verein unterhält in den größeren amerikanischen Städten billige Hotels. A.d.Ü.

Buch 6

42

Den ganzen Tag und die ganze Nacht, selbst durch das Summen der Klimaanlage im Sommer, konnte man die Autos hören, die an meiner Wohnung an der Interstate 35 vorbeifuhren. Mir gefiel daran dasselbe, was mir an meinem Job als Kellnerin bei Perkins gefiel, wo man zu jeder Tageszeit Frühstück bekam, die Mahlzeit der Hoffnung und der kommenden Pflichten. Es gab nichts, das zeitgebunden, und wenig, das saisonbedingt war an diesem Highway oder diesem Restaurant. Selbst in Minnesota, wo der Winter ein großes Thema in den Gesprächen der Menschen und ein ständiger Anlaß für ihre heroische Selbstachtung war, dauerte der Winter auf dem Highway nur einige wenige Stunden im Jahr. Den Rest der Zeit floß der Verkehr ständig weiter. Schnee und Regen reduzierten sich beinahe so wie jedes andere Wetter auf bloße Szenerie, etwas, das man sich durchs Fenster ansah, aber nichts, das einen behinderte. Die Lampen im Restaurant, über dem Highway, in den Fenstern meiner Nachbarn, auf dem Parkplatz, der zu meiner Wohnung gehörte, warfen sich überschneidende Lichtkegel, in die ich einfach hineingehen konnte, die ich nicht erzeugen mußte. Der Lärm war immer derselbe, kontinuierlich, beruhigend: menschliche Absichten (erzählen, reisen, essen), die sich das ganze Jahr hindurch selbst erneuerten, ob ich zufällig schlief oder wachte, mich frisch oder träge fühlte.

Das, was mir an dem Restaurant am meisten gefiel, waren die Unterhaltungen. Die Leute machten Scherze und lächelten, dankten einem, baten höflich um etwas, plauderten von früheren Besuchen oder über das Wetter oder davon, wo sie hinwollten. Es ging immer und immer weiter, Tag und Nacht, es sollte Freundlichkeit schaffen, und es war freundlich. Eileen, die Leiterin des Restaurants, ermutigte uns, gesellig zu sein und die Gäste anzusprechen, denn, so sagte sie, die Leute aßen immer mehr und lieber, wenn sie sich nicht einzig auf ihr Essen konzentrierten. Meistens machte das gar keine Mühe. Man konnte in die Unterhaltung hineinspazieren, so wie man in den erleuchteten Eßraum hineinspazierte, und sie trug einen. Einige der Mädchen redeten nicht so gerne mit den Gästen, deshalb klangen sie eine Spur mechanisch, wenn sie fragten: »Und wie hat es Ihnen geschmeckt?«, aber für mich war es, als spielte eine Melodie in meinem Kopf, und die formelhaften Wendungen, die ich hervorbrachte: »Was darf ich Ihnen bringen?«, »Wär's das?«, »Danke für Ihren Besuch, und kommen Sie bald wieder«, waren für mich das, was ich zur Harmonie des Ganzen beisteuerte.

Ich sah das als mein Leben nach dem Tode, und eine lange Zeit kam es mir nicht in den Sinn, daß es eine Zukunft enthielt. Daß es das nicht tat, war gerade das, was mir daran so sehr gefiel. Halbvergraben in mir herrschte die Überzeugung, daß ich in einen zeitlosen Zustand eingetreten war. Eine Zahnbürste, eine alte ausziehbare Bettcouch, eine Lampe, die ich in einer Mülltonne gefunden hatte, geformt wie eine Palme, aber vollkommen in Ordnung, und ein Pappkarton, auf dem sie stand, ein Kessel, eine Packung Teebeutel im Kühlschrank, zwei Badetücher aus einem Sonderangebot bei J. C. Penney's, ein Kasten Badeölkugeln. Pyjamas. Mein Arbeitskostüm gab jedem Arbeitstag eine Gleichförmigkeit, die mir Beständigkeit bedeutete. Wenn ich nicht arbeitete, blieb ich im Bett oder lag in der Badewanne und las Bücher aus der Bücherei, einen Autor zur Zeit, jedes Buch von ihm, das sie hatten. Am liebsten hatte ich Autoren, die viel geschrieben hatten und tot waren, wie Daphne du Maurier oder Charles Dickens. Ihre Bücher waren auch eine Art Leben nach dem Tode und mir so entfernt und in sich geschlossen wie Himmel und Hölle. Nachrichten waren etwas, das ich nicht wollte. Ich besaß weder einen Fernseher noch ein Radio. Es kam mir nicht in den Sinn, eine Zeitung zu kaufen.

Ich brauchte bis Weihnachten, ehe ich Rose kurz mitteilte, wo ich war. Als ich ihre Antwort erhielt, war der Anblick ihrer Handschrift so überraschend, daß ich sie zuerst nicht erkannte. Ich hatte erwartet, sogar stärker, als mir bewußt gewesen war, daß sie die Würste gegessen hatte und gestorben war. Aber sie erwähnte die Würste nicht. Sie schrieb, daß Daddy, der Caroline nicht aus den Augen ließ, auch wenn er noch immer zu glauben schien, daß man sie umgebracht hatte, fünf Tage nach der Gerichtsverhandlung mit Caroline zum Wocheneinkauf zu Dahl's in Des Moines gefahren war. Er schob den Einkaufswagen; sie führte ihn durch die Gänge. Er bekam in dem Gang mit Cornflakes und Müsli einen Herzanfall. Ich stellte mir vor, daß er in die Cornflakeskartons gefallen war. Die Beerdigung war klein gewesen. Rose war nicht dort gewesen.

Rose und Ty hatten sich entschieden, die Farm die Straße entlang zu teilen, der östliche Teil war an Rose gegangen (sie war mit den Mädchen nach Erntedank in das große Haus gezogen) und der westliche Teil an Ty. Sie und Jess planten, ihren ganzen Teil organisch zu bewirtschaften. Ich schickte den Mädchen Weihnachtsgeschenke, ein gepunktetes Badelaken für Pammy und eine Stoffkatze für Linda. Ich schrieb Rose nicht wieder, weil ich ihr nichts zu sagen hatte. Alles zwischen uns war gesagt, wir wußten mehr voneinander, als wir ertragen konnten. Rose, Daddy, Ty, Jess, Caroline, Pete, Pammy und Linda, alle waren so tief und beständig in mir, daß kein Raum für Briefe oder Telefonate blieb.

Im Februar schrieb sie wieder, eine knappe Notiz, daß Jess zurück an die Westküste gegangen war und sie den größten Teil ihres Landes an Ty verpachtet hatte, bis sie mehr von organischem Anbau verstand. Sie schrieb: »Die Mädchen und ich haben beschlossen, trotzdem Vegetarier zu bleiben. Und du wirst demnächst einige Papiere bekommen, die du unterschreiben mußt. P.S. Ich kann nicht behaupten, daß mich das mit Jess überrascht.«

Ich bekam sie, und ich unterschrieb. Ty hatte jetzt 380 Morgen, ganz für sich allein, und Rose 640. Ich hatte eine Wohnung mit Garten, zwei Schlafzimmer im ersten Stock und Wohnzimmer und Küche unten, mit einer kleinen Terrasse auf den Highway hinaus und einer Betontreppe und einem Parkplatz nach vorn. Die Miete war 235 Dollar im Monat, plus Elektrizität, aber Heizung inklusive. Hinter einem Zaun am anderen Ende des Gebäudes gab es einen kleinen nierenförmigen Swimmingpool, ungefähr sieben mal vier Meter, nirgendwo tiefer als eineinhalb Meter.

Daß Jess sie verlassen hatte, schien meine Rachsucht nicht zu beeinflussen. Wenn überhaupt, machte sie der freundliche, informative Ton ihrer Nachricht intensiver. Merkte sie nicht, wie weit ich von ihr entfernt war? Verließ sie sich nicht jetzt, wie immer, auf irgendeine unveränderliche Loyalität in mir, ignorierte sie nicht meine Wut und meine Klagen, als wären sie im Vergleich zu ihren Plänen bedeutungslos?

An dem Tag, an dem ich die Nachricht erhielt, ging das Getriebe meines Autos kaputt, also tauschte ich ihn gegen einen acht Jahre alten Toyota mit achtzigtausend Meilen auf dem Tacho. Mir gefiel die Art, wie er vor meiner Wohnung aussah, bescheiden und anonym.

Sonst verging mein Leben wie in einem Nebel, jener Segen städtischer Routine. Das Gefühl einzelner, deutlich voneinander unterschiedener Ereignisse, dem man auf einer Farm nie entkommt, wo jeder Schauer vor Geruch und Farbe und vor Bedeutung für die Ernte strotzt, wo jede Veränderung auf Omen für Wohlstand oder Ruin untersucht wird, wo jedes Detail der Welt gerade die eine Sache enthalten könnte, die man vor allen anderen wissen sollte, dieses Gefühl hob sich von mir. Vielleicht kann man es auch so ausdrücken: Ich vergaß, daß ich noch lebte.

43

Eines Morgens, ich hatte mehrere Jahre dieser Routine hinter mir, kam ich an den Tisch eines einzelnen Mannes, der eine Kappe trug. Von hinten hielt ich ihn für einen Fernfahrer. Ich begann gerade meine Sechs-Uhr-Morgenschicht, und es saßen bereits vier weitere Fernfahrer an vier anderen Tischen, jeder für sich allein, rauchend. Ich lächelte und sagte: »Was darf ich Ihnen heute bringen? Ich kann die Kartoffelpfannkuchen mit Apfelmus empfehlen«, als ich einen weißen Briefumschlag mit meinem Namen auf dem Tisch sah. Ich blickte dem Mann ins Gesicht, wahrscheinlich mit erschrockenem Ausdruck, und sah, daß es Ty war. Er sagte: »Hallo. Mach ihn auf.«

Ich sagte: »Hallo. Wie geht's Rose?« War sie tot? Das fragte ich mich sofort. Warum sonst sollte er gekommen sein?

»Unverändert.«

Es war eine Geburtstagskarte. In der Karte lag ein Foto von Pammy, jetzt größer und vollbusig, sie stand neben Rose. Linda, am Rand, trug eine Brille. Ihr Haar war dunkler geworden und zu einer dicken, schimmernden Mähne gewachsen. Sie sah hübsch, aber auch interessant aus, wie Pete als Intellektueller. Sie trug eine Menge Schwarz. Ich zwang mich, Rose eingehend zu betrachten. Sie sah unverändert aus. Ich sagte: »Ich glaub, ich hab heute Geburtstag, oder? Hatte ich ganz vergessen.«

»Neununddreißig.« Er lächelte, aber man sah ihm an, daß er nicht glücklich war. Das hielt mich fest, und ich vergaß meine Umgebung und meine Aufgabe, bis er sagte: »Ich bestell wohl lieber was«, und mit erhobener Augenbraue Eileen ansah. Ich warf einen Blick zu ihr hinüber. Sie lächelte. Ich sagte: »Oh, sie ist einfach nur neugierig. Sie glaubt, ich hätte keine Verwandten.«

»Hast du welche?«
»Natürlich.« Meine Tische hatten sich gefüllt. Ich sagte: »Nimm die Blaubeerpfannkuchen und die Wurst. Das ist am besten. Ich bring dir 'ne Kanne Kaffee.«
»Komisch, wie wir in dieses Muster verfallen.«
Ich steckte meinen Block in die Tasche. Ich sagte: »Flirte nicht mit mir.«
Er ließ sich Zeit mit seinem Frühstück, las im *Des Moines Register*, den er mitgebracht hatte, dann im *Star* und in *USA Today*, die er sich aus unserem Zeitungsständer holte (und ordentlich zusammenlegte und wieder zurückstellte). Er trank vier Tassen Kaffee und bestellte Bratkartoffeln, dann einen Applepie. Ich versuchte, unseren Pickup auf dem Parkplatz zu finden, während ich von Tisch zu Tisch hastete, aber ich sah ihn nicht. Er bezahlte, unterhielt sich eine Weile mit der Frau an der Kasse und ging. Er ließ zwanzig Prozent Trinkgeld liegen. Großzügig für einen Farmer, aber kleinlich für einen Fernfahrer. Ich hatte die Geburtstagskarte und das Foto in der Tasche meiner Uniform. Ein- oder zweimal holte ich es heraus und sah es mir an.
Um halb elf, in meiner »Mittagspause«, war er wieder da. Wir gingen über die Straße zu »Wendy's«.
Mein Geburtstag fiel auf den 29. April. Der Ty, den ich mein ganzes erwachsenes Leben lang gekannt hatte, verbrachte den 29. April auf den Feldern. Ich bestellte eine Cola, Ty wieder eine Tasse Kaffee. Wir saßen am Fenster, das auf den Parkplatz des Restaurants hinausging. Auf dem Parkplatz stand kein einziger Pickup. Ich sagte: »Was für einen Wagen fährst du?«
»Den Chevy da.«
Es war ein verbeulter gelber Malibu. Durch das Rückfenster konnte ich auf dem Rücksitz aufeinandergestapelte Sachen sehen. Ich sagte: »Warum?«
Ty, müßte ich zugeben, sah wirklich anders aus. Ich hatte in den letzten zweieinhalb Jahren eine Menge Männer gesehen, einen ganzen Katalog amerikanischer Männer jeder Art, Größe und Farbe. Ty sah aus wie die gesetzten, die mit so langen Gewohnhei-

ten, daß sie jetzt zu Ritualen geworden waren. Das, hatte ich gelernt, war das höchste Zeichen von Männlichkeit und Reife, die feste und aus der Erfahrung geborene Überzeugung, daß diesen Ritualen entsprochen werden würde. Er sah aber nicht unattraktiv aus. Vom Wetter gegerbt, locker in den Bewegungen. Von vorne hätte ich ihn nicht für einen Fernfahrer gehalten.

Er sagte: »Ich wollte meinen Kram nicht draußen auf der Ladefläche haben. Ich fahr nach Texas.«

»Wozu?«

»Da unten gibt's große Schweinemastbetriebe. Ich hab mir gedacht, ich kann vielleicht bei einem 'nen Job finden.«

Er beobachtete mich, wartend, wie ich wußte, auf die Frage, die ich jetzt eigentlich stellen sollte, aber ich konnte sie nicht stellen. Schließlich bewegte er die Füße unter dem Tisch und sagte: »Marv Carson hat mir keinen neuen Kredit geben wollen, damit ich dieses Jahr die Felder bestellen konnte. Ich hatte keine andere Sicherheit mehr als die Ernte selber, und sie geben solche Kredite nicht mehr, die Lage in der Landwirtschaft ist zu schlecht.«

»Ich hab gehört, daß es schlimm ist.«

»Bob Stanley hat sich in den Kopf geschossen. In seiner eigenen Scheune. Marlene hat ihn gefunden. Das war das Schlimmste.«

»Haben sie die Farm verloren?«

»Er wußte, daß sie sie verlieren würden. Deshalb hat er's gemacht. Marlene arbeitet jetzt in Zebulon, als Aushilfslehrerin in der Grundschule.«

Mein Mund war trocken. Ich nahm einen Schluck Cola. Ich sagte: »Und was ist mit dir?«

»Die Neubauten für die Schweinemast haben mir das Genick gebrochen, das war's. Der Winter nach dem Prozeß war so schlimm...«

»Es war nur 'ne Anhörung. Niemand war angeklagt.«

»Ich ja.«

Wir starrten einander an, verschleierten dann unsere wütenden Blicke.

Er redete weiter. »Es gab einfach ein Problem nach dem anderen mit dem Bauen, und dann mußte ich mit ganz neuen Sauen anfangen, das war erst mal ein Stück Veränderung. Ich hab meine Farm verkauft, aber die Landpreise waren nicht mehr das, was sie mal waren, und was ich bekam, deckte nicht viel von dem Kredit, auch wegen der Sauen. Ich kam einfach in Rückstand. Und immer mehr in Rückstand. Der Chevy-Händler hat ihn mir plus minus null eingetauscht.«

»Einen acht Jahre alten Sedan für einen vier Jahre alten Pickup?«

»Ich konnte es mir einfach nicht erlauben, lange zu handeln. Auf jeden Fall, dies ist irgendwie 'ne Erleichterung. Und ich bin noch nie da unten gewesen. Oder sonstwo, was das angeht.«

Ich sah ihn ohne Scheu von oben bis unten an, mit dem inspizierenden Blick, den sich eine Ehefrau nach einer Reihe von Jahren verdient. Ich sagte: »Du siehst nicht erleichtert aus.«

Er zuckte die Schultern.

»Was ist mit Rose?«

»Ich bin mit Rose nicht besonders gut ausgekommen.«

Es war ein heikles Thema, deshalb wandten wir unsere Aufmerksamkeit zwei Frauen zu, die hereinkamen und Chili bestellten. Schließlich sagte er: »Sie sät und erntet. Sie verpachtet Land. Als wir die Farm aufgeteilt haben, hab ich den Kredit für die Gebäude übernommen, weil sie auf meinem Stück Land waren, und sie blieb ziemlich unbelastet.«

»Außer daß es niemanden gibt, der die Farm bewirtschaftet.«

»Ist 'ne große Farm.«

»Tausend Morgen.«

»Alles zusammen«, sagte er. »Tja. Mein Dad hätte vor so viel Land Angst gehabt.«

»Es hat größere Farmen als die gegeben, draußen im Westen, auch als er noch lebte.«

»Weißt du, was er über die immer gesagt hat? Er hat immer gesagt: ›Die haben die Fläche, aber sie haben nicht das Volumen.‹«

Wir lachten, unbehaglich, aber gemeinsam.

Ich sagte: »Es fällt auseinander, nicht?«
»Jaa.« Er sagte das widerstrebend. »Jaa, so ist es. Rose schwört, sie will sie zusammenhalten. Sie meint es todernst damit, und sie läuft rum, als wär sie irgend 'ne Königin.« Er sah mich an. »Ja, das tut sie. Du solltest sie mal sehen. Ehrlich gesagt, sie ist ganz dein Dad.«
Ich fühlte mein Gesicht heiß werden.
Er sagte: »Ich weiß, Ginny, was sie über deinen Dad sagt. Sie hat's mir erzählt. Sie hat's mittlerweile jedem erzählt.«
Es war deutlich, daß er ihr nicht glaubte. Wir beobachteten einen Mann, der alleine hereinkam, er trug einen Anzug. Er bestellte einen großen Burger, eine große Portion Pommes frites und ein Wasser.
Nach einer Weile sagte er: »Vielleicht ist es passiert. Ich sage nicht, es ist nicht passiert. Aber deshalb ist sie mir auch nicht sympathischer. Ich finde, man sollte private Dinge für sich behalten.« Seine Stimme wurde lauter, als könne er kaum an sich halten. Ich war versucht, ihm zuzunicken, nicht weil ich seiner Meinung war, sondern weil ich merkte, wie all diese Dinge sich in seinem Kopf ordneten, und ich erkannte, daß wir sie, selbst beim besten Willen, niemals in derselben Weise sehen konnten und daß uns dies mehr als alles andere, mehr als Umstände oder Geschichte oder Wollen, voneinander trennte. Aber der Ty, den ich gekannt hatte, war immer auf der Suche nach Übereinstimmung, Versöhnung, deshalb nickte ich nicht, weil ich wußte, wie er es auffassen würde. Ich behielt private Dinge für mich.
»Wie auch immer«, fuhr er fort. »Das ist die Vergangenheit. Ich hab ihr alles überschrieben, das Land, die Gebäude, die Schweine, die Maschinen. Sie ist sicher, daß die Preise steigen werden und sie zu einer Landbaronin wird. Sie hat sich alles ganz genau ausgerechnet, wie sie das immer tut, und mir soll's recht sein. Ich geh nach Texas, deshalb...«
Er sah mich an.
»Deshalb was?«
»Deshalb will ich die Scheidung.«

Ich muß ziemlich überrascht ausgesehen haben, und ich war es auch, denn das Gefühl, eine verheiratete Frau zu sein, war auch etwas, das mir schon lange verlorengegangen war. Er stolperte weiter. »Es könnte in Texas passieren. Vielleicht gibt's da eine, die ich...«

»Schon in Ordnung.«

»Ich hab nicht...«

»Ist mir egal.«

»Wirklich?« In dieser Frage lag eine kleine verletzte Überraschung, die etwas unterhalb von Tys kühler Art verriet. Ich beugte mich vor und betrachtete ihn noch einmal genau. Er sah gut aus. Er würde bestimmt jemand finden. Nach einem Moment sagte er: »Die Sache, die ich an den Frauen nicht verstehe, ist, wie nüchtern und trocken sie sind. Meine Mutter sagte immer zu meinem Vater: ›Ernie, was nicht geht, geht nicht‹, und sie schlug die Hände gegeneinander, und wenn ihre Hände wieder auseinanderkamen, sah ich, daß nichts dazwischen war, und was immer wir gewünscht hatten, worüber immer wir geredet hatten, es war auch weg, einfach so.«

»Wenn du mich hättest zurückhaben wollen, wärst du schon früher gekommen.«

»Du begreifst nicht, daß ich alle Hände voll zu tun hatte. Ich konnte die Farm nicht eine Minute lang alleine lassen. Es rann mir alles durch die Finger...« Er brach ab. »Und du hast mich ja verlassen.«

»Verletzter Stolz?«

»Mir war das ganze Durcheinander zuwider.« Seine Stimme wurde wieder lauter. »Mir war zuwider, wie Rose dich eingefangen hatte...« Er sah mich an. »Ich dachte, du würdest es irgendwann bereuen. Wenn ich überhaupt an diese Dinge dachte, war's das im wesentlichen. Ich denk noch immer...«

Ich brauste auf. »Du warst auf Carolines Seite! Du hast mit ihr über mich geredet!«

Er seufzte und sah mich an, sagte dann: »Ich war auf der Seite der Farm, das war alles.«

»Was soll das heißen? Du hast mit ihr geredet! Sie hat dich als ihren Verbündeten gesehen!«
»Was hätte ich tun sollen? Ich hab sie nicht angerufen! Wenn sie mich anrief und mich was fragte, hab ich ihr gesagt, was ich dachte. Ich hab versucht, die Wahrheit zu sagen, so wie ich sie gesehen habe.«
»Du kanntest die Wahrheit nicht.«
Sein Gesicht wurde rot. »Hör mal, die Wahrheit ist, es war alles falsch. Jahrelang war es richtig, und es ging uns immer besser, und wir kamen voran, und wir machten alles so, wie es sich gehörte. Na klar, jeder hatte sein Päckchen zu tragen, aber es war richtig. Dann wurde Rose selbstsüchtig, und du hast das mitgemacht, und dann war alles falsch. Sie hatte kein Recht, alles zu ändern, alles kaputtzumachen!« Er holte tief Atem und senkte die Stimme. »Es war etwas wirklich Großes! Und na klar hat nicht jeder das gekriegt, was er wollte, aber so ist das nun mal. So ist das Leben. Man muß das akzeptieren.«
»Rose hat Daddy nicht um die Farm gebeten!«
»Aber sie war sofort zur Stelle, als er mit der Idee rauskam. Sie war total begeistert...«
»Du doch auch!«
»Ich hatte nicht die Absicht, ihn rauszudrängen! Was ich wollte...«
Ich schlug mit der Hand auf den Tisch. Zwei junge Leute hinter der Theke sahen zu uns herüber. Ty verstummte. Ich wollte meine Worte gut abwägen. Schließlich sagte ich: »Die Sache ist die, ich kann mich erinnern, wie ich alles so wie du gesehen habe! Der stolze Fortschritt von Grandpa Davis zu Grandpa Cook bis zu Daddy. Als ›wir‹ den ersten Traktor im County gekauft haben, als ›wir‹ das große Haus gebaut haben, als ›wir‹ die Felder aus der Luft haben sprühen lassen, als ›wir‹ ein Auto bekamen, als ›wir‹ Mel's Corner trockengelegt haben, als ›wir‹ 172 Bushel pro Morgen rausgeholt haben. Ich kann mich an das alles genauso erinnern wie an Gebete oder meine Hochzeit. Weißt du. Es ist gut, sich zu erinnern und es zu wiederholen. Es ist ein gutes Gefühl, sich als

Teil von so was zu fühlen. Aber dann sah ich, was mein Teil wirklich war. Rose hat's mir gezeigt.« Er öffnete den Mund, um etwas zu sagen, aber ich brachte ihn mit der Hand zum Schweigen. »Sie hat's mir gezeigt, aber ich hab gewußt, daß das, was sie mir zeigte, die Wahrheit war, noch bevor sie damit fertig war. Du siehst diese großartige Geschichte, aber ich seh Schläge. Ich seh, daß einer nimmt, was er will, weil er es will, und daß er dann was erfindet, um zu rechtfertigen, was er getan hat. Ich seh, daß einer dafür sorgt, daß die anderen den Preis zahlen, daß er dann alles zudeckt und vergißt, was der Preis war. Denkst du, ich glaub, das mit dem Schlagen und uns Ficken war ganz alleine Daddys Idee?« Ty zuckte zusammen. »Nein. Ich glaub, es gab da Lektionen, und diese Lektionen waren Teil des Ganzen, zusammen mit dem Land und der Lust, die Dinge ganz genau so zu machen, wie er es wollte, rücksichtslos, ob er nun das Wasser vergiftete und den Mutterboden zerstörte und immer größere Maschinen kaufte und sich dann sicher war, daß alles ›richtig‹ war, wie du sagst.«
Er sah mich an, aber sein Gesicht war verschlossen. Schließlich sagte er: »Ich glaub, wir sehen die Dinge unterschiedlich.«
»Unterschiedlicher, als du denkst.«
»Ich hatte dich so nicht in Erinnerung.«
»Ich war auch nicht so. Ich war ein Dummkopf.«
»Du warst hübsch und fröhlich, und du hast die guten Seiten gesehen.«
Ich sah auf die Uhr. Es gab da noch eine andere Frage, die ich ihm stellen wollte. Ich ließ seine Bemerkung verklingen und sagte dann: »In der Nacht damals. Der Nacht mit dem Sturm. Hast du gewußt, was Daddy uns sagen wollte? Mir?«
»Ich wußte, daß er wütend war. Er hat die ganze Rückfahrt was gemurmelt, aber ich hab nicht drauf geachtet.«
Ich ließ meinen Blick langsam über sein Gesicht gleiten. Ich sah, daß sein Maß Hoffnung – jenes Merkmal, an dem ich Ty immer als meinen Mann erkannt hatte – etwas anderem, Geheimnisvollerem und Fernerem Platz gemacht hatte. Ich sagte: »Fandst du das richtig? Das, was er sagte?«

»Ginny...« Eine müde Gereiztheit machte seine Stimme scharf. Er hörte das selbst und setzte neu an, vorsichtiger. »Ginny, als dein Vater mir gesagt hat, was ich auf der Farm tun sollte, hab ich zugehört. Sonst nicht. Aber er hat euch Frauen schon immer in Panik versetzt.«

Ich stand auf. »Ich bin schon fünfzehn Minuten zu spät, und ich will keinen Ärger mit Eileen bekommen. Ich glaub, fünfzehn Minuten sind das Äußerste, was ich ihr zumuten kann.«

»Du mußt das letzte Wort haben, hm?«

»Nur zu, du kannst es haben. Ist mir egal.«

Aber keiner von uns sagte etwas, während wir den Parkplatz und die Straße überquerten und zu seinem Wagen gingen. Er schloß die Fahrertür auf, wandte sich dann mit einer Geste zu mir, welche die Straße, die Restaurants, den Parkplatz und mich einschloß. Er sagte: »Ich versteh nicht, wie man so leben kann, auf diese häßliche Art. Aber ich schätz, ich werd mich dran gewöhnen müssen.«

Das war das letzte Wort. Wir winkten gleichzeitig, als er wegfuhr, und das war die letzte Geste. Sie bildete zusammen mit der ersten, die ich von ihm gesehen hatte, ein kleines Paar. Wir waren auf der High School. Er war zwei Klassen über mir. Daddy hatte mich mit einigen anderen Mädchen zu einem Footballspiel gehen lassen, früh in der Saison, als es noch heiß war. Ich zog gerade meinen Pullover aus, als ich einen schlaksigen, gutaussehenden älteren Jungen mir zuwinken sah. Ich war geschmeichelt, also lächelte ich und winkte trotz meiner üblichen Ängstlichkeit zurück. Es war Ty, und als er mich ihm zuwinken sah, verlor sein Gesicht jeden Ausdruck. Ich sah mich um. Das Mädchen, dem er zugewinkt hatte, saß zwei Reihen hinter mir. Als wir uns dann zwei Jahre später regelmäßig trafen, schwor er, er könne sich nicht daran erinnern, und ich bin sicher, er konnte es auch nicht, aber mir hatte es sich ins Gedächtnis gebrannt. Als Mahnung an die Scham, die man sich selbst bereitet, wenn man den Fehler begeht, sich zu überschätzen.

44

Ty hätte wohl geschworen, daß meine Loyalität Rose gegenüber ungebrochen und wahrscheinlich auch pathologisch war. Aber das stimmte nicht.

Ich konnte es nicht ertragen, einen Brief von ihr zu bekommen. Ihre Mitteilungen bestanden niemals aus mehr als einem Absatz. Sie waren freundlich und sachlich, sie hatten den leichten Unterton, mir den Kopf zurechtzusetzen, was einfach in der Natur unserer Beziehung lag. Aus ihnen ging deutlich hervor, daß sie mir noch immer, und zwar bewußt, die Definition dessen überließ, wie wir Schwestern sein würden, und daß ihre Geduld mit mir unerschöpflich war. Daß es darüber hinaus gar kein Entrinnen aus unserer Schwesternschaft gab, das steckte implizit in jedem Wort, sogar in der Adresse »Ginny Cook Smith« und dem Absender »Rose Cook Lewis«. Es lag hauptsächlich an meiner Angst vor Anrufen von Rose, daß ich nie ein Telefon installieren ließ.

Trotzdem, als sie mich wirklich wollte, erreichte sie mich. In dem Oktober nach dem April, als Ty vorbeigekommen war, klingelte während meiner Pause das Telefon im Restaurant, und es war Rose. Ich wußte das bereits, als ich zum Platz der Kassiererin ging, wo die Telefongespräche angenommen wurden, und den Hörer so drohend, so fordernd neben dem Apparat liegen sah.

Sie war im Krankenhaus von Mason City. Das war eine Sache. Die Mädchen waren allein auf der Farm. Das war eine andere. Sie wollte mich sehen. Das war die dritte. Ich sagte: »Ich bin gegen drei da.«

Eileen würde mir, wie ich wußte, freigeben. Sie bedrängte mich bereits seit einem Jahr, mir mal freizunehmen. Ich behielt meine Kellnerinnentracht an, als könnte sie mich schützen, und es kam mir nicht in den Sinn, irgend etwas zu packen. Ich verließ meinen Arbeitsplatz mit nur einer Handtasche, so als wollte ich nach Hause.

Als ich Mason City erreichte, hielt ich an einer Telefonzelle und rief ihren Arzt an, der sofort ans Telefon kam. Er sagte mir, daß ihre Krankheit wieder ausgebrochen und der Krebs schon weit vorangeschritten sei. Die zweite radikale Mastektomie war im Juli während der Sommerflaute der Farmarbeit gemacht worden. Bestrahlungen und Chemotherapie bis in den August hinein hatten Rose noch eine weitere Ernte erkauft. Jetzt war die Ernte vorüber.

Sie war dünn und klein in ihrem Bett. Als ich das Zimmer betrat, hoben sich ihre Augenlider wie Samtvorhänge. Ihr Blick war ein Schauspiel, von dem man nicht wegsehen konnte. Sie schob sich in dem Bett ein oder zwei Zentimeter hoch und klopfte leicht auf eine Stelle der Bettkante, wo ich mich hinsetzen sollte. Ich setzte mich. Sie sagte: »Auf dem Höhepunkt der Ernte hab ich an einem Tag fünfzehn Ladungen zum Speicher gefahren. Wir haben drei Dollar sechs das Bushel bekommen.«

»Klingt nach 'nem guten Preis.«

»Wir hätten uns von Daddy mehr zeigen lassen sollen und uns mehr daran gewöhnen sollen zu arbeiten. Wenn ich daran gewöhnt gewesen wär, das Tag für Tag zu machen, so wie Ty oder Loren, dann wär's nicht so schwer gewesen.« Sie holte ein paarmal tief Atem, griff dann nach einem Glas und schlürfte durch einen Strohhalm etwas Wasser. Sie sagte: »Nimm die Mädchen mit zu dir. Sie sind fertig.«

»Du meinst, sie haben gepackt?«

»Mehr oder weniger.«

Ich dachte, sie meinte, ich solle sie noch an diesem Abend von der Farm abholen und mit zurück nach St. Pauls nehmen. Ich sagte: »Rose, das ist lächerlich.«

»Sag, daß du sie nimmst.«

»Natürlich nehm ich sie.«

»Morgen reden wir darüber, wann.«

»Okay.«
Sie sprach eher in Stößen, die aus ihr herausbrachen, als daß ihre Zunge und Lippen Worte formten. Und es ermüdete sie. Das war alles, was sie für ungefähr eine Stunde sagte, und dann hoben sich ihre Augenlider wieder, und sie sagte: »Fahr nach Haus und mach ihnen was zum Abendessen. Mach ihnen Brathähnchen.«
Ich stand auf. »Rose, ich hab so lange frei, wie ich will. Ich hab seit drei Jahren keine Ferien gemacht.«
Sie nickte schwer.
Linda war nicht überrascht, mich zu sehen, bloß überrascht, daß ich vorher angeklopft hatte. Ich aber war überrascht, sie zu sehen. In den letzten drei Jahren hatte ich zu Weihnachten und den Geburtstagen Geschenke geschickt, aber ich hatte, ehrlich gesagt, ihre Dankesbriefe ungeöffnet weggeworfen, aus Angst, mich der Tatsache, daß ich sie und alles andere verloren hatte, stellen zu müssen. Ich faßte mich auf der Veranda und ging hinein. Tys Schnappschuß hatte mich nicht auf ihre Größe, ihren Körper, ihr fünfzehnjähriges selbstsicheres Auftreten vorbereitet, auf ihre tiefe Stimme, als sie rief: »Pam! Tante Ginny ist hier!« Ich trat über die Türschwelle, und sie umarmte mich fest. Pammy kam aus der Küche herein und wischte sich die Hände an ihrer Schürze ab. Sie sagte: »Oh, Tante Ginny! Du hättest fünf Minuten später kommen sollen, dann wär ich mit dem Abwasch fertig gewesen!«
Das Haus sah weniger kahl aus als zu Daddys Zeiten, und das weiße Brokatsofa stellte das Herzstück einer Wohnzimmereinrichtung dar, zu der ein neuer Ohrensessel und ein Beistelltisch aus Eiche gehörten. Eine Lampe mit einem weißen plissierten Schirm und einem Kristallglasfuß vervollständigte das Bild. Daddys alter Lehnstuhl war nirgends zu sehen. Petes Klavier stand in der Ecke. Es waren keine Bilder darauf. Möbel füllten den Raum ganz aus, luden zum Eintreten ein, er war endlich zivilisiert.
Ich setzte mich auf den neuen Sessel und sagte: »Sieht schön aus, hier. Euer Großvater hat immer geglaubt, sein Stuhl am Fenster und ein Stapel Zeitschriften griffbereit daneben reichten als Dekoration völlig aus.«

Sie setzten sich nebeneinander auf das Sofa. Sie lächelten über meine Bemerkung. Pammy griff nach einer Fernbedienung, stellte den Fernseher aus. Sie sagte: »Ist nur ›Schicksalsrad.‹*«
Ich sagte: »Ich war bei eurer Mom.«
Linda sagte: »Sie hat uns angerufen.«
»Ich schätz, ich werd 'ne Weile bleiben.«
Pammy sagte: »Du könntest näher am Krankenhaus bleiben, wenn du willst. Wir sind alt genug und kommen alleine zurecht.«
»Kommt mir 'n bißchen einsam vor.«
Linda nickte dazu. Pammy sagte: »Für dich oder für uns?«
»Ich schätze, für alle.«
Nach einer Weile sagte Linda: »Lassen sie sie bald nach Haus? Sie denkt ja, aber ich glaub ihr nicht wirklich.«
Ich zuckte die Achseln. »Sie hat mir nur gesagt, ich sollte kommen und euch Brathähnchen machen. Ich hab unterwegs ein Hähnchen besorgt.«
Pammy sagte: »Wir sind seit drei Jahren Vegetarier.«
»Glaubt ihr, ihr könnt jetzt kein Fleisch mehr verdauen?«
Linda kicherte. Sie sahen sich an, und schließlich sagte sie: »Wir essen in der Schule Fleisch. Wir gehen sogar manchmal zu Kentucky Fried Chicken. Machst du uns Kartoffelbrei und Sahnesoße?«
»Soll ich?«
Sie nickten beide.
Ich fand, ich machte es ganz gut. Ich stand leicht und natürlich auf und ging, ohne zu stocken, in die Küche. Ich fand den gußeisernen Bräter und einen Topf für die Kartoffeln. Das einzige Problem war, daß mir die Küche arktisch kalt vorkam. Die blaue Gasflamme flackerte frostig. Das Fett im Topf zischte kühl. Als es meine Hand bespritzte, fühlten sich die verbrannten Punkte wie gefroren an. Ich sah mich um, nahm dann Roses alten beigefarbenen Pullover vom Haken hinter der Tür. Ich kuschelte mich hinein, während ich zitternd das Hähnchen machte. Daß ich wieder

* »Wheels of Fortune«: amerikanische Quiz-Sendung. A. d. Ü.

in dieser Küche stand und kochte, erschien mir als eine unmögliche Niederlage. Seit meinem Treffen mit Ty hatte ich meine Bindungen an mein altes Leben noch weiter reduziert, indem ich eine Mikrowelle gekauft hatte. Sechs Monate lang hatte ich jede Mahlzeit, die ich nicht im Restaurant zu mir genommen hatte, in der Mikrowelle aufgewärmt, und meine Speisekammer war voll von ovalen Plastiktellern. Hinzu kam, daß ich mich ärgerte, nicht den geringsten Widerstand geleistet zu haben, obwohl ich wußte, daß ich bestimmt schon früher gekommen wäre, wenn Rose mir ihren Zustand mitgeteilt hätte. Das Wort »Krankenhaus« hatte gereicht. Ich drehte die Hähnchenstücke um. Draußen war es bereits dunkel wie Mitternacht – und noch nicht einmal halb sieben abends. Um diese Stunde würde sich das Restaurant füllen, jeder fröhlich erleuchtete Tisch strahlend vor Speisekarten und Papiersets. Auf der anderen Seite der schwarzen Fenster von Roses Küche aber war nichts als Raum, ein lichtloses, geräuschloses Vakuum, das sich auf diesen tausend Morgen bis auf den Boden senkte. Ich ging zur Hintertür, suchte nach dem Schalter und machte die Gartenlichter an, drei Spots auf hohen Pfählen, die den Weg zwischen Haus und Scheune zum Maschinenschuppen erleuchteten. Sie halfen, aber ich glaubte ihnen nicht wirklich.

Linda stand in der Tür zum Wohnzimmer. Sie sagte: »Pam muß für morgen eine Geschichtsarbeit fertig haben, aber ich kann dir helfen.«

»Du hast keine Hausaufgaben?«

»Ich hab Geometrie in der Schule gemacht. Ich muß 'n paar Kapitel in einem Buch lesen.«

»Welchem Buch?«

»David Copperfield.«

»Das kenn ich.«

»Ganz schön lang.«

»Das war das erste Schulbuch, das mir gefallen hat.«

»Mir hat *Giganten der Erde* gefallen. Das haben wir letztes Jahr gelesen. Dies ist schwer zu lesen, weil die Schrift so komisch ist.«

»Du meinst altmodisch.«

»Jaa.« Sie setzte sich an den Küchentisch und sah mir zu. Nach einer Weile sagte ich: »Ist dir kalt? Die Küche kommt mir kalt vor.«

Sie sagte: »Nein.«

Ich blickte sie lange an. Sie sah ahnungslos aus. Ich sagte so beiläufig wie nur möglich: »Hat deine Mom Eingemachtes unten im Keller oder so was?«

»Ein bißchen. Wir machen nicht mehr so viel wie früher, Bohnen oder so. Wir haben versucht, Sachen zu trocknen.«

»Hm, interessant.« Ich wartete.

»Im anderen Haus ist noch viel. War zu viel Arbeit, alles hier rüberzubringen.«

»Das glaub ich.« Ich begann, Kartoffeln zu schälen und sie in eine Schüssel mit kaltem Wasser zu werfen. Sie sah mir aufmerksam zu. Zuerst machte es mich nervös, aber dann wurde mir klar, daß ihr Zusehen einen Grund hatte und daß es Früchte tragen würde, wenn ich geduldig blieb. Nachdem ich vier Kartoffeln geschält hatte, sagte sie: »Könntest du ’n paar mehr schälen, damit welche übrigbleiben? Mommy macht uns Kartoffelpfannkuchen zum Frühstück.« Ich schälte weiter. Es kam mir vor, als wäre Rose seit Wochen weg, aber offensichtlich stimmte das nicht. Ich sagte: »Wann ist deine Mom ins Krankenhaus gekommen?«

»Montag.«

Vor drei Tagen.

»Habt ihr sie besucht?«

»Sie will nicht, daß Pam den Pickup fährt, und sie hat das Auto. Außerdem hat sie gesagt, sie käm bald wieder.«

Das hatte ich von Rose nicht erwartet. Ich sagte: »Wollt ihr sie besuchen?«

»Ich glaub nicht, daß sie uns läßt. Sie will nicht, daß wir sie besuchen.«

»Aber willst du sie besuchen?«

Sie dachte lange nach. »Jaa.«

»Pammy auch?«

»Jaa.«

»Also, warum sollte Rose alles bestimmen?«
Ich meinte das rhetorisch, als eine Bemerkung, die meinen Handgriff unterstrich, als ich die Tür des Kühlschranks öffnete und hineinsah, ob ich etwas Brokkoli oder sonst was Grünes finden könnte, aber Linda sagte: »Weil sie's immer macht.«
»Diesmal nicht. Wir fahren morgen nach der Schule.«
Sie biß sich auf die Lippen. »Ich sag's Pam.«
Ich lag unbehaglich und ruhelos im Bett, nachdem die Mädchen eingeschlafen waren. Schließlich stand ich auf und ging zum Telefon und wählte die Auskunft von Vancouver. Es gab einen Jess Clark, und es war nicht zu spät für die Zeitzone dort, also wählte ich die Nummer. Mir war so kalt, daß ich mit dem Quilt um die Schultern gelegt dasaß, während es klingelte. Beim fünften Klingelzeichen antwortete die Stimme eines Amerikaners, aber als ich fragte, ob er der Jess Clark sei, der früher einmal in Iowa gelebt habe, sagte er nein. Ich glaubte, seine Stimme wiederzuerkennen. Ein Baby schrie im Hintergrund.
Es gelang mir nicht, in Roses Haus, Daddys Haus, ein Bett zu finden, in dem ich liegen konnte. Um drei Uhr morgens landete ich auf dem weißen Brokatsofa, und dann fiel der Regen draußen in meine Träume, weichte das Sofa auf, daß es sich blähte und verzog, und ich kämpfte mit jemandem, dessen Identität im Traum nicht klar war.
Am nächsten Tag fuhr ich am Vormittag ins Krankenhaus. Rose saß im Bett und aß Würfel aus Zitronengelee. Ihr Kiefer war messerscharf, und ihr Hals hatte das stengelähnliche Aussehen Verhungernder, aber es war deutlich, daß mehr Lebenskraft in ihr war als am Tag zuvor.
Ich sagte: »Die Mädchen möchten wissen, wann du nach Hause kommst.«
»Paar Tagen.«
»Ich bring sie heute nach der Schule mit.«
»Es ist 'ne lange Fahrt.«
»Sie möchten gerne.«
Sie zuckte die Achseln und aß ihre Geleewürfel auf. Schließlich

sagte sie: »Ich hab alles mit ihnen besprochen. Ich hab nicht alles einfach ungesagt gelassen, so wie Mommy das mit uns gemacht hat. Ich hab ihnen keine Rätsel aufgegeben. Ich hab's ihnen im Juli klargemacht, als ich sah, was passierte.« Ihre Stimme war schwach, aber ihr Ton klang absolut überzeugt; sie würde in einer Verfassung vollkommener Selbstsicherheit sterben. Ich fühlte, wie ich in dem Ärger und Zorn versank, den ich so lange gehegt hatte, aber ich kämpfte mit mir, um meine Stimme weich und glatt zu machen. Ich sagte: »Freut mich zu hören.«

Sie lächelte belustigt.

Ich konnte nicht widerstehen. Ich rief aus: »Ich bin beeindruckt, wie du alle noch bestehenden Unklarheiten aus dem Weg räumst.« Ich gab ganz nach. »Herrisch bis zum Ende, was?«

Ihre Arme, zu beiden Seiten auf der grünen Decke, sahen sehnig aus, und ihre Hände breiteten sich wie Spinnweben auseinander, ballten sich, breiteten sich wieder aus, so als ob sie schmerzten, aber nicht als ob *sie* Schmerz empfand. Ich erkannte diese Empfindung von ihrer ersten Krankheit wieder, als ich das Gefühl gehabt hatte, sie wäre so weit von ihrem Körper getrennt, daß ich ihre beiden Hälften einzeln ansprechen mußte. Sie sagte: »Suchst du etwas, womit du mich verletzen kannst?«

»Wahrscheinlich.«

»Immer noch der Kampf um einen Mann, was?«

»Jess?«

»Wenn das der Mann ist, um den du kämpfst.«

»Irgendwie hat er mich mehr beeindruckt als Ty. Auf jeden einzelnen Gedanken an Ty kommen zwanzig an Jess.«

»Das kommt daher, weil du nicht oft genug mit ihm geschlafen oder praktische Sachen mit ihm gemacht hast. Am Ende hättest du die Nase voll gehabt.«

»War das so bei dir?«

»Beinahe. Es war das Licht am Ende des Tunnels. Ich hätte bis zum Sommer die Nase voll gehabt.«

»Danke.« Ich meinte, halt den Mund. Sie ignorierte mich. Sie sagte: »All diese Regeln. Nicht mehr als drei Eier die Woche, immer pochiert und auf gebräuntem, aber nie verbranntem Weizentoast. Haferflocken aus irgendeinem organischen Laden in San Francisco. Ginsengtee dreimal am Tag. Meditation bei Sonnenaufgang. Wenn wir am Tag vorher nicht in der Zeitung nachsahen und bis auf die Minute genau die Zeit des Sonnenaufgangs herausfanden, war er den ganzen Tag unruhig. Und wir mußten den Zeitunterschied zwischen dem Sonnenaufgang in der Zeitung und dem Sonnenaufgang auf der Farm berechnen. Es ging um so was wie zweidreiviertel Minuten.«

»Er war ein gutmütiger Mann. Du hättest ein paar Marotten akzeptieren können.«

»Ty war gutmütiger. Das konntest du nicht aushalten.« Sie starrte mich an. »Jess Clark war nicht so, wie du denkst, Ginny. Er war egozentrischer und berechnender, als du geglaubt hast.«

Ich äffte sie nach. »Er war nicht so, wie du denkst, er war gutmütiger und hatte mehr Zweifel, als du geglaubt hast.« Wir starrten einander eine lange Minute lang aggressiv an, dann nahm Rose eine ihrer spinnwebartigen Hände hoch und strich sich eine Haarsträhne zurück. Ihr Haar war kurz und dünn. Als sie es zurückstrich, fiel ihr ihr Zustand wieder ein, und sie sagte: »Was du in Wirklichkeit sagst, ist, daß er käme, wenn er wüßte, daß ich in der Verfassung bin, in der ich bin. Gutmütigkeit gab's bei ihm nicht umsonst, Ginny, sie war ein Weg, ihn dahin zu bringen, wo er hin wollte.«

»Ich schätze, da sind wir verschiedener Meinung.«

»Der Unterschied ist der, daß ich ihn geliebt hab, ohne mich darum zu kümmern, ob er gut war. Er war gut genug, und ich wollte ihn, und er hat sich davongemacht. Weißt du was? Am Ende war er zu gut! Als es darauf hinauslief, daß wir auf dem, was wir hatten, aufbauen mußten, bekam er Angst davor, auf Tod und Unglück und Zorn und Zerstörung aufzubauen. Laß mich dir was erzählen. Eines Abends kam er zu spät zum Essen. Es war eine komplizierte Kürbissuppe, die wir zusammen gemacht hatten, und er kam erst um acht nach Hause, und ich war verärgert, aber ich nahm's nicht so wichtig, bis er anfing, sich verlegen und schuldbewußt aufzuführen. Na ja, dann kam heraus, daß er bei Harold gewesen war! Diese alten Damen hatten eine große Sache daraus gemacht, und Harold war nett zu ihm gewesen, und danach war es einfach so, als wenn man zusieht, wie der eigene Liebhaber zu seiner Frau zurückgeht. Was auch immer man hat, wie leidenschaftlich auch immer man es will und er es auch zu wollen scheint, was er mehr und mehr will, ist, dazugehören und ein guter Junge sein. Dann fühlt sich alles, was er für dich empfindet, falsch an. Je stärker er es empfindet, um so falscher fühlt es sich an, und er fängt an, es zurückzuweisen. Eine Weile später hatten wir dieses Informationsmaterial über Naturdünger in der Post, und er kam rein und sah es und machte es nicht auf, und ich wußte, das war's, und so war es. Er packte zehn Tage später und ging, ohne genau zu sagen, wohin, und es stellte sich raus, daß er eine Woche bei Harold gewesen war, bevor er nach Seattle zurückging. Ich bin sicher, Vancouver ist der ideale Ort für ihn. Er hat sich da so rein wie frischgefallener Schnee gefühlt, als er vorher da war.« Sie zog hoch, fing dann meinen Blick. »Ich hätte ihn vielleicht umgebracht, wenn ich von seinen Plänen gewußt hätte.«

Sie sagte den letzten Satz mit nüchterner Überzeugung. Ich glaubte ihr. Oder zumindest glaubte ich, daß sie sich, so wie ich, vorübergehend im Land des Unvorstellbaren aufgehalten hatte. Jetzt legte sie sich zurück, grau und müde, und ließ ihre Lider über ihre großen Augen fallen. Ich sagte: »Hörst du manchmal von ihm?« Aber sie winkte ab oder war vielleicht einfach zu erschöpft, um zu antworten. Ich dachte darüber nach, ob ich ihr von dem Anruf am Abend zuvor erzählen sollte, aber statt dessen griff ich zum *Lady's Home Journal*, das neben ihrem Bett lag. Ich las einen Artikel über einjährige Pflanzen in Blumenkästen und Töpfen, dann einen Artikel über Wege und Möglichkeiten, wie man eine Diät ohne Fett machte und das Essen trotzdem schmeckte. Sie würde es vielleicht auf der nächsten Telefonrechnung sehen. Sie schlief ein. Außerdem war er jetzt viel zu jung für sie. Wir alle waren es.

Ich ging auf dem Krankenhausparkplatz spazieren, wo viel los war und ich in dem Durcheinander zusammenlaufender und auseinanderlaufender menschlicher Absichten auf andere Gedanken kam, auch wenn einigen hier anzusehen war, daß sie krank oder verletzt waren. Als ich zurückkam, hatte Rose ihr Mittagessen vor sich, das sie nicht aß.

Ich sagte: »Du könntest die eingemachten Birnen essen. Die rutschen leicht runter.«

»Ich bin so weit, daß ich es hasse, wenn ich den Dingen ansehe, was sie sind oder mal waren. Krankenhäuser sollten eine Art Schrotfutter machen.« Sie gab dem Tablett einen Stoß, und es rotierte auf mich zu.

Ich sagte: »Ich fahr bald, in einer Stunde, und hol die Mädchen. Es ist beinahe Nachmittag.«

»Ich will dir vorher noch 'n paar Dinge sagen. Praktische Dinge.«

»Okay.« Ich trug noch immer mein Kostüm. Ich zog den Rock über die Knie.

Sie sagte: »Ich vermach die Farm dir und Caroline, nicht den Mädchen.«

»Wieso?«

»Ich will nicht, daß die Farm sie belastet. Ich will, daß dies alles mit unserer Generation aufhört.«

»Ich will die Farm nicht bewirtschaften. Ty ist in Texas. Caroline will sie auch nicht bewirtschaften.«

»Vor drei Jahren hätte ich gesagt, verpachte sie. Du könntest neunzig Dollar pro Morgen bekommen. Aber wenn ich entscheiden könnte, würde ich das jetzt nicht tun. Es liegen zu viele Schulden drauf.« Sie sah mich an, dann aus dem Fenster. »Wie auch immer, Marv Carson wird dich zwingen, zu verkaufen. Ich weiß nicht, was unterm Strich bleibt, wenn Schulden und Steuern abgezogen sind. Ich weiß es einfach nicht. Es ist 'ne schlechte Zeit zum Verkaufen.« Sie seufzte.

Nach einer Weile sagte ich: »Was, wenn nichts übrigbleibt? Wie denkst du darüber?«

»Pam und Linda wissen, daß sie eventuell arbeiten müssen, und wenn sie aufs College wollen, brauchen sie ein Stipendium von irgend jemand. Ich hab ihnen das erklärt.«
Ich wartete.
»Ginny, du hast es nicht gerne, wenn ich sage, was ich wirklich denke. Ich brauch dich. Ich will keinen Ärger mit dir. Ich hab meine Meinung nicht geändert über Daddy oder die Farm oder das, was er uns angetan hat, aber wenn ich mich wiederhole, gehst du vielleicht einfach. Ich trau dir nicht.«
»Ich trau dir nicht.«
»Na also. Bloß was gibt's noch an mir, dem du nicht trauen kannst? Ich sitz hier fest.« Sie streckte ihre Spinnwebhände aus und breitete ihre mageren Arme aus. Tränen brannten mir in den Augen. Ich sagte: »Ich glaub, ich war darauf vorbereitet, den Kampf länger zu führen.«
»Jaa. Ich bin siebenunddreißig. Scheiße, nicht?«
Ich sagte: »Es ist schwer zu ertragen.« In dem Augenblick erschien es fast unmöglich zu ertragen. Ich rief aus: »Oh, Rose.«
Sie schniefte und wies damit diese Aufwallung zurück. Nach einer Weile sagte sie: »Tu mir das nicht an. Wir werden nicht traurig sein. Wir werden wütend sein, bis wir sterben. Das ist die einzige Hoffnung.«
»Ich weiß nicht, ob ich das schaff. Erst recht nicht, wenn ich dich nicht als Ansporn habe. Ich fall einfach zurück in diesen Wirrwarr. Bei der Verhandlung war ich so schockiert. Ich mein, er war so verloren und klein geworden. Ich hatte das Gefühl, ich könnte mich nicht an das erinnern, was wir so gefürchtet hatten, nur daß du es konntest, also konnte ich es. Und dann konnte ich dich die ganzen letzten drei Jahre so deutlich sehen, wie du dich immer auf meine Kosten durchgesetzt hast und dein Leben lang selbstsüchtig gewesen warst. Ich sah die Worte vor mir, in roten Buchstaben, ›Rose ist selbstsüchtig‹, und ich hatte keine Schwierigkeiten, hart zu sein und alles, was du getan und gesagt hast und früher je getan und gesagt hattest, als Beweis zu nehmen, daß du unerschütterlich selbstsüchtig warst, und das ist schlecht. Ich mein, wenn wir nicht

wissen, daß selbstsüchtig sein schlecht ist, was haben wir dann als Kinder gelernt?«

Rose lachte. In dem trüben Krankenhauszimmer war das ein lustiger Klang. Mir gefiel das, und gleichzeitig war ich gekränkt, also beichtete ich, vielleicht einfach, um sie zu beeindrucken, sie wieder ernst zu machen. Ich sagte: »Ich dachte, ich würde immer böse auf dich bleiben, aber jetzt bin ich's nicht! Ich mein, ich wollte dich *umbringen*!«

»Na und? Ich will die ganze Zeit Leute umbringen.«

»Nein! Ich will damit nicht so was sagen wie ›Mann, ich könnte den Kerl umbringen‹. Ich mein, ich hatte vor, dich umzubringen. Ich hab vergiftete Wurst für dich zubereitet und sie eingemacht und darauf gewartet, daß du sie ißt.«

Sie sah mich an, endlich überrascht. Schließlich sagte sie: »Tja, muß ja wohl geklappt haben, was?«

»Weißt du nicht mehr? Die Leberwurst mit Sauerkraut, die ich dir rübergebracht habe?« Sie schüttelte den Kopf. »Zum Mittagessen, im Spätsommer?«

»Vage. War so viel los, daß ich's vergessen haben muß. Und dann war ich natürlich schon Vegetarierin im Jess-Clark-Stil, also hätt ich Leberwurst nie gegessen, selbst wenn ich dran gedacht hätte.« Sie trank etwas Wasser durch den Strohhalm.

Ich sagte: »Bist du noch nicht mal beeindruckt?«

»Ich glaub, ich denke, wenn du mich wirklich hättest umbringen wollen, hättest du mich erschossen oder so was. Ty hatte ein Gewehr. Daddy auch, Pete auch. Aber du hättest dir gar nicht die Mühe machen müssen. Unser Trinkwasser hat das schon erledigt.«

Ich nickte. Kraftlos nach meiner Beichte, sackte ich in meinem grünen Stuhl zusammen, feucht vor Schweiß. Rose dagegen sah gestärkt aus. Ich sagte: »Muß also noch in deinem Keller stehen.«

»Alles andere auch. Aber das Haus ist vernagelt, seitdem ich rüber auf die andere Straßenseite gezogen bin.«

Ich spürte eine überraschende Welle der Erleichterung. Wir

tauschten unser erstes richtiges Lächeln, seitdem ich gekommen war.

»Ich sollte fahren, wenn ich vor den Mädchen zu Hause sein will. Sie wollen heute nachmittag kommen.« Dann sagte ich: »Was soll ich ohne dich anfangen?«

»Übe dich in Vorsicht, wie immer.«

Ich stand auf. »Ich sollte fahren, ich hab's ihnen versprochen.«

Sie streckte die Hand nach mir aus. Ihre war kühl, und ihr Daumennagel grub sich in meine Handfläche. Sie zog mich näher heran. Sie sagte: »Ich hab nichts zustandegebracht. Ich hab nicht lange genug unterrichtet, um zu wissen, was ich tat. Ich hab das Leben mit Pete nicht gut hingekriegt. Ich hab meine Töchter nicht ins Erwachsenenleben geleitet. Ich hab Jess Clark nicht gewonnen. Ich hab die Farm nicht gut geführt. Ich war genauso ein Nichts wie Mommy oder Grandma Edith. Ich hab es noch nicht mal geschafft, daß Daddy sah, was er getan hatte oder was es bedeutete. Die Leute in der Stadt reden darüber, daß ich alles ruiniert habe. Drei Generationen auf derselben Farm, großartiges Land, Daddy ein wunderbarer Farmer und auch noch ein Heiliger.« Sie zog sich an meiner Hand im Bett hoch. »Also ist alles, was mir bleibt, das Wissen, daß ich gesehen habe! Daß ich ohne Angst gesehen habe und ohne mich abzuwenden, und daß ich das Unverzeihliche nicht verziehen habe. Verzeihen ist ein Reflex, wenn man das, was man weiß, nicht erträgt. Ich hab diesem Reflex widerstanden. Das ist das einzige, alleinige, einsame Werk, das ich zustandegebracht hab.«

Ich machte meine Hand los.

Rose schloß die Augen und winkte mich aus der Tür.

45

Als ich am Tag vor dem Verkauf die Farm erreichte, einem dieser Tage im frühen März, die so frostig wie Eisen waren, sah ich, daß Caroline genau wie ich mit einem Truck gekommen war. Marv Carson wollte sich uns gegenüber als großzügig erweisen – wir konnten nehmen, was immer uns von den Dingen des persönlichen Besitzes gefiel, er würde kein Wort dazu sagen. »Ihr Mädchen habt das verdient«, hatte er mir am Telefon gesagt.

Es war noch nicht einmal zehn – ich war gegen sechs aus St. Paul losgefahren, hatte unterwegs angehalten und gefrühstückt. Linda und Pam hatten sich gerührt, aber sie wußten, wo ich hinwollte, und ich hatte keine Lust gehabt, mit ihnen darüber zu reden. Ich wußte, Pam würde das Auto nehmen, Roses altes Auto, und damit in die Schule fahren. Linda vielleicht oder vielleicht auch nicht. Sie hatte siebzehnmal die Schule geschwänzt, seitdem sie nach Erntedank zu mir gezogen waren. Wir stritten nicht mehr darüber.

Ich hatte eigentlich vorgehabt, erst bei meinem alten Haus vorbeizufahren und ein paar Küchensachen für Pam, die den größten Teil der Kocherei erledigte, mitzunehmen und wenigstens meine Kleider und Bücher durchzugehen, aber als ich von weitem sah, daß Caroline bereits auf Daddys Einfahrt vorgefahren war, hatte ich es plötzlich eilig, an Ort und Stelle zu sein, ich war unruhig und gespannt und bereit.

Sie trug Wollhosen und einen wunderschönen Pullover mit einem kunstvollen Schneeflockenmuster als Passe. Sie stand in der Küche, und sie warf mir einen erschrockenen Blick zu, als ich die Hintertür öffnete. Ich trug Levis Jeans, die Pam gehörten, und ein University of Minnesota-Sweatshirt (Pam traf sich neuerdings mit einem Jungen, dessen Leidenschaft die U of M war, der sich und sie gerne in so viel U of M-Klamotten sah wie nur möglich). Ich besuchte die U of M auch, abends, ich hatte vor, einen Abschluß in Psychologie zu machen. Das Haus war kalt – Heizung und Elektrizität waren seit dem ersten Dezember abgestellt. Ich dachte, wir könnten das, was wir wollten, unter uns aufteilen und den Rest für eine Auktion zurücklassen. Meiner Erfahrung nach würden sich für alles Käufer finden, selbst für die alten Schuhe und Stiefel und Arbeitsanzüge.

Caroline sah mich lange an, bevor sie lächelte, und dann war ihr Lächeln formal, man könnte sogar sagen, vorsichtig. Sie bemerkte: »Ich war mir nicht sicher, wann du kommen würdest.«

»Ich bin Frühaufsteherin.«

»Das ist auch meine liebste Zeit am Tag.«

Ich weiß nicht, ob ein unabhängiger Beobachter vermutet hätte, daß wir miteinander verwandt waren – zur gleichen ethnischen Gruppe gehörig vielleicht, obwohl mein Haar dunkel war, mit grauen Strähnen mittlerweile, und Carolines beinahe rot, aber der Unterschied ging über unsere Kleidung hinaus, er bezog sich auf die Haltung, auf Haut und Haar, auf soziale Klasse und darauf, ob wir erwarteten, gesehen zu werden oder nicht. Sie kleidete sich, um gut auszusehen, und ich kleidete mich, um mich zu verbergen. Ich wußte, ich kam ihr feindselig vor. Ich sagte: »In der Scheune ist ein Petroleumheizöfchen. Ich könnte das aufstellen.«

»In Johnston ist an so einem Ding letztes Jahr ein Paar gestorben.«

»Wir könnten das Fenster ein bißchen aufmachen. Man braucht einfach nur Lüftung.«

»Wir werden sehen.«

»Daddy hat es jahrelang draußen im Werkzeugschuppen benutzt.«

Ihre Augenbrauen hoben sich einen Millimeter und senkten sich wieder. Sie sagte: »Wenn wir schnell machen, können wir's wohl aushalten. Ist über null.«

»Schön. Wo willst du anfangen?«

»Warum nicht direkt hier?«

»Schön.«
Also fingen wir an. Wir nahmen Geschirr aus dem Schrank und Glassachen und Kuchenplatten und Kaffeemaschinen und Kristallteller für den Nachtisch und Tassen und Untertassen aus Glas, die ich seit dreißig Jahren nicht mehr gesehen hatte, seit Mommy die Kirchendamen an einem Sonntagnachmittag zu Kaffee und Kuchen bei sich gehabt hatte. Es gab kleine, kurz aufblühende Überraschungen. In einer Schublade lagen Weihnachtsservietten, die ich noch nie gesehen hatte, weißes Leinen mit aufgestickten Stechpalmenkränzen in einer Ecke. Ein Waffeleisen, der Druckeinmachtopf, eine elektrische Bratpfanne mit einem zerbrochenen Griff. Es gab drei Vasen mit zerbröckelnden, ausgetrockneten Blumenwürfeln darin, eine Suppenterrine in Form einer Zitrone, einen Tupperware-Kuchenbehälter und zwei Tupperware-Piebehälter, eine große und eine kleine Pieform und vier Napfkuchenformen, die ich gut kannte, aber auch ein Milch- und Zuckerset aus Porzellan mit gemalten Rosen oben am Rand, das ich seit dreißig Jahren nicht mehr gesehen hatte. Es gab acht Gläser mit Deckeln, alte Olivengläser und Picklegläser und Erdnußbuttergläser. Es gab einen Kasten voller Korken, die Rose wohl irgendwann einmal aufgehoben hatte. Ich sagte: »Ich hab mal nach einigen von Mommys Sachen gesucht, aber nichts gefunden. Ich dachte, sie wären alle an die Kirche gegangen, aber ich glaub, Rose hatte sie.« Störte mich das? Ich hätte es nicht sagen können.
»Welche Sachen gehören Rose, und welche Sachen gehören Mom?«
»Jetzt gehören sie wohl alle Rose.«
»Aber ein paar Sachen – diese Weihnachtsservietten, zum Beispiel, du mußt dich doch erinnern …«
»Ich erinner mich an die Tassen und Untertassen.« Ich machte eine Handbewegung zu dem Kaffeeservice aus Glas auf der Ablage. »Ich erinner mich deshalb an sie, weil ich dachte, es müßte ein Zeichen für besondere Festlichkeit sein, wenn der Kaffee zu sehen war.«

»Also, die stellen wir dann mal zur Seite.« Sie trug die Sachen vorsichtig zum Tisch.
Ich sagte: »Über die Servietten weiß ich nichts. Sie sehen eher nach Mommy als nach Rose aus, aber mir sind sie neu.«
Sie ließ sie, wo sie waren.
Sie sagte: »Was ist mit dem Geschirr? Welches hat Daddy benutzt?«
»Weißes mit einem türkisen Rand. Ich seh es nicht. Vielleicht hat Rose es weggestellt.«
»Oder verkauft.«
»Oder der Kirche gegeben.«
Sie sagte: »An das erinner ich mich. Das hätte ich gerne.«
»War aus den Fünfzigern. Nichts Wertvolles.«
»So gesehen, was ist hier wertvoll?« Sie hatte die Hände in die Hüften gestemmt, und ihre Stimme war lauter geworden. Ich sagte: »Ich weiß nicht, Caroline«, und ich spürte, wie ihr Eifer meinen antrieb. Sie sagte: »Diese Corningware-Teller müssen Rose gehört haben. Die kannst du haben.«
Ich sagte bewußt kühl: »Du willst nichts von Roses Sachen?«
Sie nahm gerade Becher von Haken. Der, den sie in der Hand hielt, hatte die Aufschrift »Pete's Joe«. Ich streckte meine Hand danach aus, und sie gab ihn mir. Dann sagte sie: »Eigentlich nicht, nein.«
Ich war kurz davor, etwas Herausforderndes zu sagen. Ich glaubte, ich könnte mein »warum nicht« zu einem Schlag ins Gesicht machen, aber ich war plötzlich weniger entschlossen, als ich gedacht hatte. Mich verwirrte das Aufgebot unvertrauter Sachen um mich herum. Ich sagte: »Mach du das hier fertig. Stell das, was du willst, zur Seite. Ich geh nach oben.«
Die Mädchen hatten mit mir zusammen ihre Schlafzimmer ausgeräumt, deshalb ließ ich die Türen geschlossen. Das Badezimmer auf der Nordseite des Hauses war eiskalt und ungemütlich. Ich öffnete das Medizinschränkchen. Ein paar Aspirin, von denen ich vier nahm, Gaviscon und Pepto-Bismol, eine angebrochene Pakkung Amoxicillin, Blondierungsmittel, Ipecac-Sirup, Bactine-

Sirup, Jod, Mullbinden und Gazetupfer. Ich schloß das Medizinschränkchen. Über dem Handtuchhalter hingen noch Handtücher. Ich begann, sie über den Arm zu legen. Ich hörte nach zweien auf und legte sie auf den Toilettendeckel. Die Kälte schien wie Fieber über meine Haut zu spielen. Ich ging aus dem Badezimmer und sah mich um. Im Handtuchschrank würden weitere Handtücher liegen, Bettlaken in den Schubladen darunter. Ich starrte auf diese Schubladen, schöne dunkle Eiche, die man 1915 bei Sears bestellen konnte und jetzt gar nicht mehr bekam. Die Fußböden. Die Türeinfassungen. Die winzigen, sechseckigen weißen Kacheln, denen ich als Kind immer meine Zehen anzupassen versucht hatte. Es kam mir vor, daß ich, wenn ich nur den Trick beherrschte – bloß einen kleinen Trick –, mich in diesem vertrauten Flur mit Roses Augen umsehen konnte, und wenn ich das konnte, dann würde ich alles empfinden können, was sie in den letzten Jahren empfunden hatte. Das, so schien mir, wäre ein Weg, sie nicht mehr zu vermissen. Die Kälte traf mich in rhythmischen Schlägen. Unter dem Aspirin schob sich der Kopfschmerz hervor, füllte anschwellend meinen Schädel. Ich ging wieder die Treppe hinunter.

Carolines Gesicht traf das meine, sobald ich die Küche betreten hatte. Ich sagte: »Du gehst wohl davon aus, daß du Mommys und Daddys Sachen nimmst und daß ich Roses Sachen nehme.«

»Ich bin sicher, da sind mehr Sachen, die Rose gehört haben...«

»Darum geht's nicht.« Ich merkte, daß ich keuchte. Sie blickte mich an, und ich sah, daß sie dies eine Mal ein wenig Angst hatte.

Ihre Augen weiteten sich, aber sie sagte nichts.

Ich sagte: »Raus damit.«

»Womit?«

»Raus damit, was du denkst!«

»Warum willst du das wissen?« Die Angst wich, sie wurde wieder härter. »Ich find es besser, wenn wir die Sachen einfach aufteilen und nach Hause fahren.«

»Wie können wir die Sachen aufteilen, wenn wir nicht wissen, was sie bedeuten?«

Darüber lächelte sie.

Ich drehte mich um und lief wieder nach oben. Ich öffnete die Tür zu dem Zimmer, das Daddys gewesen war, danach Roses. Die Bilder hingen nicht mehr da, hatten deutliche Quadrate auf der verschossenen Tapete hinterlassen. Ich riß die Schranktür auf, fand sie schließlich in dem Regal über dem Fenster. Hier waren sie, in einem Stapel, genau da, wo ich es erwartet hatte, wo Rose sie hintun würde. In der Küche breitete ich sie auf dem Tisch aus, das namenlose Baby obenauf, das auf einer hellen Decke strampelte, in seinem kleinen weißen Hütchen lächelte. Ich sagte: »Okay, sag mir, wer alle diese Leute waren.«
Caroline schlenderte herüber und sah sie sich an. Sie sagte: »Ich mach keine Prüfung.«
»Sag's mir einfach nur.«
»Also, die da müssen die Davises sein. Die da wahrscheinlich die Cooks. Wieder Großvater Cook mit dem Traktor. Mutter.«
»Wer ist das Baby?«
»Du wahrscheinlich. Du bist die Älteste.«
»Wir hatten keine Kamera, als ich Baby war.«
»Dann Rose. Oder ich. Wer ist es?«
»Ich weiß es nicht. Rose wußte es nicht. Du weißt es nicht.«
»Na und?«
»Nichts na und! Jeder hier ist ein Fremder, sogar das Baby. Das hier sind unsere Vorfahren, aber sie sehen nicht vertraut aus. Sogar Daddy sieht nicht vertraut aus. Sie könnten genausogut irgendwer sonst sein.«
»Daddy sieht vertraut aus.« Sie lächelte.
»Wie vertraut?«
»Er sieht wie Daddy aus, das ist alles.«
»Wie vertraut?«
Sie sah auf, nahm die Hände aus den Taschen und griff nach dem Foto. Es war aus den Dreißigern, als Daddy ungefähr fünfundzwanzig gewesen sein muß. Er sah gut aus, aber ein wenig gereizt, als empfände er das Fotografieren als Zeitverschwendung. Schließlich sagte sie: »So vertraut, wie ein Vater aussehen sollte, nicht mehr, nicht weniger.«

Ich sagte: »Du kannst von Glück sagen.«
»Was soll das heißen?«
Ich antwortete nicht. Sie legte das Foto wieder hin, nahm dann das mit dem Baby und untersuchte es gründlich. Ich sagte: »Ist es nicht komisch, daß es davon nur eins gibt? Ich hab nach anderen gesucht, aber sie fangen in der Schule an. Das hier ist alles vorher.«
»Ja, na und?«
»Also warum willst du diese Sachen? Fotos von Fremden, Teller und Tassen und Untertassen, an die du dich nicht erinnerst? Das ist genauso, als wenn du die Farm-Kindheit einer Fremden nach Hause trägst. Du weißt nicht, was sie bedeutet!«
»Also kann ich die Prüfung nicht bestehen.«
»Was, wenn ich nicht die Wahrheit sagte? Was, wenn ich dich absichtlich mit den Sachen von Rose wegschickte und Mommys Sachen für mich behielte?«
»Daran hab ich gedacht.« Jetzt endlich war Zorn in ihrem Blick. Sie rief aus: »Mußt du alles ruinieren? Warum gibt es diesen Verkauf denn? Weil du und Rose die Farm in den Bankrott geführt habt. Ich kann noch nicht mal das akzeptieren, aber ich muß. Also komm ich hierher, und du kannst mich nicht in Ruhe lassen. Du mußt mir irgendwas Schreckliches über Daddy oder Mommy oder Großvater Cook oder sonst jemanden erzählen. Du mußt mir meine Kindheit kaputtmachen. Ich seh's dir am Gesicht an. Du kannst es gar nicht abwarten, genau wie Rose. Sie hat mich immer wieder angerufen, aber ich wollte nicht mit ihr sprechen!« Sie ging zur Spüle und drehte den Wasserhahn auf. Als nichts herauskam, starrte sie einen Moment lang wie gebannt darauf, sagte dann: »Ich hab gestern abend zu Frank gesagt: ›Ich weiß nicht, was sie treibt. Es ist, als wenn sie nach schlechten Sachen suchen. Sie sehen nicht, was da ist – sie sehen dahinter irgendwas Schreckliches, und es ist, als wenn sie nur glücklich sein können, wenn sie das sehen!‹« Jetzt blickte sie mich an. »Ich denke, die Dinge sind im allgemeinen das, was sie zu sein scheinen! Ich denke, daß die Menschen grundsätzlich gut sind und daß es ihnen leid tut, wenn sie

Fehler machen, und daß sie bereit sind, sie wiedergutzumachen! Sieh dir Daddy an! Er wußte, daß er mich ungerecht behandelt hatte, aber daß wir im Grunde Liebe füreinander empfanden. Er hat es wiedergutgemacht. Wir sind uns am Ende wirklich nahe gewesen.«

»Er dachte, du wärst tot.«

»Das war ganz am Ende! Davor war er wirklich sehr lieb. Wir haben uns über viele Dinge unterhalten. Das war eine Seite an ihm, die vorher nicht so richtig zum Vorschein gekommen war, aber sein Leiden brachte sie heraus. Das war sein wirkliches Ich.«

»Inwiefern hat er dich schlecht behandelt?«

»Na, damals, als er wütend war und mich enterbt hat. Er wußte, daß er unfair gewesen war.«

Ich merkte, daß ich den Kopf schüttelte.

Sie geriet wieder in Zorn. »Ich weiß, daß du mir nicht glaubst! Ich erwarte nicht, daß du mir glaubst, aber es stimmt.«

»Caroline...«

»Ich werd dir einfach nicht zuhören! Du hast nie irgendwelche Beweise! Es gibt keine Beweise! Du hast etwas gegen Daddy. Es ist einfach Gier oder sonstwas.« Sie sah mir abrupt ins Gesicht. »Mir ist klargeworden, daß manche Menschen einfach bösartig sind.« Eine Sekunde lang glaubte ich, sie meinte Daddy. Dann begriff ich, daß sie mich meinte. Aber ich blieb ungerührt. Ich spürte noch nicht einmal das innere Zusammenzucken, mit dem ich sonst reagierte, wenn jemand mich ablehnte. Das hier war Caroline. Wir waren wahrlich jenseits von Mögen und Nichtmögen.

Ich sagte: »Du weißt nicht, was...«

Ihre Hände fielen herab. Es war deutlich, daß sie für einen Moment nicht wußte, was sie tun sollte, daß ich ihr alles sagen konnte, es ihr direkt ins Ohr schreien konnte, ohne Widerstand auf ihrer Seite.

Rose hätte das getan.

Ich tat es nicht.

Dann drehte Caroline sich plötzlich um und lief türknallend aus dem Haus.
Ich machte weiter und sortierte im Wohnzimmer Sachen aus, wo ich nicht versucht sein würde, aus dem Fenster nach ihr zu sehen. Das Wohnzimmer, merkte ich, tat mir am meisten weh, denn hier hatte Rose ihr letztes Bollwerk aufgebaut, mit dem Sofa und der Lampe und den Sesseln und anderen Sachen, wie einer Subskription des *New Yorker* und des *Scientific American.* Auf der Bank an Petes Klavier lag eine Klavierschule für Erwachsene; auf dem Bücherregal, wo früher ganze Stapel von *Successful Farming* gelegen hatten, standen einige Kursverzeichnisse des Community College in Clear Lake. Es fiel mir angesichts dieser Dinge leichter, mir Rose vorzustellen, in diesem Zimmer, allein, wie sie ihre Vergangenheit überdachte, ihre Zukunft plante, abschätzte, was aufzuholen möglich war. Es war ein schmerzliches, aber besänftigendes Bild von Rose, eines, das ich neben die Erinnerung stellen konnte, in der sie mich schüttelte und schüttelte, mich wachzurütteln versuchte, in Rage zu bringen, mich aus der für mich typischen Unklarheit herauszuholen versuchte.
Ein Truckmotor dröhnte draußen vor dem Haus. Ich sah auf die Uhr. Caroline war seit einer halben Stunde da draußen gewesen. Ich sah aus dem vorderen Fenster. Ihr Truck, ein neuer roter Ford, wie ich sah, bog nach Norden und fuhr an dem großen Panoramafenster vorbei, zwischen mir und dem alten Südfeld auf der anderen Straßenseite. Dünner Schnee lag in den Furchen und an den Zaunpfählen. Er war beinahe ganz schwarz von dem feinen Staub aus Erde, den der Wind vor sich hertrieb.
Ich setzte mich auf das Sofa und steckte die Hände in die Taschen meines Sweatshirts. Ich spürte Rose hier, und ich erinnerte mich daran, wie sie mit der Mischung aus Ironie und Eifer, die nur sie hatte, sagte: »Frag mich was. Ich will dir die Wahrheit sagen.«
Ich hätte Caroline die Wahrheit sagen sollen.
Ich ließ meinen Blick in dem frostigen Zimmer umherwandern. Ich sagte laut: »Rose. Rose, sie hat nicht gefragt. Es gibt einfach Dinge, nach denen man fragen muß.«

Nach einer halben Stunde, als Caroline nicht zurückgekommen war, ging ich zu meinem eigenen, geliehenen Truck hinaus, um auf sie zu warten. Ich stellte den Motor und die Heizung an und saß eine halbe Stunde lang im Auto. Aber dann war es beinahe ein Uhr mittags, und ich war starr vor Kälte. Ich fuhr in die Stadt und aß im Cabot Café etwas zu Mittag, und danach fuhr ich nach Pike. Marv Carson war in seinem Büro. Er hatte große Flaschen drei verschiedener Sorten Mineralwasser auf seinem Schreibtisch stehen, eine aus Italien, eine aus Frankreich und eine aus Schweden.

Ich sagte: »Wir wollen nichts, Marv. Es kann alles weg.«

Er sagte: »Wunderbar, Ginny. Ich werd den Boone-Brüdern sagen, daß sie alles rausbefördern können. Kommst du runter zur Auktion? Ist nicht leicht, das mitanzusehen, ich muß dich warnen.«

»Nein. Ich muß an dem Tag arbeiten. Sag mir einfach Bescheid.«

Aber dann konnte ich doch nicht wegfahren.

Es war beinahe vier, als ich wieder auf der Farm war. Ich bog in die County Road 686 ein und fuhr im Schneckentempo, so langsam, als ginge ich zu Fuß oder lenkte einen Traktor oder Pferde, Esel oder auch Ochsen, die Großvater Davis die beiden ersten Sommer vor neunzig Jahren benutzt hatte. Ich kam an den Entwässerungsschächten vorbei, zwei auf jeder Straßenseite, die Gitter leicht verrostet, aber noch immer fest zugeschraubt. Ich hielt den Truck an und ging hin und stellte mich auf eins. Durch das Rauschen des Windes konnte ich schwach das ewige Tröpfeln und Rieseln des Meeres unter der Erde hören.

Das Haus stieß mich jetzt ab, aber die Scheune zog mich an. Ich ging über das gefrorene Gras mit den Flecken aus Schnee und schob die große Tür über ihre Gleitschiene zurück, dann noch weiter zurück, denn die sinkende Sonne mußte die abgeschaltete Elektrizität ersetzen. Die großen grünen und gelben Farmmaschinen fühlten sich eisig an; jemand hatte sie fachmännisch abgestellt, sie füllten jeden Zentimeter der Bodenfläche aus. Sie waren noch nicht saubergemacht worden – Rose war dafür vielleicht zu schnell schwächer geworden – und alle Reifenprofile, Metallstücke, Messer und Schläuche waren mit getrocknetem schwarzem Matsch und fahlen Maishülsen verklebt, pelzigen dunklen Resten von Bohnenschoten und Stielen. Ich schlug mit dem Fuß eine Matschkruste vom Vorderrad des Traktors ab. Der große Raum roch nach Diesel und Schmiere.

An den Wänden hingen Sachen: ein Teil eines alten Pferdegeschirrs, das vielleicht etwas Geld bringen würde, drei Sturmlaternen, alte Eimer und Futtertröge, unsicher ineinandergestapelt, Rechen. Ein Haufen von verrostetem Maschendraht. Auf der Werkbank einige Krampen, ein Hammer, den ich aufnahm, eine Bandsäge, ein Ersatz-Axtstiel. Noch mehr Werkzeuge. Eine zusammengefaltete Persenning. Ein großer Obstkorb. Hinten in der Ecke beschien ein Sonnenstrahl die alte Pumpe von dem Brunnen draußen an Daddys Hintertür, hier, seitdem sie Rohre im Haus verlegt hatten. Ein halbes Dutzend Farbdosen. Ein Stapel alter Fenster, ein paar Glasscherben darunter auf dem Boden. Auf der Werkbank Dosen mit Nägeln, neue und gebrauchte. Ein Karton mit Sicherungen. Der Deckel eines alten Kükenbrutkastens. Ich fragte mich, was mit all diesen Dingen passieren würde. Ein paar 2½-Liter-Plastikkanister lagen unter der Werkbank, mit und ohne Deckel. Eine Pyramide aus uralten Einliterdosen war in der hintersten Ecke aufeinandergestapelt. Es wurde kälter, denn die Sonne näherte sich dem Horizont, aber ich ging um den Traktor herum und kletterte vorsichtig über die Egge. Staub schwebte durch die Luft. Ich nahm eine der trockenen und eingebeulten Dosen in die Hand. Auf dem Etikett stand, daß sie DDT enthielt. »Benutzung gemäß der Anweisungen.« Ich fragte mich, wo das alles hinkam.

Dann fuhr ich trotz allem zu Roses altem Haus, stieg aus und ging um es herum. Das butterfarbene, grau verwitternde Sperrholz, das die Fenster zudeckte, ließ das Haus blind und trostlos aussehen. Die weiße Verkleidung auf der westlichen Hausseite war dunkel von Sand und Kies. Rose würde das abgewaschen haben.

Die Bretter, mit denen die Kellertür vernagelt war, gingen ganz leicht mit dem Klauenhammer ab, obwohl meine Hände in dem frostigen, dämmrigen Wind zitterten. Die Metallklinke bewegte sich mit kaum einem Knarren. Ich machte die Tür auf. Es gab keine Elektrizität, und das Licht draußen wurde immer schwächer. Ich hatte keine Streichhölzer dabei. Mit den Füßen tastete ich mich die Treppe hinunter, eine Stufe zur Zeit. Ich wußte, Roses Einmachregale waren nicht weit von der Tür, also ging ich mit ausgestreckten Händen vorwärts. Ich spürte Spinnweben über Finger und Gesicht streifen.

Auf den groben Holzregalen standen glatte, kalte kleine und große Gläser. Ich brauchte sie nicht zu sehen, um zu wissen, was sie enthielten – Marmeladen und Pickles, Tomaten, Bohnen in Dill, Tomatensaft, Rote Beete, Apfelmus, Pfirsiche. Roses Schatz, Jahre an Farmsommern, eine Sitte, die wir viel länger als die meisten unserer Nachbarn aufrechterhalten hatten. Ich spürte einen Karton und wußte, ich hatte die Würste gefunden, achtlos abgestellt in dem Wirrwarr all jener leidenschaftlichen Ereignisse, später dann nach hinten geschoben, zur Seite geschoben, vergessen. Ich trug den Karton unbeholfen die Treppe hoch. Ich schloß die Kellertür, und im Dunkeln, die Truckscheinwerfer auf meine Arbeit gerichtet, nagelte ich die Tür wieder zu. Das Sauerkraut und die Flüssigkeit in den Gläsern waren zu einem dunklen Orange geworden, und die Deckel waren am Rand ein wenig rostig. Ich mußte sie neben mir auf dem Sitz immer wieder ansehen, während ich wegfuhr, und so kam es, daß ich vergaß, einen letzten Blick auf die Farm zu werfen.

Pam war bei ihrem Freund, und Linda schlief, als ich nach Hause kam. Sie war über ihrem Hauswirtschaftstext eingenickt. Ich markierte die Stelle und legte das Buch auf den Boden, knipste dann ihre Bettlampe aus und zog ihr die Decke über die Schultern. Nachdem ich sie eine Weile betrachtet hatte, strich ich ihr das Haar aus dem Gesicht. Im Schlaf sah sie aus wie Rose vor langer Zeit, vor ihrer Hochzeit, als sie, so nehme ich an, glücklich auf ein Leben wartete, das niemals kam.

Ich stellte die Gläser neben die Spüle und sah in den Müllschlukker hinunter. Ich war tatsächlich verwirrt, verwirrt und nervös, als hielte ich hochexplosiven Sprengstoff in den Händen. Vorsichtig zog ich die Ringe ab und machte die Deckel los. Ein strenger saurer Essiggeruch schoß heraus. Vielleicht gab es eine bessere Methode – die Gläser zur Schutthalde bringen? Sie irgendwie verbrennen? Vielleicht hätte ich die Deckel nicht abmachen sollen? Oder ich hätte das Ganze ewig in diesen Gläsern aufbewahren können. Ich setzte mich hin und dachte nach, aber das Nachdenken brachte mich auch nicht weiter. Und so tat ich es dann, ich tat mein Bestes. Ich goß Würste und Sauerkraut den Müllschlucker hinunter, ich zerstieß sie, ich spülte fünfzehn Minuten lang Wasser nach, volle Stärke. Ich verließ mich, wie jetzt immer, seit ich in der Stadt lebte, auf die Abfallbeseitigung, die ich nie gesehen hatte. Ich hatte kein gutes Gefühl dabei.

Aber danach mußte ich noch etwas tun. Ich mußte eine Bürde von mir abtun, deren Last ich bis dahin noch nicht einmal gespürt hatte, und es war die Last, abzuwarten und zu sehen, was geschehen würde.

Epilog

Das Auktionshaus der Brüder Boone hatte in jenem Frühling jede Menge zu tun und ritt die nächsten Jahre auf Wogen von Land, die von Farmer zu Farmer rollten. Ich erfuhr nicht, wo unsere Teller und unsere Sofas und unsere Traktoren und unsere Fotos und unsere Bratpfannen angespült wurden. Unsere tausend Morgen scheinen an eine »Heartland Corporation« gegangen zu sein, an der ein paar Stanleys beteiligt sein mögen oder auch nicht – vielleicht ein paar von den Stanley-Cousins, die vor langer Zeit nach Chicago gegangen waren. Daddys großes Fertighaus, das früher einmal auf einem Zug angereist war, scheint zu groß gewesen zu sein, um es fortzubewegen, deshalb ebneten sie es mit dem Bulldozer ein. Roses Bungalow ging nach Henry Grove, so wie er einmal von Columbus gekommen war, und auch mein Haus wurde abgerissen und wich einer Erweiterung des Schweinebetriebes mit einer Sauenkapazität von fünftausend. Wenn man jetzt auf der Kreuzung von County 686 und Cabot Street Road steht, sieht man, daß die Felder weder Häusern noch Scheunen noch Menschen Platz lassen. Bis zum Horizont leben hier keine Menschen mehr.

Caroline und ich teilten ein Vermächtnis, unsere vierunddreißigtausend Dollar Steuerrechnung auf den Verkauf des Besitzes. Caroline hat ihre Hälfte bezahlt, hat man mir gesagt. Was meine Hälfte angeht, so habe ich mit dem I. R. S.* ein Übereinkommen. Ich mache Überstunden, und sie lassen Pam und Linda in Ruhe. Ich zahle zweihundert Dollar im Monat, jeden Monat, und ich sehe das Geld als mein »Reuegeld« an, und auch wenn das, was ich

* Internal Revenue Service, am. Steuerbehörde. A.d.Ü.

bereue, sich verändert und entwickelt, so bin ich doch froh, die Summe zu zahlen, die einzige Hypothek, die ich je bekommen werde. Sie haben ausgerechnet, daß ich meine Reue in vierzehn Jahren abbezahlt haben werde, und vielleicht weiß ich bis dahin, worin sie besteht. Wie auch immer, Reue ist Teil meiner Erbschaft. Einsamkeit ist ebenfalls Teil meiner Erbschaft. Die Männer im Restaurant sind freundlich zu mir, und manchmal laden sie mich ins Kino ein, aber keiner ist so wie Jess, voller Anmut und Geheimnisse, keiner wie Ty, geradeaus und gut und blind, kein Mann wie Pete, quecksilbrig und gehetzt, kein Mann wie Daddy, der ist, was er ist, und nicht benannt werden kann. Die Männer, die mit mir ausgehen, sind einfach und fremd, besiegt von ihrer eigenen Einsamkeit. Es ist einfacher und verführerischer, diese Türen verschlossen zu lassen.

Ich habe Pam und Linda geerbt. Pam sieht aus wie eine stämmigere Rose, und auf dem College war ihr Hauptfach Musik. Linda sieht aus wie ein skeptischerer, weniger leidenschaftlicher Pete, und ihr Hauptfach auf dem College ist Betriebswirtschaft. Sie interessiert sich besonders für große Lebensmittelkonzerne und wird vielleicht mal für General Foods arbeiten. Wir sprechen manchmal, vernünftig und ruhig, von Daddy und Rose und Pete und Caroline und sogar Jess. Sie verstehen, daß alles, was Rose ihnen mit auf den Weg geben konnte, ihre Sicht der Dinge war. Ihre Ehrlichkeit hat ihnen einige Zuversicht gegeben. Sie sind auch vorsichtig, und ich bezweifele, daß sie diese Vorsicht jemals in den Wind schlagen werden. Sie sind sich näher und gehen fürsorglicher miteinander um, als sie das je als Kinder getan haben. Ich merke, daß sie meiner Obhut nicht sonderlich viel Vertrauen schenken, aber sie mögen mich, und wir kommen gut miteinander aus.

Ich sehe in ihnen, was ich in mir, weil ich zu nahe dran bin, nicht sehen kann, die Verschmelzung und Mischung ihrer Eltern. Ich sehe, wie ihr Erbe sich direkt vor meinen Augen entwickelt, in der Form ihrer Augen und der Art ihres Blickes, dem Gewicht ihrer Körper und in ihren Bewegungen, in ihrer Intelligenz und ihren Gedanken.

Wenn ich sie ansehe, bin ich zu dem Wissen gezwungen, daß auch wenn die Farm mit all ihren Lasten und Geschenken in alle Winde verstreut ist, mein Erbe bei mir ist, mit mir auf meinem Stuhl sitzt. Beherbergt in jeder meiner Zellen, zusammen mit der DNA, sind Moleküle von Erde und Atrazin und Paraffin und anhydrischem Ammoniak und Benzin und Pflanzenstaub, und auch Moleküle an Erinnerung: die erfrischende Sommerkühle, wenn ich mich in Mels Teich auf dem Rücken treiben ließ und zum Himmel hinaufstarrte; die exotischen Wohlgerüche der Kleider im Schrank meiner Mutter; der strenge Geruch nasser Tomatenpflanzen; die Streifen aus Schmerz, die der Gürtel meines Vaters über meine Haut zog; der tiefe Schauer des Wartens, wenn ich im Blau eines Wintermorgens auf den Schulbus wartete. Alles ist gegenwärtig, hier und jetzt; jedes Partikel wiegt einen Bruchteil der hundertundzehn Pfund, die mich mit der Erde verbinden, vielleicht so viel, wie in anderen Historien die Druckschrift wiegt.

Laß uns sagen, daß jede verschwundene Person mir etwas hinterlassen hat und daß ich mein Erbe spüre, wenn ich an eine von ihnen erinnert werde. Wenn ich an Jess erinnert werde, denke ich an den Giftkreis, aus dem wir getrunken haben, das Wasser, das durch die Erde nach unten fließt, in die Entwässerungsschächte, in das lichtlose, geheimnisvolle, chemische Untergrundmeer, das aus den Trinkbrunnen in unsere Wasserhähne nach oben gezogen wurde, kalt und wohlschmeckend. Ich werde an Jess erinnert, wenn ich über das Land fahre und in der Ferne die auf Trucks montierten Giftspritzen sehe oder die Farmer, die im Herbst ihr Land pflügen, oder Hügel, um die ein Ring aus schwarzer Erde liegt und die von so heller Erde bedeckt sind, daß der Mais darin wie in Sand steht, weil er keine Nährstoffe aus dem Boden ziehen kann. Jess hat mir die Augen vererbt, das zu sehen. Ich werde an Jess erinnert, wenn ich eins meiner fünf Kinder auf der Straße sehe, ein elfjähriges, ein dreizehnjähriges, ein fünfzehnjähriges, ein siebzehnjähriges, ein neunzehnjähriges. Jess hat mir den Zorn darüber hinterlassen.

Der Zorn selbst erinnert mich an Rose, aber das tun außerdem die meisten Frauen, die ich auf der Straße sehe, die Kleider tragen, die ihr gefallen hätten, die ihre Kinder mit der wiegenden Anmut, die sie hatte, auf den Hüften halten, die ihre Stimmen sehnsüchtig, wissend, empört, reumütig, ironisch, liebevoll, aufrichtig und auch ungerecht erheben. Rose hat mir ein Rätsel hinterlassen, das ich nicht gelöst habe: wie wir diejenigen beurteilen sollen, die uns verletzt haben – und nie Reue oder auch nur Verständnis zeigten.

Reue erinnert mich an Daddy, der keine hatte, wenigstens keine für mich. Mein Körper erinnert mich ebenfalls an Daddy, daran, wie es sich anfühlt, wenn man Widerstand leistet, ohne nach außen hin Widerstand zu leisten, wie man weit fort ist, während man nach außen hin respektvoll und aufmerksam erscheint. Im Dunkeln wach werden erinnert mich an Daddy, kochen erinnert mich an Daddy, die ganze breite Ausdehnung des Himmels über der Mitte des Kontinents, an dem wir nach Anzeichen für schlechtes Wetter suchten – auch sie erinnert mich an Daddy.

Ein bestimmter Typ Mann erinnert mich an Ty, und wenn ich an ihn denke, erinnere ich mich an die geordnete Welt harter Arbeit, in der ich früher gelebt habe, Tys guter kleiner Planet.

Und wenn ich mich an jene Welt erinnere, erinnere ich mich an mein totes junges Ich, das mir auch etwas hinterlassen hat, nämlich mein Konservenglas vergifteter Wurst und die Fähigkeit, die es mir verleiht, sich an etwas zu erinnern, das man sich nicht vorstellen kann. Ich kann nicht sagen, daß ich meinem Vater vergebe, aber jetzt kann ich mir vorstellen, was er wahrscheinlich zu vergessen beschloß – den Stachel eines undenkbaren Triebes, der ihn niederdrückte und quälte, ihn in einen undurchdringlichen Nebel des Selbst hüllte, der ihm, wenn er spät abends nach der Arbeit und dem Trinken ums Haus irrte, wie die Dunkelheit selbst vorgekommen sein muß. Das ist die leuchtende Obsidianscherbe, die ich vor allem anderen hüte.